GOLDMANN

Wilbur Smith entstammt einer alten Siedlerfamilie aus Rhodesien, dem heutigen Simbabwe, und ist einer der erfolgreichsten Autoren der Gegenwart. Seine Bücher, die eine Weltauflage von über 50 Millionen Exemplaren erreicht haben, sind in 14 Sprachen übersetzt und zum Teil verfilmt worden.

Außer dem vorliegenden Band sind von Wilbur Smith als Goldmann-Taschenbücher erschienen:

Glühender Himmel. Roman (41130)
Goldmine. Roman (9312)
Schwarze Sonne. Roman (9332)
Der Stolz des Löwen. Roman (9316)
Der Sturz des Sperlings. Roman (9319)
Tara. Roman (9314)
Wenn Engel weinen. Roman (9317)
Wer aber Gewalt sät. Roman (41139)

Wilbur Smith

DER PANTHER JAGT IM DÄMMERLICHT

ROMAN

Aus dem Englischen
von Grit Zoller

GOLDMANN VERLAG

Ungekürzte Ausgabe
Titel der Originalausgabe:
The Leopard Hunts in Darkness

Umwelthinweis:
Alle bedruckten Materialien dieses Taschenbuches
sind chlorfrei und umweltfreundlich.
Das Papier enthält Recycling-Anteile.

Der Goldmann Verlag
ist ein Unternehmen der Verlagsgruppe Bertelsmann

Lizenzausgabe mit freundlicher Genehmigung
des Paul Zsolnay Verlags, Wien und Rastatt
Umschlagentwurf: Design Team München
Umschlagfoto: Allstock/ZEFA, Düsseldorf
Satz: IBV Satz- und Datentechnik GmbH, Berlin
Druck: Elsnerdruck, Berlin
Verlagsnummer: 42047
MV · Herstellung: Stefan Hansen
Made in Germany
ISBN 3-442-42047-4

1 3 5 7 9 10 8 6 4 2

Für Danielle
mit all meiner Liebe

Der leichte Wind kam über Tausende Kilometer von den riesigen, öden Flächen der Wüste Kalahari her, die von den kleinen gelben Buschmännern die »Große Dürre« genannt wurde. Und hier, an den Abhängen des Sambesitales, zwischen Hügeln und schroffen Felskanten, löste sich der Wind in Wirbel und Böen auf.

Der Elefantenbulle stand knapp unterhalb des Hügelkammes, viel zu klug, um sich noch weiter hinaufzuwagen und sich so gegen den Himmel abzuheben. Sein Rumpf wurde durch das frische Laub der Msasabäume abgeschirmt und verschmolz mit dem grauen Stein der Felsen hinter ihm.

Er streckte den Rüssel, sog die Luft durch die großen, haarigen Nüstern, rollte den Rüssel ein und blies sich die Luft geschickt in das offene Maul. Die beiden Geruchsorgane im vorstehenden Teil der Oberlippe öffneten sich wie hellrote Rosenknospen; er prüfte die Luft.

Er roch den feinen, pfefferartigen Staub der fernen Wüste, die süßen Pollen Hunderter wilder Pflanzen, den warmen Rindergeruch der Büffelherde unten im Tal, und ganz schwach die kühle Wasserstelle, wo die Herden tranken und sich suhlten; alle diese Gerüche und viele andere konnte er unterscheiden und die Entfernung ihres Ursprunges genau abschätzen.

Aber diese Gerüche interessierten ihn nicht. Was er suchte, war jener beißende, widerliche Gestank, der alle anderen Gerüche überlagerte. Der Gestank von inländischem Tabak, vermischt mit dem eigentümlichen Geruch von Fleischessern, von getrocknetem Schweiß in ungewaschener Wolle, von Paraffin, Karbolseife und gegerbtem Leder – der Geruch des Menschen;

und dieser Geruch war noch immer da, so nahe und so stark wie am ersten Tag, als die Jagd begonnen hatte.

Wieder fühlte der alte Elefantenbulle die atavistische Wut in sich aufsteigen. Seit unzähligen Generationen wurden seine Artgenossen von diesem Geruch verfolgt. Schon als Elefantenkalb hatte er gelernt, diesen Geruch zu hassen und zu fürchten, und beinahe sein ganzes Leben lang war er von diesem Geruch vorwärtsgetrieben worden.

Allerdings hatte es vor kurzem eine Unterbrechung der lebenslangen Verfolgung und Flucht gegeben. Elf Jahre lang war den Herden am Sambesi eine Ruhepause, eine Zeit des Friedens vergönnt gewesen. Der Elefantenbulle konnte weder wissen noch verstehen, daß der Grund dafür ein erbitterter Bürgerkrieg unter seinen Peinigern gewesen war, ein Krieg, der diese ausgedehnten Gebiete am Südufer des Sambesi zu einer offenen Pufferzone gemacht hatte, die für Elfenbeinjäger ebenso gefährlich geworden war wie für die Wildhüter, zu deren Pflichten es gehörte, den Bestand der Elefanten zu kontrollieren. Die Herden waren in diesen Jahren gut gediehen, aber nun hatte die Hetzjagd mit all ihrer unerbittlichen Grausamkeit wieder eingesetzt.

Wütend und in Panik hob der alte Bulle noch einmal den Rüssel und pumpte den furchterregenden Geruch in die Höhlungen seines Schädels. Dann drehte er sich um und überquerte lautlos den steinigen Hügelkamm, wobei er sich nur für einen Augenblick als grauer Fleck vom hellen Blau des afrikanischen Himmels abhob. Mit dem fremden Geruch im Rüssel stapfte er zurück zu seiner Herde, die sich am gegenüberliegenden Abhang zerstreut hatte.

Es waren fast dreihundert Elefanten, die sich hier zwischen den Bäumen tummelten. Die meisten der Kühe hatten Kälber bei sich, von denen manche noch so klein waren, daß sie wie kleine, fette Schweine aussahen und bequem aufrecht unter den Bäuchen ihrer Mütter stehen konnten. Sie hoben die winzigen Rüssel über die Köpfe und streckten sich nach den Zitzen, die an schweren Eutern zwischen den Vorderbeinen der Muttertiere hingen.

Die halbwüchsigen Kälber sprangen umher, balgten sich und

spielten lärmend Fangen, bis einer der älteren Elefanten ärgerlich einen Ast von einem Baum brach, ihn mit dem Rüssel schwang und damit um sich schlug, so daß die lästigen Jungtiere, scheinbar erschreckt, unter schrillem Gezeter auseinanderstoben.

Als der Elefantenbulle über den Hügelrücken kam, brach der fröhliche Lärm sofort ab und machte einer Stille Platz, die erschreckend wirkte. Die Kälber drückten sich ängstlich gegen die Flanken ihrer Mütter, und die älteren Tiere erstarrten mit hochgestellten Ohren in Abwehrstellung, nur die Rüsselenden bewegten sich.

Der Bulle trabte in seiner wiegenden Gangart, die dicken, gelben Stoßzähne hoch erhoben, auf sie zu, und seine Furcht war deutlich erkennbar an den aufgerichteten, riesigen Ohren. Er hatte den Menschengeruch noch immer im Rüssel, und als er bei der ersten Gruppe von Kühen ankam, streckte er den Rüssel aus und blies über sie hinweg.

Augenblicklich wirbelten sie herum und wandten sich instinktiv in die Windrichtung, so daß sie von den Verfolgern stets Witterung hatten. Der Rest der Herde beobachtete dieses Manöver und formierte sich zur Flucht: die Kälber und die Muttertiere in der Mitte, die alten unfruchtbaren Kühe um sie herum, die jungen Bullen an der Spitze und die älteren Bullen und ihre Begleitmannschaft ganz außen; und dann fielen sie in die weit ausholende, wiegende Gangart, die sie ohne Unterbrechung einen Tag, eine Nacht und noch einen Tag lang beibehalten konnten.

Der alte Bulle war verwirrt. Seit er denken konnte, hatte es keine so hartnäckige Hetzjagd gegeben wie diese. Sie dauerte nun schon acht Tage, und die Verfolger hatten sich noch kein einziges Mal so weit genähert, daß sie mit der Herde in Berührung kamen. Sie befanden sich südlich der Herde, so daß der Bulle dauernd ihren Geruch in der Nase hatte; aber sie hielten sich fast immer außerhalb der Reichweite seines schwachen Sehvermögens. Sie schienen sehr zahlreich zu sein, mehr, als er auf all seinen Wanderungen je erlebt hatte, und bildeten eine lange Linie, die sich wie ein Netz über alle südlichen Pfade erstreckte. Der alte Bulle hatte seine Verfolger nur ein einziges Mal zu Gesicht bekommen. Am fünften Tag, als die Grenzen seiner Geduld erreicht waren, hatte er die Herde umkehren lassen und versucht, die Linie der Verfolger zu durchbrechen, aber darauf waren sie vorbereitet gewesen; die winzigen, aufrechten, stockähnlichen Gestalten, scheinbar zerbrechlich und doch so lebensgefährlich, waren aus dem gelben Gras aufgesprungen und hatten seinen Fluchtweg in den Süden versperrt, indem sie Decken schwangen und auf leere Paraffindosen trommelten, bis den alten Bullen der Mut verließ und er sich umwandte, um seine Herde weiter den schroffen Abhang zum großen Fluß hinunterzuführen.

Dieser Steilabbruch war von Elefantenpfaden durchzogen, die die Herden seit zehntausend Jahren benutzt hatten, Pfaden, die den sanften Neigungen des Geländes folgten und über begehbare Pässe durch die erzhaltigen Felsen führten. Einem dieser Pfade folgte der alte Bulle mit seiner Herde, die an den Engstellen in einer Reihe hintereinander trabte und an breiteren Stellen wieder die ursprüngliche Formation einnahm.

Er ließ sie die ganze Nacht über wandern. Es war Neumond, aber die Sterne standen hell und klar am Himmel, und die Herde bewegte sich fast lautlos durch die dunklen Wälder. Einmal, nach Mitternacht, blieb der alte Bulle stehen und wartete neben dem Pfad, bis die Herde vorüber war. Binnen einer Stunde trug ihm der Wind erneut den verhaßten Menschengeruch zu, schwächer und aus sehr viel größerer Entfernung, aber er war immer noch da, und der Bulle eilte weiter, um wieder zu seiner Herde zu stoßen.

In der Morgendämmerung kamen sie in ein Gebiet, das der Bulle seit zehn Jahren nicht mehr betreten hatte. Dieser schmale Landstrich entlang des Flusses war während des langen Krieges Schauplatz intensiver menschlicher Betriebsamkeit gewesen und aus diesem Grund von ihm gemieden worden, bis man ihn nun gegen seinen Willen wieder hierhergetrieben hatte.

Allmählich wurde die Herde langsamer. Die Tiere hatten die Verfolger weit hinter sich gelassen und bewegten sich nun so, daß sie im Gehen fressen konnten. Hier im Tal wuchs der Wald saftiger und üppiger. Statt der Msasabäume gab es hier Mopanibäume und riesige Affenbrotbäume, die in der Hitze prächtig gediehen, und der alte Bulle roch bereits das nahe Wasser und trompetete durstig. Doch sein Instinkt warnte ihn vor einer unbekannten Gefahr vor ihm, ebenso wie vor der Gefahr hinter ihm. Er blieb mehrmals stehen, wiegte langsam den großen, grauen Kopf hin und her, hielt die Ohren aufgeklappt, und seine kleinen, kurzsichtigen Augen funkelten, wenn er vorsichtig Ausschau hielt, bevor er weiterging.

Dann blieb er plötzlich stehen. Etwas am äußersten Rand seines Blickfeldes hatte seine Aufmerksamkeit erregt, etwas, das in den schräg einfallenden Strahlen der morgendlichen Sonne metallisch glitzerte. Erschrocken zuckte er zusammen, und da sich seine Furcht in Windeseile auf die ganze Herde übertragen hatte, wich sie zurück.

Der Elefantenbulle starrte auf den Lichtreflex, und da es außer der leichten Brise, die durch den Wald strich, keine andere Bewegung gab und außer dem Rauschen des Windes in den Blättern und dem gleichmäßigen Zwitschern und Summen der unbekümmerten Vögel und Insekten um ihn herum kein Laut zu hören war, ließ seine Unruhe allmählich nach. Regungslos starrte der alte Bulle auf das Glitzern und wartete ab, und als sich der Einfallswinkel der Sonnenstrahlen veränderte, bemerkte er, daß sich vor ihm in einer Reihe noch andere solcher Metallobjekte befanden, und seiner Kehle entrang sich ein leiser, aber aufgeregter Laut von Ratlosigkeit, während er unschlüssig sein Gewicht von einem Vorderbein auf das andere verlagerte.

Eine Reihe kleiner, eckiger, verzinkter Blechplaketten hatte den alten Bullen erschreckt. Sie waren an den Enden eiserner Pflöcke angebracht, die man vor so vielen Jahren in die Erde geschlagen hatte, daß ihnen schon lange kein Menschengeruch mehr anhaftete. Auf jeder dieser Plaketten stand eine lakonische Warnung, deren ursprünglich purpurrote Farbe die unbarmherzige Sonne zu Blaßrosa gebleicht hatte. Sie stellte einen stilisierten Totenschädel mit gekreuzten Knochen dar, und darunter standen die Worte: »Lebensgefahr. Minenfeld.«

Das Minenfeld war vor Jahren von den Sicherheitskräften der nun abgesetzten weißen Regierung Rhodesiens als Sperrgürtel entlang des Sambesiflusses angelegt worden. Es sollte verhindern, daß die Guerrillatruppen der ZIPRA und ZANU von ihren Stützpunkten jenseits des Flusses von Sambia in diese Region gelangten. Millionen von Schützenminen und stärkeren Claymore-Minen bildeten ein zusammenhängendes Minenfeld, das so lang und so breit war, daß es unmöglich je entschärft werden konnte; für die neue schwarze Regierung des Landes, die ohnedies bereits mit ernsten wirtschaftlichen Schwierigkeiten zu kämpfen hatte, waren die Kosten jedenfalls unerschwinglich.

Während der alte Elefantenbulle noch zauderte, wurde die Luft plötzlich von einem donnernden Dröhnen erfüllt, das wie das Brausen eines herannahenden Wirbelsturmes klang. Der Lärm kam von der anderen Seite der Herde, aus dem Süden, und der alte Bulle kehrte dem Minenfeld den Rücken, um sich dieser neuen Gefahr zuzuwenden.

Knapp über den Baumwipfeln fegte ein seltsamer, dunkler Schatten heran, der an einer rotierenden silbernen Scheibe hing. Dröhnend steuerte er so niedrig auf die zusammengedrängte Herde zu, daß der Luftdruck der wirbelnden Rotorblätter die Äste der Baumwipfel durcheinanderpeitschte und rote Staubwolken von der Oberfläche des ausgetrockneten Bodens aufwirbelte.

Getrieben von dieser neuen Bedrohung, drehte sich der alte Bulle um und stürzte auf die Linie der Metallplaketten zu, und seine Herde stürmte in Panik hinter ihm her, direkt in das Minenfeld.

Er war schon fünfzig Meter weit gelaufen, als die erste Mine unter ihm explodierte. Sie traf den dicken, ledernen Fuß seines rechten Hinterbeines und schnitt ihn wie mit einem Axthieb halb ab. Das Fleisch hing in Fetzen blutigrot herunter, und die Knochen schimmerten weiß durch die Wunde, als sich der Bulle auf drei Beinen weiterschleppte. Die nächste Mine ging direkt unter seinem rechten Vorderfuß los und verwandelte diesen bis zum Knöchel in eine blutige Masse. Der Bulle brüllte vor Schmerz und Angst und fiel mit zerschmetterten Gliedern auf die Hinterbacken, während die Herde um ihn herum weiter in das Minenfeld hineinstapfte.

Das »Wumm-Wumm« der Detonationen ertönte anfangs vereinzelt und nur am Rand des Minenfeldes, doch schon bald wurde es zu einem unregelmäßigen Staccato, das sich anhörte wie rasender Trommelwirbel.

Untermalt wurde das höllische Donnern vom pfeifenden Dröhnen des Rotors, als der Helikopter am Rand des Minenfeldes entlangflog, abdrehte, wieder aufstieg und sich abermals fallen ließ, um die durchbrechende Herde zusammenzuhalten, wie ein Hirtenhund seine Schafe. Er bedrängte eine Gruppe Elefanten, die versucht hatte, nach hinten auszubrechen, raste nach vorne, um einen hübschen jungen Bullen einzuholen, der wie durch ein Wunder unverletzt durch das Minenfeld gelangt war und den ungefährlichen Boden des Flußufers erreicht hatte, sperrte ihm den Weg ab, zwang ihn, stehenzubleiben und umzukehren, und jagte ihn zurück in das Minenfeld, bis ihm eine Mine den Fuß zerriß und er brüllend und trompetend zusammenbrach.

Eine alte Elefantenkuh, der alle vier Beine weggerissen worden waren, lag auf der Seite und schlug in dem Versuch, sich wieder aufzurichten, dumpf mit dem Kopf gegen den harten Boden. Eine andere Kuh kroch auf dem Bauch weiter, die Hinterbeine nachschleppend und den Rüssel schützend um ein sehr junges Kälbchen neben sich geschlungen, bis direkt unter ihrem Brustkorb eine Claymore-Mine explodierte, die ihr die Rippen wie Faßdauben sprengte und gleichzeitig das Kalb neben ihr zerschmetterte.

Andere Kälber, die von ihren Müttern getrennt worden waren, stürmten mit ängstlich angelegten Ohren quiekend vorwärts, bis sie sich unter einem dumpfen Knall und einem kurzen Feuerstoß in eine blutige Masse verwandelten.

Es dauerte einige Zeit, bis das Sperrfeuer der Explosionen abflaute und schließlich ganz aufhörte. Der Helikopter landete außerhalb der Warntafeln. Das Dröhnen der Motoren erstarb, und der Rotor blieb stehen. Nun war nur noch das Brüllen der verstümmelten, sterbenden Tiere zu hören, die in weitem Umkreis unter staubbedeckten Bäumen auf der zerwühlten Erde lagen. Die Einstiegsluke des Helikopters öffnete sich, und ein Mann sprang elastisch zu Boden.

Es war ein Schwarzer in einer ausgebleichten Drillichjacke mit sorgfältig abgetrennten Ärmeln und in enganliegenden, verwaschenen Jeans. Während des rhodesischen Bürgerkrieges hatten Drillichanzüge als die inoffiziellen Uniformen der Guerrillakämpfer gegolten. An den Füßen trug der Mann auffällige, bestickte Cowboystiefel und auf dem Kopf über der Stirn eine goldgefaßte Piloten-Sonnenbrille. Dies und eine Reihe Kugelschreiber, die gut sichtbar in seiner Brusttasche steckten, galten unter ehemaligen Guerrilleros als Rangabzeichen. Er hängte sich eine Kalaschnikow AK-47 über die rechte Schulter und schlenderte bis zum Rand des Minenfeldes, wo er volle fünf Minuten regungslos verharrte, um sich das Blutbad in aller Ruhe anzusehen. Dann spazierte er gemächlich zurück zum Helikopter.

Das Gesicht des Piloten, der über seiner kunstvollen Afrofrisur noch immer die Kopfhörer trug, sah ihm gespannt entgegen; aber der Offizier nahm keinerlei Notiz von ihm, sondern richtete seine Aufmerksamkeit auf den Rumpf der Maschine.

Alle Insignien und Erkennungsnummern waren sorgfältig mit Kreppband abgedeckt und dann mit schwarzem Lack aus einer Aerosoldose übersprüht worden. An einer Stelle hatte sich das Kreppband gelöst und gab einen Teil des Emblems frei. Der Offizier drückte das Band mit dem Handballen zurecht, musterte kurz und kritisch sein Werk und begab sich dann in den Schatten des nächstgelegenen Mopanibaumes.

Er stellte sein Gewehr an den Baumstamm, breitete ein Taschentuch auf den Boden, um seine Jeans zu schonen, setzte sich hin und lehnte sich mit dem Rücken an die rauhe Rinde. Mit einem goldenen Dunhill-Feuerzeug zündete er sich eine Zigarette an und sog den Rauch tief ein.

Als er nun darüber nachdachte, wieviel Männer, Zeit und Munition nötig gewesen wären, um dreihundert Elefanten auf herkömmliche Art und Weise zu töten, lächelte er zum erstenmal – ein gelassenes, kaltes Lächeln.

Der Genosse Kommissar hat nichts von seiner Schlauheit aus den Tagen des Buschkrieges verloren – kein anderer wäre auf diese Idee gekommen! dachte er und schüttelte bewundernd und respektvoll den Kopf.

Als er die Zigarette zu Ende geraucht hatte, zerrieb er nach alter Gewohnheit den Stummel zwischen Daumen und Zeigefinger zu Staub und schloß die Augen.

Der entsetzliche Chor der brüllenden und ächzenden Elefanten auf dem Minenfeld konnte ihn nicht in seinem Schlaf stören. Erst der Klang von menschlichen Stimmen weckte ihn. Sofort hellwach, sprang er auf und blinzelte in die Sonne. Es war kurz nach Mittag.

Er ging zu dem Helikopter hinüber und weckte den Piloten. »Sie kommen.«

Dann nahm er das Megaphon aus der Halterung an der Bordwand, wartete in der offenen Einstiegsluke, bis die ersten Männer unter den Bäumen auftauchten, und beobachtete sie mit herablassender Geringschätzung.

»Affen!« murmelte er mit der Verachtung des gebildeten Mannes für den Bauern, mit der Verachtung des Afrikaners für einen Afrikaner, der einem anderen Stamm angehörte.

Sie kamen im Gänsemarsch den Elefantenpfad entlang. Es waren zwei- bis dreihundert Leute in Umhängen aus Tierfellen und zerrissener, westlicher Kleidung; die Männer gingen voran, und die Frauen beschlossen den Zug. Viele der Frauen waren barbrüstig, einige noch sehr jung; sie hatten den Kopf erhoben und wackelten aufreizend mit ihren runden Hintern unter den kurzen Fellröcken. Als sie der Offizier im Drillichanzug musterte, verwandelte sich seine Verachtung in Anerkennung; vielleicht würde er sich später einer von ihnen etwas näher widmen, dachte er und steckte dabei die Hand in die Hosentasche seiner Jeans. Die Leute drängten sich an den Rand des Minenfeldes und machten ihrer Freude laut schnatternd und kreischend Luft.

Der Offizier ließ sie gewähren. Sie hatten sich die Pause verdient. Acht Tage lang waren sie fast ununterbrochen unterwegs gewesen, um der Elefantenherde auf den Fersen zu bleiben und sie die Talsenke hinunterzutreiben. Und während er darauf wartete, daß sie sich beruhigten, überlegte er abermals, wieviel Ausstrahlung und Anziehungskraft eine Persönlichkeit doch haben mußte, um diese Meute primitiver, ungebildeter Bauern zu einer zusammenhängenden, schlagkräftigen Einheit zu verschmelzen.

Ein einziger Mann hatte die ganze Operation in Gang gesetzt.

Das ist ein Mann! dachte der Offizier und nickte, dann schreckte er aus seiner träumerischen Heldenverehrung und hob das Megaphon an die Lippen. »Achtung! Ruhe!« Er brachte die Leute zum Schweigen und erklärte ihnen, was sie weiterhin zu tun hatten.

Die Männer, mit Axt und Buschmesser bewaffnet, teilte er in Fleischertrupps ein, den Frauen befahl er, Räucherstangen aufzustellen und Körbe zu flechten, und die übrigen wies er an, Feuerholz zu sammeln. Dann wandte er sich wieder den Fleischern zu.

Keiner der Stammesangehörigen war jemals mit einem Flugzeug geflogen, und der Offizier mußte mit der Spitze seines Cowboystiefels nachhelfen, um den ersten dazu zu bewegen, für den kurzen Flug über den verminten Landstrich bis zum nächsten Elefantenkadaver in den Helikopter zu steigen.

Weit vorgebeugt, nahm der Offizier dann den alten Bullen von oben in Augenschein. Er schätzte die dicken, geschwungenen Stoßzähne ab, sah, daß das Tier während der Wartezeit verblutet war, und befahl dem Piloten, tiefer hinunterzugehen.

Dann brachte er seinen Mund nahe an das Ohr des Stammesältesten. »Ihr dürft den Boden nicht berühren, wenn ihr noch län ger leben wollt!« schrie er, und der Mann nickte eifrig. »Und erst die Hauer, dann das Fleisch.«

Der Mann nickte abermals.

Der Offizier klopfte ihm auf die Schulter, und der Alte sprang hinunter auf den Bauch des Bullen, der von den Gärgasen bereits aufgetrieben war. Geschickt balancierte er über den Elefantenkadaver. Der Rest des Trupps sprang mit den Äxten hinterher.

Auf ein Handzeichen des Offiziers hin stieg der Helikopter wieder auf und flog wie eine Libelle zum nächsten Elefanten, der gute Stoßzähne hatte. Das Tier lebte noch, erhob sich in eine sitzende Stellung, streckte den blutigen, mit Staub verschmierten Rüssel aus und versuchte den über ihm schwebenden Helikopter anzugreifen.

Der Offizier stemmte sich gegen den Lukenrahmen, richtete seine Kalaschnikow hinunter und feuerte einen einzigen Schuß auf die Stelle im Nacken ab, wo der Hals in den Rumpf übergeht;

und die Elefantenkuh brach zusammen und lag so still wie der Körper des Kalbes neben ihr. Der Offizier nickte dem Anführer des nächsten Fleischertrupps zu.

Auf den riesigen grauen Schädeln balancierend, vorsichtig darauf bedacht, nicht den Boden zu berühren, lösten die Männer mit den Äxten die Stoßzähne aus ihrem weißen Knochenbett. Es war eine heikle Arbeit, weil ein einziger unachtsamer Axthieb den Wert des Elfenbeins drastisch verringern konnte. Sie hatten gesehen, wie der Offizier in den verwaschenen Jeans einem Mann mit einem kurzen, exakt bemessenen Schlag des Pistolenkolbens den Unterkiefer brach, nur weil er einem Befehl widersprochen hatte. Was würde er dann erst mit jemandem machen, der einen Hauer ruinierte? Sie arbeiteten sehr gewissenhaft. Sobald die Stoßzähne ausgelöst waren, hievte sie der Helikopter hoch und brachte den Trupp zum nächsten Kadaver.

Am Abend waren die meisten Elefanten an ihren schweren Wunden verendet oder erschossen worden, aber das Gebrüll jener, die noch nicht den Gnadenschuß bekommen hatten, und das Geheul der Hyänen und Schakale hallte schaurig durch die Nacht. Die Männer mit den Äxten arbeiteten beim Schein von Grasfackeln weiter, und im Morgengrauen waren alle Stoßzähne eingesammelt.

Nun konnten sie sich dem Zerlegen und Zerstückeln der Elefanten zuwenden. Der Helikopter brachte jede Keule, jede Schulter, sobald sie abgetrennt worden war, auf den sicheren Boden außerhalb des Minenfeldes. Die Frauen schnitten das Fleisch in Streifen und befestigten es an Räuchergestellen über schwelenden Feuern aus grünem Holz.

Während der Offizier die Arbeiten überwachte, errechnete er den Gewinn. Schade, daß man die Häute nicht bergen konnte, gewiß hätte jede Haut an die tausend Dollar gebracht, aber wegen ihrer Größe waren sie nicht konservierbar und würden verwesen, was sie wertlos machte. Hingegen verlieh eine leichte Fäulnis dem Fleisch für afrikanische Gaumen mehr Würze – etwa in der Art, wie ein Engländer Wildgerichte mit Haut goût bevorzugt.

Die fünfhundert Tonnen Frischfleisch würden durch den

Trockenvorgang die Hälfte ihres Gewichts verlieren, aber die Kupferminen im benachbarten Sambia mit ihren Zehntausenden Arbeitern, die verpflegt werden mußten, waren ein guter Umschlagplatz für Proteine. Man hatte bereits einen Preis von zwei Dollar für das Pfund angeräuchertes Fleisch ausgehandelt. Das ergab eine Million US-Dollar – und dann war da natürlich noch das Elfenbein.

Der Hubschrauber hatte die Stoßzähne einen Kilometer vom Lagerplatz entfernt an einen sicheren Ort zwischen den Hügeln gebracht. Dort lagen sie reihenweise ausgebreitet, und eine ausgewählte Truppe war dazu abkommandiert worden, die konischen, dicken weißen Nervenstränge von den Enden der Hauer zu entfernen und das Elfenbein von allem verräterischen Blut und Schmutz – die Nasen asiatischer Zollbeamten waren empfindlich – zu reinigen.

Insgesamt waren es vierhundert Stoßzähne. Einige Hauer, die von Jungtieren stammten, wogen nur ein paar Pfund, aber die Hauer des alten Bullen brachten weit über achtzig Pfund je Stück auf die Waage. Das ergab im Durchschnitt zwanzig Pfund. In Hongkong war der gängige Preis hundert Dollar je Pfund, machte also insgesamt achthunderttausend Dollar. Der Verdienst von einem Arbeitstag würde über eine Million Dollar betragen, und das in einem Land, wo das durchschnittliche Jahreseinkommen eines erwachsenen Mannes weit unter sechshundert Dollar lag.

Natürlich war die Operation nicht ohne geringfügige Verluste abgegangen. Einer der Fleischer hatte das Gleichgewicht verloren, war von seinem Standplatz auf dem Elefantenkadaver heruntergefallen und mit dem Hinterteil direkt auf einer Schützenmine gelandet.

Dieser Sohn eines verblödeten Pavians! Der Offizier war über die Torheit des Mannes noch immer verärgert. Die Arbeit hatte fast eine Stunde lang unterbrochen werden müssen, um die Leiche zu bergen und zu bestatten.

Ein anderer Mann hatte in seinem Übereifer durch einen Axthieb einen Fuß verloren, und ein Dutzend weitere hatten leichtere Schnittwunden davongetragen. Und während der Nacht war ein Mann mit einer Kugel im Bauch gestorben. Er hatte gegen das protestiert, was der Offizier mit seiner jungen Frau im Gebüsch hinter den Räucherplätzen machte – aber wenn man sich den Gewinn so recht überlegte, waren die Verluste tatsächlich geringfügig. Der Genosse Kommissar würde zufrieden sein, und das mit gutem Grund.

Erst am Morgen des dritten Tages war der Offizier mit der Arbeit der Abteilung, die das Elfenbein behandelte, zufrieden. Die Leute wurden ins Tal geschickt, um beim Räuchern zu helfen, und das Elfenbeinlager blieb verlassen zurück. Von der Identität der bedeutenden Persönlichkeit, die nun kommen würde, um die Ausbeute zu inspizieren, durfte niemand etwas ahnen.

Er kam per Hubschrauber. Der Offizier stand in strammer militärischer Haltung neben den langen Reihen schimmernden Elfenbeins auf der Lichtung. Der Druck der Rotoren zerrte an seiner Jacke, so daß die Hosenbeine seiner Jeans flatterten, doch der Offizier behielt seine Haltung bei.

Als der Hubschrauber gelandet war, stieg eine imponierende Gestalt aus – ein gutaussehender, stattlicher Mann mit blendendweißen, ebenmäßigen Zähnen, die sich hell von seinem dunklen, mahagonifarbenen Gesicht abhoben, mit dichtem, steifem, kurzgeschnittenem afrikanischen Kraushaar, das sich an den wohlgeformten Schädel schmiegte. Er trug einen teuren, perlgrauen Maßanzug in italienischer Machart, ein schneeweißes Hemd und eine dunkelblaue Krawatte. Die schwarzen Schuhe aus weichem Kalbsleder waren handgearbeitet. Er streckte dem Offizier herzlich die Hand entgegen.

Sofort gab der Jüngere seine ehrerbietige Haltung auf und lief zu ihm hin, wie ein Kind zu seinem Vater. »Genosse Kommissar!«

»Nicht doch!« tadelte der andere den lachenden Offizier freundlich. »Nicht mehr Genosse Kommissar, sondern Genosse Minister. Nicht mehr Anführer einer Bande ungewaschener Buschkrieger, sondern Staatsminister einer souveränen Regierung.« Und als er die langen Reihen Stoßzähne sah, ließ sich der Minister zu einem Lächeln herab. »Und der erfolgreichste Elfenbeinjäger aller Zeiten – nicht wahr?«

Craig Mellow zuckte zusammen, als das Taxi direkt vor dem Eingang von Bergdorf Goodman in ein Schlagloch auf der Fahrbahn der Fifth Avenue fuhr. Wie fast alle New Yorker Taxis hatte der Wagen Stoßdämpfer, die eher zu einem Sherman-Panzer gepaßt hätten.

Die Fahrt mit dem Landrover durch die Mbabwe-Senke war angenehmer, dachte Craig und hatte plötzlich Heimweh, als er sich an den holprigen, kurvenreichen Fahrweg durch die Badlands am Chobefluß, diesem breiten, grünen Nebenfluß des großen Sambesi, erinnerte.

Aber das war so weit entfernt und so lange her. Er schob die Erinnerung beiseite und dachte müde daran, daß es eigentlich ziemlich erniedrigend für ihn war, in einem Taxi zu einem Arbeitsessen mit seinem Verleger zu fahren und die Kosten dafür auch noch selbst tragen zu müssen. Es hatte eine Zeit gegeben, in der man ihm eine Limousine mit Chauffeur geschickt hätte und der Treffpunkt das Four Seasons oder das La Grenouille gewesen wäre und nicht irgendein italienisches Restaurant in Greenwich Village. Zu diesen raffinierten, feinen Protesten griffen Verleger, wenn ein Autor seit drei Jahren kein Manuskript mehr abgeliefert hatte und mehr Zeit mit seinem Börsenmakler und im Studio 54 als vor seiner Schreibmaschine verbrachte.

Nun, vermutlich hab' ich's nicht anders verdient. Craig schnitt eine Grimasse, griff nach einer Zigarette und hielt mitten in der Bewegung inne, als ihm einfiel, daß er das Rauchen aufgegeben hatte. Statt dessen strich er sich eine dichte, dunkle Locke aus der Stirn und beobachtete die Gesichter der Passanten auf dem Gehsteig. Nach der Abgeschiedenheit des afrikanischen Busches hatte er dieses Großstadtgewühl eine Zeitlang belebend und anregend gefunden, und selbst die bunten Fassaden mit der Neonreklame waren ihm ungewöhnlich und faszinierend erschienen. Mittlerweile fühlte er sich allerdings beengt und sehnte sich nach einem freien Ausblick auf den Himmel, der hier nur als schmaler Streifen zwischen den Wolkenkratzern zu sehen war.

Das scharfe Abbremsen des Taxis störte ihn in seinen Gedanken, und ohne sich umzudrehen, murmelte der Fahrer: »16. Straße.«

Craig steckte einen Zehn-Dollar-Schein durch den Schlitz in der Panzerglasscheibe, die den Fahrer vor seinen Passagieren schützte. »Stimmt so«, sagte er und stieg aus dem Wagen. Er erkannte das Restaurant sofort an den hübschen, landesüblichen Markisen und den strohgeflochtenen Chiantiflaschen in den Fenstern.

Craig überquerte mühelos und ohne eine Spur zu hinken den Gehsteig, nichts deutete auf seine Behinderung hin. Entgegen seinen Befürchtungen war das Restaurant kühl und sauber, und der Geruch nach Essen wirkte appetitanregend.

Ashe Levy stand von einem Tisch im hinteren Teil des Raumes auf und winkte ihm zu. »Craig, Junge!« Er legte einen Arm um Craigs Schulter und tätschelte ihm väterlich die Wange. »Siehst gut aus, alter Windhund!«

»Ein nettes Lokal, Ashe. Wie bist du darauf gekommen?«

»Ist mal was anderes als das alte langweilige Four Seasons«, grinste Levy verschmitzt, hocherfreut, daß diese kleine Geste des Mißfallens bemerkt worden war. »Craig, ich möchte dir eine sehr begabte junge Dame vorstellen.«

Sie hatte ganz hinten im Dunkel der Nische gesessen, aber nun beugte sie sich vor und reichte ihm die Hand. Da die tiefhängende Lampe nur die Hand beschien, war dies das erste, was Craig von dem Mädchen zu sehen bekam.

Es war eine schmale Künstlerhand mit sauberen, unlackierten, kurzgeschnittenen Fingernägeln und leicht gebräunter Haut, durch die deutlich die zarten, bläulichen Adern schimmerten. Es war eine feingliedrige Hand mit Schwielen an den Enden der langen, geraden Finger – also eine Hand, die an harte Arbeit gewöhnt war.

Craig nahm die Hand und war verwundert über den kräftigen Händedruck, er fühlte die Weichheit der kühlen, trockenen Haut am Handrücken und die rauhen Stellen an den Ballen und schaute dem Mädchen ins Gesicht.

Sie hatte dichte, dunkle Augenbrauen, die in der Mitte zusammenwuchsen. Selbst in dem gedämpften Licht waren ihre Augen strahlend grün mit honigfarbenen Punkten rund um die Pupillen. Sie blickten direkt und offen.

»Sally-Anne Jay«, sagte Levy. »Craig Mellow.«

Sie hatte eine gerade, aber etwas zu große Nase, und ihr Mund war zu breit, um schön zu sein. Das volle, dunkle Haar trug sie streng aus der Stirn gekämmt, ihr Gesicht war sonnengebräunt wie ihre Hände und die Wangen mit winzigen Sommersprossen übersät.

»Ich habe Ihr Buch gelesen«, sagte sie. Ihre Stimme klang voll und klar, und sie sprach mit einem leichten Akzent, aber erst an ihrem Timbre erkannte er, wie jung sie noch war. »Ich finde, es hat alles verdient, was damit geschah.«

»Ist das ein Kompliment oder eine Beleidigung?« Craig versuchte es leicht und unbekümmert zu sagen, aber im Grunde hoffte er inständig, daß sie nicht eine von jenen war, die ihren gehobenen literarischen Maßstab demonstrieren wollten, indem sie einem populären Autor ins Gesicht sagten, daß sie sein Werk ablehnten.

»Das Buch ist doch sehr gut angekommen«, erklärte sie, und Craig fühlte sich unsinnigerweise erleichtert, wenn das Thema damit für sie auch beendet zu sein schien. Um ihr seine Freude zu zeigen, drückte er ihr die Hand und behielt sie länger in der seinen als nötig; sie zog die Hand zurück und legte sie ruhig in den Schoß.

Also war sie weder auf Prominenz aus noch eine Schwärmerin. Die Literaturgroupies, die dauernd sein Bett zu stürmen versuchten, waren ihm sowieso lästig, und Schwärmerinnen waren – fast – genauso schlimm wie spitzfindige Blaustrümpfe. »Mal sehen, ob wir Ashe dazu überreden können, uns einen Drink zu spendieren«, schlug er vor und setzte sich auf die Bank ihr gegenüber.

Levy machte wie gewöhnlich viel Aufhebens um die Weinkarte, was schließlich auf einen Frascati zu zehn Dollar hinauslief. »Ein feines, fruchtiges Tröpfchen.« Er schnalzte mit der Zunge.

»Kalt und naß«, stimmte Craig zu, und Levy grinste, als sie dabei beide an den 70er Corton Charlemagne dachten, den sie letztes Mal getrunken hatten.

»Wir erwarten noch jemanden«, erklärte Levy dem Kellner.

»Wir werden später bestellen.« Und an Craig gewandt: »Ich wollte Sally-Anne Gelegenheit geben, dir ihr Material zu zeigen.«

»Na, dann her damit«, forderte Craig sie auf und wurde sofort argwöhnisch. Die Welt war voll von Leuten, die auf seinen Wagen aufspringen wollten – Leuten mit unveröffentlichten Manuskripten, die er empfehlen sollte, Vermögensberatern, die seinen Reichtum für ihn verwalten wollten, anderen, die ihm gestattet hätten, ihre Lebensgeschichte zu schreiben, um ihn dann großzügigerweise am Gewinn zu beteiligen, wieder anderen, die ihm Versicherungen oder Südseeparadiese verkaufen wollten oder ihn für einen kleinen Vorschuß und einen noch kleineren Anteil am Profit damit beauftragten, Filmdrehbücher zu verfassen – er hatte alles schon erlebt, und all diese Leute wirkten auf ihn wie Hyänen, die sich um die Jagdbeute des Löwen rauften.

Sally-Anne hob eine Mappe vom Boden auf und legte sie vor Craig auf den Tisch. Während Levy die Lampe zurechtrückte, löste Sally-Anne die Bänder des Umschlags und lehnte sich zurück.

Craig schlug die Mappe auf und wurde plötzlich sehr still. Er fühlte Gänsehaut auf den Unterarmen und ein Kribbeln unter den Haaren im Nacken – so reagierte er gewöhnlich auf etwas Großes, etwas vollendet Schönes. Im Metropolitan Museum am Central Park hing ein Gauguin; eine polynesische Madonna mit dem Christuskind auf den Schultern. Diese Madonna hatte ihm auch dieses Kribbeln verursacht. Und es gab Passagen in T. S. Eliots Gedichten und Lawrence Durrells Romanen, bei denen er jedesmal, wenn er sie las, dieses Kribbeln spürte. Die ersten Takte von Beethovens Fünfter Symphonie, Rudolf Nurejews unglaublich leichte Sprünge und die Art, wie Nicklaus und Borg an guten Tagen Tennis spielten – all das rief dieses Kribbeln hervor, und nun kam dieses Mädchen.

Es war ein Foto. Ein Bild von solcher Vollendung, daß jede Einzelheit lebendig wirkte. Die Farben waren klar und absolut naturgetreu.

Es war die Aufnahme eines Elefanten, eines alten Bullen. Er blickte in charakteristischer Angriffshaltung in die Kamera – die

Ohren wie dunkle Fahnen ausgebreitet. Irgendwie versinnbildlichte er die Weite und Zeitlosigkeit eines ganzen Kontinents, und doch befand er sich in höchster Not, und man spürte, daß all seine Stärke nutzlos war, daß Dinge auf ihn einströmten, die über seine Erfahrungen und die überlieferten Erinnerungen seiner Vorfahren hinausgingen, und daß er im Begriff stand, von den Veränderungen überrollt zu werden – wie Afrika selbst.

Dieses Mädchen hatte es geschafft, in der Hundertstelsekunde, die die Blende brauchte, um sich zu öffnen und wieder zu schließen, das Wesen und das Geheimnis seines Heimatlandes einzufangen, während es ihm in monatelanger, quälender Arbeit nicht gelungen war, auch nur annähernd so weit zu kommen, und er sich, in dem Bewußtsein, versagt zu haben, davor fürchtete, es noch einmal zu versuchen.

»Woher kommen Sie?« fragte er, ohne sie anzusehen.

»Aus Denver, Colorado«, sagte sie. »Aber mein Vater war jahrelang Botschafter in London. Ich war fast die ganze Zeit in England in der Schule.« Das erklärte ihren Akzent. »Mit achtzehn bin ich nach Afrika gekommen und habe mich in das Land verliebt«, schloß sie schlicht ihren Lebenslauf.

Craig kostete es fast körperliche Anstrengung, die Fotografie zu berühren und umzudrehen. Darunter lag die Aufnahme einer jungen Frau, die neben einem verlassenen Brunnen auf einem schwarzen Lavafelsen saß. Sie trug den charakteristischen ledernen Hasenohrenkopfschmuck des Owahimbastammes. Ihr Kind stand neben ihr und nuckelte an ihrer nackten Brust. Die Haut der Frau glänzte von Fett und Ocker. Sie hatte die gleichen Augen wie die Frauen auf Wandmalereien in Pharaonengräbern, und sie war schön.

Wahrhaftig aus Denver, Colorado! dachte Craig und erschrak über seine Bitterkeit und über die Intensität seines plötzlichen Unwillens. Wie konnte es diese verdammte Ausländerin wagen, den komplexen Geist eines ganzen Volkes so sicher in einem Foto einer jungen Frau einzufangen! Er hatte sein Leben lang unter den Afrikanern gelebt und hatte doch nie zuvor einen Afrikaner so klar vor sich gesehen wie in diesem Augenblick hier in dem italienischen Restaurant in Greenwich Village.

Mit verhaltener Heftigkeit legte er das Bild weg. Darunter kam eine Aufnahme zum Vorschein, die das Innere des trichterförmigen Kelches einer prächtigen, gelbbraunen Blüte von Craigs Lieblingsblume, der Kigelia Africana, zeigte. Es war eine perfekte Kombination von Form und Farbe, und Craig hatte das Gefühl, das Mädchen deswegen hassen zu müssen.

Es waren noch viele andere Fotos da. Eines von einem grinsenden Milizsoldaten mit einer Kalaschnikow auf der Schulter und einer Kette aus getrockneten Menschenohren um den Hals – eine Karikatur der Grausamkeit und der Arroganz.

Ein anderes Foto zeigte, im Gegensatz dazu, afrikanische Kinder in einem aus Pfählen und Stroh gebauten Schulgebäude. Sie saßen zu dritt über ein einziges Lesebuch gebeugt, und in allen Gesichtern stand das brennende Verlangen nach Wissen. Sie bildeten ein vollständiges Zeugnis von Hoffnung und Verzweiflung, von tiefster Armut und größtem Reichtum, von Grausamkeit und Güte, von unerbittlicher Elementargewalt und überströmender Fruchtbarkeit, von Leid und liebenswürdiger Komik. Craig hätte es nicht ertragen können, dem Mädchen noch einmal ins Gesicht zu sehen, daher blätterte er die steifen, glänzenden Fotografien sehr langsam durch, betrachtete eingehend und lange jedes Bild und versuchte so, den Augenblick, in dem er ihr in die Augen sehen mußte, hinauszuzögern.

Plötzlich hielt er inne, betroffen von einer besonders erschütternden Aufnahme, die eine gewaltige Menge gebleichter Knochen zeigte. Um die dramatische Wirkung noch zu erhöhen, hatte die Fotografin einen Schwarzweißfilm verwendet, und die Gebeine glänzten in der hellen afrikanischen Sonne. Craig dachte sofort an den legendären Elefantenfriedhof – ein alter Jägermythos, wonach es geheime Orte gab, an die sich die Elefanten zum Sterben zurückzogen.

»Wilderer«, sagte das Mädchen. »Es waren zweihundertsechsundachtzig Skelette.«

Bestürzt sah Craig schließlich doch zu ihr auf. »Auf einem Haufen?« fragte er, und sie nickte.

»Man hat sie in eines der alten Minenfelder getrieben.«

Unwillkürlich schauerte Craig und betrachtete das Foto genauer. Unter dem Tisch strich er mit der rechten Hand seinen Oberschenkel entlang, bis er den Lederriemen fühlte, der sein Bein festhielt, und er empfand tiefes Mitgefühl für das Schicksal dieser großen Dickhäuter. Er erinnerte sich an sein eigenes Minenfeld und fühlte wieder die krachende Explosion unter seinem Fuß; es war so gewesen, als hätte ihn ein kräftig geschwungener Vorschlaghammer getroffen.

»Tut mir leid«, sagte das Mädchen weich. »Ich weiß von Ihrem Bein.«

»Sie ist gut informiert«, sagte Levy.

Halt den Mund, dachte Craig wütend. Warum könnt ihr beide nicht den Mund halten? Er haßte es, wenn jemand sein Bein erwähnte. Wenn sie wirklich gut informiert wäre, hätte sie das wissen müssen – aber es war nicht die Erwähnung seines Beines, es waren auch die Elefanten. Craig hatte früher einmal als Aufseher in einem Wildreservat gearbeitet. Er kannte die Elefanten und hatte sie lieben gelernt, und das Bilddokument dieses Gemetzels verursachte ihm Entsetzen und Übelkeit. Es verstärkte noch seinen Groll gegen das Mädchen; sie hatte ihm das angetan, und er wollte sich dafür rächen, ein kindisches Verlangen nach Rache. Aber bevor es dazu kam, traf der späte Gast ein, und Levy stellte ihn vor.

»Craig, ich möchte dich mit einem ungewöhnlichen Burschen bekanntmachen.« Wenn Levy jemanden vorstellte, baute er die Reklame automatisch mit ein. »Das ist Henry Pickering. Henry ist Vizepräsident der Weltbank – wenn du genau hinhörst, kannst du all die Milliarden Dollar in seinem Kopf rasseln hören. Henry, das ist Craig Mellow, unser junges Genie. Neben Karen Blixen ist Craig einer der bedeutendsten Schriftsteller, die Afrika je hervorgebracht hat, wenn ich so sagen darf!«

»Ich habe das Buch gelesen«, nickte Pickering. Er war sehr groß und hager und hatte eine Glatze. Er trug den üblichen dunklen Anzug des Bankiers, ein gestärktes weißes Hemd, und nur die Krawatte und die strahlend blauen Augen gaben seiner Erscheinung einen kleinen individuellen Hauch von Farbe. »Diesmal hast du sicherlich nicht übertrieben, Ashe.« Er küßte Sally-Anne väterlich auf die Wange, setzte sich nieder, kostete den Wein, den Ashe ihm eingeschenkt hatte, und schob das Glas einen Zentimeter zurück.

Craig stellte fest, daß er seinen Stil bewunderte.

»Was halten Sie davon?« fragte Pickering, indem er auf die offene Fotomappe deutete.

»Er ist ganz hingerissen, Henry«, warf Levy rasch dazwischen, »er ist vernarrt in die Bilder – ich wünschte, du hättest sein Gesicht gesehen, als er einen ersten Blick darauf warf – er ist überwältigt, Mann, richtiggehend überwältigt!«

»Gut«, sagte Pickering ruhig, während er Craigs Gesicht beobachtete. »Hast du ihm unseren Plan unterbreitet?«

»Damit habe ich noch gewartet.« Levy schüttelte den Kopf. »Ich wollte ihn überraschen.« Er wandte sich an Craig. »Ein Buch«, sagte er. »Es geht um ein Buch. Der Titel dieses Buches ist ›Craig Mellows Afrika‹. Was bedeutet, daß du über das Afrika deiner Vorfahren schreiben sollst, Afrika, wie es war und was aus ihm geworden ist. Du gehst zurück und machst eine gründliche Bestandsaufnahme. Du redest mit den Leuten –«

»Verzeihung«, unterbrach ihn Pickering, »ich höre, Sie sprechen eine der beiden Hauptsprachen von Simbabwe – Sindebele, nicht wahr?«

»Fließend«, antwortete Levy für Craig. »Wie einer von ihnen.«

»Gut«, nickte Pickering. »Stimmt es, daß Sie viele Freunde haben – und davon einige an hohen Stellen?«

Levy kam ihm abermals zuvor. »Einige seiner alten Kumpel sind Kabinettsmitglieder der Regierung von Simbabwe. Sehr viel höher geht es nicht.«

Craig senkte den Blick auf die Fotografie des Elefantenfriedhofs. »Simbabwe«, der neue Name, den die schwarzen Sieger gewählt hatten, war ihm noch nicht geläufig. Für ihn blieb es Rhodesien. Rhodesien war das Land, das seine Vorfahren der Wildnis mit Spitzhacken, Äxten und Maximmaschinengewehren abgerungen hatten. Ihr Land, also sein Land und, wie man es auch nannte, noch immer seine Heimat.

»Das wird eine erstklassige Sache, Craig, die Kosten spielen keine Rolle. Du kannst hingehen, wo du willst, du hast überall

Zutritt, und die Weltbank wird dich dabei unterstützen und dafür bezahlen.« Levy hatte sich in Begeisterung geredet, und Craig sah zu Pickering auf.

»Die Weltbank – als Herausgeberin?« fragte Craig zynisch, und als Levy wieder antworten wollte, legte ihm Pickering die Hand auf den Arm.

»Jetzt bin ich an der Reihe, Ashe«, sagte er. Er hatte Craigs Stimmung gespürt und sprach in liebenswürdigem, beschwichtigendem Tonfall. »Der Hauptteil unseres Geschäftes sind Kredite an unterentwickelte Länder. Wir haben fast eine Milliarde in Simbabwe investiert. Und natürlich wollen wir unsere Investitionen schützen. Stellen Sie sich das Buch in der Art eines Prospektes vor. Wir wollen, daß die Welt den kleinen afrikanischen Staat kennenlernt, den wir gern zu einem Schaustück machen würden, zu einem Musterbeispiel dafür, wie erfolgreich eine schwarze Regierung sein kann. Und wir glauben, daß uns Ihr Buch dabei helfen könnte.«

»Und das hier?« Craig deutete auf das Foto.

»Wir wollen, daß das Buch optisch ebenso viel Eindruck macht wie intellektuell. Und wir glauben, Sally-Anne wäre die Richtige dafür.«

Craig schwieg einige Sekunden und fühlte die Angst in sich emporkriechen wie eine widerliche Schlange. Die Angst zu versagen. Dann stellte er sich vor, daß er gegen diese Fotografien aufkommen und einen Text verfassen mußte, der neben den eindrucksvollen Bildern dieses Mädchens zu bestehen haben würde. Sein guter Ruf stand auf dem Spiel, und sie hatte nichts zu verlieren. Der Vorteil lag auf ihrer Seite. Sie war keine Verbündete, sondern eine Gegnerin, und sein Unmut kehrte in vollem Ausmaß zurück, so stark, daß es schon fast eine Art Haß war.

Sie beugte sich über den Tisch zu ihm hin, das Licht schien auf die langen Wimpern, die ihre grünen, gesprenkelten Augen umrahmten. »Craig«, sagte sie, »ich könnte noch bessere Bilder machen, wenn ich die Gelegenheit dazu hätte. Geben Sie mir eine Chance, ich werde Sie nicht enttäuschen. Bitte!«

»Mögen Sie Elefanten?« fragte Craig. »Ich werde Ihnen jetzt eine kleine Elefantengeschichte erzählen. Ein großer alter Elefantenbulle hatte einen Floh, der in seinem linken Ohr wohnte. Eines Tages überquerte der Elefant eine altersschwache Brücke, und als er auf der anderen Seite angekommen war, sagte der Floh in seinem Ohr: ›Junge, Junge! Diese Brücke haben wir aber zum Schwanken gebracht!‹«

Sally-Anne schloß langsam den Mund und wurde blaß. Ihre Lider zuckten, die dunklen Wimpern bebten wie Schmetterlingsflügel, und als ihr die Tränen in die Augen traten, lehnte sie sich zurück.

Es entstand betretenes Schweigen, und Craig empfand plötzlich heftige Reue. Seine Grobheit und Arroganz erfüllten ihn mit Abscheu. Er hatte sie für zäh und beharrlich gehalten und erwartet, daß sie mit einer scharfen Entgegnung parieren würde. Tränen hatte er nicht erwartet. Er wollte sie beruhigen und wollte ihr sagen, daß es nicht so gemeint war, wie es klang. Er wollte ihr seine Angst und seine Unsicherheit verständlich machen, aber da erhob sie sich schon und nahm ihre Fotomappe.

»Teile Ihres Buches waren so verständnisvoll, so mitfühlend, daß ich mir nichts sehnlicher wünschte, als mit Ihnen zusammenzuarbeiten«, sagte sie leise. »Offenbar war es dumm von mir zu glauben, Sie seien so wie Ihr Buch.« Dann wandte sie sich an Levy. »Tut mir leid, Ashe, aber mir ist wirklich der Appetit vergangen.«

Levy erhob sich sofort. »Wir nehmen zusammen ein Taxi«, sagte er. Dann wandte er sich sanft an Craig: »Gut gemacht, du Held. Ruf mich an, wenn das neue Manuskript fertig ist« und eilte hinter Sally-Anne her.

Pickering spielte mit seinem Glas und starrte gedankenverloren in den Wein.

»Das ist pasteurisierter römischer Ziegenurin«, sagte Craig. Er stellte fest, daß seine Stimme etwas heiser klang. Er winkte dem Kellner und bestellte einen Meursault.

»Der ist schon etwas besser«, untertrieb Pickering. »Nun, vielleicht war dieses Buch doch keine so großartige Idee?« Er warf einen Blick auf die Armbanduhr. »Wir sollten uns doch etwas zu essen bestellen.«

Sie sprachen über andere Dinge – über die Zahlungsfähigkeit

Mexikos, über Reagans Terminplan, über den Goldpreis – Pickering zog Silber für eine rasche Aufwertung vor und hielt Diamanten für sehr aussichtsreich. »Ich würde De-Beers-Aktien kaufen«, riet er.

Als sie beim Kaffee angelangt waren, kam eine hübsche junge Blondine von einem der anderen Tische auf sie zu. »Sie sind doch Craig Mellow«, sprach sie Craig an. »Ich hab' Sie im Fernsehen gesehen. Ihr Buch hat mir großartig gefallen. Bitte, bitte, geben Sie mir doch ein Autogramm.«

Während er seine Unterschrift auf die Speisekarte setzte, beugte sie sich über ihn und drückte ihre kleine, heiße, harte Brust gegen seine Schultern. »Ich arbeite in dem Kosmetiksalon in der Fifth Avenue«, hauchte sie. »Sie können mich dort jederzeit finden.« Der Duft des teuren, geklauten Parfüms blieb zurück, nachdem sie gegangen war.

»Weisen Sie sie immer ab?« fragte Pickering ein bißchen wehmütig.

»Ich bin auch nur ein Mann aus Fleisch und Blut«, lachte Craig, und Pickering bestand darauf, die Rechnung zu zahlen.

»Draußen steht mein Wagen, ich könnte Sie irgendwo absetzen«, bot er an.

»Wenn ich laufe, kann ich die Nudeln besser verdauen«, sagte Craig.

»Wissen Sie, Craig, ich glaube, Sie werden nach Afrika zurückkehren. Ich habe gesehen, wie Sie diese Fotos verschlungen haben. Wie ein Verhungerter.«

»Möglich.«

»Das Buch. Unser Interesse daran. Es steckt mehr dahinter, als Ashe vermutet. Sie kennen die Spitzenleute dort. Und das interessiert mich. Die Ideen, die Sie in Ihrem Buch zum Ausdruck brachten, passen genau zu unseren Überlegungen. Sollten Sie sich doch entschließen zurückzukehren, rufen Sie mich bitte vorher an. Sie würden uns beiden damit einen Gefallen tun.« Pikkering stieg hinten in den schwarzen Cadillac, hielt die Tür auf und sagte: »Übrigens, ich fand die Fotos recht gut.« Er schloß die Tür und nickte dem Chauffeur zu.

Die »Bawu« lag zwischen zwei neuen Jachten, einer vierzig Fuß langen Camper & Nicholson und einer ähnlich langen Hatteras, und sie brauchte den Vergleich keineswegs zu scheuen, obwohl sie schon fast fünf Jahre alt war. Craig hatte sie eigenhändig zusammengebaut. Er blieb an den Hafenschranken stehen, um sie sich anzusehen, aber irgendwie hatte er heute nicht so viel Freude an ihren schlanken Formen wie sonst.

»Da waren ein paar Anrufe für Sie, Craig«, rief ihm das Mädchen hinter dem Schalter des Hafenbüros zu, und er trat ein. »Sie können dieses Telefon benützen«, fügte sie hinzu.

Er sah die Zettel durch, die sie ihm ausgehändigt hatte; der Anruf seines Börsenmaklers war mit »dringend« bezeichnet, und ein anderer kam vom Literaturredakteur einer Tageszeitung im Mittelwesten. Solche Anrufe hatte es in letzter Zeit nicht sehr viele gegeben.

Er rief zuerst seinen Börsenmakler an. Er hatte die Mocatta-Goldzertifikate, die er für dreihundertzwanzig Dollar die Unze gekauft hatte, um fünfhundertzwei Dollar verkauft. Craig beauftragte ihn, das Geld auf Abruf anzulegen.

Dann wählte er die zweite Nummer. Während er auf die Verbindung wartete, bewegte sich das Mädchen hinter dem Schalter mehr, als eigentlich notwendig gewesen wäre, und beugte sich über die untersten Schubladen des Aktenschrankes, um Craig zu zeigen, was sie in ihren weißen Bermudas und dem rosafarbenen T-Shirt verbarg.

Craig wurde mit einer Literaturredakteurin verbunden, die wissen wollte, wann sein neues Buch erscheinen würde.

Was für ein Buch? dachte Craig bitter, laut aber antwortete er: »Wir haben noch keinen bestimmten Termin festgesetzt – aber es wird nicht mehr lange dauern. Möchten Sie inzwischen ein Interview?«

»Vielen Dank, aber wir warten bis zur Veröffentlichung, Mr. Mellow.«

Da könnt ihr lange warten, mein Schatz, dachte Craig, und als er den Hörer auflegte, sah ihn das Mädchen hinter dem Schalter strahlend an.

»Heute abend ist die Party auf der ›Firewater‹.«

Das ganze Jahr über war jeden Abend auf einer der Jachten eine Party.

»Werden Sie auch hingehen?«

Ohne Brille sah sie vielleicht ganz hübsch aus – und, zum Teufel, er hatte sich beim Mittagessen zum Narren gemacht und eben mit dem Goldzertifikat eine Viertelmillion Dollar verdient. »Ich gebe heute abend eine Privatparty auf der ›Bawu‹«, sagte er, »für zwei.« Sie hatte sich als geduldiges, gutes Mädchen erwiesen, und ihre Zeit war gekommen.

Ihr Gesicht leuchtete auf, und er sah, daß er recht gehabt hatte. Sie war wirklich ganz hübsch. »Um fünf bin ich hier fertig.«

»Ich weiß«, sagte er. »Kommen Sie anschließend gleich hinunter.« Die eine kränken und die andere glücklich machen, dachte er. Damit sollte es wieder ausgeglichen sein, aber natürlich war es das nicht.

Craig lag, die Hände im Nacken verschränkt, auf dem Rücken unter dem Laken in der geräumigen Koje und lauschte den spärlichen Geräuschen der Nacht. Das Mädchen neben ihm schlief, atmete regelmäßig und ließ leise, pfeifende Schnarchtöne hören.

Sie hatte sich als leidenschaftlich und sehr geübt erwiesen, und dennoch fühlte sich Craig unbefriedigt und ruhelos. Er wäre gern an Deck gegangen, aber dann wäre das Mädchen aufgewacht, und er wußte, daß sie noch immer nicht genug hatte, und er wollte sich nicht weiter mit ihr abgeben. Also blieb er liegen und ließ die Fotos aus Sally-Annes Mappe wie in einer Laterna magica in seinem Kopf ablaufen, und die Bilder lösten wiederum andere Erinnerungen aus, die lange in ihm geschlummert hatten und nun frisch und lebendig vor ihm auftauchten, begleitet von den Gerüchen, dem Geschmack und den Geräuschen Afrikas. Und wieder überfiel ihn bittersüßes, melancholisches Heimweh, und er verbrachte eine schlaflose Nacht.

Das Mädchen bestand darauf, das Frühstück für ihn zu machen. Sie tat das mit nicht annähernd so viel Sachkenntnis, wie sie im Bett gezeigt hatte, und nachdem sie an Land gegangen war, brauchte er fast eine ganze Stunde, um die Kombüse aufzuräumen. Dann ging er hinauf in den Salon.

Er zog die Vorhänge vor das Bullauge über seinem Schreib- und Navigationstisch, um von der Betriebsamkeit im Hafen nicht abgelenkt zu werden, und setzte sich. Er las die letzten zehn Seiten noch einmal durch und stellte fest, daß er von Glück reden konnte, wenn auch nur zwei davon verwertbar waren. Entschlossen machte er sich an die Arbeit, aber seine Romanfiguren waren heute störrisch und sagten alltägliche, alberne Dinge. Nach einer Stunde griff er nach dem Wörterbuch im Regal neben dem Schreibtisch, um ein Wort nachzuschlagen.

»Himmel, sogar ich weiß, daß man in einem echten Gespräch nicht ›kleinmütig‹ sagt«, murmelte er, als er das Buch zur Hand nahm, dann hielt er inne, weil zwischen den Seiten ein kleines Bündel zusammengefaltetes Briefpapier herausgeflattert war.

Insgeheim dankbar für diesen Anlaß, die Arbeit zu unterbrechen, entfaltete er das Papier und stellte verwundert fest, daß es ein Brief von einem Mädchen namens Janine war – ein Mädchen, das mit ihm zusammen die Schmerzen der Kriegsverletzungen ertragen hatte, das mit ihm zusammen den langen, mühsamen Weg bis zur Genesung gegangen war, das ihm zur Seite gestanden hatte, als er das erstemal, nachdem er das Bein verloren hatte, wieder hatte gehen können, das ihn am Ruder abgelöst hatte, als die »Bawu« durch ihre ersten Atlantikstürme gesteuert war. Ein Mädchen, das er geliebt hatte und heiraten wollte und an dessen Gesicht er sich nun kaum noch erinnern konnte.

Janine hatte den Brief aus Yorkshire geschrieben, drei Tage vor ihrer Hochzeit mit dem Tierarzt, der als Assistent in der Praxis ihres Vaters arbeitete. Zögernd las er den Brief noch einmal durch, alle zehn Seiten, und dann wußte er wieder, warum er ihn in das Buch gesteckt hatte. Er klang nur stellenweise verbittert, aber andere Dinge, die Janine schrieb, trafen ihn schmerzlich.

»Du warst so oft und so lange ein Versager, daß dich dein plötzlicher Erfolg umgeworfen hat...«

Er dachte darüber nach. Was hatte er außer dem Buch – diesem einen Buch – jemals zustande gebracht? Und sie gab ihm die Antwort darauf.

»Du warst so unschuldig und sanft, Craig, so liebenswert in deiner unbeholfenen, jungenhaften Art. Ich wollte mit dir leben, aber nachdem wir Afrika verlassen hatten, hast du dich allmählich verändert und wurdest hart und zynisch... Erinnerst du dich noch daran, als wir uns zum erstenmal sahen und ich zu dir gesagt habe: ›Du bist ein verwöhnter kleiner Junge und gibst Dinge auf, die man nicht aufgeben sollte‹? Und das ist wahr, Craig. Du hast unsere Beziehung aufgegeben. Damit meine ich nicht nur diese kleinen hübschen Häschen, diese Literaturgroupies ohne Gummiband im Schlüpfer, sondern vor allem, daß du deine Interessen aufgegeben hast. Wenn ich dir einen Rat geben darf, gib niemals das einzige auf, was du wirklich beherrschst, nämlich das Schreiben, Craig. Das wäre wirklich eine Sünde.«

Er erinnerte sich, wie arrogant er über diese Bemerkung gespottet hatte, als er den Brief zum erstenmal las. Nun spottete er nicht mehr – nein, er erschrak. Genau das, was sie ihm prophezeit hatte, war nämlich eingetroffen.

»Ich habe dich wirklich geliebt, Craig, nicht auf den ersten Blick, sondern nach und nach. Du hast sehr hart arbeiten müssen, um das zu zerstören. Ich liebe dich nicht mehr, Craig, und ich bezweifle, daß ich jemals einen anderen Mann lieben werde, nicht einmal den Mann, den ich am Samstag heirate – aber ich mag dich, und das wird immer so bleiben. Ich wünsche dir alles Gute, aber nimm dich vor deinem unerbittlichsten Feind in acht – vor dir selbst.«

Craig faltete den Brief. Er verspürte das Bedürfnis nach einem Drink. Er ging in die Kombüse hinunter und schenkte sich einen Bacardi ein – viel Bacardi mit wenig Zitrone. Während er trank, las er den Brief noch einmal durch, und diesmal fiel ihm ein Satz besonders auf.

»Nachdem wir Afrika verlassen hatten, schien etwas in dir zu verdorren – Geist und Kreativität.«

»Ja«, flüsterte er. »Es ist verdorrt. Alles ist verdorrt.«

Plötzlich wurde seine sentimentale Stimmung zu unerträglichem Heimweh. Er war vom Weg abgekommen, der Brunnen in ihm war versiegt, und er wollte zurück zur Quelle.

Er zerriß den Brief in kleine Schnitzel, warf diese in das schäumende Wasser das Hafenbeckens, stellte das Glas auf die Lukenkimming und ging über das Fallreep zur Mole.

Er wollte dem Mädchen nicht begegnen, daher benützte er den Münzfernsprecher am Eingang des Hafens.

Es war leichter, als er erwartet hatte. Die Telefonistin verband ihn mit Pickerings Sekretärin.

»Ich bin nicht sicher, ob Mr. Pickering zu sprechen ist. Wie war noch Ihr Name?«

»Craig Mellow.«

Im nächsten Augenblick meldete sich Pickering.

»Ein altes Matabele-Sprichwort sagt: ›Der Mann, der einmal vom Wasser des Sambesi getrunken hat, muß zum Trinken immer wieder zurückkommen‹«, erklärte Craig.

»Sie sind also doch durstig«, sagte Pickering. »Das habe ich mir gedacht.«

»Sie sagten, ich soll Sie anrufen.«

»Kommen Sie zu mir ins Büro.«

»Heute?« fragte Craig.

»Hoppla, lieber Freund, das nenne ich Tempo! Bleiben Sie dran, ich muß in meinem Terminkalender nachsehen – wie wär's mit heute abend sechs Uhr? Früher geht es leider nicht.«

Pickerings Büro lag in der sechsundzwanzigsten Etage, und die hohen Fenster boten einen Ausblick über die Straßenschluchten tief unten, bis zum breiten grünen Flecken des Central Park in der Ferne.

Pickering mixte einen Whisky-Soda für Craig und brachte ihm den Drink ans Fenster.

»Ich glaube, es ist Zeit, endlich die Karten auf den Tisch zu legen, Henry«, meinte Craig schließlich. »Sagen Sie mir, was Sie wirklich von mir wollen.«

»Vielleicht haben Sie recht«, gab Pickering zu. »Das Buch war eher ein Vorwand. Das war nicht gerade fair – aber, um ehrlich zu sein, ich wollte unbedingt Ihre Meinung über die Bilder hören.«

Craig machte eine ungeduldige Geste, und Pickering fuhr fort: »Ich bin der zuständige Vizepräsident der Afrika-Abteilung.«

»Das habe ich bereits an Ihrer Tür gelesen«, nickte Craig.

»Entgegen der verbreiteten Meinung unserer Kritiker sind wir kein Wohlfahrtsinstitut, sondern eines der Bollwerke des Kapitalismus. Afrika ist ein Kontinent wirtschaftlich schwacher Staaten. Mit Ausnahme von Südafrika und den ölproduzierenden Ländern im Norden handelt es sich durchwegs um Agrarstaaten ohne nennenswerte Industrie und ohne größere Rohstofflager.«

Craig nickte.

»Einige Länder, die kürzlich ihre Unabhängigkeit erlangt haben, ziehen noch Nutzen aus der Infrastruktur, die von den weißen Siedlern aufgebaut wurde, während die meisten anderen – Sambia und Tansania und Mozambique zum Beispiel – die Wirtschaft durch Interesselosigkeit und ideologische Hirngespinste bereits zugrunde gerichtet haben. Sie werden kaum noch zu retten sein.« Pickering schüttelte traurig den Kopf und sah dabei wie ein Leichenbestatter aus. »Aber in anderen Staaten wie Simbabwe, Kenia und Malawi haben wir noch Aussicht auf Erfolg. Dort arbeitet das System noch, bis jetzt sind die Farmen nicht ganz dezimiert und an Horden landwirtschaftlicher Laien übergeben worden, die Eisenbahnen sind noch in Betrieb, und weil es Kupfer, Chrom und Tourismus gibt, gibt es dort sogar Devisen. Mit ein bißchen Glück könnte es so bleiben.«

»Wozu die Aufregung?« fragte Craig. »Sagten Sie nicht eben, Sie seien kein Wohlfahrtsinstitut?«

»Ganz einfach: Wenn wir den Leuten da unten jetzt nicht auf die Beine helfen, dann werden wir früher oder später einmal gegen sie kämpfen müssen. Raten Sie mal, in wessen große rote Hände sie fallen werden, sobald sie hungern.«

»Ja. Das klingt plausibel.« Craig nippte an seinem Whisky.

»Kehren wir also auf den Boden der Tatsachen zurück«, fuhr Pickering fort. »Die Länder auf unserer Liste haben einen nutzbaren Aktivposten, nichts Materielles wie Gold, sondern etwas sehr viel Wertvolleres. Sie sind attraktiv für westliche Touristen. Wenn die Milliarden, die wir dort investiert haben, jemals einen Gewinn bringen sollen, müssen wir sicherstellen, daß diese Länder attraktiv bleiben.«

»Wie wäre das möglich?« Craig wandte sich ihm zu.

»Nehmen wir zum Beispiel Kenia«, schlug Pickering vor. »Gewiß gibt es dort Sonne und Strände, aber das findet man auch in Griechenland und Sardinien, und die sind sehr viel weniger weit entfernt von Paris und Berlin. Was die Mittelmeerländer nicht haben, ist das afrikanische Tierleben, und um das zu sehen, nehmen die Touristen den langen Flug gerne in Kauf, und außerdem stellt es die Sicherheit für unseren Kredit dar. Die Dollars der Touristen sind unser Geschäft.«

»Schön, aber ich verstehe nicht, was ich damit zu tun habe«, sagte Craig und runzelte die Stirn.

»Warten Sie ab, dazu kommen wir gleich«, erklärte Pickering. »Lassen Sie mich noch ein wenig ausholen. Unglücklicherweise hat der nun unabhängige Schwarzafrikaner, nachdem die Weißen geflüchtet waren, als erstes das Elfenbein, das Rhinozeroshorn und das Fleisch entdeckt. Ein Nashorn oder ein Elefantenbulle verkörpert mehr Geld, als er in zehn Jahren ehrlicher Arbeit verdienen könnte. Fünfzig Jahre lang hatte eine von den Weißen eingerichtete Jagdbehörde all diese herrlichen Reichtümer geschützt, aber nun sind die Weißen nach Australien oder Johannisburg ausgewandert; ein arabischer Scheich zahlt fünfundzwanzigtausend Dollar für einen Dolch mit einem Griff aus echtem Rhinozeroshorn, und der siegreiche Guerrillakämpfer hat eine Kalaschnikow in der Hand. Das ist alles sehr logisch.«

»Ja, das habe ich gesehen«, nickte Craig.

»In Kenia hatten wir das gleiche Problem. Elfenbein war das große Geschäft, das von oben her geleitet wurde. Ich meine von ganz oben. Es kostete uns fünfzehn Jahre und den Tod eines Präsidenten, um dem ein Ende zu machen. Nun hat Kenia das strengste Jagdgesetz in ganz Afrika – und, was noch viel wichtiger ist, das Gesetz wird befolgt. Wir mußten all unseren Einfluß geltend machen. Wir drohten sogar damit, den Hahn zuzudrehen, aber nun ist unsere Investition gesichert.« Pickering sah einen Augenblick sehr zufrieden aus, doch dann wurde er wieder traurig. »Nun müssen wir in Simbabwe genau den gleichen Weg noch einmal gehen. Sie haben doch diese Fotos von dem Gemetzel im Minenfeld gesehen. Solche Gemetzel wurden öfter veranstaltet, und wir nehmen an, daß der Drahtzieher auch diesmal jemand ist, der eine sehr hohe Position innehat. Wir müssen dem ein Ende machen.«

»Aber was geht mich das alles an?«

»Ich brauche einen Bevollmächtigten an Ort und Stelle. Einen Mann mit Erfahrung – vielleicht sogar jemand, der einmal für die Jagd- und Wildbehörde gearbeitet hat, jemand, der die Landessprache beherrscht und einen plausiblen Grund hat, in der Gegend herumzufahren und Fragen zu stellen – wie ein Autor, der für ein neues Buch recherchiert und über Kontakte zu höchsten Regierungsstellen verfügt. Wenn mein Agent natürlich auch noch internationalen Ruf hätte, würde ihm das noch mehr Türen öffnen, und wenn er dazu noch ein eifriger Befürworter des kapitalistischen Systems wäre und aufrichtig an das glaubt, was wir tun, wäre er genau der richtige Mann.«

»Ich als James Bond?«

»Feldforscher für die Weltbank. Für ein Jahresgehalt von vierzigtausend Dollar plus Spesen und große Befriedigung, und wenn dabei am Ende auch kein Buch herauskommt, werde ich Sie trotzdem zum Essen ins La Grenouille einladen und Ihnen die Wahl des Weins überlassen.«

»Wie ich schon gesagt habe, Henry, ist es nicht endlich Zeit, die Karten auf den Tisch zu legen und ganz offen zu sein?«

Craig hörte Pickering zum erstenmal laut lachen, und es wirkte ansteckend, dieses herzliche, heitere Glucksen.

»Ihr Scharfsinn bestätigt mir die Richtigkeit meiner Wahl. Also gut, Craig, es steckt noch etwas mehr dahinter. Ich wollte es nicht zu kompliziert machen – nicht, bevor Sie Interesse an der Sache zeigen. Ich mixe Ihnen noch einen Drink.« Pickering ging zur Cocktailbar, die die Form eines antiken Globus hatte, und während er Eis in ein Glas schüttete, fuhr er fort: »Für uns ist es lebenswichtig, daß wir uns ein komplettes Bld davon machen können, was sich in den Ländern, in die wir investiert haben, hinter den Kulissen abspielt. Mit anderen Worten, wir brauchen einen funktionierenden Nachrichtendienst. Unsere Organisation in Simbabwe ist nicht annähernd so erfolgreich, wie ich es gern hätte. Wir haben kürzlich einen Kontaktmann durch einen Autounfall verloren – jedenfalls sah es nach einem Unfall aus. Bevor er starb, machte er eine Andeutung – er hatte das Gerücht aufgeschnappt, daß ein von den Russen unterstützter Staatsstreich geplant wird.«

Craig seufzte. »Wir Afrikaner schätzen die Wahlurne nicht sehr hoch ein. Das einzige, was zählt, sind Stammestreue und ein starker Arm. Ein Staatsstreich ist wirkungsvoller als Wahlen.«

»Sie machen also mit?« wollte Pickering wissen.

»Ich hoffe, die Spesen schließen Flugtickets erster Klasse ein?« fragte Craig boshaft.

»Jeder Mann hat seinen Preis«, schoß Pickering zurück, »ist das Ihr Preis?«

»So billig bin ich nun auch wieder nicht zu haben.« Craig schüttelte den Kopf. »Aber ich werde es, verdammt noch mal, nicht zulassen, daß ein Handlanger der Sowjets über das Land rennt, auf dem mein Bein begraben liegt. Ich nehme den Job an.«

»Ich habe nichts anderes erwartet.« Pickering reichte ihm die Hand. »Ich werde einen Boten mit einem Aktenordner und einer Reiseausstattung zu Ihrer Jacht hinunterschicken. Lassen Sie den Boten warten, lesen Sie die Akte durch und schicken Sie sie zurück. Die Reiseausstattung behalten Sie.«

Pickerings Reiseausstattung umfaßte ein Sortiment von Presseausweisen, eine Mitgliedskarte des TWA-Ambassador-Clubs, eine nicht limitierte Visa-Kreditkarte der Weltbank und einen reichverzierten, emaillierten Metallstern in einem Ledertui, mit der Prägung: »BEVOLLMÄCHTIGTER IM AUSSENDIENST – WELTBANK.«

Craig wog den Stern in der Hand. »Damit könnte man einen menschenfressenden Löwen erschlagen«, murmelte er. »Keine Ahnung, wozu das Ding sonst gut sein sollte.«

Der Aktenordner erschien ihm sehr viel nützlicher. Nachdem er den Inhalt gelesen hatte, begriff er, daß die Namensänderung von Rhodesien in Simbabwe wahrscheinlich eine der harmlosesten Veränderungen in seinem Geburtsland war, seit er es vor ein paar Jahren verlassen hatte.

Craig schonte den gemieteten Volkswagen auf der Fahrt über die welligen, grasbedeckten goldgelben Hügel, indem er nur wenig Gas gab.

Das Matabelemädchen am Avis-Schalter auf dem Flughafen Bulawayo hatte ihn gewarnt. »Der Benzintank ist voll, Sir, aber ich weiß nicht, wo Sie das nächstemal tanken können. In Matabeleland ist Benzin Mangelware.«

Daher fuhr Craig behutsam, und die mäßige Geschwindigkeit war ihm sehr angenehm. Sie gab ihm Gelegenheit, die vertraute Landschaft zu betrachten und festzustellen, welche Veränderungen in den wenigen Jahren vor sich gegangen waren.

Fünfundzwanzig Kilometer außerhalb der Stadt bog er von der Schotterstraße ab und fuhr auf einem gelben, schlammigen Weg nach Norden. Nach zwei Kilometern erreichte er die Grenzlinie und sah sofort, daß das Gatter schief in den Angeln hing und weit offen stand – so hatte er es vorher nie gesehen. Er hielt den Wagen an und versuchte, das Gatter hinter sich zu schließen, aber die Balken waren verzogen und die Angeln verrostet. Er gab es auf und sah sich ein Schild an, das im Gras lag.

Das Schild war heruntergeschlagen und die Haltebolzen herausgerissen worden. Es lag mit der Schrift nach oben, die zwar von der Sonne ausgebleicht, aber noch zu entziffern war: »Afrikander-Viehzucht KING'S LYNN. Heimat von ›Ballantyne's Glanz IV‹. Champion der Champions. Eigentümer: Jonathan Ballantyne.«

Craig erinnerte sich noch lebhaft daran, wie der prächtige rote Bulle mit seinem Buckel, seiner schaukelnden Wamme und der blauen Rosette des Champions unter dem Ohr, unter seinem eigenen Gewicht schwankend, von Jonathan »Bawu« Ballantyne, Craigs Großvater mütterlicherseits, stolz an seinem Nasenring um den Vorführplatz geführt worden war.

Craig ging zu dem Volkswagen zurück und fuhr durch das Grasland, das früher saftig und goldgelb gewesen war, nun aber die ausgetrocknete, staubige Erde durchscheinen ließ. Craig war bekümmert über den Zustand des Weidelandes. Noch nie, nicht einmal in der vierjährigen Trockenperiode der fünfziger Jahre, war es vorgekommen, daß die Weiden von King's Lynn so aussahen, und Craig konnte sich den Grund dafür nicht vorstellen, bis er den Wagen neben einer Gruppe von Kameldornbäumen anhielt.

Er hörte das Meckern unter den Kameldornbäumen erst, nachdem er den Motor abgestellt hatte, und nun war er wirklich entsetzt. »Ziegen!« sagte er laut. »Ziegen auf King's Lynn!« Bawu Ballantyne würde sich im Grab umdrehen. Ziegen auf seinem heißgeliebten Weideland. Craig sah sich die Tiere an. Es war eine Herde von mehr als zweihundert Stück. Welche Verwüstungen diese Tiere anrichteten, hatte Craig im Stammesgebiet gesehen.

Zwei nackte Matabelejungen hüteten die Herde. Sie waren entzückt, als Craig sie in ihrer eigenen Sprache anredete. Sie stopften sich die billigen Bonbons, die Craig für solche Begegnungen mitgenommen hatte, in den Mund und plapperten fröhlich drauflos.

Ja, auf King's Lynn lebten nun dreißig Familien, und jede Familie hatte eine eigene Ziegenherde – die besten Ziegen in Matabeleland, prahlten sie.

»Was ist mit den weißen Farmern, die hier gelebt haben?« fragte Craig.

»Fort!« erklärten sie stolz. »Unsere Krieger haben sie dorthin zurückgetrieben, wo sie hergekommen sind, und nun gehört das ganze Land den Kindern der Revolution.«

Sie waren erst sechs Jahre alt, beherrschten die revolutionären Propagandasätze aber schon ausgezeichnet.

Die beiden Hirtenjungen folgten Craig bis zur Straße, bettelten ihm noch ein Bonbon ab und winkten ihm nach wie einem alten, lieben Freund. Trotz der Ziegen empfand Craig eine tiefe Zuneigung zu diesem Volk. Immerhin waren sie sein Volk, und es tat gut, wieder zu Hause zu sein.

Auf dem Hügelkamm hielt er nochmals an und schaute auf das Gutshaus von King's Lynn hinunter. Sogar aus dieser Entfernung erkannte Craig, daß das Haupthaus nicht bewohnt wurde. Die Fensterscheiben waren zerbrochen, die großen dunklen Fensterrahmen wirkten wie Zahnlücken; auf dem Dach fehlte fast die gesamte Dachpappe, und die Dachbalken ragten wie ein Skelett kahl und blaß in den Himmel. Die Dachpappe war von den Siedlern beim Bau der wackeligen Hütten in der Nähe des alten Viehgeheges verwendet worden.

Craig fuhr hinunter und parkte den Wagen neben der Zisterne. Die Zisterne war ausgetrocknet und halbvoll mit Abfall und

Schutt. Er ging daran vorbei zum Siedlercamp. Hier lebte ein halbes Dutzend Familien. Craig verjagte ein paar Köter, die ihm kläffend entgegengerannt waren, mit gut gezielten Steinen und begrüßte den alten Mann, der an einem Feuer saß. »Ich grüße dich, alter Vater.« Eine ganze Stunde lang blieb er am Feuer sitzen und unterhielt sich mit dem alten Matabele. Und dabei erfuhr er mehr als in den letzten vier Tagen.

»Sie haben versprochen, daß nach der Revolution jeder Mann ein schönes Auto und fünfhundert Stück Vieh aus den besten Zuchten der Weißen bekommen würde.« Der alte Mann spuckte ins Feuer. »Die einzigen, die ein Auto haben, sind die Minister. Sie haben uns versprochen, wir würden immer satt werden, aber Lebensmittel kosten heute fünfmal mehr als in der Zeit, bevor Smith und die Weißen ausgewandert sind. Alles kostet fünfmal so viel – Zucker und Salz und Seife – einfach alles.«

Unter der weißen Regierung hatte ein strenges Devisenkontrollsystem und ein festes, inneres Preisgefüge das Land vor den schlimmsten Einflüssen der Inflation bewahrt, aber nun erlebte es all die Freuden des Wiedereintritts in die internationale Gemeinschaft, und die Landeswährung war bereits um zwanzig Prozent abgewertet worden.

»Rinder können wir uns keine leisten«, erklärte der alte Mann, »also halten wir uns Ziegen. Ziegen!« Wieder spuckte er ins Feuer. »Ziegen! Wie dreckfressende Shona.«

Craig ließ ihn brummend und finster blickend an dem qualmenden Feuer zurück und spazierte zum Haus. Als er die Stufen zu der breiten Veranda hinaufstieg, hatte er das eigenartige Gefühl, sein Großvater könnte jeden Augenblick aus der Tür treten und ihn mit einer schroffen Bemerkung begrüßen. Im Geist sah er den alten, hochgewachsenen, stattlichen Mann mit dem dichten, silbergrauen Haar und den unwahrscheinlich grünen Augen der Ballantynes wieder vor sich.

»Na, Craig, kommst du wieder einmal mit eingezogenem Schwanz nach Hause zurück?«

Aber auf der Veranda gab es nur Abfall und den Dung von wilden Tauben, die ungestört in den Dachsparren nisteten.

Craig bahnte sich den Weg über die Veranda zu den Doppeltüren, die in die alte Bibliothek führten. Er betrat das verlassene Haus. Die Regale, die Einbauschränke und die Dielenbretter waren von den Siedlern herausgerissen und als Brennholz verwendet worden. Die Bücher, die Porträts an den Wänden, die Teppiche und die Möbel aus schwerem rhodesischen Teakholz waren verschwunden. Das Gutshaus war nur noch eine leere Hülle, allerdings eine robuste Hülle. Craig klopfte mit der flachen Hand an die Wände, die Ururgroßvater Zouga Ballantyne aus Steinen und Mörtel gemauert hatte, Mauern, die in diesen hundert Jahren stahlhart geworden waren. Mit ein wenig Phantasie und einer Menge Geld könnte man aus der Hülle wieder ein prächtiges Haus machen.

Craig verließ das Haus und stieg die kleine Anhöhe zu den Familiengräbern hinauf, die unter Msasabäumen auf dem felsigen Hügelkamm lagen. Zwischen den Grabsteinen wucherte das Gras. Der Friedhof war verwahrlost, aber nicht zerstört worden, wie viele andere Denkmäler aus der Kolonialzeit.

Craig setzte sich neben das Grab seines Großvaters und sagte: »Hallo, Bawu. Da bin ich wieder.« Und plötzlich hörte er die Stimme des alten Mannes mit höhnischer Verachtung antworten.

»Ja, jedesmal wenn du dir den Hintern verbrannt hast, kommst du wieder angelaufen. Was ist diesmal passiert?«

»Ich bin ausgetrocknet, Bawu«, antwortete er und verstummte wieder. Lange blieb er so sitzen, und ganz allmählich fühlte er, wie sich der Aufruhr in seinem Inneren ein wenig legte. »Das Haus ist in einem jämmerlichen Zustand, Bawu«, sagte er schließlich, und eine kleine, blauköpfige Eidechse, die sich auf dem Grabstein des alten Mannes gesonnt hatte, ergriff beim Klang von Craigs Stimme die Flucht. »Die Stoßzähne auf der Veranda sind verschwunden, und auf deinen schönen Weiden grasen Ziegen.«

Er verstummte neuerlich, aber diesmal begann er in Gedanken zu planen und zu rechnen. Fast eine Stunde blieb er so sitzen, dann stand er auf. »Bawu, was würdest du dazu sagen, wenn ich die Ziegen von deinem Weideland verjage?« fragte er und ging den Hügel hinunter zu seinem Volkswagen.

Es war kurz vor fünf, als Craig wieder in der Stadt eintraf. Die Immobilienagentur und die Auktionshalle gegenüber der Staatsbank existierten noch. Sogar das Firmenschild war frisch gestrichen, und als Craig den Raum betrat, erkannte er auch den beleibten, rotgesichtigen Auktionator in Khakihosen und kurzärmeligem Hemd sofort wieder.

»Jock, Sie haben also nicht, wie alle anderen, den Rückzug angetreten«, begrüßte Craig Jock Daniels.

»Den Rückzug antreten« war der abfällige Ausdruck für emigrieren. Von zweihundertfünfzigtausend weißen Rhodesiern hatten seit Beginn der Feindseligkeiten fast hundertfünfzigtausend den Rückzug angetreten, und die meisten davon waren ausgewandert, nachdem die Weißen den Krieg verloren und die schwarze Regierung unter Robert Mugabe die Macht übernommen hatte.

Daniels starrte ihn an. »Craig!« rief er aus. »Craig Mellow!« Dann ergriff er mit seiner schwieligen, braunen Pfote Craigs Hand. »Nein, ich bin geblieben, habe mich jedoch manchmal verdammt einsam gefühlt. Aber Sie haben es gut gemacht, das muß man Ihnen lassen. In den Zeitungen stand, daß Ihnen dieses Buch eine Million eingebracht hat. Die Leute hier konnten es kaum glauben. Der alte Craig Mellow, haben sie gesagt, stell dir vor, ausgerechnet Craig Mellow.«

»Ach, haben sie das gesagt?« Craigs Lächeln verschwand, und er zog die Hand zurück.

»Ehrlich gesagt, mir hat das Buch nicht gefallen.« Daniels schüttelte den Kopf. »Sie haben die Schwarzen hingestellt, als wären sie alle verdammte Helden – aber das kommt in Übersee besser an, wie? Schwarz ist schön – das verkauft sich gut, was?«

»Einige Literaturkritiker haben mich einen Rassisten genannt«, murmelte Craig. »Allen kann man es nicht recht machen.«

Daniels hatte nicht zugehört. »Noch etwas, Craig, warum mußten Sie unbedingt schreiben, daß Mr. Rhodes ein Schwuler war?«

Cecil Rhodes, der älteste weiße Siedler, war schon seit achtzig Jahren tot, aber die Alten nannten ihn noch immer Mr. Rhodes.

»Ich habe die Gründe dafür angegeben«, versuchte ihn Craig zu besänftigen.

»Er war ein großer Mann, Craig, aber bei euch jungen Leuten ist es heutzutage Mode, Großes in den Schmutz zu ziehen – wie dreckige Köter, die nach den Fersen eines Löwen schnappen.«

Craig erkannte, daß sich Daniels für dieses Thema erwärmte, er mußte ihn unbedingt ablenken. »Wie wär's mit einem Drink, Jock?« fragte er, und Jock hielt inne. Die rosigen Wangen und die dicke, rote Nase waren nicht nur ein Produkt der afrikanischen Sonne.

»Ja, das ist ein Wort.« Daniels leckte sich die Lippen. »Es war ein langer, staubiger Tag. Ich will nur noch rasch das Geschäft schließen.«

»Wenn ich uns eine Flasche besorge, können wir sie hier trinken und uns in Ruhe unterhalten.«

Auch der letzte Rest von Daniels' Widerstand schwand. »Verdammt gute Idee. Der Schnapsladen hat noch ein paar Flaschen Dimple Haig – und bringen Sie einen Eimer voll Eis mit, wenn Sie schon hingehen.«

Sie saßen in Daniels' winzigem Büro und tranken den guten Whisky aus billigen Wassergläsern.

Daniels' Laune besserte sich zusehends. »Ich bin nicht ausgewandert, Craig, weil ich nicht wußte, wohin. Nach England? Ich bin seit dem Krieg nicht mehr dort gewesen. Gewerkschaften und Regenwetter – nein danke. Und Südafrika? Dort wird es genauso kommen wie hier bei uns – wir haben es wenigstens überstanden und hinter uns.« Er schenkte sich nach. »Wenn man geht, darf man nur zweihundert Dollar mitnehmen. Zweihundert Dollar, um irgendwo noch einmal neu anzufangen, und das mit fünfundsechzig – nein danke.«

»Und wie ist das Leben hier, Jock?«

»Wissen Sie, was hierzulande ein Optimist ist?« fragte Daniels. »Ein Optimist ist einer, der glaubt, daß es nicht mehr schlechter werden kann.« Er lachte schallend und schlug sich auf den behaarten, bloßen Oberschenkel. »Nein. Das war nur ein Scherz. So schlimm ist es nicht. Solange man nicht den alten Lebensstandard erwartet, den Mund hält und die Finger von der

Politik läßt, kann man hier noch immer ganz gut leben – wahrscheinlich genauso gut wie anderswo.«

»Was ist mit den großen Viehzüchtern?«

»Sie sind die Elite. Die Regierung ist zur Vernunft gekommen. Sämtliche Projekte, das Land zu verstaatlichen, haben sie fallen lassen. Sie haben erkannt, daß sie die weißen Farmer brauchen, wenn sie die schwarze Bevölkerung versorgen wollen. Jetzt sind sie richtiggehend stolz darauf; jeder Staatsmann, der zu Besuch kommt – ob libyscher Minister oder kommunistischer Chinese –, wird auf einige weiße Farmen geführt. Dort zeigt man ihm, wie gut hier gewirtschaftet wird.«

»Und wie steht es mit den Grundstückspreisen?«

»Nach dem Krieg, als die Schwarzen an die Macht gekommen waren und verkündet hatten, daß sie die Farmen beschlagnahmen und der schwarzen Bevölkerung übergeben würden, konnte man kein Land verkaufen.« Daniels gurgelte mit seinem Whisky. »Nehmen Sie zum Beispiel Ihre Familie. Die Rholands-Viehzucht-Gesellschaft – die umfaßt alle drei Güter: Queen's Lynn, King's Lynn und das große Stück Land, das im Norden an das Chizarira-Wildreservat grenzt. Ihr Onkel Douglas hat alles für eine Viertelmillion Dollar verkauft. Vor dem Krieg hätte er zehn Millionen dafür verlangen können.«

»Eine Viertelmillion!« Craig war entsetzt. »Das ist geschenkt!«

»Den Viehbestand natürlich inbegriffen; preisgekrönte Afrikanderbullen und Zuchtkühe, einfach alles«, erklärte Daniels vergnügt. »Wissen Sie, er mußte fort. Er war unter Smith von Anfang an Kabinettsmitglied gewesen und wußte, daß er, wenn die schwarze Regierung einmal an der Macht war, ein Gezeichneter gewesen wäre. Er hat an ein schweizerisch-deutsches Konsortium verkauft, und das Geld liegt in Zürich. Der alte Dougie ging mit seiner Familie nach Australien. Natürlich hatte er schon vorher ein paar Millionen außer Landes gebracht und konnte sich so eine hübsche kleine Rinderfarm oben in Queensland kaufen. Nur die armen Kerle, die alles, was sie besitzen, hier investiert haben, mußten bleiben.«

»Trinken Sie doch noch etwas«, forderte Craig ihn auf und

brachte das Gespräch auf die Rholands-Viehzucht zurück. »Was hat das Konsortium mit Rholands getan?«

»Das sind verdammt findige Burschen!« Daniels nuschelte schon ein wenig. »Sie bestachen jemand in der Regierung, um eine Exporterlaubnis zu erhalten, nahmen den ganzen Viehbestand und brachten ihn über die Grenze nach Südafrika. Ich habe gehört, daß sie ihn da unten für fast eineinhalb Millionen verkaufen konnten. Bedenken Sie, das Vieh war allerbeste Zucht, alles Champions von Champions. Das macht einen Gewinn von einer Million, diesen Gewinn haben sie in Goldaktien investiert und auf diese Weise noch ein paar Millionen verdient.«

»Sie haben die Farmen ausgeräumt und dann einfach verlassen?« fragte Craig, und Daniels nickte ernst.

»Natürlich haben sie versucht, die Gesellschaft zu verkaufen. Ich hab' sie bei mir auf der Liste – aber es würde eine Menge Kapital erfordern, um wieder Vieh anzuschaffen und die Farmen in Schwung zu bringen. Niemand ist daran interessiert. Wer bringt sein Geld schon gerne in ein Land, das am Rande eines Abgrunds schwebt? Es ist kein Wunder.«

»Wieviel fordert man für die Gesellschaft?« erkundigte sich Craig leichthin, und Daniels wurde erstaunlicherweise augenblicklich nüchtern.

»Sie sind doch nicht etwa daran interessiert? Haben Sie mit diesem Buch wirklich eine Million Dollar verdient?«

»Wie hoch ist die Forderung?« wiederholte Craig.

»Zwei Millionen. Darum habe ich auch keinen Käufer gefunden. Viele Einheimische hätten sich das Weideland gerne unter den Nagel gerissen – aber für zwei Millionen... Wer zum Teufel hat in diesem Land schon so viel Geld?«

»Angenommen, man könnte in Zürich bezahlen, würde das einen Unterschied im Preis ausmachen?« fragte Craig.

»So wahr, wie ein Shona stinkt!«

»Wieviel?«

»Eine Million – in Zürich.«

»Eine Viertelmillion?«

»Ausgeschlossen, niemals – nicht in zehntausend Jahren.« Daniels schüttelte heftig den Kopf.

»Rufen Sie die Leute an. Erklären Sie ihnen, daß sich Siedler auf dem Weideland breitgemacht haben und daß es zu einem politischen Hickhack käme, wollte man versuchen, sie jetzt zu vertreiben. Erklären Sie ihnen, daß auf den Weiden Ziegen gehalten werden, die das Land innerhalb eines Jahres in eine Wüste verwandeln werden. Machen Sie sie darauf aufmerksam, daß sie dadurch ihre ursprüngliche Investition vollständig wieder zurückbekommen. Erzählen Sie ihnen, daß die Regierung gedroht hat, alle Ländereien, die sich in ausländischem Besitz befinden, zu beschlagnahmen. Daß sie Gefahr laufen, alles zu verlieren.«

»All das ist die Wahrheit«, brummte Daniels. »Aber eine Viertelmillion! Das ist reine Zeitverschwendung.«

»Rufen Sie die Leute an.«

»Wer bezahlt mir das Gespräch?«

»Ich. Ihnen entstehen keine Kosten, Jock.«

Daniels seufzte resignierend. »Gut, ich werde die Leute anrufen.«

»Wann?«

»Heute ist Freitag – vor Montag hat es keinen Zweck.«

»In Ordnung. Können Sie mir inzwischen ein paar Kanister Benzin besorgen?« fragte Craig.

»Wozu brauchen Sie Benzin?«

»Ich fahre nach Chizarira. Ich war seit zehn Jahren nicht mehr dort oben. Wenn ich es schon kaufe, möchte ich mir das Land auch wieder einmal ansehen.«

»Davon würde ich Ihnen abraten, Craig. Es ist Banditenland.«

»Höflicher ist die Bezeichnung politische Dissidenten.«

»Es sind Matabelebanditen«, sagte Daniels düster, »und die schießen Ihnen entweder mehr Löcher in den Arsch, als Sie brauchen können, oder nehmen Sie gefangen, um Lösegeld zu erpressen – oder beides.«

»Besorgen Sie mir das Benzin und lassen Sie alles andere meine Sorge sein. Ich werde Anfang nächster Woche zurück sein, um zu hören, was Ihre Freunde in Zürich zu meinem Angebot zu sagen haben.«

Es war ein wunderbares Land, noch immer unberührte Wildnis – keine Zäune, keine Felder, keine Gebäude. An der einen Seite grenzte es an das Chizarira-Wildreservat und an der anderen an das Mzolo-Buschreservat, beides Gebiete mit unermeßlichem Wildreichtum. Der alte Bawu hatte das Land während der Depression in den dreißiger Jahren gekauft, und zwar zu einem Preis von einem halben Shilling je Morgen. Hunderttausend Morgen Land für zweitausendfünfhundert Pfund. »Natürlich wird das hier nie Weideland«, hatte er Craig einmal erklärt, als sie unter den wilden Feigenbäumen neben einer tiefen, grünen Stelle des Chizariraflusses lagerten. »Der Boden ist sauer, und die Tsetsefliegen würden alles umbringen, was man hier zu züchten versucht – aber aus diesem Grund wird es auch immer ein unberührtes Stück altes Afrika bleiben.«

Der alte Mann war immer zur Jagd und zur Erholung hierhergekommen. Sehr wählerisch hatte er nur gefährliches Wild gejagt – Elefanten, Löwen, Nashörner und Büffel –, aber eifersüchtig vor anderen Gewehren geschützt; selbst seinen Söhnen und Enkelsöhnen war das Jagdrecht verweigert worden.

»Es ist mein eigenes kleines Privatparadies«, hatte er Craig erklärt, »und ich bin egoistisch genug, es mir zu erhalten.«

Craig bezweifelte, daß die Piste zum Fluß benutzt worden war, seit er und der alte Mann vor zehn Jahren zum letztenmal zusammen hier gewesen waren. »Mr. Avis wäre darüber gewiß nicht erfreut«, sagte Craig und lenkte den robusten kleinen Volkswagen auf den verwachsenen, ausgewaschenen, holprigen Pfad.

Aber der Wagen mit seinem Vorderradantrieb war leicht und wendig genug, um selbst die unangenehmsten ausgetrockneten Flußbetten zu überwinden; allerdings mußte Craig den sandigen Boden mit Zweigen auslegen, um den Rädern im feinen Sand eine Angriffsfläche zu schaffen. Ein halbes dutzendmal kam er vom Weg ab. Schließlich mußte er den Volkswagen stehen lassen und die letzten Kilometer zu Fuß laufen. Knapp vor Einbruch der Dunkelheit erreichte er den Fluß.

Er wickelte sich in die Decke, die er vom Motel mitgenommen hatte, und schlief tief und traumlos durch, bis ihn der rötliche

Zauber der afrikanischen Morgendämmerung weckte. Er frühstückte kalte Bohnen aus der Dose und Kaffee aus der Thermosflasche, dann ließ er seinen Packen und die Decke unter den wilden Feigenbäumen zurück und marschierte am Ufer entlang flußabwärts.

Zu Fuß konnte er nur einen winzigen Teil dieses breiten Buschgürtels, der sich über Hunderttausende von Morgen erstreckte, erkunden, aber der Chizarirafluß war das Herz und die Schlagader dieses Landstrichs. An dem konnte er ermessen, was sich seit seinem letzten Besuch verändert hatte.

Schon bald sah er, daß häufigere Wildarten, wie die großen Kudus mit ihren spiralförmigen Hörnern und die anmutigen kleinen Impalas, noch zahlreich vertreten waren. Dann fand er auch Spuren von selteneren Tieren: erst die frische Fährte eines Leoparden im Schlamm am Flußufer, wo die Großkatze während der Nacht getrunken hatte, und dann die länglichen, tropfenförmigen Fußabdrücke und den traubenähnlichen Dung der wunderschönen Rappenantilope.

Mittags aß er ein paar Scheiben getrocknete Wurst. Als er weiterging, kam er zu einem dichten Wald von wilden Ebenholzbäumen und folgte einem schmalen, gewundenen Wildpfad. Schon nach etwa hundert Schritten stieß er auf eine kleine Lichtung, und freudige Erregung befiel ihn.

Die Lichtung roch wie ein Viehgehege, nur intensiver und schärfer. Er erkannte, daß es ein Tiermisthaufen war, ein Ort, den ein Tier ständig aufsucht, um seinen Kot auszuscheiden. Craig wußte sofort, daß dies der Dunghaufen eines schwarzen Nashorns war, das zu den seltensten und gefährdetsten Tierarten Afrikas zählt.

Anders als sein Vetter, das weiße Nashorn, das im Grasland weidet und ein träges, friedliches Tier ist, benagt das schwarze Nashorn die unteren Zweige im Busch, in dem es lebt. Das schwarze Nashorn ist von Natur aus streitsüchtig, neugierig, stumpfsinnig und leicht reizbar. Es greift alles an, was ihm in den Weg kommt, einschließlich Menschen, Pferde, Lastautos und sogar Lokomotiven.

Craig stellte erneut fest, daß an der Dungstelle Kot lag, der nicht älter als zwölf Stunden war, und die Spuren ließen auf eine Nashornfamilie mit einem Bullen, einer Kuh und einem Kalb schließen. Lächelnd dachte Craig an den alten Mythos der Matabele, der die Gewohnheit des Nashorns, seinen Kot zu verstreuen, und seine Furcht vor dem Stachelschwein erklärte – dem einzigen Tier im ganzen Busch, vor dem das Nashorn Reißaus nahm.

Der Mythos berichtet, daß sich das Nashorn vor langer, langer Zeit vom Stachelschwein einen Stachel ausgeliehen hat, um einen Riß in seiner dicken Haut zu vernähen, der von einem Dorn herrührte. Das Nashorn versprach, den Stachel bei ihrer nächsten Begegnung zurückzugeben. Nachdem es den Riß mit starker Baumrindenfaser zugenäht hatte, nahm das Nashorn den Stachel zwischen die Lippen, um sein Werk besser bewundern zu können, und verschluckte ihn versehentlich. Nun sucht es noch immer nach dem Stachel und geht dem Stachelschwein tunlichst aus dem Weg.

Der weltweite Gesamtbestand an schwarzen Nashörnern umfaßt vermutlich nur ein paar tausend Exemplare, und Craig freute sich, daß es hier noch welche gab. Seine vagen Pläne für dieses Gebiet erschienen ihm nun schon etwas realistischer.

Immer noch lächelnd folgte er der frischesten Fährte, die von der Dungstelle wegführte, und hoffte, die Tiere zu Gesicht zu bekommen. Er war erst einen Kilometer gegangen, als es hinter der Wand des grauen, undurchdringlichen Dickichts, das den engen Pfad einschloß, plötzlich raschelte, erschreckt kreischende Vogelrufe laut wurden und ein Schwarm brauner Madenhacker über dem Buschwerk aufflatterte. Diese lärmenden Vögel leben in Symbiose mit dem afrikanischen Großwild, da sie sich ausschließlich von dem blutsaugenden Ungeziefer und den Zecken ernähren, die diese Tiere heimsuchen; dafür warnen sie als aufmerksame Wächter vor jeder Gefahr.

Unmittelbar nach dem Warngeschrei ertönte ein beängstigendes Schnauben und Paffen wie von einer Dampfmaschine. Krachend teilte sich das Dickicht, und Craig sah, was er zu sehen gewünscht hatte: Ein riesiger, grauer Bulle stürmte keine dreißig Schritt vor ihm auf den Pfad zu und hielt, gereizt und entrüstet schnaubend, aus kurzsichtigen Augen über seine langen, glänzenden Hörner hinweg Ausschau nach einem Angriffspunkt.

Da Craig wußte, daß die schwachen Augen des Tieres einen Menschen, der bewegungslos mehr als fünfzehn Schritte von ihm entfernt stand, nicht ausmachen konnten und daß ihm der leichte Wind direkt ins Gesicht wehte, blieb er regungslos stehen – aber so, daß er sich jederzeit mit einem Sprung in Sicherheit bringen konnte. Das Nashorn schaukelte in unvermindert heftiger Wut seinen grauen Rumpf mit erstaunlicher Beweglichkeit hin und her, und in Craigs fieberhafter Phantasie schienen die Hörner des Tieres von Sekunde zu Sekunde länger und schärfer zu werden. Verstohlen griff er nach dem Klappmesser in seiner Tasche. Das Tier spürte die Bewegung und trottete ein paar Schritte näher, so daß sich Craig nun am Rande seines Blickfeldes befand und in ernster Gefahr sah.

Mit einer plötzlichen Bewegung warf Craig das Messer hoch über den Kopf des Tieres in das Ebenholzdickicht dahinter, wo es mit lautem Krachen in einem Ast stecken blieb.

Das Nashorn warf sich sofort herum und katapultierte seinen riesigen grauen Körper in einem wütenden, heftigen Angriff in die Richtung, aus der das Geräusch gedrungen war. Der Bulle durchbrach das Dickicht wie ein Centurion-Panzer und entfernte sich auf der Suche nach dem Gegner raschelnd und schnaubend den Hang hinauf und über den Hügelkamm. Craig setzte sich benommen mitten auf den Pfad und brach in ein atemloses Gelächter aus, das ganz leicht hysterisch klang.

Innerhalb der nächsten paar Stunden hatte Craig drei der Tümpel mit stehendem, stinkendem Wasser gefunden, die diese seltsamen Tiere dem fließenden, klaren Wasser des Flusses vorzogen, und entschieden, von welchen Stellen aus seine Touristen die Tiere aus nächster Nähe beobachten sollten.

Auf einem Baumstamm neben einem der Wasserlöcher sitzend überdachte er noch einmal alle Faktoren, die seine Pläne begünstigten. Die Viktoriafälle, eines der sieben natürlichen Weltwunder, das jeden Monat Tausende von Touristen anzog, waren kaum eine Flugstunde entfernt. Sein Lager würde also nur einen kurzen Umweg bedeuten, was den Flugpreis nur sehr wenig verteuerte. Er konnte mit einem Tier aufwarten, das in kaum einem anderen Reservat vorkam, und das auf einem relativ kleinen Gebiet. Und an beide Seiten des Gebietes grenzten Reservate, die einen dauerhaften Bestand von interessantem Wild garantierten.

Was er im Sinn hattte, war ein exklusives Camp, eines dieser Champagner- und Kaviarcamps nach dem Muster jener Ranches, die den Krüger-Nationalpark in Südafrika säumten. Er würde mehrere kleine Camps bauen, die genügend voneinander isoliert sein mußten, um den Bewohnern die Illusion zu geben, sie hätten die Wildnis für sich. Er würde fähige, geschulte Wildhüter anstellen, die seine Touristen zu Fuß oder im Landrover in die Nähe von seltenen und potentiell gefährlichen Tieren bringen und ein Abenteuer daraus machen sollten, und den Touristen, wenn sie abends ins Camp zurückkehren, eine luxuriöse Umgebung bieten – vollklimatisierte Räume, ausgezeichnetes Essen und erstklassige Weine, hübsche junge Empfangsdamen, die sie verwöhnten, Tierfilme und Vorträge von Fachleuten zur Information und Unterhaltung. Und für das alles würde er ihnen unverschämt viel Geld abknöpfen.

Die Sonne war schon untergegangen, als Craig zu seinem einfachen Lager unter den wilden Feigen zurückhinkte; Gesicht und Arme waren von der Sonne gerötet, die Tsetsefliegenstiche im Nacken schwollen an und juckten, und der Stumpf seines Beines zitterte und schmerzte von der ungewohnten Anstrengung. Selbst zum Essen war er zu müde. Er schnallte die Prothese ab, trank einen Whisky aus dem Plastikbecher, rollte sich in seine Decke und war fast augenblicklich eingeschlafen.

Das Zwitschern der grünen Gimpel, die über seinem Kopf an den wilden Feigen pickten, weckte ihn, und er stellte fest, daß er einen Bärenhunger hatte und seit Jahren nicht mehr so glücklich gewesen war.

Nachdem er gefrühstückt hatte, hüpfte er mit einer Ausgabe des Farmers' Weekly, der Bibel der afrikanischen Farmer, unter dem Arm zum Flußufer hinunter. An einer seichten Stelle setzte er sich mit dem nackten Hinterteil in den angenehm rauhen, grobkörnigen Sand, und das kühle grüne Wasser umschmeichelte den noch immer schmerzenden Beinstumpf, während er die Preise der in dem Magazin zum Verkauf angebotenen Rinder studierte und Berechnungen anstellte.

Seine ehrgeizigen Pläne wurden rasch bescheidener, als er sich vor Augen führte, was es kosten würde, King's Lynn und Queen's Lynn mit Vollbluttieren zu bestücken. Das Konsortium hatte den Viehbestand für eineinhalb Millionen verkauft, und seither waren die Preise noch gestiegen.

Er würde mit guten Bullen und Halbbluttieren beginnen müssen – die Blutlinien also langsam aufbauen. Und das würde noch immer eine Menge kosten, die Farmen mußten neu eingerichtet werden, und der Bau des Touristencamps hier am Chizaririfluß würde ebenfalls nicht billig sein. Außerdem mußte er die Siedlerfamilien mit ihren Ziegen von seinen Weiden herunterbringen – und das war nur möglich, indem er ihnen eine finanzielle Entschädigung anbot. Großvater Bawu hatte immer gesagt: »Rechne dir aus, was es deiner Meinung nach kosten wird, und dann verdopple es. Auf diese Weise kommst du der Endsumme einigermaßen nahe.«

Craig warf das Magazin hinauf aufs Ufer, tauchte bis zum Hals ins Wasser und rechnete. Im Gegensatz zu vielen anderen erfolgreichen Autoren hatte er löblicherweise bescheiden an Bord seiner Jacht gelebt. Das Buch hatte auf beiden Seiten des Atlantiks fast ein ganzes Jahr auf den Bestsellerlisten gestanden, war von drei namhaften Buchklubs angekauft, in eine Reihe von Fremdsprachen, darunter Hindi, übersetzt worden, in Kurzfassung in Reader's Digest erschienen und als Fernsehserie und als Taschenbuch herausgekommen – wenn auch die Steuer die Erträge schließlich empfindlich geschmälert hatte.

Mit dem, was ihm nach dieser Plünderung noch geblieben war, hatte er wieder Glück gehabt. Er spekulierte in Gold und Silber, landete drei schöne Erfolge an der Börse und legte den größten Teil seiner Gewinne schließlich rechtzeitig in Schweizer Franken an. Dazu kam noch, dachte er, daß er seine Jacht verkaufen könnte. Erst vor einem Monat waren ihm hundertfünfzigtausend Dollar für die »Bawu« geboten worden, aber es würde ihm nicht leichtfallen, sich von ihr zu trennen. Abgesehen davon konnte er versuchen, von Ashe Levy eine anständige Vorauszahlung auf den noch nicht geschriebenen Roman zu bekommen, und seine Seele dafür verpfänden.

Damit war er aber auch schon am Ende seiner Berechnungen und stellte fest, daß er, wenn er alle Register zog und jede Kreditmöglichkeit ausnützte, etwa eineinhalb Millionen aufbringen konnte, also knapp die Hälfte der Summe, die er brauchte.

»Henry Pickering, mein Lieblingsbankier, machen Sie sich auf eine Überraschung gefaßt!« Als ihm zu Bewußtsein kam, daß er vorhatte, gegen das oberste Grundprinzip eines vorsichtigen Anlegers zu verstoßen und alles auf eine Karte zu setzen, grinste er unbekümmert. »Lieber Henry, Sie sind von unserem Computer dazu auserwählt worden, als glücklicher Geldgeber für einen einbeinigen, vertrockneten Exschreiberling die hübsche runde Summe von eineinhalb Milliönchen lockerzumachen.« Das war im Augenblick sein bester Einfall, und bis er eine Antwort von Jock Daniels' Konsortium hatte, brauchte er sich wirklich keine ernsthaften Gedanken darüber zu machen. Also wandte er sich weltlicheren Dingen zu.

Er tauchte unter und trank einen Schluck von dem herrlich klaren Wasser. Der Chizarira war ein kleiner Nebenfluß des großen Sambesi; Craig trank also wieder Sambesiwasser, so wie er es Pickering angekündigt hatte.

»Chizarira« war wirklich ein Zungenbrecher und für Touristen schwer auszusprechen, geschweige denn zu merken. Er brauchte einen Namen, unter dem sich sein kleines afrikanisches Paradies verkaufen ließ.

»Sambesi Waters«, sagte er laut. »Ich nenne es Sambesi Waters.« Und dann wäre er fast erstickt, als ganz in der Nähe eine Stimme klar und deutlich sagte: »Er muß verrückt sein.«

Es war eine tiefe melodische Matabelestimme. »Erst kommt er allein und unbewaffnet hierher, und dann sitzt er unter den Krokodilen und redet mit sich selbst!«

Craig wälzte sich blitzschnell auf den Bauch und starrte die drei Männer an, die lautlos aus dem Wald getreten waren und nun keine zehn Schritte entfernt am Ufer standen und ihn mit verschlossenen, ausdruckslosen Gesichtern musterten.

Alle drei waren mit ausgebleichten Drillichanzügen bekleidet, der Uniform der Buschkämpfer, und die Waffen, die sie gleichgültig-zwanglos bei sich trugen, waren die allgegenwärtigen Kalaschnikows mit dem charakteristisch gebogenen schwarzen Magazin und dem laminierten Holzkolben.

Drillichanzüge, Kalaschnikows und Matabele – für Craig gab es keinen Zweifel, wer diese Männer waren. Reguläre Simbabwe-Truppen trugen Khakiuniformen oder Kampfanzüge, außerdem waren die meisten mit NATO-Waffen ausgerüstet und sprachen die Shonasprache. Diese Männer hier waren ehemalige Angehörige der aufgelösten ZIPRA, der revolutionären Volksarmee Simbabwes, die nun zu politischen Rebellen geworden waren, weder Gesetze noch eine höhere Autorität anerkannten und durch einen langen, mörderischen und blutigen Buschkrieg zu harten, grausamen Männern geworden waren, die den Tod in den Augen und in den Händen trugen. Obwohl Craig gewarnt worden war und auf eine solche Begegnung eigentlich hätte gefaßt sein müssen, war der Schock doch so groß, daß ihm übel wurde und er einen trockenen Mund bekam.

»Wir müssen ihn ja nicht gefangennehmen«, sagte der jüngste der drei Guerrilleros. »Wir können ihn erschießen und heimlich begraben – das ist genauso gut wie eine Geiselnahme.«

Er war noch keine fünfundzwanzig, schätzte Craig, und hatte wahrscheinlich schon ebenso viele Männer getötet.

»Die sechs Geiseln, die wir bei den Viktoriafällen gefangengenommen haben, haben uns wochenlang Schwierigkeiten gemacht, und am Ende mußten wir sie doch erschießen«, stimmte der zweite Guerrillero zu, und beide schauten den dritten Mann an. Er war nur ein paar Jahre älter als sie, aber es gab keinen Zweifel, daß er der Anführer war. Eine feine Narbe verlief von seinem Mundwinkel über die Wange bis unter den Haaransatz an der Schläfe. Sie verzog seinen Mund zu einem schiefen, sardonischen Grinsen.

Craig erinnerte sich an den Vorfall, über den sie sprachen. Guerrilleros hatten auf der Hauptstraße zu den Viktoriafällen einen Touristenbus angehalten und sechs Männer entführt – Kanadier, Amerikaner und einen Briten –, um sie als Geiseln für die Freigabe von politischen Häftlingen mit sich in den Busch zu nehmen. Trotz einer intensiven Suchaktion der Polizei und der regulären Truppen war keine der Geiseln wieder aufgetaucht.

Der narbige Anführer starrte Craig mit dunklen, ausdruckslosen Augen lange Zeit an, dann schob er mit dem Daumen den Sicherungshebel seiner Maschinenpistole auf Automatik.

»Ein echter Matabele tötet keinen Blutsbruder des Stammes.« Es kostete Craig große Mühe, seine Stimme zu beherrschen und keine Spur von Angst zu zeigen. Sein Sindebele war so fehlerlos und flüssig, daß ihn der Anführer der Guerrilleros erstaunt ansah.

»Hau!« sagte er, was bei den Matabele ein Ausdruck der Überraschung ist. »Du sprichst wie ein Mann – aber wer ist dieser Blutsbruder, von dem du redest?«

»Genosse Minister Tungata Zebiwe«, antwortete Craig und bemerkte die sofortige Veränderung im Blick des Mannes und die Enttäuschung seiner beiden Gefährten. Er hatte sie aus dem Gleichgewicht gebracht und seine Hinrichtung für den Augenblick verhindert, aber die Pistole des Anführers war noch immer entsichert und auf seinen Bauch gerichtet.

Der jüngste der drei brach das Schweigen, aber er sprach zu laut, als daß er seine Unsicherheit hätte verbergen können. »Den Namen des schwarzmähnigen Löwen von der Bergspitze zu rufen und seinen Schutz zu beanspruchen ist für einen Pavian nicht schwer, aber erkennt der Löwe den Pavian wieder? Töte ihn, sage ich, dann ist es erledigt.«

»Aber er spricht wie ein Bruder«, murmelte der Anführer, »und Genosse Tungata ist ein harter Mann –«

Craig erkannte, daß sein Leben noch immer an einem seidenen Faden hing. »Ich werde es euch beweisen«, sagte er noch immer ohne das geringste Zittern in der Stimme. »Laßt mich nur zu meinen Sachen gehen.«

Der Anführer zögerte.

»Ich bin nackt«, erklärte ihm Craig. »Keine Waffen – nicht einmal ein Messer – und ihr seid zu dritt und habt Waffen.«

»Geh!« willigte der Anführer ein. »Aber sei vorsichtig. Ich habe schon seit vielen Monden keinen Mann mehr getötet – und das fehlt mir.«

Craig stand vorsichtig aus dem Wasser auf und sah das Interesse in ihren Augen, als sie seinen Beinstumpf und die zum Ausgleich stark entwickelte Muskulatur des anderen Beines und seines Körpers musterten. Das Interesse verwandelte sich in wachsamen Respekt, als sie sahen, wie schnell und mühelos sich Craig auf einem Bein bewegen konnte.

Craig war auf eine solche Begegnung vorbereitet. Er nahm seine Brieftasche aus dem Außenfach des Rucksacks und übergab dem Guerrillaführer ein Farbfoto.

Das Bild zeigte zwei Männer, die auf der Motorhaube eines alten Landrovers saßen. Sie hatten einander die Arme um die Schulter gelegt, und beide lachten. Jeder hielt einen Bierkrug in der freien Hand und prostete dem Fotografen zu. Die Eintracht und Kameradschaft zwischen ihnen war augenscheinlich.

Der narbige Guerrillero prüfte das Bild genau und ließ dann die Sicherungsbügel an seiner Maschinenpistole einrasten. »Es ist Genosse Tungata«, sagte er und reichte den anderen das Foto.

»Vielleicht«, gab der jüngste widerwillig zu, »aber das ist lange her. Ich bin noch immer dafür, ihn zu erschießen.« Diese Äußerung klang allerdings eher wehmütig als entschlossen.

»Genosse Tungata würde dich unzerkaut verschlingen«, erklärte ihm sein Gefährte offen und hängte sich die Pistole über die Schulter.

Craig nahm die Beinprothese und hatte sie im Nu angeschnallt – die drei Guerrilleros waren sofort fasziniert und drängten sich um Craig, um dieses unfaßbare Anhängsel zu begutachten.

Um die gute Stimmung auszunutzen, öffnete Craig seinen Rucksack und brachte Whiskyflasche und Becher zum Vorschein. Er schenkte sehr großzügig ein und hielt dem narbengesichtigen Anführer den Becher hin. »Wir sind Brüder«, sagte er.

Der Guerrillero lehnte seine Maschinenpistole an den Baumstamm und nahm den Becher an. Er leerte ihn in einem Zug und atmete danach begeistert durch Mund und Nase. Die beiden anderen tranken ihren Becher mit dem gleichen Genuß leer.

Nachdem Craig seine Hose angezogen, sich auf seinem Rucksack niedergelassen und die Flasche vor sich hingestellt hatte, legten alle drei ihre Waffen ab und setzten sich ihm gegenüber.

»Mein Name ist Craig Mellow«, sagte er.

»Wir werden dich Kuphela nennen«, erklärte ihm der Anführer, »weil das Bein allein gehen kann.«

Die anderen beiden klatschten beifällig in die Hände, und Craig schenkte jedem von ihnen Whisky ein, um seine Taufe zu feiern.

»Mein Name ist Wächter«, erklärte ihm der Anführer. Die meisten Guerrilleros hatten einen Decknamen angenommen. »Das ist Genosse Peking.« Eine Huldigung für seine chinesischen Ausbilder, vermutete Craig. »Und das«, der Anführer deutete auf den jüngsten, »ist Genosse Dollar.« Craig hatte Mühe, angesichts dieser unwahrscheinlichen Nebeneinanderstellung von Ideologien ernst zu bleiben.

»Genosse Wächter«, sagte Craig, »die Kanka haben dich gezeichnet.«

Die Kanka waren die Schakale, die Sicherheitskräfte, und Craig nahm an, daß der Anführer stolz auf seine Kriegsverletzung war.

Wächter strich sich über die Wange. »Ein Bajonett. Sie dachten, ich wäre tot, und überließen mich den Hyänen.«

»Und dein Bein?« wollte Dollar wissen. »Auch vom Krieg?«

Wenn er bejahte, würden sie wissen, daß er gegen sie gekämpft hatte. Ihre Reaktion war unberechenbar, aber Craig zögerte nur eine Sekunde, bevor er nickte. »Ich bin auf eine unserer eigenen Minen getreten.«

»Auf die eigene Mine!« krähte Wächter vergnügt über den Scherz. »Er ist auf die eigene Mine getreten!« Die anderen fanden es genauso lustig, und Craig konnte nicht die geringste Verstimmung feststellen.

»Wo?« wollte Peking wissen.

»Am Fluß zwischen Kazungula und den Viktoriafällen.«

»Ach ja«, nickten sie einander zu. »Das war eine schlimme Stelle. Wir haben den Fluß dort oft überquert«, erinnerte sich Wächter. »Genau dort haben wir auch gegen die Scouts gekämpft.«

Die Ballantyne Scouts waren eine Eliteeinheit der Sicherheitskräfte gewesen, und Craig hatte ihnen als Waffenmeister gedient.

»An dem Tag, als ich auf die Mine trat, sind die Scouts euren Leuten über den Fluß gefolgt. Auf der sambischen Seite kam es zu einem schrecklichen Kampf, und die Scouts wurden alle vernichtet.«

»Hau! Hau!« riefen sie erstaunt aus. »An dem Tag war es also! Wir waren dort – wir haben an diesem Tag mit Genosse Tungata gekämpft.«

»Was für ein Kampf – was für ein herrliches, schönes Gemetzel, als wir sie in der Falle hatten«, erinnerte sich Dollar mit Mordlust in den Augen.

»Und wie sie kämpften! Mutter von Nkulukulu – die konnten kämpfen! Das waren richtige Männer!«

In der Erinnerung daran drehte sich Craig noch heute der Magen um. Sein Vetter, Roland Ballantyne, hatte die Scouts an diesem schicksalhaften Tag über den Fluß geführt. Während Craig schwerverletzt und blutend am Rande des Minenfeldes lag, waren Roland und seine Männer ein paar Kilometer weiter allesamt gefallen. Diese Männer hatten ihre Leichen geschändet und entehrt und besprachen das nun wie ein denkwürdiges Fußballspiel.

Craig schenkte ihnen Whisky nach. Wie sehr er sie und ihresgleichen auch verabscheut hatte – »Terrs« nannte man sie, Terroristen –, er hatte sie so innig gehaßt, wie man nur etwas hassen kann, das die eigene Existenz bedroht und alles, was man liebt. Und nun saß er hier, prostete ihnen zu und trank mit ihnen. Angeblich war es auch nach dem zweiten Weltkrieg zu Begegnungen zwischen Piloten der Royal Air Force und der Luftwaffe gekommen, bei denen diese wie Kameraden, nicht wie Todfeinde, gemeinsam in Erinnerungen geschwelgt hatten.

»Wo warst du, als wir in Harare die Tanklager in die Luft gesprengt und das Benzin angezündet haben?« fragten sie.

»Erinnerst du dich an den Tag, als die Scouts vom Himmel auf unser Lager bei Molingushi heruntersprangen? Damals sind achthundert unserer Leute getötet worden – und ich war dort!« erzählte Peking stolz. »Aber mich haben sie nicht erwischt!«

Doch nun stellte Craig fest, daß er diesen tiefen Haß nicht mehr empfinden konnte. Unter der Tünche von Wildheit und Grausamkeit, die ihnen der Krieg vorgeschrieben hatte, waren sie die echten Matabele, die er immer geliebt hatte – mit ihrem unbändigen Sinn für Humor, ihrem starken Selbstgefühl, ihrem ausgeprägten Stammesstolz und ihrem Gefühl für Ansehen, Loyalität und für ihren eigenen, besonderen Moralkodex. Während sie miteinander plauderten, erwärmte sich Craig allmählich für sie, und sie spürten das und erwiderten es.

»Was hat dich eigentlich hierhergeführt, Kuphela? Ein kluger Mann wie du spaziert doch nicht unbewaffnet einfach so in die Höhle des Panthers? Du mußt doch von uns gehört haben – und trotzdem bist du hergekommen?«

»Ja, ich habe von euch gehört. Ich habe gehört, daß ihr harte Männer seid, wie die Krieger des alten Mzilikazi.«

Dieses Kompliment gefiel ihnen.

»Aber ich bin hierhergekommen, um euch zu treffen und mit euch zu reden«, fuhr Craig fort.

»Wozu?« fragte Wächter.

»Ich schreibe ein Buch, und in diesem Buch will ich wahrheitsgetreu über euch und über die Dinge schreiben, für die ihr immer noch kämpft.«

»Ein Buch?« Peking war sofort mißtrauisch.

»Was für ein Buch?« hakte Dollar nach.

»Du und ein Buch schreiben?« Wächters Stimme klang unverhohlen hämisch. »Du bist zu jung. Bücherschreiber sind bedeutende und gelehrte Leute.« Wie alle ungebildeten Afrikaner hatte er eine fast abergläubische Furcht vor dem gedruckten Wort und Ehrfurcht vor den grauen Haaren des Alters.

»Ein einbeiniger Bücherschreiber«, stotterte Dollar, und Peking kicherte und griff nach seiner Maschinenpistole. Er nahm sie quer über den Schoß und kicherte noch einmal. Die Stimmung war wieder umgeschlagen. »Wenn dieses Buch eine Lüge ist, dann ist seine Freundschaft mit Genosse Tungata vielleicht auch nicht wahr«, meinte Dollar vergnügt.

Auch darauf war Craig vorbereitet. Er nahm ein großes Manilakuvert aus seinem Rucksack, und daraus quoll ein dickes Bündel von Zeitungsausschnitten hervor. Er blätterte sie gemächlich durch, so daß sich ihr ungläubiger Spott in Interesse verwandelte, dann nahm er einen Zeitungsausschnitt heraus und übergab ihn Wächter. Die Fernsehserie nach dem Buch war zwei Jahre vorher, also bevor diese Guerrilleros in den Busch zurückgekehrt waren, in Simbabwe gesendet worden und hatte überall großen Anklang gefunden.

»Hau!« rief Wächter aus. »Das ist doch der alte König Mzilikazi!«

Das Foto über dem Artikel zeigte Craig zusammen mit einigen Schauspielern der Fernsehproduktion. Die Guerrilleros erkannten den schwarzen amerikanischen Schauspieler, der den alten Matabelekönig gespielt hatte, sofort wieder. Er trug ein Kostüm aus Leopardenfell und Reiherfedern.

»Und das bist du – mit dem König.« So tief beeindruckt hatte sie nicht einmal das Foto mit Tungata.

Ein anderer Zeitungsausschnitt, ein Foto, das in Doubleday's Buchhandlung in der Fifth Avenue aufgenommen worden war, zeigte Craig neben einer gewaltigen Pyramide von Büchern, von deren Spitze sein vielfach vergrößertes Portrait herunterlächelte.

»Das bist du!« Nun waren sie richtig verblüfft. »Hast du dieses Buch geschrieben?«

»Glaubt ihr mir nun?« fragte Craig, aber Wächter studierte das Beweismaterial eingehend, bevor er sich eine Blöße gab.

Seine Lippen bewegten sich, als er mühsam den Text der Artikel entzifferte, und als er Craig die Zeitungsausschnitte zurückgab, sagte er feierlich: »Kuphela, trotz deiner Jugend bist du tatsächlich ein berühmter Bücherschreiber.«

Nun waren sie fast rührend darauf erpicht, ihm ihre Lage zu schildern, wie Bittsteller vor einer Stammesberatung, bei der jeder Fall angehört wurde und die Stammesältesten das Urteil sprachen.

Und das, worüber sie berichteten, war die Tragödie Afrikas, die Barriere, die diesen mächtigen Kontinent entzweite, der Ursprung aller Gewalt und allen Unheils, die unheilbare Krankheit, von der sie alle befallen waren – die Stammesrivalität.

Hier in Simbabwe waren es die Matabele, die gegen die Mashona kämpften.

»Die Schmutzfresser«, nannte sie Wächter, »die Höhlenmenschen, die Feiglinge, die sich hinter ihren Festungsmauern verschanzen, die Schakale, die erst beißen, wenn man ihnen den Rücken zukehrt.«

Es war die Verachtung des Kriegers für den Händler, die Verachtung des Mannes der Tat für den gerissenen Vermittler und Politiker.

»Seit der große Mzilikazi zum erstenmal den Limpopo überquert hat, waren die Mashona unsere Diener – Amaholi, Sklaven und Sklavensöhne.«

Die alte Geschichte von Verdrängung und Vorherrschaft einer Gruppe über die andere beschränkte sich nicht auf Simbabwe, sondern hatte sich im Laufe der Jahrhunderte auf dem ganzen Kontinent abgespielt. Im Norden waren es die stolzen Massai gewesen, die die weniger kriegerischen Kikuyu überfallen und terrorisiert hatten; und die riesenhaften Watussi, für die jeder Mann unter einem Meter achtzig als Zwerg galt, hatten die sanftmütigen Hutu versklavt. Und in jedem dieser Fälle ersetzten die Sklaven ihren Mangel an Grausamkeit durch politische Klugheit, und sobald sich die weißen Kolonialstaaten zurückzogen, metztelten sie ihre Peiniger entweder nieder – wie die Hutu die Watussi – oder verfälschten die Doktrin des Westminsterstatus, indem sie die Kontrollen und Gegengewichte, die das System in der Balance halten sollten, einfach aufgaben und ihre zahlenmäßige Überlegenheit dazu benutzten, ihre ehemaligen Beherrscher in eine politisch untergeordnete Position zu manövrieren – wie die Kikuyu die Massai.

Genau der gleiche Prozeß war hier in Simbabwe im Gang. Die weißen Siedler waren durch den Buschkrieg ausgeschaltet worden, und die Begriffe Fair-Play und Integrität, die die weiße Zivilregierung allen Stämmen eingebleut hatte, war mit den Weißen zusammen beseitigt worden.

»Auf einen Matabele kommen fünf schmutzfressende Mashona«, erklärte Wächter verbittert, »aber gibt ihnen das das Recht, sich uns gegenüber als Herren aufzuspielen? Sollten fünf Sklaven einem König befehlen können? Muß der schwarzmähnige Löwe zittern, wenn fünf Paviane bellen?«

»In England und Amerika ist es so«, sagte Craig sanft. »Der Wille der Mehrheit ist maßgebend –«

»Ich pfeife auf den Willen der Mehrheit«, wischte Wächter den Grundsatz der Demokratie beiseite. »In England und Amerika mag das vielleicht funktionieren, aber wir sind in Afrika. Hier funktioniert das nicht – ich werde mich dem Willen von fünf Schmutzfressern nicht beugen. Und auch nicht dem Willen von Hunderten oder Tausenden von ihnen. Ich bin Matabele, und mir befiehlt nur einer – ein Matabelekönig.«

Ja, dachte Craig, das ist Afrika. Das alte Afrika, das aus der Hypnose erwacht, in die es hundert Jahre Kolonialismus versetzt haben, und sofort in das alte Fahrwasser zurückfällt.

Die Grenzen, die das Kolonialsystem festgelegt hatte, waren sauber und ordentlich. Sie folgten einem Fluß, dem Ufer eines Sees oder dem Kamm einer Gebirgskette, und dort, wo es so etwas nicht gab, hatte ein weißer Vermessungsingenieur mit dem Theodoliten einfach eine Linie quer durch die Wildnis gezogen. »Diese Seite ist Deutsch-Ostafrika, und diese Seite ist britisch.« Aber sie nahmen nicht zur Kenntnis, daß sie durch ihre schnurgeraden Grenzen ganze Stämme zersplitterten.

»Viele unserer Leute leben auf der anderen Seite des Flusses in Südafrika«, jammerte Peking, »wären sie bei uns, würden die Dinge ganz anders liegen. Dann wären wir stark, aber jetzt sind wir geteilt.«

»Und die Shona sind hinterlistig, so hinterlistig wie die Paviane, die bei Nacht die Maisfelder verwüsten. Sie wissen, daß ein Matabelekrieger Hunderte von ihnen aufwiegt, und daher haben sie damals, als wir das erstemal revoltierten, die weißen Soldaten eingesetzt, die von Smiths Regierung übrig geblieben waren –«

Craig erinnerte sich an die Freude der verbitterten weißen Soldaten, die sich nicht für besiegt, sondern für verraten hielten, als sie die Regierung Mugabe auf die oppositionelle Matabelepartei losließ.

»Während Mugabe und seine Leute nach Harare zurückliefen und sich zitternd und wimmernd hinter den Röcken ihrer Frauen versteckten, taten die weißen Soldaten die Arbeit für sie. Nachdem uns die Soldaten die Waffen abgenommen hatten, krochen sie wieder hervor, schüttelten den Staub von ihren Kleidern und kamen als Sieger anstolziert.«

»Sie haben unsere Anführer entehrt –«

Nkomo, der Matabeleführer, war bezichtigt worden, Rebellen zu verstecken und geheime Waffenlager zu unterhalten, und die vorwiegend aus Mashona bestehende Regierung zwang ihn, sich zur Ruhe zu setzen.

»Sie haben geheime Gefängnisse im Busch, wo sie unsere Anführer hinbringen«, fuhr Peking fort. »Und dort tun sie unseren Männern Dinge an, die unvorstellbar sind.«

»Jetzt, nachdem wir keine Waffen mehr haben, ziehen ihre Spezialeinheiten von Dorf zu Dorf. Sie erschlagen unsere alten Männer und Frauen, vergewaltigen unsere jungen Frauen und nehmen unsere jungen Männer mit, von denen man dann nie mehr wieder etwas hört oder sieht.«

»Vielleicht suchen die Regierungstruppen nach den Geiseln, die ihr entführt habt«, bemerkte Craig scharf. »Vor nicht allzu langer Zeit wärt ihr noch ganz froh gewesen, mich zu töten oder als Geisel mitzunehmen.«

»Die Shona haben, lange bevor wir unsere erste Geisel nahmen, damit angefangen«, gab Wächter zurück.

»Aber ihr nehmt unschuldige Geiseln«, sagte Craig beharrlich. »Ihr erschießt weiße Farmer –«

»Was können wir sonst tun, um den Leuten klarzumachen, was mit unserem Volk geschieht? Wir haben nur ein paar Anführer, die nicht eingesperrt oder zum Schweigen gebracht worden sind, und die sind machtlos. Wir haben keine Waffen, außer den wenigen, die wir verstecken konnten, und wir haben keine mächtigen Freunde, während die Shona mit den Chinesen, Briten und Amerikanern verbündet sind. Wir haben kein Geld, um den Kampf fortzusetzen – und sie besitzen den ganzen Reichtum des Landes und Millionen aus Hilfsgeldern dieser mächtigen Freunde. Was sollen wir also sonst tun, um die Welt darauf aufmerksam zu machen, was mit uns geschieht?«

Craig besann sich klugerweise darauf, daß dies weder der richtige Ort noch der richtige Zeitpunkt für einen Vortrag über politische Moral war, und dann dachte er zynisch: Vielleicht ist meine Moral sowieso altmodisch. In der internationalen Politik gab es ein neues, beliebtes Hilfsmittel: das Recht schwacher, unterdrückter Minderheiten, mit Gewaltaktionen auf ihre Lage aufmerksam zu machen. Diese neue Moral war weit verbreitet, von den Palästinensern über die baskischen Separatisten bis zu den nordirischen Bombenlegern, die in Londons Straßen Polizisten samt ihren Pferden in die Luft sprengten. Mit diesen Beispielen vor Augen und ihrer eigenen Erfahrung, wonach politischer Wandel nur mit Gewalt herbeigeführt werden kann, waren diese jungen Männer Kinder der neuen Moral.

Craig konnte sich zwar für diese Methode nicht erwärmen, selbst wenn er hundert Jahre alt werden würde, aber er empfand widersinnigerweise ein Gefühl der Anteilnahme für die Lage und die Bestrebungen der Matabele. Zwischen Craigs Familie und den Matabele hatten immer schon sonderbare und manchmal recht blutige Bande bestanden. Eine alte Tradition des Respektes und Verständnisses für ein Volk, das treue Freunde hervorbrachte und Feinde, vor denen man sich in acht nehmen mußte, eine edle, stolze und kriegerische Rasse, die Besseres verdient hatte als das, was ihr nun widerfuhr.

Craig besaß eine elitäre Ader, und es war ihm zuwider, mitansehen zu müssen, wie ein Gulliver von Liliputanern überwältigt wurde. Er verabscheute die Intrigenpolitik und die Boshaftigkeit des Sozialismus, der seiner Meinung nach versuchte, die Helden niederzuschlagen und jeden außergewöhnlichen Mann im Grau der Masse verschwinden zu lassen, wahre Führerschaft durch das einfältige Gerede von Gewerkschaftsfunktionären zu ersetzen und jede Initiative durch ein strenges Steuersystem zu unterdrücken, um dann ein abgestumpftes, nachgiebiges Volk schrittweise hinter den Stacheldraht des marxistischen Totalitarismus zu treiben.

Gewiß – diese Männer waren Terroristen. Craig grinste, Robin Hood war auch ein Terrorist gewesen – allerdings einer mit Stil und Klasse.

»Wirst du Genosse Tungata wiedersehen?« fragten sie ihn fast demütig.

»Ja. Ich sehe ihn schon bald wieder.«

»Erzähle ihm, daß wir hier sind. Erzähle ihm, daß wir bereit sind und warten.«

Craig nickte. »Ich werde es ihm sagen.«

Sie begleiteten ihn zu der Stelle zurück, wo sein Volkswagen stand, und Genosse Dollar bestand darauf, Craigs Rucksack zu tragen. Als sie den staubigen, leicht mitgenommenen VW erreichten, zwängten sie sich hinein und ließen die Läufe ihrer Kalaschnikows aus drei Fenstern hervorragen.

»Wir werden bis zur Victoria Falls Road mitfahren«, erklärte Wächter, »wenn du nämlich allein einem unserer Spähtrupps begegnest, könnte es gefährlich für dich werden.«

Kurz nach Einbruch der Dunkelheit erreichten sie die beschotterte Great North Road. Craig plünderte seinen Rucksack und gab ihnen, was von seiner Verpflegung und dem Whisky noch übrig war. Er hatte zweihundert Dollar in der Brieftasche und gab ihnen auch diese. Dann schüttelten sie einander die Hände.

»Sag Genosse Tungata, daß wir Waffen brauchen«, sagte Dollar. »Sag ihm, daß wir noch nötiger einen Anführer brauchen.«

Wächter reichte Craig die Hand auf eine Art, wie sie nur guten Freunden vorbehalten ist. »Geh in Frieden, Kuphela«, sagte er. »Möge dich das Bein, das allein gehen kann, schnell und weit tragen.«

»Friede auch mit dir, mein Freund«, erwiderte Craig.

»Nein, Kuphela, wünsche mir lieber einen blutigen Krieg!« Wächters narbiges Gesicht verzog sich im Licht der Scheinwerfer zu einem grausamen Grinsen.

Als sich Craig noch einmal umblickte, waren sie so lautlos in der Dunkelheit verschwunden wie gefleckte Panther auf der Jagd.

»Ich hätte keinen Pfennig darauf gewettet, Sie jemals wiederzusehen«, wurde Craig von Jock Daniels begrüßt, als er am nächsten Morgen in dessen Büro trat. »Waren Sie tatsächlich oben am Chizarira – oder sind Sie doch noch zur Vernunft gekommen?«

»Ich lebe noch, oder etwa nicht?« wich Craig der Frage aus.

»Guter Junge«, nickte Daniels. »Hat keinen Sinn, sich mit diesen Matabeleschuften anzulegen – das sind alles Banditen.«

»Haben Sie schon Neuigkeiten aus Zürich?«

Daniels schüttelte den Kopf. »Habe erst um neun Uhr Ortszeit das Telex abgeschickt. Dort ist es eine Stunde früher als bei uns.«

»Kann ich Ihr Telefon benutzen? Für ein paar private Gespräche?«

»Ortsgespräche? Nicht daß Sie auf meine Kosten mit Ihrem Täubchen in New York telefonieren.«

»Natürlich nicht.«

»In Ordnung – wenn Sie sich während meiner Abwesenheit um den Laden kümmern.«

Craig setzte sich an Daniels' Schreibtisch und zog die Notizen hervor, die er sich während des Lesens von Henry Pickerings Aktenordner gemacht hatte.

Sein erster Anruf galt der amerikanischen Botschaft in Harare, der etwa fünfhundert Kilometer nordöstlich von Bulawayo gelegenen Hauptstadt.

»Mr. Morgan Oxford, den Kulturattaché, bitte«, bat er die Telefonistin.

»Oxford.« Dem Akzent nach bestimmt ein Bostoner.

»Craig Mellow. Ein gemeinsamer Freund bat mich, Sie anzurufen und Ihnen Grüße von ihm zu bestellen.«

»Ja, ich habe auf Ihren Anruf gewartet. Aber möchten Sie nicht herkommen?«

»Sehr gern«, erwiderte Craig und legte auf.

Henry Pickering stand zu seinem Wort. Jede Nachricht, die Oxford erhielt, würde im Diplomatengepäck außer Landes gebracht werden und innerhalb von zwölf Stunden auf Pickerings Schreibtisch landen.

Als nächstes rief Craig im Büro des Ministers für Tourismus und Information an und wurde schließlich mit der Sekretärin des Ministers verbunden. Als er sie in Sindebele ansprach, wurde ihr Verhalten sofort herzlich und kooperativ.

»Der Genosse Minister ist bei einer Parlamentssitzung in Harare«, erklärte sie und gab Craig dessen Privatnummer im Parlament.

Erst beim vierten Versuch wurde Craig mit einer Parlamentssekretärin verbunden. Er stellte fest, daß sich das Fernsprechsystem verschlechtert hatte. Alle Entwicklungsländer litten unter einem Mangel an ausgebildeten Fachkräften; vor der Unabhängigkeit waren die Telefonarbeiter Weiße gewesen, und die meisten von ihnen waren jetzt außer Landes.

Diese Sekretärin war eine Mashona und bestand darauf, englisch zu sprechen, um ihre Bildung unter Beweis zu stellen.

»Würden Sie freundlicherweise angeben, um welche Angelegenheit es sich handelt.«

»Es geht um eine persönliche Angelegenheit. Ich bin mit dem Genossen Minister bekannt.«

»Ach so. Eine P-e-r-s-o-n-a-l-Angelegenheit –« Die Sekretärin buchstabierte das Wort mühsam, während sie es niederschrieb.

»Nein – eine p-e-r-s-ö-n-l-i-c-h-e Angelegenheit«, verbesserte Craig sie geduldig. Er paßte sich dem afrikanischen Tempo allmählich wieder an.

»Ich werde im Terminkalender des Genossen Minister nachsehen. Wären Sie so freundlich, noch einmal anzurufen?«

Craig sah auf seine Liste. Sein nächster Anruf galt der staatlichen Registrierungsstelle, und diesmal hatte er Glück. Er wurde mit einem tüchtigen, hilfsbereiten Beamten verbunden, der sich seine Wünsche vormerkte.

»Das Aktenregister, Verträge und Gründungsprotokoll der Handelsgesellschaft Rholands Limited, vormals bekannt als Rhodesische Land- und Bergbaugesellschaft.« Craig hörte das Mißfallen in der Stimme des Beamten. »Rhodesisch« war neuerdings ein verpöntes Wort, und Craig beschloß insgeheim, den Namen der Gesellschaft zu ändern, falls er je in diese Position kommen sollte. »Simlands« würde für afrikanische Ohren weit besser klingen.

»Kopien der gewünschten Papiere werden um vier Uhr für Sie bereit liegen«, versicherte ihm der Beamte. »Die Gebühr beträgt fünfzehn Dollar.«

Als nächstes rief Craig im Büro des Generalinspektors an, und wieder erreichte er, daß er Kopien von Dokumenten bekam – diesmal die Rechtstitel über die Besitzungen der Gesellschaft: die Ländereien King's Lynn, Queen's Lynn und im Chizariragebiet.

Auf seiner Liste standen noch weitere vierzehn Namen; als er das Land verlassen hatte, waren sie Viehzüchter in Matabeleland, langjährige Nachbarn und Freunde seiner Familie gewesen, Leute, denen Großvater Bawu vertraut hatte. Von den vierzehn konnte er nur vier wiederfinden, die anderen hatten alles verkauft und den langen Weg nach Süden angetreten. Die übrigen schienen ehrlich erfreut zu sein, von ihm zu hören. »Willkommen zu Hause, Craig. Wir haben das Buch alle gelesen und die Fernsehserie gesehen.« Aber sobald er anfing, Fragen zu stellen, lenkten sie ab. »Das verdammte Telefon hat Löcher wie ein Sieb«, sagte einer von ihnen. »Komm doch zum Abendessen auf die Ranch. Bleib über Nacht. Wir haben immer ein Bett für dich frei, Craig. Weiß der Himmel, bekannte Gesichter sind wirklich rar geworden.«

Schwitzend und mit rotem Gesicht kehrte Daniels am Nachmittag zurück. »Sie belagern noch immer mein Telefon?« brummte er. »Ob es in dem Schnapsladen wohl noch eine Flasche von dem Dimple High gibt?«

Craig ging auf diesen Wink mit dem Zaunpfahl ein, er überquerte die Straße und kam mit einer bauchigen Flasche in einer braunen Papiertüte zurück.

»Ich habe ganz vergessen, daß man in diesem Land nur mit einer eisernen Lunge überleben kann.«

Um zehn Minuten vor fünf rief er noch einmal das Parlamentsbüro des Ministers an.

»Der Genosse Minister Tungata Zebiwe hat sich freundlicherweise bereit erklärt, Sie am Freitag um zehn Uhr morgens zu empfangen. Er kann Ihnen zwanzig Minuten widmen.«

»Bitte übermitteln Sie dem Minister meinen aufrichtigen Dank.«

Das verschaffte Craig drei freie Tage und bedeutete, daß er die fünfhundert Kilometer nach Harare fahren mußte. »Keine Antwort aus Zürich?« Er füllte Daniels' Glas.

»Würde man mir ein solches Angebot machen, dann würde ich mir nicht einmal die Mühe nehmen zu antworten«, knurrte Daniels und griff nach der Flasche in Craigs Hand, um sein Glas bis zum Rand zu füllen.

Die nächsten paar Tage nützte Craig, um Bawus alte Freunde zu besuchen. Er wurde überall mit der traditionellen rhodesischen Gastfreundschaft aufgenommen.

Er verbrachte die Tage mit sonnenverbrannten, langsam sprechenden Männern, die breitkrempige Filzhüte und Khakishorts trugen. Vom Beifahrersitz eines offenen Landrovers aus besichtigte er ihre wohlgenährten, gepflegten Rinder.

Am Donnerstagmorgen fuhr er zum Motel zurück, holte seine Wäsche ab, packte seine Reisetasche aus Segeltuch, bezahlte die Rechnung und verließ das Hotel.

Dann begab er sich in Daniels' Büro. »Noch immer keine Nachrichten aus Zürich?«

»Vor einer Stunde ist ein Telex hereingekommen.« Daniels reichte ihm den Zettel, und Craig überflog ihn rasch.

»Wir gewähren Ihrem Klienten eine Dreißig-Tage-Option auf den Kauf aller Anteile der Rholands-Gesellschaft für eine halbe Million US-Dollar, zahlbar in Zürich bei Unterschrift. Weitere Angebote werden nicht angenommen.«

Das klang endgültig. Bawu hatte gesagt, verdopple deinen Voranschlag, und bisher hatte er recht behalten.

Daniels beobachtete Craig. »Das Doppelte Ihres ursprünglichen Angebotes«, bemerkte er. »Können Sie eine halbe Million aufbringen?«

»Ich werde mit meinem reichen Onkel reden«, neckte ihn Craig. »Und immerhin habe ich dreißig Tage Zeit. Bis dahin bin ich wieder zurück.«

»Wo kann ich Sie erreichen?« fragte Daniels.

»Rufen Sie mich nicht an. Ich werde Sie anrufen.« Er erbat sich noch einen Tank voll Benzin aus Daniels' Privatlager und lenkte den Volkswagen auf die Straße nach Nordosten, in Richtung Mashonaland und Harare, und schon fünfzehn Kilometer außerhalb der Stadt stieß er auf die erste Straßensperre.

Fast wie in alten Tagen, dachte er, als er aus dem Wagen stieg. Zwei schwarze Soldaten in Kampfanzügen durchsuchten mit peinlicher Sorgfalt den Wagen nach Waffen, während ein Leutnant mit dem Abzeichen der Dritten Brigade seinen Paß überprüfte.

Wieder einmal war Craig über seine Familientradition froh, derzufolge alle werdenden Mütter seiner Familie sowohl auf seiten der Mellows wie der Ballantynes zur Niederkunft heim nach England geschickt wurden. Dieses kleine blaue Büchlein mit dem goldenen Löwen und dem Einhorn und dem »Honi soit qui mal y pense« auf dem Umschlag weckte sogar bei einer Straßensperre der Dritten Brigade noch gewissen Respekt.

Am späten Nachmittag erreichte Craig den Kamm der niedrigen Hügelkette und schaute auf das Gewirr von Wolkenkratzern hinunter, die sich so unpassend aus dem afrikanischen Buschland erhoben – wie Grabsteine des Vertrauens auf die Unsterblichkeit des British Empire.

Als er in die Stadt kam, stellte er fest, daß hier eine Atmosphäre des Aufschwungs herrschte. In den Straßen drängte sich eine laute, schwarze Menschenmenge, und in der Halle des modernen sechzehnstöckigen Monomatapa-Hotels, wo Touristen, Bankiers und Geschäftsleute, ausländische Würdenträger, Staatsbeamte und Militärberater einander auf die Füße traten, konnte man wenigstens zwanzig verschiedene Sprachen und Dialekte hören.

Für Craig war kein Zimmer mehr frei – bis er mit einem stellvertretenden Hotelmanager sprach, der die Fernsehproduktion gesehen und das Buch gelesen hatte. Dann wurde er in ein Zimmer im fünfzehnten Stockwerk mit Aussicht auf den Park geführt. Während er ein Bad nahm, erschien eine ganze Prozession von Kellnern mit Blumen, Obstkörben und einer Flasche südafrikanischem Champagner. Craig arbeitete bis nach Mitternacht an seinem Bericht für Henry Pickering und fand sich am nächsten Vormittag um halb zehn im Parlamentsgebäude ein.

Die Sekretärin des Ministers ließ ihn fünfundvierzig Minuten im Vorzimmer warten, bevor sie ihn in das holzgetäfelte Büro führte. Genosse Minister Tungata Zebiwe erhob sich hinter seinem Schreibtisch.

Craig hatte vergessen, wie beeindruckend die Erscheinung dieses Mannes war, oder aber Tungata Zebiwe war seit ihrer letzten Begegnung noch größer geworden. Als ihm einfiel, daß Tungata einmal sein Diener, sein Gehilfe gewesen war, als er im

Wildreservat gearbeitet hatte, erschien ihm dies wie eine Zeit aus einem anderen Leben. Damals hatte Tungata noch Samson Kumalo geheißen, denn Kumalo war das Geschlecht der Matabelekönige, deren direkter Nachkomme er war. Batso, sein Urgroßvater, war der Anführer des Matabeleaufstandes im Jahre 1896 gewesen und dafür von den Siedlern gehenkt worden. Sein Ururgroßvater Gandang wiederum war ein Halbbruder Lobengulas gewesen, des letzten Königs der Matabele, den Rhodes' Kavalleristen in einen unwürdigen Tod und ein unbekanntes Grab in der nördlichen Wildnis trieben, nachdem seine Hauptstadt bei Gu Bulawayo zerstört worden war.

So königlich wie sein Blut war auch Tungata Zebiwes Haltung. Er war einer der erfolgreichsten Buschkämpfer des Krieges gewesen, und er war immer noch ein Krieger, daran gab es keinen Zweifel. Craig empfand ein starkes und völlig unerwartetes Gefühl der Freude, diesen Mann wiederzusehen.

»Ich begrüße Sie, Genosse Minister«, sprach ihn Craig in Sindebele an und vermied dabei das alte, vertraute »Sam« oder den Decknamen Tungata Zebiwe, der übersetzt »Gerechtigkeitssucher« hieß.

»Ich habe Sie einst fortgeschickt«, antwortete Tungata in derselben Sprache. »Ich habe jede Schuld zwischen uns ausgelöscht – und Sie fortgeschickt.« In seinen unergründlichen Augen war keinerlei Wiedersehensfreude zu entdecken, und seine stark hervortretenden Kieferknochen preßten sich aufeinander.

»Dafür bin ich Ihnen noch heute dankbar.« Craig verbarg seine Freude, und sein Lächeln erstarrte.

Tungata hatte damals eine ministerielle Sonderverordnung unterschrieben, die es Craig erlaubte, seine selbstgebaute Jacht »Bawu« außer Landes zu bringen, obwohl strenge Ausfuhrkontrollgesetze bestanden, die es unmöglich machten, auch nur einen Kühlschrank oder ein eisernes Bettgestell auszuführen. Zu dieser Zeit war die Jacht Craigs einziger Besitz gewesen, er selbst verkrüppelt und auf einen Rollstuhl angewiesen.

»Ich will Ihre Dankbarkeit nicht«, sagte Tungata, doch in seinen Augen – sie hatten die Farbe dunklen Honigs – lag etwas, das Craig nicht ergründen konnte.

»Auch die Freundschaft nicht, die ich noch immer für Sie empfinde?« fragte Craig freundlich.

»All das ist auf dem Schlachtfeld gestorben«, sagte Tungata. »Es wurde mit dem Blut weggespült. Sie zogen es vor zu gehen. Warum sind Sie zurückgekehrt?«

»Weil das hier mein Land ist.«

»Ihr Land –« Craig sah, wie sich das Weiße in Tungatas Augen vor Wut rötlich färbte. »Ihr Land. Sie reden wie ein weißer Siedler. Wie einer von Cecil Rhodes' Mordbuben.«

»So habe ich es nicht gemeint.«

»Ihre Leute haben das Land mit einem Gewehrschuß erobert, und vor einem Gewehrschuß haben sie dann auch kapituliert. Reden Sie mir nicht von Ihrem Land.«

»Sie hassen fast ebenso, wie Sie gekämpft haben«, erwiderte Craig und wurde nun seinerseits wütend, »aber ich bin nicht zurückgekehrt, um zu hassen. Ich bin zurückgekommen, weil mich mein Herz hierher zurücktrieb. Ich bin zurückgekommen, weil ich dachte, ich könnte mithelfen, das wiederaufzubauen, was zerstört worden ist.«

Tungata setzte sich hinter den Schreibtisch und legte seine Hände auf die Schreibtischunterlage – dunkle und kräftige Hände. Schweigend starrte er Craig einige Sekunden lang an. »Sie waren in King's Lynn«, brach Tungata schließlich das Schweigen, und Craig erschrak. »Dann fuhren Sie nach Norden zum Chizarira.«

»Ihre Augen sind hell«, nickte Craig. »Sie sehen alles.«

»Sie haben um Kopien der Rechtstitel dieser Ländereien angesucht.« Craig war neuerlich überrascht, aber er schwieg. »Aber gerade Sie müßten doch wissen, daß Sie eine Genehmigung der Regierung brauchen, um in Simbabwe Land zu kaufen. Sie müssen eine Erklärung darüber abgeben, welche Absicht Sie mit diesem Land verfolgen und wieviel Kapital dafür zur Verfügung steht.«

»Ja, das weiß ich«, gab Craig zu.

»Also kommen Sie zu mir, um mich Ihrer Freundschaft zu versichern.« Tungata sah zu ihm auf. »Und dann bitten Sie mich, als alten Freund, um einen Gefallen, nicht wahr?«

Craig hob mit resignierender Geste die Hände.

»Ein weißer Farmer auf einem Land, das fünfzig Matabelefamilien ernähren könnte. Ein weißer Farmer, der reich und fett wird, während seine Diener in Lumpen gehen und die Abfälle essen, die er ihnen zuwirft«, höhnte Tungata, und Craig schoß zurück: »Ein weißer Farmer, der ein Millionenvermögen in ein Land bringt, das nach Kapital lechzt, ein weißer Farmer, der Dutzende Matabele beschäftigt, sie ernährt, kleidet und ihre Kinder ausbildet, ein weißer Farmer, der genug Nahrungsmittel anbaut, um nicht bloß fünfzig, sondern zehntausend Matabele zu ernähren. Ein weißer Farmer, der das Land fruchtbar macht und es gegen Ziegen und Trockenheit schützt, so daß es nicht fünf, sondern fünfhundert Jahre lang Gewinn abwirft!« Craig ließ seiner Wut freien Lauf und begegnete, aufrecht vor dem Schreibtisch stehend, Tungatas Blick.

»Hier sind Sie fertig«, knurrte Tungata. »Ihnen ist der Kral verschlossen. Gehen Sie zurück auf Ihr Boot, zurück zu Ihrem Ruhm und Ihren leichtfertigen Frauen und seien Sie froh, daß wir Ihnen nur eines Ihrer Beine genommen haben – gehen Sie, bevor Sie auch noch Ihren Kopf verlieren.«

Er warf einen Blick auf seine goldene Armbanduhr. »Ich habe Ihnen nichts mehr zu sagen«, sagte er und stand auf.

Doch hinter seinem höflichen, unpersönlichen Blick sah Craig noch immer dieses ungewisse Etwas. Er versuchte, es zu ergründen – gewiß war es weder Furcht noch Arglist. Eher Hoffnungslosigkeit, eine tiefe Trauer, vielleicht sogar Schuldgefühl – am ehesten aber eine Mischung aus alldem.

»Nun gut, aber bevor ich gehe, muß ich Ihnen noch etwas bestellen.« Craig trat näher an den Schreibtisch und senkte die Stimme. »Wie Sie wissen, war ich am Chizarira. Dort habe ich drei Männer getroffen. Sie hießen Wächter, Peking und Dollar und baten mich, Ihnen eine Nachricht zu überbringen –«

Craig sprach nicht weiter, denn Tungatas Zorn wurde zu heller Wut. Er bebte, seine Augen verdunkelten sich, und die Muskeln an seinen Kieferknochen arbeiteten. »Schweigen Sie«, zischte er und konnte seine Stimme nur mit Mühe beherrschen. »Sie mischen sich in Angelegenheiten, die Sie nicht verstehen und die Sie nichts angehen. Verlassen Sie dieses Land, bevor Ihnen die Dinge über den Kopf wachsen.«

»Ich werde gehen«, erwiderte Craig und sah ihn herausfordernd an, »aber erst, nachdem mein Antrag auf den Ankauf von Land offiziell abgelehnt wurde.«

»Dann werden Sie schon bald abreisen«, erwiderte Tungata. »Das verspreche ich Ihnen.«

Der Volkswagen stand in der brütendheißen Morgensonne auf dem Parkplatz des Parlaments. Craig öffnete alle Türen, und während er darauf wartete, daß sich das Innere des Wagens abkühlte, spürte er die Nachwirkung seiner Konfrontation mit Tungata Zebiwe – er zitterte. Er hob eine Hand in Augenhöhe und beobachtete das Zittern seiner Fingerspitzen. Solche Adrenalinstöße hatte er bisher nur dann an sich beobachtet, wenn er im Wildreservat einen menschenfressenden Löwen oder einen wild gewordenen Elefantenbullen gejagt hatte.

Er setzte sich ans Steuer, rang um Selbstkontrolle und versuchte, diese Begegnung zu verarbeiten und über das nachzudenken, was er erfahren hatte.

Ganz offensichtlich war er seit seiner Ankunft in Matabeleland von einem der staatlichen Geheimdienste überwacht worden. Vielleicht hatte man ihm deshalb so viel Aufmerksamkeit gewidmet, weil er ein berühmter Schriftsteller war – den wirklichen Grund würde er wahrscheinlich nie erfahren –, aber Tungata war über jeden seiner Schritte unterrichtet.

Doch die wahren Gründe für Tungatas heftigen Widerstand gegen seine Pläne konnte er sich nicht vorstellen. Die Argumente, die er angeführt hatte, waren gehässig und engstirnig, und Samson Kumalo war niemals gehässig oder engstirnig gewesen. Craig war sicher, daß er diese sonderbare Gemütsbewegung hinter der drohenden Haltung Tungatas richtig erfaßt hatte; in den tiefen Gewässern, über die Craig gesegelt war, gab es Strömungen und geheime Gegenströmungen.

Er dachte an Tungatas Reaktion auf die Erwähnung jener drei Dissidenten, denen er im Buschland am Chizarira begegnet war. Offensichtlich kannte Tungata ihre Namen, und sein heftiger Verweis zeugte nicht gerade von einem reinen Gewissen. Es gab noch vieles, was Craig gerne gewußt hätte, und vieles, was Pickering gewiß interessant finden würde.

Craig startete den VW und fuhr gemächlich zum Hotel zurück. Es war schon fast Mittag, als er sein Zimmer betrat. Er öffnete den Barschrank und griff nach der Ginflasche. Dann stellte er sie ungeöffnet wieder zurück und klingelte statt dessen nach dem Zimmerservice, um Kaffee zu bestellen. Am hellichten Tag zu trinken, hatte er sich in New York angewöhnt, und er wußte, daß diese Gewohnheit zu seinem Mangel an Entschlußkraft beigetragen hatte. Das würde sich ändern, beschloß er.

Er setzte sich an den Schreibtisch vor dem großen Panoramafenster und schaute, während er seine Gedanken sammelte, hinunter auf die blaublühenden Jakarandabäume im Park. Dann nahm er den Füllhalter zur Hand und brachte seinen Bericht an Pickering auf den neuesten Stand, einschließlich seiner Vermutungen über Tungatas Verbindung zu den Dissidenten in Matabeleland und seiner Eindrücke über den beinahe verdächtigen Widerstand gegen den Antrag auf Landerwerb.

Das ergab einen logischen Übergang auf sein Ansuchen um Finanzierung, und er schrieb ausführlich über seine Berechnungen, seine Bewertung des Gesellschaftspotentials und, so vielversprechend wie möglich, über seine Pläne für King's Lynn und Chizarira. Mit Pickerings offensichtlichem Interesse am Tourismus in Simbabwe spekulierend, schilderte er ausführlich die mögliche Erschließung von Sambesi Waters als Touristenattraktion.

Dann steckte er die Schriftstücke getrennt in zwei Kuverts, versiegelte sie und fuhr zur amerikanischen Botschaft. Er ließ die eingehende Überprüfung des Wachpostens in seiner gepanzerten Box über sich ergehen und wartete, bis Morgan Oxford kam, um ihn zu identifizieren.

Der Kulturattaché überraschte Craig. Er war, wie Craig, Anfang Dreißig, athletisch gebaut, hatte kurzgeschorenes Haar, scharfe blaue Augen und einen festen Händedruck, der noch sehr viel mehr Kraft vermuten ließ, als er zeigte.

Der Diplomat führte Craig in ein kleines Büro und nahm die beiden nichtadressierten Umschläge kommentarlos entgegen. »Ich bin beauftragt, Sie hier ein wenig einzuführen«, sagte er.

»Heute abend findet in der Residenz des französischen Botschafters ein Empfang statt. Eine gute Gelegenheit. Von sechs bis sieben – nun, wie hört sich das an?«

»Gut.«

»Wohnen Sie im Mono oder im Meikles?«

»Im Monomatapa.«

»Ich hole Sie um 17 Uhr 45 ab.«

Craig bemerkte, wie militärisch sein Gegenüber sich ausdrückte, und dachte spöttisch: Kulturattaché?

Auch unter der sozialistischen Regierung Mitterrand hielten die Franzosen an ihrem charakteristischen, schwungvollen Prunk fest. Der Empfang fand im Garten der Residenz des Botschafters statt, die Trikolore flatterte fröhlich in der leichten Abendbrise, und der Duft von Jasminblüten erweckte die Illusion von Kühle nach der brütenden Hitze des Tages. Die Diener trugen weiße, knöchellange Kanza mit purpurroten Fezen und Schärpen, es gab Champagner Marke Bollinger, wenn auch ohne Jahrgang, und die Gänseleberpastete auf den Brötchen kam aus dem Périgord. Die Polizeikapelle unter den Spathodeabäumen am Ende des Rasens spielte leichte italienische Operettenmelodien mit unverkennbar afrikanischem Rhythmus, und nur durch die bunte Mischung der Gäste unterschied sich diese Gesellschaft von der Gartenparty eines rhodesischen Generalgouverneurs, an der Craig vor sechs Jahren teilgenommen hatte.

Die Chinesen und Koreaner waren bemerkenswert zahlreich vertreten, sie genossen offensichtlich das besondere Wohlwollen der Regierung. Sie hatten die Shonatruppen während des langen Buschkrieges am beständigsten mit Hilfsmitteln und Material versorgt; die Sowjets dagegen hatten einen einzigartigen Irrtum begangen, indem sie die Matabelepartei unterstützten, wofür sie das Mugabe-Regime nun in vollem Ausmaß büßen ließ.

Oxford machte Craig mit dem Gastgeber und der Gastgeberin bekannt. Die Gattin des Botschafters war mindestens dreißig Jahre jünger als ihr Mann. Sie trug ein elegantes Kattunkleid von Pucci. Craig sagte: »Enchanté, Madame« und berührte mit den Lippen ihren Handrücken; als er sich aufrichtete, warf sie ihm einen langen, abschätzenden Blick zu, bevor sie sich dem nächsten Gast in der Empfangsreihe zuwandte.

»Pickering hat mich schon darauf aufmerksam gemacht, daß Sie ein Herzensbrecher sind«, tadelte Oxford ihn sanft, »aber auf einen diplomatischen Zwischenfall lassen wir es lieber nicht ankommen.«

»Schon gut, ich werde mich auf ein Glas Sprudel beschränken.«

Mit Champagnerflöten bewaffnet blickten sie über den Rasen. Die Damen aus den zentralafrikanischen Republiken trugen Nationaltracht und wirkten in ihrer unglaublichen Farbenpracht wie ein Schwarm exotischer Schmetterlinge. Ihre Männer waren mit kunstvoll geschnitzten Spazierstöcken oder Fliegenfängern aus Tierschwänzen ausgerüstet, und die Moslems unter ihnen hatten bestickte, eckige Feze mit Quasten auf dem Kopf, die sie als Hadschi, als Mekkapilger, auswiesen.

Ruhe sanft, Bawu. Craig dachte an seinen Großvater, den Erzkolonisten. Gut, daß du das hier nicht mehr miterleben mußt.

»Am besten fangen wir mit den Briten an, da die Ihren Heimatstützpunkt repräsentieren«, schlug Oxford vor und machte ihn mit der Gattin des britischen Hochkommissars, einer Dame mit einem festen Kinn und einer Frisur nach dem Vorbild Margaret Thatchers, bekannt.

»Ich kann nicht behaupten, daß mir all diese detailliert beschriebenen Grausamkeiten in Ihrem Buch gefallen haben«, erklärte sie streng. »War das denn wirklich notwendig?«

Craig antwortete ohne ein Spur von Ironie: »Afrika ist ein grausames Land. Wer Ihnen diese Tatsache zu verbergen versucht, ist kein wahrhaftiger Autor.« Eigentlich war er nicht in der Stimmung für amateurhafte Literaturkritiken, daher ließ er seinen Blick hinter ihr über den Rasen schweifen und suchte nach einer Ablenkung.

Was er fand, bewirkte, daß sein Herz wie ein in einem Käfig gefangenes Tier gegen die Rippen sprang. Sie musterte ihn mit ihren grünen Augen unter der fortlaufenden Linie ihrer dunklen, dichten Augenbrauen von der anderen Seite des Rasens her. Sie trug einen Baumwollrock mit aufgesetzten Taschen, der ihre

Waden freiließ, offene, um die Knöchel geschnürte Sandalen und ein einfaches T-Shirt. Das volle, glänzende, dunkle Haar war mit einem Lederriemen im Nacken zusammengefaßt. Sie hatte kein Make-up aufgelegt, aber ihre sonnengebräunte Haut hatte den Schimmer blühender Gesundheit, und ihre Lippen waren gerötet von dem hellen, jungen Blut, das durch ihre Adern floß. Über ihrer Schulter hing eine Nikon, und ihre Hände steckten in den Rocktaschen.

Sie hatte Craig beobachtet, aber als er sie direkt ansah, hob sie mit einer leicht verächtlichen Geste das Kinn, hielt seinen Blick kurz aus und wandte sich dann ohne Hast dem Mann zu, der neben ihr stand. Dieser Mann war ein Afrikaner, zweifellos ein Mashona, denn er trug die gestärkte Uniform der regulären Armee von Simbabwe und die roten Stabsabzeichen und Sterne eines Brigadegenerals. Er sah so gut aus wie der junge Harry Belafonte.

»Manche haben eben ein gutes Auge für Pferdefleisch«, sagte Oxford leicht spöttisch. »Nun, dann kommen Sie, ich werde Sie bekannt machen.«

Bevor Craig noch protestieren konnte, eilte er schon über den Rasen, und Craig mußte ihm folgen.

»General Peter Fungabera, darf ich Ihnen Mr. Craig Mellow vorstellen. Mr. Mellow ist der berühmte Schriftsteller.«

»Freut mich, Sie kennenzulernen, Mr. Mellow. Ich bitte um Entschuldigung, daß ich Ihre Bücher nicht gelesen habe. Mir bleibt nur sehr wenig Zeit für Vergnügungen.« Sein Englisch war ausgezeichnet, aber er sprach mit starkem Akzent.

»General Fungabera ist der Minister für Innere Sicherheit, Craig«, erklärte Oxford.

»Ein schwieriges Ressort, General.« Craig schüttelte ihm die Hand und sah, daß seine Augen zwar hart und durchdringend wie die eines Falken waren, daneben aber auch Platz für ein humorvolles Lächeln ließen, und Craig fand ihn sofort sympathisch. Ein harter, aber guter Mann, urteilte er.

Der General nickte. »Nun, nichts, was wert ist, getan zu werden, ist jemals leicht, nicht einmal das Schreiben von Büchern. Meinen Sie nicht auch, Mr. Mellow?«

Er war schlagfertig, und das nahm Craig noch mehr für ihn ein, aber da er noch immer Herzklopfen hatte, konnte er dem General nur einen kleinen Teil seiner Aufmerksamkeit schenken.

»Und das«, sagte Oxford, »ist Miss Sally-Anne Jay.«

Craig wandte sich ihr zu. Wie lange war es her, daß er sie so nahe vor sich gesehen hatte, vielleicht einen Monat? Er stellte jedoch fest, daß er sich an jeden goldenen Punkt in ihren Augen und an jede Sommersprosse auf ihren Wangen genau erinnern konnte.

»Mr. Mellow und ich kennen einander bereits – obwohl ich bezweifle, daß er sich daran erinnert.« Sie wandte sich an Oxford und nahm mit einer freundlichen, vertrauten Geste seinen Arm. »Es tut mir leid, daß ich Sie seit meiner Rückkehr aus den Staaten noch nicht aufgesucht habe, Morgan. Ich kann Ihnen gar nicht genug dafür danken, daß Sie den Vortrag für mich arrangiert haben. Ich erhielt so viele Briefe –«

»Oh, wir hatten auch einige Reaktionen«, erklärte Oxford. »Allesamt ausgezeichnet. Wie wäre es mit einem Abendessen nächste Woche? Dann zeige ich sie Ihnen.« Erklärend wandte er sich an Craig. »Wir haben eine Auswahl von Sally-Annes Fotos an alle unsere afrikanischen Konsulate geschickt. Hervorragendes Material, Craig, Sie müssen sich ihre Arbeiten unbedingt ansehen.«

»Oh, das hat er bereits.« Sally-Anne lächelte kühl. »Aber leider ist Mr. Mellow von meinen bescheidenen Versuchen nicht so begeistert.« Und dann wandte sie sich, ohne Craig die Gelegenheit zu einem Protest zu geben, wieder an Morgan. »Ist das nicht großartig, General Fungabera hat versprochen, mir eines der Umschulungslager zu zeigen, und er gestattet mir, eine Fotoserie zu machen –« Mit einer unmerklichen Drehung ihres Körpers schaffte sie es, Craig von der Unterhaltung auszuschließen.

Eine leichte Berührung an seinem Oberarm befreite ihn aus dieser peinlichen Lage, und General Fungabera zog ihn gerade so weit fort, daß sie nicht gehört werden konnten. »Sie scheinen ein Talent zu haben, sich Feinde zu machen, Mr. Mellow.«

»Ein kleines Mißverständnis in New York«, sagte Craig mit einem Seitenblick auf Sally-Anne.

»Ich habe den eisigen Wind aus dieser Richtung zwar verspürt, aber meine Bemerkung bezog sich nicht auf die charmante junge Fotografin, sondern auf eine höhere Stelle, die sehr wohl in der Lage ist, Ihnen Schaden zuzufügen.«

Im Nu konzentrierte Craig seine ganze Aufmerksamkeit auf Fungabera, als dieser leise fortfuhr: »Ihr Treffen mit einem meiner Kabinettskollegen heute morgen war –«, er zögerte, »sagen wir, unfruchtbar?«

»Unfruchtbar ist der richtige Ausdruck«, stimmte Craig zu.

»Das ist sehr schade, Mr. Mellow. Wenn wir in der Lebensmittelversorgung unabhängig von unseren rassistischen Nachbarn im Süden werden wollen, dann brauchen wir auf dem Land, das nun brachliegt, Farmer mit Kapital und Entschlossenheit.«

»Sie sind gut informiert, General, und vorausblickend.« Craig fragte sich, ob in diesem Land jeder schon wußte, was er vorhatte.

»Vielen Dank, Mr. Mellow. Würden Sie mir vielleicht die Ehre erweisen, noch einmal bei mir vorzusprechen, bevor Sie das Ansuchen auf Landkauf stellen? Ein guter Freund bei Hofe, ist das der richtige Ausdruck? Der Landwirtschaftsminister ist mein Schwager.«

Wenn er lächelte, war Fungabera unwiderstehlich. »Und noch etwas, Mr. Mellow. Wie Sie gehört haben, werde ich zusammen mit Miss Jay gewisse Sperrgebiete besichtigen. Die internationale Presse entwickelt eine recht lebhafte Phantasie hinsichtlich dieser Lager. Einer schrieb, glaube ich, von Buchenwald, oder war es Bergen-Belsen? Ich glaube, einem Mann von Ihrem Ruf könnte es gelingen, dieses schiefe Bild wieder zurechtzurücken, eine Hand wäscht die andere, und vielleicht ergibt sich eine Gelegenheit, das Mißverständnis aufzuklären, wenn Sie in Gesellschaft von Miss Jay reisen.«

Es war noch dämmrig und kühl, als Craig seinen Volkswagen auf dem Parkplatz hinter einem Hangar des Luftwaffenstützpunktes New Sarum abstellte und mit der Reisetasche in der Hand gebückt durch den niedrigen Seiteneingang das höhlenartige Innere des Hangars betrat.

Nicht weit von ihm entfernt stand Fungabera im Gespräch mit zwei Unteroffizieren der Luftwaffe, aber sobald er Craig erblickte, verließ er sie mit einem flüchtigen Gruß und eilte lächelnd auf Craig zu. Er trug einen Kampfanzug und das burgunderrote Barett mit dem silbernen Leopardenkopfabzeichen der Dritten Brigade, dazu eine Pistole im Halfter und das mit Leder bezogene Offiziersstöckchen. »Guten Morgen, Mr. Mellow. Ich weiß Pünktlichkeit zu schätzen.« Er warf einen Blick auf Craigs Reisetasche. »Und die Fähigkeit, mit leichtem Gepäck zu reisen.«

Sie gingen zusammen durch die hohen Rolltore auf den Vorplatz hinaus.

Vor dem Hangar standen zwei ältere Canberra-Bomber. Früher hatten sie erbarmungslos die Guerrillacamps jenseits des Sambesi beschossen, heute waren sie der ganze Stolz der Luftwaffe von Simbabwe. Dahinter parkte eine schnittige kleine Cessna 210, silbern und blau bemalt, und als Fungabera auf die Maschine zuging, erschien Sally-Anne unter der Tragfläche. Sie war in ihren Kontrollrundgang vertieft, also würde sie die Maschine fliegen. Craig hatte einen Hubschrauber und einen Militärpiloten erwartet.

Sally-Anne trug eine Windbluse, Blue Jeans und weiche Lederstiefel. Ein Seidentuch bedeckte ihr Haar. Die Art, wie sie mit einem Blick den Benzinstand im Tank überprüfte und dann auf die Rollbahn heruntersprang, verriet, daß sie fachkundig und geübt war. »Guten Morgen, General. Werden Sie rechts sitzen?«

»Sollten wir den Platz nicht Mr. Mellow überlassen? Ich kenne die Aussicht ja bereits.«

»Wie Sie wünschen.« Kühl nickte sie Craig zu und kletterte ins Cockpit. Dann verständigte sie sich mit dem Tower und rollte auf die Startbahn zu, zog die Handbremse an und murmelte: »Zu viel Schweinefleisch macht einem gut erzogenen Juden Kummer.«

Als Eröffnung eines Gespräches mußte noch etwas folgen. Craig war verdutzt, aber sie ignorierte ihn, und erst als ihre Hände über die Knöpfe glitten, um den Trimm einzustellen, Laufwerk, Höhenmesser und Spritgemisch zu kontrollieren und die Flughöhe festzulegen, begriff er, daß dieser Satz ihr persönliches Akronym für startbereit war, und die leisen Befürchtungen, die er angesichts eines weiblichen Piloten gehabt hatte, begannen zu schwinden.

Nach dem Abheben drehte sie in nordwestliche Richtung ab, schaltete den Autopiloten ein, entfaltete auf den Knien eine Karte und konzentrierte sich auf die Flugroute.

Sie versteht was vom Fliegen, gab Craig insgeheim zu, aber nicht viel von gesellschaftlichen Umgangsformen. »Eine schöne Maschine«, sagte er. »Gehört sie Ihnen?«

»Sie ist eine ständige Leihgabe des World Wildlife Trust«, antwortete sie, ohne die Aufmerksamkeit vom Himmel vor sich abzuwenden.

»Wie schnell fliegt sie?«

»Direkt vor Ihnen befindet sich der Geschwindigkeitsanzeiger, Mr. Mellow«, war die vernichtende Antwort.

Fungabera beugte sich über die Rückenlehne von Craigs Sitz und brach das Schweigen. »Das ist der Great Dyke«, erklärte er und deutete auf eine bizarre Gesteinsformation unter ihnen. »In hohem Grade mineralisiertes Intrusivgestein – Chrom, Platin, Gold. Wir werden noch vor den Pongolabergen auf einem Behelfsflugplatz landen. Dort gibt es eine Missionsstation und eine kleine Siedlung, aber das Gebiet ist sehr abgelegen. Wir werden dort abgeholt, müssen aber dann noch zwei Stunden bis zum Lager fahren.«

»Haben Sie etwas dagegen, wenn ich etwas tiefer gehe, General?« fragte Sally-Anne, und Fungabera grinste.

»Nach dem Grund zu fragen ist nicht nötig. Sally-Anne unterrichtet mich über die Bedeutung wilder Tiere und ihrer Erhaltung.«

Sally-Anne zog den Steuerknüppel zurück, und das Flugzeug ging tiefer. Das Gebiet unter ihnen war noch gänzlich unerschlossen.

»Eine gottverlassene Gegend«, knurrte Fungabera. »Kein Wasser, saure Weiden und Fliegen.«

Dennoch entdeckte Sally-Anne in einer Niederung neben einem ausgetrockneten Flußbett eine Herde großer hellbrauner

Elenantilopen und dann, etwa dreißig Kilometer weiter, einen einzelnen Elefantenbullen. Sie ging bis auf die Höhe der Baumwipfel hinunter, wackelte mit den Flügeln und zog eine Reihe enger Kreise um den Elefanten, um ihm den Weg in den Busch abzuschneiden und ihn auf dem offenen Land festzuhalten, so daß er gezwungen war, sich mit aufgeklappten Ohren und gestrecktem Rüssel der kreisenden Maschine zuzuwenden.

»Er ist prachtvoll!« schrie Sally-Anne. »Er hat mindestens hundert Pfund Elfenbein auf jeder Seite.« Mit einer Hand schoß sie durch das geöffnete Seitenfenster ihre Fotos.

Sie flogen so tief, daß es aussah, als würde der Bulle mit seinem ausgestreckten Rüssel nach der Tragfläche greifen, und Craig konnte ganz deutlich die feuchte Sekretion der Drüsen hinter seinen Augen erkennen. Er merkte, daß er sich krampfhaft an den Seiten seines Sitzes festhielt.

Schließlich ließ Sally-Anne von dem Elefanten ab, brachte das Flugzeug in die Horizontale und zog es hoch. Craig ließ sich erleichtert zurücksinken.

»Kalte Füße, Mr. Mellow? Oder wäre eher die Einzahl angebracht, also Fuß?«

Kanaille, dachte Craig. Das war ein Schlag unter die Gürtellinie.

Aber sie hatte sich bereits an Fungabera gewandt. »Tot ist dieser Bulle höchstens zehntausend Dollar wert. Lebend ist er zehnmal so viel wert und zeugt mindestens hundert Bullen, die seine Stelle einnehmen können.«

»Sally-Anne ist überzeugt, daß in diesem Land eine großangelegte Elfenbeinräuberbande am Werk ist. Sie hat mir ein paar ungewöhnliche Fotos gezeigt – und ich muß sagen, ich fange langsam an, mir Sorgen zu machen.«

»Wir müssen sie finden und ihnen das Handwerk legen, General«, verlangte Sally-Anne.

»Finden Sie sie, Sally-Anne, und dann werde ich ihnen das Handwerk schon legen. Darauf gebe ich Ihnen mein Wort.«

Während Craig den beiden zuhörte, überkam ihn wieder die altmodische Gemütsbewegung, die sich schon in ihm geregt hatte, als er sie zum erstenmal zusammen gesehen hatte. Zwischen den beiden bestand ein ungetrübtes Einverständnis, und Fungabera war ein ausgesprochen gutaussehender Bursche. Craig warf einen Blick über die Schulter und erkannte, daß ihn der General eindringlich und forschend musterte, ein Blick, den er sofort mit einem Lächeln kaschierte.

»Wie denken Sie darüber, Mr. Mellow?« fragte er, und Craig begann plötzlich, ihm von seinen Plänen mit Sambesi Waters am Chizarira zu erzählen. Er berichtete von den schwarzen Nashörnern und der geschützten Wildnis, die sie umgab, und er erklärte, wie leicht man dieses Gebiet von den Viktoriafällen aus erreichen konnte. Und nun hörte Sally-Anne ebenso aufmerksam zu wie der General. Als er fertig war, schwiegen beide eine Zeitlang, und dann sagte der General: »Die Sache hat wirklich Hand und Fuß, Mr. Mellow. Genau das ist die Art Planung, die dieses Land dringend nötig hat, und das Gewinnpotential würde sogar dem unerfahrensten meiner Landsleute einleuchten.«

»Ginge Ihnen Craig nicht leichter von der Zunge, General?«

»Danke, Craig – meine Freunde nennen mich Peter.«

Eine halbe Stunde später sah Craig ein verzinktes Blechdach in der Sonne funkeln, und Sally-Anne sagte: »Die Missionsstation Tuti.« Dann setzte sie zum Landeanflug an. Sie flog sehr tief über die Kirche, und Craig sah winzige Gestalten zwischen den Hütten stehen und zu ihnen heraufwinken.

Die Landebahn war sehr kurz, schmal und holprig, außerdem hatten sie Seitenwind, aber Sally-Anne steuerte dagegen, korrigierte kurz vor dem Aufsetzen die Richtung und hielt dann die Tragflächen mit einem Druck auf den Steuerknüppel nach unten. Sie ist wirklich eine ausgezeichnete Pilotin, dachte Craig.

Unter einem riesigen Marulabaum neben der Landebahn wartete ein sandfarbener Armeegeländewagen, und drei Soldaten salutierten vor Fungabera. Sie luden die wenigen Gepäckstücke in den Landrover.

Als der Landrover auf der Höhe des Schulhauses der Mission war, fragte Sally-Anne: »Glauben Sie, daß es dort eine Toilette gibt?«

Fungabera tippte dem Fahrer mit seinem Offiziersstöckchen auf die Schulter, und der Wagen hielt.

Kulleräugige, schwarze Kinder drängten auf die Veranda, als Sally-Anne die Stufen hinaufstieg, und die Lehrerin kam heraus, um sie mit einer leichten Verbeugung zu begrüßen. Sie war ungefähr gleich alt und gleich groß wie Sally-Anne, mit langen schlanken Beinen unter dem einfachen Baumwollrock. Ihre Kleidung war makellos rein und glatt gebügelt, und sie trug strahlend weiße Turnschuhe. Ihre Haut schimmerte wie Samt, und sie hatte das typische Mondgesicht, die strahlendweißen Zähne und die Gazellenaugen der Ngunimädchen; aber ihre anmutige Haltung, ihre Lebhaftigkeit, der intelligente Gesichtsausdruck und die feinen Züge waren wirklich schön. Sie unterhielt sich ein paar Minuten mit Sally-Anne und führte das weiße Mädchen dann ins Haus.

»Ich glaube, wir beide können offen miteinander reden, Craig«, sagte Fungabera, als die beiden Mädchen verschwunden waren. »Ich habe gesehen, wie Sie mich und Sally-Anne ansahen. Glauben Sie mir, ich bewundere Sally-Annes Tüchtigkeit, ihre Intelligenz und ihre Initiative – aber im Gegensatz zu vielen meiner Landsleute hat die Rassenmischung für mich keinen Reiz. Ich finde die meisten europäischen Frauen unweiblich und anmaßend und weiße Haut abstoßend. Verzeihen Sie meine Offenheit.«

»Ich bin froh, das zu hören, Peter«, lächelte Craig.

»Die kleine Lehrerin dort wirkt hingegen auf mich sehr – Sie sind der Meister des Wortes, sagen Sie mir bitte einen treffenden Ausdruck für sie.«

»Schmackhaft.«

»Gut.«

»Zum Heiraten.«

»Noch besser«, grinste Fungabera. »Ich muß mir doch die Zeit nehmen, Ihr Buch zu lesen.« Und dann fuhr er ernsthaft fort: »Sie heißt Sarah. Sie hat ein Hochschuldiplom, sie kann mit Kindern umgehen, ist schön und doch bescheiden, respektvoll und pflichtbewußt im Sinne der Tradition – haben Sie bemerkt, daß sie uns Männer kein einziges Mal direkt angesehen hat? Das alles wären ausgezeichnete Voraussetzungen.« Er nickte beifällig. »Eine moderne junge Frau mit altmodischen Tugenden. Doch ihr Vater ist ein Medizinmann, der in Fellen herumläuft, aus Knochen wahrsagt und sich nur einmal im Jahr wäscht. Afrika, mein wundervolles, ewig faszinierendes, sich stets wandelndes, nie veränderbares Afrika.«

Die beiden jungen Frauen kamen aus dem Nebengebäude hinter der Schule zurück und plauderten angeregt miteinander, während Sally-Anne ihre Kamera klicken ließ und eine Reihe Bilder von den Kindern mit ihrer Lehrerin machte. Die beiden Männer im Landrover beobachteten sie.

»Sie sind doch ein Mann der Tat, Peter – und am Brautgeld kann es doch nicht liegen?« fragte Craig. »Worauf warten Sie noch?«

»Sie ist Matabele, und ich bin Mashona. Capulet und Montague«, erklärte Fungabera schlicht. »Das ist alles.«

Die Kinder sangen, von Sarah dazu veranlaßt, auf der Veranda ein Begrüßungslied und trugen auf Sally-Annes Bitte das Alphabet und das Einmaleins vor, während sie ihre ernsthaften Gesichter fotografierte. Als sie den Landrover wieder bestieg, sangen sie ein Abschiedslied und winkten, bis der Wagen in einer Staubwolke verschwand.

Die Straße war schlecht, und der Landrover holperte über die tiefen Fahrrinnen, die sich während der Regenzeit in den schwarzen Lehmboden gegraben hatten und nun getrocknet und so hart waren wie Beton. Dort, wo sich der Busch etwas lichtete, fiel der Blick auf die blauen Berge am nördlichen Horizont, die zerklüftet, schroff und abweisend wirkten.

»Die Pongolaberge«, erklärte Fungabera. »Eine ungesunde Gegend.« Und als sie sich ihrem Ziel näherten, begann er ihnen zu erklären, was sie dort erwartete. »Diese Umschulungszentren sind keine Konzentrationslager, sondern, wie der Name schon sagt, Zentren der Umerziehung und Anpassung an die übrige Welt.« Er warf Craig einen Blick zu. »Sie wissen ebenso gut wie wir alle, daß wir einen schrecklichen Bürgerkrieg hinter uns haben. Elf Jahre Hölle haben eine ganze Generation junger Leute zu Tieren gemacht. Schon mit knapp zehn Jahren mußten sie sich an ein Leben mit der Maschinenpistole in der Hand gewöhnen, man lehrte sie nichts als zerstören und bleute ihnen ein, daß ein

Mann seine Wünsche nur dann durchsetzen kann, wenn er jeden tötet, der sich ihm in den Weg stellt.«

Fungabera schwieg eine Zeitlang, und Craig erriet, daß er seine eigene Rolle in diesen schrecklichen Jahren noch einmal durchlebte. Schließlich seufzte er leise. »Die armen Kerle sind von ihren Anführern getäuscht worden. Damit sie den Härten und Entbehrungen des Buschkrieges standhielten, machte man ihnen Versprechungen, die niemals gehalten werden konnten. Man versprach ihnen große Ländereien und Zuchtrinder, Geld und Autos und viele Frauen, unter denen sie wählen könnten.« Er machte eine wütende Geste. »Sie hegten große Hoffnungen, und als ihre Erwartungen nicht erfüllt wurden, wandten sie sich gegen jene, die ihnen die Versprechungen gemacht hatten. Jeder von ihnen war bewaffnet, jeder von ihnen war ein geschulter Soldat, der getötet hatte und nicht zögern würde, wieder zu töten. Was sollten wir also tun?« Er brach ab und warf einen Blick auf seine Armbanduhr. »Zeit für das Mittagessen und einen kleinen Spaziergang«, schlug er vor.

Der Fahrer hielt den Wagen an einer Stelle an, wo die Straße über einen hohen Erdwall zu einer Holzbrücke führte, die ein Flußbett überspannte; grünes Wasser wirbelte über gerippte Sandbänke, und hohes Schilfrohr wuchs an den Ufern. Die Begleitmannschaft machte ein Feuer, röstete Maiskolben und kochte Malawitee, während Fungabera mit seinen Gästen gemächlich den Damm entlangspazierte und in seinem Vortrag fortfuhr.

»Wir Afrikaner hatten früher einen Stammesbrauch. Wenn einer unserer jungen Leute störrisch wurde und die Stammesgesetze mißachtete, wurde er in ein Buschlager geschickt, wo ihn die Älteren wieder zurechtbogen. Dieses Umschulungszentrum ist eine moderne Form des traditionellen Buschlagers. Ich versuche nicht, Ihnen etwas zu verheimlichen. Was wir besuchen, ist kein Feriendorf des Club Méditerrané. Die Männer dort sind zäh, und nur strenge Behandlung hat Erfolg. Andererseits sind es keine Vernichtungslager – eher könnte man sie mit den Militärstrafanstalten der britischen Armee vergleichen.« Craig war von Fungaberas Aufrichtigkeit beeindruckt. »Es steht Ihnen frei, mit allen Lagerinsassen zu sprechen, aber ich muß Sie bitten, nicht allein in den Busch zu gehen – das betrifft Sie besonders, Sally-Anne.« Fungabera lächelte ihr zu. »Die Gegend ist wild und abgeschieden. Abfälle und Abwässer ziehen Tiere wie Hyänen und Leoparden an. Sagen Sie es mir, wenn Sie das Lager verlassen wollen, dann werde ich Ihnen eine Eskorte zur Verfügung stellen.

Sie verzehrten das bescheidene Mahl, schälten Maiskolben mit den Fingern und spülten die Bissen mit dem starken, schwarzen, süßen Tee hinunter.

»Wenn Sie fertig sind, können wir weiterfahren.« Fungabera führte sie zum Landrover zurück, und eine Stunde später erreichten sie das Umschulungszentrum.

Während des Buschkrieges war es eines der »geschützten Dörfer« gewesen, die das Smith-Regime in der Absicht errichtet hatte, die zivile schwarze Landbevölkerung vor den Übergriffen der Guerilleros zu schützen. Auf der höchsten Stelle einer zentral gelegenen, felsigen, völlig gerodeten Anhöhe befand sich eine aus grauen Granitblöcken und Sandsäcken erbaute kleine Festung mit Schießscharten, Dachplattformen, Verbindungsgräben und Unterständen. Darunter erstreckte sich das Lager: Lange Reihen strohgedeckter Lehmhütten, von denen viele durchbrochene Wände hatten, damit die Luft besser zirkulieren konnte, umstanden einen offenen, staubigen Platz. Es konnte ebenso gut ein Exerzierplatz wie ein Fußballfeld sein, denn an beiden Seiten standen primitive Torpfosten, und an der Seite, die an die Festung grenzte, erhob sich widersinnigerweise eine starke, weiße Mauer.

Ein doppelter Stacheldrahtzaun, der zu beiden Seiten eines tiefen Grabens verlief, umgab das Lager. Der Zaun war drei Meter hoch und sehr engmaschig. Aus dem Grund des Grabens ragten eng nebeneinander scharf zugespitzte Holzpflöcke, und an jeder Ecke der Umzäunung standen hohe Wachttürme auf Pfählen. Die Wachtposten am Tor salutierten vor dem Landrover, und der Wagen rollte langsam den Weg entlang, der den Exerzierplatz einfaßte.

Zwei- oder dreihundert junge schwarze Männer, die nur mit

kurzen Khakihosen bekleidet waren, machten nach den gebrüllten Befehlen von uniformierten schwarzen Ausbildern Turnübungen. In den strohgedeckten, offenen Hütten saßen noch einmal hundert Mann in langen Reihen auf der bloßen Erde und lasen im Chor Schlagworte von der Tafel ab.

»Wir machen später einen Rundgang«, erklärte Fungabera. »Aber erst bringe ich Sie in Ihre Unterkünfte.«

Craig wies man einen Unterstand im Fort zu. Die Einrichtung bestand aus einer Schilfrohrmatte auf dem Boden und einem Vorhang aus Sackleinen vor dem Eingang. Auf der Schlafmatte lagen eine Streichholzschachtel und ein Paket Kerzen. Craig ahnte, daß dies ein Luxus war, der bedeutenden Gästen vorbehalten blieb.

Sally-Anne war der Unterstand auf der anderen Seite des Grabens zugewiesen worden. Sie zeigte keinerlei Entsetzen angesichts der primitiven Bedingungen, und als Craig einen Blick durch den Vorhang riskierte, sah er sie im Lotussitz auf ihrer Schilfrohrmatte sitzen, die Linse ihrer Kamera reinigen und einen neuen Film einlegen.

Fungabera entschuldigte sich und ging den Graben entlang zum Kommandoposten. Ein paar Minuten später hörte Craig Fungabera in schnellem Shona, dem er nicht folgen konnte, über die Lautsprecher zum Lager sprechen. Eine halbe Stunde danach kam er wieder zurück. »In einer Stunde ist es dunkel. Gehen wir hinunter, jetzt wird das Abendessen für die Gefangenen ausgegeben.«

Schweigend schlurften die Gefangenen in einer langen Reihe zur Essensausgabe. Keiner lächelte, keiner machte Unfug, keiner zeigte auch nur die mindeste Neugier angesichts der weißen Besucher und des Generals.

»Einfache Kost«, erklärte Fungabera. »Maisbrei und Gemüse.«

Jeder Mann erhielt einen Schöpfer flaumigen Brei und einen Schöpfer gedünstetes Gemüse.

»Einmal in der Woche Fleisch, einmal in der Woche Tabak – und beides kann bei schlechter Führung gestrichen werden.« Fungabera sprach offensichtlich die Wahrheit. Die Männer waren mager, unter den gestählten Muskeln standen die Knochen hervor, und an keinem von ihnen war auch nur eine Spur von Fett zu sehen. Sie schlangen das Essen im Stehen hinunter und rieben mit den Fingern die Schüsseln aus. Mager, aber nicht ausgemergelt, knapp gehalten, aber nicht verhungert, urteilte Craig, und dann verengten sich seine Augen.

»Dieser Mann ist verletzt.« Trotz seiner dunklen Haut waren die roten Blutergüsse deutlich zu erkennen.

»Reden Sie mit ihm«, forderte ihn Fungabera auf, und als Craig den Mann in Sindebele befragte, antwortete er sofort.

»Was ist mit Ihrem Rücken?«

»Man hat mich geschlagen.«

»Warum?«

»Weil ich mit einem anderen Mann gekämpft habe.«

Fungabera rief einen Wachtposten heran und sprach ruhig in Shona mit ihm, dann erklärte er: »Er hat einen anderen Gefangenen mit einem Stück Draht erstochen. Dafür wurden ihm für zwei Monate Fleisch und Tabak entzogen, und er bekam fünfzehn Stockhiebe. Das ist genau die Art von asozialem Benehmen, die wir zu verhindern versuchen.« Als sie an der weißen Mauer entlang den Exerzierplatz überquerten, fuhr er fort: »Morgen machen wir einen Rundgang durch das Lager. Und übermorgen früh fahren wir wieder zurück.«

Sie aßen zusammen mit den Shonaoffizieren in der Messe zu Abend und erhielten das Gleiche wie die Gefangenen, dazu ein zähes Stück Fleisch unbestimmter Herkunft und zweifelhafter Frische. Sofort nach dem Essen entschuldigte sich Craig, verließ mit seinen Offizieren den Unterstand und ließ Craig und Sally-Anne allein.

Bevor Craig auch nur ein Wort sagen konnte, stand Sally-Anne wortlos auf und ging hinaus. Craig hatte die Grenze seiner Geduld erreicht und war plötzlich wütend auf sie. Er sprang auf und folgte ihr. Er fand sie auf der Plattform über dem Hauptgraben. Sie saß mit angezogenen Knien auf der Mauer und starrte in das Lager hinunter. Sie wandte sich nicht um, als Craig neben sie trat, und Craigs Zorn verflüchtigte sich ebenso rasch, wie er aufgetaucht war.

»Ich habe mich wie ein Idiot benommen«, sagte er.

Sie umfaßte ihre Knie ein wenig fester und sagte nichts.

»Als wir uns das erstemal sahen, habe ich gerade eine schlimme Zeit durchgemacht«, fuhr er hartnäckig fort. »Ich will Sie nicht mit Einzelheiten langweilen, aber ich war so aus der Bahn geworfen, daß ich nicht fähig war, das Buch zu schreiben, das ich mir vorgenommen hatte. Und das alles habe ich an Ihnen ausgelassen.«

Sie zeigte ihm mit keiner Bewegung, daß sie ihn verstanden hatte. Im Busch außerhalb der Umzäunung wurde plötzlich ein schreckliches Geheul laut.

»Hyänen«, sagte Craig, und Sally-Anne schauderte leicht und streckte sich, als wolle sie aufstehen.

»Bitte.« Craig hörte selbst den verzweifelten Ton in seiner Stimme. »Nur noch eine Minute. Ich habe auf die Gelegenheit gewartet, um mich zu entschuldigen.«

»Das ist nicht nötig«, sagte sie. »Es war anmaßend von mir zu erwarten, daß Ihnen meine Arbeit gefällt.« Sie sprach keineswegs in versöhnlichem Ton. »Ich glaube, ich habe darum gebettelt – und wie gut, daß Sie mich das gelehrt haben!«

»Ihre Arbeit – Ihre Fotografien«, er senkte die Stimme, »haben mich erschreckt. Daher auch meine gehässige, kindische Reaktion.«

Erst jetzt drehte sie sich zu ihm um, und der Mond beschien ihr Gesicht. »Erschreckt?« fragte sie.

»Sie haben mir Angst gemacht. Sehen Sie, ich war nicht fähig zu arbeiten. Ich begann allmählich zu glauben, daß mein Buch eine Eintagsfliege, ein Zufall gewesen war und daß ich keine echte Begabung besitze. Jedesmal, wenn ich mich an meinen Schreibtisch setzte, war ich wie ausgebrannt.« Nun starrte sie ihn mit leicht geöffneten Lippen an, und ihre Augen waren geheimnisvolle dunkle Gefäße. »Und da kamen Sie mit diesen verdammten Fotos und wagten es, sie mit meiner Arbeit zu vergleichen.«

Sie schüttelte langsam den Kopf.

»Sie haben es gewiß nicht beabsichtigt, aber genau das war es für mich – eine Herausforderung. Eine Herausforderung, die anzunehmen ich nicht den Mut hatte. Ich hatte Angst, also griff ich Sie an und habe das seither tausendmal bereut.«

»Die Fotos haben Ihnen also gefallen?« fragte sie.

»Sie haben meine kleine Welt erschüttert. Sie haben mir Afrika wieder gezeigt und mich mit Sehnsucht erfüllt. Als ich sie sah, wußte ich plötzlich, was mir fehlte. Ich war so heimwehkrank wie ein kleiner Junge in seiner ersten einsamen Nacht im Internat.« Er fühlte ein Würgen in der Kehle und schämte sich dessen nicht. »Ihre Fotos haben mich dazu bewogen, hierher zurückzukehren.«

»Das habe ich nicht gewußt«, sagte sie, und dann schwiegen beide.

Craig spürte, daß seine nächsten Worte als Schluchzen herausgekommen wären, denn seine Augenwinkel waren feucht von Tränen des Selbstmitleids.

Im Lager unter ihnen begann jemand zu singen. Es war eine wunderschöne Tenorstimme, die zwar schwach, aber klar bis zu ihnen heraufschallte, so daß Craig die Worte verstehen konnte. Es war ein altes Matabelekampflied, das nun, gesungen wie ein Trauerlied, das Elend und die Tragödie des ganzen Kontinents zu schildern schien; während der Mann sang, verstummten sogar die Tiere.

»Die Maulwürfe leben unter der Erde.
›Sind sie tot?‹ fragen die Töchter der Mashobane.
Hört doch, ihr hübschen Mädchen, hört ihr nicht,
wie es sich regt, in der Dunkelheit?«

Der Sänger verstummte schließlich, und Craig stellte sich die vielen jungen Männer vor, die wach auf ihren Matten lagen und die das Lied ebenso traurig gestimmt hatte wie ihn.

Dann brach Sally-Anne das Schweigen. »Danke, daß Sie mir alles gesagt haben«, sagte sie. »Ich weiß, wieviel Sie das gekostet haben muß.« Sie berührte seinen nackten Oberarm. Es war nur ein leichtes Streicheln mit den Fingerspitzen, aber seine Nervenenden zuckten, und sein Herz begann zu rasen.

Dann streckte sie die Beine aus, sprang leichtfüßig von der

Brüstung und verschwand. Craig wußte, daß er keinen Schlaf finden würde, also blieb er stehen, lauschte der afrikanischen Nacht und betrachtete den Mond. Allmählich spürte er, wie Worte in ihm aufstiegen, wie Wasser in einem Brunnen, den man tief in die Erde gegraben hat. Die Traurigkeit fiel von ihm ab und wich einer starken Erregung.

Er ging in seinen Unterstand, zündete eine der Kerzen an, stellte sie in eine Mauernische und holte Notizblock und Kugelschreiber aus seiner Reisetasche. Die Worte brodelten und schäumten in seinem Gehirn wie kochende Milch. Er setzte die Spitze des Kugelschreibers auf das weiße Papier. Die Worte ergossen sich über das Papier. Er hielt nur inne, um eine frische Kerze auf den Stumpen zu setzen.

Am Morgen waren seine Augen rot und brannten von der Anstrengung. Er fühlte sich so schwach und zittrig, als wäre er zu weit und zu schnell gelaufen, aber das Notizbuch war beinahe vollgeschrieben, und er befand sich in einer sonderbar übermütigen Stimmung.

Diese Stimmung hielt den ganzen, brütendheißen Vormittag über an und verstärkte sich noch durch Sally-Annes verändertes Benehmen ihm gegenüber. Sie war zwar weiterhin reserviert und eher still, aber sie hörte wenigstens zu, wenn er sprach, und antwortete ihm ernsthaft und bedächtig. Ein- oder zweimal lächelte sie sogar. Craig fiel es nicht leicht, sich auf den eigentlichen Grund seines Aufenthaltes hier, nämlich den Zustand der Lagerinsassen, zu konzentrieren, bis er sah, wieviel Mitgefühl Sally-Anne empfand und sie zum erstenmal offen reden hörte.

»Es wäre so leicht, diese Männer als brutale Verbrecher abzutun«, murmelte sie, als sie die ausdruckslosen Gesichter und wachsamen Augen sah, »wenn man nicht wüßte, daß ihnen jede menschliche Regung vorenthalten geblieben ist. Die meisten von ihnen wurden schon mit knapp zehn Jahren aus den Schulzimmern direkt in ein Ausbildungslager der Guerrilla geschickt. Sie besitzen nichts und haben außer einer Maschinenpistole auch nie etwas besessen. Wie können wir von ihnen erwarten, daß sie das Leben und das Eigentum anderer respektieren? Craig, bitte fragen Sie diesen hier, wie alt er ist.«

»Er weiß es nicht«, übersetzte ihr Craig seine Antwort. »Er weiß weder, wann er geboren wurde, noch wo seine Eltern sind.«

»Er hat also nicht einmal das Geburtsrecht«, bemerkte Sally-Anne, und Craig fiel plötzlich ein, wie grob er einen Wein zurückweisen konnte, der nicht genau nach seinem Geschmack war, oder wie gedankenlos er sich einen neuen Anzug bestellte oder die erste Klasse im Flugzeug betrat – während diese Männer nur zerrissene kurze Hosen trugen und weder Schuhe besaßen noch eine Decke, um sich darin einzuwickeln.

»Der Abgrund zwischen den Reichen und den Armen dieser Welt wird uns alle einmal verschlingen«, sagte Sally-Anne, als sie diese hoffnungslose, tierisch stumme Resignation fotografierte. »Fragen Sie diesen Mann, wie er hier behandelt wird«, verlangte sie, und als Craig ihn ansprach, starrte ihn der Schwarze so verständnislos an, als wäre die Frage völlig bedeutungslos, und Craigs übermütige Stimmung verflüchtigte sich allmählich wie morgendlicher Nebel.

Als sie später den Hügel hinauf zu ihren Quartieren zurückwanderten, kam Craig ein Gedanke, und er wandte sich an Fungabera. »Alle diese Männer sind Matabele, nicht wahr?«

»Ja.« Fungabera nickte. »Wir halten die Stämme getrennt – das verhindert Reibereien.«

»Gibt es denn gefangene Shona?« beharrte Craig.

»Aber ja«, versicherte ihm Fungabera. »Die Shonalager liegen im östlichen Hochland – genau die gleichen Bedingungen.«

Bei Sonnenuntergang wurde der Generator angeworfen, der das Funkgerät speiste, und zwanzig Minuten später betrat Fungabera Craigs Unterkunft, als dieser das Geschriebene der letzten Nacht noch einmal durchlas und korrigierte.

»Hier ist eine Nachricht für Sie, Craig, von Morgan Oxford von der amerikanischen Botschaft.«

Craig sprang wie elektrisiert auf. Er hatte verabredet, daß Pikkerings Antwort sofort nach Erhalt an ihn weitergeleitet werden sollte. Er nahm den Zettel, auf dem Fungabera den Funkspruch notiert hatte, und las: »Für Mellow. Stop. Meine persönliche Begeisterung für Ihr Projekt nicht von anderen geteilt. Stop. Ashe Levy lehnt Vorschuß oder Garantie ab. Stop. Kreditabteilung verlangt zusätzlich zuverlässige Sicherheiten. Stop. Tut mir leid, alles Gute. Henry.«

Craig überflog die Nachricht und las sie dann noch einmal sehr langsam durch.

»Es geht mich zwar nichts an«, murmelte Fungabera, »aber ich vermute, das betrifft Ihre Pläne mit dem Gebiet, daß Sie Sambesi Waters nennen?«

»Stimmt – und ich fürchte, die haben sich hiermit erledigt«, erklärte Craig verbittert.

»Henry?«

»Ein Freund, ein Bankier – vielleicht habe ich ihm zu viel zugemutet.«

»Ja«, sagte Fungabera nachdenklich, »sieht ganz so aus.«

Obgleich er auch in der vorangegangenen Nacht kein Auge zugetan hatte, konnte Craig nicht schlafen. Die Matte fühlte sich stahlhart an, und der höllische Chor der Hyänen im Busch verstärkte seine düstere Stimmung.

Auf der langen Fahrt zurück zum Flugplatz der Missionsstation saß er neben dem Fahrer und nahm an Fungaberas und Sally-Annes Unterhaltung nicht teil. Erst jetzt wurde ihm bewußt, wieviel ihm an dem Kauf von Rholands lag, und er war bitterböse auf Levy, der ihm die Unterstützung verweigert hatte, und auf Pickering, der nicht entschlossen genug aufgetreten war, und auf diese verdammte Kreditkommission, die nicht weiter als bis zu ihren Nasenspitzen sehen konnte.

Sally-Anne bestand darauf, noch einmal beim Schulhaus der Mission anzuhalten, um ihre Bekannschaft mit Sarah, der Matabelelehrerin, zu erneuern. Diesmal war Sarah vorbereitet und bot ihren Gästen Tee an. Da Craig keineswegs in heiterer Stimmung war, setzte er sich in einiger Entfernung von den anderen auf die niedrige Verandabrüstung und begann ohne wirkliche Hoffnung darüber nachzudenken, wie er mit Pickerings abschlägiger Antwort fertig werden könnte.

Sarah trat zögernd mit einem Emaillebecher voll Tee auf einem geschnitzten hölzernen Tablett zu ihm. Als sie es ihm darbot, stand sie mit dem Rücken zu Fungabera. »Wenn das menschenfressende Krokodil merkt, daß ihm der Jäger auf den Fersen ist, vergräbt er sich auf dem Grund des tiefsten Teiches im Schlamm«, sagte sie leise in Sindebele, »und wenn der Panther jagt, dann jagt er im Dämmerlicht.«

Erstaunt sah ihr Craig ins Gesicht. Ihre Augen waren nicht mehr gesenkt, und in den dunklen Tiefen funkelte es leidenschaftlich und wütend. »Fungaberas Hunde müssen laut gewesen sein«, fuhr sie leise fort, »während eurer Anwesenheit konnte man sie nicht füttern. Sie müssen sehr hungrig sein. Hast du sie gehört, Kuphela?« fragte sie, und diesmal fuhr Craig überrascht auf. Sarah hatte jenen Namen genannt, den Wächter ihm gegeben hatte. Woher kannte sie ihn? Was meinte sie mit »Fungaberas Hunden«?

Bevor Craig antworten konnte, blickte Fungabera auf und sah Craigs Gesicht. Er stand rasch auf und stand augenblicklich an Sarahs Seite. Das schwarze Mädchen senkte sofort den Blick, machte einen kleinen Knicks und zog sich mit dem leeren Tablett zurück.

»Nehmen Sie sich Ihre Enttäuschung nicht so zu Herzen, Craig. Kommen Sie, setzen Sie sich zu uns.« Fungabera legte Craig freundschaftlich die Hand auf die Schulter.

Auf der kurzen Fahrt von der Missionsstation zur Landebahn beugte sich Sally-Anne plötzlich vor und tippte Craig auf die Schulter. »Ich habe nachgedacht, Craig. Die Gegend, die Sie Sambesi Waters nennen, kann nur etwa eine halbe Flugstunde von hier entfernt sein. Den Chizarirafluß habe ich auf der Karte gefunden. Wir könnten einen kleinen Umweg machen und ihn auf dem Heimweg überfliegen.«

»Hat keinen Zweck.« Craig schüttelte den Kopf.

»Warum nicht?« fragte sie, und Craig gab ihr den Zettel mit Pickerings Nachricht.

»Oh, das tut mir leid.«

Craig merkte, daß sie es ehrlich meinte, und ihre Anteilnahme tröstete ihn ein wenig.

»Ich würde das Gebiet auch gerne sehen«, warf Fungabera plötzlich ein, und als Craig abermals den Kopf schüttelte, wurde seine Stimme hart. »Wir fliegen hin«, sagte er entschieden, und Craig zuckte gleichgültig die Schultern.

Craig und Sally-Anne studierten die Karte. »Hier, wo dieser Nebenfluß in den Hauptstrom mündet, müßten die tiefen Stellen sein.«

»Okay«, sagte sie. »Wenn der Wind so bleibt, schaffen wir es in zweiundzwanzig Minuten.«

Während sie flogen, studierte Sally-Anne immer wieder das Gelände und verglich es mit ihrer Karte; Craig dachte über die Worte des Matabelemädchens nach. »Fungaberas Hunde.« Das klang irgendwie bedrohlich, und daß sie den Namen Kuphela gebraucht hatte, irritierte ihn noch mehr. Dafür gab es nur eine Erklärung: Sie stand mit der Guerrillatruppe in Verbindung und war vermutlich sogar ein Mitglied. Was hatte sie mit dem Krokodil- und Panthergleichnis gemeint, und wer waren Fungaberas Hunde? Und was es auch zu bedeuten hatte, konnte sie als Sympathisantin der Guerrilleros überhaupt unparteiisch sein?

»Dort ist der Fluß«, sagte Sally-Anne, drosselte die Geschwindigkeit und flog den glitzernden Flußlauf mitten im Busch im Gleitflug an. Plötzlich deutete sie nach vorne: »Seht euch das an!«

In einer Flußwindung lag eine langgestreckte, von hohen Bäumen umsäumte Lichtung. Das Gras war von Zebraherden abgeweidet worden, die nun in panischer Angst vor dem näher kommenden Flugzeug in einer Staubwolke flüchteten.

»Ich wette, ich könnte dort landen«, sagte Sally-Anne und fuhr die Landeklappen aus, drosselte die Geschwindigkeit der Cessna noch ein wenig und senkte die Nase der Maschine, um eine bessere Übersicht zu haben. Dann klinkte sie das Fahrwerk aus.

Sie überflog den Landstrich langsam ein paarmal, wobei sie jedesmal tiefer ging, bis die Räder nur noch einen halben oder einen Meter über dem Boden waren und sie jede einzelne Hufspur der Zebras in der staubigen Erde deutlich erkennen konnten.

»Hart und eben«, sagte sie und setzte auf, und dann leitete sie sofort die Vollbremsung ein. Das Flugzeug kam nach weniger als hundertfünfzig Metern zum Stillstand.

»Vogeldame«, sagte Craig mit einem anerkennenden Lächeln, und sie nahm das Kompliment lächelnd entgegen.

Sie stiegen aus dem Flugzeug und gingen quer über die Lichtung auf das Dickicht zu, durchquerten den Streifen Buschland auf einem Wildpfad und kamen auf einer felsigen Klippe oberhalb des Flusses heraus.

»Wunderschön«, sagte Sally-Anne und ließ ihre Kamera klikken.

»Das hier wäre eine ausgezeichnete Stelle für eines Ihrer Camps.« Fungabera deutete auf die großen, klumpigen Haufen Elefantendung auf der weißen Sandbank unter ihnen.

»Ein Logenplatz.«

»Ja, das wäre es gewiß«, stimmte Fungabera zu. »Zu gut, um sich das entgehen zu lassen – vor allem zu diesem Preis. Dabei muß ein Millionengewinn herausschauen.«

»Für einen guten afrikanischen Sozialisten reden Sie wie ein dreckiger Kapitalist«, bemerkte Craig verdrießlich.

Fungabera grinste und erwiderte: »Man sagt, der Sozialismus sei die ideale Philosophie – solange man Kapitalisten hat, die sie finanzieren.«

Craig schaute auf und bemerkte zum erstenmal das Glitzern der guten, alten, europäischen Geldgier in Fungaberas Augen. Beide schwiegen und beobachteten Sally-Anne, die am Flußbett stand und Bäume, Felsen und Himmel aus den unterschiedlichsten Perspektiven fotografierte.

»Craig.« Fungabera war offensichtlich zu einem Entschluß gekommen. »Ich könnte Ihnen die Sicherheiten verschaffen, die die Weltbank verlangt, erwarte dafür aber eine Teilhaberschaft an den Rholands-Aktien.«

»Ich denke, darauf hätten Sie dann einen berechtigten Anspruch.« Craig sah einen kleinen Hoffnungsschimmer, und in diesem Augenblick rief Sally-Anne: »Es wird spät, und wir haben noch einen zweieinhalbstündigen Flug vor uns.«

Nachdem sie auf dem Luftwaffenstützpunkt New Sarum gelandet waren, schüttelte Fungabera beiden die Hand.

»Ich hoffe, Ihre Fotos sind gelungen«, sagte er zu Sally-Anne und zu Craig: »Bleiben Sie im Monomatapa? Ich werde mich innerhalb der nächsten drei Tage mit Ihnen in Verbindung setzen.«

»Haben Sie einen Wagen?« fragte Craig Sally-Anne, und als

sie den Kopf schüttelte, sagte er: »Ich kann nicht garantieren, daß ich so gut fahre, wie Sie fliegen – würden Sie das Risiko trotzdem eingehen?«

Sie wohnte in einem Apartment in einem alten Häuserblock gegenüber dem Regierungsgebäude. Er setzte sie vor der Haustür ab. »Darf ich Sie zum Abendessen einladen?« fragte er.

»Ich habe eine Menge Arbeit, Craig.«

»Also ein schnelles Abendessen, mein Wort darauf – als Friedensangebot. Um zehn sind Sie wieder zu Hause.« Er legte theatralisch eine Hand aufs Herz, und sie ließ sich erweichen.

»Okay, also um sieben Uhr hier«, stimmte sie zu, und er sah ihr zu, wie sie die Stufen hinaufging, bevor er den Volkswagen startete.

Sally-Anne schlug ein Steakhaus vor, dessen Inhaber sie begrüßte wie eine königliche Hoheit und wo Craig das beste, zarteste Steak bekam, das er jemals gegessen hatte. Dazu tranken sie einen Cabernet vom Kap der Guten Hoffnung. Ihre anfangs recht steife Unterhaltung wurde gelöster.

»Solange ich nur technische Assistentin bei Kodak war, ging alles gut, aber als man mich einlud, als offizielle Fotografin an Expeditionen teilzunehmen und Vorträge zu halten, das konnte er nicht mehr ertragen«, erzählte sie, »der erste Mann, der auf eine Nikon eifersüchtig war.«

»Wie lange waren Sie verheiratet?«

»Zwei Jahre.«

»Kinder?«

»Nein, Gott sei Dank nicht. – Sie haben versprochen, mich um zehn Uhr zurückzubringen«, sagte sie dann. Trotz seiner Proteste teilte sie die Rechnung gewissenhaft durch zwei und bezahlte ihren Anteil selbst.

Als er den Wagen vor dem Haus anhielt, sah sie ihn einen Augenblick lang ernsthaft an und fragte dann: »Kaffee?«

»Mit dem größten Vergnügen.« Er wollte schon die Tür öffnen, aber sie hielt ihn zurück.

»Lassen Sie mich eines von Anfang an klarstellen«, sagte sie. »Der Kaffee ist ein einfacher Nescafé – sonst nichts. Keine Gymnastik – ist das klar?«

»Okay«, stimmte er zu.

»Gehen wir.«

Die Einrichtung ihrer Wohnung bestand aus einem tragbaren Kassettenrecorder, mit Leinen bespannten Sitzmöbeln und einem schmalen Feldbett, auf dem ordentlich zusammengerollt der Schlafsack lag. Der Fußboden war gebohnert, die Wände waren mit Sally-Annes Fotos tapeziert. Während sie in der kleinen Kochnische den Kaffee zubereitete, ging er herum und besah sich die Bilder.

»Wenn Sie das Badezimmer suchen, das ist geradeaus«, rief sie. »Aber seien Sie bitte vorsichtig.«

Es war mehr eine Dunkelkammer als ein Waschraum, über der Duschkabine hing ein lichtundurchlässiges, schwarzes Nylonzelt mit Reißverschluß, und dort, wo sich in jedem anderen von einer Frau benutzten Badezimmer Parfumfläschchen und Seifendosen befanden, standen nur eine Menge Töpfe mit Chemikalien und ganze Pakete mit Fotopapier.

Sie rekelten sich auf den Sitzkissen, tranken Kaffee, hörten sich Beethovens Fünfte vom Kassettenrecorder an und sprachen über Afrika. Ein- oder zweimal zitierte sie ganz nebenbei Passagen aus seinem Buch und bewies damit, daß sie es aufmerksam gelesen hatte.

»Ich muß morgen sehr früh aufstehen«, sagte sie schließlich und nahm ihm die leere Tasse aus der Hand. »Gute Nacht, Craig.«

»Wann sehe ich Sie wieder?«

»Ich weiß es nicht, ich fliege morgen früh ins Hochland. Ich weiß noch nicht, wie lange es dauern wird.« Dann sah sie seinen Gesichtsausdruck und gab nach. »Wenn ich zurück bin, rufe ich Sie im Mono an, wenn Sie wollen?«

»Ich will.«

»Craig, ich fange an, Sie zu mögen – allerdings nur als Freund, ich suche nicht nach einem Abenteuer. Meine Gefühle sind noch immer verletzt – nur damit wir uns richtig verstehen«, erklärte sie, als sie einander an der Wohnungstür die Hand reichten.

Trotz ihrer Abweisung war Craig ungewöhnlich zufrieden mit sich selbst, als er zum Monomatapa zurückfuhr. In diesem

Stadium machte er sich noch keine Gedanken über die Tiefe seiner Gefühle oder über seine Absichten. Für ihn bedeutete es eher eine erfreuliche Abwechslung, einmal kein Mädchen auf Jagd nach prominenten Persönlichkeiten vor sich zu haben, die nur versuchte, ihrer Liste einen Namen hinzuzufügen. Sally-Annes starke sinnliche Anziehung wirkte durch ihren Widerstand noch stärker, und er respektierte ihre Begabung und ihre Kenntnisse und stimmte in der Liebe zu Afrika und der Anteilnahme für dessen Bevölkerung vollkommen mit ihr überein.

»Das genügt für heute«, sagte er sich, als er den Volkswagen abstellte. In der Halle traf er den stellvertretenden Manager, der ihn händeringend in sein Büro führte.

»Mr. Mellow, während Ihrer Abwesenheit hatte ich Besuch von der Polizeisonderabteilung. Ich mußte Ihr Schließfach öffnen und sie in Ihr Zimmer lassen.«

»Verdammt noch mal, sind die denn dazu überhaupt berechtigt?« Craig war außer sich.

»Die können hier tun, was sie wollen«, fuhr der stellvertretende Manager fort. »Entfernt wurde aus Ihrem Schließfach nichts, Mr. Mellow – das kann ich Ihnen versichern.«

»Trotzdem möchte ich es überprüfen«, verlangte Craig wütend. Er zählte seine Reiseschecks und überprüfte die Seriennummern. Rückflugticket und Paß waren in Ordnung – aber die »Reiseausstattung«, mit der ihn Pickering versehen hatte, war durcheinander. »Wer könnte eine solche Durchsuchung anordnen?« fragte er den stellvertretenden Manager, als er das Schließfach wieder versperrte.

»Nur jemand an höchster Stelle.«

Tungata Zebiwe, dachte Craig bitter. Du gemeiner, niederträchtiger Bastard, wie sehr mußt du dich verändert haben.

Craig brachte seinen Bericht über die Besichtigung des Umschulungszentrums an Pickering zur Botschaft, und Oxford nahm das Kuvert entgegen und bot ihm Kaffee an.

»Ich muß länger hier bleiben, als ich angenommen habe«, erklärte Craig, »und in einem Hotelzimmer kann ich einfach nicht arbeiten.«

»Apartments sind sehr schwer zu finden«, bedauerte Oxford. »Ich werde sehen, was sich machen läßt.«

Er rief schon am nächsten Tag an. »Craig, eines unserer Mädchen fährt für einen Monat auf Urlaub nach Hause. Sie ist ein Fan von Ihnen und überläßt Ihnen ihre Wohnung für sechshundert Dollar. Sie können schon morgen einziehen.«

Das Apartment war ein kleines Wohnschlafzimmer, aber bequem und hell. Der breite Tisch würde als Schreibtisch genügen. Craig legte einen Stapel Schreibpapier in die Mitte des Tisches und beschwerte es mit einem Ziegelstein, stellte sein Wörterbuch daneben und sagte laut: »An die Arbeit.«

Oxford rief ihn in den nächsten Tagen zweimal an, um ihn zu einem Diplomatenempfang einzuladen, aber Craig lehnte jedesmal ab und zog schließlich den Telefonstecker heraus. Als er das Telefon am vierten Tag endlich wieder einschaltete, klingelte es fast im selben Augenblick.

»Mr. Mellow.« Es war eine afrikanische Stimme. »Wir hatten große Schwierigkeiten, Sie ausfindig zu machen. Bleiben Sie bitte dran, General Fungabera will Sie sprechen.«

»Craig, hier spricht Peter«, sagte die vertraute, sanfte Stimme mit dem starken Akzent. »Können wir uns heute nachmittag treffen? Um drei Uhr? Ich schicke Ihnen einen Wagen.«

Fungaberas Landsitz lag fünfundzwanzig Kilometer außerhalb der Stadt auf den Hügeln über dem Macillwane-See. Ein Leibwächter im Kampfanzug der Dritten Brigade stand am Tor und kontrollierte Craig und seinen Fahrer sorgfältig, bevor er sie zum Haupthaus weiterfahren ließ. Als Craig die Freitreppe hinaufging, wurde er oben schon von Fungabera erwartet.

Dieser trug eine weiße Baumwollhose und ein rotes, kurzärmeliges Seidenhemd, das auf seiner samtigen, schwarzen Haut wunderbar zur Geltung kam. Er legte Craig freundschaftlich einen Arm um die Schulter und führte ihn zu einer kleinen Gruppe von Männern, die auf der Veranda saßen. »Craig, darf ich Sie bekannt machen? Das ist Mr. Musharewa, Vorsitzender der Staatsbank von Simbabwe. Hier sein Stellvertreter Mr. Kapwepwe, und das ist Mr. Cohen, mein Adjutant. Meine Herren, das ist Mr. Craig Mellow, der berühmte Schriftsteller.«

Sie schüttelten sich die Hände.

»Einen Drink, Craig? Wir trinken Bloody Marys.«

»Ausgezeichnet, Peter.«

Ein Diener in einem langen, weißen Kanza, ein Überbleibsel aus der Kolonialzeit, brachte Craig den Drink. Als er gegangen war, sagte Fungabera gleichmütig: »Die Staatsbank von Simbabwe ist bereit, sich Ihnen als persönlicher Bürge für einen Fünf-Millionen-Dollar-Kredit der Weltbank oder ihrer Filiale in New York zur Verfügung zu stellen.«

Craig starrte ihn an.

»Ihre Beziehungen zur Weltbank sind kein besonders streng gehütetes Geheimnis, müssen Sie wissen. Henry Pickering ist auch uns sehr gut bekannt«, lächelte Fungabera und fuhr dann rasch fort: »Natürlich müssen wir auf gewissen Bedingungen und Klauseln bestehen, aber ich halte sie nicht für untragbar.« Er wandte sich an seinen weißen Adjutanten. »Haben Sie die Dokumente dabei, Izzy? Ausgezeichnet, würden Sie Mr. Mellow eine Kopie davon geben und sie uns bitte vorlesen.«

Isidor Cohen rückte seine Brille zurecht, breitete die Dokumente vor sich auf dem Tisch aus und begann. »Erstens, das ist eine Genehmigung zum Ankauf von Land«, sagte er. »Ausgestellt auf Craig Mellow, britischer Staatsangehöriger und Staatsbürger von Simbabwe, gültig für den Ankauf der Hauptanteile an der Grundbesitzgesellschaft mit der Bezeichnung Rholands Ltd. Die Genehmigung ist unterzeichnet vom Staatspräsidenten und gegengezeichnet vom Landwirtschaftsminister.«

Craig dachte an Tungata Zebiwes Drohung, diese Genehmigung zu verhindern, und dann erinnerte er sich daran, daß der Landwirtschaftsminister Fungaberas Schwager war. Er warf dem General einen Blick zu, aber dieser lauschte aufmerksam dem Vortrag seines Anwalts.

Craig war so aufgeregt, daß es ihm schwer fiel, stillzusitzen und sachlich zu bleiben. Seine momentane Bestürzung, als Fungabera die Weltbank erwähnte, war vergessen, und er hätte am liebsten einen Freudentanz auf der Veranda aufgeführt: Rholands war sein, King's Lynn war sein, Queen's Lynn war sein, und Sambesi Waters war sein.

Trotz seiner Aufregung ließ ihn ein Absatz aufhorchen, als Cohen ihn vorlas.

»Was, zum Teufel, soll das heißen: ›Feind des Staates und des Volkes von Simbabwe‹?« fragte er.

»Das ist nichts weiter als eine Standardklausel in all unseren Dokumenten«, beruhigte ihn Cohen. »Eher ein Ausdruck patriotischer Gesinnung. Die Staatsbank ist ein Regierungsunternehmen. Sollte sich der Kreditnehmer in verräterische Aktionen einlassen und zum Staats- und Volksfeind erklärt werden, wäre die Staatsbank dazu verpflichtet, all ihre Verbindlichkeiten mit der schuldigen Partei aufzulösen.«

»Ist das denn legal?« fragte Craig zweifelnd, und als ihm der Anwalt das versicherte, fuhr er fort: »Glauben Sie, daß die finanzierende Bank das akzeptieren wird?«

»Man hat das bereits in anderen Bürgschaftsverträgen akzeptiert«, erklärte ihm der Bankpräsident. »Wie Mr. Cohen schon sagte, es ist eine Standardklausel.«

»Also, Craig«, Fungabera lächelte. »Sie haben doch nicht etwa die Absicht, eine bewaffnete Revolution anzuzetteln, um die Regierung zu stürzen, oder doch?«

Craig brachte ein schwaches Lächeln zustande. »Nun, ich nehme an, wenn die amerikanische Bank diese Klausel akzeptiert, muß sie wohl erlaubt sein.«

Das Vorlesen der Akte dauerte fast eine Stunde, dann unterzeichnete Präsident Musharewa sämtliche Kopien, und sein Stellvertreter sowie Peter Fungabera beglaubigten seine Unterschrift. Dann unterschrieb Craig, und auch seine Unterschrift wurde von den Zeugen beglaubigt, und schließlich drückte Cohen auf jedes Dokument sein Siegel als eidesstattlicher Beauftragter der Regierung.

»Das wär's, meine Herren. Unterzeichnet, besiegelt und ausgehändigt.«

»Nun bleibt nur noch abzuwarten, ob Pickering damit einverstanden ist.«

»Oh, habe ich vergessen, das zu erwähnen?« Fungabera grinste verschmitzt. »Präsident Kapwepwe hat gestern nachmittag – nach New Yorker Zeit zehn Uhr vormittags – mit Pickering gesprochen. Das Geld steht Ihnen zur Verfügung, sobald er die Bürgschaftsverträge in Händen hat.« Er nickte dem Hausdiener zu. »Sie können den Champagner bringen.«

Sie tranken auf die Staatsbank, die Weltbank und auf die Rholands Company, und erst als die zweite Flasche geleert war, nahmen die beiden schwarzen Bankpräsidenten widerstrebend Abschied.

Als ihre Limousine die Auffahrt hinunterfuhr, nahm Fungabera Craigs Arm. »Und nun können wir uns über meine Gewinnbeteiligung unterhalten. Mr. Cohen hat die Papiere.«

Craig las die Verträge durch und fühlte, wie ihm das Blut aus dem Gesicht wich. »Zehn Prozent«, stieß er hervor. »Zehn Prozent der bezahlten Anteile von Rholands.«

»Der Name muß wirklich geändert werden«, meinte Fungabera mißbilligend. »Wie Sie sehen, erhält Mr. Cohen die Aktien als mein Bevollmächtigter. Nur im Falle späterer Komplikationen.«

Craig tat so, als lese er den Vertrag noch einmal durch, während er nach einem stichhaltigen Einwand suchte. Die beiden Männer beobachteten ihn schweigend. Zehn Prozent war glatter Raub, aber was blieb Craig anderes übrig?

Cohen schraubte gemächlich den Füllhalter auf und reichte ihn Craig. »Ich glaube, Sie werden erkennen, daß ein Kabinettsminister und Armeekommandant äußerst nützlich als stiller Teilhaber eines solchen Unternehmens ist«, sagte er, und Craig nahm den Füller zur Hand.

»Ich sehe nur eine Ausfertigung des Vertrages«, meinte Craig.

»Wir brauchen nur eine Ausfertigung.« Fungabera lächelte noch immer. »Und ich werde sie aufbewahren.«

Craig nickte.

Dadurch gab es keinen Beweis für diese Transaktion, keine Dokumente außer diesem Vertrag in Fungaberas Händen und die Aktien im Besitz eines Bevollmächtigten. Im Streitfall würde Craigs Wort gegen das eines Ministers stehen – aber er wollte Rholands haben. Craig wollte Rholands mehr als alles andere auf der Welt.

Er setzte seine Unterschrift unter den Vertrag, und die beiden anderen entspannten sich sichtbar. Dann ließ Fungabera eine dritte Flasche Champagner bringen.

Bisher hatte Craig nur einen Kugelschreiber und Schreibpapier gebraucht, und seine Zeit hatte er ganz nach Belieben vergeuden oder nützen können.

Plötzlich sah er sich der enormen Verantwortung von Landbesitz gegenüber, und die Zeit schien ihm davonzulaufen. Es gab so vieles zu erledigen, und er hatte so wenig Zeit dafür, daß ihn plötzlich eine lähmende Unentschlossenheit befiel, er über seine Verwegenheit erschrak und an seinem Organisationstalent zu zweifeln begann.

Er brauchte Unterstützung und Aufmunterung und dachte sofort an Sally-Anne. Also fuhr er zu ihrem Apartment, aber die Fenster waren geschlossen, der Briefkasten quoll über, und niemand öffnete auf sein Klopfen.

Er kehrte in seine Wohnung zurück, setzte sich an den Tisch, nahm ein leeres Blatt Papier vom Stapel, schrieb »Erledigungen« darauf und starrte es an. »Ich kann es«, versicherte er sich heftig und begann seine Liste auszuarbeiten. Er schrieb: »1. Jock Daniels anrufen. Angebot für Rholands akzeptieren. 2. Nach New York fliegen. a. Weltbank aufsuchen. b. Konto eröffnen und Einzahlung tätigen. c. ›Bawu‹ verkaufen. 3. Nach Zürich fliegen. a. Kaufverträge unterzeichnen. b. Zahlungsmodalitäten festlegen.«

Seine Panik legte sich allmählich. Er nahm den Telefonhörer und wählte die Nummer von British Airways. Dort reservierte er einen Platz in der Freitagsmaschine nach London, von wo er mit der Concorde nach New York weiterfliegen konnte.

Daniels erreichte er in seinem Büro. »Meinen Glückwunsch, Jock – Sie haben sich gerade eine Fünfundzwanzigtausend-Dollar-Provision verdient«, sagte Craig und genoß das verblüffte Schweigen seines Gesprächspartners.

Als er den Blick auf die Uhr warf, sah er, daß es schon zehn Uhr war, aber er wußte, daß er nicht würde schlafen können. Also zog er eine leichte Jacke über, ging auf die nächtliche Straße hinaus und stand eine Stunde später vor Sally-Annes Apartment. Seine Füße schienen ganz von selbst hierhergelaufen zu sein.

Er fühlte ein leichtes erregtes Prickeln, denn ihr Fenster stand offen, und dahinter brannte Licht.

»Wer ist da?« Ihre Stimme klang gedämpft.

»Ich bin's, Craig.«

Es folgte eine lange Pause.

»Es ist fast Mitternacht.«

»Es ist gerade erst elf Uhr – und ich habe Ihnen viel zu erzählen.«

»Oh, na dann – die Tür ist offen.«

Sie befand sich in der Dunkelkammer. »Ich brauche noch fünf Minuten«, rief sie. »Können Sie Kaffee machen?«

Als sie herauskam, trug sie eine mit Wasser bespritzte, grobe Strickjacke, die ihr bis zu den Knien reichte; das Haar fiel ihr lose über die Schultern. Er hatte sie noch nie so gesehen und war verblüfft.

»Wehe, wenn Ihre Neuigkeiten nicht umwerfend sind«, warnte sie ihn und stemmte die Hände in die Hüften.

»Rholands gehört mir«, sagte er, und diesmal war sie verblüfft.

»Wer oder was ist Rholands?«

»Die Gesellschaft, zu der Sambesi Waters gehört. Sie gehört jetzt mir. Sambesi Waters gehört mir. Genügt das?«

»Das ist eine wunderbare Neuigkeit, Craig. Ich bin so froh für Sie. Wie kam es dazu? Ich dachte, das sei nicht mehr möglich.«

»Fungabera hat mir eine Bürgschaft für einen Kredit von fünf Millionen Dollar besorgt.«

»Du lieber Gott! Fünf Millionen. Sie nehmen einen Kredit über fünf Millionen Dollar auf? Wie hoch sind die Zinsen bei fünf Millionen?«

Darüber wollte er jetzt nicht nachdenken. Das zeigte auch sein Gesichtsausdruck, und sie gab sich sofort zerknirscht. »Tut mir leid. Das war unverschämt. Ich freue mich wirklich für Sie. Das müssen wir feiern.« Und sie wandte sich hastig von ihm ab.

In dem Küchenschrank fand sie eine Flasche, in der noch ein kleiner Schluck Whisky war, den sie in den dampfenden Kaffee schüttete. »Auf gutes Gelingen, auf Sambesi Waters«, prostete sie ihm mit der Tasse zu. »Nun erzählen Sie mir Näheres darüber – und dann habe auch ich Neuigkeiten für Sie.«

Bis weit nach Mitternacht erzählte er ihr von seinen Plänen: von der Einrichtung zweier Farmen im Süden, der Renovierung des Herrenhauses und der Zucht von Vollblutrindern, aber auf seine Pläne mit Sambesi Waters und seinem Tierbestand ging er viel intensiver ein, weil er wußte, daß sie das am meisten interessierte. »Ich dachte, ich könnte bei der Planung und beim Aufbau der Camps eine Beraterin brauchen, nicht irgendeine Frau, sondern eine mit einer künstlerischen Ader und mit Erfahrung und Liebe zum afrikanischen Busch.«

»Craig, sollten Sie mich damit meinen, ich lebe von einem Stipendium des World Wildlife Trust, und ich schulde ihm meine ganze Zeit.«

»Es würde nicht sehr viel Zeit in Anspruch nehmen«, wandte er ein, »nur Beratung. Sie können für einen Tag hinauffliegen, wann es Ihnen paßt.« Er sah, daß sie bereits schwach wurde. »Und dann, wenn die Camps einmal in Betrieb sind, möchte ich natürlich, daß Sie eine Reihe von Vorträgen halten und Dias vorführen –« Er sah, daß er ins Schwarze getroffen hatte. Wie jedem Künstler gefiel ihr die Aussicht, ihre Arbeit zu zeigen.

»Ich kann Ihnen nichts versprechen«, erklärte sie ausweichend, aber sie wußten beide, daß sie es tun würde, und Craig hatte das Gefühl, als wäre die Last der Verantwortung merklich leichter geworden.

»Sie sagten, Sie hätten auch Neuigkeiten für mich«, erinnerte er sie schließlich, dankbar für die Gelegenheit, den Abend noch etwas auszudehnen. Aber er war nicht darauf vorbereitet, daß sie plötzlich todernst wurde.

»Ja, ich habe Neuigkeiten«, sie hielt inne, wie um sich zu sammeln, dann fuhr sie fort: »Ich bin dem Anführer der Wilddiebe auf der Spur.«

»Lieber Himmel! Etwa dem Bastard, der diese Elefantenherde vernichtet hat? Das ist eine tolle Neuigkeit. Wo? Wie?«

»Wie Sie wissen, war ich in den letzten zehn Tagen im östlichen Hochland. Was ich Ihnen nicht gesagt habe, ist, daß ich dort in den Bergen für den World Wildlife Trust an einer Studie über gefleckte Panther arbeite. Ich habe in den meisten Buschgebieten, wo es Leoparden gibt, meine Leute. Wir vermessen die Jagdgebiete der Großkatzen und halten sie kartographisch fest, wir zeichnen auf, wieviel Junge sie werfen und wieviel Wild sie erlegen, wir versuchen abzuschätzen, was für eine Wirkung menschlicher Einfluß auf sie hat, und so weiter – und dabei kam ich mit einem meiner Männer zusammen. Er ist ein unheimlich stinkender, alter Shangane, er muß an die achtzig sein, und hat eine junge Frau mit siebzehn, die ihm erst letzte Woche Zwillinge geschenkt hat. Er ist ein ausgekochter Gauner mit einem ausgeprägten Sinn für Humor und einer Vorliebe für schottischen Whisky – zwei Gläschen Glenlivet, und schon wird er gesprächig. Wir waren oben in den Wumbabergen einmal allein im Lager, und nach dem zweiten Gläschen verriet er, daß man ihm je Leopardenfell zweihundert Dollar geboten hat. Man würde alles nehmen, was er erwischte, und ihm auch noch die Fallen zur Verfügung stellen. Ich schenkte ihm noch ein Gläschen ein und erfuhr, daß das Angebot von einem sehr gut gekleideten, jungen Schwarzen gekommen war, der einen regierungseigenen Landrover fuhr. Mein alter Shangane erklärte dem Mann, daß er Angst davor habe, verhaftet und ins Gefängnis gesteckt zu werden, aber man versicherte ihm, er sei sicher. Er stehe unter dem Schutz eines der großen Bosse in Harare, eines Genossen Minister, der ein berühmter Buschkämpfer gewesen sei und noch immer seine eigene Privatarmee kommandiere.«

Auf dem Feldbett lag eine Flügelmappe, die Sally-Anne nun heranholte und in Craigs Schoß legte. Craig schlug sie auf. Die oberste Seite enthielt eine komplette Liste des Kabinetts von Simbabwe. Sechsundzwanzig Namen, mit dem jeweiligen Ressort daneben.

»Wir können den Kreis sofort einengen – nur sehr wenige Kabinettsmitglieder haben aktiv gekämpft«, erklärte Sally-Anne. »Die meisten überlebten den Krieg in einer Suite im Ritz in London oder in einer Datscha am Kaspischen Meer.« Sie setzte sich neben Craig auf ein Kissen, streckte die Hand aus und schlug die zweite Seite auf. »Sechs Namen.« Sie zeigte mit dem Finger darauf. »Und sechs Truppenführer.«

»Das sind noch immer zu viele«, murmelte Craig und sah, daß Fungaberas Name an der Spitze stand.

»Es geht noch weiter«, stimmte Sally-Anne zu. »Eine Privatarmee. Das müssen Dissidenten sein. Alle Dissidenten sind Matabele. Und ihr Anführer muß vom selben Stamm sein.« Sie schlug die dritte Seite auf. Darauf stand nur ein einziger Name. »Einer der erfolgreichsten Truppenführer. Matabele. Minister für Tourismus und daher auch verantwortlich für die Naturschutzbehörde. Es ist zwar eine alte Kamelle, aber allzu oft ist gerade der Wächter eines Schatzes auch jener, der ihn plündert. Es paßt alles zusammen.«

Craig las den Namen laut: »Tungata Zebiwe« und wollte es nicht glauben. »Aber er war mit mir zusammen im Wildreservat, er war mein Aufseher –«

»Wie ich schon sagte, die Wächter haben mehr Gelegenheit zu plündern als jeder andere.«

»Aber was würde Sam mit dem Geld anfangen? Der Anführer der Wilderer muß viele Millionen Dollar verdienen. Sam lebt sehr bescheiden. Jeder weiß das, kein großes Haus, keine teuren Autos, weder Frauen noch Grundbesitz noch andere teure Leidenschaften.«

»Außer, vielleicht, die teuerste von allen«, wandte Sally-Anne ruhig ein. »Macht.«

Craig wußte nichts mehr zu erwidern, und sie nickte. »Macht. Begreifen Sie nicht, Craig? Eine Privatarmee von Dissidenten erhalten – das kostet Geld, viel, viel Geld.«

Craig mußte zugeben, daß das alles zusammen ein abgerundetes Bild ergab. Pickering hatte ihn darauf hingewiesen, daß ein von den Sowjets unterstützter Staatsstreich bevorstand. Die Russen hatten während des Krieges die Matabeleeinheit ZIPRA unterstützt, ihr Kandidat war also fast sicher ein Matabele.

Craig sträubte sich noch und klammerte sich an die Erinnerung an diesen Mann, der sein Freund gewesen war, wahrscheinlich der beste Freund, den er jemals gehabt hatte. Er erinnerte sich an die bedingungslose Ehrenhaftigkeit dieses Mannes, den er als Samson Kumalo, einen in der Mission erzogenen, unbescholtenen Christen mit hohen Prinzipien, kennengelernt hatte, der mit Craig zusammen den Dienst bei der Naturschutzbehörde quittierte, als ihr direkter Vorgesetzter in den Verdacht geriet, einer Wildererbande anzugehören. Und nun sollte er selbst ein Anführer von Wilddieben sein?

»Er ist mein Freund«, sagte Craig.

»Er war Ihr Freund. Aber er hat sich verändert. Bei Ihrer letzten Begegnung hat er sich selbst zu Ihrem Feind erklärt«, erwiderte Sally-Anne. »Sie haben es mir selbst erzählt.«

Craig nickte und erinnerte sich dann plötzlich an die von höchster Stelle angeordnete Durchsuchung seines Schließfachs im Hotel. »Es macht mich krank«, murmelte er. »Aber ich glaube, Sie können recht haben.«

»Ich bin absolut sicher.«

»Was werden Sie jetzt tun?«

»Ich werde mit dem Beweismaterial zu Fungabera gehen.«

»Er wird Sam vernichten«, sagte Craig.

Sie erwiderte hastig: »Tungata ist schlecht, Craig, er ist ein Plünderer!«

»Er ist mein Freund.«

»Er war Ihr Freund«, widersprach Sally-Anne. »Sie wissen nicht, was aus ihm geworden ist – Sie wissen nicht, was ihm im Busch zugestoßen ist. Der Krieg kann jeden Menschen verändern. Und Macht noch gründlicher.«

»O Gott, es macht mich krank.«

»Begleiten Sie mich zu Fungabera. Sie sollten dabei sein, wenn ich ihm die Beweise gegen Tungata vorlege.« Sally-Anne nahm seine Hand, eine kleine Geste des Trostes.

Craig beging nicht den Fehler, den Druck ihrer Hand zu erwidern.

»Tut mir leid, Craig.« Sie drückte ihm die Hand. »Tut mir wirklich leid«, sagte sie und zog dann die Hand wieder zurück.

Fungabera bestellte sie schon am frühen Morgen zu sich, und sie fuhren gemeinsam zu seinem Haus in den Macillwanehügeln.

Ein Diener führte sie in das Büro des Generals, einen hohen, spärlich möblierten Raum, dessen Fenster sich zum See hin öffneten und der früher als Billardzimmer gedient hatte.

Fungabera erhob sich von seinem Schreibtisch, um sie zu begrüßen. Er war barfuß und trug nur ein einfaches, weißes Lendentuch um die Hüften. »Entschuldigen Sie meine zwanglose Kleidung«, sagte er und ging lächelnd auf sie zu. »Aber ich fühle mich wirklich wohler, wenn ich ganz Afrikaner sein kann.«

Vor dem Schreibtisch standen kunstvoll geschnitzte, niedrige Elfenbeinhocker.

»Ich lasse Stühle bringen«, bot Fungabera an. »Ich habe hier sehr selten Gäste.«

»Nein, nein.« Sally-Anne setzte sich ohne weiteres auf einen der Hocker.

»Sie wissen doch, ich freue mich immer, Sie zu sehen, aber ich werde um zehn Uhr im Parlament erwartet«, drängte Fungabera.

»Ich komme also sofort zur Sache«, stimmte Sally-Anne zu. »Wir glauben zu wissen, wer der Anführer der Wilddiebe ist.«

Fungabera hatte sich gerade an den Schreibtisch setzen wollen, aber nun stemmte er die Fäuste auf die Tischplatte und beugte sich vor, und sein Blick wurde hart und forschend.

»Sie sagten, ich brauche Ihnen nur den Namen zu bringen, dann würden Sie ihm das Handwerk legen«, erinnerte ihn Sally-Anne, und Fungabera nickte.

»Geben Sie mir den Namen«, befahl er, aber Sally-Anne berichtete ihm in derselben Weise wie Craig über ihre Quellen und ihre Schlußfolgerungen. Fungabera hörte ihr schweigend zu und folgte stirnrunzelnd oder nachdenklich nickend ihren Ausführungen. Dann kam sie zum Schluß, zu dem übriggebliebenen Namen auf ihrer Liste.

»Tungata Zebiwe«, wiederholte Fungabera und ließ sich auf den Stuhl hinter seinem Schreibtisch fallen.

Das Schweigen dauerte an, bis Sally-Anne ungeduldig fragte: »Nun?«

Fungabera wandte ihr seinen Blick zu. »Sie haben sich die heißeste Kastanie im Feuer ausgesucht, und ich soll sie mit bloßen Händen herausholen«, sagte er. »Sind Sie sicher, daß Sie Genosse Zebiwes Verhalten gegenüber Mr. Craig Mellow nicht beeinflußt hat?«

»Das ist unfair«, erklärte Sally-Anne sanft.

»Ja, das gebe ich zu.« Fungabera wandte sich an Craig. »Wie denken Sie darüber?«

»Er war mein Freund, und er hat mir einmal einen großen Gefallen erwiesen.«

»Das war vor langer Zeit«, bemerkte Fungabera. »Jetzt hat er sich selbst zu Ihrem Feind erklärt.«

»Ich habe ihn noch immer gern und bewundere ihn.«

»Und trotzdem –?« stieß Fungabera sanft nach.

»Und trotzdem glaube ich, daß Sally-Anne auf der richtigen Spur ist«, gab Craig traurig zu.

Fungabera stand auf, durchquerte schweigend das Zimmer und blieb vor der riesigen Landkarte an der Wand stehen. »Das ganze Land ist ein Pulverfaß«, sagte er und starrte auf die bunten Fähnchen. »Die Matabele sind im Begriff, eine Rebellion anzuzetteln. Hier! Hier! Die Guerrilleros sammeln sich im Busch. Wir waren gezwungen, ein Komplott ihrer leichtsinnigeren Anführer, die einen bewaffneten Aufstand anstrebten, zu unterbinden. Nkomo wurde zwangspensioniert, und zwei der Matabele-Kabinettsmitglieder sind verhaftet und des Hochverrats angeklagt worden. Zebiwe ist nun der einzige Matabele im Kabinett. Er genießt auch außerhalb seines Stammes sehr viel Achtung, und die Matabele sehen zu ihm auf, als zu ihrem einzigen, noch verbliebenen Führer. Wenn wir ihn angreifen –«

»Sie wollen ihn also laufen lassen!« sagte Sally-Anne mutlos. »Er wird ungeschoren davonkommen. Das also ist Ihr sozialistisches Paradies. Ein Gesetz für das Volk und ein anderes für die –«

»Schweig, Frau«, befahl Fungabera, und sie gehorchte.

Er kehrte an seinen Schreibtisch zurück. »Ich rede nur über die Konsequenzen einer überhasteten Aktion. Eine Verhaftung Zebiwes könnte das ganze Land in einen blutigen Bürgerkrieg stürzen. Ich habe nicht gesagt, daß ich nichts unternehmen werde, aber ohne stichhaltige Beweise und die Aussage von unabhängigen, einwandfrei unparteiischen Zeugen zur Unterstützung in einem Prozeß kann ich nichts tun.« Er starrte noch immer auf die Landkarte am anderen Ende des Raumes. »Alle Welt beschuldigt uns bereits, die Ausrottung des Matabelestammes zu planen, während wir lediglich versuchen, Gesetz und Ordnung aufrechtzuerhalten und eine Formel der Verständigung mit diesem störrischen, kriegerischen Volk zu finden. Im Augenblick ist Zebiwe unsere einzige vernünftige und versöhnliche Kontaktperson zu den Matabele, wir können es uns nicht leisten, ihn leichtfertig zu opfern.« Er hielt inne, und Sally-Anne brach ihr Schweigen.

»Etwas habe ich noch nicht erwähnt, aber Craig und ich haben darüber gesprochen. Wenn Zebiwe tatsächlich der Elfenbeinräuber ist, dann verwendet er die Gewinne für einen besonderen Zweck. Es gibt kein sichtbares Anzeichen von Verschwendung, aber wir wissen, daß er mit Dissidenten in Verbindung steht.«

Fungaberas Gesichtsausdruck hatte sich verhärtet, und sein Blick wurde stechend. »Ist es wirklich Zebiwe, dann kriege ich ihn«, versprach er mehr sich selbst als Sally-Anne. »Aber wenn es soweit ist, werde ich es aller Welt beweisen können, und er wird mir nicht entwischen.«

»Na, da haben Sie sich aber einen guten Zeitpunkt ausgesucht, um zu verkaufen.« Der Schiffsagent stand an Deck der »Bawu«. In seinem doppelreihigen Blazer und der Marinemütze mit goldenem Anker wirkte er ausgesprochen seemännisch. »Die Zinssätze sind sehr niedrig, und die Leute kaufen wieder Jachten.«

Craig hatte das Gefühl, mit einem Anwalt die Einzelheiten einer Scheidung zu besprechen oder Vereinbarungen mit einem Bestattungsunternehmer zu treffen. Die »Bawu« war zu lange ein Teil seines Lebens gewesen.

»Sie ist gut in Schuß, alles sauber und ordentlich, und der Preis ist vernünftig. Ich werde sie schon morgen einigen Leuten zeigen.«

»Überzeugen Sie sich vorher davon, daß ich nicht hier bin«, ersuchte ihn Craig.

»Ich verstehe, Mr. Mellow.« Die Stimme des Mannes klang fast wie die eines Leichenbestatters.

Und so klang auch Levys Stimme, als Craig ihn anrief. Aber er schickte immerhin einen Büroboten zum Hafen, um die ersten drei Kapitel abzuholen, die Craig in Afrika geschrieben hatte. Dann traf sich Craig zum Mittagessen mit Pickering.

»Es tut wirklich gut, Sie zu sehen.« Craig hatte vergessen, wie lieb ihm dieser Mann schon nach zwei kurzen Begegnungen geworden war.

»Bestellen wir erst«, schlug Pickering vor und entschied sich für eine Flasche Grands Echézeaux. Sie kosteten den Wein mit Kennermiene und schenkten ihm die Beachtung, die er verdiente.

Dann stellte Pickering sein Glas nieder. »Und jetzt sagen Sie mir, was Sie von General Peter Fungabera halten«, bat er Craig.

»Das steht alles in meinen Berichten. Haben Sie sie nicht gelesen?«

»Ich habe sie gelesen, aber ich will es von Ihnen persönlich noch einmal hören. Während einer Unterhaltung kommen oft Dinge zur Sprache, die in einem Bericht nicht erwähnt werden.«

»Fungabera ist ein gebildeter Mann. Seine Englischkenntnisse sind beachtlich – die Wahl der Worte, die Ausdruckskraft –, aber er spricht mit starkem Akzent. In Uniform sieht er aus wie ein General der britischen Armee. In sportlicher Kleidung wirkt er wie der Star einer Fernsehserie, nur in einem Lendentuch stellt er das dar, was er wirklich ist, nämlich ein Afrikaner. Das ist übrigens ein Punkt, den wir allzu oft außer acht lassen. Wir alle kennen die Unergründlichkeit der Chinesen und das Phlegma der Briten, aber daß auch der Schwarzafrikaner eine eigene Mentalität hat, berücksichtigen wir kaum.«

»Na also!« murmelte Pickering selbstgefällig. »Das stand zum Beispiel nicht in Ihren Berichten. Fahren Sie fort, Craig.« Er hörte ihm aufmerksam zu und stellte nur hin und wieder eine Zwischenfrage. Einmal fragte er: »Etwas finde ich immer noch verwirrend, Craig – den feinen Unterschied zwischen Matabele, Ndebele und Sindebele. Können Sie mir den erklären?«

»Ein Franzose nennt sich selbst Français, aber wir nennen ihn einen Franzosen. Ein Matabele nennt sich selbst Ndebele, aber wir nennen ihn einen Matabele.«

»Aha«, nickte Pickering, »und die Sprache, die er spricht, ist Sindebele, nicht wahr?«

»Richtig. Allerdings scheint das Wort Matabele seit der Unabhängigkeit eine koloniale Bedeutung gewonnen zu haben.«

So gelöst und zwanglos unterhielten sie sich noch eine ganze Weile, bis Craig schließlich überrascht feststellte, daß sie fast die letzten Gäste im Restaurant waren und der Kellner schon ungeduldig darauf lauerte, ihnen die Rechnung zu präsentieren.

»Was ich damit sagen wollte«, meinte Craig, »ist, daß der Kolonialismus Afrika eine Reihe von überflüssigen Werten hinterlassen hat. Afrika wird sie abschütteln und zu sich selbst zurückfinden.«

»Und damit tut es wahrscheinlich das einzig Richtige«, schloß Pickering an seiner Stelle. »Wirklich, Craig, Sie haben sich Ihr Gehalt verdient. Ich bin aufrichtig froh, daß Sie wieder zurückgehen. Ich sehe schon, Sie werden bald unser produktivster Mitarbeiter auf diesem Schauplatz sein. Wann fliegen Sie zurück?«

»Ich bin nur nach New York gekommen, um einen Scheck abzuholen.«

Pickering lachte in seiner herzlichen Art. »Das war ein Wink mit dem Zaunpfahl – mich schaudert bei dem Gedanken an eine direkte Forderung von Ihnen.« Er bezahlte die Rechnung und stand auf. »Unser Firmenanwalt wartet schon. Erst verschreiben Sie sich uns mit Leib und Seele, und dann gebe ich Ihnen die Zeichnungsberechtigung über eine Summe von fünf Millionen Dollar.«

Das Innere von Pickerings Limousine war kühl und still.

»Wie denken Sie über Sally-Anne Jays Schlußfolgerungen hinsichtlich des Anführers dieser Wildererbande?« fragte Pickering.

»Nach dem Stand der Dinge kommt wohl nur der eine als Wildererboß und vielleicht sogar als Anführer der Rebellen in Frage.«

Pickering schwieg einen Augenblick. Dann sagte er: »Und was halten Sie von General Fungaberas Widerwillen einzugreifen?«

»Er ist ein umsichtiger Mann und ein Afrikaner. Er will nichts überstürzen. Er wird alles gründlich überlegen und vorsichtig seine Netze auswerfen, aber wenn er dann handelt, werden wir wahrscheinlich alle überrascht sein, wie rasch und entschlossen er vorgeht.«

»Ich möchte, daß Sie General Fungabera in jeder Hinsicht unterstützen. Bitte arbeiten Sie mit ihm zusammen, Craig.«

»Sie wissen, Tungata war mein Freund.«
»Loyalitätskonflikte?«
»Nein, ich glaube nicht – nicht, wenn er schuldig ist.«
»Gut! Mein Aufsichtsrat ist mit Ihren bisherigen Leistungen sehr zufrieden. Ich bin befugt, Ihr Jahresgehalt auf sechzigtausend Dollar zu erhöhen.«
»Wie reizend«, sagte Craig grinsend. »Das ist mir eine große Hilfe bei der Zahlung der Zinsen für fünf Millionen Dollar.«

Es war noch hell, als Craig an der Hafeneinfahrt aus dem Taxi stieg. Als er über die Gangway schritt, geriet die Jacht unter seinem Gewicht leicht ins Schaukeln, und eine Gestalt trat aus der Kabine.
»Ashe!« Craig war überrascht. »Ashe Levy, die Märchenfee aller abgekämpften Autoren.«
»Alter Junge.« Levy kam ihm mit den unsicheren Schritten einer Landratte über das Deck entgegen. »Ich konnte nicht warten, ich mußte einfach sofort zu dir kommen.«
»Wie rührend«, sagte Craig in ätzend sarkastischem Tonfall. »Immer wenn ich keine Hilfe brauche, kommst du angerannt.«
Levy legte Craig die Hände auf die Schultern. »Ich habe es gelesen. Dann habe ich es noch einmal gelesen – und in meinen Safe eingeschlossen.« Er senkte die Stimme. »Es ist phantastisch.«
Craig hielt eine weitere Stichelei zurück und suchte in Levys Gesicht nach einem Anzeichen von Heuchelei. Statt dessen bemerkte er, daß Levys Augen hinter der Goldrandbrille feucht von Tränen der Rührung waren.
»Es ist das Beste, was du je geschrieben hast, Craig.«
»Es sind doch erst drei Kapitel.«
»Aber die sind mir unter die Haut gegangen.«
»Sie müssen noch ausgefeilt werden.«
»Ich habe schon an dir gezweifelt, Craig. Das gebe ich zu. Ich dachte schon, du würdest kein zweites Buch mehr fertigbringen, und nun dies – es ist so gut, daß man es in Worten nicht ausdrükken kann. Ich bin die letzten drei Stunden hier gesessen und bin es in Gedanken noch einmal durchgegangen, und ich stelle fest, daß ich einige Passagen bereits auswendig hersagen könnte.«

Craig beobachtete ihn genau. Die Tränen konnten auch eine Reaktion auf das Spiegeln der Wasseroberfläche sein. Levy nahm die Brille ab und putzte sich geräuschvoll die Nase. Die Tränen waren echt, doch Craig konnte es noch immer nicht glauben, und es gab nur eine Möglichkeit, sich Gewißheit zu verschaffen. »Kannst du mir einen Vorschuß darauf geben, Ashe?« Im Augenblick brauchte er zwar kein Geld, aber er wollte eine letzte Sicherheit.

»Wieviel brauchst du, Craig? Zweihunderttausend?«

»Es gefällt dir also wirklich?« Craig seufzte erleichtert. »Darauf müssen wir anstoßen, Ashe.«

»Das genügt nicht«, sagte Levy. »Wir müssen es richtig begießen.«

Auf Jock Daniels' Gebrauchtwagenplatz, der hinter der Auktionshalle lag, fand Craig einen alten Landrover. Er konnte den Preis um tausend Dollar herunterhandeln, womit der Wagen noch immer schändlich überbezahlt war, aber er hatte es eilig.

Er belud den Landrover mit all den Sachen, die er nach dem Verkauf seiner Jacht mitgenommen hatte: einem Handkoffer voll Kleidung, einem Dutzend seiner Lieblingsbücher und, als schwerstem Gepäckstück, dem messingbeschlagenen Lederkoffer, der die Familientagebücher enthielt. Diese Tagebücher waren sein ganzes Erbe, alles, was ihm Bawu hinterlassen hatte. Sein Millionenvermögen einschließlich der Rholands-Aktien hatte der alte Mann seinem ältesten Sohn Douglas, Craigs Onkel, vererbt, der dann alles verkaufte und nach Australien auswanderte. Doch diese alten, arg mitgenommenen, handgeschriebenen Texte, in Leder gebunden, waren für Craig sehr viel wertvoller gewesen. Die Lektüre hatte Craig den Sinn für Geschichte und Stolz auf seine Vorfahren eingegeben, was ihm wiederum genügend Selbstvertrauen und Urteilskraft verlieh, um sich hinzusetzen und das Buch zu schreiben, das ihm all das gebracht hatte: Erfolg, Ruhm und Vermögen. Ja, selbst Rholands war ihm durch diesen Koffer voll alter Schriften zurückgegeben worden.

Er überlegte, wie viele tausend Male er die Straße nach King's Lynn wohl schon gefahren war – aber nie so wie diesmal, nie als

Besitzer. Am Fuß des Hügels vor dem Herrenhaus kam ihm eine lange, dünne Gestalt auf der Straße entgegen. Der Mann trug eine schmierige, ungewaschene Decke über den Schultern und ein kurzes Lendentuch. Seine Füße steckten in Sandalen, die aus alten Autoreifen herausgeschnitten waren, und seine Ohrringe bestanden aus Plastikstöpseln von Essigflaschen, die mit bunten Glasperlen verziert und so schwer waren, daß sie seine Ohrläppchen zu ihrer dreifachen Länge ausdehnten. Er trieb eine kleine Herde gefleckter Ziegen vor sich her.

»Ich grüße dich, älterer Bruder«, sprach Craig ihn an, und der alte Mann zeigte die Lücke in seinen gelben Zähnen, als er über die höfliche Begrüßung grinste und Craig wiedererkannte.

»Ich grüße dich, Nkosi.« Es war derselbe alte Mann, den Craig das letztemal bei den Nebengebäuden von King's Lynn getroffen hatte.

»Gibt es bald Regen?« fragte ihn Craig und reichte ihm eine Packung Zigaretten, die er zu diesem Zweck mitgebracht hatte. Sie verfielen in das gemächliche Frage- und Antwortspiel, das in Afrika jeder ernsthaften Besprechung vorausgeht.

»Wie heißt du, alter Mann?« Das war keine Bezeichnung seiner Altersschwäche, sondern ein Ausdruck der Hochachtung.

»Man nennt mich Shadrach.«

»Sag mir, Shadrach, sind deine Ziegen verkäuflich?« konnte Craig schließlich fragen, ohne für unerfahren zu gelten, und augenblicklich trat ein Ausdruck von Verschlagenheit in Shadrachs Augen.

»Es sind wunderschöne Ziegen«, sagte er. »Mich von ihnen zu trennen ist so, als würde ich mich von meinen eigenen Kindern trennen.«

Shadrach war der anerkannte Sprecher und Anführer der kleinen Gemeinde von Siedlern, die sich auf King's Lynn niedergelassen hatte. Craig stellte fest, daß er durch ihn mit den anderen verhandeln konnte, und war erleichtert. Das ersparte ihm viel Zeit und eine Menge Gefühlsausbrüche.

Trotzdem wollte er Shadrach weder um die Gelegenheit bringen, sein Verhandlungsgeschick zu zeigen, noch ihn beleidigen, indem er versuchte, die Verhandlungen voranzutreiben, und daher zogen sich diese über die nächsten beiden Tage hin; währenddessen deckte Craig das Dach des alten Gästehauses mit einem Stück schwerer Zeltleinwand, ersetzte die demontierte Pumpe am Brunnen durch eine dieselbetriebene Lister und stellte im leeren Schlafzimmer des Hauses sein neues Feldbett auf.

Am dritten Tag konnte man sich auf einen Preis einigen, und Craig war plötzlich Besitzer von fast zweitausend Ziegen. Er bezahlte in bar, indem er jedem die Banknoten und Geldmünzen einzeln in die Hand zählte, um Streitigkeiten vorzubeugen; dann verlud er sein meckerndes Eigentum auf vier gemietete Lastwagen und schickte sie auf den Schlachthof von Bulawayo, wodurch er den Markt überschwemmte und eine Preissenkung von fünfzig Prozent verursachte, was ihm einen Nettoverlust von etwas mehr als zehntausend Dollar einbrachte.

»Ein großartiger Geschäftsbeginn«, grinste er und ließ Shadrach zu sich kommen. »Sag mir, alter Mann, verstehst du etwas von Rindern?« – was etwa so war, als würde man einen Polynesier fragen, ob er etwas von Fisch versteht, oder einen Schweizer, ob er jemals Schnee gesehen habe.

Shadrach richtete sich empört auf. »Als ich so groß war«, sagte er streng und wies auf eine Stelle unterhalb seines rechten Knies, »trank ich die warme Milch direkt aus dem Euter. Mit dieser Größe«, er deutete etwa die Höhe seiner Knie an, »habe ich ganz allein eine zweihundertköpfige Herde beaufsichtigt. Ich habe mit eigenen Händen Kälber zur Welt gebracht, die im Bauch ihrer Mutter festsaßen; ich trug sie auf den Schultern durch den Fluß, wenn er Hochwasser führte. Als ich *so* groß war, habe ich mit dem Assagai eine Löwin getötet, die meine Herde angriff –«

Geduldig hörte sich Craig die ganze Geschichte an, bis Shadrach bei Schulterhöhe angekommen war und schloß: »Und du wagst es, mich zu fragen, ob ich etwas von Rindern verstehe!«

»Auf diesen Weiden werden bald Kühe grasen, die so glatt und schön sind, daß dir bei ihrem Anblick Tränen die Sicht trüben werden. Ich werde Bullen haben, deren Fell wie Wasser in der Sonne glänzt, deren Buckel wie Berge auf ihren Rücken wachsen und deren schwere, fette Wammen die Erde streifen wie Gewitterstürme, die den Staub vom trockenen Land aufwirbeln.«

»Hau!« sagte Shadrach, um seiner Verwunderung über Craigs Gefühlsausbruch Ausdruck zu geben.

»Ich brauche einen Mann, der Erfahrung mit Rindern hat – und Männer«, erklärte ihm Craig.

Shadrach besorgte ihm die Männer. Er wählte zwanzig kräftige und gutwillige Männer aus, nicht mehr so jung, daß sie unerfahren und leichtsinnig waren, und noch nicht so alt, daß sie keine Kraft mehr hatten. »Die anderen«, sagte er verächtlich, »sind Produkte der Vereinigung von Affen und Mashonaviehdieben. Ich habe sie von unserem Land gewiesen.«

Craig lächelte über den besitzanzeigenden Plural, aber gleichzeitig beeindruckte ihn die Tatsache, daß die Männer gehorchten, wenn Shadrach befahl.

Dieser versammelte seine Rekruten vor den provisorisch renovierten Koppeln und hielt ihnen eine traditionelle Giya, die aufpeitschende Ansprache, mit der die alten Matabelehäuptlinge ihre Krieger am Abend vor dem Kampf präpariert hatten.

»Ihr kennt mich!« brüllte er. »Ihr wißt, meine Ururgroßmutter war die Tochter des alten Königs Lobengula, ›dem, der so schnell ist wie der Wind‹.«

»Eh – he!« Sie gaben sich dem Geist dieser Ansprache hin.

»Ihr wißt, ich bin ein Prinz von königlichem Blut, und in einer besseren Welt wäre ich rechtmäßiger Häuptling von tausend Männern, mit Federn vom Witwenvogel im Haar und Ochsenschwänzen auf meinem Schild.«

»Eh – he!«

Craig beobachtete die Gesichter und sah, daß die Leute mit wahrer Hochachtung zu dem alten Mann aufsahen, und er war mit seiner Wahl sehr zufrieden.

»Wohlan!« rief Shadrach. »Dank der Weisheit und dem Weitblick des jungen Nkosi hier bin ich nun wirklich ein Häuptling geworden. Ich bin der Häuptling von King's Lynn« – er sagte: »Kingi Lingi« –, »und ihr seid meine Amadoda, meine auserwählten Krieger.«

»Eh – he!« stimmten sie zu und stampften dabei im Takt mit den bloßen Füßen auf den Boden.

»Und nun seht diesen weißen Mann. Ihr mögt ihn für jung und

unerfahren halten – aber ihr müßt wissen, er ist der Enkel von Bawu und der Urenkel von Taka-Taka.«

»Hau!« stießen Shadrachs Krieger hervor, als diese beiden Namen genannt wurden. Bawu hatten sie höchstpersönlich gekannt, Sir Ralph Ballantyne nur als Legende: Taka-Taka war der onomatopoetische Name, den die Matabele Sir Ralph nach dem Klang seines Maschinengewehres gegeben hatten, das der alte Freibeuter während des Matabelekrieges und des Aufstandes mit durchschlagendem Erfolg zum Einsatz gebracht hatte. Nun betrachteten sie Craig mit anderen Augen.

»Ja«, drängte sie Shadrach, »seht ihn euch ruhig an. Er ist ein Krieger, der im Buschkrieg schwer verwundet wurde. Er hat Hunderte feige, frauenschändende Mashona getötet«, Craig überhörte die dichterische Freiheit, die sich Shadrach erlaubte, »ja, er hat sogar ein paar von den mutigen, beherzten Matabelekriegern der ZIPRA getötet. Ihr seht in ihm also einen Mann – und keinen Knaben.«

»Eh – he!« Sie zeigten keinerlei Groll über Craigs angebliche Jagd auf ihre Brüder.

»Außerdem sollt ihr wissen, daß er gekommen ist, um aus euch ziegenhütenden Weibern wieder stolze Viehzüchter zu machen, denn«, Shadrach hielt der Spannung wegen inne, »auf diesen Weiden werden bald Kühe grasen, die so glatt und schön sind, daß euch bei ihrem Anblick –«

Craig fiel auf, daß Shadrach seine Worte lückenlos zitieren konnte, was auf sein hervorragendes Gedächtnis schließen ließ. Nachdem er seine Rede mit einem hohen Luftsprung und einer weitausholenden Geste mit dem Stock geschlossen hatte, applaudierten alle stürmisch und richteten ihre Blicke erwartungsvoll auf Craig.

Verdammt schwer, ihm das nachzumachen, dachte Craig, als er sich vor ihnen aufbaute. Er sprach mit ruhiger Stimme in weichem, melodischem Sindebele. »Das Vieh wird bald hier sein, und vorher gibt es noch eine Menge Arbeit. Ihr wißt, wieviel Lohn die Regierung für Landarbeiter festgesetzt hat. Genau das werde ich bezahlen und jeden von euch samt Familie mit Lebensmitteln versorgen.« Diese Worte wurden ohne große Begeisterung hingenommen. »Und außerdem«, Craig hielt inne, »bekommt ihr für jedes volle Dienstjahr eine schöne junge Kuh und das Recht, sie auf den Weiden von Kingi Lingi grasen zu lassen, und weiter das Recht, sie zu meinen großen Bullen zu führen, damit sie euch wunderschöne Kälber zur Welt bringt.«

»Eh – he!« brüllten sie und trampelten vor Freude, bis Craig schließlich die Hände hob.

»Einige von euch könnten in Versuchung kommen, etwas zu mausen, was mir gehört, oder den Tag unter einem schattigen Baum zu verbringen anstatt Zäune auszubessern oder das Vieh zu hüten.« Er blickte sie so durchdringend an, daß ihnen gar nicht mehr wohl war. »Nun verbietet diese kluge Regierung einem Mann, einen anderen mit seinem Fuß zu treten – aber seht euch vor, ich kann euch treten, ohne meinen eigenen Fuß zu gebrauchen.« Er bückte sich, schnallte mit einem einzigen Griff die Beinprothese ab und stand nun mit dem Bein in der Hand vor ihnen.

Sie starrten ihn fassungslos an.

»Wie ihr seht, ist das nicht mein eigener Fuß!« Ihre Gesichter wurden so fahl, als wären sie eben Zeugen einer schrecklichen Zauberei geworden. Sie begannen nervös mit den Füßen zu scharren und sahen sich nach einer Fluchtmöglichkeit um.

»Also«, rief Craig, »kann ich, ohne das Gesetz zu brechen, treten, wen ich will.« Er tat zwei rasche Sprünge und nützte den Schwung, um die Stiefelspitze seiner Beinprothese in das Hinterteil des nächsten Kriegers sausen zu lassen.

Das bestürzte Schweigen hielt noch einen Augenblick an, dann gewann ihr Sinn für das Lächerliche die Oberhand. Sie lachten, bis ihnen die Tränen über die Wangen liefen. Sie umringten den Unglücklichen, dessen Hinterteil die Zielscheibe von Craigs Scherz gewesen war, neckten und verspotteten ihn und brüllten vor Lachen. Shadrach warf all seine königliche Würde ab, fiel in den Staub und wälzte sich, von Lachkrämpfen geschüttelt, hilflos am Boden.

Craig betrachtete sie liebevoll. Nun waren sie seine Leute, seine Mannschaft. Gewiß gab es auch Lumpen unter ihnen. Diese würde er noch aussondern müssen. Gewiß würden auch die Guten nach afrikanischer Art manchmal bewußt seine Wachsamkeit und seine Geduld auf eine harte Probe stellen, aber mit der Zeit würden sie zu einer großen Familie zusammenwachsen, und er wußte, daß sie ihm unentbehrlich werden würden.

Am wichtigsten waren jetzt die Zäune. Sie befanden sich in einem äußerst desolaten Zustand: Ein Großteil des Stacheldrahtes fehlte ganz; so gut wie sicher war er gestohlen worden. Craig erfuhr den Grund, als er versuchte, Stacheldraht zu besorgen. In Matabeleland gab es keinen Stacheldraht zu kaufen. Dieser Region waren keine Importgenehmigungen für Stacheldraht erteilt worden.

»Das sind die besonderen Freuden der Viehzüchter im schwarzen Simbabwe«, erklärte ihm der Leiter der Viehzüchtergenossenschaft in Bulawayo. »Die Einfuhrgenehmigung für Süßigkeiten und Milchschokolade um eine Million Dollar ist leichter zu beschaffen als die Einfuhrgenehmigung für Stacheldraht.«

»Um Gottes willen.« Craig war verzweifelt. »Ich muß unbedingt Zäune aufstellen. Ohne Zäune kann ich kein Vieh züchten. Wann erhalten Sie die nächste Lieferung?«

»Das entscheidet irgendein kleiner Beamter im Handelsministerium in Harare«, bedauerte der Genossenschaftsleiter, und Craig ging niedergeschlagen zu seinem Landrover zurück, als ihm plötzlich etwas einfiel.

»Darf ich Ihr Telefon benützen?« fragte er den Verwalter. Er wählte die Privatnummer von Fungabera, und nachdem er seinen Namen genannt hatte, stellte die Sekretärin sofort durch. »Peter, wir haben ein großes Problem.«

»Wie kann ich Ihnen helfen?«

Craig erklärte ihm die Lage, und Fungabera machte sich Notizen. »Wieviel brauchen Sie?«

»Mindestens zwölfhundert Ballen.«

»Ist sonst noch was?«

»Im Augenblick nicht – o ja, verzeihen Sie, daß ich Sie damit belästige, Peter, aber ich versuche schon seit langam, Sally-Anne zu erreichen. Sie hebt weder das Telefon ab, noch antwortet sie auf Telegramme.«

»Rufen Sie mich in zehn Minuten zurück«, befahl Fungabera, und als Craig wieder anrief, erklärte er: »Sally-Anne ist nicht im Land. Offensichtlich ist sie mit der Cessna nach Kenia geflogen. Sie befindet sich an einem Ort namens Kitchwa Tembu in der Massai-Mara-Ebene.«

»Wissen Sie, wann sie zurückkommt?«

»Nein, aber sobald sie wieder im Land ist, werde ich es Sie wissen lassen.«

Craig war beeindruckt von Fungaberas Einflußbereich, der es ihm gestattete, eine Person sogar außerhalb von Simbabwe zu überwachen. Offenbar stand Sally-Anne auf einer Liste für Sonderüberwachung, und dabei fiel ihm ein, daß er wahrscheinlich auf derselben Liste stand.

Natürlich wußte er, aus welchem Grund sich Sally-Anne in Kitchwa Tembu aufhielt. Craig hatte dieses außergewöhnliche Safaricamp in der Maraebene auf Einladung der Eigentümer Geoff und Jorie Kent vor zwei Jahren selbst besucht. Jetzt war genau die Zeit, in der die Kühe der riesigen Büffelherden in der Umgebung des Camps zu kalben begannen, und die Kämpfe zwischen den Mutterkühen und den Raubtieren auf der Jagd nach neugeborenen Kälbern gehörte zu den großartigsten Schauspielen im afrikanischen Busch. Und Sally-Anne war mit ihrer Kamera dabei.

Auf dem Rückweg nach King's Lynn hielt Craig beim Postamt an und schickte ihr durch Abercrombie und Kents Büro in Nairobi ein Telegramm: »Bringen Sie Tips für Sambesi Waters mit. Stop. Ist die Jagd noch im Gang? Gruß, Craig.«

Drei Tage später kroch ein Lastwagenkonvoi die Hügel zu King's Lynn hinauf; Soldaten der Dritten Brigade luden zwölfhundert Ballen Stacheldraht ab und brachten sie in den ungedeckten Geräteschuppen.

»Haben Sie die Rechnung dabei?« fragte Craig den diensthabenden Sergeant. »Oder einen Lieferschein?«

»Davon weiß ich nichts«, antwortete er. »Ich weiß nur, daß ich den Befehl habe, das hierherzubringen – und das habe ich getan.«

Craig sah die leeren Lastwagen den Hügel hinunterfahren und hatte ein komisches Gefühl im Magen. Er fürchtete, daß er nie eine Rechnung zu Gesicht bekommen würde. Er wußte auch, das war Afrika, und er wagte nicht, über die Folgen nachzudenken, wenn er sich Peter Fungabera in die Hand gab.

Fünf Tage lang arbeitete er mit nacktem Oberkörper und dikken Lederhandschuhen zusammen mit seiner Matabelemannschaft; er setzte sein ganzes Gewicht beim Spannen des Stacheldrahtes ein und sang mit seinen Männern die Arbeitslieder – aber die ganze Zeit über hatte er dieses komische Gefühl im Magen, und schließlich konnte er es nicht mehr länger ertragen.

Es gab noch immer kein Telefon, also fuhr er nach Bulawayo. Er erreichte Fungabera im Parlament.

»Aber mein lieber Craig, Sie machen viel Lärm um nichts. Der Generalquartiermeister hat mir den Stacheldraht noch nicht verrechnet. Aber wenn es Sie beruhigt, dann schicken Sie mir einen Scheck, und ich werde veranlassen, daß die Angelegenheit sofort geregelt wird. Ach, Craig, schicken Sie bitte einen Barscheck, ja?«

In den nächsten Wochen entdeckte Craig die Fähigkeit, mit weit weniger Schlaf auszukommen, als er es je für möglich gehalten hätte. Er stand jeden Morgen um halb fünf Uhr auf und scheuchte seine Matabelemannschaft aus ihren Hütten. Mittags suchte er den Schatten einer Akazie und hielt wie alle anderen Siesta. Dann arbeitete er den ganzen Nachmittag frisch drauflos, bis die Eisenbahnglocke, die am Ast eines Jakarandabaums neben dem Herrenhaus hing, den Feierabend einläutete und der Ruf: »Shayile! Die Glocke hat geschlagen!« von Abteilung zu Abteilung weitergegeben wurde und alle den Hügel hinaufzogen.

Dann wusch sich Craig im Betonsammelbecken hinter dem Cottage den Schweiß und Staub ab, verschlang hastig das Abendessen und saß, sobald es dunkel wurde, im grellen weißen Licht einer Glaslampe mit einem Blatt Papier vor sich und einem Kugelschreiber in der Hand an dem billigen Holztisch im Cottage und gab sich ganz seinen Plänen und Vorstellungen hin.

Die Sonne bräunte seine Haut und bleichte sein Haar, die schwere körperliche Arbeit härtete seine Muskeln und machte seinen Beinstumpf so fest, daß er sich den ganzen Tag über ohne Mühe auf den Beinen halten konnte. Die Zeit erschien ihm so knapp, daß er sich kaum etwas Anständiges zum Essen kochte, und die Whiskyflasche blieb verschlossen in seiner Reisetasche liegen; er wurde mager und sein Gesicht immer kantiger.

Eines Abends parkte er den Landrover unter den Jakarandabäumen und wollte gerade zum Cottage fahren, als er stehenblieb. Der Duft von gebratenem Beefsteak und Kartoffeln stieg ihm in die Nase. Craig lief das Wasser im Mund zusammen, und plötzlich merkte er, wie hungrig er war, und eilte weiter.

Vor dem Holzfeuer in der winzigen, provisorischen Küche stand eine hagere Gestalt. Ihr Haar war so weich und weiß wie Baumwolle, und als Craig eintrat, sah sie vorwurfsvoll auf. »Warum hast du mich nicht holen lassen?« fragte sie in Sindebele. »Auf Kingi Lingi kocht niemand außer mir.«

»Joseph!« rief Craig und umarmte ihn stürmisch.

Der alte Mann war dreißig Jahre lang Bawus Koch gewesen. Er verstand es, ein feierliches Bankett für fünfzig Gäste auszurichten, aber auch auf einem Lagerfeuer im Busch eine Jägermahlzeit zu kochen.

Leicht indigniert über den Verstoß gegen die Etikette befreite sich Joseph aus Craigs Umarmung. »Nkosana«, Joseph gebrauchte noch immer die Verkleinerungsform, »deine Kleider waren schmutzig, und dein Bett war nicht gemacht«, tadelte er Craig streng. »Wir hatten den ganzen Tag zu tun, um hier wieder Ordnung zu schaffen.«

Erst jetzt bemerkte Craig den anderen Mann in der Küche.

»Kapa-lala«, lachte er erfreut, und der Hausboy grinste und nickte vergnügt. Er arbeitete gerade mit dem schweren, schwarzen, gußeisernen Bügeleisen voll glühender Kohle. Craigs Kleidung und die Bettwäsche waren frisch gewaschen und glatt gebügelt. Die Wände des Cottage waren gereinigt und der Boden auf Hochglanz poliert worden. Selbst die Messinghähne über dem Waschbecken blitzten wie die Knöpfe an einer Matrosenuniform.

»Ich habe eine Liste der Dinge gemacht, die wir brauchen«, erklärte Joseph. »Fürs erste werden wir damit durchkommen, aber es ist unpassend, daß du hier in dieser elenden Hütte wohnst. Nkosi Bawu, dein Großvater, hätte das mißbilligt.« Er hatte einen ausgeprägten Sinn für Stil. »Aus diesem Grund habe ich dem Onkel meiner älteren Frau, der Dachdeckermeister ist, eine Nachricht geschickt und ihm befohlen, seinen ältesten Sohn, der Maurer ist, und seinen Neffen, der Tischler ist, mitzubringen. Sie werden morgen kommen, um die Schäden zu reparieren, die diese Hunde im großen Haus angerichtet haben. Was den Garten betrifft, da kenne ich einen Mann –« Und er zählte an den Fingern ab, was er für notwendig hielt, um die Ordnung auf King's Lynn wieder einigermaßen herzustellen. »Auf diese Weise wird es uns möglich sein, dreißig bedeutende Gäste zum Weihnachtsessen einzuladen, wie wir es früher zu tun pflegten. Und nun, Nkosana, geh und wasch dich. Das Abendessen ist in fünfzehn Minuten fertig.«

Als die Hauptweiden eingezäunt waren und Craig die Restaurierungsarbeiten am Herrenhaus und den Nebengebäuden in guten Händen wußte, konnte er sich schließlich daranmachen, das Vieh einzukaufen. Er rief Shadrach und Joseph zu sich und stellte King's Lynn während seiner Abwesenheit unter ihre Aufsicht. Sie nahmen den Auftrag würdevoll entgegen. Dann fuhr Craig zum Flughafen, stellte den Landrover in der Tiefgarage ab und bestieg eine Linienmaschine nach dem Süden.

Drei Wochen bereiste er die großen Rinderfarmen im nördlichen Transvaal, jener Provinz Südafrikas, deren klimatische Bedingungen denen von Matabeleland am meisten ähnelten. Der Ankauf von Zuchtrindern war kein Geschäft, das man rasch erledigen konnte. Jedem Vertragsabschluß gingen tagelange Diskussionen mit dem Verkäufer und eine sorgfältige Untersuchung der Tiere voraus; inzwischen genoß Craig die traditionelle Gastfreundschaft der afrikanischen Landbevölkerung. Seine Gastgeber waren Männer, deren Vorfahren auf Ochsenkarren vom Kap der Guten Hoffnung nach Norden gezogen waren und sich ihr Leben lang nur der Viehzucht gewidmet hatten.

Craig kaufte junge Kühe, die künstlich besamt worden und trächtig waren. Er kaufte Zuchtbullen mit ausgezeichneten Stammbäumen und kämpfte sich durch amtliche Papiere und offizielle Inspektionen, Impfungen, Quarantäne und Versicherungsverträge, die notwendig waren, um die Genehmigung zu erhalten, mit dem Vieh eine Staatsgrenze zu überschreiten. Inzwischen verhandelte er mit Unternehmern, die auf die Beförderung von wertvollen Zuchtrindern spezialisiert waren, über den Transport nach King's Lynn.

Er hatte fast zwei Millionen Dollar ausgegeben, bevor er nach King's Lynn zurückflog, um die letzten Vorbereitungen für die Ankunft seiner Rinder zu treffen. Die Lieferungen würden gestaffelt über einen Zeitraum von mehreren Monaten erfolgen, so daß jede Sendung ordentlich übernommen und eingewöhnt werden konnte, bevor der nächste Schub ankam.

Die erste Lieferung bestand aus vier jungen Bullen, die genau im richtigen Alter waren. Craig hatte für jeden von ihnen fünfzehntausend Dollar bezahlt. Fungabera war entschlossen, aus ihrer Ankunft ein bedeutendes gesellschaftliches Ereignis zu machen. Er überredete zwei seiner Ministerkollegen, den Empfangsfeierlichkeiten beizuwohnen, obwohl weder der Premierminister noch der Minister für Tourismus, Genosse Tungata Zebiwe, an diesem Tag verfügbar waren.

Craig mietete ein großes Zelt, und Joseph bereitete glücklich und geschäftig eines seiner legendären Staatsbankette vor. Die zwei Millionen Dollar, die Craig bereits ausgegeben hatte, lagen ihm derart im Magen, daß er beim Champagner sparte, indem er den billigen Sekt vom Kap der Guten Hoffnung bestellte.

Die Minister kamen, begleitet von schwerbewaffneten Leibwächtern, in einer langen Kolonne von schwarzen Mercedessen angefahren. Fungabera traf als letzter ein. Er trug Galauniform; sein Chauffeur war ein junger Hauptmann der Dritten Brigade, den Craig schon öfter gesehen hatte. Diesmal stellte Fungabera ihn vor. »Captain Timon Nbebi.«

Er war so mager, daß er fast zerbrechlich wirkte. Die Augen hinter der randlosen Brille schauten allzu offen, und sein Händedruck war flüchtig und nervös. Craig hätte gerne mit ihm gesprochen, aber in diesem Augenblick quälte sich schon der Lastwagen mit den Bullen den Hügel hinauf.

In einer Wolke aus feinem, rotem Staub hielt der Lastwagen

direkt vor dem mit einem Lattenzaun umgebenen Areal, das Craig für die Ankunft der Bullen hatte vorbereiten lassen. Die Laufplanke wurde heruntergelassen, aber bevor man die hintere Klappe öffnen konnte, stieg Fungabera auf das Podium und wandte sich an die Gesellschaft.

»Mr. Craig Mellow ist ein Mann, der als internationaler Bestsellerautor in jedem Land der Erde hochwillkommen gewesen wäre. Aber er zog es vor, nach Simbabwe zurückzukehren, und hat damit aller Welt bewiesen, daß dies hier ein Land ist, wo Menschen jeder Hautfarbe und jeder Rasse – schwarz oder weiß, Mashona oder Matabele – ungestört und in Frieden, im Schutze einer gerechten Gesetzgebung leben und arbeiten können.« Nach der politischen Propaganda erlaubte sich Fungabera einen kleinen Scherz. »Und nun begrüßen wir diese neuen Einwanderer in unserer Mitte, in der Gewißheit, daß sie die Väter von edlen Söhnen und Töchtern sein und zum Wohlstand unseres geliebten Simbabwe wesentlich beitragen werden.«

Fungabera begann zu applaudieren, als Craig die hintere Wagenplane öffnete und der erste neue Einwanderer blinzelnd in der Sonne auftauchte. Es war ein prächtiges Tier – mehr als eine Tonne schwellender Muskeln unter glänzendem, rotbraunem Fell. Der Bulle hatte eine sechzehnstündige Fahrt in einem schwankenden, lauten Lastwagen hinter sich. Die Wirkung der üblichen Beruhigungsmittel hatte nachgelassen, und nun hatte er einen Katzenjammer und einen grimmigen Widerwillen gegen die ganze Welt. Er schaute auf die applaudierende Menschenmenge und die wirbelnden Farben in den Nationaltrachten der Frauen hinunter, und er fand dies alles eine willkommene Gelegenheit, seinen Ärger und seine Frustration abzureagieren. Er ließ ein langgezogenes, wildes Brüllen hören und stürzte mit seinen Führern im Schlepptau wie eine Lawine die Laufplanke hinunter.

Die Führer ließen den Bullen los, der Lattenzaun brach unter seinem Gewicht zusammen, und die Ministergesellschaft wandte sich zur Flucht. Sie stoben auseinander wie ein Schwarm Sardinen vor dem Angriff eines hungrigen Barracuda. Hohe Regierungsbeamte liefen mit ihren Frauen um die Wette in den Schutz der Jakarandabäume; die auf dem Rücken der Frauen festgebundenen Kinder kreischten ebenso laut wie ihre Mütter.

Der Bulle galoppierte mit hoher Geschwindigkeit in das Innere des Zeltes und riß mit seinen wuchtigen Schultern die Halteseile ein, so daß das Zelt wie eine Wolke aus Leinwand zusammenbrach und eine Horde in Panik geratener Festgäste unter sich begrub. Er tauchte genau in dem Augenblick an der Schmalseite des zusammengefallenen Zeltes auf, als ihm laut schreiend eine der jüngsten Ministerfrauen über den Weg lief. Er wandte sich ihr zu, und eines seiner langen, geschwungenen Hörner verfing sich im flatternden Stoff ihres Kleides. Der Bulle warf den Kopf hoch, und der grellbunte Stoff wickelte sich vom Körper des Mädchens wie der Bindfaden von einem Kinderkreisel. Sie wirbelte unwillkürlich herum, wie in einer Pirouette, fand rasch wieder das Gleichgewicht und rannte halbnackt den Hügel hinauf.

Das grellbunte Kleid hatte sich um den Kopf des Bullen gewickelt. Er schwang den riesigen Kopf hin und her, so daß das Kleid wie ein Kampfbanner bei starkem Wind flatterte, und bekam eines seiner grimmigen kleinen Augen frei – sein Blick fiel auf den ehrenwerten Unterrichtsminister, der soeben als letzter umständlich das Weite suchte.

Der Minister hatte das Gewicht zu schleppen, das einem Mann in seiner Position zustand. Der Bauch unter der Weste wackelte bedenklich. Sein Gesicht war aschfahl, und in seiner Angst schrie er mit schriller, hoher Stimme: »Erschießt ihn! Erschießt das Biest!«

Die Leibwächter überhörten den Befehl. Sie liefen etwa fünfzig Schritte vor ihm, und der Abstand vergrößerte sich zusehends.

Craig mußte von seinem Standpunkt auf dem Lastwagen hilflos zusehen, wie der Bulle den Kopf senkte und hinter dem fliehenden Minister herstürmte. Staub wirbelte unter seinen Hufen auf, und er brüllte wieder. Dieser schreckliche Laut knapp hinter seinem Rücken schien die Körperkräfte des ehrenwerten Ministers zu verdoppeln, er schnellte vorwärts und erwies sich dann als weit besserer Kletterer als Läufer. Wie ein Eichhörnchen erklomm er den Stamm des erstbesten Jakarandabaums und saß dann direkt über dem Bullen ziemlich unsicher auf den untersten Ästen.

Der Bulle starrte zu der kauernden Gestalt hinauf, brüllte grimmig vor Enttäuschung, scharrte mit den Vorderhufen und durchbohrte mit wilden Schwüngen seiner fürchterlichen, weißen Hörner die Luft.

»Tut doch etwas!« kreischte der Minister. »Schafft ihn fort!«

Die Leibwächter blickten über die Schulter zurück, und als sie die ausweglose Situation erkannten, nahmen sie ihren ganzen Mut zusammen. Sie blieben stehen, nahmen ihre Maschinenpistolen von den Schultern und näherten sich vorsichtig dem Bullen und seinem Opfer.

»Nein!« schrie Craig, als sie ihre Waffen entsicherten. »Nicht schießen!« Er war sicher, daß ein solcher Fall von seiner Versicherung nicht gedeckt war, und ganz abgesehen von den fünfzehntausend Dollar würde eine Salve auch das Gebiet hinter dem Bullen treffen, also das Zelt mit denen, die darunter lagen, einzelne fliehende Frauen und Kinder und Craig selbst.

Einer der uniformierten Leibwächter hob die Maschinenpistole und zielte.

»Nein!« brüllte Craig noch eimmal und warf sich mit dem Gesicht nach unten auf den Boden des Anhängers. In diesem Augenblick trat eine hohe, hagere Gestalt zwischen den erhobenen Pistolenlauf und den großen Bullen.

»Shadrach!« flüsterte Craig dankbar, als der alte Mann gebieterisch den Lauf zur Seite stieß und sich dann dem Bullen zuwandte.

»Ich begrüße dich, Nkunzi Kakhulu! Großer Bulle!« begrüßte er ihn höflich.

Der Bulle schwenkte den Kopf in die Richtung, aus der die Stimme kam, und erwiderte Shadrachs Gruß deutlich. Er schnaubte und nickte drohend.

»Hau! Rinderfürst! Wie schön du bist!« Shadrach trat einen Schritt näher an diese gefährlichen, messerscharfen Hörner heran.

Der Bulle scharrte mit den Vorderhufen und stieß warnend

mit den Hörnern. Shadrach wich ihm aus, und der Bulle hielt inne.

»Was für ein edles Haupt!« schmeichelte er. »Deine Augen sind wie dunkle Monde!«

Der Bulle stieß mit den Hörnern nach ihm, aber sein Schwung ließ nach, und Shadrach antwortete ihm mit einem Schritt nach vorn. Das Geschrei der entsetzten Frauen und Kinder verstummte. Selbst die Zaghaftesten blieben nun stehen und drehten sich nach dem alten Mann und dem roten Biest um.

»Deine Hörner sind so scharf wie der spitze Assagai des großen Mzilikazi.« Shadrach ging weiter auf ihn zu, und der Bulle blinzelte unsicher und stierte ihn aus blutunterlaufenen Augen an.

»Dein Atem ist so heiß wie der Nordwind, mein unvergleichlicher König der Bullen.« Shadrach streckte langsam die Hand aus, und die anderen sahen ihm in atemloser Stille zu.

»Mein Liebling.« Shadrach berührte das glänzende, feuchte, schokoladebraune Maul, und der Bulle zuckte nervös zurück, dann drehte er den Kopf wieder her, um vorsichtig Shadrachs Finger zu beschnüffeln. »Mein süßer Liebling, Vater großer Bullen.« Sanft schob Shadrach seinen Zeigefinger in den schweren Nasenring aus Bronze und hielt den Kopf des Bullen fest. Dann beugte er sich vor, legte seinen Mund an die weit geöffneten, rosaumrandeten Nüstern und blies laut seinen Atem hinein. Der Bulle erschauerte, und Craig konnte deutlich sehen, wie sich die Muskelstränge an den Schultern entspannten. Shadrach richtete sich auf und marschierte mit dem Finger im Nasenring davon, und der Bulle trottete mit schwingender Wamme friedlich hinter ihm her. Im Publikum wurden vereinzelt erleichterte und erstaunte Rufe laut, die sofort verstummten, als sich Shadrach mit verächtlichen Blicken umsah.

»Nkosi!« rief er Craig zu. »Schaff diese schnatternden Mashonaaffen von unserem Land. Sie machen meinen Liebling nervös«, befahl er, und Craig hoffte inbrünstig, daß keiner seiner hochgestellten Gäste Sindebele verstand.

Craig staunte immer wieder über die beinahe mystischen Bande, die zwischen den Ngunivölkern und ihrem Vieh bestanden. Der Stolz und die Würde, die in der Einigkeit zwischen Mensch und Tier lagen, waren unübersehbar, als Shadrach den riesigen Bullen wegführte. Nicht sehr würdevoll gab sich hingegen der Unterrichtsminister, der noch immer wie eine Katze im Geäst des Jakarandabaums kauerte. Craig ging hin, um sich den dringenden Appellen seiner Leibwächter anzuschließen, die ihn dazu ermutigten, wieder vom Baum zu steigen.

Fungabera verabschiedete sich als letzter. Er ließ sich von Craig das Herrenhaus zeigen und sog anerkennend den süßen Duft des goldgelben Dachstrohes ein, das die Dachfläche schon halb bedeckte.

»Mein Großvater hat das ursprüngliche Strohdach während des Krieges durch Asbestplatten ersetzen lassen«, erklärte Craig. »Eure RPG-7-Granaten waren heiße kleine Dinger.«

»Ja«, gab Fungabera gelassen zu. »Wir haben einige hübsche Freudenfeuer damit veranstaltet.«

»Um ehrlich zu sein, ich bin dankbar für die Gelegenheit, die Gebäude zu renovieren. Ein Strohdach ist kühler und malerischer, außerdem mußten sowohl die elektrischen Leitungen als auch die Wasserrohre erneuert werden.«

»Ich muß Sie dazu beglückwünschen, was Sie in dieser kurzen Zeit alles vollbracht haben. Sie werden schon bald genauso großartig leben wie Ihre Vorfahren, seit sie sich dieses Landes bemächtigten.«

Craig sah ihn scharf an und suchte nach einem Anzeichen von Arglist, aber Fungaberas Lächeln war so unbekümmert und charmant wie immer.

»All diese Verbesserungen erhöhen den Wert des Besitzes«, meinte Craig. »Und Sie besitzen einen wesentlichen Anteil davon.«

»Ich weiß.« Fungabera legte Craig beschwichtigend die Hand auf den Arm. »Und Sie haben noch eine Menge Arbeit vor sich. Die Erschließung von Sambesi Waters. Wann werden Sie damit anfangen?«

»Ich bin schon fast soweit – sobald der Rest der Viehherde hier ist und Sally-Anne Zeit hat, die näheren Einzelheiten mit mir zu besprechen.«

»Oh«, sagte Fungabera, »dann können Sie sofort anfangen. Sally-Anne ist gestern am Flugplatz von Harare gelandet.«

Craig fühlte ein Prickeln der Vorfreude. »Ich werde heute abend in die Stadt fahren, um sie anzurufen.«

Fungabera schnalzte ärgerlich mit der Zunge. »Hat man Ihr Telefon noch immer nicht installiert? Ich werde veranlassen, daß das morgen geschieht. Inzwischen können Sie sich meines Funkgerätes bedienen.«

Der Telefontrupp kam schon am Vormittag des folgenden Tages, und eine Stunde später brummte Sally-Annes Cessna von Osten heran. Craig hatte einen qualmenden Topf voll brennendem alten Motorenöl und Lumpen aufgestellt, um den alten Landeplatz zu markieren und ihr die Windrichtung anzuzeigen, und sie landete problemlos und steuerte das Flugzeug zu der Stelle, wo er den Landrover geparkt hatte.

Als sie vom Cockpit aus zu Boden sprang, stellte Craig fest, daß er vergessen hatte, wie geschmeidig und kraftvoll sie sich bewegte und wie hübsch ihre Beine in einer engen Baumwollhose aussahen. Sie lächelte mit aufrichtiger Freude, und ihr Händedruck war herzlich und warm.

»Von oben sieht die Ranch sehr hübsch aus«, sagte sie.

»Ich zeige Ihnen alles«, schlug er ihr vor, und sie warf ihre Reisetasche auf den Hintersitz des Landrovers und schwang sich wie ein Junge in den Wagen.

Es war schon später Nachmittag, als sie zum Herrenhaus zurückkamen.

»Kapa-lala hat ein Zimmer für Sie hergerichtet und Joseph ein ausgezeichnetes Abendessen. Außerdem läuft der Generator, damit wir Licht haben, und der Heißwasserkessel kocht schon den ganzen Tag, damit Sie ein heißes Bad nehmen können – oder soll ich Sie zu einem Motel in der Stadt fahren?«

»Wir sollten Benzin sparen«, meinte sie lächelnd.

Ein Handtuch wie einen Turban um das feuchte Haar gewikkelt, kam sie auf die Veranda heraus, ließ sich in den Stuhl neben ihm fallen und legte die Füße auf die niedrige Verandabrüstung. »Himmel, das war herrlich.« Sie duftete nach Seife und war noch rosig und warm vom Bad.

»Wie möchten Sie den Whisky?«

»Pur mit viel Eis.« Sie trank einen Schluck und seufzte, dann genossen sie beide den Sonnenuntergang. Es war einer jener Augenblicke, in denen der glühendrote afrikanische Himmel jeden in seinen Bann schlug; in solchen Augenblicken zu sprechen wäre Blasphemie gewesen. Sie sahen schweigend zu, wie die Sonne unterging, dann beugte sich Craig vor und gab ihr einen dünnen Stoß beschriebener Seiten.

»Was ist das?« fragte sie neugierig.

»Eine Anzahlung für Ihre Dienste als Beraterin.« Craig schaltete die Lampe über ihrem Stuhl ein.

Sie las aufmerksam jede Seite drei- oder viermal durch, dann blieb sie, die Hände schützend über die Blätter in ihrem Schoß gelegt, still sitzen und starrte in die Nacht.

»Es ist nur ein Rohkonzept, nur die ersten paar Seiten. Ich habe Vorschläge dazugeschrieben, welches Foto zum jeweiligen Text gehören sollte«, brach Craig verlegen das Schweigen. »Natürlich habe ich nur ein paar gesehen. Ich bin sicher, Sie haben noch Hunderte anderer Fotos. Ich könnte mir vorstellen, daß es ungefähr zweihundertfünfzig Seiten werden, mit derselben Anzahl Bilder – alles in Farbe, natürlich.«

Sie wandte ihm langsam das Gesicht zu. »Und ausgerechnet Sie hatten Angst?« fragte sie. »Hol' Sie der Kuckuck, Craig Mellow – diesmal bin ich zu Tode erschrocken.«

Er sah Tränen in ihren Augen.

»Das hier ist so –« Sie suchte nach Worten, gab es aber bald auf. »Neben diesem Text werden meine Fotografien – ich weiß nicht – unbedeutend, unwürdig der tiefen Liebe zu diesem Land, die Sie so überzeugend zum Ausdruck bringen.«

Er schüttelte den Kopf.

Sie las das Geschriebene noch einmal. »Sind Sie sicher, Craig, daß Sie dieses Buch wirklich mit mir machen wollen?«

»Ja, sogar ganz sicher.«

»Danke«, sagte sie nur, und in diesem Augenblick wußte Craig plötzlich ganz genau, daß sie ein Liebespaar werden würden. Noch nicht, nicht in dieser Nacht, es war noch zu früh – aber eines Tages würden sie einander angehören. Er fühlte, daß sie es auch wußte, denn obgleich sie nicht viel sprachen, errötete sie jedesmal unter der sonnengebräunten Haut, wenn er sie ansah, und konnte ihm nicht in die Augen schauen.

Nach dem Abendessen servierte Joseph den Kaffee auf der Veranda, und als er gegangen war, schaltete Craig die Lichter aus. Im Dunkeln sahen sie zu, wie über den Wipfeln der Msasabäume, die die gegenüberliegenden Hügel säumten, der Mond aufging.

Als Sally-Anne schließlich aufstand, um zu Bett zu gehen, bewegte sie sich sehr langsam und zögerte ohne ersichtlichen Grund. Sie blieb vor ihm stehen und sagte noch einmal leise: »Danke«, bog den Kopf zurück, stellte sich auf die Zehenspitzen und berührte seine Wange mit ihren weichen Lippen. Aber er wußte, sie war noch nicht so weit, und er machte keinen Versuch, sie zu halten.

Als der letzte Viehtransport ankam, war auch das zweite Haus, acht Kilometer entfernt, auf King's Lynn fertig, und der weiße Aufseher, den Craig kürzlich angestellt hatte, zog mit seiner Familie ein. Der Aufseher war ein stämmiger, bedächtiger Mann, der trotz seines Afrikanderblutes in Simbabwe geboren war und stets hier gelebt hatte. Er sprach ebenso gut Sindebele wie Craig, hatte Verständnis für die Schwarzen und respektierte sie und wurde dafür auch von ihnen anerkannt und geachtet. Aber das Wichtigste von allem war, daß er wie jeder echte Afrikander das Wissen und die Liebe zur Viehzucht mitbrachte.

Mit Hans Groenewald als Vertretung konnte sich Craig voll und ganz auf die Erschließung von Sambesi Waters für den Tourismus konzentrieren. Er fand einen jungen Architekten, der die Jagdhäuser in einigen der luxuriösesten privaten Wildreservate in Südafrika entworfen hatte, und ließ ihn von Johannesburg einfliegen.

Zu dritt – Craig, Sally-Anne und der Architekt – kampierten sie eine Woche lang in Sambesi Waters und gingen beide Ufer des Chizariraflusses ab. Sie untersuchten jeden Zentimeter des Geländes, um die besten Stellen für fünf Gästehäuser und den Versorgungstrakt zu finden. Auf Fungaberas Anordnung wurden sie von einem Soldatentrupp der Dritten Brigade unter dem Kommando von Captain Nbebi bewacht.

Craigs erster Eindruck von diesem Offizier bestätigte sich, als er ihn näher kennenlernte. Timon Nbebi war ein ernster, gebildeter junger Mann, der seine ganze Freizeit dafür opferte, über einen Fernkurs der Universität London Nationalökonomie zu studieren. Außer seiner Muttersprache Shona sprach er fließend Englisch und Sindebele, und abends am Lagerfeuer führten er, Craig und Sally-Anne lange Diskussionen über eine mögliche Lösung für die Stammesfeindlichkeiten, die dieses Land auslaugten. Nbebis Ansichten waren erstaunlich gemäßigt für einen Offizier der Shona-Elitetruppe, und ihm schien aufrichtig an der Verständigung zwischen den Stämmen zu liegen.

»Mr. Mellow«, sagte er, »können wir es uns denn leisten, in einem Land zu leben, das der Haß regiert? Wenn ich mir Nordirland oder den Libanon ansehe und die Folgen der Kämpfe dort, wird mir angst und bange.«

»Aber Sie sind doch ein Shona, Timon«, erwiderte Craig sanft. »Ihre Loyalität gilt doch gewiß Ihrem eigenen Stamm.«

»Ja«, gab Nbebi zu. »Aber vor allen Dingen bin ich Patriot. Ich kann den Frieden für meine Kinder nicht mit einem Gewehr sichern. Ich kann kein stolzer Shona werden, indem ich alle Matabele abschlachte.«

Diese Diskussionen führten natürlich nirgendwohin, aber allein die Notwendigkeit einer bewaffneten Leibwache – selbst in dieser abgelegenen und scheinbar friedlichen Gegend – verlieh ihnen einen bitteren Beigeschmack. Die ständige Anwesenheit von bewaffneten Männern begann Craig und Sally-Anne zu ärgern, und eines Abends gegen Ende ihres Aufenthalts in Sambesi Waters entschlüpften sie ihren Wächtern.

An diesem Tag, endlich einmal allein, fanden sie einen Ameisenhügel aus Lehm, der die ihn umgebenden Ebenholzbäume überragte und eine gute Aussicht auf ein Wasserloch der Nashörner bot. Es war ein ausgezeichneter Aussichtsplatz. Auf diesem Hügel sitzend, warteten sie, bis sich eines der seltsamen prähistorischen Ungeheuer zeigte. Sie steckten die Köpfe zusammen und unterhielten sich im Flüsterton, aber ohne einander zu berühren.

Plötzlich fiel Craigs Blick auf das Dickicht unter ihnen, und er erstarrte. »Nicht bewegen«, flüsterte er eindringlich. »Bleiben Sie ganz still sitzen!«

Sie drehte langsam den Kopf, um seinem Blick zu folgen, und er hörte, wie sie erschrocken nach Luft schnappte.

»Wer ist das?« hauchte sie, aber Craig antwortete nicht.

Sie waren zu zweit, so viel konnte Craig erkennen, obwohl nur ihre Augen sichtbar waren. Lautlos wie Leoparden hatten sie sich im Dickicht angeschlichen, mit der Wendigkeit von Männern, die sich ihr Leben lang hatten versteckt halten müssen.

»Also so ist das, Kuphela«, sagte schließlich einer der beiden mit leiser, aber drohender Stimme. »Du bringst Mashonabluthunde hierher, um uns zu jagen.«

»Das stimmt nicht, Genosse Wächter«, antwortete Craig in heiserem Flüsterton. »Sie wurden von der Regierung geschickt, um mich zu beschützen.«

»Du bist unser Freund – vor uns braucht dich niemand zu beschützen.«

»Die Regierung weiß das nicht.« Craig versuchte eine Menge Überzeugungskraft in sein Geflüster zu legen. »Niemand weiß, daß wir uns begegnet sind. Niemand weiß, daß ihr hier seid. Das schwöre ich bei meinem Leben.«

»Dann könnte es die Wahrheit sein«, gab Wächter zu. »Sag mir nur schnell, warum du hier bist, wenn nicht, um uns zu verraten.«

»Ich habe dieses Land gekauft. Der andere weiße Mann in unserer Begleitung baut Häuser. Ich möchte aus dem Gebiet hier ein Naturschutzgebiet für Touristen machen. Wie den Wankie Park.«

Das verstanden sie. Der berühmte Wankie-Nationalpark erstreckte sich bis nach Matabeleland, und die beiden Guerilleros flüsterten minutenlang miteinander und wandten sich dann wieder an Craig.

»Und was wird aus uns«, fragte Wächter, »wenn du deine Häuser gebaut hast?«

»Wir sind Freunde«, erinnerte ihn Craig. »Für euch ist hier noch genügend Platz. Ich werde euch mit Geld und Lebensmitteln aushelfen, und dafür beschützt ihr meine Tiere und meine Häuser. Ihr bewacht heimlich die Gäste, die hierherkommen werden, und über Geiselnahmen wird nicht mehr geredet. Ist das ein Abkommen zwischen Freunden?«

»Wieviel ist dir unsere Freundschaft wert, Kuphela?«

»Fünfhundert Dollar im Monat.«

»Tausend«, erhöhte Wächter.

»Gute Freunde sollten über Geld nicht streiten«, stimmte Craig zu. »Ich habe im Augenblick nur sechshundert Dollar bei mir, aber den Rest werde ich unter den wilden Feigenbäumen vergraben, wo wir lagern.«

»Wir werden es finden«, versicherte ihm Wächter. »Und jeden Monat werden wir uns hier oder dort drüben treffen.« Wächter zeigte ihm zwei Treffpunkte, beides deutlich sichtbare Hügel in einiger Entfernung vom Fluß, deren Anhöhen nur als blaue Silhouetten am Horizont sichtbar waren. »Als Signal für ein Treffen dient ein kleines Feuer aus grünen Blättern oder drei Gewehrschüsse kurz hintereinander abgefeuert.«

»Einverstanden.«

»Und nun, Kuphela, leg das Geld in das Ameisenbärenloch neben deinen Füßen und geh mit deiner Frau zurück zum Lager.«

Auf dem Rückweg blieb Sally-Anne dicht hinter ihm, nahm zur Beruhigung sogar seinen Arm und schaute sich alle paar Meter ängstlich um. »Mein Gott, Craig, das waren ja richtige Shufta, richtige, waschechte Guerrilleros. Warum haben sie uns laufen lassen?«

»Aus dem überzeugendsten Motiv der Welt – Geld.« Craigs leises Lachen klang sogar in seinen Ohren ein wenig heiser und atemlos. »Ich habe gerade für lächerliche tausend Dollar im Monat die zäheste Truppe von Leibwächtern und Wildhütern auf dem Markt angeheuert. Ein gutes Geschäft.«

»Sie haben mit ihnen ein Abkommen getroffen?« fragte Sally-Anne. »Ist das nicht gefährlich? Das ist doch sicher Hochverrat oder so etwas?«

»Wahrscheinlich, wir müssen also darauf achten, daß niemand etwas davon erfährt, ja?«

Auch der Architekt erwies sich als gutes Geschäft. Seine Entwürfe waren hervorragend; die Gästeunterkünfte sollten aus Natursteinen, Holz und Stroh gebaut werden. Dadurch würden sie sich unauffällig an die natürliche Umgebung am Fluß anpassen. Sally-Anne arbeitete die Anordnung der Innenräume und die Einrichtung mit ihm aus und gab so dem Ganzen eine ansprechende persönliche Note.

Während der nächsten paar Monate war Sally-Anne durch ihre Arbeit für den World Wildlife Trust oft sehr lange unterwegs, aber auf ihren Reisen hielt sie gleichzeitig Ausschau nach den geeigneten Leuten für Sambesi Waters.

Als erstes warb sie einen in der Schweiz ausgebildeten Chefkoch von einer der großen Hotelketten ab. Dann wählte sie fünf junge Safariführer aus, alle geborene Afrikaner, die gründliche Kenntnisse und die Liebe zum Land und seinem Tierleben mitbrachten und vor allem auch die Fähigkeit besaßen, anderen diese Kenntnisse und diese Liebe zu vermitteln.

Dann konzentrierte sie sich darauf, mit Hilfe ihrer Fotos und Craigs Texten einen Werbeprospekt zusammenzustellen. »Das ist eine Art Generalprobe für unser Buch«, meinte sie, als sie ihn aus Johannesburg anrief, und Craig erkannte zum erstenmal, was er sich damit aufgeladen hatte, als er sie zu seiner Mitarbeiterin machte. Sie war eine Perfektionistin. Entsprach etwas nicht ihren Vorstellungen, dann tat sie alles dazu, daß es schließlich doch entsprach, und zwang ihn und die Drucker, das Gleiche zu tun.

Das Resultat war ein kleines Meisterwerk, in dem die Farben sorgfältig aufeinander abgestimmt waren und die Textstellen in einem harmonischen Verhältnis zu den Illustrationen standen. Diese Prospekte verschickte sie an alle Afrikareiseexperten der Welt, von Tokio bis Kopenhagen.

»Wir müssen einen Eröffnungstermin festsetzen«, erklärte sie Craig, »und sicherstellen, daß unsere ersten Gäste für die Zeitungen interessant sind. Ich fürchte, Sie werden ihnen einen Gratisaufenthalt spendieren müssen.«

»Sie denken doch nicht etwa an einen Popstar?« Craig grinste, und sie schauderte.

»Ich habe meinen Vater in der Botschaft in London angerufen.

Vielleicht gelingt es ihm, Prinz Andrew herzubringen – aber ich gebe zu, es ist ein großes Vielleicht. Henry Pickering ist mit Jane Fonda bekannt –«

»Du lieber Himmel, ich hab' gar nicht gewußt, was für ein abgebrühtes Frauenzimmer Sie sind.«

»Und da wir gerade beim Thema Berühmtheiten sind, ich glaube, ich kann einen Bestsellerautor herbeischaffen, der schlechte Witze macht und wahrscheinlich mehr Whisky trinken wird, als er vertragen kann!«

Als Craig so weit war, daß er mit dem Bau der Gebäude in Sambesi Waters beginnen konnte, beklagte er sich bei Fungabera über die Schwierigkeit, Arbeiter für den Busch zu finden.

Fungabera erwiderte: »Machen Sie sich keine Sorgen, ich werde das regeln.« Und fünf Tage später traf eine Kolonne Armeelastwagen mit zweihundert Gefangenen aus den Umschulungszentren ein.

»Sklavenarbeit«, sagte Sally-Anne angewidert zu Craig.

Doch die Zufahrtsstraße zum Chizariarafluß wurde in nur zehn Tagen fertiggestellt, und Craig rief Sally-Anne in Harare an, um ihr zu sagen: »Ich glaube, wir können den 1. Juli als Eröffnungstag festsetzen.«

»Das ist ja wunderbar, Craig.«

»Wann können Sie wieder herkommen? Ich habe Sie schon seit fast einem Monat nicht mehr gesehen.«

»Es sind erst drei Wochen«, widersprach sie.

»Ich habe die nächsten zwanzig Seiten unseres Buches geschrieben«, versuchte er sie zu locken. »Wir müssen sie zusammen durchgehen.«

»Schicken Sie sie mir her.«

»Kommen Sie und holen Sie sie sich.«

»Okay«, kapitulierte sie. »Nächste Woche, Mittwoch. Wo finde ich Sie, in King's Lynn oder in Sambesi Waters?«

»Sambesi Waters. Die Elektriker und Installateure sind noch hier. Ich möchte sie im Auge behalten.«

»Ich werde fliegen.«

Sie landete auf der Lichtung neben dem Fluß, wo Craigs Arbeitstrupps einen schmalen Kiesstreifen angelegt hatten, um eine

Allwetterlandebahn zu schaffen. Für ihre Ankunft hatten sie sogar einen richtigen Windsack aufgestellt.

Schon als sie aus dem Cockpit auf den Boden sprang, erkannte Craig, daß sie vor Wut schäumte.

»Was ist los?«

»Sie haben zwei Ihrer Nashörner verloren.« Sie eilte auf ihn zu. »Ich habe ihre Kadaver von oben aus gesichtet.«

»Wo?« Craig war plötzlich ebenso wütend wie sie.

»Im Dickicht jenseits der Schlucht. Die Kadaver liegen nur fünfzig Schritt voneinander entfernt. Ich bin ein paarmal sehr tief über sie hinweggeflogen. Die Hörner sind fort.«

»Glauben Sie, es handelt sich um Charlie und Lady Di?«

Craig und Sally-Anne hatten aus der Luft eine Nashornzählung vorgenommen und insgesamt siebenundzwanzig Tiere in seiner Umgebung ausgemacht, in dieser Zahl inbegriffen waren vier Kälber und neun voll entwickelte Paare, denen sie Namen gegeben hatten. Charlie und Lady Di waren zwei junge Nashörner, die sich wahrscheinlich erst vor kurzem zusammengetan hatten. Zu Fuß war es Craig und Sally-Anne gelungen, sich ihnen in dem dichten Buschgebiet, das sich das Paar als Territorium gewählt hatte, zu nähern. Beide trugen gewaltige Hörner, allerdings waren die des männlichen Tieres dicker und schwerer. Sein zwanzig Zentimeter langes und zwanzig Pfund schweres Horn würde einem Wilderer mindestens zehntausend Dollar einbringen. Das weibliche Tier, Lady Di, war kleiner und hatte ein dünneres, schön geschwungenes Hörnerpaar, und als sie sie das letzte Mal gesehen hatten, war es bereits trächtig gewesen.

»Ja. Es sind die beiden. Ich bin ganz sicher.«

»Auf dieser Seite der Schlucht ist das Gelände schwer zugänglich«, murmelte Craig. »Vor der Dunkelheit werden wir es nicht mehr schaffen.«

»Nicht mit dem Landrover«, stimmte Sally-Anne zu, »aber ich glaube, ich habe eine Stelle gefunden, wo ich landen kann. Sie ist keine zwei Kilometer vom Abschußort entfernt.«

Craig nahm sein Gewehr aus der Halterung hinter dem Fahrersitz des Landrovers und überprüfte die Ladung. »Okay. Gehen wir«, sagte er.

Die Tiere waren seit mindestens einer Woche tot, der Verwesungsgestank vermischte sich mit dem Geruch des Geierkots, der rund um die Überreste verteilt war. Die Augen des männlichen Tieres waren aus den Höhlen gepickt worden, Ohren und Wangen abgenagt. Wie Sally-Anne schon aus der Luft festgestellt hatte, waren die Hörner fort und Kerben einer Axt an den entblößten Knochen der Nase noch deutlich sichtbar.

Als Craig auf diese verwüsteten, faulenden Schädel hinunterblickte, fühlte er, wie ihn die Wut übermannte und sein Mund trocken wurde. »Wenn ich die erwischen könnte, würde ich sie umbringen«, sagte er, und Sally-Anne stand blaß neben ihm.

»Diese verdammten Schweinehunde«, flüsterte sie, »diese verdammten Schweinehunde.«

Sie gingen zu dem Weibchen weiter. Auch ihm waren die Hörner abgehackt und die Bauchdecke aufgeschlitzt worden. Die Hyänen hatten das ungeborene Kalb aus ihrem Leib herausgezerrt und schon das meiste verschlungen.

Sally-Anne kauerte sich neben den traurigen Überresten nieder. »Prinz Billy«, flüsterte sie. »Armer kleiner Kerl.«

»Hier können wir nichts mehr tun.« Craig nahm ihren Arm und zog sie hoch. »Gehen wir.«

Sie lehnte sich ein wenig an ihn, als er sie wegführte.

Sie standen auf dem Hügel, den Craig als Treffpunkt mit Wächter vereinbart hatte, und blickten über das braune Land bis dorthin, wo sich der helle, gewundene Flußlauf am Rand ihres Blickfeldes im dichten Busch verlor.

Craig hatte das Signalfeuer mit qualmenden, frischen Blättern kurz nach Mittag angefacht und dann regelmäßig Brennmaterial nachgelegt. Nun wurde der Himmel allmählich purpurrot und orange, und es wurde still und kühl, und Sally-Anne erschauerte.

»Kalt?« fragte Craig.

»Und traurig.« Sally-Anne straffte sich, aber sie wich nicht aus, als er den Arm um ihre Schulter legte. Dann entspannte sie sich allmählich und drückte sich der Wärme wegen an seinen Körper. Die Dunkelheit löschte den Horizont und kroch zu ihnen herab.

»Ich grüße dich, Kuphela.« Die Stimme war so nahe, daß sie erschraken, und Sally-Anne riß sich fast schuldbewußt von Craig los. »Du hast mich gerufen.« Wächter blieb außerhalb des schwachen Lichtscheines vom Feuer stehen.

»Wo warst du, als jemand zwei meiner Bejane tötete und ihre Hörner stahl?« warf Craig ihm grob vor. »Wo warst du, der versprochen hat, für mich zu wachen?«

Ein langes Schweigen folgte.

»Wo ist das geschehen?«

Craig erklärte es ihm.

»Das ist weit von hier, auch weit von unserem Lager. Wir wußten nichts davon.« Wächter sprach in entschuldigendem Ton, offenbar hatte er das Gefühl, versagt zu haben. »Aber wir werden die Leute finden, die das getan haben. Wir werden ihnen folgen und sie finden.«

»Sollte euch das gelingen, dann denkt daran, daß wir unbedingt den Namen des Mannes wissen müssen, der ihnen die Hörner abkauft«, befahl Craig.

»Ich werde dir den Namen dieses Mannes bringen«, versprach Wächter. »Achte auf unser Signalfeuer auf diesem Hügel.«

Zwölf Tage später sichtete Craig die dünne, graue Rauchfahne auf dem fernen Hügelrücken durch sein Fernglas. Er fuhr allein zu dem Stelldichein, denn Sally-Anne war drei Tage zuvor abgereist. Sie wäre nur allzu gern noch geblieben, aber sie mußte nach Harare, um einen der Direktoren des World Wildlife Trust zu begrüßen, der dieser Tage ankommen sollte.

»Vermutlich hängt davon mein Stipendium für das nächste Jahr ab«, erklärte sie Craig traurig, als sie in die Cessna stieg. »Aber rufen Sie mich bitte sofort an, wenn Sie etwas von Ihren zahmen Banditen hören.«

Craig erklomm aufgeregt den Hügelkamm. Zwanzig Minuten vergingen, bevor Genosse Wächter mit der Maschinenpistole im Anschlag lautlos am Waldrand auftauchte, ohne sofort aus der Deckung zu treten.

»Ist dir gewiß niemand gefolgt?«

Craig schüttelte beruhigend den Kopf.

»Wir müssen immer vorsichtig sein, Kuphela.«

»Hast du die Männer gefunden?«

»Hast du unser Geld mitgebracht?«

»Ja.« Craig zog einen dicken Umschlag aus der Tasche seiner Safarijacke. »Hast du die Männer gefunden?«

»Zigaretten«, bestürmte ihn Wächter. »Hast du Zigaretten mitgebracht?«

Craig warf ihm ein Päckchen zu, und Wächter zündete sich eine Zigarette an und inhalierte tief. »Hau!« sagte er. »Das tut gut.«

»Erzähle endlich«, verlangte Craig.

»Es waren drei Männer. Wir folgten ihren Spuren von der Abschußstelle aus – obwohl sie fast zehn Tage alt war und sie versucht hatten, ihre Spuren zu verwischen.« Wächter sog so heftig an seiner Zigarette, daß Funken von der glühenden Spitze fortstoben. »Ihr Dorf liegt am Abhang des Tales drei Tagesmärsche von hier entfernt. Es waren Batonka-Affen.« Die Batonka sind einer jener primitiven Stämme von Jägern und Sammlern, die im Flußtal längs des Sambesi leben. »Und sie hatten die Hörner deiner Nashörner noch bei sich. Wir nahmen die drei mit in den Busch und unterhielten uns ausführlich mit ihnen.«

Craig fühlte, wie er bei der Vorstellung dieser ausführlichen Unterhaltung eine Gänsehaut bekam. Sein Zorn verrauchte und wurde von einem dumpfen Gefühl der Schuld abgelöst. »Was haben sie dir erzählt?«

»Sie erzählten mir von einem Mann, einem Geschäftsmann, der ein Auto fährt und sich wie ein Weißer kleidet. Er kauft die Hörner von Nashörnern, die Felle von Leoparden und Elefantenstoßzähne, und er bezahlt mehr Geld, als sie jemals in ihrem Leben gesehen haben.«

»Wo und wann treffen sie mit ihm zusammen?«

»Er kommt jedesmal bei Vollmond und fährt die Straße von der Missionsstation Tuti zum Shanganifluß. Und sie erwarten ihn dann bei Nacht auf dieser Straße.«

Craig kauerte sich neben das Feuer und dachte ein paar Minuten nach, dann sah er zu Wächter auf. »Du wirst diesen Männern sagen, daß sie beim nächsten Vollmond mit den Hörnern an der Straße warten sollen, bis dieser Mann in seinem Auto kommt.«

»Das geht nicht«, unterbrach ihn Wächter.

»Warum?« fragte Craig.

»Die Männer sind tot.«

Craig starrte ihn entsetzt an. »Alle drei?«

»Alle drei«, nickte Wächter. Seine Augen blickten ungerührt, kalt und grausam.

»Aber –« Craig war nicht imstande, diese Frage zu stellen. Er hatte die Guerrilleros auf die Wilddiebe angesetzt. Das war so, als würde man ein Rudel Bluthunde auf einen zahmen Hamster loslassen. Selbst wenn er das nicht beabsichtigt hatte, war er doch voll verantwortlich dafür. Er war angewidert und beschämt.

»Mach dir keine Sorgen, Kuphela«, beruhigte ihn Wächter freundlich. »Wir haben dir die Hörner deiner Bejane zurückgebracht, und die Männer waren sowieso nur dreckige Batonka-Affen.«

Die mit Baumrindenstreifen zusammengebundenen Rhinozeroshörner auf den Schultern, ging Craig zu seinem Landrover zurück. Er fühlte sich elend und schwach, und sein Bein schmerzte, aber der Riemen, der ihn ins Fleisch schnitt, quälte ihn nicht so arg wie sein eigenes Gewissen.

Die Rhinozeroshörner lagen in einer Reihe auf Fungaberas Schreibtisch.

»Reines Aphrodisiakum«, murmelte Fungabera und strich mit seinem langen, schlanken Finger über eines der Hörner.

»Das ist ein weitverbreiteter Irrtum«, sagte Craig. »Chemische Analysen haben ergeben, daß diese Hörner keine Substanzen enthalten, die anregend auf den Geschlechtstrieb wirken könnten.«

»Die Hörner sind nicht mehr als eine Art zusammengeleimte Haarmasse«, erklärte Sally-Anne. »Die Wirkung, nach der der impotente chinesische Wüstling trachtet, wenn er das Horn zu Pulver mahlt und es mit einem Schluck Rosenwasser einnimmt, ist rein sympathetischer Natur – das Horn ist lang und hart, voilà!«

»Jedenfalls zahlen arabische Ölscheichs mehr für ihre Messergriffe als die listigen alten Chinesen für ihre persönlichen Kurzschwerter«, meinte Craig. »Wie dem auch sei, Tatsache ist, daß es in Sambesi Waters zwei Nashörner weniger gibt als vor einem Monat, und ich frage mich, wie viele wohl im nächsten Monat fehlen werden.«

Fungabera stand auf und kam barfuß hinter seinem Schreibtisch hervor. Sein Lendentuch war frisch gewaschen und gebügelt. Dicht vor ihnen blieb er stehen. »Ich habe meine eigenen Nachforschungen angestellt«, sagte er ruhig. »Und alles scheint darauf hinzuweisen, daß Sally-Annes Angaben richtig sind. Es ist zweifelsfrei erwiesen, daß im ganzen Land eine Wildererbande operiert, die von einer hohen Stelle aus geleitet wird. Die Stammesangehörigen in wildreichen Gebieten werden zum Wildern und zum Sammeln wertvoller Tierprodukte verleitet. Abgeholt werden diese Produkte von Mittelsmännern, unter denen sich viele Verwaltungsbeamte – wie etwa Polizeioffiziere und Wildhüter – befinden. Die Beute wird in verschiedenen abgelegenen und sicheren Verstecken gelagert, bis der Wert hoch genug ist; dann wird sie in einer großen Lieferung außer Landes geschafft.« Er schritt langsam auf und ab. »Die Lieferung wird gewöhnlich in einer Linienmaschine der Air Zimbabwe nach Dares-Salaam an der tansanischen Küste ausgeflogen. Wir wissen nicht genau, was dort geschieht, aber wahrscheinlich übernimmt ein sowjetischer oder chinesischer Frachter den Weitertransport.«

»Die Sowjets haben keine Skrupel in Sachen Naturschutz«, nickte Sally-Anne. »Die Produktion von Zobelfellen und der Walfischfang sind große Devisenbringer für sie.«

»In welchen Geschäftsbereich fällt die Tätigkeit der Air Zimbabwe?« fragte Craig plötzlich.

»In den Geschäftsbereich des Ministers für Tourismus, des ehrenwerten Tungata Zebiwe«, erwiderte Fungabera ruhig, und es entstand eine kleine Pause, bevor er fortfuhr: »Ist eine Lieferung fällig, dann wird sie an einem Tag oder in einer Nacht nach Harare gebracht. Sie wird nicht gelagert, sondern unter äußerster Geheimhaltung direkt in das Flugzeug verladen und fast sofort ausgeflogen.«

»Wie oft geschieht das?« fragte Craig, und Fungabera warf seinem Sekretär, der unauffällig im hinteren Teil des Raumes stand, einen fragenden Blick zu.

»Das ist verschieden«, erwiderte Captain Nbebi. »In der Regenzeit ist das Gras sehr hoch, und die Bedingungen im Busch sind äußerst schlecht. In dieser Zeit wird kaum gejagt, aber während der trockenen Monate können die Wilddiebe dafür um so besser arbeiten. Wir haben jedoch durch unseren Informanten erfahren, daß bald eine Lieferung fällig ist und sicher innerhalb der nächsten zwei Wochen ausgeflogen wird –«

»Danke, Captain«, unterbrach ihn Fungabera mit einem leichten, ärgerlichen Stirnrunzeln; offensichtlich hatte er diese Information selbst mitteilen wollen. »Darüber hinaus haben wir erfahren, daß der Kopf der Organisation oft selbst aktiv an der Operation teilnimmt. Zum Beispiel bei diesem Elefantenmassaker in dem verlassenen Minenfeld«, Fungabera wandte sich an Sally-Anne, »dessen Überreste Sie fotografiert haben – nun, wir haben erfahren, daß ein Staatsminister, dessen Namen wir nicht mit Sicherheit wissen, in einem Armeehubschrauber an Ort und Stelle war. Wir wissen von zwei weiteren Fällen, in denen ein hoher Regierungsbeamter, angeblich im Ministerrang, anwesend war, als Lieferungen zur Verladung auf den Flughafen gebracht wurden.«

»Wahrscheinlich traut er seinen eigenen Leuten nicht über den Weg«, murmelte Craig.

»Wer kann ihm das bei dem Haufen von Halsabschneidern, mit denen er arbeitet, auch verdenken?« Sally-Annes Stimme war heiser vor Wut, aber Fungabera schien das nicht zu berühren.

»Wir glauben, daß wir von der nächsten Lieferung benachrichtigt werden. Wie schon angedeutet, haben wir einen Mann in diese Organisation eingeschleust. Wenn das Datum feststeht, werden wir alle Schritte des Verdächtigen überwachen und ihn mit etwas Glück auf frischer Tat ertappen. Wenn nicht, dann beschlagnahmen wir die Lieferung am Flughafen und verhaften alle Beteiligten. Ich bin sicher, daß wir einen von ihnen dazu überreden können, als Kronzeuge auszusagen.«

Craig beobachtete sein Gesicht und bemerkte denselben kalten, unbarmherzigen Ausdruck, den er zuletzt gesehen hatte, als Genosse Wächter vom Tod der drei Wilderer berichtete.

»Aus Gründen, die ich Ihnen bereits erklärt habe, brauche ich unabhängige und glaubwürdige Zeugen bei der Verhaftung, die wir mit etwas Glück vornehmen werden. Ich möchte, daß Sie beide dabei sind. Ich wäre Ihnen daher sehr verbunden, wenn Sie sich bereithalten und Captain Nbebi darüber informieren könnten, wo man Sie während der nächsten zwei oder drei Wochen erreicht.«

Als sie sich erhoben, um zu gehen, fragte Craig plötzlich: »Was ist die Höchststrafe für Wildern?«

»Nach der derzeitigen Gesetzeslage ist die Höchststrafe achtzehn Monate Zwangsarbeit für jemand, der etwa ein Dutzend Vergehen dieser Art –«

»Das genügt nicht.« Craig sah die mißhandelten und verwesenden Kadaver seiner Tiere lebhaft vor sich.

»Nein«, stimmte Fungabera zu. »Das genügt nicht. Ich habe vor zwei Tagen im Parlament eine Gesetzesänderung beantragt. Am Donnerstag ist die dritte Lesung, und ich versichere Ihnen, daß der Antrag die volle Unterstützung der Partei hat. Das Gesetz wird also an diesem Tag verabschiedet.«

»Und«, fragte Sally-Anne, »wie sind die neuen Strafen?«

»Für den unbefugten Handel mit Trophäen von bestimmten Wildarten, im Gegensatz zum bloßen Wildern und Jagen, also für den An- und Verkauf und für das Exportieren, wird die Höchststrafe zwölf Jahre harte Zwangsarbeit und eine Geldstrafe bis zu hunderttausend Dollar sein.«

Sie dachten einen Augenblick darüber nach, dann nickte Craig: »Zwölf Jahre – ja, das genügt.«

Fungaberas Ruf erreichte Craig eines frühen Morgens, als er und sein Aufseher Hans Groenewald gerade von ihrem morgendlichen Rundgang über die Weiden zurückgekehrt waren.

»Mr. Mellow, hier spricht Captain Nbebi. Der General möchte, daß Sie so schnell wie möglich in das Hauptquartier, das Haus am Macillewane, kommen. Wir nehmen an, daß die Operation heute abend anrollt. Bis wann können Sie hier sein?«

»Es ist eine Fahrt von sechs Stunden«, meinte Craig.

»Miss Jay ist bereits auf dem Weg zum Flughafen. Sie könnte innerhalb von zwei Stunden in King's Lynn sein, um Sie abzuholen.«

Sally-Anne traf innerhalb der zwei Stunden ein, und Craig erwartete sie an der Landebahn. Sie flogen direkt zum Flughafen von Harare, und kurz darauf waren sie in dem Haus in den Macillewanehügeln.

Als sie durch das Tor rollten, fiel ihnen die ungewöhnliche Betriebsamkeit auf dem Grundstück auf. Auf dem Rasen vor dem Haus stand ein Super-Frelon-Helikopter. Der Pilot und der Bordingenieur lehnten rauchend am Rumpf und unterhielten sich. Hinter dem Haus standen in einer Linie vier sandfarbene Armeelastwagen, um die sich eine Menge Soldaten der Dritten Brigade in Kampfanzügen scharten.

Fungaberas Büro war in eine Kommandozentrale verwandelt worden. Vor der riesigen Landkarte standen zwei Klapptische. An einem Tisch saßen drei junge Offiziere. Auf dem anderen Tisch stand ein Funkgerät, und Nbebi beugte sich gerade über die Schulter des Funkers und sprach in leisem, abgehacktem Shona etwas, das Craig nicht verstehen konnte, in das Mikrofon, brach dann plötzlich ab und gab dem schwarzen Sergeant an der Landkarte einen Befehl, worauf dieser sofort eines der bunten Fähnchen umsteckte.

Fungabera, der gerade telefonierte, begrüßte Craig und Sally-Anne flüchtig und winkte ihnen, sich zu setzen. Nachdem er aufgelegt hatte, erklärte er hastig: »Wir kennen den Standort von drei Depots – eines liegt in den Chimanimanibergen, größtenteils Leopardenfelle und etwas Elfenbein. Das zweite ist bei einer Handelsniederlassung in der Nähe von Chiredzi im Süden – hauptsächlich Elfenbein. Und der dritte Transport kommt von Norden. Wir vermuten, daß er in Tuti gelagert worden ist. Das ist die größte und wertvollste Sendung, Elfenbein und Rhinozeroshorn.« Er brach ab, als ihm Nbebi eine Notiz überreichte, las sie rasch und sagte: »Gut, schicken Sie zwei Züge nach Norden bis Karoi«, dann wandte er sich wieder an Craig. »Die Operation läuft unter dem Decknamen ›Bada‹, dem Shonawort für gefleckter Panther. Der Verdächtige wird während der ganzen Operation ›Bada‹ genannt.«

Craig nickte.

»Wir haben gerade erfahren, daß Bada Harare verlassen hat. Er fährt in seinem Dienstmercedes mit einem Fahrer und zwei Leibwächtern – alle drei sind natürlich Matabele.«

»In welche Richtung?« fragte Sally-Anne hastig.

»Wie es im Augenblick aussieht, scheint er nach Norden zu fahren, aber das ist noch nicht sicher.«

»In Richtung der großen Lieferung.« Sally-Annes Augen funkelten unternehmungslustig, und Craig fühlte, wie sich seine Nackenhaare vor Erregung sträubten.

»Das müssen wir annehmen«, stimmte Fungabera zu. »Lassen Sie mich nun erklären, was wir vorhaben, falls Bada in nördlicher Richtung weiterfährt. Die Lieferungen von Chimanimani und Chiredzi werden ungehindert bis zum Flughafen durchgelassen. Sobald sie dort ankommen, schlagen wir zu, und die Fahrer werden zusammen mit dem Empfangskomitee verhaftet, damit wir sie später als Zeugen verwenden können. Natürlich werden die Lastwagen von Anfang an überwacht. Die Inhaber der beiden Depots werden verhaftet, sobald die Lastwagen abgefahren und weit genug entfernt sind.«

Craig und Sally-Anne hörten aufmerksam zu, als Fungabera fortfuhr: »Sollte Bada Richtung Osten oder Süden fahren, werden wir die Operation sofort auf den entsprechenden Sektor konzentrieren. Allerdings nehmen wir an, daß er, da die wertvollste Lieferung aus Norden kommt, in diese Richtung fährt – falls er überhaupt fährt, natürlich. Es sieht aus, als hätten wir recht. Sobald wir sicher sind, können wir uns auf den Weg machen.«

»Wie stellen Sie sich seine Verhaftung vor?« fragte Sally-Anne.

»Das hängt ganz von den Umständen ab und davon, was Bada unternehmen wird. Wir müssen versuchen, zwischen ihm und der Lieferung eine räumliche Verbindung zu schaffen. Wir werden beide überwachen, das Fahrzeug mit der Schmuggelware und seinen Mercedes, und sobald sie aufeinandertreffen, schlagen wir zu.«

Das Funkgerät krachte, und das Seitenband summte, dann begann eine Stimme in Shona zu sprechen, und Nbebi hörte kurz zu und wandte sich dann an Fungabera. »Das ist die Bestätigung, Sir. Bada fährt mit hoher Geschwindigkeit nach Norden.«

»Gut, Captain, dann können wir zu Plan drei übergehen«, befahl Fungabera und schnallte sich den Pistolengurt um. »Gibt es etwas Neues von den Überwachungsmannschaften an der Straße nach Tuti?«

Nbebi rief dreimal ins Mikrofon und erhielt fast sofort Antwort. Die Antwort auf seine Frage war kurz. »Bisher negativ, General«, berichtete er Fungabera.

»Es ist noch zu früh. Aber wir können uns allmählich auf den Weg machen.« Er trat durch die Glastüren auf die Veranda.

Die beiden Männer der Helikopterbesatzung sahen ihn, ließen sofort ihre Zigaretten fallen, traten sie aus und schwangen sich in das Cockpit. Fungabera kletterte in den Rumpf, und schon heulte das Triebwerk auf, und die Rotorblätter begannen sich zu drehen.

Nachdem er und Sally-Anne sich auf die hinteren Plätze gesetzt und die Sicherheitsgurte angelegt hatten, stellte Craig eine Frage, die ihn schon die ganze Zeit über bewegte, aber er sprach so leise, daß die anderen im zunehmenden Lärm des Haupttriebwerkes nicht mithören konnten. »Peter, das ist eine militärische Operation größten Umfangs, fast ein Kreuzzug. Warum überlassen Sie das nicht einfach der Polizei?«

»Seit sie ihre weißen Offiziere hinausgeworfen hat, ist die Polizei zu einem Haufen schwerfälliger Stümper geworden.« Dann lächelte er ihm verschmitzt zu. »Und außerdem, alter Junge, waren es auch meine Nashörner.«

Der Helikopter hob mit einem plötzlichen Ruck vom Boden ab, und seine Nase drehte sich in nördliche Richtung. Sie hielten sich in einiger Entfernung westlich der Hauptstraße nach Norden, um nicht das Risiko einzugehen, von den Insassen des Mercedes gesichtet zu werden. Eine Stunde später, als der Helikopter die Geschwindigkeit drosselte und das kleine Fort bei Karoi anflog, warf Craig einen Blick auf seine Armbanduhr. Es war kurz nach vier.

Fungabera sah das und nickte. »Es sieht so aus, als würde es ein Nachteinsatz«, meinte er.

Das Dorf Karoi war früher ein Zentrum der weißen Viehzüchter gewesen, aber nun bestand es nur noch aus einer Hauptstraße mit einigen schäbigen Läden, einer Reparaturwerkstätte, einem Postamt und einer kleinen Polizeistation. Der Militärstützpunkt lag etwas außerhalb des Dorfs und war wie in den Tagen des Buschkriegs mit einem Stacheldrahtzaun umgeben und mit einer hohen, dicken Wand von Sandsäcken befestigt.

Der junge Ortskommandant, ein Schwarzer, war von der Bedeutsamkeit des hohen Besuchs sichtlich beeindruckt und salutierte jedesmal übertrieben, wenn Fungabera etwas sagte.

»Schaffen Sie mir diesen Idioten aus den Augen«, fauchte Fungabera Nbebi an, als er das Kommando übernahm. »Und besorgen Sie mir den letzten Bericht über Badas Standort.«

»Bada hat vor dreiundzwanzig Minuten Sinoia passiert.« Nbebi schaute vom Funkgerät auf.

»Gut. Haben wir eine genaue Beschreibung des Fahrzeugs?«

»Es ist ein dunkelblauer Mercedes 280 SE mit dem Ministerwimpel auf der Motorhaube. Kennzeichen PL 674. Weder Motorradeskorte noch andere Begleitfahrzeuge. Vier Insassen.«

»Überzeugen Sie sich davon, daß alle Einheiten diese Beschreibung haben, und wiederholen Sie noch einmal, daß nicht geschossen werden darf. Bada muß unverletzt verhaftet werden. Wird er verletzt, könnte das einen neuen Matabeleaufstand zur Folge haben. Niemand darf auf ihn oder sein Fahrzeug schießen, nicht einmal in Notwehr. Machen Sie das allen klar. Wer diesen Befehl nicht befolgt, bekommt es mit mir persönlich zu tun.«

Nbebi rief jede Einheit einzeln an, wiederholte Fungaberas Befehle und wartete, bis sie bestätigt wurden. Dann warteten alle ungeduldig, tranken Tee aus angeschlagenen Emaillebechern und beobachteten das Funkgerät.

Plötzlich erwachte es zum Leben, und Nbebi sprang auf. »Wir haben den Lastwagen geortet«, übersetzte er triumphierend. »Es ist ein grüner Fünftonner der Marke Ford mit einem Segeltuchverdeck. In der Kabine ein Fahrer und ein Beifahrer. Er ist schwer beladen und fährt die Steigungen in niedrigen Gängen an.

Er hat vor zehn Minuten den Sanyatifluß überquert und fährt von Tuti kommend direkt auf die Straßenkreuzung zu, die vierzig Kilometer nördlich von hier liegt.«

»Bada und der Lastwagen fahren also aufeinander zu«, sagte Fungabera leise, und in seinen Augen glühte das Jagdfieber.

Nun konzentrierten sie ihre ganze Aufmerksamkeit auf das Funkgerät. Jedesmal, wenn es zum Leben erwachte, wandten sich ihm alle Augen zu. In regelmäßigen Abständen kamen die Meldungen über die rasche Fahrt des Mercedes nach Norden und das langsame Vorwärtskriechen des überladenen Lastwagens, der auf der staubigen, holprigen Nebenstraße aus der entgegengesetzten Richtung kam. In den Pausen zwischen den Meldungen saßen sie schweigend da, tranken den starken, übersüßten Tee und aßen grobes Schwarzbrot mit Rindfleisch aus der Büchse.

Fungabera aß wenig. Er hatte den Stuhl zurückgekippt und seine Füße auf den Schreibtisch des Kommandanten gelegt. In einem monotonen Rhythmus, der an Craigs Nerven zerrte, schlug er mit dem Offiziersstöckchen gegen die Schnürriemen seiner schweren Stiefel mit den Gummisohlen. Craig sehnte sich plötzlich, zum erstenmal seit Monaten, wieder nach einer Zigarette, und er stand auf und begann ruhelos in dem kleinen Büro auf- und abzulaufen.

Nbebi nahm die nächste Meldung entgegen, legte das Mikrofon nieder und übersetzte: »Der Mercedes hat das Dorf erreicht. Sie haben an der Tankstelle angehalten, um zu tanken.«

Tungata Zebiwe war also nur ein paar hundert Meter von ihnen entfernt. Craig fand diese Erkenntnis ausgesprochen beunruhigend. Bisher war es eher eine Verstandesübung als eine wirkliche Jagd auf Leben und Tod gewesen. Er hatte sich Tungata nicht mehr als Mann vorgestellt, sondern nur noch als »Bada«, das Wild, das man überlistete und in eine Falle lockte. Plötzlich sah er ihn wieder als Mann, als Freund und als außergewöhnlichen Menschen, und noch einmal wurde er zwischen der Loyalität dem Freund gegenüber und dem Wunsch, einen Verbrecher der Gerechtigkeit zu überantworten, hin- und hergerissen.

Das Büro war ihm plötzlich zu eng, und er trat in den kleinen, von hohen, dicken Wänden umgebenen Hof hinaus. Die Sonne war bereits untergegangen, und die kurze afrikanische Dämmerung färbte den Himmel purpurrot. Er blieb stehen und schaute nach oben. Jemand stellte sich neben ihn, und er wandte sich um.

»Nehmen Sie es nicht so schwer«, bat Sally-Anne leise.

Ihre Besorgnis rührte ihn.

»Sie brauchen nicht mitzukommen«, fuhr sie fort. »Sie könnten auch hier bleiben.«

Er schüttelte den Kopf. »Ich möchte es wissen – ich möchte es mit eigenen Augen sehen«, sagte er. »Und trotzdem macht es mich krank.«

»Ich weiß«, sagte sie. »Und ich respektiere Sie deswegen.«

Er schaute auf ihr nach oben gerichtetes Gesicht hinunter und wußte, daß sie von ihm geküßt werden wollte. Der Augenblick, auf den er so lange gewartet hatte, war gekommen. Endlich war sie bereit und ihr Verlangen ebenso groß wie seines.

Zärtlich streichelte er mit den Fingerspitzen ihre Wange, und ihre halbgeschlossenen Lider zuckten. Sie schmiegte sich an ihn, und er erkannte, daß er sie liebte. Diese Erkenntnis nahm ihm für einen Augenblick den Atem.

»Sally-Anne«, flüsterte er, dann wurde die Tür zum Büro des Kommandanten aufgestoßen, und Fungabera trat in den Hof.

»Wir rücken aus«, schnauzte er, und sie fuhren auseinander.

Seite an Seite folgten sie Fungabera und Nbebi zu dem offenen Landrover neben dem Tor des Forts.

Nach der Hitze des Tages war der Abend erstaunlich kühl, und der Fahrtwind konnte ungehindert über sie hinwegstreifen, denn die Windschutzscheibe des Landrovers war auf die Motorhaube hinuntergeklappt worden.

Nbebi fuhr, Fungabera saß auf dem Beifahrersitz. Craig, Sally-Anne und der Funker hatten sich auf der hinteren Sitzbank zusammengedrängt. Nbebi fuhr vorsichtshalber nur mit Standlicht, und die beiden offenen Armeelaster mit Soldaten der Dritten Brigade in voller Kampfausrüstung hielten sich dicht hinter ihnen.

Der Mercedes war kaum eine halbe Meile vor ihnen. Ab und zu, wenn die Straße einen der dichtbewaldeten Hügel hinaufführte, sahen sie seine Rücklichter aufleuchten.

Fungabera warf einen Blick auf den Kilometerzähler. »Wir sind siebenunddreißig Kilometer gefahren. Die Abzweigung nach Sanyati und Tuti ist nur noch drei Kilometer entfernt.« Er tippte Nbebi mit dem Offiziersstöckchen auf die Schulter. »Halten Sie an. Und rufen Sie die Einheit an der Abzweigung.«

Ohne den Motor abzustellen, funkte Nbebi den Posten an, der sich an der Straßenkreuzung versteckt hielt.

»Aha! Da ist es schon!« Nbebi konnte seine freudige Erregung nicht ganz verbergen. »Bada hat die Hauptstraße verlassen, General. Das Zielobjekt hat angehalten und parkt drei Kilometer vor der Abzweigung. Es muß ein vorbereitetes Treffen sein, Sir.«

»Na, dann los«, befahl Fungabera. »Folgen Sie ihnen!«

Nbebi fuhr schnell.

»Da ist die Abzweigung!« schnauzte Fungabera, als die unfertige Straße staubig und grau in der Dunkelheit auftauchte.

Nbebi bremste und bog ab.

Ein Sergeant der Dritten Brigade trat aus der Dunkelheit des Dickichts. Er sprang auf das Trittbrett und brachte es fertig, mit der freien Hand zu salutieren. »Sie sind vor einer Minute hier vorbeigekommen, General«, stieß er hervor. »Der Lastwagen steht gleich da vorne. Wir haben dahinter eine Straßensperre errichtet und sperren die Straße hier ab, sobald Sie vorbei sind, Sir. Dann sitzen sie in der Falle.«

»Weitermachen, Sergeant«, nickte Fungabera und wandte sich an Nbebi. »Von hier zum Fluß fällt die Straße steil ab. Die Laster sollen den Motor abstellen. Wir lassen uns hinunterrollen.«

Nach dem Dröhnen der schweren Motoren wirkte die Stille fast unheimlich. Das einzige Geräusch waren das Ächzen der Radaufhängung des Landrovers, das Knirschen der Räder auf dem Schotter und das Rauschen des Windes. Sally-Anne griff nach Craigs Hand, als sie in den Kurven aneinandergepreßt wurden, und hielt sich den ganzen Weg abwärts daran fest.

»Da sind sie!« brummte Fungabera plötzlich heiser vor Erregung.

Sie sahen die Scheinwerfer des Mercedes weiter unten durch die Bäume flackern. Sie holten rasch auf. Für ein paar Sekunden verschwand das Scheinwerferlicht hinter einer Kurve, dann brach es wieder hervor – zwei lange Strahlen, die die graue, staubige Oberfläche der Straße beleuchteten und plötzlich von einem anderen Scheinwerferpaar auf der gegenüberliegenden Seite, selbst aus dieser Entfernung grell blendend, beantwortet wurden. Das zweite Scheinwerferpaar blendete dreimal auf, offensichtlich ein Erkennungszeichen, und der Mercedes verlangsamte sofort seine Fahrt.

»Wir haben sie«, frohlockte Fungabera und schaltete das Standlicht aus.

Unter ihnen rollte ein überdachter Lastwagen langsam vom Straßenrand, wo er in der Dunkelheit geparkt hatte, in die Mitte der Straße. Seine Scheinwerfer erfaßten den Mercedes, der daraufhin anhielt. Zwei Männer stiegen aus dem Mercedes und liefen zur Führerkabine des Lasters. Einer von ihnen hatte eine Maschinenpistole. Sie unterhielten sich durch das offene Seitenfenster mit dem Fahrer.

Der Landrover raste in völliger Dunkelheit lautlos auf diese hellerleuchtete Szene zu. Sally-Anne klammerte sich mit erstaunlicher Kraft an Craigs Hand.

Unten auf der Straße wandte sich einer der Männer zum Heck des Lasters, blieb dann aber stehen und blickte dem ankommenden Landrover entgegen. Sie waren nun schon so nahe, daß er trotz des Motorengeräusches des Mercedes und des Lastwagens das Knirschen der Räder gehört haben mußte.

Fungabera schaltete die Scheinwerfer des Landrovers ein. Sie flammten blendend hell auf, und im selben Augenblick hob er ein Megaphon an den Mund. »Stehenbleiben!« bellte seine Stimme blechern durch die Nacht und hallte von den umliegenden Berghängen wider. »Fliehen ist zwecklos!«

Die zwei Männer wirbelten herum und liefen gebückt auf den Mercedes zu. Nbebi startete den Motor mit so viel Gas, daß er aufheulte, und der Landrover machte einen Satz.

»Bleibt, wo ihr seid! Waffen fallen lassen!«

Die beiden Männer zögerten, dann ließ der Bewaffnete seine

Maschinenpistole fallen, beide hoben die Hände zum Zeichen, daß sie sich ergaben, und blinzelten in die Scheinwerfer.

Nbebi fuhr den Landrover vor den Mercedes, um ihm den Weg zu versperren. Dann sprang er aus dem Wagen, rannte zum offenen Seitenfenster und richtete seine Uzi-Maschinenpistole in das Innere des Mercedes. »Aussteigen!« brüllte er.

Weiter hinten kamen kreischend die beiden Lastwagen zum Stehen. Bewaffnete Soldaten sprangen ab und stürmten vorwärts, um die beiden unbewaffneten Männer niederzuschlagen. Sie umzingelten den Mercedes, rissen die Türen auf und zerrten den Fahrer und einen anderen Mann vom Rücksitz auf die Straße.

Die große, breitschultrige Gestalt war unverwechselbar. Tungata Zebiwe schüttelte seine Gegner ab und funkelte sie so zornig an, daß sie unwillkürlich einen Schritt zurückwichen. »Zurück, ihr kläffenden Schakale! Wer wagt es, mich anzurühren?« Er trug eine dunkle Hose und ein weißes Hemd. Sein kurzgeschorener Kopf war rund wie eine Kanonenkugel. »Wißt ihr, wer ich bin?« fragte er. »Ihr werdet noch wünschen, daß euch eure fünfundzwanzig Väter bessere Manieren beigebracht hätten!«

Angesichts dieser stolzen Unerschrockenheit machten sie noch einen Schritt zurück und sahen sich nach dem Landrover um. Fungabera trat in das Licht der Scheinwerfer, und Tungata erkannte ihn sofort.

»Sie!« grollte er. »Natürlich, der Oberschlächter.«

»Das Verdeck des Lasters öffnen«, befahl Fungabera, ohne Tungata aus den Augen zu lassen. Sie starrten einander so haßerfüllt an, daß alles andere um sie herum bedeutungslos zu sein schien.

Craig war aus dem Landrover gesprungen und wollte schon weitergehen, aber nun blieb er überrascht neben dem Mercedes stehen. So etwas hatte er nicht im entferntesten erwartet. Dieser fast greifbare Haß war keine Folge des Augenblicks, denn es schien, als wollten sich die beiden Männer wie wildgewordene Tiere aufeinander stürzen. Das war ein leidenschaftlicher Gefühlsausbruch, ein gegenseitiger Haß, der auf lang währender Feindseligkeit beruhte.

Die Soldaten warfen Kisten und Ballen von der Ladefläche des gekaperten Lastwagens. Eine der Kisten brach beim Aufprall auf der Straße auseinander, und lange, gelbe Elefantenstoßzähne schimmerten wie Bernstein im Licht der Scheinwerfer. Ein Soldat riß einen der Ballen auf und brachte wertvolle Pelze zum Vorschein – das gelbgefleckte Fell eines Leoparden und den dichten, roten Pelz eines Luchses.

»Das ist es!« Fungaberas Stimme klang triumphierend und verächtlich, rachsüchtig, schadenfroh. »Greift euch den Matabelehund!«

»Was immer das zu bedeuten hat, es wird dir noch leid tun«, knurrte Tungata ihn an, »du Sohn einer Shonahure!«

»Nehmt ihn fest!« befahl Fungabera seinen Leuten, aber sie zögerten vor der unsichtbaren Aura von Macht, die von dieser hohen, gebieterischen Gestalt ausging.

Inzwischen war Sally-Anne aus dem Landrover gestiegen, um das Elfenbein und die Pelze zu besichtigen, die auf der Straße lagen. Sie befand sich nur eine Sekunde zwischen Tungata und seinen Angreifern, aber seine Bewegung war so blitzschnell wie der Angriff einer Schlange, fast zu rasch für das Auge.

Er faßte Sally-Annes Arm und zog sie an sich, um sie wie einen Schild vor sich zu halten, als er sich bückte und seine Maschinenpistole vom Boden aufhob. Er hatte den Augenblick vortrefflich gewählt. Sie standen alle sehr dicht beisammen. Die Soldaten bildeten einen so engen Kreis, daß keiner von ihnen schießen konnte, ohne einen ihrer eigenen Leute zu treffen.

Tungatas Rücken war durch den Landrover gedeckt, und von vorne schützte ihn Sally-Annes Körper.

»Nicht schießen!« brüllte Fungabera seinen Männern zu. »Ich will den Matabelebastard lebend.«

Tungata drehte den Pistolenlauf unter Sally-Annes Ellbogen so, daß er mit einer Hand abdrücken konnte, und zielte auf Fungabera, während er rückwärts zum Landrover ging und Sally-Anne mit sich schleppte. Der Motor des Landrovers lief noch.

»Du wirst mir nicht entkommen«, höhnte Fungabera. »Die Straße ist gesperrt, ich habe hundert Mann. Ich werde dich schon noch kriegen.«

Tungata entsicherte die Maschinenpistole mit dem Daumen und richtete den Lauf auf Fungaberas Bauch. Craig stand schräg hinter ihm und sah, daß der Pistolenlauf, kurz bevor Tungata feuerte, leicht abschwenkte. Craig erkannte, daß er absichtlich einen Zentimeter neben Fungaberas Hüfte vorbeigeschossen hatte. Die Pistole machte einen ohrenbetäubenden Krach, und die Männer gingen in Deckung.

Staub umhüllte die Scheinwerfer, und konfus herumlaufende Soldaten verstellten den anderen das Schußfeld, während Tungata Sally-Anne in dem Chaos hochhob und auf den Beifahrersitz des Landrovers warf. Er schwang sich auf den Fahrersitz, legte einen Gang ein, und der Wagen tat mit aufheulendem Motor einen Satz nach vorne.

»Nicht schießen!« brüllte Fungabera noch einmal nachdrücklich. »Ich will ihn lebend!«

Ein Soldat sprang in einem aussichtslosen Versuch, den Wagen anzuhalten, vor den Landrover. Der Aufprall klang, als würde ein Klumpen Brotteig auf das Knetbrett geworfen, die Motorhaube traf ihn direkt an der Brust, und er stürzte. Als der Wagen über ihn hinwegfuhr, hörte man dumpfe Schläge, dann blieb er mitten auf der Straße liegen, und der Landrover jagte den dunklen Hügel hinauf.

Ohne zu überlegen riß Craig die Fahrertür des verlassenen Dienstmercedes auf und ließ sich auf den Sitz fallen. Er schlug volle hundertachtzig Grad ein und trat auf das Gaspedal. Das Heck des Mercedes schwang mit durchdrehenden Rädern herum, und er streifte mit dem rechten, vorderen Kotflügel den Erdwall am Straßenrand, wodurch der Wagen in gerader Richtung auf die Straße zurückkatapultiert wurde. Craig nahm den Fuß vom Gaspedal, fing den schleudernden Wagen ab, lenkte die Räder gerade und gab Vollgas. Der Mercedes schoß vorwärts, und durch das offene Fenster hörte er Fungabera rufen: »Craig! Warten Sie!«

Craig ignorierte ihn und konzentrierte sich auf die scharfe Kurve, auf die er gerade zuraste. Der Mercedes war so leicht zu lenken, daß er fast übersteuert hätte, und die äußeren Räder rumpelten über das holprige Bankett. Dann lag die Kurve hinter ihm, und vor sich sah er die durch eine weiße Staubwolke verdeckten, roten Rücklichter des Landrovers.

Craig schaltete das Automatikgetriebe auf Handschaltung um, der Motor heulte auf, die Nadel des Tourenzählers sauste in den roten Bereich über fünftausend Touren, der Wagen schoß wie ein Pfeil den Hügel hinauf und kam dem Landrover rasch näher.

Seine Scheinwerfer strahlten Sally-Anne an. Sie hing halb über den Wagenrand und versuchte hinauszuklettern, um vom fahrenden Wagen abzuspringen, aber Tungata streckte den Arm aus, griff nach ihrer Schulter, zerrte sie zurück und zwang sie auf den Sitz.

Dann verschwand der Landrover wieder hinter einer Staubwolke, und Craig fühlte eine Wut in sich aufsteigen, die ihm fast den Atem benahm. In diesem Augenblick haßte er Tungata, wie er noch nie zuvor einen Menschen gehaßt hatte. Die nächste Kurve nahm er problemlos, indem er kurz bremste, und sobald er durch war, gab er wieder Vollgas.

Der Landrover war etwa dreihundert Meter vor ihm, und der Abstand verringerte sich immer mehr. Craig bremste in der nächsten Kurve, und als sie hinter ihm lag, war er dem Landrover schon sehr nahe. Sally-Anne drehte sich um und schaute zurück. Ihr Gesicht war weiß, das Haar umflatterte es wie ein schimmernder Schleier und legte sich dann wieder glatt an den Kopf, und dann verschwand sie hinter der nächsten Straßenbiegung. Craig fuhr dicht hinter dem Landrover und mußte bremsen, weil ihm der Staub die Sicht nahm, und als er aus der Kurve herauskam, sah er die Straßensperren weiter vorne.

Quer auf der Straße stand ein Dreitonnen-Armeelaster, und die Abstände zwischen dem Laster und der Straßenböschung waren mit gefällten Dornenbäumen ausgefüllt worden. Die verschlungenen Äste bildeten eine dichte Wand, die schweren Stämme waren aneinandergekettet. Craig sah die stählernen Kettenglieder im Scheinwerferlicht glitzern. Diese Barriere würde selbst einen Bulldozer aufhalten.

Vor dem Hindernis standen fünf Soldaten und schwangen die Maschinenpistolen, um den Landrover zum Aufhalten zu zwingen. Da sie das Feuer nicht schon eröffnet hatten, hoffte Craig, daß Fungabera sie über Funk erreicht hatte, und trotzdem befiel ihn eine lähmende Angst, als er sah, wie ungeschützt Sally-Anne in dem offenen Wagen saß.

»Bitte schießt nicht«, flüsterte er und trat so hart auf das Gaspedal, daß sich das Ende seiner Beinprothese schmerzhaft in den Stumpf bohrte. Die Motorhaube des Mercedes war nur noch fünfzehn Meter vom Heck des Landrovers entfernt.

Etwa hundert Meter vor der Straßensperre war die rechte Böschung etwas niedriger. Tungata steuerte darauf zu, und das häßliche, stumpfnasige Fahrzeug kroch an der Böschung hoch, griff oben mit allen vier Rädern und stürzte sich wie ein Mähdrescher in das hohe, gelbe Elefantengras.

Craig wußte, daß er ihm nicht folgen konnte. Die Böschung würde dem tiefliegenden Mercedes die Bodenplatte aufreißen. Er raste vorbei und trat unmittelbar vor der Straßensperre voll auf die Bremse. Der Mercedes schleuderte und blieb in einer dichten Staubwolke quer zur Straße stehen. Craig warf sich gegen die Tür und taumelte auf die Straße.

Er konnte sich im Gleichgewicht halten und kroch die rechte Böschung hinauf. Der Landrover arbeitete sich in einem niedrigen Gang mit aufheulendem Motor zwanzig Meter vor ihm durch das dichte, gelbe, mannshohe Elefantengras, dessen Stengel dicker waren als der kleine Finger eines Mannes. Da Tungata im Zickzack zwischen den Bäumen durchfahren mußte, kam er nur im Schrittempo vorwärts. Craig sah, daß es Tungata gelingen würde, die Straßensperre zu umfahren, und er rannte los, um dem Landrover den Weg abzuschneiden. Seine Wut und die Sorge um Sally-Anne schienen ihn zu beflügeln.

Tungata sah ihn kommen, hob mit einer Hand die Maschinenpistole und zielte über die Motorhaube des schaukelnden Landrovers, aber Sally-Anne warf sich auf die Waffe, umklammerte sie mit beiden Armen, drückte den Pistolenlauf mit ihrem ganzen Gewicht nieder, und Tungata konnte die andere Hand nicht vom Lenkrad nehmen, um richtig zu zielen. Sie waren nun schon an der Straßensperre vorbei, und Craig verlor zusehends an Boden; er erkannte, daß er sie nicht einholen konnte, und stolperte mühsam hinter ihnen her.

Sally-Anne und Tungata kämpften miteinander, bis der große schwarze Mann seinen Arm freibekam und ihr mit der Handkante einen brutalen Schlag unter das Ohr versetzte. Sie fiel mit dem Gesicht auf das Armaturenbrett, und Tungata drehte wie wild am Lenkrad. Der Wagen bog plötzlich ab, und Craig gewann dadurch ein paar wertvolle Meter, dann schien der Landrover für einen Augenblick auf der hohen Böschung hinter der Straßensperre in der Luft zu hängen, bevor er mit einem schrillen metallischen Kreischen und durchdrehenden Rädern über die Kante auf die Straße kippte.

Craig mobilisierte seine letzten Reserven an Kraft und Entschlossenheit und rannte so schnell, daß er die Stelle an der Böschung schon einen Augenblick, nachdem der Wagen verschwunden war, erreichte.

Wunderbarerweise befand sich der Landrover noch keine drei Meter von ihm entfernt, und Tungata, der schwer angeschlagen war und von dem Aufprall auf das Lenkrad aus dem Mund blutete, versuchte den Wagen unter Kontrolle zu bringen.

Craig zögerte keinen Augenblick. Er katapultierte sich von der Böschung, und der Aufprall nahm ihm den Atem. Der Landrover beschleunigte, und er fiel halb über die Hintertür. Er fühlte, wie dabei ein paar seiner Rippen brachen, die Luft entwich pfeifend aus seiner Kehle, als seine Lungen zusammengedrückt wurden, und kurz verschwamm ihm alles vor den Augen – aber er fand einen Halt am Funkgerät und klammerte sich daran fest. Er fühlte, wie der Landrover beschleunigte, und hörte Sally-Anne vor Angst und Schmerzen wimmern. Das stärkte ihn, und sein Blick wurde wieder klar.

Hinter ihm schwenkte der Armeelaster aus der Straßensperre und nahm mit heulendem Motor und aufgeblendeten Scheinwerfern die Verfolgung auf, während sich der Landrover mit hoher Geschwindigkeit der Hauptstraße näherte.

Craig bereitete sich auf die scharfe Kurve vor, aber als Tungata mit quietschenden Reifen abbog, hatte er das Gefühl, als würden ihm die Arme aus den Schultergelenken gerissen. Tungata fuhr Richtung Norden. Natürlich, bis zur Grenze von Sambia waren es nur hundertsechzig Kilometer. Die Straße führte steil abwärts in diese unbewohnte, von der Tsetsefliege verseuchte, sonnendurchglühte Wildnis vor den Grenzposten und der Brücke über den Sambesi nach Chirundu. Mit einer Geisel hatte Tungata die Möglichkeit, die Grenze zu erreichen. Wenn Craig aufgab, würde er sie erreichen oder sich und Sally-Anne in Lebensgefahr bringen.

Zentimeter für Zentimeter zog sich Craig in den Landrover. In diesem Augenblick bog der Landrover scharf ab, und gleichzeitig begegnete Craig Tungatas funkelndem Blick im Rückspiegel. Er hatte Craig beobachtet, um ihn in einem unaufmerksamen Augenblick abzuschütteln.

Durch die Fliehkraft rutschte Craig wieder über die Seite des Wagens hinaus. Er hielt sich nur mehr mit der linken Hand fest, und seine Muskeln und Sehnen waren zum Zerreißen gespannt, als er mit seinem ganzen Gewicht an einem Arm hing.

Tungata versuchte es ein zweites Mal, indem er nahe an die Straßenböschung heranfuhr, und Craig sah die Böschung im Scheinwerferlicht an sich vorbeirasen. Tungata wollte ihn offensichtlich zwischen dem Schiefergestein und dem scharfen Metall des Wagens zerquetschen. Unwillkürlich brüllte Craig vor Anstrengung, als er die Knie hochzog. Es gab ein ohrenbetäubendes, quietschendes Geräusch von Metall auf Stein, als der Landrover die Felsen streifte. Etwas versetzte seinem Bein einen Schlag, und dann hörte Craig, wie die Lederriemen brachen, als die Beinprothese fortgerissen wurde. Wäre das Bein aus Fleisch und Blut gewesen, hätte er nun eine tödliche Verletzung. Statt dessen nützte er den Schwung, als der Landrover wieder auf die Straße einbog, hievte sich auf den hinteren Sitz, schlang den freien Arm von hinten um Tungatas Hals und drückte zu.

Tungata nahm beide Hände vom Lenkrad, umklammerte Craigs Handgelenk und Ellbogen und gab einen erstickten, kehligen Laut von sich, und das freigewordene Lenkrad wirbelte herum. Der Landrover kam von der Straße ab, stürzte über den unbefestigten Rand einen steilen Abhang hinunter und überschlug sich ein paarmal.

Craigs Griff löste sich, und er wurde aus dem Wagen geschleudert. Er schlug hart auf dem Boden auf und blieb einen Augenblick mit summenden Ohren und schmerzendem Körper hilflos liegen, bis er wieder voll zu Bewußtsein kam und sich aufrichtete.

Der Landrover war umgestürzt. Die Scheinwerfer brannten noch, und dreißig Schritte weiter unten sah Craig Sally-Anne im Lichtkegel liegen. Sie sah wie ein schlafendes kleines Mädchen aus. Ihre Augen waren geschlossen, ihr Mund entspannt, die Lippen hoben sich purpurrot von dem blassen Gesicht ab, aber von ihrem Haaransatz lief eine Blutspur über die Schläfen.

Craig wollte zu ihr hinkriechen, als plötzlich noch eine Gestalt aus der Dunkelheit auftauchte, eine große, dunkle, breitschultrige Gestalt. Tungata taumelte sichtlich betäubt, drehte sich um die eigene Achse und faßte sich an die schmerzende Kehle. Bei seinem Anblick wurde Craig von Kummer und Wut überwältigt.

Er stürzte sich auf Tungata, und sie stießen Brust an Brust zusammen. Vor langer Zeit, als Freunde, waren sie oft gegeneinander angetreten, aber Craig hatte vergessen, daß der Mann wahre Bärenkräfte besaß. Seine Muskeln waren hart und elastisch, und Craig konnte auf einem Bein nicht im Gleichgewicht bleiben. Trotz seiner Benommenheit schleuderte ihn Tungata zu Boden.

Aber Craig ließ auch im Fallen nicht los, und Tungata konnte ihn nicht abschütteln. Sie gingen beide zu Boden, und Craig holte mit dem Beinstumpf aus. Er nützte den Schwung und Tungatas eigenes Gewicht und stieß den Stumpf mit aller Kraft in den Unterleib seines Gegners.

Tungata stöhnte und sackte zusammen. Craig wälzte sich unter ihm hervor, ließ sich über die Schultern abrollen und warf sich mit seinem ganzen Gewicht vor, um noch einmal mit dem Stumpf zuzuschlagen. Es klang, als treibe er mit beiden Händen eine Axt in einen Baumstamm, und der Stoß traf Tungata knapp über dem Herzen, mitten in die Brust.

Tungata fiel nach hinten und blieb liegen. Craig kroch zu ihm hin und legte ihm beide Hände um die ungeschützte Kehle. Er fühlte die Muskelstränge am Kehlkopf und drückte mit aller Kraft zu. Erst als er fühlte, wie das Leben unter seinen Händen dahinschwand, fiel die Wut von ihm ab – er konnte ihn nicht töten. Er öffnete die Hände und wandte sich keuchend von ihm ab.

Er ließ Tungata verkrümmt auf dem steinigen Boden liegen und kroch zu der Stelle, wo Sally-Anne lag. Er bettete ihren Kopf an seine Schulter, völlig verzweifelt, daß sich ihr Körper so schlaff und leblos anfühlte. Mit einer Hand wischte er den Blutfaden an ihrer Stirn weg.

Über ihnen auf der Straße hielt der Verfolgerlastwagen mit metallisch kreischenden Bremsen, und eine Horde bewaffneter Männer stürmte den Abhang herunter. Wie ein Kind, das aus dem Schlaf erwacht, regte Sally-Anne sich in seinen Armen und wimmerte leise.

Sie lebte, sie lebte noch, und er flüsterte ihr zu: »Meine Liebste, o meine Liebste, ich liebe dich so sehr!«

Sally-Anne hatte vier Rippen gebrochen, ihr rechter Knöchel war verstaucht, und von dem Handkantenschlag in den Nacken hatte sie eine schwere Prellung und einen Bluterguß davongetragen. Die Kopfwunde jedoch war nicht tief, und die Röntgenbilder zeigten keine Verletzung der Schädeldecke. Trotzdem mußte sie zur Beobachtung auf der Privatstation des überfüllten Krankenhauses bleiben, in die Fungabera sie hatte bringen lassen.

Hier besuchte sie auch Abel Khori, der Staatsanwalt, dem der Fall Tungata Zebiwe übertragen worden war. Khori war ein vornehm aussehender Shona, der in London als Anwalt zugelassen war, immer noch die Kleidung von Lincoln's Inn Fields bevorzugte und eine Vorliebe für auswendig gelernte, oft unpassende lateinische Sätze hegte.

»Ich besuche Sie, um mir über einige Punkte in Ihren Angaben gegenüber der Polizei klar zu werden. Denn es wäre höchst unzulässig, wenn ich Sie in irgendeiner Weise hinsichtlich Ihrer Aussage beeinflußte«, erklärte Khori.

Er zeigte Craig und Sally-Anne Berichte über spontane Matabeledemonstrationen für Tungatas Freilassung, die durch die Polizei und Einheiten der Dritten Brigade rasch aufgelöst worden waren, Berichte, die der Shonaherausgeber des »Herald« bewußt nicht auf der ersten Seite brachte.

»Wir dürfen nie vergessen, daß dieser Mann ipso iure eines Verbrechens angeklagt ist, und man sollte es nicht so weit kommen lassen, daß er zu einem Märtyrer wird. Und diese Gefahr besteht. Je eher wir die ganze Sache mutatis mutandis hinter uns bringen, um so besser für alle Beteiligten.«

Craig und Sally-Anne waren anfangs überrascht und dann leicht beunruhigt über die Eile, mit der Tungata der Prozeß gemacht werden sollte. Trotz der Tatsache, daß die Gerichte in den nächsten sieben Monaten keinen Termin mehr frei hatten, setzte das Oberste Gericht die Verhandlung zehn Tage später an.

»Wir können einen Mann von seinem Format nicht nudis verbis sieben Monate lang in Untersuchungshaft behalten«, erklärte der Staatsanwalt, »und ihn gegen Kaution freizulassen, damit er seine Gefolgsleute aufstacheln kann, wäre eine selbstmörderische Torheit.«

Abgesehen von dem Prozeß gab es noch ein paar andere Dinge, die Craig und Sally-Anne beschäftigten. Die Cessna war fällig für das erste große Service und die »Flugtauglichkeitsbescheinigung«. In Simbabwe gab es für diese Überprüfung keine Einrichtungen, daher mußten sie einen Piloten auftreiben, der die Maschine nach Johannesburg flog.

»Ich fühle mich wie ein Vogel mit gestutzten Flügeln«, sagte sie.

»Ich kenne das Gefühl«, meinte Craig wehmütig grinsend und klopfte mit seiner Krücke auf den Boden.

»Oh, entschuldige, Craig.«

»Nein, du brauchst dich nicht zu entschuldigen. Aus irgendeinem Grund macht es mir nichts mehr aus, über mein Bein zu sprechen. Jedenfalls dir gegenüber.«

»Wann bekommst du es wieder?«

»Morgan Oxford hat es per Kurier abgeschickt, und Henry Pickering hat mir versprochen, die Orthopäden anzutreiben – zum Prozeß könnte ich es also wieder haben.«

Der Prozeß. Alles schien sich nur um den Prozeß zu drehen, und selbst die Leitung von King's Lynn und die letzten Vorbereitungen zur Eröffnung der Gästehäuser in Sambesi Waters konnten Craig nicht von Sally-Annes Krankenbett und den Vorbereitungen für den Prozeß weglocken. Zum Glück hatte er auf King's Lynn Hans Groenewald, und Peter Younghusband, der junge Geschäftsführer aus Kenia, den Sally-Anne angestellt hatte, war bereits angekommen und hatte die Aufsicht über Sambesi Waters übernommen. Craig sprach zwar jeden Tag über Funk oder Telefon mit diesen beiden Männern, blieb aber bei Sally-Anne in Harare.

Craigs Beinprothese kam einen Tag vor Sally-Annes Entlassung aus dem Krankenhaus an.

Craig schob das Hosenbein hoch, um sie ihr zu zeigen. »Zurechtgebogen, flachgeklopft, geschmiert und generalüberholt«, prahlte er. »Und wie geht's deinem Kopf?«

»Genauso wie deinem Bein«, lachte sie. »Wenn mir der Arzt auch geraten hat, ihn mir wenigstens die nächsten paar Wochen nicht wieder anzuschlagen.«

Wegen des Knöchels mußte sie sich auf einen Stock stützen, und ihr Brustkorb war noch bandagiert, als Craig am nächsten Morgen ihre Reisetasche zum Landrover trug.

»Tun dir die Rippen weh?« Er sah, wie sie zusammenzuckte, als sie in den Wagen stieg.

»Solange mich niemand an sich drückt, werde ich es wohl überstehen.«

»Nicht drücken. Ist das eine Vorschrift?« fragte er.

»Ich denke schon –« Sie hielt inne und sah ihn einen Augenblick an, bevor sie die Lider senkte und leise murmelte: »Aber Vorschriften sind nur für Narren da und zur Orientierung kluger Männer.«

Und Craig fühlte sich ermutigt.

Der Zweite Gerichtshof der Mashonalandsektion des Obersten Gerichtshofes der Republik Simbabwe hatte alle Eigenarten der britischen Justiz beibehalten.

Die erhöhte Richterbank mit dem Wappen von Simbabwe darüber beherrschte den Gerichtssaal; die Sitzbänke aus Eichenholz befanden sich gegenüber, der Zeugenstand und die Anklagebank zu beiden Seiten. Der Staatsanwalt, die Beisitzer und die Anwälte der Verteidigung trugen lange schwarze Roben, während der Richter in leuchtendes Rot gekleidet war. Nur die Gesichtsfarbe hatte sich geändert: Die schwarze Haut der Beamten bildete einen starken Kontrast zu den vollen, weißen Locken ihrer Perücken und den gestärkten, weißen Krägen.

Der Gerichtssaal war zum Bersten voll, und als auch die Stehplätze im Hintergrund besetzt waren, schlossen die Gerichtsdiener die Türen vor der hereindrängenden Menschenmenge im Korridor. Die Zuschauer, zum Großteil Matabele, die die lange Busreise von Matabeleland quer durch das Land gemacht hatten und die Armschleife der ZAPU-Partei trugen, verhielten sich ruhig und friedlich. Erst als der Angeklagte an seinen Platz geführt wurde, entstanden Bewegung und Gemurmel, und im Hintergrund des Saales schrie eine schwarze Frau, die in den ZAPU-Farben gekleidet war, hysterisch: »Bayete, Nkosi Nkulu!« und grüßte mit erhobener Faust.

Sofort wurde sie von den Wachen gepackt und durch die Tür hinausgedrängt. Tungata Zebiwe stand in der Anklagebank und sah teilnahmslos zu; in seiner bloßen Gegenwart wirkten alle anderen Personen im Saal blaß, bedeutungslos. Selbst der Richter, Mr. Domashawa, ein großer, hagerer Mashona mit einer vornehm gebogenen, atypischen Ägypternase und kleinen, hellen, vogelartigen Augen, wirkte trotz der roten Robe im Vergleich zu ihm ausgesprochen mittelmäßig. Doch Richter Domashawa genoß einen ausgezeichneten Ruf, und der Staatsanwalt hatte sich über seine Wahl höchst erfreut gezeigt, als er Craig und Sally-Anne davon erzählte.

»Oh, nun ist es tatsächlich in gremio legis, daß Recht gesprochen wird, seien Sie unbesorgt.«

Als das Land noch Rhodesien geheißen hatte, war das britische Schwurgericht abgeschafft worden. Der Richter würde mit Unterstützung der beiden schwarzgekleideten Beisitzer, die mit ihm auf der Richterbank saßen, zu einem Urteil gelangen. Beide Beisitzer waren Shona, einer ein Naturschutzexperte, der andere ein richterlicher Beamter. Der Richter konnte ihren Rat einholen, wenn er wollte, aber das endgültige Urteil hing ausschließlich von ihm ab.

Er fixierte Tungata Zebiwe mit seinen hellen Augen, während der Gerichtsschreiber in englischer Sprache die Anklageschrift verlas.

Es waren acht Hauptanklagepunkte: Handel und Ausfuhr von Produkten geschützter wilder Tiere, Geiselnahme, Bedrohung mit einer tödlichen Waffe, tätliche Drohung mit beabsichtigter Körperverletzung, versuchter Mord, bewaffneter Widerstand gegen die Staatsgewalt, Autodiebstahl und böswillige Beschädigung von Staatseigentum. Außerdem gab es noch zwölf geringfügigere Anklagepunkte.

»Mein Gott«, flüsterte Craig Sally-Anne zu, »die werfen ja mit Ziegelsteinen nach ihm.«

»Und mit den Bodenplatten dazu«, flüsterte Sally-Anne zurück. »Gut so, ich möchte den Bastard hängen sehen.«

»Tut mir leid, meine Liebe, keiner der Anklagepunkte ist ein Kapitalverbrechen.« Und doch hatte Craig während der Eröffnungsrede des Staatsanwaltes das sonderbare Gefühl, einer griechischen Tragödie beizuwohnen, in der eine heldenhafte Gestalt von niedrigeren, unbedeutenden Männern umzingelt und in den Schmutz gezerrt wurde.

Trotz seiner Gefühle merkte Craig, daß Khori den Fall in seiner Eröffnungsrede korrekt und sachlich vortrug und sogar weitgehend darauf verzichtete, lateinische Phrasen einzuflechten. Der erste einer langen Liste von Zeugen der Anklage war General Peter Fungabera. Er erschien in Uniform, legte gelassen den Eid ab und stand dann militärisch aufrecht da, das Offiziersstöckchen locker in seiner Hand. Er machte seine Aussage ohne jede Zweideutigkeit und so eindrucksvoll, daß der Richter von Zeit zu Zeit beifällig nickte und sich Notizen machte.

Das Zentralkomitee der ZAPU-Partei hatte einen Londoner Anwalt mit der Verteidigung betraut, aber auch Mr. Joseph Petal konnte General Fungabera nicht erschüttern, er sah sehr bald ein, daß seine Bemühungen zwecklos waren, und zog sich zurück, um auf ein leichteres Opfer zu warten.

Der nächste Zeuge war der Fahrer des Lastwagens, der die Schmuggelware transportiert hatte. Er war ein ehemaliger ZIPRA-Guerrillero, der erst kürzlich aus einem der Umschulungszentren entlassen worden war. Er machte seine Aussage in seiner Muttersprache. Der Gerichtsdolmetscher übersetzte sie ins Englische.

»Sind Sie dem Angeklagten vor jener Nacht, in der Sie verhaftet wurden, schon einmal begegnet?« fragte Khori, nachdem er seine Identität festgestellt hatte.

»Ja. Ich habe mit ihm zusammen gekämpft.«

»Haben Sie ihn nach dem Krieg wiedergesehen?«

»Ja.«

»Würden Sie dem Gericht mitteilen, wann das war?«

»Letztes Jahr in der Trockenzeit.«

»Also bevor man Sie in das Umschulungszentrum schickte?«

»Ja, vorher.«

»Wo haben Sie Minister Tungata Zebiwe getroffen?«

»In dem Tal beim großen Fluß.«

»Würden Sie dem Gericht Näheres über diese Begegnung erzählen?«

»Wir haben Elefanten gejagt – wegen des Elfenbeins.«

»Wie haben Sie die Elefanten gejagt?«

»Wir setzten Treiber ein und einen Helikopter, um die Elefanten in ein altes Minenfeld zu treiben.«

Mr. Petal sprang auf. »Ich erhebe Einspruch gegen diese Befragung, Euer Ehren. Das hat nichts mit den Anklagepunkten zu tun.«

»Es steht in Zusammenhang mit dem ersten Anklagepunkt«, beharrte Khori.

»Ihr Einspruch ist abgewiesen, Mr. Petal. Bitte fahren Sie fort, Herr Staatsanwalt.«

»Wie viele Elefanten haben Sie getötet?«

»Sehr, sehr viele.«

»Könnten Sie schätzen, wie viele es waren?«

»Vielleicht zweihundert Elefanten, aber ich bin nicht sicher.«

»Und Sie behaupten, daß Minister Tungata Zebiwe dort war?«

»Er kam, nachdem die Elefanten getötet worden waren. Er kam, um die Stoßzähne zu zählen und sie in seinem Helikopter abzutransportieren.«

»Was für ein Helikopter?«

»Ein Helikopter der Regierung.«

»Ich erhebe Einspruch, Euer Ehren, dieser Punkt ist irrelevant.«

»Einspruch abgelehnt, Mr. Petal, bitte fahren Sie fort.«

Als es zum Kreuzverhör kam, griff Mr. Petal sofort an. »Ich behaupte, daß Sie niemals einer von Minister Tungata Zebiwes Widerstandskämpfern waren. Und daß Sie dem Minister bis zu jener Nacht in Wahrheit nie zuvor begegnet sind –«

»Ich erhebe Einspruch, Euer Ehren«, warf Khori empört ein. »Die Verteidigung versucht den Zeugen zu diskreditieren, in dem Wissen, daß keine Aufzeichnungen über patriotische Soldaten existieren und der Zeuge deshalb seinen mutigen Kampf für diese Sache nicht beweisen kann.«

»Einspruch stattgegeben. Mr. Petal, bitte beschränken Sie Ihre Fragen auf die vorliegende Angelegenheit und versuchen Sie nicht, den Zeugen einzuschüchtern.«

»Jawohl, Euer Ehren.« Mr. Petal war vor Enttäuschung rot angelaufen, als er sich wieder an den Zeugen wandte. »Können Sie dem Gericht sagen, wann Sie aus dem Umschulungszentrum entlassen wurden?«

»Ich weiß nicht. Ich kann mich nicht erinnern.«

»War es länger her oder kurz vor Ihrer Verhaftung?«

»Kurz vorher«, erwiderte der Zeuge widerspenstig und starrte auf seine Hände.

»Wurden Sie nicht unter der Bedingung, daß Sie in jener Nacht den Lastwagen fahren und sich dann als Kronzeuge zur Verfügung stellen, aus dem Gefangenenlager freigelassen?«

»Euer Ehren!« kreischte Khori, und die Stimme des Richters klang ebenso empört und schrill.

»Mr. Petal, bezeichnen Sie ein staatliches Umschulungszentrum nicht als Gefangenenlager.«

»Wie Euer Ehren wünschen.« Mr. Petal fuhr fort: »Hat man Ihnen irgendwelche Zusagen gemacht, als Sie aus dem Umschulungszentrum entlassen wurden?«

»Nein.« Der Zeuge sah unglücklich zu ihm auf.

»Besuchte Sie zwei Tage vor Ihrer Entlassung ein Captain Timon Nbebi von der Dritten Brigade im Schulungszentrum?«

»Nein.«

»Hat Sie dort sonst jemand besucht?«

»Nein! Nein!«

»Also überhaupt keine Besucher, sind Sie sicher?«

»Der Zeuge hat die Frage bereits beantwortet«, unterbrach ihn der Richter, und Mr. Petal seufzte theatralisch und hob die Hände.

»Keine weiteren Fragen, Euer Ehren.«

»Wünschen Sie noch weitere Zeugen aufzurufen, Mr. Khori?«

Craig wußte, daß Nbebi der nächste Zeuge hätte sein sollen, aber merkwürdigerweise verzichtete Khori auf ihn und rief statt dessen jenen Soldaten auf, der vom Landrover überrollt worden war. Angesichts dieser Änderung in der Vorgangsweise des Staatsanwalts überkam Craig ein unbehagliches Gefühl des Zweifels. Wollte der Staatsanwalt Nbebi vor dem Kreuzverhör bewahren? Wollte er verhindern, daß Mr. Petal seine Frage, ob Nbebi dem Umschulungszentrum einen Besuch abgestattet hatte, wiederholen konnte? Doch wenn das zutraf, ließen sich die ungeheuerlichsten Schlußfolgerungen ziehen, und daher zwang sich Craig, seine Zweifel beiseite zu schieben.

Die Notwendigkeit, alle Fragen und Antworten zu übersetzen, machte das ganze Verfahren langwierig und ermüdend, und Craig wurde erst am dritten Tag in den Zeugenstand gerufen.

Nachdem Craig den Eid abgelegt hatte und noch bevor Khori mit der Einvernahme begann, warf Craig einen Blick auf die Anklagebank. Tungata sah ihn unverwandt an, und als sich ihre Blicke trafen, machte er ein Zeichen mit der rechten Hand.

In der Zeit, als Craig und Tungata zusammen als Aufseher im Wildreservat gearbeitet hatten, hatten sie sich oft dieser Zeichensprache bedient. In gefährlichen Situationen, wenn sie sich zum Beispiel einer Elefantenherde näherten, um die überzähligen Tiere, die eine Übervölkerung des Reservats zur Folge gehabt hätten, zu töten, oder wenn sie sich an ein räuberisches Rudel Löwen heranpirschten, das Rinder schlug, hatten sie sich lautlos und blitzschnell in dieser Geheimsprache verständigt. Und nun zeigte ihm Tungata eine geballte Faust, das Zeichen für: »Achtung! Äußerste Gefahr.«

Das letztemal, als ihm Tungata dieses Zeichen gemacht hatte, waren ihm nur Bruchteile einer Sekunde geblieben, um sich umzudrehen und dem Angriff einer verletzten, wütenden Löwin auszuweichen, die sich wie ein gelber Blitz aus dem Dickicht auf ihn warf, so daß sie Craig mit einer Kugel aus seiner 458er Magnum im Herzen noch im Fallen zu Boden riß.

In der Erinnerung an die vergangene Gefahr und als Verheißung gegenwärtiger Gefahr verursachte ihm Tungatas Zeichen eine Gänsehaut. War es eine Drohung oder eine Warnung? fragte sich Craig und starrte Tungata unverwandt an. Er war sich nicht sicher, denn nun zeigte sich Tungatas Gesicht völlig ausdruckslos und unbewegt. Craig gab ihm das Zeichen für: »Ich verstehe nicht«, aber Tungata reagierte nicht, und Craig bemerkte plötzlich, daß er Khoris erste Frage überhört hatte.

»Verzeihen Sie – könnten Sie die Frage noch einmal wiederholen?«

Khori stellte seine Fragen in rascher Folge. »Konnten Sie erkennen, ob der Fahrer des Lastwagens irgendwelche Zeichen machte, als sich der Mercedes näherte?«

»Ja, er blendete die Scheinwerfer auf.«

»Und was geschah dann?«

»Der Mercedes hielt an, zwei der Insassen stiegen aus dem Wagen und gingen nach vorn, um mit dem Fahrer des Lastwagens zu reden.«

»War das Ihrer Meinung nach ein planmäßig vorbereitetes Treffen?«

»Einspruch, Euer Ehren, das kann der Zeuge nicht wissen.«

»Stattgegeben. Der Zeuge braucht die Frage nicht zu beantworten.«

»Wir kommen nun zu der tapferen Befreiung Miss Jays aus den üblen Klauen des Angeklagten.«

»Einspruch – das Wort ›übel‹.«

»Unterlassen Sie die Verwendung des Adjektivs ›übel‹.«

»Wie Sie wünschen, Euer Ehren.«

Nach diesem Handzeichen und während der ganzen Zeit, in der Craig seine Aussage machte, saß Tungata Zebiwe so unbeweglich wie eine in Stein gehauene Statue mit gesenktem Kopf da, aber seine Augen waren unverwandt auf Craigs Gesicht gerichtet.

Erst als sich Mr. Petal zum Kreuzverhör anschickte, bewegte er sich wieder. Er beugte sich vor und raunte dem Anwalt etwas zu. Mr. Petal schien Einwände zu haben, aber Tungata machte eine gebietende Geste.

»Keine Fragen, Euer Ehren«, fügte sich Mr. Petal und sank auf seinen Stuhl zurück, worauf Craig den Zeugenstand verlassen konnte.

Sally-Anne war die letzte Zeugin der Anklage und nach Fungabera wahrscheinlich die ergiebigste.

»Was fühlten Sie, als Sie der Angeklagte packte?«

»Ich hatte Todesangst.«

»Sie sagen, der Angeklagte habe Sie geschlagen. Wo traf Sie der Schlag?«

»Hier im Nacken – man kann die Stelle noch sehen.«

»Sie gaben an, daß der Angeklagte mit der gestohlenen Maschinenpistole auf Mr. Mellow gezielt hat. Was taten Sie darauf? Und könnten Sie dem Gericht sagen, ob Sie noch andere Verletzungen davongetragen haben?«

Khori holte das Beste aus seiner hübschen Zeugin heraus, und Mr. Petal verzichtete klugerweise abermals auf das Kreuzverhör. Die Anklage schloß die Beweisaufnahme am Abend des dritten Tages, und Craig war tief beunruhigt und niedergeschlagen.

Er aß mit Sally-Anne in ihrem Lieblingssteakhaus zu Abend, aber auch eine Flasche ausgezeichneten Kapweins konnte ihn nicht aufmuntern.

»Diese Sache mit dem Fahrer, der Tungata nie vorher gesehen haben soll und nur auf das Versprechen hin, den Lastwagen zu fahren, freigelassen wurde –«

»Das macht dir Kopfzerbrechen?« spottete Sally-Anne. »Selbst der Richter machte kein Geheimnis daraus, daß er es für sehr weit hergeholt hielt.«

Nachdem er sie vor ihrer Wohnung abgesetzt hatte, wanderte Craig allein durch die Straßen und fühlte sich einsam und verlassen. Er konnte allerdings keinen logischen Grund für dieses Gefühl finden.

Mr. Petal rief als ersten Zeugen der Verteidigung Tungata Zebiwes Chauffeur auf.

Er war ein kräftig gebauter Matabele, der trotz seines jugendlichen Alters bereits zur Fettleibigkeit neigte, und sein rundes, gewöhnlich heiter lächelndes Gesicht wirkte nun ängstlich und bedrückt. Sein Kopf war frisch geschoren, und während der ganzen Zeit im Zeugenstand schaute er Tungata kein einziges Mal an.

»Welche Befehle gab Ihnen Minister Zebiwe in jener Nacht, als Sie verhaftet wurden?«

»Keine. Er sagte mir nichts.«

Mr. Petal schaute ihn verdutzt an und zog seine Notizen zu Rate. »Hat er Ihnen nicht gesagt, wohin Sie fahren sollen? Wußten Sie denn nicht, wohin Sie fuhren?«

»Er sagte: ›Geradeaus‹, ›links‹, ›rechts‹ «, murmelte der Fahrer, »ich habe nicht gewußt, wohin wir fahren würden.«

Offensichtlich hatte Mr. Petal diese Antwort nicht erwartet. »Hat Ihnen Mr. Zebiwe nicht befohlen, nach Tuti zu fahren?«

»Einspruch, Euer Ehren.«

»Beeinflussen Sie den Zeugen nicht, Mr. Petal.«

Mr. Petal war deutlich verwirrt. Er hantierte mit seinen Aufzeichnungen, warf Tungata Zebiwe, der völlig unbeweglich dasaß, einen Blick zu und änderte dann seine Fragestellung. »Wo waren Sie, seit Sie verhaftet wurden?«

»Im Gefängnis.«

»Hatten Sie Besuch?«

»Meine Frau ist gekommen.«

»Sonst niemand?«

»Nein.« Der Chauffeur zog ängstlich den Kopf ein.

»Woher sind die Narben an Ihrem Kopf? Hat man Sie geschlagen?«

Craig bemerkte erst jetzt die dunklen Schwellungen am geschorenen Schädel des Chauffeurs.

»Euer Ehren, ich erhebe energisch Einspruch«, rief Khori wütend.

»Mr. Petal, was beabsichtigen Sie mit dieser Fragestellung?« fragte Richter Domashawa.

»Euer Ehren, ich versuche herauszufinden, warum die Aussage des Zeugen seiner früheren Aussage gegenüber der Polizei widerspricht.« Mr. Petal bemühte sich, eine klare Antwort von dem widerspenstigen und trotzigen Zeugen zu erhalten, und gab schließlich mit einer resignierenden Geste auf. »Keine weiteren Fragen, Euer Ehren.«

Khori erhob sich lächelnd zum Kreuzverhör. »Der Lastwagen hat also aufgeblendet?«

»Ja.«

»Und was geschah dann?«

»Ich verstehe nicht.«

»Hat einer der Insassen des Mercedes etwas gesagt oder getan, als der Lastwagen auftauchte?«

»Euer Ehren –«, begann Mr. Petal.

»Ich halte die Frage für zulässig – der Zeuge möge sie beantworten.«

Der Chauffeur runzelte die Stirn, als er sich besann, dann murmelte er: »Genosse Minister Zebiwe sagte: ›Da ist er – halten Sie an.‹«

»›Da ist er‹«, wiederholte Khori langsam und deutlich. »›Halten Sie an.‹ Das hat der Angeklagte also gesagt, als er den Lastwagen sah, ist das richtig?«

»Ja. Das hat er gesagt.«

»Keine weiteren Fragen, Euer Ehren.«

»Ich rufe Sarah Tandiwe Nyoni in den Zeugenstand.« Mr. Petal ließ seine Überraschungszeugin hereinführen, und Khori runzelte die Stirn und beriet sich aufgeregt mit seinen beiden Assistenten. Einer der beiden erhob sich, verbeugte sich vor dem Richtertisch und verließ hastig den Saal.

Sarah Tandiwe Nyoni trat in den Zeugenstand und legte in perfektem Englisch den Eid ab. Sie hatte eine angenehme, wohlklingende Stimme und benahm sich so zurückhaltend und schüchtern wie an dem Tag, als ihr Craig und Sally-Anne in der Missionsstation zum erstenmal begegnet waren. Sie trug ein hellgrünes Baumwollkleid mit einem weißen Kragen und einfache, flache, weiße Schuhe. Ihr Haar war in traditioneller Weise geflochten, und nachdem sie den Eid gesprochen hatte, schaute sie mit ihren sanften Augen zu Tungata in der Anklagebank. Er lächelte nicht, und auch sein Gesichtsausdruck blieb unbeteiligt, aber seine rechte Hand auf der Armlehne bewegte sich kaum merklich, und Craig erkannte, daß er in der geheimen Zeichensprache mit dem Mädchen sprach.

»Mut!« bedeutete das Zeichen. »Ich bin bei dir!« Und das gab dem Mädchen offenbar Zuversicht und Kraft. Sie hob das Kinn und wandte Mr. Petal das Gesicht zu.

»Bitte nennen Sie Ihren Namen.«

»Ich heiße Sarah Tandiwe Nyoni«, erwiderte sie.

»Tandiwe Nyoni, ihr Matabelename, bedeutet ›geliebtes Vögelchen‹«, übersetzte Craig leise für Sally-Anne.

»Das steht ihr ausgezeichnet«, flüsterte sie zurück.

»Was sind Sie von Beruf?«

»Ich bin Leiterin der staatlichen Volksschule von Tuti.«

»Könnten Sie dem Gericht Ihre Qualifikationen nennen.«

Mr. Petal bewies rasch, daß sie eine gebildete und verantwortungsbewußte junge Frau war. Dann fuhr er fort: »Kennen Sie den Angeklagten Tungata Zebiwe?«

Bevor sie antwortete, blickte sie wieder zu Tungata, und ihr Gesicht schien zu glühen. »Ja, o ja«, flüsterte sie heiser.

»Sprechen Sie bitte lauter, meine Liebe.«

»Ich kenne ihn.«

»Hat er Sie jemals in Tuti besucht?«

»Ja«, nickte sie.

»Wie oft?«

»Der Genosse Minister ist ein bedeutender und vielbeschäftigter Mann. Ich bin Lehrerin –«

Tungata machte mit der rechten Hand eine unmerkliche verneinende Geste.

Sie sah es, und ein feines Lächeln umspielte ihre vollendet schön geformten Lippen. »Er kam, sooft er konnte, aber leider nicht so oft, wie ich es mir gewünscht hätte.«

»Haben Sie ihn auch in der fraglichen Nacht erwartet?«

»Ja.«

»Warum?«

»Wir hatten am Morgen vorher miteinander telefoniert. Er

versprach mir zu kommen. Er sagte, er werde den Wagen nehmen und noch vor Mitternacht ankommen.« Das Lächeln erlosch, und ihre Augen wurden dunkel und traurig. »Ich habe bis Sonnenaufgang gewartet – aber er kam nicht.«

»Wissen Sie, ob es irgendeinen besonderen Grund dafür gab, daß er Sie an diesem Wochenende besuchen wollte?«

»Ja.« Sarahs Wangen färbten sich dunkel, und Sally-Anne war fasziniert. Sie hatte nie zuvor ein schwarzes Mädchen erröten sehen. »Ja, er sagte, er wolle mit meinem Vater sprechen.«

»Danke, meine Liebe«, sagte Mr. Petal freundlich.

Während Mr. Petals Befragung war der Assistent des Anklägers auf seinen Platz zurückgekehrt und hatte Khori eine handgeschriebene Notiz übergeben.

Diese Notiz hielt Khori in der Hand, als er sich zum Kreuzverhör erhob. »Miss Nyoni, können Sie dem Gericht erklären, was das Sindebelewort Isifebi bedeutet?«

Tungata knurrte leise und machte Anstalten, sich zu erheben, aber der Justizbeamte legte ihm eine Hand auf die Schulter, um ihn daran zu hindern.

»Es bedeutet Hure«, antwortete Sarah ruhig.

»Ist es nicht auch die Bezeichnung für eine unverheiratete Frau, die mit einem Mann zusammenlebt?«

»Euer Ehren!« rief Mr. Petal verspätet, aber empört, und Richter Domashawa gab dem Einspruch statt.

»Miss Nyoni«, begann Khori von neuem. »Lieben Sie den Angeklagten? Bitte sprechen Sie lauter.«

Diesmal klang Sarahs Stimme fest, fast trotzig. »Ja, ich liebe ihn.«

»Würden Sie alles für ihn tun?«

»Ja.«

»Würden Sie lügen, um ihn zu retten?«

»Einspruch, Euer Ehren.« Mr. Petal sprang auf.

»Ich ziehe die Frage zurück«, kam Khori dem Richter zuvor.

»Ich behaupte, Miss Nyoni, daß der Angeklagte Sie gebeten hat, ihm in Ihrer Schule einen Raum zur Verfügung zu stellen, wo illegales Elfenbein und Leopardenfelle gelagert werden konnten!«

»Nein.« Sarah schüttelte den Kopf. »Er würde niemals –«

»Und daß er Sie gebeten hat, das Verladen dieser Waren auf einen Lastwagen zu überwachen und diesen Laster abzuschicken.«

»Nein! Nein!« rief sie aus.

»Hat er Ihnen, als Sie mit ihm telefonierten, nicht befohlen, eine Lieferung von –«

»Nein! Er ist ein guter Mensch«, schluchzte Sarah. »Ein guter und wertvoller Mensch. Das würde er niemals tun.«

»Keine weiteren Fragen, Euer Ehren.« Sehr zufrieden mit sich setzte sich Khori, und sein Assistent beugte sich vor, um ihm seine Glückwünsche zuzuflüstern.

»Ich rufe den Angeklagten, Minister Tungata Zebiwe, in den Zeugenstand.«

Das war ein riskanter Schritt von Mr. Petal. Selbst Craig als Laie erkannte, daß sich Khori als harter Brocken erwiesen hatte.

Mr. Petal begann damit, Tungatas Stellung in der Gesellschaft, seine Verdienste während der Revolution und seinen bescheidenen Lebensstil aufzuzeigen. »Haben Sie Grundbesitz?«

»Ich besitze ein Haus in Harare.«

»Könnten Sie dem Gericht sagen, wieviel Sie dafür bezahlt haben?«

»Vierzehntausend Dollar.«

»Das ist keine besonders hohe Summe für ein Haus, oder?«

»Es ist kein besonders hohes Haus«, war Tungatas trockene Antwort, und selbst der Richter mußte lächeln.

»Ein Auto?«

»Ich habe einen Dienstwagen zur Verfügung.«

»Ausländische Bankkonten?«

»Keine.«

»Frauen?«

»Keine.« Er schaute in Sarah Nyonis Richtung, die in der hintersten Reihe der Galerie saß. »Bisher«, fügte er hinzu.

»Unterhaltsberechtigte?«

»Meine älteste Tante lebt bei mir. Sie führt mir den Haushalt.«

»Kommen wir nun zur fraglichen Nacht! Können Sie dem Gericht erklären, warum Sie auf der Straße unterwegs waren?«

»Ich war auf dem Weg nach Tuti.«

»Aus welchem Grund?«

»Um Miss Nyoni zu besuchen und um über eine persönliche Angelegenheit mit ihrem Vater zu sprechen.«

»War Ihr Besuch vorher verabredet worden?«

»Ja, in einem Telefongespräch mit Miss Nyoni.«

»Sie haben Sie schon vorher besucht – mehrmals?«

»Richtig.«

»Wo schliefen Sie in solchen Fällen?«

»Mir stand ein strohgedecktes Indlu zur Verfügung.«

»Eine Hütte? Mit einer Schlafmatte und offenem Feuer?«

»Ja.«

»Finden Sie nicht, daß eine solche Unterkunft unter Ihrer Würde ist?«

»Im Gegenteil, ich freue mich über jede Gelegenheit, zu den traditionellen Bräuchen meines Volkes zurückzukehren.«

»Hat irgend jemand diese Unterkunft mit Ihnen geteilt?«

»Mein Fahrer und meine Leibwächter.«

»Miss Nyoni – hat sie Sie in dieser Unterkunft besucht?«

»Das hätte gegen die Sitten und Gebräuche unseres Stammes verstoßen.«

»Der Staatsanwalt gebrauchte das Wort Isifebi – was meinen Sie dazu?«

»Vielleicht kann er dieses Wort auf Frauen seines Bekanntenkreises anwenden. Ich kenne jedenfalls niemand, auf den es passen würde.«

Der Richter lächelte wieder, und der Assistent stieß Khori an.

»Herr Minister, hat sonst noch jemand gewußt, daß Sie die Absicht hatten, nach Tuti zu fahren?«

»Ich habe kein Geheimnis daraus gemacht. Ich notierte es in meinem Terminkalender auf meinem Schreibtisch.«

»Haben Sie diesen Terminkalender noch?«

»Nein. Ich bat meine Sekretärin, ihn der Verteidigung auszuhändigen. Doch er ist von meinem Schreibtisch verschwunden.«

»Ich verstehe. Als Sie Ihrem Chauffeur befahlen, den Wagen vorzufahren, haben Sie ihn da über Ihr Reiseziel unterrichtet?«

»Ja.«

»Er leugnet das.«

»Dann hat er ein schwaches Gedächtnis – oder wurde beeinflußt«, meinte Tungata achselzuckend.

»Nun gut. Sind Sie in der fraglichen Nacht auf der Straße zwischen Karoi und Tuti einem anderen Wagen begegnet?«

»Ja. Auf der Gegenfahrbahn parkte ein unbeleuchteter Lastwagen am Straßenrand.«

»Würden Sie dem Gericht erzählen, was dann geschah?«

»Der Lastwagenfahrer schaltete die Scheinwerfer an und blendete dreimal auf. Gleichzeitig fuhr er auf die Straße.«

»So daß Sie gezwungen waren, den Wagen anzuhalten?«

»Richtig.«

»Was taten Sie dann?«

»Ich sagte zu meinem Fahrer: ›Halten Sie an – aber seien Sie vorsichtig, das könnte ein Hinterhalt sein.‹«

»Sie haben den Lastwagen also nicht erwartet?«

»Nein.«

»Haben Sie gesagt: ›Da ist er! Halten Sie an!‹?«

»Nein.«

»Was meinten Sie mit den Worten: ›Das könnte ein Hinterhalt sein‹?«

»Vor kurzem wurden besonders auf abgelegenen Straßen bei Nacht viele Fahrzeuge von bewaffneten Banditen überfallen.«

»Was fühlten Sie in diesem Augenblick?«

»Mir schwante nichts Gutes.«

»Was geschah dann?«

»Meine Leibwächter stiegen aus, um mit dem Fahrer des Lastwagens zu reden.«

»Konnten Sie den Lastwagenfahrer sehen?«

»Ja. Er war mir völlig fremd. Ich habe ihn nie vorher gesehen.«

»Wie war Ihre Reaktion darauf?«

»Zu diesem Zeitpunkt war ich in höchster Alarmbereitschaft.«

»Was geschah dann?«

»Plötzlich waren auch hinter uns auf der Straße Scheinwerfer. Eine Stimme befahl meinen Leuten über Lautsprecher, sich zu ergeben und die Waffen fallen zu lassen. Mein Mercedes wurde von bewaffneten Männern umzingelt, und ich wurde gewaltsam aus dem Wagen gezerrt.«

»Haben Sie einen dieser Männer erkannt?«

»Ja. Als ich aus dem Mercedes gezerrt wurde, erkannte ich General Fungabera.«

»Befreite Sie das von Ihren Befürchtungen?«

»Im Gegenteil, nun war ich überzeugt, in Lebensgefahr zu sein.«

»Warum, Herr Minister?«

»General Fungabera befehligt eine Einheit, die für ihr rücksichtsloses Vorgehen gegen prominente Matabele bekannt ist.«

»Ich erhebe Einspruch, Euer Ehren – die Dritte Brigade ist eine Einheit der regulären Streitkräfte des Landes und General Fungabera ein wohlbekannter und geachteter Offizier«, rief Khori dazwischen.

»Die Anklage erhebt mit Recht Einspruch.« Der Richter zitterte plötzlich vor Wut. »Ich kann nicht dulden, daß der Angeklagte diesen Gerichtssaal dazu mißbraucht, einen berühmten Soldaten und seine tapferen Kameraden anzugreifen. Ich kann nicht dulden, daß der Angeklagte in meiner Gegenwart Stammesfeindseligkeiten schürt und Vorurteile verbreitet. Nehmen Sie sich in acht – ich werde nicht zögern, Sie wegen Mißachtung des Gerichts zur Verantwortung zu ziehen, falls Sie in diesem Ton fortfahren.«

Mr. Petal wartete volle dreißig Sekunden, damit sich sein Zeuge von dieser Tirade erholen konnte. »Sie sagen also, Sie hatten das Gefühl, Ihr Leben sei in Gefahr?«

»Ja«, sagte Tungata ruhig.

»Sie waren erregt und nervös?«

»Ja.«

»Sahen Sie, daß die Soldaten Elfenbein und Hörner aus dem Lastwagen luden?«

»Ja.«

»Wie war Ihre Reaktion?«

»Ich glaubte, daß sie mich belasten wollten und dies als Vorwand benutzten, um mich zu töten.«

»Einspruch, Euer Ehren«, rief Khori.

»Noch einmal warne ich den Angeklagten nicht«, versprach Richter Domashawa drohend.

»Was geschah dann?«

»Miss Jay stieg aus dem Wagen, in dem sie saß, und kam in meine Nähe. Die Soldaten waren abgelenkt. Ich hielt das für meine letzte Chance. Ich riß Miss Jay an mich, um die Soldaten am Schießen zu hindern, und versuchte, im Landrover zu entkommen.«

»Ich danke Ihnen, Herr Minister.« Mr. Petal wandte sich an den Richter. »Euer Ehren, die Befragung hat meinen Zeugen ermüdet. Darf ich vorschlagen, daß sich das Gericht bis morgen früh vertagt, um ihm die Gelegenheit zu geben, sich zu erholen?«

Khori sprang sofort auf. »Es ist noch kaum Mittag, der Angeklagte befindet sich seit weniger als dreißig Minuten im Zeugenstand, und sein Anwalt hat ihn recte et suaviter behandelt. Für einen durchtrainierten und abgehärteten Soldaten ist das eine Bagatelle per se.« In seiner Aufregung verfiel Khori ins Lateinische.

»Wir fahren fort, Mr. Petal«, sagte der Richter, und Mr. Petal zuckte die Achseln.

»Ihr Zeuge, Mr. Khori.«

Khori war in seinem Element. »Sie haben ausgesagt, daß Sie Angst um Ihr Leben gehabt hätten – ich aber behaupte, daß Ihnen Ihre Schuld zu Bewußtsein kam, daß Sie die Aussicht auf den exemplarischen Prozeß dieses Volksgerichts erschreckte und die Aussicht auf den Zorn dieses gebildeten, rotgekleideten Mannes, den Sie nun vor sich sehen.«

»Nein.«

»Daß es nichts weiter war als feiges Schuldbewußtsein, das Sie dazu trieb, eine Reihe von abscheulichen kriminellen Handlungen zu begehen.«

»Nein. Das stimmt nicht.«

»Haben Sie, als Sie die reizende Miss Jay packten, nicht so viel körperliche Gewalt angewendet, daß sie sich ihre jungen, zarten Glieder verstauchte? Haben Sie sie etwa nicht mit brutalen Schlägen traktiert?«

»Ich habe sie ein einziges Mal geschlagen, um zu verhindern, daß sie sich aus dem fahrenden Wagen stürzt und sich dabei ernsthaft verletzt.«

»Haben Sie nicht eine tödliche Waffe, das heißt, eine Maschinenpistole, von der Sie wußten, daß sie geladen war, auf General Peter Fungabera gerichtet?«

»Ich habe ihn damit bedroht – ja, das stimmt.«

»Und dann feuerten Sie vorsätzlich auf seinen Unterleib, das heißt, auf seinen Bauch!«

»Ich habe nicht auf Fungabera gefeuert. Ich habe bewußt danebengezielt.«

»Ich behaupte, Sie haben versucht, den General zu ermorden, und nur seine hervorragende Reaktionsschnelligkeit hat ihn vor Ihrem Angriff gerettet.«

»Wenn ich versucht hätte, ihn zu töten«, sagte Tungata sanft, »dann wäre er jetzt tot.«

»War Ihnen bewußt, daß der Landrover, den Sie stahlen, Staatseigentum war? Haben Sie die Waffe auf Mr. Craig Mellow gerichtet? Und stimmt es nicht, daß Sie nur durch Miss Jays mutiges Eingreifen an einem Mord gehindert wurden?«

Fast eine ganze Stunde lang ging Khori auf die ruhige Gestalt im Zeugenstand los und entlockte dem Angeklagten eine Reihe vernichtender Eingeständnisse. Als Khori schließlich aufgeplustert wie ein siegreicher Kampfhahn zu seinem Platz zurückkehrte, stellte Craig fest, daß Mr. Petal für den kleinen Vorteil, den er vielleicht gewonnen hatte, als er seinen Klienten in den Zeugenstand rief, bitter hatte bezahlen müssen.

Doch Mr. Petals glänzendes Schlußplädoyer war darauf ausgerichtet, Sympathie zu erwecken und Tungata Zebiwes Handlungen in jener Nacht verständlich zu machen und zu rechtfertigen.

»Ich vertage die Urteilsverkündung auf morgen«, verkündete Richter Domashawa.

Beim Dinner gab Sally-Anne zu: »Als Sarah in den Zeugenstand trat, machte mich die ganze Sache zum erstenmal traurig – sie ist ein so reizendes Kind.«

»Kind? Ich schätze, sie ist ein oder zwei Jahre älter als du«, lachte Craig, »gegen sie bist du ein Säugling.«

Sie überhörte seine Bemerkung und fuhr ernsthaft fort: »Sie glaubt so fest an ihn, daß ich einen Augenblick an dem zu zweifeln begann, was ich wußte. Khori hat mich natürlich wieder auf den Boden der Wirklichkeit zurückgebracht.«

Richter Domashawa verlas das Urteil mit seiner strengen, altjüngferlichen Stimme, die irgendwie nicht zum Ernst der Angelegenheit paßte. Zuerst behandelte er die gemeinsamen Ergebnisse von Anklage und Verteidigung, dann fuhr er fort: »Die Argumentation der Verteidigung basierte auf zwei Hauptpfeilern. Der erste ist die Aussage von Miss Sarah Nyoni, die uns glauben machen wollte, daß der Angeklagte auf dem Weg zu einem Stelldichein war und daß seine Begegnung mit dem Lastwagen ein Zufall oder von unbekannten Personen auf ungeklärte Weise organisiert worden war. Miss Nyoni machte auf dieses Gericht den Eindruck einer naiven und unerfahrenen jungen Dame und steht laut eigenem Eingeständnis vollkommen unter dem Einfluß des Angeklagten. In Anbetracht dessen hat das Gericht Miss Nyonis Aussage wegen potentieller Beeinflussung und Unzuverlässigkeit nicht berücksichtigt.

Das zweite Hauptargument der Verteidigung beruht auf der Voraussetzung, daß das Leben des Angeklagten bedroht war oder daß er geglaubt hat, es sei durch den verhaftenden Offizier bedroht, und daß er in diesem Glauben eine Reihe von unbedachten und unvernünftigen Notwehrhandlungen begangen hat.

General Peter Fungabera ist ein Offizier von einwandfreiem Ruf, ein hoher Staatsbeamter. Die Dritte Brigade ist eine Eliteeinheit der regulären Streitkräfte des Landes, und ihre Angehörigen, kampferfahrene Veteranen, sind disziplinierte Soldaten. Das Gericht lehnt daher die Behauptung des Angeklagten kategorisch ab, daß General Fungabera oder seine Leute auch nur im entferntesten eine Bedrohung seiner Sicherheit, geschweige denn seines Lebens, darstellten. Das Gericht weist auch die Behauptung ab, daß der Angeklagte geglaubt habe, dies sei der Fall.

Demgemäß komme ich zum ersten Anklagepunkt, nämlich zum Handel mit Produkten von geschützten wilden Tieren. Ich befinde den Angeklagten im Sinne der Anklage für schuldig und verurteile ihn zur gesetzlichen Höchststrafe: zwölf Jahren Zwangsarbeit.

Im zweiten Anklagepunkt, dem der Geiselnahme, befinde ich den Angeklagten schuldig im Sinne der Anklage und verurteile ihn zu zehn Jahren Zwangsarbeit.

Im dritten Anklagepunkt, dem der Bedrohung mit einer tödlichen Waffe, befinde ich den Angeklagten für schuldig und verurteile ihn zu sechs Jahren Zwangsarbeit, viertens wegen Bedrohung mit vorsätzlicher schwerer Körperverletzung zu sechs Jahren Zwangsarbeit, fünftens wegen versuchten Mordes zu sechs Jahren Zwangsarbeit. Diese Strafen sind aufeinanderfolgend zu verbüßen, ohne Unterbrechung des Strafvollzugs.«

Bei diesen Worten zuckte selbst Khori zusammen. Insgesamt ergab das eine Strafzeit von vierzig Jahren. Bei einem teilweisen Erlaß aufgrund guter Führung hatte Tungata noch immer mehr als dreißig Jahre abzusitzen, also den Rest seines Lebens.

Im Hintergrund des Saales schrie eine schwarze Frau in Sindebele: »Bada! Vater! Sie nehmen uns unseren Vater weg!« Andere stimmten in den Ruf ein. »Vater des Volkes! Unser Vater ist für uns tot.«

Mit klarer Baritonstimme begann ein Mann zu singen:

»Warum weint ihr, ihr Witwen der Shangani,
Warum weint ihr, ihr kleinen Söhne der Maulwürfe,
Wenn eure Väter dem Ruf des Königs folgen?«

Es war eines der alten Kampflieder der Krieger des Königs Lobengula, und der Sänger war ein Mann im besten Alter mit einem sehr klugen Gesicht und einem teilweise ergrauten, kurzgeschnittenen Bart. Während er sang, liefen ihm Tränen über die Wangen. Die Männer um ihn herum stimmten in sein Lied ein, und Richter Domashawa sprang wütend auf.

»Wenn nicht augenblicklich die Ruhe wieder hergestellt wird, lasse ich den Gerichtssaal räumen und die Übeltäter wegen Mißachtung des Gerichtes bestrafen«, überschrie er den Gesang, aber der Aufruhr hielt noch fünf Minuten an.

Währenddessen war Tungata ruhig auf der Anklagebank sitzen geblieben, nur um seine Lippen spielte die leise Andeutung eines spöttischen Lächelns. Nachdem schließlich alles vorbei war und bevor ihn seine Wächter wegführten, sah er über den Gerichtssaal hinweg zu Craig hin und gab ihm ein letztes Handzeichen. Dieses Zeichen hatten sie bisher nur spielerisch gebraucht, etwa nach einem harten Ringkampf oder einem freundschaftlichen Wettstreit. Nun gebrauchte es Tungata in tödlichem Ernst. Das Zeichen bedeutete: »Wir sind quitt – die Punktezahl ist ausgeglichen«, und Craig verstand. Craig hatte sein Bein verloren und Tungata seine Freiheit. Sie waren quitt.

Craig hätte dem Mann, der einmal sein Freund gewesen war, gerne zugerufen, daß dieser traurige Handel nicht nach seinem Geschmack sei, aber Tungata hatte sich bereits abgewandt. Seine Wärter versuchten, ihn hinauszuführen, aber Tungata blieb stehen und sah sich um, als suchte er noch jemand in dem überfüllten Saal.

Sarah Nyoni kletterte auf die Bank und streckte ihm über die Köpfe der Menge hinweg beide Arme entgegen. Nun machte Tungata sein letztes Handzeichen. Craig sah es deutlich. »Nimm dich in acht!« befahl ihr Tungata. »Versteck dich. Du bist in Gefahr.«

Ihr Gesichtsausdruck zeigte Craig, daß sie das Zeichen verstanden hatte, und dann zerrten die Wärter Tungata die Treppe hinunter, die in die unterirdischen Gefängniszellen führte.

Craig bahnte sich seinen Weg durch die singenden, klagenden Matabele, die aus dem Gerichtsgebäude strömten und den mittäglichen Verkehr auf der breiten Straße davor zum Stillstand brachten. Er zog Sally-Anne am Handgelenk hinter sich her und stieß die Pressefotografen, die ihm in den Weg traten, beiseite.

Er fuhr direkt zu Sally-Annes Apartment und hielt vor der Eingangstür an. Er stellte den Motor nicht ab.

»Und nun?« fragte Sally-Anne.

»Was soll die Frage?« fuhr er sie an.

»He!« sagte sie. »Ich bin deine Freundin – erinnerst du dich an mich?«

»Tut mir leid.« Er ließ sich vornüber auf das Lenkrad fallen. »Ich fühle mich hundeelend, ganz einfach hundeelend.«

Sie antwortete nicht, aber ihr Blick war voll Mitgefühl.

»Vierzig Jahre«, flüsterte er. »Das hätte ich niemals erwartet. Wenn ich gewußt hätte –«

»Es gab nichts, was du hättest tun können, weder damals noch heute.«

Er hämmerte mit geballter Faust auf das Lenkrad. »Das arme Schwein – vierzig Jahre!«

»Kommst du mit nach oben?« fragte sie ihn sanft, aber er schüttelte den Kopf.

»Ich muß zurück nach King's Lynn. Während dieser ganzen verdammten Angelegenheit habe ich alles andere vernachlässigt.«

»Du willst jetzt gleich losfahren?« fragte sie erstaunt.

»Ja.«

»Allein?« fragte sie, und er nickte.

»Ich möchte allein sein.«

»Damit du dich selbst quälen kannst.« Ihre Stimme wurde entschlossen. »Und ich will verdammt sein, wenn ich das zulasse. Ich komme mit. Warte! Ich werfe nur ein paar Sachen in die Reisetasche – du brauchst nicht einmal den Motor abzustellen, ich bin sofort zurück.«

Es vergingen fünf Minuten, dann kam sie mit ihrem Rucksack und der Kameratasche die Treppe heruntergerannt. Sie warf die Sachen auf den Rücksitz des Landrovers. »Okay, fahren wir.«

Sie sprachen sehr wenig auf der langen Fahrt, aber Craig war schon bald dankbar, sie neben sich zu haben, dankbar für ihr Lächeln, wenn er sie ansah, für die Berührung ihrer Hand, wenn sie spürte, daß er sich seinen düsteren Gedanken hingab, und für ihr verständnisvolles Schweigen.

Bei Einbruch der Dunkelheit fuhren sie die Hügel von King's Lynn hinauf.

Joseph hatte sie schon von weitem gesehen und erwartete sie auf der vorderen Veranda. »Ich grüße dich, Nkosazana.« Joseph hatte Sally-Anne vom ersten Augenblick an ins Herz geschlossen. Sie war jetzt schon seine »kleine Herrin«, und sein freundliches Lächeln zur Begrüßung durchbrach seine feierliche Würde, als er den Dienstboten befahl, ihr spärliches Gepäck ins Haus zu tragen. »Ich lasse Ihnen ein Bad ein – sehr heiß.«

»Das wäre herrlich, Joseph.«

Nach dem Bad kam Sally-Anne auf die Veranda zurück, und Craig trat an den Barwagen, um für beide einen Whisky einzuschenken.

»Ich trinke auf Richter Domashawa«, sagte er sarkastisch und hob sein Glas, »und auf die Gerechtigkeit der Mashona. Auf die ganzen vierzig Jahre.«

Sally-Anne lehnte, trotz seiner Proteste, den Wein zum Dinner ab.

»Baron Rothschild wäre sicher schrecklich beleidigt. Sein allerbester Stoff. Meine letzte Flasche, persönlich ins Land geschmuggelt.« Craigs Fröhlichkeit war nicht echt.

Nach dem Essen nahm er die Whiskyflasche, und als er gerade einschenken wollte, sagte Sally-Anne: »Craig, bitte betrink dich nicht.«

Er hielt mitten in der Bewegung inne und starrte sie an.

»Nein«, sie schüttelte den Kopf, »ich bin nicht herrschsüchtig – ich bin bloß egoistisch. Heute nacht will ich dich nüchtern haben.«

Er stellte die Flasche nieder, schob seinen Stuhl zurück und kam um den Tisch herum zu ihr. Direkt vor ihr blieb er stehen. »Liebste, darauf habe ich so lange gewartet.«

»Ich weiß«, flüsterte sie. »Ich auch.«

Vorsichtig nahm er sie in die Arme, wie etwas Zerbrechliches und Wertvolles, und fühlte, daß sie sich langsam veränderte. Sie schien zu schmelzen, und ihr Körper wurde gefügig und schmiegte sich an den seinen, so daß er sie von den Knien bis zu ihren festen, jungen Brüsten spüren konnte. Als sie das Kinn hob, neigte er den Kopf, und ihre Münder fanden sich. Sally-Annes Lippen waren kalt und trocken, aber er fühlte, wie sie heißer wurden, sich öffneten und sich ihm feucht und süß wie das Fleisch einer frischgepflückten, sonnenwarmen Feige darboten.

Craig blickte ihr in die Augen, als er sie küßte, und staunte über die Schattierungen und Muster ihrer Regenbogenhaut, die grün gesprenkelt war, mit goldenen Pfeilspitzen um die Pupille. Dann flatterten ihre Lider, und die langen Wimpern schlossen sich. Er schloß ebenfalls die Augen, und die Erde unter ihm schien zu kippen und zu schwingen. Er hielt sie umfangen; noch versuchte er nicht, ihren Körper zu erforschen, sondern war mit dem Wunder ihres Mundes und ihrer samtenen Zunge zufrieden.

Joseph öffnete die Küchentür und blieb einen Augenblick mit dem Kaffeetablett in den Händen stehen, dann lächelte er triumphierend, zog sich zurück und schloß lautlos die Tür hinter sich. Keines der beiden hatte ihn bemerkt.

Als Sally-Anne ihre Lippen von denen Craigs löste, fühlte er sich beraubt und betrogen und wollte ihren Mund wiederhaben. Sie legte die Finger über seine Lippen, um ihn daran zu hindern, und ihr Flüstern klang so heiser, daß sie sich erst räuspern mußte, bevor sie sprechen konnte. »Laß uns in dein Schlafzimmer gehen, Liebling«, sagte sie.

Es war ein peinlicher Augenblick, als er sich nackt auf den Rand des Bettes setzte, um seine Beinprothese abzunehmen, aber sie kniete sich, ebenfalls nackt, vor ihm hin, stieß seine Hände fort und löste die Lederriemen. Dann beugte sie sich vor und küßte den glatten, harten Fleischballen am äußersten Ende seines Beins.

»Danke«, sagte er. »Ich bin froh, daß du das tun konntest.«

»Das bist du«, sagte sie, »und ein Teil von dir«, und sie küßte es noch einmal und ließ dann die Lippen zärtlich über seine Knie weiter nach oben wandern.

Er erwachte vor ihr, blieb mit geschlossenen Augen liegen und wunderte sich über das Wohlbehagen, das er verspürte, ohne zu wissen, warum, bis es ihm plötzlich einfiel und er glücklich die Augen öffnete und den Kopf zur Seite drehte, weil er einen Augenblick befürchtet hatte, daß sie nicht mehr da sei – aber sie war da.

Sie hatte das Kissen vom Bett geworfen und das Laken abgestreift. Wie ein Kind zusammengerollt lag sie da. Die Morgendämmerung drang durch die Vorhänge und warf perlgraue Lichter auf ihre Haut, hob die Schatten in den Senken und Mulden ihres Körpers hervor. Ihr Haar war lose, bedeckte ihr Gesicht und wehte bei jedem Atemzug empor.

Er blieb ganz still liegen, um sie nicht zu stören, und weidete sich an ihrem Anblick. Es verlangte ihn danach, sie zu berühren, aber er widerstand der Versuchung, bis sein Verlangen schmerzlich, unerträglich wurde. Sie mußte seinen Blick gespürt haben, denn sie regte sich und streckte die Beine aus, drehte sich auf den Rücken und streckte sich wollüstig wie eine Katze.

Er beugte sich vor und strich ihr mit einem Finger das glänzende, dunkle Haar aus dem Gesicht.

Sie schielte nach ihm, dann wurden ihre Augen klar und schauten ihn in komischer Verwunderung an. Sie zog die Nase kraus und grinste schelmisch. »He, Mister«, flüsterte sie, »Sie sind ja etwas ganz Besonderes. Jetzt tut's mir direkt leid, daß ich so lange gewartet habe.« Und dann streckte sie ihm die braunen Arme entgegen.

Craig war ganz und gar nicht ihrer Meinung. Er wußte, daß dies genau der richtige Zeitpunkt war – selbst einen Tag vorher wäre es noch zu früh gewesen. Später, als sie eng aneinandergeschmiegt dalagen, sagte er ihr das. »Wir haben erst gelernt, einander zu mögen, und ich wollte es so.«

»Du hast recht«, sagte sie und bog den Kopf zurück, um ihm ins Gesicht zu sehen. »Ich mag dich, ja wirklich, ich mag dich.«

»Und ich –«, begann er, aber sie legte ihm rasch einen Finger auf den Mund.

»Noch nicht, Craig, Lieber«, bat sie. »Ich möchte es nicht hören – noch nicht.«

»Wann dann?« fragte er.

»Bald, glaube ich.« Und dann etwas sicherer: »Ja, bald, und dann bin ich soweit, es dir auch sagen zu können.«

Die Matabele merkten es sofort. Als Craig und Sally-Anne in dem verbeulten Landrover die roten, staubigen Wege, die die riesigen Weiden miteinander verbanden, entlangfuhren, schauten die Frauen von ihren hölzernen Mörsern, in denen sie den Mais mahlten, auf oder wandten sich ihnen mit den schweren Bündeln Feuerholz auf dem Kopf steifnackig zu, um ihnen ein Grußwort zuzurufen und sie mit liebevollen, wissenden Blicken anzusehen. Der alte Joseph sagte kein Wort, aber er legte vier Kissen in Craigs Bett, stellte an der Seite des Bettes, die Sally-Anne gewählt hatte, Blumen auf den Tisch und legte vier seiner Spezialkekse auf das Frühstückstablett, das er ihnen täglich in der Morgendämmerung brachte.

Sally-Anne hielt sich drei Tage lang zurück, dann sagte sie eines Morgens beim Frühstück, im Bett sitzend, zu Craig: »Diese Vorhänge sehen aus wie Geschirrtücher.« Sie deutete mit dem angebissenen Keks auf den billigen, bedruckten Kattun, den er vor die Fenster gehängt hatte.

»Kannst du es besser?« fragte er hinterlistig, und sie ging ihm prompt in die Falle. Einmal mit dem Aussuchen von Vorhängen beschäftigt, war sie augenblicklich auch mit allem anderen beschäftigt. Sie entwarf Möbel, die Josephs Verwandter, der berühmte Tischler, anfertigen mußte, legte einen neuen Gemüsegarten an und pflanzte Rosensträucher und Blumen.

Dann trat Joseph dem Komplott bei, indem er mit dem Menüvorschlag für den Abend zu ihr kam. »Soll ich heute abend einen Braten machen, Nkosazana, oder ein Curryhuhn?«

»Nkosi Craig ißt gerne Kutteln.« Das hatte Sally-Anne während eines Gespräches entdeckt. »Kannst du Kutteln mit Lauch kochen?«

Joseph strahlte. »Dem alten Generalgouverneur, vor dem Krieg, immer wenn er nach Kingi Lingi kam, habe ich Kutteln mit Lauch gemacht, Nkosazana. Er sagte immer: ›Sehr gut, Joseph, die besten der Welt!‹«

»Okay, Joseph, also gibt es heute abend deine ›besten Kutteln der Welt‹«, lachte sie, und erst als ihr Joseph feierlich die Speisekammerschlüssel überreichte, erkannte sie, was für eine ernste Entscheidung das gewesen war.

Sie machte ein oder zwei halbherzige Versuche, auszubrechen und King's Lynn zu verlassen. »Ich habe heute ein Telegramm bekommen, daß die Flugtauglichkeitsbescheinigung der Cessna bereitliegt, und ich sollte nach Johannesburg fahren, um sie abzuholen.«

»Wenn du noch etwa zwei oder drei Wochen warten kannst, komme ich mit. Im Süden herrscht eine schreckliche Dürre, und die Viehpreise sind gefallen. Wir könnten zusammen die großen Farmen abfliegen und ein paar Gelegenheitskäufe machen.«

Sie war einverstanden, und die Tage verschmolzen ineinander, angefüllt mit Liebe und Arbeit – Arbeit an dem gemeinsamen Afrikabuch, an seinem neuen Roman, an der Zusammenstellung ihres Untersuchungsmaterials für den World Wildlife Trust, an den letzten Vorbereitungen für die Eröffnung von Sambesi Waters und an der Verschönerung von King's Lynn.

Mit jeder Woche, die verging, wurde ihr Wille schwächer, sich der Faszination, die Craig und King's Lynn auf sie ausübten, zu entziehen, die Bedürfnisse ihres vorherigen Lebens verblaßten. Eines Tages ertappte sie sich dabei, daß sie das Haus auf dem Hügel ihr »Zuhause« nannte, und war darüber nur leicht erschrokken.

Eine Woche später kam ein eingeschriebener Brief, den man ihr von Harare nachgeschickt hatte. Er enthielt ein offizielles Antragsformular zur Erneuerung ihres Forschungsstipendiums vom World Wildlife Trust. Anstatt es auszufüllen und unverzüglich zurückzuschicken, steckte sie es in die Kameratasche.

Morgen tue ich es, versprach sie sich, erkannte aber, daß sie an einem Scheideweg ihres Lebens angekommen war. Die Aussicht, allein und nur mit Kleidern zum Wechseln und einer Kamera in Afrika herumzufliegen, zu schlafen, wo sie gerade war, und zu baden, wenn sich die Gelegenheit dazu ergab, erschien ihr längst nicht mehr so reizvoll wie früher.

Beim Abendessen an diesem Tag schaute sie über die brennenden Kerzen hinweg den Mann an, der ihr gegenübersaß, und plötzlich war sie gleichzeitig ängstlich und freudig erregt. Sie wußte, die Entscheidung war gefallen.

Sie tranken den Kaffee auf der Veranda und lauschten dem Zirpen der Baumgrillen in den Jakarandabäumen und den piepsenden Lauten der jagenden Fledermäuse.

Sie schmiegte sich an Craigs Schulter und sagte: »Craig, Liebster, es ist Zeit, dir zu sagen, daß ich dich liebe – von ganzem Herzen.«

Craig wollte sofort nach Bulawayo fahren und das Standesamt stürmen, aber sie hielt ihn lachend zurück. »Lieber Himmel, das ist doch nicht so, als würde man ein Kilo Käse kaufen, du verrückter Kerl. Du kannst nicht einfach so hingehen und heiraten.«

»Warum nicht? Das machen doch viele so.«

»Ich nicht«, sagte sie entschieden. »Ich möchte heiraten, wie es sich gehört.« Sie zählte etwas an ihren Fingern ab und machte im Kalender in ihrem Notizbüchlein ein Zeichen, dann beschloß sie: »Am sechzehnten Februar.«

»Das ist erst in vier Monaten«, brummte Craig, aber all seine Proteste halfen nichts.

Joseph wiederum stimmte mit Sally-Annes Plänen für eine feierliche Hochzeit völlig überein. »Sie heiraten auf Kingi Lingi, Nkosikazi.«

Das war eher eine Feststellung als eine Frage, und Sally-Annes Sindebele war mittlerweile so gut, daß sie verstand: Sie war von einer »kleinen Herrin« zu einer »großen Herrin« befördert worden.

»Wie viele Leute?« fragte Joseph. »Zweihundert, dreihundert?«

»Ich bezweifle, daß wir so viele auftreiben können«, gab Sally-Anne zu bedenken.

»Als Nkosana Roly auf Kingi Lingi heiratete, haben wir vierhundert gehabt, sogar Nkosi Smithy ist gekommen!«

»Joseph«, schalt sie ihn, »du bist wirklich ein schrecklicher alter Snob, weißt du das!«

Die tiefe Traurigkeit, die Craig bei Tungatas Verurteilung gefühlt hatte, wurde von all der Aufregung und Betriebsamkeit auf King's Lynn fortgespült. Schon nach wenigen Monaten hatte er es fast vergessen, und nur gelegentlich und unerwartet tauchte die schmerzliche Erinnerung an den einstigen Freund wieder auf. Für den Rest der Welt schien Tungata niemals existiert zu haben.

Dann plötzlich wurde der Name Tungata Zebiwe in jeder Rundfunkmeldung genannt und machte wieder Schlagzeilen in den Zeitungen auf dem ganzen Kontinent.

Craig und Sally-Anne saßen ungläubig und entsetzt vor dem Fernsehgerät, als die ersten Berichte gesendet wurden. Als der Wetterbericht kam, stand Craig auf, schaltete den Fernseher aus und kam zu ihr zurück, als stünde er noch unter dem Schock eines schrecklichen Ereignisses.

Sie saßen schweigend in dem dunklen Zimmer, bis Sally-Anne nach seiner Hand griff. »Diese armen, kleinen Mädchen – sie waren Kinder. Kannst du dir ihre Angst vorstellen?«

»Ich habe die Goodwins gekannt. Es waren gute Leute. Sie haben ihre schwarzen Arbeiter immer gut behandelt«, murmelte Craig.

»Das beweist – möglicherweise besser als alles andere –, daß sie recht hatten, ihn wie ein gefährliches Tier einzusperren.« Ihr Entsetzen verwandelte sich allmählich in Wut. »Ich kann mir nicht vorstellen, was sie damit gewinnen wollen.« Craig schüttelte noch immer ungläubig den Kopf, da brach es aus Sally-Anne heraus: »Das ganze Land, die ganze Welt muß sie endlich als das sehen, was sie sind, blutrünstige, unmenschliche –« Ihre Stimme brach und wurde ein Schluchzen. »Diese Kinder – o Gott, wie ich ihn hasse! Ich wünschte, er wäre tot!«

»Sie gebrauchten seinen Namen, aber das bedeutet nicht, daß Tungata es befohlen oder gutgeheißen hat oder auch nur davon weiß.« Craig versuchte überzeugend zu klingen.

»Ich hasse ihn«, flüsterte sie. »Ich hasse ihn dafür.«

»Es ist Wahnsinn. Alles, was sie damit wahrscheinlich erreichen, ist, daß Shonatruppen durch Matabeleland ziehen wie Rachegötter.«

»Die Jüngste war erst fünf Jahre alt.«

»Nigel Goodwin war ein anständiger Mann – ich habe ihn gut gekannt, wir waren während des Krieges in derselben Spezialeinheit der Polizei. Ich mochte ihn.« Craig trat an den Barwagen und schenkte zwei Whiskys ein. »O Gott, laß nur nicht alles von vorne beginnen. All die Abscheulichkeiten und Grausamkeiten und Schrecken – bitte, lieber Gott, erspare uns das.«

Nigel Goodwin war fast vierzig Jahre alt, aber seinem rosigen, fleischigen Gesicht hatte die afrikanische Sonne nichts anhaben können, und er sah aus wie ein junger Kerl. Seine Frau Helen war mager, dunkelhaarig und mädchenhaft, und ihre Einfachheit wurde durch ihr offenes, liebes Wesen und ihre strahlenden, karamelbraunen Augen wettgemacht.

Die beiden Mädchen waren während der Woche im Internat

des Klosters in Bulawayo. Alice war acht Jahre alt, so pummelig und rosig wie ihr Vater, und hatte rote Haare und rötliche Sommersprossen. Die kleine Stephanie war fünf und somit eigentlich zu jung für das Internat. Doch weil ihre ältere Schwester im Kloster war, machte die Mutter Oberin in ihrem Fall eine Ausnahme. Sie war die hübschere der beiden Mädchen, zierlich, dunkelhaarig, fröhlich wie ein junger Vogel und hatte die strahlenden Augen ihrer Mutter.

Jeden Freitagmorgen fuhren Nigel und Helen Goodwin die hundertfünfundzwanzig Kilometer von der Ranch in die Stadt. Um ein Uhr holten sie die Mädchen vom Kloster ab, aßen im Hotel Selborne zu Mittag und erledigten am Nachmittag Besorgungen. Helen ergänzte ihre Lebensmittelvorräte, kaufte Stoff, um für sich und die Mädchen Kleider zu nähen, und ging dann, während die Mädchen im Kino den Nachmittagsfilm besuchten, zum Friseur – der einzige Luxus in ihrem bescheidenen Leben.

Nigel war Mitglied der Matabelefarmervereinigung und verbrachte ein oder zwei Stunden im Büro, um mit dem Sekretär oder anderen Mitgliedern, die sich auch an diesem Tag in der Stadt aufhielten, zu plaudern. Sein Matabelevorarbeiter Josiah und zwei Arbeiter erwarteten ihn bereits, als er zu seinem Kleinlaster, den er vor der Viehzüchtergenossenschaft abgestellt hatte, zurückkehrte. Sie luden Umzäunungsmaterial, Werkzeug, Ersatzteile, Medikamente für das Vieh und andere Kleinigkeiten in den Laster, und als sie fertig waren, erschienen Helen und die Mädchen zur Heimfahrt.

»Entschuldigen Sie, Miss«, sprach Nigel seine Frau an, »haben Sie Mrs. Goodwin irgendwo gesehen?« Diesen kleinen Scherz machte er jede Woche, und Helen kicherte geschmeichelt und zupfte an ihrer neuen Frisur.

Für die Mädchen hatte er ein Säckchen Lakritzenbonbons besorgt. Seine Frau protestierte: »Süßigkeiten sind schlecht für ihre Zähne, Lieber«, und Nigel zwinkerte den Mädchen zu. »Ich weiß, aber dies eine Mal wird sie auch nicht umbringen.«

Stephanie saß, weil sie die jüngere war, in der Fahrerkabine zwischen ihren Eltern, während Alice mit Josiah und den anderen Matabele im Laderaum mitfuhr.

»Deck dich gut zu, Liebling. Bis wir zu Hause sind, ist es dunkel«, mahnte sie Helen.

Hundertzwanzig Kilometer fuhren sie auf der Hauptstraße, dann bogen sie auf den Zufahrtsweg zur Farm ein, und Josiah sprang ab, um das Gatter zu öffnen und wieder zu schließen.

»Wieder zu Hause«, sagte Nigel zufrieden, als er auf seinem eigenen Land weiterfuhr. Er sagte das jedesmal, und Helen lächelte und legte ihm die Hand aufs Knie.

»Es ist schön, wieder zu Hause zu sein, Lieber«, stimmte sie zu.

»Da sind wir«, murmelte Nigel. »Cooky hat die Lampen angezündet.«

Er wollte schon seit zehn Jahren einen Generator anschaffen, aber es gab immer wichtigere Dinge, und daher hatten sie noch immer Gas- und Paraffinlampen.

Nigel parkte den Lastwagen neben der hinteren Veranda und stellte den Motor und die Scheinwerfer ab. Helen stieg mit Stephanie auf dem Arm aus. Das Kind schlief mit dem Daumen im Mund weiter.

Nigel ging zur Ladefläche des Lasters und hob Alice herunter. »Longile, Josiah, ihr könnt für heute Schluß machen. Wir laden den Laster erst morgen früh aus«, sagte er zu seinen Männern. »Gute Nacht!«

Mit Alice an der Hand folgte er seiner Frau zur Veranda, aber bevor sie diese erreichten, traf sie der blendende Lichtstrahl eines starken Schweinwerfers, und die Familie blieb dicht aneinandergedrängt stehen.

»Wer ist da?« fragte Nigel nervös, beschattete mit der einen Hand seine Augen und hielt in der anderen noch immer Alices Hand fest.

Als sich seine Augen schließlich an das Licht gewöhnt hatten, konnte er hinter dem Scheinwerfer etwas erkennen, und plötzlich wurde ihm übel vor Angst. Dort standen nämlich drei schwarze Männer in blauen Baumwolljeans und Jacken. Jeder hatte eine Kalaschnikow bei sich. Diese Maschinenpistolen waren auf die Familie gerichtet. Nigel schaute sich um. Auch hinter ihnen waren Fremde, und er konnte nicht erkennen, wie viele.

Nigel dachte an den stählernen Gewehrschrank in seinem Arbeitszimmer am Ende der Veranda. Dann fiel ihm ein, daß er leer war. Nach dem Krieg hatte die neue schwarze Regierung die weißen Farmer mit einem ihrer ersten Beschlüsse dazu gezwungen, ihre Waffen abzuliefern. Eigentlich war das auch egal, dachte er. Er wäre jetzt sowieso nicht an den Schrank herangekommen.

»Wer ist das, Daddy?« fragte Alice mit leiser, ängstlicher Stimme. Sie wußte es natürlich. Sie war alt genug, um sich noch an die Tage des Krieges erinnern zu können.

»Seid tapfer, meine Lieben«, sagte Nigel zu ihnen, und Helen drängte sich mit der kleinen Stephanie auf dem Arm näher an seine Seite.

Ein Pistolenlauf bohrte sich in Nigels Rücken. Man bog ihm die Hände zurück und band ihm die Handgelenke zusammen. Dazu benützten sie verzinkten Draht. Die Fesseln schnitten ins Fleisch. Dann nahmen sie Helen Stephanie aus den Armen und stellten sie auf den Boden. Ihre Beine waren vom Schlafen noch wackelig, und sie blinzelte daumenlutschend in das Scheinwerferlicht. Sie fesselten Helens Hände hinter dem Rücken. Sie wimmerte einmal, als ihr der Draht ins Fleisch schnitt, dann biß sie sich auf die Lippen. Zwei von ihnen fesselten die Kinder.

»Sie sind Kinder«, sagte Nigel in Sindebele. »Bitte bindet sie nicht, bitte tut ihnen nicht weh.«

»Sei still, weißer Schakal«, erwiderte einer von ihnen in derselben Sprache und ließ sich hinter Stephanie auf die Knie nieder.

»Es tut weh, Daddy.« Sie begann zu weinen. »Er tut mir weh. Sag ihm, er soll aufhören.«

»Du mußt tapfer sein«, wiederholte Nigel stumpfsinnig und tonlos und haßte sich selbst dafür. »Du bist doch jetzt ein großes Mädchen.«

Der andere Mann wandte sich an Alice.

»Ich werde nicht weinen«, versprach sie. »Ich werde tapfer sein, Daddy.«

»Das ist mein großes, liebes Mädchen«, sagte er, und der Mann fesselte sie.

»Vorwärts!« befahl der Mann mit dem Scheinwerfer, der offensichtlich der Anführer der Gruppe war. Mit dem Lauf seiner

Maschinenpistole stieß er die Kinder die Stufen zur Küchenveranda hinauf.

Stephanie stolperte und fiel hin. Mit gefesselten Händen konnte sie nicht wieder aufstehen. Sie zappelte hilflos am Boden.

»Ihr Schweine«, flüsterte Nigel. »O ihr dreckigen Schweine.«

Einer der Männer griff nach einer Haarsträhne und zog sie daran hoch. Sie stolperte hysterisch weinend zu ihrer Schwester an der Verandawand.

»Sei nicht kindisch, Stephi«, sagte Alice. »Es ist doch nur ein Spiel.« Aber ihre Stimme zitterte vor Angst, und ihre Augen waren im Scheinwerferlicht weit aufgerissen und schwammen in Tränen.

Nigel und Helen mußten sich neben die Mädchen stellen, dann wurden sie abwechselnd mit dem Scheinwerfer geblendet, damit sie nicht sehen konnten, was unten im Hof geschah.

»Warum tut ihr das?« fragte Nigel. »Der Krieg ist vorbei – wir haben euch nichts getan.«

Er erhielt keine Antwort. Dann wurde in der Dunkelheit das Gemurmel anderer Stimmen laut, viele gedämpfte, ängstliche Stimmen von Frauen, Männern und Kindern.

»Sie haben unsere Leute zusammengetrieben, damit sie zuschauen«, sagte Helen leise. »Es ist genauso wie während des Krieges. Es ist eine Hinrichtung.« Sie sprach so leise, daß es die Mädchen nicht hören konnten.

Nigel fiel nichts Tröstliches ein. Er wußte, daß sie recht hatte. »Ich wünschte, ich hätte dir öfter gesagt, wie sehr ich dich liebe«, sagte er.

»Das ist schon in Ordnung«, flüsterte sie. »Ich habe es immer gewußt.«

Hinter dem Scheinwerfer konnten sie nun als dunkle Masse eine Menge Matabele aus dem Dorf erkennen, und dann schrie der Anführer in Sindebele: »Das sind die weißen Schakale, die das Land der Matabele gestohlen haben. Das ist der weiße Abschaum, der mit den Mashonamördern, den Schmutzfressern in Harare, den Todfeinden der Kinder von Lobengula unter einer Decke steckt! Diese weißen Speichellecker der Mashona sind die

Verräter, die Tungata Zebiwe, den Vater unseres Volkes, in die Todeslager der Mashona gebracht haben!«

»Ich umarme euch, meine Lieben«, flüsterte Nigel.

Helen hatte ihn nie zuvor etwas so Zärtliches sagen hören, und sie begann zu weinen, aber nicht vor Angst. Sie versuchte, die Tränen zurückzuhalten, aber sie liefen ihr über die Wangen.

»Was sollen wir mit ihnen tun?« brüllte der Anführer.

»Tötet sie!« schrie einer seiner eigenen Männer, aber die versammelten Matabelearbeiter blieben still.

»Was sollen wir mit ihnen tun?« wurde die Frage wiederholt. Diesmal sprang der Anführer von der Veranda und schrie die Frage den Farmarbeitern ins Gesicht, aber sie schwiegen weiterhin.

»Was sollen wir mit ihnen tun?« Wieder dieselbe Frage, aber diesmal hörte man den Klang von dumpfen Schlägen von Pistolenläufen auf schwarzes Fleisch.

»Was sollen wir mit ihnen tun?« Dieselbe Frage zum viertenmal.

»Tötet sie!« Eine unsichere, entsetzte Antwort, und wieder Schläge.

»Tötet sie!« Der Schrei wurde von anderen aufgenommen.

»Tötet sie!«

»Abantwana kamina!« rief eine Frau, und Nigel erkannte die Stimme der dicken, alten Martha, der Kinderfrau der Mädchen. »Meine Kinder!« rief sie. Aber ihre Stimme verlor sich in dem lauter werdenden Ruf: »Tötet sie! Tötet sie!«

Zwei Männer in Drillichanzügen traten in den Lichtkegel. Sie packten Nigel an den Armen, drehten ihn mit dem Gesicht zur Wand und zwangen ihn in die Knie.

Der Anführer übergab einem seiner Männer die Taschenlampe, nahm die Pistole aus dem Hosenbund und entsicherte die Waffe. Dann legte er den Pistolenlauf an Nigels Hinterkopf an und drückte ab. Nigel fiel vornüber aufs Gesicht.

Seine Füße zuckten noch, als sie Helen zwangen, mit dem Gesicht zur Wand neben der Leiche ihres Mannes niederzuknien.

»Mami!« schrie Alice, als die nächste Pistolenkugel den Kopf ihrer Mutter traf. Alices rührende kleine Vorstellung von Tapferkeit war vorbei. Ihre Beine gaben nach, und sie brach zusammen.

Der Anführer trat neben sie. Ihre weiße Stirn berührte fast den Boden. Ihre rötlichen Locken hatten sich geteilt und gaben ihren Nacken frei. Der Anführer streckte den rechten Arm aus und berührte mit dem Pistolenlauf die zarte, weiße Haut im Genick. Sein Arm zuckte durch den Rückstoß, und der Schuß klang wie ein dumpfer Schlag.

Die kleine Stephanie war die einzige, die sich wehrte, bis sie der Anführer mit dem Pistolenknauf niederschlug. Selbst als sie auf dem Verandaboden in der größer werdenden Blutlache lag, strampelte und zappelte sie noch. Der Anführer stellte seinen Fuß zwischen ihre Schulterblätter, um sie für den Schuß still zu halten. Die Kugel trat direkt vor Stephanies rechtem Ohr an der Schläfe wieder aus und schlug ein fingerhutgroßes Loch in den Betonboden der Veranda. Das Loch füllte sich sofort mit dem Blut des Kindes.

Der Anführer bückte sich und tauchte seinen Zeigefinger in das dunkle Blut, dann schrieb er in großen, ungleichmäßigen Buchstaben an die weiße Verandawand: »TUNGATA ZEBIWE LEBT.«

Dann sprang er von der Veranda herunter und verschwand lautlos wie ein Leopard in der Nacht. Seine Männer folgten ihm einer nach dem anderen im Laufschritt.

»Ich gebe Ihnen mein Ehrenwort«, sagte der Premierminister, »daß diese sogenannten Dissidenten vernichtet werden, endgültig vernichtet.«

Die Augen hinter den Brillengläsern blickten kalt. Durch die schlechte Qualität der Fernsehsendung erschienen die Umrisse seines Kopfes doppelt, aber sein Zorn, der sich aus dem Fernsehgerät zu ergießen und das Wohnzimmer von King's Lynn zu überfluten schien, wurde dadurch nicht abgeschwächt.

»So habe ich ihn noch nie gesehen«, sagte Craig.

»Er ist doch sonst so ein kalter Fisch«, pflichtete Sally-Anne bei.

»Ich habe die Armee und die Polizeistreitkräfte aufgeboten,

um die Täter dieses schrecklichen Verbrechens aufzuspüren und festzunehmen. Wir finden sie und ihre Helfer, und dann werden sie die ganze Macht des Volkszornes zu spüren bekommen. Wir werden diese Dissidenten nicht länger dulden.«

»Gut für ihn«, nickte Sally-Anne. »Ich kann nicht behaupten, daß er mir je sehr sympathisch gewesen wäre – bis jetzt.«

»Freu dich nicht zu früh, Liebste«, warnte Craig. »Vergiß nicht, wir sind in Afrika, nicht in Amerika oder Großbritannien. Dieses Land hat eine andere Mentalität. Die Worte haben hier eine andere Bedeutung – Worte wie ›festnehmen‹ und ›aufspüren‹.«

»Craig, ich weiß, daß deine Sympathie immer den Matabele gehört hat, aber diesmal –«

»Stimmt«, er hob eine Hand hoch, »das gebe ich zu. Die Matabele sind etwas Besonderes, meine Familie hat immer mit ihnen zusammengelebt, wir haben sie geschlagen und ausgebeutet, wir haben sie bekämpft und niedergemetzelt – und wurden dafür von ihnen niedergemetzelt. Aber wir haben sie auch kennengelernt, wir haben sie schätzen und achten gelernt, ja, wir haben sie sogar lieben gelernt. Die Mashona kenne ich nicht. Sie sind verschlagen und kalt, klug und listig. Ich spreche ihre Sprache nicht und vertraue ihnen nicht. Deshalb habe ich mich auch dazu entschlossen, in Matabeleland zu leben.«

»Du behauptest, die Matabele seien Heilige, nicht fähig, eine Greueltat wie diese zu begehen?« Sie war gereizt, und ihr Ton wurde schärfer, daher beeilte er sich, sie zu beruhigen.

»Um Gottes willen, nein! Sie sind ebenso grausam wie jeder andere Stamm in Afrika. Und sehr viel kriegerischer als die meisten. Wenn sie in früheren Zeiten einen fremden Stamm überfielen, warfen sie die Kinder in die Luft und fingen sie mit den Spitzen ihrer Assagais wieder auf. Und die alten Frauen stießen sie ins Feuer und sahen lachend zu, wie sie verbrannten. Grausamkeit wird in Afrika anders bewertet. Wenn man hier lebt, muß man sich über diese Tatsache von Anfang an klar sein.« Er hielt inne und lächelte. »Ich habe einmal mit einem Matabele, einem ehemaligen Guerrillero, über politische Philosophie diskutiert und ihm den Demokratiebegriff erklärt. Seine Antwort war:

›Das mag in deinem Land funktionieren, aber hier funktioniert es nicht.‹ Verstehst du? Das ist der springende Punkt. Afrika macht und hat seine eigenen Regeln, und ich wette eine Million Dollar gegen einen Haufen Elefantendung, daß wir in den kommenden Wochen ein paar Dinge zu sehen bekommen, die in Pennsylvania oder Dorset unvorstellbar wären! Wenn Mugabe ›vernichten‹ sagt, meint er nicht, ›verhaften und vor Gericht stellen‹. Er ist Afrikaner und meint genau das, was er sagt – vernichten!«

Das war am Mittwoch, und am Freitag darauf war Markttag auf King's Lynn, der Tag, an dem man sich hübsch machte und zum Einkaufen nach Bulawayo fuhr. Craig und Sally-Anne brachen an diesem Freitagmorgen schon früh auf. Der neue Fünftonner, voll mit Matabele, folgte ihnen von der Ranch; die Leute nützten an diesem Tag die Gelegenheit zu einer Gratisfahrt in die Stadt. Sie trugen ihre besten Kleider und sangen fröhlich.

Kurz vor der Kreuzung bei Thabas Indunas stießen Craig und Sally-Anne auf eine Straßensperre. Es hatte sich bereits eine hundert Meter lange Kolonne gebildet, und Craig sah, daß die meisten Fahrzeuge zum Umkehren gezwungen wurden.

»Halt an!« bat er Sally-Anne, stieg aus dem Landrover und lief bis an die Spitze der Fahrzeugkolonne.

Diese Straßensperre war keine zufällige und vorübergehende Angelegenheit. Zu beiden Seiten der Straße hatte man mit Sandsäcken geschützte, schwere Maschinengewehre in Stellung gebracht und dahinter leichtere Maschinengewehre, um notfalls ein Fahrzeug stoppen zu können, das die Sperre zu durchbrechen versuchte.

Die Barrikade selbst bestand aus Tonnen, die mit Beton gefüllt und mit Metallplättchen gespickt waren, um Autoreifen aufzureißen, und die Posten waren Soldaten der Dritten Brigade mit den roten Mützen und den silbernen Abzeichen darauf. Die gefleckten Tarnanzüge gaben ihnen das gefährliche Aussehen von Dschungelkatzen.

»Was geht hier vor, Sergeant?« fragte Craig einen von ihnen.

»Die Straße ist gesperrt, Mambo«, erklärte ihm der Mann höflich. »Nur Leuten mit Militärausweisen ist die Durchfahrt gestattet.«

»Ich muß in die Stadt.«

»Nicht heute«, der Mann schüttelte den Kopf, »Bulawayo ist heute kein guter Aufenthaltsort.«

Wie zur Bestätigung dieses Satzes kam in diesem Augenblick ein schwaches Donnern aus der Richtung, wo die Stadt lag. Es klang wie das Prasseln frischer Zweige im Feuer, und Craig bekam instinktiv eine Gänsehaut. Diesen Klang kannte er nur allzu gut, und er rief alptraumhafte Erinnerungen an den Krieg wach. Es war der Klang von fernem Maschinengewehrfeuer.

»Fahren Sie nach Hause zurück, Mambo«, sagte der Sergeant in freundlichem Ton. »Das ist nicht mehr Ihr Indaba.«

Craig hatte es plötzlich sehr eilig, den Lastwagen mit seinen Leuten sicher nach King's Lynn zurückzubringen. Er rannte zum Landrover zurück und vollführte eine harte Wendung um hundertachtzig Grad.

»Was ist los, Craig?«

»Ich glaube, es hat begonnen«, erklärte er bitter und gab Vollgas.

Der vollbeladene Lastwagen von King's Lynn kam ihnen schon bald fröhlich entgegen. Craig hielt ihn an und sprang auf das Trittbrett. Shadrach, der den abgelegten, grauen Anzug trug, den Craig ihm geschenkt hatte, saß auf dem Ehrenplatz neben dem Fahrer. »Dreht um«, befahl Craig. »Fahrt zurück nach Kingi Lingi. Es gibt große Schwierigkeiten. Bis das vorbei ist, darf niemand Kingi Lingi verlassen.«

»Mashonasoldaten?«

»Ja«, erklärte ihm Craig. »Die Dritte Brigade.«

»Schakale und Söhne von aasfressenden Schakalen«, sagte Shadrach und spuckte aus dem Fenster.

»Die Behauptung, daß Tausende unschuldiger Menschen von den staatlichen Sicherheitskräften getötet wurden, ist absurd.« Der Justizminister von Simbabwe wirkte im dunklen Anzug mit weißem Hemd wie ein erfolgreicher Börsenmakler. »Ein oder zwei Zivilisten sind im Kreuzfeuer zwischen Sicherheitskräften und Matabeledissidenten getötet worden – aber Tausende! Ha, ha, ha!« lachte er gemütlich. »Wenn wirklich Tausende getötet worden wären, möchte ich, daß mir jemand die Leichen zeigt – ich weiß nichts davon.«

»Nun«, sagte Craig und schaltete das Fernsehgerät aus. »Mehr wird Harare auch nicht verlauten lassen.« Er schaute auf die Armbanduhr. »Schon fast acht, mal sehen, was die BBC dazu zu sagen hat.«

Schon unter der Regierung Smith mit ihren drakonischen Zensurbestimmungen hatte jeder kluge Mann in Zentralafrika danach getrachtet, in den Besitz eines Kurzwellenempfängers zu kommen. Das war immer noch eine gute Zensurkontrolle. Craig besaß einen Yaesu Musen und konnte den Afrikadienst der BBC empfangen.

»Die Regierung von Simbabwe hat alle ausländischen Journalisten des Landes verwiesen. Der britische Hochkommissar besuchte den Premierminister von Simbabwe, um ihm die tiefe Besorgnis der Regierung Ihrer Majestät über die Berichte von Greueltaten der Sicherheitskräfte auszudrücken.«

Craig schaltete auf Radio Südafrika um und empfing den Sender klar und deutlich: »Die Ankunft Hunderter illegaler Flüchtlinge an der nördlichen Grenze zu Simbabwe. Die Flüchtlinge sind alles Angehörige des Matabelestammes. Der Sprecher einer Gruppe beschrieb ein Massaker unter Dorfbewohnern und Zivilisten, das er mit eigenen Augen gesehen hatte. ›Sie töten alle‹, sagte er. ›Die Frauen und die Kinder, ja sogar die Hühner und die Ziegen.‹ Ein anderer Flüchtling sagte: ›Schicken Sie uns nicht zurück. Die Soldaten werden uns töten.‹ «

Craig suchte die Frequenzen ab und fand die Stimme Amerikas.

»Dem Führer der ZAPU-Partei, der Matabelefraktion in Simbabwe, Mr. Joshua Nkomo, ist die Flucht in den Nachbarstaat Botswana gelungen. ›Sie haben meinen Fahrer erschossen‹, berichtete er unserem Außenkorrespondenten. ›Mugabe will meinen Tod. Er trachtet danach, mich auszuschalten.‹ Nachdem erst kürzlich alle prominenten Mitglieder der ZAPU-Partei festgenommen und inhaftiert worden sind, bedeutet Mr. Nkomos Flucht aus Simbabwe, daß das Matabelevolk nun ohne Führer oder Sprecher ist. Mittlerweile hat die Regierung unter Robert

Mugabe eine totale Nachrichtensperre über den Westteil des Landes verhängt, alle ausländischen Journalisten wurden ausgewiesen, und ein Ansuchen des Internationalen Roten Kreuzes, Beobachter entsenden zu dürfen, ist abgelehnt worden.«

»Das klingt alles so vertraut«, murmelte Craig. »Und ich habe genau das gleiche dumpfe Gefühl im Magen, wenn ich es höre.«

Am Montag war Sally-Annes Geburtstag. Nach dem Frühstück fuhren sie zusammen nach Queen's Lynn, um ihr Geschenk abzuholen. Craig hatte es in der Obhut von Mrs. Groenewald, der Frau des Aufsehers, gelassen, um die Überraschung zu wahren.

»O Craig, ist der süß.«

»Nun hast du zwei Männer, die dich auf King's Lynn festhalten«, erklärte er.

Sally-Anne hob den honigfarbenen jungen Hund mit beiden Händen hoch und küßte ihn auf die feuchte Nase, worauf ihr das Hündchen übers Gesicht leckte.

»Er ist ein rhodesischer Löwenhund«, erklärte Craig, »oder vielleicht nennt man ihn jetzt besser einen simbabwischen Löwenhund.«

»Sieh dir seine Pfoten an!« rief Sally-Anne aus. »Er wird einmal ein Ungeheuer. Wie soll ich ihn nennen?«

Craig erklärte Sally-Annes Geburtstag zum allgemeinen Feiertag. Sie fuhren mit dem Hund und einem Picknickkorb zum Stausee unterhalb des Herrenhauses, machten es sich auf einer Wolldecke unter den Bäumen am Ufer gemütlich und versuchten, einen Namen für den Hund zu finden. Craigs Vorschlag, das Hündchen »Hund« zu nennen, lehnte Sally-Anne ab.

Als sie über die Hügel zurückfuhren, sagte Sally-Anne plötzlich: »Wir haben den ganzen Tag nicht über die Unruhen gesprochen.«

»Wir wollen diesen persönlichen Rekord nicht jetzt noch brechen.«

»Ich nenne ihn Buster.«

»Warum?«

»Mein erster Hund hieß auch Buster.«

Buster erhielt sein Abendessen in einer Schüssel, auf der

»Hund« stand, und dann machten sie ihm in einer leeren Weinkiste einen Schlafplatz zurecht. Sie waren beide selig und müde, verzichteten an diesem Abend auf die Arbeit am Buch und an den Fotos und gingen unmittelbar nach dem Abendessen zu Bett.

Craig erwachte durch das Knattern von Schüssen. Er sprang aus dem Bett, bevor er noch richtig wach war. Es war Maschinenpistolenfeuer, kurze Feuerstöße, die sehr schnell hintereinander kamen; und kurze Feuerstöße ließen auf ausgebildete Soldaten schließen. Es mußte im Dorf sein oder in der Werkstatt.

Er griff nach der Prothese und schnallte sie an. Sein erster Gedanke galt Sally-Anne. Gebückt lief er zum Bett zurück und zog sie aus dem Bett zu sich auf den Boden.

Sie war nackt und noch nicht ganz wach. »Was ist los?«

»Hier«, er riß ihr Kleid vom Fußende des Bettes, »zieh dich an, aber bleib unten.«

Während sie in das Kleid schlüpfte, versuchte er seine Gedanken zu ordnen. Außer den Küchenmessern und einer kleinen Axt zum Holzhacken auf der hinteren Veranda gab es keine Waffen im Haus. Wieder Gewehrfeuer, und jemand schrie – eine Frau – der schwache Schrei brach plötzlich ab.

»Was ist los? Wer ist das?« Sally-Annes Stimme klang beherrscht und klar. Sie war wach und zeigte keine Spur von Angst. Er war stolz auf sie. »Sind es Dissidenten?«

»Ich weiß nicht, aber wir werden nicht hier bleiben, um das herauszufinden«, erklärte er grimmig. Er blickte zu dem neuen, leicht brennbaren Dach hinauf. Es war wohl das Beste, das Haus zu verlassen und sich im Busch zu verstecken. Aber dazu brauchten sie ein Ablenkungsmanöver. »Bleib hier«, befahl er. »Zieh Schuhe an und mach dich bereit zu laufen. Ich bin in einer Minute zurück.«

Er kroch unter dem Fenster zur Wand und stand auf. Die Schlafzimmertür war nicht verschlossen, und er stürmte in den Flur. An das Telefon verschwendete er nur zehn Sekunden – er wußte, daß die Kabel durchgeschnitten waren, und die echolose, tote Stille im Hörer bestätigte ihm diese Vermutung. Er ließ den Telefonhörer fallen und lief weiter zur Küche.

Ihm fiel nur ein Mittel als Ablenkung ein – Licht. Er schaltete die Fernbedienung des Dieselaggregats ein, und augenblicklich kam aus dem Maschinenraum auf der anderen Seite des Hofes das schwache Motorengeräusch, und die Deckenlampe begann zu glühen und flammte dann auf. Er riß den Sicherungskasten über der Kontrolltafel auf, machte die Hausinnenbeleuchtung an und schaltete die Lampen auf der vorderen Veranda an. Dadurch würde die hintere Seite des Hauses im Dunkel liegen. Dort würden sie durchbrechen, beschloß er, und zwar so schnell wie möglich. Die Angreifer hatten das Haus noch nicht erreicht, aber sie mußten jeden Augenblick da sein.

Er verließ hastig die Küche, blieb an der Dielentür stehen und blickte hinaus, um die Beleuchtung des Gartens und der Veranda zu überprüfen. Craig wußte, daß die Angreifer bereits die Hügel heraufkamen, und er wollte sich gerade umdrehen, um zu Sally-Anne zurückzukehren, als er außerhalb des Lichtscheins eine Bewegung gewahrte. Er kniff die Augen zusammen und versuchte etwas zu erkennen. Zu wissen, wer die Gegner waren, würde ihm einen winzigen Vorteil verschaffen, aber gleichzeitig verlor er kostbare Zeit.

Es war ein Mann, der auf das Haus zulief. Ein schwarzer Mann, nackt – nein, er trug ein Lendentuch. Er rannte eigentlich gar nicht, sondern taumelte und schwankte, als wäre er betrunken. Im Verandalicht schimmerte sein Oberkörper, als wäre er frisch eingeölt, doch dann erkannte Craig, daß es Blut war.

Ein heftiger Schreck durchfuhr ihn. Craig erkannte den alten Shadrach, und ohne nachzudenken lief er hinaus, um ihm zu helfen. Shadrach wäre hingefallen, wenn Craig ihn nicht aufgefangen und hochgehoben hätte. Er war überrascht, wie leicht der Körper des alten Mannes war. Craig brachte ihn mit einem Satz auf die Veranda in Sicherheit und duckte sich mit ihm hinter die niedrige Wand.

Shadrach war knapp über dem Ellbogen in den Oberarm getroffen worden. Der Knochen war zerschmettert, und der Arm hing nur noch an einem Hautfetzen. Shadrach hielt ihn wie einen Säugling an die Brust gepreßt. »Sie kommen«, stieß er hervor. »Du mußt laufen. Sie töten unsere Leute, dich werden sie auch töten.« Es grenzte an ein Wunder, daß der alte Mann mit dieser Wunde noch sprechen konnte, geschweige denn gehen und laufen. Er kauerte hinter der Mauer, riß mit den Zähnen einen Streifen Stoff aus seinem Lendentuch und begann damit den Arm über der Wunde abzubinden. Craig stieß seine Hand fort und verknotete den Stoff.

»Du mußt fort, kleiner Master«, und bevor ihn Craig daran hindern konnte, sprang der alte Mann auf und verschwand in der Dunkelheit.

»Er hat sein Leben riskiert, um mich zu warnen.« Craig sah ihm eine Sekunde lang nach, dann sprang er auf und huschte gebückt ins Haus zurück.

Sally-Anne war noch da, wo er sie verlassen hatte, sie kauerte unter dem Fenster. Durch das Fenster fiel Licht, und er sah, daß ihr Haar hinten zusammengebunden war und daß sie ein T-Shirt und Shorts angezogen hatte und gerade dabei war, ihre weichen Ledersportschuhe zuzuschnüren.

»Gutes Mädchen.« Er kniete sich neben sie. »Gehen wir.«

»Buster«, erwiderte sie. »Mein kleiner Hund!«

»Um Gottes willen!«

»Wir können ihn nicht einfach zurücklassen!« Sie zeigte den entschlossenen Ausdruck, den er nun schon bestens kannte.

»Wenn es sein muß, werde ich dich tragen«, drohte er ihr wütend und richtete sich rasch auf, um einen letzten Blick über das Fenstersims zu riskieren.

Der Rasen und der Garten waren noch immer hell erleuchtet. Schattenhafte, dunkle Gestalten kamen die Hügel herauf, bewaffnete Männer, die in geschlossener Formation anrückten. Einen Augenblick konnte er gar nicht glauben, was er sah, doch dann ließ er sich erleichtert zurücksinken. »Gott, ich danke dir!« flüsterte er. Plötzlich fühlte er sich schwach und zittrig, er nahm Sally-Anne in die Arme und drückte sie an sich. »Jetzt ist alles in Ordnung«, sagte er. »Nun wird alles gut.«

»Was ist geschehen?«

»Die Sicherheitskräfte sind da«, sagte er. Er hatte die burgunderroten Mützen und die silbernen Abzeichen der Männer erkannt. »Die Dritte Brigade ist hier – nun wird alles gut.«

Sie traten auf die Veranda, um die Ankömmlinge zu begrüßen, Sally-Anne trug den Hund auf den Armen, und Craig hatte seinen Arm um ihre Schultern gelegt.

»Ich bin sehr froh, Sie und Ihre Männer zu sehen, Sergeant«, begrüßte Craig den Unteroffizier, der die vorderste Linie der Soldaten angeführt hatte.

»Bitte gehen Sie ins Haus.« Der Sergeant machte eine gebieterische, wenn auch nicht direkt drohende Geste mit seiner Maschinenpistole. Er war ein großer, sehniger Mann mit kalten, ausdruckslosen Augen, und Craig fühlte seine Erleichterung schwinden. Irgend etwas stimmte nicht. Die Soldaten umstellten das Haus, während einige Schützen in der klassischen Angriffstaktik von Straßenkämpfern paarweise durch Fenster und Seitentüren eindrangen und sich im Inneren verteilten. Hinter dem Haus schlug jemand eine Glasscheibe ein. Es war eine regelrechte Haussuchung.

»Was hat das zu bedeuten, Sergeant?« Craig wurde allmählich wütend, und diesmal war die Geste des großen Sergeant unmißverständlich feindselig.

Craig und Sally-Anne gingen vor ihm ins Eßzimmer und blieben neben dem langen Eßtisch in der Mitte des Raumes stehen.

Zwei Soldaten kamen durch die Eingangstür herein und erstatteten dem Sergeant in hastigem Shona, dem Craig nicht folgen konnte, Meldung. Der Sergeant quittierte es mit einem Nicken und befahl etwas. Sie stellten sich gehorsam an die Wand und richteten ihre Waffen unmißverständlich auf das zerzauste Paar in der Mitte des Raumes.

»Wo ist der Lichtschalter?« fragte der Sergeant, und als Craig es ihm erklärt hatte, ging er zu dem Schalter, und grelles Licht durchflutete das Zimmer.

»Was geht hier vor, Sergeant?« wiederholte Craig ärgerlich und unsicher.

Der Sergeant ignorierte die Frage und schlenderte zur Tür. Er rief einen der Soldaten auf dem Rasen, und der Mann kam gelaufen. Er trug ein tragbares Funkgerät auf dem Rücken, dessen Antenne über seine Schulter ragte. Der Sergeant sprach leise in das Mikrofon des Funkgerätes und kam dann zurück ins Zimmer.

Dann warteten alle schweigend.

Craig erschien die Wartezeit wie eine Stunde, aber es waren kaum fünf Minuten vergangen, als der Sergeant leicht den Kopf hob und lauschte. Craig hörte ein Motorengeräusch, das anders klang als das Dieselaggregat. Das Geräusch wurde lauter – es war ein Landrover.

Der Wagen kam auf das Haus zu, Bremsen quietschten, und der Kies knirschte. Dann wurde der Motor abgestellt, Türen schlugen zu, und auf der Veranda hörte man die Schritte mehrerer Männer.

General Peter Fungabera trat mit seinem Stab durch die Glastüren. Außer einer Pistole im Gürtelhalfter trug er nur das lederbezogene Offiziersstöckchen.

Groß und breitschultrig, mit einem rätselhaften Blick hinter der goldgeränderten Brille, betrat hinter ihm Captain Nbebi den Raum. Er trug einen ledernen Aktenkoffer und eine Maschinenpistole an einem Riemen über der Schulter.

»Peter!« Craig war zwar erleichtert, aber er blieb vorsichtig. All diese Vorgänge wirkten gesteuert und bedrohlich. »Ein paar von meinen Leuten sind getötet worden. Mein Induna läuft schwer verwundet irgendwo draußen herum.«

»Deine Feinde hatten viele Verluste«, nickte Fungabera.

»Feinde?« Craig war verwirrt.

»Dissidenten«, nickte Fungabera wieder. »Matabeledissidenten.«

»Dissidenten?« Craig starrte ihn an. »Shadrach ein Dissident? Das ist verrückt – er ist ein einfacher, ungebildeter Viehknecht und kümmert sich einen Dreck um Politik.«

»Die Dinge sind oft nicht das, was sie scheinen.« Fungabera zog den Stuhl am Ende des Tisches zurück, stellte seinen Fuß darauf und stützte einen Ellbogen auf das Knie. Nbebi legte den ledernen Aktenkoffer vor sich auf den Tisch.

»Würden Sie mir bitte sagen, Peter, was zum Teufel hier vorgeht?« Craig war gereizt und nervös. »Jemand hat mein Dorf überfallen – einige meiner Leute wurden getötet, Gott allein weiß, wie viele – warum verfolgen Sie die Angreifer nicht?«

»Die Jagd ist vorüber«, erklärte Fungabera. »Wir haben die

Schlangenbrut von Verrätern, die Sie auf Ihrem kolonialistischen Landsitz züchteten, ausgeräuchert.«

»Was in aller Welt reden Sie da?« Craig war nun wirklich beunruhigt. »Das kann doch nicht Ihr Ernst sein!«

»Ernst!« Fungabera lächelte nachsichtig. Er richtete sich auf und trat vor sie hin. »Ein junger Hund«, sagte er noch immer lächelnd. »Wie entzückend.« Er nahm Buster aus Sally-Annes Armen, bevor sie begriff, was er vorhatte. Er streichelte das kleine Tier, kraulte es hinter dem Ohr und schlenderte gemächlich zum Ende des Tischs zurück. »Ernst?« wiederholte seine Frage. »Ich werde Ihnen zeigen, wie ernst ich es meine.« Er ließ den Hund auf den Steinboden fallen.

Das Tier fiel auf den Rücken und blieb wie betäubt liegen. Fungabera setzte einen Fuß auf seine Brust und zermalmte ihn mit seinem ganzen Gewicht. Der Hund quietschte nur kurz, als der Brustkorb brach.

»So ernst meine ich es.« Fungabera lächelte nicht mehr. »Euer Leben ist mir genau so viel wert wie das Leben dieses Hundes.«

Sally-Anne gab einen schwachen Klagelaut von sich, wandte sich ab und vergrub ihr Gesicht an Craigs Schulter. Sie rang nach Atem, und Craig konnte spüren, wie sie gegen den Brechreiz ankämpfte.

Fungabera stieß den weichen, gelben Tierkörper mit dem Fuß in den offenen Kamin und setzte sich. »Schluß mit den Mätzchen«, sagte er, öffnete den ledernen Aktenkoffer und verteilte die Schriftstücke vor sich auf dem Tisch. »Mr. Mellow, Sie sind im Auftrag des berüchtigten amerikanischen CIA als Hetzer aufgetreten –«

»Das ist eine verdammte Lüge!« schrie Craig, aber Fungabera ignorierte es.

»Ihre hiesige Anlaufstelle war der amerikanische Geheimagent Morgan Oxford an der amerikanischen Botschaft, während Ihre Zentralstelle und Ihr Auftraggeber ein gewisser Henry Pickering ist, der sich als Vorstandsmitglied der Weltbank in New York ausgibt. Er hat sie und Miss Jay angeworben.«

»Das ist nicht wahr!«

»Ihr Jahresgehalt belief sich auf sechzigtausend Dollar, und

Ihre Mission bestand darin, in Matabeleland ein Zentrum für subversive Elemente einzurichten, das durch CIA-Gelder finanziert wurde, die in Form eines Kredites von einer der CIA unterstellten Tochtergesellschaft der Weltbank eingeschleust worden waren – die zugewiesene Summe waren fünf Millionen Dollar.«

»Himmel, Peter, das ist doch alles absurd, und Sie wissen es.«

»Im weiteren Verlauf dieses Verhöres werden Sie mich entweder mit ›Sir‹ oder ›General Fungabera‹ anreden, haben Sie verstanden?« Fungabera wandte sich ab, um zu hören, was der plötzliche Lärm außerhalb der Glastüren zu bedeuten hatte.

Es klang, als wäre ein Konvoi von leichten Lastwagen angekommen, die noch mehr Truppen heranbrachten. Craig sah durch die Glastüren, wie ein paar Soldaten schwere Kisten auf die Veranda schleppten.

Fungabera warf Nbebi einen fragenden Blick zu, und dieser nickte bestätigend.

»Gut!« Fungabera wandte sich wieder an Craig. »Wir können fortfahren. Sie haben mit bekannten Matabeleverrätern verhandelt, indem Sie sich Ihre hervorragenden Kenntnisse der Sprache und des Charakters dieser halsstarrigen Leute zunutze machten –«

»Sie können mir sicher keinen einzigen nennen, weil es diese Leute gar nicht gibt.«

Fungabera nickte Nbebi zu. Dieser gab einen Befehl.

Zwei Soldaten führten einen Mann herein. Er war barfuß, trug nur eine zerrissene, kurze Khakihose und war so ausgemergelt, daß sein Kopf grotesk groß erschien. Sein Schädel war kahlgeschoren und mit Beulen und frischen Wunden übersät, und über seine Rippen zogen sich lange Striemen.

»Kennst du diesen weißen Mann?« fragte ihn Fungabera.

Der Mann starrte Craig an. Seine Augen waren stumpf und glanzlos, so als hätte man Sand hineingestreut.

»Ich habe diesen Mann noch nie –«, begann Craig und brach ab, als er ihn erkannte. Es war Dollar, der jüngste und wildeste der Männer von Sambesi Waters.

»Ja?« fragte Fungabera nun wieder lächelnd. »Was wollten Sie gerade sagen, Mr. Mellow?«

»Ich möchte einen Vertreter des britischen Außenamtes sprechen«, sagte Craig, »und Miss Jay würde gern die amerikanische Botschaft anrufen.«

»Selbstverständlich«, nickte Fungabera. »Alles zu seiner Zeit, aber erst müssen wir vollenden, was wir begonnen haben.« Er wandte sich an Dollar. »Kennst du den weißen Mann?«

Dollar nickte. »Er gab uns Geld.«

»Abführen«, befahl Fungabera. »Kümmert euch um ihn und gebt ihm zu essen. Nun, Mr. Mellow, leugnen Sie noch immer jeden Kontakt mit subversiven Elementen?« Er wartete die Antwort nicht ab, sondern fuhr sanft fort: »Sie haben hier auf diesem Landsitz ein Waffenarsenal eingerichtet, das für einen Staatsstreich gegen die vom Volk gewählte Regierung zugunsten eines proamerikanischen Diktators bestimmt war.«

»Nein«, sagte Craig ruhig. »Ich habe keine Waffen.«

Fungabera seufzte. »Ihr Leugnen ist zwecklos – und ermüdend.« Dann wandte er sich an den großen Shonasergeant: »Bringen Sie die beiden hinaus.«

Der Sergeant führte sie auf die Veranda, wo seine Männer die Kisten abgestellt hatten. »Aufmachen«, befahl er, und seine Männer öffneten die Klammern und hoben die Kistendeckel ab.

Craig erkannte die Waffen, die darin verpackt waren. Es waren amerikanische Maschinenpistolen vom Typ Armalite 5,56 mm AR 18. Sechs brandneue in jeder Kiste.

»Diese Maschinenpistolen haben nichts mit mir zu tun.« Wenigstens das konnte Craig der Wahrheit entsprechend leugnen.

»Sie stellen meine Geduld auf eine harte Probe.« Fungabera wandte sich an Nbebi: »Bringen Sie den anderen weißen Mann herein.«

Hans Groenewald, Craigs Verwalter, wurde aus der Fahrerkabine eines der Lastwagen gezerrt und auf die Veranda geführt. Seine Hände waren am Rücken gebunden, und er wirkte völlig verängstigt. Seine Augen waren blutunterlaufen und tränten wie die Augen eines Betrunkenen.

»Haben Sie diese Waffen im Geräteschuppen der Ranch gelagert?« fragte Fungabera, und Groenewald antwortete unhörbar.

»Lauter, Mann.«

»Ja. Ich habe diese Waffen gelagert, Sir.«

»Auf wessen Anordnung?«

Groenewald schaute kläglich zu Craig auf, und Craigs Herz wurde plötzlich zu einem eisigen Klumpen, und die Kälte breitete sich auf Magen und Hüften aus.

»Auf wessen Anordnung?« wiederholte Fungabera geduldig.

»Auf Mr. Mellows Anordnung, Sir.«

»Abführen.«

Als ihn die Soldaten zum Lastwagen zurückbrachten, verdrehte Groenewald den Kopf und schaute Craig mit einem gequälten Ausdruck in den Augen an. Plötzlich rief er: »Tut mir leid, Mr. Mellow, ich habe Frau und Kinder!«

Einer der Soldaten stieß Groenewald den Pistolenkolben in den Magen. Groenewald rang nach Luft und übergab sich. Er wäre hingefallen, wenn sie ihn nicht an den Armen gepackt und in die Fahrerkabine gestoßen hätten. Der Fahrer startete den Motor, und der große Lastwagen donnerte den Hügel hinunter.

Fungabera führte Sally-Anne und Craig ins Eßzimmer zurück und nahm seinen Platz am Ende des Tischs wieder ein. Während er die Papiere aus dem Aktenkoffer ordnete und durchsah, nahm er von Craig und Sally-Anne keinerlei Notiz. Obgleich Craig erkannte, daß dieses Schweigen Absicht war, wollte er es brechen, wollte seine Unschuld hinausschreien und gegen dieses Netz aus Lügen und Halbwahrheiten und Verdrehungen protestieren, in das sie da verstrickt wurden.

Schließlich legte Fungabera die Schriftstücke beiseite, lehnte sich in seinem Sessel zurück und klopfte mit dem Offiziersstöckchen leicht auf die Tischplatte. »Eine Sache, die am Galgen endet«, sagte er, »ein Kapitalverbrechen, Sie und Miss Jay –«

»All das hat nichts mit ihr zu tun.« Craig legte schützend seinen Arm um Sally-Annes Schultern.

»Die unteren weiblichen Organe sind kaum imstande, einem heftigen Stoß standzuhalten«, bemerkte Fungabera. »Die Wirkung kann recht seltsam sein – zumindest hat man mir das erzählt.«

Diese Bemerkung beschwor ein Bild herauf, das Craig Übelkeit verursachte.

»Glücklicherweise muß es nicht so weit kommen. Das liegt ganz bei Ihnen.«

Fungabera spielte gelassen mit seinem Offiziersstöckchen, und Craig ertappte sich dabei, daß er wie gebannt auf Fungaberas Hand starrte.

»Ich glaube, Sie sind Opfer Ihrer imperialistischen, kapitalistischen Arbeitgeber.« Fungabera lächelte wieder. »Ich werde Sie laufen lassen.«

Craig und Sally-Annes Köpfe zuckten hoch, und beide starrten ihn an.

»Ja, das glauben Sie nicht, aber ich meine es ernst. Ich persönlich mag Sie beide sehr gern. Sie an den Galgen zu bringen würde mir kein besonderes Vergnügen bereiten. Sie besitzen beide künstlerische Talente, um die es schade wäre, außerdem werden Sie von nun an keinen Schaden mehr anrichten können.«

Sie schwiegen noch immer, begannen Hoffnung zu schöpfen und hatten gleichzeitig Angst, denn sie fühlten, daß das alles Teil eines grausamen Katz- und Mausspieles war.

»Ich bin bereit, Ihnen ein Angebot zu machen. Wenn Sie alles offen eingestehen, ein rückhaltloses, volles Geständnis ablegen, werde ich Sie mit Ihren Reisepässen, jedem leicht transportierbaren Besitz und wertvollen Dingen Ihrer Wahl an die Grenze bringen lassen. Ich werde Sie freilassen, damit Sie mir und meinem Volk keine Schwierigkeiten mehr machen können.«

Er wartete lächelnd und klopfte mit dem Offiziersstöckchen auf die Tischplatte – tapp, tapp, tapp. Wie ein tropfender Wasserhahn.

Das Geräusch machte Craig nervös. Er konnte keinen klaren Gedanken fassen. Die Ereignisse hatten ihn überrollt. Fungabera hatte ihn aus dem Gleichgewicht gebracht, indem er dauernd seine Angriffstaktik änderte. Er brauchte Zeit, um sich zu fassen und wieder klar und logisch denken zu können. »Ein Geständnis?« stieß er hervor. »Was für ein Geständnis? Vor einem Volkstribunal? Eine öffentliche Bloßstellung?«

»Nein, ich denke, so weit müssen wir nicht gehen«, versicherte ihm Fungabera. »Ich brauche lediglich eine schriftliche Erklärung von Ihnen, eine Liste Ihrer Verbrechen und der Machenschaften Ihrer Auftraggeber. Zeugen werden dieses Geständnis unterzeichnen, und dann werden Sie an die Grenze gebracht und freigelassen. Alles sehr unkompliziert und, wenn ich so sagen darf, sehr zivilisiert und human.«

»Natürlich werden Sie mein Geständnis vorbereiten, und ich brauche es nur zu unterzeichnen?« fragte Craig bitter, und Fungabera grinste.

»Sehr scharfsinnig.« Fungabera nahm eines der Dokumente von dem Haufen vor ihm. »Hier ist es. Sie brauchen nur das Datum einzusetzen und zu unterschreiben.«

Darauf war Craig allerdings nicht gefaßt. »Sie haben es bereits schreiben lassen?«

Niemand antwortete, und Nbebi brachte ihm das Schriftstück. »Bitte lesen Sie es, Mr. Mellow«, forderte er ihn auf.

Craig las es langsam durch und versuchte, einen klaren Gedanken zu fassen, aber all diese Vorgänge waren Alpträume, unwirklich und schienen ihn nicht persönlich zu betreffen – bis er die Worte las, die wie konzentriertes Gift in seinem Inneren brannten: »Ich gebe zu, daß ich durch meine Handlungen bewiesen habe, ein Feind des Staates und des Volkes von Simbabwe zu sein.«

Das war genau dieselbe Formulierung wie in einem anderen Dokument, das er unterschrieben hatte, und plötzlich wußte er, was für eine Absicht hinter dem Ganzen steckte. »King's Lynn«, flüsterte er und schaute von dem Geständnis auf. »Darum geht es also. Sie sind hinter King's Lynn her!«

Außer dem Klopfen des Offiziersstöckchens auf dem Tisch war kein Laut zu hören.

Fungabera lächelte noch immer.

»Sie haben von Anfang an darauf hingearbeitet. Die Bürgschaft für meinen Kredit – die Klausel war Ihr Werk.« Die Erstarrung und Lethargie fiel von Craig ab, und er fühlte, wie er zu kochen begann. »Sie verdammtes Schwein!« schrie er Fungabera an. »Ich verlange die Polizei, ich verlange den Schutz des Gesetzes.«

»Mr. Mellow«, erwiderte Fungabera kalt, »in Matabeleland bin ich das Gesetz. Und mein Schutz wurde Ihnen bereits angeboten.«

»Ich werde es nicht unterschreiben. Ich werde diesen Schmutz nicht unterschreiben. Eher fahre ich zur Hölle.«

»Das ließe sich einrichten«, höhnte Fungabera gelassen, dann fuhr er eindringlich fort: »Ich rate Ihnen dringend, dieses Theater sein zu lassen und sich dem Unvermeidlichen zu beugen. Unterschreiben Sie das Schriftstück, und wir können von jeder weiteren Widerlichkeit absehen.«

Craig hatte einige Grobheiten auf der Zunge und konnte sich nur mit Mühe zurückhalten, weil er sich vor aller Augen nicht erniedrigen wollte. »Nein«, sagte er statt dessen. »Dieses Zeug unterschreibe ich nie. Vorher müssen Sie mich umbringen.«

»Ich gebe Ihnen noch eine letzte Chance, Ihre Meinung zu ändern.«

»Nein. Niemals!«

Fungabera drehte sich in seinem Stuhl nach dem großen Sergeant um. »Die Frau gehört Ihnen«, sagte er. »Erst Sie und dann Ihre Männer, einer nach dem anderen, bis alle an der Reihe waren. Hier in diesem Raum auf dem Tisch.«

»O Gott, Sie sind ein Teufel«, stieß Craig hervor und versuchte Sally-Anne festzuhalten, aber die Soldaten packten sie von hinten und stießen ihn gegen die Wand. Einer von ihnen setzte ihm die Spitze seines Bajonetts an die Kehle.

Der andere drehte Sally-Anne den Arm auf den Rücken und brachte sie dem Sergeant. Sie begann wild um sich zu schlagen, aber der Soldat hob sie hoch, bis sie den Steinboden nur noch mit der Spitze ihrer Turnschuhe berührte und ihr Gesicht schmerzverzerrt war.

Der Blick des Sergeant blieb vollkommen ausdruckslos. Er nahm Sally-Annes T-Shirt in beide Hände und riß es vom Hals bis zu den Hüften auf. Darunter kamen ihre Brüste zum Vorschein. Sie waren sehr weiß und zart, die rosaroten Spitzen empfindsam und ungeschützt.

»Ich habe hundertfünfzig Mann«, bemerkte Fungabera. »Es wird einige Zeit dauern, bis sie alle fertig sind.«

Der Sergeant fuhr mit dem Daumen unter das Gummiband von Sally-Annes Shorts und zog sie herunter. Craig wollte vorwärtsstürmen, aber die Spitze des Bajonetts ritzte die Haut an seiner Kehle. Ein paar Tropfen Blut fielen auf sein Hemd. Sally-Anne versuchte, das dunkle Dreieck ihrer Scham mit der freien Hand zu bedecken. Es war eine rührend hilflose Geste.

»Ich weiß, wie sehr sich selbst ein sogenannter liberaler Weißer wie Sie an dem Gedanken stößt, daß schwarzes Fleisch in seine Frau eindringt.« Fungaberas Ton klang fast beiläufig. »Ich bin gespannt, wie oft Sie es zulassen werden.«

Der Sergeant und der Soldat hoben Sally-Anne hoch und legten sie mit dem Rücken auf den Eßtisch. Der Sergeant entfernte das Seidenhöschen, beließ ihr jedoch die Laufschuhe und schob die Fetzen ihres T-Shirts empor. Fachmännisch schoben sie ihre Knie bis zur Brust hoch und drückten sie dann unter ihre Achseln. Sie mußten das schon oft gemacht haben. Sally-Anne war hilflos, in dieser Lage vollkommen wehrlos. Jeder Mann im Raum starrte in die geheimsten Tiefen ihres Körpers. Der Sergeant begann mit der freien Hand den Pistolengurt abzuschnallen.

»Craig!« schrie Sally-Anne, und Craigs Körper zuckte wie unter einem Peitschenhieb unwillkürlich zusammen. »Ich werde unterschreiben«, flüsterte er. »Laßt sie los, ich unterschreibe.«

Fungabera gab den Shona einen Befehl, und sie ließen Sally-Anne sofort los. Der Soldat trat zurück, und der Sergeant half ihr beim Aufstehen. Höflich hob er den Slip auf, und sie zog ihn, auf einem Bein hüpfend, leise schluchzend und zitternd wieder an. Dann stürzte sie sich auf Craig und schlang beide Arme um ihn. Ihr Körper zuckte, und Craig hielt sie fest an sich gepreßt und flüsterte ihr zusammenhanglose, beruhigende Worte zu.

»Je eher Sie unterschreiben, desto eher können Sie gehen.«

Ohne Sally-Anne loszulassen, trat Craig an den Tisch.

Nbebi reichte ihm einen Füllhalter, und Craig schrieb auf die beiden oberen Seiten des Geständnisses seine Initialen und unterzeichnete das letzte Blatt mit seinem vollen Namen. Nbebi und Fungabera unterschrieben als Zeugen, und dann sagte Fungabera: »Eine letzte Formalität. Ich möchte, daß Sie und Miss Jay vom Regimentsarzt daraufhin untersucht werden, daß keine Anzeichen von Folter vorliegen.«

»Verdammt, hat sie nicht schon genug durchgemacht?«

»Tun Sie mir bitte den Gefallen, mein Lieber.«

Der Arzt hatte offenbar in einem der Lastwagen draußen gewartet. Er war ein kleiner, lebhafter Shona, der eine energische Geschäftigkeit an den Tag legte.

»Untersuchen Sie die Frau im Schlafzimmer, Doktor. Überzeugen Sie sich insbesondere davon, daß sie nicht vergewaltigt wurde«, wies ihn Fungabera an, und als sie das Eßzimmer verließen, wandte er sich an Craig. »Inzwischen können Sie den Safe in Ihrem Arbeitszimmer öffnen und Ihren Paß sowie alle anderen Dokumente, die Sie für die Reise brauchen werden, herausnehmen.«

Zwei Soldaten begleiteten Craig in sein Arbeitszimmer am anderen Ende der Veranda und warteten, während er die Kombination seines Safes einstellte. Er nahm seinen Paß heraus, die Brieftasche mit seinen Kreditkarten und dem Dienstabzeichen der Weltbank, drei Umschläge mit Reiseschecks und das Manuskript seines neuen Romans. Er stopfte alles zusammen in eine Reisetasche von British Airways und ging ins Eßzimmer zurück.

Sally-Anne und der Arzt kamen aus dem Schlafzimmer. Sie hatte sich umgezogen und trug nun eine blaue Wolljacke, eine Bluse und Jeans. Sie trug ihre Kameratasche über der Schulter und unter dem Arm die Mappe mit den Fotografien und Texten für das Buch.

»Sie sind dran«, forderte Fungabera Craig auf, und als er zurückkam, saß Sally-Anne auf dem Rücksitz eines Landrovers, der vor der Veranda stand. Neben ihr saß Nbebi und ganz hinten im Wagen zwei bewaffnete Soldaten. Der Platz neben dem Fahrer war für Craig reserviert.

Fungabera stand auf der Veranda. »Leben Sie wohl, Craig«, sagte er, und Craig starrte ihn an und versuchte all den Haß, den er für ihn empfand, in seinen Blick zu legen.

»Sie haben doch nicht wirklich geglaubt, ich würde zulassen, daß Sie das Imperium Ihrer Familie wiederaufbauen?« fragte Fungabera ganz ruhig. »Wir haben zu hart darum kämpfen müssen, diese Welt zu zerstören.«

Als der Landrover den Hügel hinunterfuhr, drehte Craig sich um und schaute zurück. Fungabera stand immer noch auf der hellerleuchteten Veranda, und seine hohe Gestalt wirkte verwandelt. Er sah aus, als gehörte er dorthin – ein Eroberer, der das Haus in Besitz genommen hatte, der Herr des großen Landsitzes. Craig schaute zurück, bis Fungaberas Gestalt hinter den Bäumen verschwand, und erst jetzt begann der ganze Haß in seinem Inneren zu gären.

Sie ließen King's Lynn und Craigs Träume hinter sich und fuhren westwärts. Am Stadtrand von Bulawayo stießen sie auf die erste Straßensperre, und Craig schaute auf seine Armbanduhr. Es war sieben Minuten vor drei Uhr morgens. Außer ihnen stand kein Fahrzeug vor der Schranke, und sofort kamen zwei Soldaten hervor und postierten sich zu beiden Seiten des Landrovers. Nbebi kurbelte sein Fenster hinunter, sprach einen von ihnen an und reichte ihm gleichzeitig seinen Ausweis. Der Soldat untersuchte ihn kurz im Schein einer Taschenlampe und gab ihn zurück. Dann salutierte er und hob die Schranken. Sie fuhren durch.

Bulawayo war still und wie ausgestorben, nur in wenigen Fenstern brannte Licht. Eine Ampel schaltete von grün auf orange und rot, und der Fahrer hielt gehorsam an, obwohl die Straßen völlig verlassen waren. Der Motor brummte im Leerlauf, und plötzlich hörte man fern und schwach das Knattern einer Maschinenpistole.

Craig beobachtete Nbebis Gesicht im Rückspiegel und sah, wie er beim Geräuch der Schüsse leicht das Gesicht verzog. Dann schaltete die Ampel um, und sie fuhren durch die Vororte weiter Richtung Süden. Das monotone Geräusch von Motor und Rädern und die Wärme im Wagen lullten Craig ein, und nachdem Wut und Angst nachgelassen hatten, fiel er in einen leichten Schlummer.

Er schreckte aus dem Schlaf auf, als Nbebi das erstemal sprach und das Geräusch des Motors sich veränderte. Es dämmerte bereits. Der Landrover wurde langsamer und bog von der asphaltierten Hauptstraße auf einen Feldweg ab.

»Wo sind wir?« fragte Craig. »Warum verlassen wir die Hauptstraße?«

Nbebi sprach mit dem Fahrer, worauf dieser an den Straßenrand fuhr und anhielt.

»Steigen Sie bitte aus«, befahl Nbebi, und Craig gehorchte. Nbebi war bereits ausgestiegen und schien ihm herunterhelfen zu wollen – aber statt dessen nahm er Craigs Arm, drehte ihn leicht herum, und bevor Craig etwas dagegen unternehmen konnte, hatte er ihm Handschellen angelegt. Das war so unerwartet und blitzschnell geschehen, daß Craig sekundenlang verdutzt dastand und seine gefesselten Hände anstarrte. Dann schrie er: »Himmel, was soll das?«

Im selben Augenblick hatte Nbebi ebenso geschickt und rasch auch Sally-Anne Handschellen angelegt und sprach, ohne Craigs Ausbruch zu beachten, ruhig auf den Fahrer und die beiden Soldaten ein. Er sprach so schnell, daß Craig nicht folgen konnte, aber die Shonaworte für »töten« und »vergraben« schnappte er trotzdem auf. Einer der Soldaten schien zu protestieren, worauf sich Nbebi in den offenen Landrover beugte und das Mikrofon des Funkgerätes nahm. Er gab ein Signal durch, wiederholte es dreimal und wurde nach kurzer Wartezeit schließlich mit Fungabera verbunden. Craig erkannt die Stimme des Generals trotz der atmosphärischen Störungen. Sie wechselten ein paar Sätze, und als Nbebi das Mikrofon zurücklegte, war der Soldat zufrieden. Offenbar waren Nbebis Befehle bestätigt worden.

»Wir fahren weiter«, sagte Nbebi in englisch, und Craig wurde grob auf den Vordersitz zurückgestoßen. Dieser Stimmungswandel war bedenklich.

Der Fahrer fuhr den Landrover immer tiefer in das Buschland, und draußen wurde es allmählich hell. Der Himmel färbte sich in den wunderbaren Farben des afrikanischen Sonnenaufganges, und der Fahrer schaltete die Scheinwerfer ab.

»Craig, Liebster, sie werden uns töten, nicht wahr?« fragte Sally-Anne ruhig. Ihre Stimme war klar und fest. Sie hatte ihren Schock überwunden und ihre Selbstbeherrschung wiedererlangt. Sie sprach so, als wären sie allein.

»Es tut mir leid.« Craig wußte nichts anderes zu sagen. »Ich hätte wissen müssen, daß Fungabera uns niemals fortlassen würde.«

»Du hättest nichts dagegen tun können. Auch wenn du es gewußt hättest.«

»Sie werden uns an irgendeinem abgelegenen Ort vergraben und unser Verschwinden den Matabeledissidenten in die Schuhe schieben«, sagte Craig, und Nbebi saß schweigend hinter ihm, ohne diese Vermutung abzustreiten oder zu bestätigen.

Der Weg gabelte sich, und Nbebi wies auf die kaum erkennbare Abzweigung nach links. Der Fahrer verlangsamte das Tempo und schaltete in einen niedrigeren Gang. Sie holperten noch etwa zwanzig Minuten lang weiter. Dann war es hell, und die ersten Sonnenstrahlen streiften die Baumwipfel der Akazien.

Nbebi befahl etwas, und der Fahrer bog vom Weg ab und fuhr querfeldein durch das hüfthohe Gras, bis sie auch von dem Buschweg aus, auf dem sie gekommen waren, nicht mehr zu sehen waren. Wieder ein Befehl, und der Fahrer hielt an und stellte den Motor ab.

Die absolute Stille, die sie umgab, verstärkte das Gefühl der Einsamkeit und Abgeschiedenheit.

»Niemand wird uns hier jemals finden«, sagte Sally-Anne ruhig, und Craig fiel nichts ein, um sie zu trösten.

»Bleiben Sie, wo Sie sind«, befahl Nbebi.

»Fühlen Sie denn gar nichts bei dem, was Sie tun?« fragte ihn Sally-Anne, und er wandte ihr das Gesicht zu.

Seine Augen hinter der Goldrandbrille schienen mitleidig und traurig zu blicken, aber sein Mund blieb fest geschlossen. Ohne ihre Frage zu beantworten wandte er sich nach einem Augenblick von ihr ab und stieg aus. Er gab ein paar Befehle in Shona, und die Soldaten legten ihre Waffen hinten in den Landrover, während der Fahrer auf das Dach kletterte und drei zusammenklappbare Spaten herunterholte.

Nbebi griff durch das Seitenfenster und zog den Schlüssel aus dem Zündschloß, dann führte er seine Leute ein paar Meter weit fort und zeichnete mit der Spitze seines Stiefels zwei Ovale in den grauen Sand. Die drei Shonas nahmen ihre Pistolengürtel ab, zogen die Jacken aus und begannen die Gräber zu schaufeln. In dem lockeren Boden kamen sie schnell voran. Nbebi blieb daneben stehen und beobachtete sie.

»Ich versuche an die Gewehre zu kommen«, flüsterte Craig. Die Waffen befanden sich auf der Ladefläche des Wagens. Er würde über zwei Rückenlehnen klettern müssen und dann bis zu den Halterungen kriechen, in denen die Gewehre standen. Er mußte die Halterungen öffnen, die Waffen laden, entsichern und durch das hintere Fenster zielen – und all das mit Handschellen an den Gelenken.

»Das schaffst du nicht«, flüsterte Sally-Anne.

»Wahrscheinlich nicht«, gab er grimmig zu, »aber fällt dir etwas Besseres ein? Wenn ich ›los‹ sage, dann wirf dich flach auf den Boden.« Er holte tief Atem und schaute durch das Heckfenster zu der kleinen Gruppe von Totengräbern. »Hör zu«, sagte er hastig. »Ich liebe dich. Ich habe noch nie zuvor jemand so geliebt wie dich.«

»Ich liebe dich auch, mein Liebster«, flüsterte sie zurück.

»Sei tapfer!« sagte er.

»Viel Glück!« Sie krümmte sich zusammen, aber in diesem Augenblick drehte sich Nbebi nach dem Landrover um.

Er sah, daß Craig verkehrt auf dem Sitz saß und daß sich Sally-Anne duckte. Er runzelte die Stirn und kam mit langen Schritten auf den Wagen zu. Neben dem offenen Fenster blieb er stehen und sagte leise auf englisch: »Tun Sie es nicht, Mr. Mellow. Wir sind alle in großer Gefahr. Unsere einzige Chance ist, daß Sie bleiben, wo Sie sind, und keine schnelle Bewegung machen.« Er nahm den Zündschlüssel aus der Tasche und öffnete mit der anderen Hand die Lasche seines Pistolenhalfters. Leise fuhr er fort: »Ich habe meine Leute entwaffnet, und sie konzentrieren sich voll auf ihre Arbeit. Wenn ich jetzt in den Landrover steige, hindern Sie mich nicht daran und versuchen Sie nicht, mich anzugreifen. Ich bin in ebenso großer Gefahr wie Sie. Sie müssen mir vertrauen. Haben Sie verstanden?«

»Ja«, nickte Craig. Himmel, was bleibt mir anderes übrig? dachte er.

Nbebi öffnete die Fahrertür des Landrovers und schob sich hinter das Lenkrad. Er warf den drei Soldaten, die nun schon brusttief in den beiden Gräbern standen, einen Blick zu, dann steckte er den Schlüssel in das Zündschloß und drehte ihn herum.

Der Starter heulte auf, und die drei Soldaten hoben verwundert die Köpfe. Der Starter wirbelte und surrte, aber der Motor wollte nicht anspringen. Einer der Soldaten schrie und sprang aus dem Graben. Sein Brustkorb war schweißnaß und mit grauem Staub bedeckt. Er rannte auf den stehenden Landrover zu. Nbebi trat das Gaspedal durch, ohne den Zündschlüssel loszulassen. Sein Gesichtsausdruck war verzweifelt und ängstlich.

»Er wird absaufen«, erklärte ihm Craig. »Nehmen Sie den Fuß vom Pedal!«

Der Soldat kam näher. Er brüllte etwas, und der Starter drehte durch.

Der Soldat hatte den Wagen nun schon fast erreicht, und die anderen folgten ihm in einigem Abstand. Sie brüllten ebenfalls, und einer von ihnen schwang drohend seinen Spaten.

»Schließen Sie die Tür!« rief Craig hastig, und Nbebi drückte den Knopf genau in dem Augenblick hinunter, als sich der Soldat mit seinem ganzen Gewicht dagegenwarf. Er riß mit aller Kraft an der Türschnalle, stürzte sich dann auf die hintere Tür und riß sie auf, bevor Sally-Anne den Türknopf hinunterdrücken konnte. Er griff herein, packte Sally-Annes Oberarm und versuchte, sie aus dem Wagen zu zerren.

Craig kniete noch immer verkehrt herum auf dem Vordersitz, hob die gefesselten Hände und ließ sie auf den kahlrasierten Schädel des Soldaten niedersausen. Die scharfen Stahlkanten der Handschellen trafen die Schädeldecke, und der Mann brach, halb im Wagen liegend, zusammen. Craig schlug noch einmal zu, traf ihn mitten auf die Stirn und sah kurz den weißen Schädelknochen durchschimmern, bevor sich die Wunde rasch mit Blut füllte. Die anderen beiden Soldaten waren nur noch ein paar Schritte entfernt, sie heulten wie Wölfe und schwangen ihre Spaten.

In diesem Augenblick sprang der Motor des Landrovers an. Nbebi griff nach dem Schalthebel, kreischend rastete der erste Gang ein, und der Landrover machte einen Satz nach vorne. Craig wurde über die Rückenlehne halb auf Sally-Anne geschleudert, die Beine des blutenden Soldaten hatten sich in einem Dornbusch verfangen, und der Mann wurde aus dem Wagen gerissen. Der Landrover schleuderte und bockte auf dem holprigen Boden, die offene Tür schwang wild knallend auf und zu, und die beiden Soldaten rannten kreischend hinterher. Dann brachte Nbebi den Wagen unter Kontrolle und legte den zweiten Gang ein. Die Soldaten blieben zurück. Einer der beiden schleuderte ihnen wütend den Spaten nach. Er zertrümmerte die Heckscheibe, und die Glasscherben fielen in den Laderaum.

Nbebi fuhr auf demselben Weg durch das hohe Gras zurück, auf dem sie gekommen waren, und schließlich fuhren sie schneller, als ein Mann rennen konnte. Die zwei Soldaten gaben auf und blieben keuchend stehen.

Nbebi erreichte den Buschweg genau dort, wo sie ihn verlassen hatten, bog ab und beschleunigte. »Ihre Hände«, befahl er, und als ihm Craig seine Hände hinhielt, schloß Nbebi die Handschellen auf. »Hier!« Er gab Craig den Schlüssel. »Nehmen Sie Miss Jay die Handschellen ab.«

Sie rieb sich die Handgelenke. »Mein Gott, Craig, ich habe wirklich gedacht, das wäre das Ende.«

»Mit knapper Not entkommen«, pflichtete ihr Nbebi bei, ohne seine Aufmerksamkeit von der Straße abzuwenden. »Ein Ausspruch Napoleons, glaube ich.« Und bevor ihn Craig berichtigen konnte: »Bewaffnen Sie sich mit einer der Maschinenpistolen, Mr. Mellow, und legen Sie die andere hier neben mich.«

Sally-Anne reichte ihm die kurzen, häßlichen Waffen nach vorne. Die Dritte Brigade war die einzige Einheit der regulären Streitkräfte, die noch Kalaschnikows hatte, ein Vermächtnis ihrer nordkoreanischen Ausbilder.

»Können Sie damit umgehen, Mr. Mellow?« fragte Nbebi.

»Ich war bei der rhodesischen Polizei.«

»Natürlich, wie dumm von mir.«

Geschickt öffnete Craig das gebogene »Bananenmagazin« und lud die Kammer. Die Waffe war neu und gut in Schuß. Craig faßte über die Rückenlehne nach Sally-Annes Hand. Er drückte sie kurz, und Sally-Anne erwiderte den Händedruck.

»Jetzt haben wir wenigstens die Chance zu kämpfen.«

Der veränderte Tonfall seiner Stimme fiel ihr auf. Ihre Stimmung hob sich ein wenig, und er sah sie lächeln.

»Also, Captain, was, zum Teufel, ist eigentlich geschehen?«

»Ihre Vermutung war richtig, Mr. Mellow. General Fungabera hatte mir befohlen, Sie und Miss Jay in den Busch zu bringen und hinzurichten. Und Ihre Vermutung, daß Ihr Verschwinden den Matabeledissidenten angelastet werden sollte, war ebenfalls richtig.«

»Ja, und warum haben Sie den Befehl nicht ausgeführt?«

Bevor er antwortete, blickte Nbebi Sally-Anne flüchtig über die Schulter an. »Es tut mir leid, daß ich die Vorbereitungen für Ihre Hinrichtung treffen mußte, ohne Sie beruhigen zu können, aber meine Leute sprechen Englisch. Ich durfte keinen Verdacht erregen. Das ärgerte mich, weil ich Ihnen nach dem, was Sie mitgemacht haben, nicht noch mehr zumuten wollte.«

»Captain Nbebi, ich verzeihe Ihnen alles und liebe Sie für das, was Sie getan haben, aber warum, in Gottes Namen, haben Sie es eigentlich getan?« fragte Sally-Anne.

»Was ich Ihnen jetzt erzählen werde, habe ich bisher keiner Menschenseele erzählt. Wissen Sie, meine Mutter war eine Vollblutmatabele. Sie ist gestorben, als ich noch sehr klein war, aber ich kann mich noch gut an sie erinnern und halte diese Erinnerung in Ehren.« Er hielt den Blick starr auf die Straße gerichtet. »Ich wurde von meinem Vater als Shona erzogen, aber ich war mir meines Matabeleblutes immer bewußt. Die Matabele sind mein Volk, und ich kann nicht länger mitansehen, was mit ihnen geschieht. Ich bin sicher, General Fungabera hat meine Gefühle durchschaut, wenn ich auch bezweifle, daß er von meiner Mutter weiß, aber er weiß, daß ich ihm nicht mehr nützlich sein kann. In letzter Zeit gab es dafür einige Anzeichen. Ich habe zu lange in nächster Nähe des menschenfressenden Leoparden gelebt, um seine Stimmung nicht zu kennen. Nach Ihrer Hinrichtung wäre auch für mich irgend etwas vorbereitet gewesen, ein unbekanntes Grab – oder Fungaberas Hunde.«

Nbebi benutzte die Sindebeleworte »amawundhla ka Fungabera«, und Craig war überrascht. Sarah Nyoni, die Lehrerin der Missionsstation in Tuti, hatte denselben Ausdruck gebraucht.

»Ich habe diesen Ausdruck schon einmal gehört – ich verstehe ihn nicht.«

»Hyänen«, erklärte Nbebi. »Die Gefangenen, die im Umschulungszentrum sterben oder hingerichtet werden, bringt man in den Busch und wirft sie den Hyänen vor. Die Hyänen lassen nichts übrig, nicht einmal Knochensplitter oder Haarbüschel.«

»O Gott«, sagte Sally-Anne bedrückt.

»Wir waren in Tuti. Wir haben die Bestien gehört, begriffen aber nicht, warum sie heulten. Wie viele sind auf diese Weise beseitigt worden?«

Nbebi sagte: »Ich kann nur raten – wahrscheinlich viele Tausende.«

»Das ist kaum zu glauben.«

»General Fungaberas Haß auf die Matabele ist eine Art Wahnsinn, Besessenheit. Er plant, sie auszurotten. Zuerst kamen ihre Anführer dran, wurden des Hochverrats angeklagt – unschuldig angeklagt, wie Tungata Zebiwe.«

»O nein!« sagte Sally-Anne unglücklich. »Ich kann es nicht glauben. Zebiwe war unschuldig?«

»Tut mir leid, Miss Jay«, versicherte ihr Nbebi. »Fungabera mußte sehr vorsichtig sein, als er sich an Zebiwe heranmachte. Er wußte, daß er einen Matabeleaufstand auslösen würde, wenn er ihn seiner politischen Aktivitäten wegen anklagte. Sie und Mr. Mellow verschafften ihm die günstige Gelegenheit – ein unpolitisches Verbrechen. Ein Verbrechen aus Habgier.«

»Nun begreife ich überhaupt nichts mehr«, sagte Sally-Anne. »Wenn Zebiwe nicht der Wildererboss war, gab es den dann überhaupt? Und wenn ja, wer war es?«

»General Fungabera selbst«, sagte Nbebi schlicht.

»Sind Sie sicher?« Craig war skeptisch.

»Ich habe viele Ladungen Schmuggelware, die außer Landes gebracht wurden, persönlich überwacht.«

»Aber diese Nacht auf der Straße von Karoi?«

»Das war einfach zu arrangieren. Der General wußte, daß Zebiwe früher oder später wieder nach Tuti fahren würde. Zebiwes Sekretärin gab uns das genaue Datum und die Zeit an. Wir richteten es so ein, daß ein mit Schmuggelware beladener Lastwagen, der von einem bestochenen Matabelehäftling gefahren wurde, an der Straße nach Tuti auf ihn wartete. Tungata Zebiwes heftige

Reaktion konnten wir natürlich nicht voraussehen – aber sie kam uns am Ende zugute.«

Nbebi fuhr so schnell, wie es die Straße zuließ, während Craig und Sally-Anne nach der kurzen, freudigen Erregung über ihre Flucht müde und ausgelaugt auf ihren Sitzen kauerten.

»Wohin fahren wir?« fragte Craig.

»Über die Grenze nach Botswana.« Botswana, das Nachbarland im Süden und im Westen, das als sichere Zwischenstation für politische Flüchtlinge galt. »Außerdem hoffe ich, dabei Gelegenheit zu haben, Ihnen zu zeigen, was wirklich mit meinem Volk geschieht. Sonst kann das niemand bezeugen. General Fungabera hat den ganzen Südwesten von Matabeleland hermetisch abgeschlossen. Keine Journalisten, keine Geistlichen, kein Rotes Kreuz.« Er verlangsamte die Geschwindigkeit, als Löcher von Ameisenbären, die nach Termitennestern gegraben hatten, auf dem Weg auftauchten, und dann gab er wieder Gas. »Der Passierschein, den ich von General Fungabera erhielt, wird uns zwar weiterbringen, aber nicht bis zur Grenze. Wir werden Seitenstraßen und Schleichwege benützen müssen, bis wir eine gute Stelle zum Grenzübertritt gefunden haben. General Fungabera wird sehr bald von meiner Desertion erfahren, und dann ist uns die gesamte Dritte Brigade auf den Fersen. Bevor das geschieht, müssen wir den größtmöglichen Vorsprung herausholen.«

Sie kamen an die Weggabelung, und Nbebi hielt den Wagen an, ohne den Motor abzustellen. Er holte eine Landkarte aus seinem ledernen Aktenkoffer und studierte sie aufmerksam. »Wir sind südlich der Eisenbahnlinie. Das hier ist die Straße zur Missionsstation Empandeni. Wenn wir es bis dorthin schaffen, bevor die Jagd auf uns begonnen hat, dann können wir versuchen, zwischen Madaba und Matsumi über die Grenze zu gehen. Dort gibt es regelmäßige Patrouillen der Grenzpolizei von Botswana.«

»Also nichts wie weg.« Craig war ungeduldig und wurde nervös, die ermutigende Wirkung der Waffe in seinem Schoß begann allmählich nachzulassen.

Nbebi faltete die Karte zusammen und fuhr weiter.

»Darf ich Ihnen noch ein paar Fragen stellen?« sagte Sally-Anne nach einiger Zeit.

»Ich werde versuchen, sie zu beantworten«, willigte Nbebi ein.

»Der Mord an den Goodwins und den anderen weißen Familien in Matabeleland – hat Tungata Zebiwe diese Greueltaten angeordnet? Ist er für diese scheußlichen Morde verantwortlich?«

»Nein, nein, Miss Jay. Zebiwe hat verzweifelt versucht, diese Mörder im Zaum zu halten. Ich glaube, daß er nur zu diesem Zweck nach Tuti unterwegs war – um sich mit den radikalen Matabele zu treffen und sie zur Vernunft zu bringen.«

»Aber das mit Blut geschriebene ›Tungata Zebiwe lebt‹?«

Nbebi schwieg, und in seinem Geist arbeitete es, so als kämpfe er einen inneren Kampf. Schließlich seufzte er tief, und als er sprach, hatte sich seine Stimme verändert. »Bitte, Miss Jay, versuchen Sie meine Lage zu verstehen, bevor Sie mich für das verurteilen, was ich Ihnen nun erzählen werde. General Fungabera hat sehr viel Überzeugungskraft. Er versprach Ehre und Ruhm, und ich ließ mich mitreißen. Plötzlich war ich schon zu weit gegangen und konnte nicht mehr zurück. Ich glaube, der englische Ausdruck dafür ist ›Amok laufen‹. Ich war gezwungen, eine schreckliche Tat nach der anderen zu begehen.« Er hielt inne, und dann brach es aus ihm heraus: »Miss Jay, ich persönlich habe die Mörder der Familie Goodwin im Umschulungszentrum angeworben. Ich erklärte ihnen, wohin sie zu gehen und was sie zu tun hätten – und was sie an die Wand schreiben mußten. Ich besorgte ihnen die Waffen und ließ sie in Fahrzeugen der Dritten Brigade hinbringen.«

In der Stille, die diesem Geständnis folgte, war nur das Motorengeräusch des Landrovers zu hören.

»Es waren Matabele, Veteranen, Männer, die der Krieg abgehärtet hatte, Männer, die alles getan hätten, um ihre persönliche Freiheit wiederzuerlangen, um wieder Waffen tragen zu dürfen. Sie zögerten keinen Augenblick.«

»Und Fungabera hat das angeordnet?« fragte Craig.

»Natürlich. Er brauchte einen Vorwand, um in Matabeleland eine Säuberungsaktion starten zu können. Vielleicht verstehen Sie nun, warum ich mit Ihnen fliehe. Ich konnte einfach nicht mehr so weitermachen.«

»Und die anderen Morde – die Ermordung von Senator Savage und seiner Familie?« fragte Sally-Anne.

»Das brauchte General Fungabera nicht anzuordnen.« Nbebi schüttelte den Kopf. »Das waren Nachahmungstaten. Der Busch ist immer noch voll von Männern, die den Krieg mitgemacht haben. Sie verstecken ihre Waffen und kommen in die Städte. Manche haben sogar eine reguläre Arbeit, aber an den Wochenenden oder an Feiertagen gehen sie in den Busch zurück, graben ihre Gewehre aus und wüten. Sie sind keine politischen Dissidenten, sondern bewaffnete Banditen, und weiße Familien sind eine leichte, saftige Beute, reich und hilflos; durch die Regierung Mugabe ihrer Waffen beraubt, können sie sich nicht wehren.«

»Und all das kam Fungabera zugute. Jeder Bandit wird zum politischen Dissidenten gestempelt, jeden Raubüberfall serviert man der Welt als Beweis für die Grausamkeit und Widerspenstigkeit des Matabelestammes und benützt ihn als Vorwand, die Säuberungswelle fortzusetzen«, fuhr Craig fort.

»Richtig, Mr. Mellow.«

»Und Tungata Zebiwe ist sicher auch schon ermordet worden!«

»Nein, Mr. Mellow.« Nbebi schüttelte den Kopf. »Ich glaube nicht, daß Zebiwe tot ist, ich glaube, General Fungabera braucht ihn lebend. Er hat irgendwelche Pläne mit ihm.«

»Was für Pläne?« fragte Craig.

»Ich weiß es nicht mit Sicherheit, aber ich glaube, Fungabera verhandelt mit den Russen.«

»Mit den Russen?« Craig war skeptisch.

»Es gab geheime Zusammenkünfte mit einem Fremden, einem Ausländer, einem Mann, der meiner Meinung nach ein einflußreicher Angehöriger des russischen Geheimdienstes ist.«

»Sind Sie sicher, Timon?«

»Ich habe den Mann mit eigenen Augen gesehen.«

Craig dachte kurz darüber nach und kehrte dann zu seiner ersten Frage zurück. »Okay, lassen wir die Russen für einen Augenblick – wo ist Tungata Zebiwe? Wo hält ihn Fungabera gefangen?«

»Leider weiß ich das auch nicht, tut mir leid, Mr. Mellow.«

»Wenn er noch lebt, dann möge sich der Herr seiner erbarmen«, flüsterte Craig. Er konnte sich vorstellen, daß Tungata zu leiden hatte. Er schwieg eine Zeitlang und wechselte dann das Thema. »General Fungabera hat meinen Landsitz doch für sich und nicht für den Staat beschlagnahmt? Stimmt meine Vermutung?«

»Der General wollte dieses Stück Land unbedingt haben. Er sprach oft davon.«

»Aber wie? Ich meine, wie kann er es gewissermaßen legal in Besitz nehmen?«

»Das ist sehr einfach«, erklärte Nbebi. »Sie sind eingestandenermaßen ein Feind des Staates. Ihr Eigentum ist beschlagnahmt. Es wird vom Staat konfisziert. Die Staatsbank wird die Bürgschaft für Ihren Kredit unter Bezugnahme auf die Entbindungsklausel, die Sie unterschrieben haben, zurückziehen. Der Treuhänder von feindlichen Besitztümern wird Ihre Anteile an Rholands zum Verkauf freigeben. Und man wird General Fungaberas Angebot akzeptieren – der Treuhänder für Besitztümer von Staatsfeinden ist sein Schwager. Und der Kaufpreis wird für den General äußerst vorteilhaft ausfallen.«

»Und ob«, sagte Craig bitter.

»Aber warum sollte er so weit gehen?« fragte Sally-Anne. »Er muß doch schon vielfacher Millionär sein. Er hat doch sicher schon genug?«

»Ach, Miss Jay. Für viele Männer existiert das Wort ›genug‹ überhaupt nicht.«

»Er kann doch sicherlich nicht hoffen, ungeschoren davonzukommen?«

»Wer sollte es verhindern, Miss Jay?« Und als sie nicht antwortete, fuhr Nbebi fort: »Afrika geht dahin zurück, wo es war, bevor der weiße Mann kam. Für einen Herrscher in Afrika gibt es nur ein Kriterium, und das ist Macht. Wir Afrikaner vertrauen nur der Macht. Fungabera ist mächtig, ebenso mächtig, wie Zebiwe einmal war.« Er blickte auf seine Armbanduhr. »Aber jetzt müssen wir etwas essen. Ich glaube, wir haben noch einen langen Tag vor uns.« Er bog vom Weg ab und fuhr den Landrover unter ein überhängendes Gebüsch. Er kletterte aufs Dach und ordnete die Äste so, daß sie den Wagen bedeckten und ihn zumindest von der Luft aus unsichtbar machten, dann holte er den Kasten mit der Notration aus der Halterung unter dem Beifahrersitz. Ein Tank unter der Bodenklappe enthielt Trinkwasser.

Craig füllte eine Blechdose mit Sand und tränkte den Sand mit Benzin aus dem Reservekanister. Das ergab ein Feuer ohne Rauch, auf dem man Tee kochen konnte. Während sie aßen, sprachen sie wenig.

Einmal drehte Nbebi das Funkgerät lauter, um ein Gespräch abzuhören, und schüttelte dann den Kopf. »Das betrifft uns nicht.«

»Was schätzen Sie, wie weit ist es noch bis zur Grenze?« fragte Craig.

»Sechzig Kilometer, vielleicht auch etwas mehr.«

Das Funkgerät erwachte wieder zum Leben, und Nbebi sprang auf und hörte aufmerksam zu. »Nur ein paar Kilometer vor uns ist eine Einheit der Dritten Brigade«, berichtete er. »Sie sind in der Missionsstation Empandeni. Es ist zu einem Gefecht mit Dissidenten gekommen, aber sie sind offenbar mit ihnen fertig geworden und rücken jetzt ab. Vielleicht in dieser Richtung. Wir müssen vorsichtig sein.«

»Ich werde überprüfen, ob man uns von der Straße aus sehen kann.« Craig stand auf. »Sally-Anne, lösch das Feuer! Hauptmann, decken Sie mich!« Er nahm die Kalaschnikow und lief zur Straße zurück. Er sah sich das Gebüsch, das den Landrover verbarg, genau an, dann verwischte er seine eigenen Spuren und die des Wagens mit einem Ast und richtete sorgfältig das Gras wieder auf, das der Landrover niedergedrückt hatte, als er von der Straße abbog. Das gelang ihm zwar nicht ganz, aber einem flüchtigen Blick aus einem fahrenden Wagen würde es standhalten, dachte er, und dann spürte er ein schwaches Vibrieren in der windstillen Luft. Er lauschte. Es war das tiefe Brummen von Lastwagenmotoren, die näher kamen. Er lief zum Landrover zurück und schwang sich neben Nbebi auf den Beifahrersitz.

»Geben Sie die Pistole in die Halterung zurück«, sagte Nbebi, und als Craig zögerte: »Bitte tun Sie, was ich sage, Mr. Mellow. Wenn sie uns finden, wäre es sinnlos zu kämpfen. Ich müßte versuchen zu erklären, warum wir hier sind. Das könnte ich nicht, wenn Sie bewaffnet sind.«

Widerwillig übergab Craig die Waffe Sally-Anne. Sie stellte sie zurück, und Craig fühlte sich nackt und ungeschützt. Er verschränkte die Hände im Schoß. Das Motorengeräusch wurde rasch lauter, und dann hörte man singende Männerstimmen.

»Dritte Brigade«, sagte Nbebi. »Das ist das ›Lied vom großen Regen‹, das Regimentslied.«

Craig sah den grauen Staub, den die Lastwagen aufwirbelten, und der Gesang war nun sehr nahe und klar. Ein Sonnenstrahl glitzerte auf Metall. Es waren drei sandfarbene Lastwagen, auf deren Ladeflächen dichtgedrängt Soldaten in Kampfanzügen saßen. Sie hielten ihre Waffen schußbereit in der Hand. In der Fahrerkabine des letzten Lasters saß ein Offizier, der als einziger das rote Barett mit dem silbernen Abzeichen trug. Er sah direkt in Craigs Richtung und schien so nahe zu sein, daß Craig plötzlich das Gefühl hatte, das abschirmende Geäst wäre nicht sehr dicht, und unwillkürlich duckte er sich.

Dann war der Konvoi vorüber, das Dröhnen der Motoren und das Singen wurde schwächer, und der Staub legte sich.

Nbebi holte tief Atem. »Wir begegnen sicher noch anderen«, warnte er und wartete, die Hand am Zündschlüssel, bis es wieder völlig still war. Dann ließ er den Motor an, kurvte aus dem Gebüsch und fuhr auf die Straße zurück.

Sie waren etwa zwanzig Minuten gefahren, als sich Nbebi plötzlich vorbeugte und durch die Windschutzscheibe in den Himmel hinaufschaute. »Rauch«, sagte er. »Da vorn liegt Empandeni. Würden Sie bitte Ihre Kamera bereithalten, Miss Jay? Ich glaube, die Dritte Brigade hat etwas für Sie zurückgelassen.«

Sie erreichten die Maisfelder, die das Missionsdorf umgaben. Die Stengel waren ausgetrocknet, und die Maiskolben in ihren gelben Blättern hingen schwer herunter, reif zur Ernte. Frauen hatten auf den Feldern gearbeitet. Eine von ihnen lag neben der Straße. Man hatte sie von hinten erschossen, die Kugel war zwischen den Brüsten wieder ausgetreten. Der Säugling auf ihrem Rücken war von unzähligen Bajonettstichen durchbohrt.

Keiner von ihnen sprach. Sally-Anne griff in die Kameratasche und nahm die Nikon heraus. Unter den Sommersprossen war ihr Gesicht aschgrau geworden.

Die anderen Frauen, kaum mehr als blutige Kleiderbündel, lagen weiter von der Straße entfernt. Das Dorf bestand aus etwa fünfzig Hütten, die alle brannten. Die meisten Leichen hatte man ins Feuer geworfen. Der widerliche Geruch von verbranntem Fleisch legte sich einem über den Gaumen wie geronnenes Schweinefett. Craig drehte sich der Magen um, und er hielt sich mit der Hand Mund und Nase zu.

»Das sind Dissidenten?« flüsterte Sally-Anne. Ihre Lippen waren schneeweiß. Ihre Nikon summte, als sie durch das offene Fenster ein Bild nach dem anderen schoß. »Stop!« befahl sie.

»Es ist gefährlich, hier zu bleiben«, sagte Nbebi.

»Stop«, wiederholte Sally-Anne. Sie ließ die Tür offen und lief zwischen den Hütten hindurch. Sie arbeitete rasch und tauschte mit geübten Fingern die Filmrollen aus, während ihre weißen Lippen bebten und die Augen hinter der Linse vor Entsetzen weit aufgerissen waren.

»Wir müssen weiterfahren«, sagte Nbebi.

»Warten Sie.« Sally-Anne beeilte sich und tat ihre Arbeit so gründlich, wie sie es in ihrem Beruf gewohnt war. Sie verschwand hinter einer Gruppe von Hütten.

Plötzlich schrie Sally-Anne auf, und die beiden Männer sprangen aus dem Landrover, entsicherten im Laufen ihre Maschinenpistolen und rannten in großem Abstand, um sich gegenseitig Feuerschutz geben zu können. Craig stellte fest, daß er instinktiv seine Erfahrung aus dem Krieg nützte. Er lief um die Ecke der Hütte.

Sally-Anne stand wie erstarrt vor der Türöffnung. Zu ihren Füßen lag eine nackte schwarze Frau. Der Oberkörper war der einer hübschen, gesunden jungen Frau, aber unterhalb ihres Bauchnabels war nichts weiter als rosiges, hautloses Fleisch. Sie hatte sich, nachdem sie ins Feuer geworfen worden war, wieder herausgeschleppt. Ihre Bauchdecke war verbrannt, und aus der Öffnung quollen die Eingeweide. Wie durch ein Wunder lebte sie noch. Ihre Finger wühlten mechanisch im Sand. Ihr Mund öffnete und schloß sich zuckend, ohne einen Laut hervorzubringen, und ihre Augen standen weit offen, sie war bei vollem Bewußtsein.

»Gehen Sie bitte zum Landrover zurück, Miss Jay«, sagte Nbebi. »Hier können Sie nicht mehr helfen.«

Benommen und wie erstarrt blieb Sally-Anne stehen. Craig legte ihr den Arm um die Schulter und zog sie fort. Er führte sie zum Landrover zurück.

An der Ecke der brennenden Hütte schaute Craig zurück. Nbebi stand dicht neben der verstümmelten Frau und hatte seine Maschinenpistole schußbereit in der Hand. Er konzentrierte sich ganz auf sie, und sein Gesicht war schmerzverzerrt wie das der Frau.

Craig zog Sally-Anne weiter. Hinter ihnen ertönte ein einziger Schuß. Sally-Anne stolperte, blieb aber auf den Beinen. Als sie beim Landrover ankamen, lehnte sich Sally-Anne gegen die Karosserie und übergab sich.

Nbebi kam zurück. Wortlos setzte er sich hinter das Lenkrad, und Craig half Sally-Anne auf den Rücksitz. Dann fuhren sie langsam aus dem Dorf.

Nbebi benutzte das Funkgerät etwa so wie ein Navigator sein Echolot, um in seichtem Wasser eine Fahrrinne zu finden. Die Straßensperren und Hinterhalte der Dritten Brigade meldeten sich über VHF bei ihren jeweiligen Kommandostellen und gaben ihre Positionen an, die Nbebi dann auf der Karte einzeichnete.

Zweimal wichen sie Straßensperren aus, indem sie Nebenstraßen und Viehwege benützten. Noch zweimal kamen sie durch kleine Dörfer, die nur aus zwei oder drei Matabelefamilien bestanden hatten, die Vieh züchteten. Die Dritte Brigade war bereits hier gewesen, gefolgt von Krähen und Geiern, die an den teilweise verbrannten Leichen in der warmen Asche vor den ausgebrannten Hütten herumpickten.

Soweit es die Wege zuließen, fuhren sie Richtung Westen. Bei jeder Anhöhe, die eine Aussicht bot, hielt Nbebi an, und Craig kletterte auf den Hügel, um Ausschau zu halten. Sie fuhren noch immer in westlicher Richtung, und das Gelände veränderte sich, als sie in die Nähe der Wüste Kalahari kamen. Die Vegetation wurde spärlicher. Es war eine graue, eintönige Steppe, die die Sonne unbarmherzig ausgetrocknet hatte. Die Bäume verkümmerten, ihre von der Hitze verdorrten Äste sahen aus wie verkrüppelte Glieder. Dieses Gebiet konnte nur die bescheidensten menschlichen Bedürfnisse decken, es waren die Ausläufer der großen Wüste. Und sie fuhren in westlicher Richtung direkt auf die Wüste zu.

Seit der Morgendämmerung hatten sie nur fünfzig Kilometer zurückgelegt, und Craig ersah aus der Karte, daß es bis zur Grenze mindestens noch dreißig Kilometer waren. Am Nachmittag hielten sie wieder ein paar Minuten an. Craig kochte Tee. Sally-Anne verschwand hinter einem niedrigen Dornbusch in der Nähe und hockte sich außer Sichtweite nieder, während Nbebi sich über das Funkgerät beugte.

»Weiter westlich gibt es keine Dörfer mehr«, sagte Nbebi, als er das Mikrofon zurückhängte. »Ich glaube, das haben wir hinter uns, aber ich bin niemals weiter vorgedrungen als bis hierher. Ich weiß nicht, was uns jetzt erwartet.«

»Ich habe hier mit Tungata gearbeitet, als wir zusammen bei der Naturschutzbehörde waren. Das war 1972. Wir haben ein Rudel Löwen, die Rinder geschlagen hatten, mehr als hundertfünfzig Kilometer über die Grenze hinweg verfolgt. Es ist eine Wüstenlandschaft – Sand und Salzseen und –« Er brach ab, als ihm Nbebi ein dringendes Zeichen machte zu schweigen.

Aus dem Funkgerät war eine andere Stimme zu hören. Sie klang schärfer und gebieterischer als die Meldungen der Truppen, die er bisher abgehört hatte. Offenbar verlangte die Stimme Vorrang und das Freimachen des Funkverkehrs für eine dringende Durchsage. Nbebi erstarrte und atmete heftig.

»Was ist los?« wollte Craig wissen, aber Nbebi hob die Hand und lauschte aufmerksam dem langen, abgehackten Funkspruch in Shona. Erst als der Lautsprecher des Funkgerätes schwieg, blickte er auf.

»Die drei Männer, die wir heute morgen ausgesetzt haben, wurden von einer Patrouille aufgelesen. Alarm an alle Einheiten! General Fungabera hat unserer Ergreifung höchste Dringlichkeitsstufe eingeräumt. Zwei Aufklärungsflugzeuge wurden in dieses Gebiet umgeleitet. Sie müssen schon sehr bald hier sein. Der General hat unsere Position sehr genau berechnet und den Strafeinheiten östlich von uns befohlen, ihren Einsatz zu unterbrechen und sich sofort hierher in Bewegung zu setzen. Er hat erraten, daß wir die Grenze südlich von Plumtree und der Eisenbahnlinie zu erreichen versuchen. Zwei Gruppen des Hauptgrenzpostens bei Plumtree wurden losgeschickt, um uns den Weg abzuschneiden.« Er hielt inne, nahm die Brille ab und polierte die Gläser mit dem Ende seiner seidenen Krawatte. Ohne Brille war er so kurzsichtig wie eine Eule bei Tageslicht. »General Fungabera hat an alle Einheiten den Code ›Leopard‹ ausgegeben.« Er hielt wieder inne und erklärte dann fast entschuldigend: »Der Code Leopard ist der Befehl, sofort zu schießen. Ich fürchte, das sind ziemlich schlechte Neuigkeiten.«

Craig griff nach der Karte und breitete sie auf der Motorhaube aus. »Wir sind hier«, sagte er, und Nbebi nickte zustimmend.

»Das ist die einzige Piste von hier aus, und sie führt nach Norden«, murmelte Craig. »Die Patrouille von Plumtree muß uns auf dieser Piste entgegenkommen, und die Strafeinheiten kommen von hinten.«

Nbebi nickte abermals. »Und diesmal werden sie nicht an uns vorbeifahren. Sie werden das Gelände genau absuchen.«

In diesem Augenblick knisterte wieder das Funkgerät, und Nbebi stürzte sich darauf. Während er lauschte, wurde sein Gesichtsausdruck noch kummervoller.

»Die Strafeinheit hinter uns hat die Spuren unseres Landrovers entdeckt. Sie ist nicht mehr weit entfernt und holt rasch auf«, berichtete er. »Sie hat sich mit der Patrouille auf der Straße vor uns in Verbindung gesetzt. Wir sind eingekeilt. Ich weiß nicht, was wir tun sollen. Sie werden in ein paar Minuten hier sein.«

»Okay.« Craig übernahm wie selbstverständlich die Führung. »Dann fahren wir querfeldein bis zur Grenze.«

»Aber Sie sagten doch, das sei eine Wüstenlandschaft –«, begann Nbebi.

»Schalten Sie auf Allradantrieb, und dann los«, unterbrach ihn Craig. »Ich steige auf den Dachträger und weise Sie ein. Sally-Anne auf den Beifahrersitz.«

Craig setzte sich mit der Kalaschnikow auf der Schulter auf den Dachträger, warf einen Blick auf den Handkompaß aus Nbebis Aktenkoffer, berechnete überschlagsmäßig die magnetische Abweichung und rief Nbebi zu: »Rechts, fahren Sie nach rechts – gut so. Halten Sie diesen Kurs.«

Der Landrover fuhr an, schlängelte sich zwischen niedrigen Dornbüschen durch und änderte nur dann die Richtung, wenn sie auf größere Büsche oder auf verdorrte Bäume stießen. Nach jeder Abweichung korrigierte Craig die Richtung.

Sie fuhren mit etwa vierzig Stundenkilometern, und die Verfolger waren nicht zu sehen. Die schweren, plumpen Lastwagen konnten sie nicht einholen, davon war Craig überzeugt; bis zur Grenze hatten sie nur noch eine Stunde, und die Dunkelheit war nicht mehr fern.

»Na los, ihr Bastarde, kommt und holt uns!« verhöhnte er die unsichtbaren Feinde und lachte in den Wind. Er hatte vergessen, wie das Adrenalin im Blut wirkte, wenn Gefahr im Anzug war.

Er drehte sich um und schaute zurück, und er sah es sofort – es sah aus wie ein kleiner Wirbelsturm, wie Staubwolken, die in der mittäglichen Hitze über die Wüste tanzten, aber diese Staubwolke bewegte sich zielstrebig und befand sich genau da, wo er sie erwartet hatte, nämlich genau östlich von ihnen auf der Straße, die sie gerade verlassen hatten. Er beugte sich hinunter und rief durch das Seitenfenster: »Ich habe eine Patrouille gesichert. Sie sind ungefähr acht Kilometer hinter uns.«

Dann schaute er wieder zurück und ärgerte sich über die Staubwolke, die der Allradantrieb aufwirbelte. Sie folgte wie ein Brautschleier und blieb minutenlang als breite, helle Fahne in der Luft hängen; sie war kaum zu übersehen. Anstatt die Staubwolke zu beobachten, hätte er nach vorne schauen sollen. Das Ameisenbärenloch war hinter vertrocknetem Steppengras verborgen und aus der Perspektive des Fahrers nicht zu sehen. Der Wagen fuhr mit vierzig Stundenkilometern in dieses Loch und blieb stecken.

Craig wurde vom Dach geschleudert, sauste über die Motorhaube hinweg und prallte mit Ellbogen, Knien und Gesicht auf dem Boden auf. Benommen lag er im Staub. Dann richtete er sich auf und spuckte das Blut aus. Er untersuchte seine Zähne mit der Zunge, alle saßen fest.

Der Landrover steckte mit dem linken Vorderrad tief in dem Loch. Craig schüttelte seine Benommenheit ab, rannte an die Beifahrerseite und riß die Tür auf. Sally-Anne war mit dem Kopf gegen die Windschutzscheibe geprallt und saß zusammengesunken auf dem Sitz.

»O Gott!« flüsterte er und hob vorsichtig ihren Kopf. Über dem Auge hatte sie eine nußgroße, blaue Beule, aber als er ihre Wange streichelte, öffnete sie die Augen und sah ihn an.

»Tut es sehr weh?«

Mühsam richtete sie sich auf. »Du blutest«, murmelte sie, als wäre sie betrunken.

»Nur ein Kratzer«, versicherte er und drückte ihren Arm, dann schaute er zu Nbebi hinüber.

Er war mit dem Mund auf das Lenkrad geprallt, hatte sich die Oberlippe aufgeschlagen, und einer seiner Schneidezähne war am Zahnfleisch abgebrochen. Nbebi hatte den Mund voll Blut, aber er stillte es mit dem Seidentuch.

»Rückwärtsgang einlegen«, wies Craig ihn an und zerrte Sally-Anne heraus, damit der Wagen leichter würde. Benommen von dem Aufprall machte Sally-Anne ein paar unsichere Schritte und fiel dann auf den Hintern.

Der Motor war abgestorben und wollte nicht anspringen. Craig beobachtete die Staubwolke hinter ihnen. Sie war nicht mehr weit entfernt und kam rasch näher. Schließlich sprang der Motor an, stotterte und heulte auf, als Nbebi Vollgas gab. Er ließ die Kupplung zu schnell los, und alle vier Räder drehten durch.

»Langsam, Mann, sonst bricht noch eine Halbachse«, fauchte Craig ihn an.

Nbebi versuchte es noch einmal vorsichtiger, aber die Räder drehten wieder durch, und der Wagen schwankte, blieb aber im Loch stecken.

»Aufhören!« schrie Craig und schlug Nbebi auf die Schulter.

Die durchdrehenden Räder des Landrovers gruben sich nur noch tiefer in den weichen Sand. Craig legte sich auf den Bauch und spähte unter die Karosserie. Das linke Vorderrad steckte in dem Loch und berührte den Boden nicht; das Gewicht des Wagens lastete auf der vorderen Radaufhängung.

»Einen Spaten«, rief Craig Nbebi zu.

»Die haben wir zurückgelassen«, erwiderte Nbebi, und Craig schaufelte die Erde am Rand des Loches mit bloßen Händen fort.

»Ich brauche etwas zum Graben!«

Nbebi durchstöberte den Werkzeugkasten und brachte ihm den Wagenheber und ein Buschmesser mit breiter Klinge. Keuchend und stöhnend bearbeitete Craig damit die Kante des Lochs, und der Schweiß brannte in der Wunde an seiner Wange.

Das Funkgerät erwachte zum Leben. »Sie haben die Stelle gefunden, wo wir von der Straße abgebogen sind«, übersetzte Nbebi.

»Allmächtiger!« stöhnte Craig, das war kaum drei Kilometer entfernt.

»Kann ich Ihnen helfen?« Nbebi lispelte durch die Zahnlücke.

Craig machte sich nicht die Mühe, ihm zu antworten. Unter der Karosserie war nur für einen Mann Platz. Die Ränder des Lochs brachen weg, und der Landrover sackte ein paar Zentimeter ab, dann berührte das Rad den Boden des Loches.

»Sally-Anne, setz dich ans Steuer. Nbebi und ich versuchen, das Ding vorne anzuheben.« Er kroch unter dem Wagen hervor und vergeudete eine Sekunde, um zurückzuschauen. Der Staub des verfolgenden Wagens hob sich klar vom Boden ab. »Los, Timon.«

Sie standen Schulter an Schulter vor dem Kühler und bückten sich, um die Stoßstange richtig anfassen zu können. Sally-Anne saß hinter der schmutzverschmierten Windschutzscheibe. Die Beule an ihrer Stirn sah wie eine riesige, blaue, blutsaugende Zecke aus. Sie starrte Craig durch die Scheibe verzweifelt an.

»Hoch!« keuchte Craig, und sie hoben gemeinsam mit den Knien und mit aller Kraft den Wagen an. Craig spürte, daß sich der Wagen ein paar Zentimeter hob, und nickte Sally-Anne zu. Sie ließ die Kupplung los, der Motor heulte auf, die Räder drehten durch, der Landrover machte einen Satz zurück und blieb dann stecken, von der Kante des Lochs abgeblockt.

»Aus!« keuchte Craig, und sie sanken beide schwer atmend auf die Motorhaube.

Die Staubwolke der Verfolger war nun schon so nahe, daß Craig jeden Augenblick die Lastwagen zu sehen glaubte. »Los, wir schaukeln ihn raus«, erklärte er Nbebi. »Drücken! Eins! Zwei! Drei!«

Sally-Anne gab Gas, und die beiden Männer verlegten ihr ganzes Gewicht in regelmäßigem Takt auf die Stoßstange.

»Eins! Zwei! Drei!« keuchte Craig, und der Wagen schwankte und schaukelte wild gegen den Rand des Lochs. »Mach schon!«

Staub wirbelte auf, und die Stimme aus dem Funkgerät kläffte so aufgeregt wie ein Jagdhund, wenn er Witterung aufnimmt. Sie waren entdeckt worden.

Craig entwickelte ungeahnte Kräfte. Seine Zähne mahlten, der Atem rasselte in seiner Kehle, sein Gesicht lief dunkelrot an, und die Augen quollen aus den Höhlen. Er hob mit aller Kraft und spürte, wie sich die Sehnen und Muskeln in seinem Rücken bis zum Zerreißen spannten. Es schien ihm, als würde seine Wirbelsäule brechen, und plötzlich sprangen die Räder über die Kante, und der Landrover schoß rückwärts.

Craig griff ins Leere, fiel auf die Knie und hatte nicht mehr die Kraft aufzustehen.

»Craig! Schnell!« schrie Sally-Anne. »Steig auf!«

Mit letzter Kraft kam er auf die Beine und taumelte auf den Landrover zu. Er zog sich auf die Motorhaube, und Sally-Anne gab Gas. Er hielt sich einige Sekunden lang am Kühler fest, um wieder zu Kräften zu kommen. Dann kletterte er auf den Dachträger und blickte zurück.

Sie wurden nur von einem einzigen Lastwagen verfolgt, einem Fahrzeug in der vertrauten Tarnfarbe. Craig wischte sich den Schweiß aus den Augen. Wie nahe war der Laster? Von hier oben und wegen der Hitzespiegelungen war es schwer zu sagen.

Sein Blick wurde klarer, und er sah, daß der plumpe, schwarze Aufbau auf dem Dach der Fahrerkabine ein schweres, schwenkbares Maschinengewehr mit einem Schützen dahinter war. Selbst aus dieser Entfernung erkannte er, daß es sich um eine Abart der Gorjunov Stankovij handelte, eine tückische Waffe.

»Großer Gott!« flüsterte er, als ihm bewußt wurde, daß etwas mit dem Landrover nicht stimmte. Er vibrierte und zitterte heftig, und vorne links quietschte es wie Metall auf Metall – der Wagen wurde langsamer, immer langsamer.

Craig lehnte sich über die Dachkante und brüllte in das Seitenfenster: »Gib Gas!«

»Vorn ist etwas gebrochen.« Sally-Anne streckte den Kopf aus dem Fenster. »Wenn ich schneller fahre, bricht der ganze Wagen auseinander.«

Craig blickte zurück. Der Laster kam näher, nicht schnell, aber unaufhaltsam. Er sah, wie der Schütze auf dem Kabinendach das Maschinengewehr leicht schwenkte. »Los, Sally-Anne!« brüllte er. »Wir müssen es darauf ankommen lassen. Sie haben ein schweres Maschinengewehr und kommen in Schußweite.«

Der Landrover machte einen Satz vorwärts, und zu dem metallischen Kreischen kam ein lautes Klappern. Der Wagen vibrierte so stark, daß Craigs Zähne aufeinanderschlugen, und er schaute zurück. Der Laster blieb zurück – und dann sah er, daß der ganze Wagen vom Rückstoß der schweren Waffe auf dem Kabinendach vibrierte. Plötzlich spritzte links von ihnen der Staub auf, was an sich hübsch und harmlos aussah, aber die vorbeifliegenden Geschosse summten so tückisch wie ein kupfernes Telegraphenkabel, das mit einer Eisenstange in Berührung kommt.

»Fahr nach links!« brüllte Craig. Immer in die Schußrichtung fahren. Der Schütze wird in die entgegengesetzte Richtung schwenken, und der Staub tut seinen Teil dazu, das Ziel zu verwischen.

Die nächste Salve ging sehr weit rechts nieder.

»Nach rechts!« brüllte Craig.

»Schieß doch zurück!« Sally-Anne streckte wieder den Kopf aus dem Fenster. Sie hatte sich offensichtlich von dem Aufprall erholt und wurde kampflustig.

»Ich gebe die Befehle«, erklärte er. »Und du fährst.«

Auch die nächste Salve ging dreißig Meter entfernt nieder. »Nach links!«

Der Zickzackkurs verwirrte den Schützen, und der Staub verwischte sein Ziel, aber sie verloren an Boden. Der Laster kam immer näher.

Direkt vor ihnen lag ein Salzsee, silbern schimmerndes Salz. Craig beschattete die Augen gegen die Blendung und entdeckte die Spuren einer kleinen Zebraherde, die die glatte Oberfläche überquert hatte. Die Hufe der Tiere waren durch die Salzschicht in den gelben Brei darunter eingebrochen. Jeder Wagen, der versuchen würde, dieser trügerischen, einladenden Spur zu folgen, würde sich hoffnungslos festfahren. »Fahr rechts daran vorbei – links! Weiter nach links! Weiter! Gut! Halte die Richtung«, brüllte er.

Sie fuhren an einem schmalen Horn des Salzsees entlang. Vielleicht konnte er die Verfolger dazu bringen, die Abkürzung zu nehmen. Er starrte auf die Staubwolke zurück, die sie aufwirbelten, und sagte leise: »Scheiße!«

Der Lastwagenfahrer war zu klug, um die Abkürzung über das Horn zu nehmen. Er fuhr wie sie um das Horn herum, und eine Maschinengewehrsalve ging auf sie nieder. Drei Kugeln trafen den Landrover.

»Seid ihr okay?«

»Okay!« rief Sally-Anne zurück, aber ihre Stimme klang nicht mehr so keck. »Craig, ich kann die Geschwindigkeit nicht halten. Ich gebe Vollgas, und der Wagen wird immer langsamer. Irgend etwas bremst!«

Craig nahm den Geruch von glühendem Metall wahr. »Timon, reichen Sie mir eine Maschinenpistole herauf!«

Sie befanden sich noch außerhalb der Schußweite des AK-47, aber die Schüsse, die er abfeuerte, gaben ihm ein Gefühl der Sicherheit, obwohl er nicht einmal erkennen konnte, wo seine Kugeln aufschlugen. In einer Staubwolke kurvten sie um das Horn des Salzsees, und Craig schaute nach vorne, während er mit dem Gestank des glühenden Metalls in der Nase die Pistole nachlud.

Wie weit noch bis zur Grenze? Vielleicht fünfzehn Kilometer? Aber würde ein Straftrupp der Dritten Brigade bei Code »Leopard« überhaupt vor einer internationalen Grenze haltmachen? Die Israelis und die Südafrikaner hatten schon vor langer Zeit einen Präzedenzfall für »illegale Verfolgung« auf neutralem Boden geschaffen. Er wußte, man würde sie zu Tode hetzen.

Die Radaufhängung war kaputt, und der Landrover begann rhythmisch zu hüpfen. Craig kam zum erstenmal der Gedanke, daß sie es nicht schaffen würden. Diese Erkenntnis machte ihn wütend. Er schoß in kurzen Abständen das zweite Magazin leer, und nach der dritten Salve schlingerte der Lastwagen und kam in einer Staubwolke zum Stehen.

»Ich habe ihn erwischt!« jubelte er.

»War auch Zeit!« rief Sally-Anne zurück.

»Gut gemacht, Mr. Mellow, großartig.«

»Schluckt das auch noch!« brüllte Craig. »Steckt es euch in den Hintern, ihr Söhne von Stachelschweinen!« Und er feuerte das ganze Magazin auf den Laster ab.

Wie schwarze Ameisen um die Leiche eines Käfers liefen nun Männer um die Fahrerkabine des Lastwagens, und der Landrover hüpfte entschlossen von ihnen fort.

»O nein«, ächzte Craig. Bald erkannte er an den veränderten Umrissen des Lasters, daß sie die Verfolgung wieder aufgenommen hatten. »Sie kommen wieder!«

Vielleicht hatte er nur den Fahrer getroffen, jedenfalls war der Schaden, den er angerichtet hatte, nicht von langer Dauer. Er hatte die Verfolger für weniger als zwei Minuten aufgehalten, und nun näherte sich der Laster noch schneller als vorher. Wie um diese Tatsache noch hervorzuheben, traf den Landrover in diesem Augenblick wieder eine Maschinengewehrsalve.

Im Inneren des Wagens schrie jemand, es klang schrill, wie eine Frauenstimme. Craig zuckte zusammen, klammerte sich entsetzt an den Dachträger und wagte nicht zu fragen, wer geschrien hatte.

»Timon ist getroffen worden.« Es war Sally-Anne, und Craigs Herz pochte vor Erleichterung.

»Schlimm?«

»Ja. Er blutet stark.«

»Wir können jetzt nicht stehen bleiben. Fahr weiter.«

Verzweifelt schaute Craig nach vorn, und dort breitete sich die Wüste aus. Hier gab es nicht einmal mehr verkrüppelte Bäume.

Das Land war vollkommen flach, endlos, die Spiegelung der weißen Salzseen machte den Himmel milchig blaß und verwischte den Horizont, so daß es zwischen Luft und Erde keine Trennungslinie mehr gab, nichts, an dem sich das Auge festhalten konnte.

Craig senkte den Blick und schrie plötzlich: »Stop!« Um sich Gehör zu verschaffen, stampfte er zusätzlich mit aller Kraft auf das Autodach.

Sally-Anne reagierte sofort und trat auf die Bremse. Der schwerbeschädigte Landrover stellte sich quer und stand augenblicklich.

Der Grund für Craigs Warnruf war eine kleine, scheinbar harmlose gelbe Pelzkugel, nicht größer als ein Fußball. Sie hüpfte auf langen Hinterbeinen, die in keinem Verhältnis zur Größe des Körpers standen, vor dem Wagen her und verschwand dann plötzlich in der Erde.

»Springhasen!« rief Craig. »Eine riesige Kolonie Springhasen, direkt vor uns.«

»Känguruhratten?« Sally-Anne beugte sich aus dem Fenster und schaute fragend zu ihm auf.

Sie hatten Glück gehabt. Der Springhase zeigt sich gewöhnlich nur bei Nacht; daß ein Tier bei Tageslicht den Bau verließ, war eine Ausnahme. Erst bei genauerem Hinsehen konnte Craig die Größe dieser Kolonie ausmachen. Es waren Zehntausende von Höhlen, die Eingänge unauffällige, kleine Hügelchen aus lockerer Erde; aber Craig wußte, daß der Sandboden dazwischen wabenartig von Verbindungsgängen durchlöchert und das ganze Gebiet bis zu einer Tiefe von eineinhalb Metern unterhöhlt war. Dieser Boden würde nicht einmal das Gewicht eines Reiters tragen, geschweige denn den Landrover.

»Nach links!« brüllte Craig. »Zurück zum Salzsee!«

Vom Maschinengewehrfeuer des näher kommenden Lasters verfolgt, bogen sie im rechten Winkel ab, und trotz des Motorlärms hörte Craig Nbebi stöhnen.

»Da kommen wir nicht durch!« rief Sally-Anne.

Die Höhlen der Springhasen waren überall.

»Fahr weiter«, antwortete Craig.

Der Laster war umgeschwenkt, um ihnen den Weg abzuschneiden, und kam sehr rasch näher.

»Da!« rief Craig erleichtert. Wie er vermutet hatte, gab es knapp vor dem Rand des Salzsees keine Baue mehr – dort hätte Brackwasser aus dem See einsickern können. Craig lotste Sally-Anne auf den schmalen Streifen festen Bodens. Sally-Anne gab Vollgas, und der Landrover entfernte sich zusehends von seinen Verfolgern.

»Nein! Nein!« rief Craig. »Nach rechts, scharf rechts.« Sie zögerte. »Tu es, verdammt noch mal!« Und plötzlich begriff sie, was er vorhatte, riß das Lenkrad herum und fuhr vor dem näher kommenden Laster in die entgegengesetzte Richtung zurück.

Sofort änderte der Lastwagen seinen Kurs und schoß vom Salzsee und von dem Streifen festen Bodens fort über das unterirdische Labyrinth von Höhlen. Der Laster war so nahe, daß Craig die Köpfe der Soldaten auf der Ladefläche und ein burgunderrotes Barett erkennen konnte, das wilde, blutrünstige Geschrei hörte und sah, wie einer triumphierend seine Pistole schwenkte.

Die Maschinengewehrgeschosse pflügten drei Meter vor dem Landrover durch den Sand, und sie fuhren direkt in den wirbelnden Staub hinein.

Craig ballerte wild drauflos, um die Aufmerksamkeit des Fahrers vom Boden abzulenken. »Bitte! Bitte, laß es doch geschehen«, betete er, als er nachlud.

Und Gott erhörte ihn. Der Lastwagen bohrte sich in den unterhöhlten Boden. Es sah aus, als stürzte ein Elefant in eine Fallgrube, als öffnete sich die Erde, um den Wagen zu verschlingen. Als der Laster absackte, kippte er seitlich, und die Soldaten auf der Ladefläche wurden herausgeschleudert. Als sich der Staub verzogen hatte, sah Craig, daß der Wagen halb begraben auf einer Seite lag. Rund um den Wagen verstreut lagen die Männer, manche begannen sich aufzuraffen, andere blieben dort liegen, wo sie hingeschleudert worden waren.

»Das hat funktioniert!« rief Craig hinunter. »Um da wieder rauszukommen, brauchen sie einen Bulldozer.«

»Craig!« rief sie zurück. »Timon geht es sehr schlecht. Kannst du ihm nicht helfen?«

»Halte einen Augenblick an.«

Craig sprang vom Dach und kletterte auf den Rücksitz, und Sally-Anne fuhr sofort wieder an.

Nbebi lag halb auf dem Sitz, und sein Kopf lehnte an der Tür. Er hatte die Brille verloren. Er atmete gurgelnd, und der Rücken seiner Kampfjacke war von Blut durchtränkt. Craig legte Nbebi vorsichtig auf den Sitz zurück und zog den Reißverschluß seiner Jacke auf.

Er war entsetzt. Die Kugel hatte die Metallkarosserie durchschlagen und war durch den Aufprall so verformt worden, daß sie wie ein primitives Dumdumgeschoß wirkte. Sie hatte ein Loch von der Größe einer Mokkatasse in Nbebis Rücken gerissen. Es gab keine Austrittswunde. Die Kugel war also noch in seinem Körper. Unter dem Armaturenbrett war ein Erste-Hilfe-Kasten befestigt. Craig nahm zwei Verbandspäckchen heraus, streifte die Hüllen ab und verband die Wunde.

»Wie geht es ihm?« Sally-Anne wandte ihre Aufmerksamkeit einen Augenblick vom Gelände ab.

»Er kommt wieder in Ordnung«, sagte Craig um Nbebis willen, aber zu Sally-Anne hin schüttelte er den Kopf.

Nbebi war ein toter Mann. Es war nur noch eine Frage von ein oder zwei Stunden. Niemand konnte mit einer Wunde wie dieser überleben. Der Geruch von glühendem Metall wurde unerträglich.

»Ich krieg' keine Luft«, flüsterte Nbebi und atmete schwer.

Craig hatte gehofft, er wäre bewußtlos, aber seine Augen sahen ihn an. Craig schlug mit der Faust die Fensterscheibe über Nbebis Kopf ein, um ihm Luft zu schaffen.

»Meine Brille«, sagte Nbebi. »Ich kann nichts sehen.«

Craig fand die goldgeränderte Brille auf dem Boden zwischen den Sitzen und setzte sie ihm auf die Nase.

»Danke, Mr. Mellow.« Unglaublich, Nbebi lächelte. »Sieht nicht so aus, als würde ich mitkommen.«

Craig war überrascht darüber, wie sehr er das bedauerte. Er faßte Nbebi an der Schulter und hoffte, daß ihn diese Berührung ein wenig tröstete.

»Was ist mit dem Laster?« fragte Nbebi.

»Wir haben ihn ausgetrickst.«

»Gut für Sie, Sir.«

Während er sprach, drang der Gestank von brennendem Gummi und Öl ins Wageninnere.

»Wir brennen!« schrie Sally-Anne, und Craig warf sich herum.

Das Vorderteil des Landrovers brannte, das glühende Metall der kaputten Radaufhängung hatte den Gummi des Vorderreifens in Brand gesetzt. Nun brach die Radaufhängung ganz, und obwohl der Motor noch lief, blieb der Wagen stehen.

»Abstellen!« befahl Craig, stieß die Tür auf und riß gleichzeitig den Feuerlöscher aus der Halterung neben der Tür.

Er richtete den weißen Strahl auf die brennende Vorderfront, und die Flammen verlöschten augenblicklich. Dann entriegelte er die Motorhaube und hob sie hoch. Er besprühte auch den Motorblock, um ein Wiederaufflammen des Feuers zu verhindern, und trat zurück.

»Das war's«, sagte er abschließend. »Dieser Bus wird nirgends mehr hinfahren!«

Die Stille nach dem Motorenlärm und den Schüssen war erdrückend. Craig ging hinter den Wagen und blickte zurück. Der eingesunkene Lastwagen war außer Sichtweite. Die Stille summte in seinen Ohren, die Einsamkeit der Wüste legte sich wie ein körperlicher Druck auf ihn und schien seine Bewegungen und Gedanken zu hemmen. Sein Mund fühlte sich trocken wie Kreide an. »Wasser!« Er eilte zu dem Reservetank unter dem Sitz, schraubte die Kappe ab und überprüfte den Inhalt. »Mindestens fünfundzwanzig Liter.«

Neben der Halterung der Kalaschnikow hing eine Feldflasche aus Aluminium, die einer der Totengräber zurückgelassen hatte. Craig füllte sie aus dem Tank und gab sie Nbebi.

Nbebi trank dankbar und verschluckte sich in der Eile. Dann sank er keuchend zurück. Craig reichte Sally-Anne die Feldflasche und trank dann selbst. Nbebi schien sich ein wenig erholt zu haben, und Craig kontrollierte den Verband. Die Blutung war für den Augenblick gestillt.

Oberstes Gebot, um in der Wüste zu überleben, ist: beim

Fahrzeug bleiben. Aber das war in diesem Fall nicht anzuraten. Der Wagen würde die Verfolger wie ein Signalfeuer anziehen. Nbebi hatte Aufklärungsflugzeuge erwähnt. In dieser Einöde würden sie den Landrover schon aus einer Entfernung von fünfzig Kilometern sehen. Und vom Grenzposten Plumtree war eine zweite Patrouille losgeschickt worden. Sie würde in wenigen Stunden hier sein.

Sie mußten weiter. Craig schaute auf Nbebi hinab, und dieser schien das Gleiche gedacht zu haben.

»Sie werden mich hier lassen müssen«, flüsterte Nbebi.

Craig wich seinem Blick aus und konnte nicht antworten. Er kletterte auf das Dach des Landrovers. Die Spuren in dem weichen Sand waren nun, da die Sonne tief stand, als Schatten gut erkennbar. Er folgte ihnen mit den Blicken bis an den dunstigen Horizont, und dann erschrak er.

Am äußersten Rand seines Blickfeldes bewegte sich etwas. Sekundenlang hoffte er, es wäre eine Luftspiegelung. Doch dann wurde es größer, schien über der Erde zu schweben, änderte die Gestalt abermals, wurde schließlich erkennbar: Es waren bewaffnete Männer, die im Laufschritt ihren Spuren folgten. Die Männer der Dritten Brigade hatten die Jagd nicht aufgegeben. Sie führten die Verfolgung quer durch die Wüste zu Fuß fort. Craig hatte schon früher mit schwarzen Elitetruppen zu tun gehabt und wußte, daß sie dieses Schrittempo einen Tag und eine Nacht durchhalten konnten. Er sprang vom Dach und fand Nbebis Fernglas in der Ablage neben dem Fahrersitz. »Wir werden von einer Patrouille zu Fuß verfolgt«, erklärte er.

»Wie viele?« fragte Nbebi.

Craig stieg auf das Dach und schaute durch das Fernglas. »Acht Mann – als der Lastwagen stecken blieb, muß es einige Verluste gegeben haben.«

»Wenn sie mich irgendwo in Deckung bringen, dann kann ich sie hinhalten«, erklärte Nbebi. Und als Craig zögerte: »Verschwenden Sie keine Zeit, um mit mir zu streiten, Mr. Mellow.«

»Sally-Anne, füll die Feldflasche auf«, befahl Craig. »Nimm die Schokolade und die Kraftnahrung von der Notration. Pack die Karte, den Kompaß und dieses Fernglas ein.«

Er schaute sich nach einer Deckung um. In dieser flachen Landschaft gab es keine Möglichkeit, sich zu verstecken. Die einzige Deckung war der Landrover selbst. Er stieß den Abflußbolzen aus dem Boden des Benzintanks und ließ das übriggebliebene Benzin in den Sand laufen, um zu verhindern, daß ein glücklicher Treffer den Wagen und damit Nbebi in Brand setzte. Rasch baute er aus den Reserverädern und dem stählernen Werkzeugkasten eine primitive Schutzwand auf, so daß Timons Flanken gedeckt waren, wenn der Beschuß begann.

Er half Nbebi aus dem Wagen und legte ihn auf dem Bauch zwischen die Hinterräder. Die Wunde begann wieder zu bluten, Nbebis Gesicht war aschgrau, und auf seiner Oberlippe standen feine Schweißperlen. Craig gab ihm eine der Kalaschnikows und legte ein Sitzkissen als Zielstütze vor ihn hin. Die Kiste mit der Reservemunition, fünfhundert Schuß, stellte er neben Nbebis rechte Hand.

»Bis zur Dunkelheit halte ich durch«, versprach Nbebi heiser. »Aber lassen Sie mir eine Handgranate da.«

Sie wußten alle, was das zu bedeuten hatte. Nbebi wollte den Verfolgern nicht lebend in die Hände fallen. Wenn es zu Ende ging, würde er die Handgranate gegen seine Brust richten und zünden.

Craig nahm die übrigen fünf Handgranaten und packte sie in einen der Rucksäcke. Die Reisetasche von British Airways, die seine Papiere und das Buchmanuskript enthielt, legte er oben darauf. Aus dem Werkzeugkasten nahm er eine Rolle feinen Kupferdraht und einen Seitenschneider, aus der Munitionskiste sechs Reservemagazine für das AK-47. Er teilte den Inhalt des Verbandskastens und ließ Nbebi zwei Mullbinden, eine Packung Schmerztabletten und eine gebrauchsbereite Morphiumspritze zurück. Den Rest steckte er in den Rucksack.

Rasch schaute er sich im Inneren des Landrover um. Gab es noch irgend etwas, das er brauchen konnte? Auf dem Boden lag eine zusammengerollte Plastikunterlage in Tarnfarbe. Er stopfte sie in den Rucksack; das war alles, was er tragen konnte. Er blickte zu Sally-Anne hinüber. Sie trug die Feldflasche über der einen Schulter und den zweiten Rucksack über der anderen. Die

Fotomappe hatte sie zusammengerollt und in den Rucksack gestopft. Sie war sehr blaß, und die Beule an ihrer Stirn schien noch stärker geschwollen zu sein.

»Fertig?« fragte Craig.

»Fertig.«

Er kauerte sich neben Nbebi nieder. »Adieu, Captain«, sagte er.

»Leben Sie wohl, Mr. Mellow.«

Craig nahm seine Hand und schaute ihm in die Augen. Es war keine Furcht darin, und er staunte wieder einmal über den Gleichmut, mit dem ein Afrikaner dem Tod ins Auge sieht. Er hatte das schon oft erlebt. »Danke, Timon – für alles«, sagte er.

»Hamba gashle«, sagte Nbebi sanft. »Geh in Frieden.«

»Shala gashle«, antwortete Craig nach altem Brauch. »Bleib in Frieden.«

Er stand auf, und Sally-Anne kniete an seiner Stelle nieder. »Sie sind ein guter Mann, Timon«, sagte sie, »und sehr mutig.«

Nbebi öffnete die Lasche seines Pistolenhalfters und zog die Waffe heraus. Es war ein chinesisches Modell der Tokarev 51. Er drehte sie um und reichte sie ihr. Er sagte nichts, und Sally-Anne nahm die Waffe schließlich an. »Danke, Timon.«

Sie wußten alle, daß die Pistole, ebenso wie die Handgranate, als letzter Ausweg gedacht war – für ein schnelles Ende. Sally-Anne steckte die Waffe in den Hosenbund, und dann beugte sie sich nieder und küßte Nbebi. »Danke«, sagte sie noch einmal, stand schnell auf und wandte sich ab.

Craig führte sie im Laufschritt fort. Er schaute alle paar Meter zurück, um sich zu vergewissern, daß sich der Wagen genau zwischen ihnen und der herannahenden Patrouille befand. Wenn die Verfolger dahinterkamen, daß sich zwei von ihnen vom Wagen entfernt hatten, würde ganz einfach die Hälfte der Männer dort bleiben, und der Rest der Truppe würde sich auf ihre Fährte setzen.

Fünfunddreißig Minuten später hörten sie die ersten Schüsse aus einer Maschinenpistole. Craig blieb stehen, um zu lauschen. Dieser ersten Salve folgte ein wahrer Sturm von Schüssen; es waren viele Waffen, die wütend feuerten.

»Er ist ein guter Soldat«, rief Craig. »Mit dieser ersten Salve wollte er sicher treffen. Ich wette, es sind jetzt nicht mehr acht.«

Überrascht sah er, daß Sally-Anne Tränen über die Wangen liefen. »Es ist nicht das Sterben«, sagte er ruhig, »sondern die Art des Sterbens.«

Wütend blitzte sie ihn an. »Behalte diese geschraubten Hemingway-Sprüche für dich, du Wichtigtuer! Du stirbst ja nicht.« Und dann, sofort zerknirscht: »Verzeih, Liebster, ich hatte ihn gern, und außerdem tut mir der Kopf weh.«

Je weiter sie sich entfernten, desto schwächer wurden die Schüsse, bis es nur noch ein Rascheln wie Schritte im trockenen Laub war.

»Craig!« rief Sally-Anne, und er drehte sich um. Sie war zwanzig Schritte hinter ihm zurückgeblieben und hatte offensichtlich Schmerzen. Sobald er stehen blieb, sank sie zu Boden und steckte den Kopf zwischen die Knie. »Es geht gleich wieder vorbei. Es ist nur der Kopf.«

Craig riß ein Paket Schmerztabletten auf. Er ließ sie zwei davon schlucken und mit einem Schluck Wasser aus der Feldflasche hinunterspülen. Die Beule an ihrer Stirn machte ihm Sorgen. Er legte ihr den Arm um die Schultern und zog sie an sich.

»Oh, das tut gut.« Sie schmiegte sich an ihn.

Das ferne Krachen einer Explosion unterbrach die abendliche Stille der Wüste, und Sally-Anne erstarrte. »Was war das?«

»Eine Handgranate«, erklärte er und schaute auf seine Armbanduhr. »Es ist vorbei, aber er hat uns einen Vorsprung von fünfundfünfzig Minuten verschafft. Leb wohl, Timon, und Gott sei mit dir.«

»Wir dürfen keine Zeit verlieren«, sagte sie entschlossen und stand auf. Sie schaute zurück. »Armer Timon«, sagte sie und setzte sich wieder in Bewegung.

In wenigen Minuten würden die Soldaten entdecken, daß der Landrover nur von einem einzigen Mann verteidigt worden war. Ebenso rasch würden sie ihre Spuren finden und ihnen folgen. Craig fragte sich, wie viele Nbebi erwischt hatte und wie viele übrig geblieben waren. Das werden wir nur zu bald wissen, sagte er sich, und dann brach die Nacht herein.

Drei Tage zuvor war Neumond gewesen, und nur die Sterne gaben Licht. Der Himmel war prachtvoll, aber als Craig zurückschaute, sah er, daß es hell genug war, um Fußspuren zu erkennen. »Pause!« sagte er zu Sally-Anne, und sie streckte sich der Länge nach auf dem Boden aus. Mit dem Bajonett der Kalaschnikow schnitt er von einem Gestrüpp ein paar Äste ab, band sie mit Draht zusammen und befestigte den Draht hinten an seinem Gürtel.

»Geh voraus!« sagte er kurz angebunden, um Energie zu sparen. Sie ging nun vor ihm her, und er schleppte das Bündel aus trockenem Buschwerk. Es streifte den Boden, und als er zurückschaute, sah er, daß ihre Fußabdrücke verschwunden waren.

Das Gewicht der Äste forderte schon nach einem Kilometer seinen Tribut. Craig verlagerte das Gewicht nach vorn. Dreimal bat Sally-Anne in der nächsten Stunde um Wasser. Er gab es ihr nur ungern. Trinke nie beim ersten Durstgefühl, war eine der wichtigsten Überlebensregeln. Wenn du es tust, wird der Durst nur um so größer; aber Sally-Anne war krank und hatte Kopfschmerzen, er konnte es ihr nicht abschlagen. Er selbst trank nicht. Er nahm ihr die Feldflasche ab, damit sie nicht noch mehr in Versuchung käme.

Kurz vor Mitternacht löste er den Draht von seinem Gürtel; das Gewicht des Strauches war zu viel geworden, und wenn die Shona ihre Spur noch verfolgten, hatte es sowieso keinen Zweck mehr. Statt dessen nahm er Sally-Anne den Rucksack ab und hängte ihn sich über die Schulter.

»Ich kann ihn selbst tragen«, protestierte sie, obgleich sie schwankte wie eine Betrunkene. Sie hatte sich noch kein einziges Mal beklagt, obwohl ihr Gesicht im Licht der Sterne weiß schimmerte wie der Salzsee, den sie gerade überquerten.

Er versuchte, sie zu beruhigen. »Wir müssen die Grenze schon vor Stunden überquert haben«, sagte er.

»Heißt das, wir sind gerettet?« flüsterte sie, und er brachte es nicht übers Herz zu lügen. Sie zitterte.

Der Nachtwind drang durch ihre dünne Kleidung. Er legte ihr die Nylondecke um die Schultern, dann nahm er ihren Arm und zog sie weiter.

Nach einem Kilometer hatten sie den Rand des Salzsees erreicht, und er wußte, daß Sally-Anne in dieser Nacht nicht mehr viel weiter marschieren konnte. »Hier ruhen wir uns aus.«

Sie sank zu Boden, und er deckte sie mit der Nylondecke zu.

»Kann ich einen Schluck Wasser haben?«

»Nein. Erst morgen früh.«

Als er die Rucksäcke vom Rücken nahm, stellte er fest, daß die Feldflasche sehr leicht war, kaum noch halbvoll. Er schnitt Buschwerk ab und steckte es hinter ihrem Kopf in den Boden, um den Wind abzuhalten, dann zog er ihr die Sportschuhe aus, massierte ihr die Füße und prüfte, ob sie Druckstellen hatte.

»Oh, das brennt.« Die linke Ferse war aufgescheuert. Er hob die Ferse an seinen Mund und leckte, um Wasser zu sparen, die Wunde sauber. Dann tropfte er Jodtinktur darauf und klebte ein Pflaster aus dem Verbandskasten darüber. Er wechselte ihre Socken von einem Fuß auf den anderen und band die Schuhe wieder zu.

»Du bist sehr lieb«, murmelte sie, als er unter die Decke schlüpfte und sie in die Arme nahm, »und so warm.«

»Ich liebe dich«, sagte er. »Schlaf jetzt.«

Sie schmiegte sich an ihn und seufzte, und er dachte schon, sie wäre eingeschlafen, als sie plötzlich leise sagte: »Craig, es tut mir leid um King's Lynn.«

Schließlich schlief sie ein. Er schlüpfte unter der Decke hervor und ließ sie schlafen. Er ging zu der niedrigen Böschung des Salzsees, ließ sich mit der Maschinenpistole auf den Knien nieder, schaute auf die weite Fläche hinaus und wartete auf die Verfolger.

Während er Wache hielt, dachte er an das, was Sally-Anne gesagt hatte. Er dachte an King's Lynn. Er dachte an Tungata Zebiwe und erinnerte sich an die Kameradschaft und die schöne Zeit, die sie gemeinsam verlebt hatten. Er sah wieder das Handzeichen vor sich, das Tungata ihm gemacht hatte, bevor er aus dem Gerichtssaal geführt worden war.

Wir sind quitt – die Punktezahl ist ausgeglichen – und er schüttelte den Kopf.

Dann sah er plötzlich General Peter Fungaberas Gesicht vor sich, glatt wie heiße Schokolade, schön wie die Todsünde und so stark und böse wie der Satan, und er begann innerlich zu kochen; die Wut drohte ihn zu verzehren.

Er blieb die ganze lange Nacht wach und haßte mit jeder Faser seines Ichs. Jede Stunde ging er hinauf zu Sally-Anne und beugte sich über sie. Einmal ordnete er die Decke, ein anderesmal berührte er die Beule an ihrer Stirn leicht mit der Fingerspitze, und sie wimmerte im Schlaf; dann kehrte er wieder auf seinen Wachtposten zurück.

Beim ersten Schimmer der Morgendämmerung verschwanden die Sterne vom Himmel. Es war Zeit aufzubrechen, aber er blieb noch, weil er Sally-Anne nur ungern dem Schrecken und dem Kampf, die dieser Tag bringen würde, aussetzen und ihr noch ein paar Minuten Gnadenfrist gönnen wollte.

Dann sah er die Verfolger, und ein dumpfes Gefühl der Verzweiflung brannte in seinen Eingeweiden. Sie waren noch weit draußen auf dem Salzsee, Schatten, die zu groß waren, um Wüstentiere zu sein, Schatten, die sich direkt auf ihn zu bewegten. Das Buschwerk, das er hinter sich hergezogen hatte, mußte recht wirkungsvoll gewesen sein, wenn sie so weit zurückgeblieben waren. Aber dann hatte er die Äste liegen lassen, und sie waren der tiefen Fußspur rasch gefolgt.

Doch plötzlich verwandelte sich seine Verzweiflung. Wenn es nun einmal sein mußte, konnte es ebenso gut jetzt geschehen, dachte er, dieser Ort war so gut wie jeder andere, um dem Feind entgegenzutreten. Die Shona mußten über den offenen Salzsee kommen, und er hatte durch die Böschung und das spärliche, kniehohe Gestrüpp einen leichten Vorteil.

Gebückt, um sich nicht gegen den Himmel abzuheben, rannte er zu der Stelle, wo die Rucksäcke lagen. Er stopfte sich die sechs Handgranaten ins Hemd, griff nach dem Draht und dem Seitenschneider und eilte zu der niedrigen Böschung zurück.

Er spähte auf die herannahende Patrouille hinunter. Sie liefen in einer Reihe hintereinander, weil der Salzsee eine offene Fläche war, aber er nahm an, daß sie, sobald sie die Böschung erreicht hätten, die klassische, keilförmige Angriffsformation einnehmen würden, die es ihnen gestattete, sich gegenseitig zu decken, und sie davor bewahrte, in einen Hinterhalt zu geraten.

Unter dieser Voraussetzung begann Craig seine Handgranaten zu legen. Er placierte sie entlang der Böschung, denn aufgrund der leichten Erhöhung würden sich die Splitter besser verteilen. Er befestigte jede Handgranate im Abstand von zwanzig Schritten am Stamm eines Strauches und band die Bolzen der Zündkabel jeweils an einen langen Draht. Diese Drähte legte er bis zu der Stelle, wo Sally-Anne schlief, und befestigte sie an der Klappe seines Rucksacks.

Nun bewegte er sich kriechend vorwärts, weil es hell geworden war und die Patrouille rasch näher kam. Nachdem er die fünfte und letzte Handgranate befestigt hatte, kroch er auf dem Bauch zurück. Fächerförmig liefen die Drahtstränge von dem Gebüsch fort, hinter dem er lag. Er überprüfte das Magazin der Kalaschnikow und legte die Reservemunition rechts neben sich bereit.

Es war Zeit, Sally-Anne zu wecken. Er küßte sie sanft auf die Lippen, und sie verzog die Nase und gab leise Brummtöne von sich, dann öffnete sie die Augen. Aus den grünen Tiefen strahlte ihm ihre Liebe entgegen, die sich in Furcht verwandelte, als sie sich an ihre mißliche Lage erinnerte. Sie wollte sich aufrichten, aber er hinderte sie daran.

»Sie sind da«, flüsterte er. »Ich werde kämpfen müssen.«

Sie nickte.

»Hast du Timons Pistole noch?«

Sie nickte wieder und griff nach der Waffe in ihrem Hosenbund.

»Kannst du damit umgehen?«

»Ja.«

»Spar dir für den äußersten Notfall eine Kugel auf.«

Sie starrte ihn an.

»Versprich mir, es zu tun.«

»Ich verspreche es«, flüsterte sie.

Langsam hob er den Kopf. Die Patrouille war noch vierhundert Meter vom Rand des Salzsees entfernt, und wie er vermutet hatte, bildeten die Soldaten bereits eine keilförmige Angriffsformation.

Endlich konnte er sie zählen. Fünf! Seine Stimmung verdüsterte sich schlagartig. Nbebi war doch nicht so erfolgreich gewesen, wie er gehofft hatte. Er hatte nur drei Verfolger erwischt. Fünf Gegner waren zu viel für Craig. Trotz Überraschungseffekt und Deckung, es waren zu viele.

»Dreh dein Gesicht nach unten«, flüsterte er. »Es kann wie ein Spiegel wirken.« Gehorsam verbarg sie das Gesicht in der Armbeuge. Er zog sein Hemd höher, um Mund und Nase zu verdekken, und sah die Verfolger näher kommen.

O Gott, sie sind gut, dachte er. Wie sie sich bewegen! Sie waren die ganze Nacht hindurch marschiert und wirkten noch immer so aufmerksam und vorsichtig wie Luchse. Anführer war ein großer Shona, der sich bewegte wie ein Schilfrohr im Wind. Er trug seine Kalaschnikow an der rechten Hüfte. Seine Begleiter, zwei zu beiden Seiten, waren dunkle, untersetzte Gestalten, die zwar sehr bedrohlich aussahen, sich ihrem Anführer gegenüber jedoch unterwürfig benahmen. Sie reagierten wie Marionetten auf die Handzeichen, die ihnen der große Shona gab. Sechzig Schritte vor der Böschung brachte er sie mit einem gebieterischen Signal zum Stehen; alle erstarrten. Der Kopf des Shona drehte sich langsam von einer Seite zur anderen, als er die niedrige Böschung und das Gestrüpp dahinter sorgfältig musterte.

Dann bewegte er sich wieder. Er drehte sich um und wählte seine Flankendeckungen, indem er mit dem Zeigefinger auf die Betreffenden deutete und dann die geballte Faust vorstieß. Sie stellten sich in umgekehrter Keilformation auf – die Shona hatten die traditionelle Kampfformation der Ngunistämme übernommen, »Hörner des Bullen«, die König Tschaka so wirkungsvoll eingesetzt hatte, und nun drangen die Hörner vor, um Craigs Stellung zu stürmen.

Craig war froh, daß er die Handgranaten so weit auseinander aufgelegt hatte. Die zwei Männer an den Flanken würden fast direkt auf die äußersten beiden Handgranaten zurennen. Er ordnete die Drähte in seinen Händen und sah zu, wie die beiden Männer an den Flanken näher kamen. Er hätte gewünscht, einer von ihnen wäre der große Shona, der gefährlichste Gegner, aber dieser war stehen geblieben. Er befand sich außerhalb der Schußweite und dirigierte das Vordringen der Flanken.

Der Mann rechts erreichte die Böschung und erklomm sie vorsichtig, aber der linke Mann befand sich noch immer zehn Schritte davon entfernt.

»Gemeinsam«, flüsterte Craig. »Ich muß sie zusammen hochgehen lassen.«

Der rechte Mann hatte die Handgranate fast mit dem Knie gestreift, und Craig ließ ihn weitergehen. Der linke Mann, der nun die Böschung erreichte, trug einen blutigen Kopfverband – Nbebis Werk. Die Handgranate befand sich nun etwa in der Höhe seines Nabels. Craig zog mit aller Kraft an den beiden äußeren Drähten und hörte, wie die Auslöser abrissen.

Bis zur Zündung gab es eine Verzögerung von drei Sekunden, und die Shona reagierten mit geübten Reflexen. Der Mann rechts ließ sich fallen, aber Craig nahm an, daß er der Handgranate zu nahe war, um zu überleben. Die drei anderen auf dem Salzsee draußen ließen sich ebenfalls fallen und feuerten dabei los, rollten sich seitwärts ab und beschossen die Böschung.

Nur der Soldat an der linken Seite, der Verwundete, den vielleicht seine Verletzung geschwächt hatte, blieb in diesen unheilvollen Sekunden stehen. Die Handgranate explodierte mit einem grellen Feuerschein, und der Mann wurde von ihren Splittern getroffen. Die Handgranate ganz rechts außen detonierte mit einem kurzen Donnerknall.

Zwei von den Schweinehunden, dachte Craig und versuchte, den großen Shona zu treffen, aber er mußte durch das Gestrüpp und über den Rand der Böschung zielen, und der Shona blieb nicht still liegen. Einer der anderen Soldaten sprang auf und stürmte im Zickzack auf die Böschung zu, und Craig richtete seine Maschinenpistole auf ihn. Er traf ihn mit einer vollen Ladung. Die Kalaschnikow war berüchtigt für ihre automatische Streuung, und Craig hatte sich darauf eingestellt. Der Soldat ließ seine Maschinenpistole fallen, wirbelte herum, sank auf die Knie und fiel dann nach vorne auf das Gesicht.

Der große Shona sprang auf und kam, einen Befehl brüllend, näher, der zweite Mann folgte ihm zwanzig Schritte weiter hinten. Triumphierend richtete Craig seine Maschinenpistole wieder auf ihn. Diesmal konnte er ihn nicht verfehlen. Die Kalaschnikow klickte einmal; die nächste Kammer war leer. Und der Shona kam näher, unversehrt.

Craig war mit dem Laden nicht mehr so schnell wie früher; nur einen Sekundenbruchteil zu spät zielte er wieder auf den Shona, und als er den Abzug betätigte, ließ sich der Mann unterhalb der Böschung fallen, und Craigs Salve sprühte harmlos über ihn hinweg.

Craig fluchte und zielte auf den letzten Soldaten, der nur noch fünf Schritte von der sicheren Böschung entfernt war. Es war ein Schnellfeuer, aber eine Kugel der Salve traf den Mann in den Mund, und sein Kopf zuckte zurück, wie nach einem schweren Boxhieb. Das burgunderrote Barett, das in der Dämmerung leuchtete wie ein exotischer Vogel, flog ihm vom Kopf, und der Soldat brach zusammen.

Vier von den fünf Männern in den ersten zehn Sekunden, das war mehr, als Craig zu hoffen gewagt hatte, aber der fünfte Mann, der gefährlichste, lebte noch und lag unterhalb der Böschung – und er mußte Craigs Mündungsfeuer gesehen haben. Er konnte Craigs Standort genau ausmachen.

»Bleib unter der Decke«, befahl Craig Sally-Anne und zog die Drähte der anderen drei Handgranaten. Die Explosionen erfolgten fast gleichzeitig, und Craig verließ, geschützt durch das grelle Licht und den Staub, die Deckung. Er lief gebückt, die geladene Maschinenpistole in der Hand, dreißig Schritte vorwärts und dann nach rechts, warf sich zu Boden, rollte zur Seite und blieb auf dem Bauch liegen, um die Stelle unterhalb der Böschung, wo der Shona verschwunden war, zu beobachten.

Das Licht war nun besser, es wurde rasch heller, und der Shona zeigte sich wieder. Er kam die Böschung herauf, nur kurz war seine Gestalt gegen den weißen Salzsee erkennbar; er war schnell wie die schwarze Mamba und befand sich an einer Stelle, wo Craig ihn nicht erwartet hatte. Er mußte unterhalb der Böschung weitergerollt sein und war nun sehr weit links von Craig.

Craig zielte auf ihn, schoß aber nicht, weil ihm die Chance, ihn zu treffen, zu gering erschien, und der Shona verschwand im Gestrüpp fünfzig Schritte von ihm entfernt. Craig robbte langsam vorwärts, wie ein Wurm, geräuschlos und ohne Staub aufzuwirbeln, alle Sinne angespannt, um dem Gegner den Weg abzuschneiden. Er schob sich Zentimeter um Zentimeter weiter und wußte, daß sich der Shona zu der Stelle vorarbeitete, wo er Sally-Anne zurückgelassen hatte.

Dann schrie Sally-Anne auf. Der Schrei durchfuhr ihn wie ein Blitz, und dann tauchten beide zusammen aus dem Gestrüpp auf, Sally-Anne strampelte und kratzte wie eine Katze, und der Shona hielt sie kniend an den Haaren fest und drehte sich mit ihr um, um jede Chance für einen Treffer zunichte zu machen.

Craig griff an. Das war keine bewußte Entscheidung. Er war unwillkürlich aufgesprungen und stürmte vorwärts, die Kalaschnikow wie eine Keule schwingend. Der Shona sah ihn, ließ Sally-Anne los, und sie taumelte nach hinten und stürzte. Der Shona wich der Maschinenpistole aus und traf Craig mit der Schulter in die Rippen, als er aufsprang. Craig fiel die Pistole aus der Hand, und er klammerte sich verzweifelt an seinen Gegner, während er nach dem harten Schlag nach Luft schnappte. Der Shona erkannte, daß er seine Maschinenpistole bei dem Handgemenge nicht gebrauchen konnte, ließ sie fallen und hatte nun beide Arme frei.

Craig merkte schon in diesem Augenblick, daß der Shona einfach zu stark für ihn war. Der Shona schlang einen langen Arm um Craigs Nacken, aber Craig ließ sich, statt Widerstand zu leisten, mit seinem ganzen Gewicht auf den Shona fallen. Darauf war dieser nicht gefaßt gewesen, und sie gingen zusammen zu Boden. Craig versuchte dabei, mit der metallenen Prothese zuzuschlagen, aber er traf nicht genau.

Der Shona drehte sich um und schlug zurück. Craig wich ihm aus, und dann umklammerten sie einander und rollten Brust an Brust über den rauhen Boden, einmal der eine oben und einmal der andere. Der Shona schnappte wie ein Wolf mit seinen starken, weißen Zähnen nach Craigs Gesicht. Statt den Kopf zurückzubiegen, stieß Craig seine Stirn nach vorne und traf ihn am Mund. Einer der Schneidezähne des Shona brach am Zahnfleisch ab, und sein Mund füllte sich mit Blut. Craig zog den Kopf zurück, um noch einmal zuzuschlagen, aber der Shona warf sich über ihn und hatte plötzlich das Messer aus seinem Gürtel in der

Hand. Craig packte verzweifelt sein Handgelenk und konnte den Stoß nur knapp abwehren. Er nahm beide Hände zu Hilfe, umklammerte mit der einen das Handgelenk des Shona und mit der anderen seinen Ellbogen, konnte ihn aber nicht aufhalten. Die Messerspitze näherte sich langsam seinem Gesicht.

Craig drückte mit aller Kraft dagegen. Die Messerspitze blieb einen Augenblick stehen, doch dann senkte sie sich weiter, bis sie die Haut unterhalb von Craigs Kehle berührte. Als die Messerspitze die Haut ritzte, schmerzte es wie eine Injektionsnadel. Entsetzt spürte Craig, wie sich der Körper des Shona spannte, um ihm mit aller Kraft die silberne Stahlklinge in den Kehlkopf zu bohren, und er wußte, daß er es nicht verhindern konnte.

Wie durch ein Wunder zuckte der Kopf des Shona plötzlich zurück, sein Gesicht verzerrte sich zu einer grotesken Maske, Gehirnmasse spritzte aus seiner Schläfe, und der Knall eines Schusses dröhnte in Craigs Ohren. Die Kraft wich aus dem Körper des Shona, er sackte zusammen und fiel zu Boden.

Craig richtete sich auf.

Sally-Anne kniete nur einen Meter von ihm entfernt und hielt die Tokarev-Pistole noch immer mit beiden Händen umklammert. Sie mußte den Lauf an der Schläfe des Shona angesetzt haben, bevor sie feuerte. »Ich habe ihn getötet«, hauchte sie erschrocken und starrte Craig entsetzt an.

»Gott sei Dank!« stieß Craig hervor und benützte seinen Hemdkragen, um den Kratzer an seiner Kehle zu trocknen.

»Ich habe noch nie getötet«, flüsterte Sally-Anne. »Nicht einmal einen Hasen oder einen Fisch – nichts.« Sie ließ die Pistole fallen und rieb, wie um sich reinzuwaschen, die Hände aneinander, während sie die Leiche des Shona anstarrte. Craig kroch zu ihr hin und nahm sie in die Arme. Sie zitterte am ganzen Leib. »Bring mich fort«, bat sie. »Bitte, Craig. Ich rieche das Blut, bring mich fort von hier.«

»Ja. Ja.« Er half ihr auf die Füße, rollte in rasender Eile die Decke zusammen und schnallte die Rucksäcke um.

»Hier entlang.« Mit beiden Rucksäcken auf dem Rücken und der Maschinenpistole in der Hand führte Craig Sally-Anne in westliche Richtung.

Sie waren schon fast drei Stunden gegangen und blieben stehen, um einen Schluck zu trinken, als Craig seinen folgenschweren Fehler bemerkte. Die Wasserflaschen! In seiner Hast hatte er vergessen, die Wasserflaschen der Shona mitzunehmen.

Er schaute sehnsüchtig zurück. Auch wenn er Sally-Anne hier ließe und allein zurückginge, würde er vier Stunden brauchen, und die Patrouillen der Dritten Brigade waren ihnen bestimmt gefolgt. Er wog die Feldflasche in seiner Hand, sie war noch zu einem Viertel voll: kaum genug, um diesen Tag zu überstehen, auch wenn sie sich jetzt ausruhten und auf die Kühle der Nacht warteten, und bei weitem nicht genug, wenn sie weitermarschierten – und sie mußten weiter.

Die Entscheidung fiel ohne sein Zutun. Er vernahm das Brummen eines einmotorigen Flugzeugs aus nördlicher Richtung. Wütend starrte er in den blassen Himmel und fühlte sich so hilflos wie das Kaninchen gegenüber dem angreifenden Falken. »Das Aufklärungsflugzeug«, sagte er und lauschte dem Brummen der Maschine. Es wurde für eine Weile schwächer und kam dann wieder näher. »Sie suchen systematisch das ganze Gebiet ab.«

Während er noch sprach, sah er es. Es war näher, als er gedacht hatte, und flog sehr tief. Er drückte Sally-Anne mit einer Hand zu Boden und breitete die Decke über sie. Es kam rasch näher, ein einmotoriger Eindecker. Es änderte leicht den Kurs und hielt direkt auf sie zu. Craig ließ sich neben Sally-Anne zu Boden fallen und kroch neben ihr unter die Decke.

Der Motor wurde lauter. Der Pilot hatte sie erspäht. Craig hob eine Ecke der Decke an und schaute hinaus.

»Eine Piper Lance«, sagte Sally-Anne leise.

Die Maschine trug die runden Abzeichen der Simbabwe Air Force, und widersinnigerweise war der Pilot ein Weißer, aber auf dem Kopilotensitz saß ein Schwarzer, und er trug das gefürchtete burgunderrote Barett mit dem silbernen Abzeichen. Sie starrten beide ausdruckslos hinunter, als die Piper im Tiefflug über Craig hinwegbrauste. Der schwarze Offizier hielt ein Mikrofon an die Lippen. Die Tragflächen der Piper richteten sich auf, und die Maschine flog in die Richtung zurück, aus der sie gekommen war. Das Motorengeräusch wurde schwächer und verlor sich schließlich ganz.

Craig zog Sally-Anne hoch. »Kannst du weitergehen?«

Sie nickte und strich sich das schweißfeuchte Haar aus der Stirn. Ihre Lippen waren ausgetrocknet, die Unterlippe aufgesprungen.

»Wir müssen schon in Botswana sein, die Grenzstraße ist sicher nicht mehr weit. Wenn wir bloß eine Patrouille der botswanischen Grenzpolizei fänden!«

Es war eine einspurige Straße mit zwei Spurrinnen, die geradeaus von Norden nach Süden verliefen und nur hin und wieder von der geraden Linie abwichen, um eine Springhasenkolonie oder einen Salzsee zu umgehen. Die Polizei von Botswana patrouillierte hier regelmäßig, um zu verhindern, daß geschmuggelt und gewildert wurde.

Craig und Sally-Anne erreichten die Straße am Nachmittag. Zu diesem Zeitpunkt hatte Craig bereits die Maschinenpistole und die Munition zurückgelassen und alles aus dem Rucksack genommen, was nicht unbedingt lebensnotwendig war. Er hatte sogar in Erwägung gezogen, sein Manuskript zu vergraben und es später zu holen. Es wog immerhin vier Kilo, aber Sally-Anne hatte ihm mit heiserer Stimme davon abgeraten.

Die Wasserflasche war leer. Kurz vor Mittag hatten sie zum letztenmal getrunken, jeder einen lauwarmen Schluck Wasser. Sie schafften kaum mehr als einen Kilometer in der Stunde. Craig schwitzte nicht mehr. Er fühlte, wie sich seine Kehle verengte und die Zunge anschwoll.

Sie erreichten die Straße. Craigs Blick war starr auf den hitzeflimmernden Horizont geheftet, all seine Sinne konzentrierten sich darauf, einen Fuß vor den anderen zu setzen. Sie überquerten die Straße, ohne sie zu sehen, und gerieten weiter in die Wüste hinein. Sie waren nicht die ersten, die diese letzte Chance auf Rettung übersahen und dem Tod durch Verdursten oder durch Erschöpfung entgegengingen.

Sie wankten noch zwei Stunden lang weiter, bevor Craig stehen blieb. »Wir müßten schon lange auf der Straße sein«, flüsterte er und blickte auf den Kompaß. »Der Kompaß kann nicht stimmen! Dort ist nicht Norden.« Er war verwirrt und mißtrauisch. »Das verdammte Ding ist kaputt. Wir sind zu weit südlich«, entschied er und trat in den ersten, ziellosen Kreis des Verirrten, die Unglücksspirale, die dem Tod in der Wüste vorausgeht.

Eine Stunde vor Sonnenuntergang stolperte Craig über eine vertrocknete braune Pflanze, die aus dem grauen Boden wuchs. Sie trug nur eine einzige grüne Frucht von der Größe einer Orange. Er kniete nieder und pflückte sie so ehrfurchtsvoll, als wäre sie der Cullinandiamant. Leise durch seine gesprungenen und blutenden Lippen vor sich hinmurmelnd, spaltete er die Frucht vorsichtig mit seinem Bajonett. Sie war von der Sonne so warm wie lebendiges Fleisch. »Pasanmelone«, erklärte er Sally-Anne, als sie sich hinsetzte und ihn mit einem stumpfen, verständnislosen Blick beobachtete.

Er benützte die Spitze des Bajonetts, um das weiße Fleisch der Melone zu zerdrücken, und dann hielt er die halbe Schale an Sally-Annes Mund. Ihr Kehlkopf hüpfte vor Anstrengung, als sie den klaren, warmen Saft schluckte, und sie schloß verzückt die Augen, als die Flüssigkeit über ihre geschwollene Zunge rann.

Mit größter Sorgfalt preßte Craig eine Vierteltasse Flüssigkeit aus der Frucht und flößte sie ihr ein. Seine eigene Kehle verkrampfte sich und schmerzte, als er den Duft der Frucht in sich aufnahm. Sally-Anne schien sich vor seinen Augen zu erholen, und als der letzte Tropfen hinuntergeschluckt war, merkte sie plötzlich, was er getan hatte. »Und du?« flüsterte sie.

Er nahm die harte Schale und das ausgepreßte Fruchtfleisch und saugte daran.

»Tut mir leid.« Ihre Gedankenlosigkeit quälte sie, aber er schüttelte den Kopf.

»Wird bald kühl. Nacht.«

Er half ihr auf, und sie taumelten weiter.

Craig verlor jedes Zeitgefühl. Er schaute in den Sonnenuntergang und dachte, es wäre die Morgendämmerung. »Falsch.« Er nahm den Kompaß und warf ihn weg. Der Kompaß fiel nicht sehr weit. »Falsch – falsche Richtung.« Er drehte sich um und führte Sally-Anne zurück.

Vor Craigs Augen erschienen Schatten und dunkle Gestalten, von denen einige keine Gesichter hatten und erschreckend waren, und er schrie sie an, ohne einen Ton hervorzubringen, um sie fortzutreiben. Einige erkannte er.

Ashe Levy ritt auf dem Rücken einer riesigen, zottigen Hyäne vorbei und schwenkte Craigs neues Manuskript. »Kann das Buch nicht verkaufen«, rief er hämisch. »Niemand will es, alter Junge, du bist am Ende. Du bist ein Ein-Buch-Mann, Craig, alter Junge – ja, das bist du.«

Dann erkannte Craig, daß es nicht sein Manuskript, sondern die Weinkarte des Four-Seasons-Restaurants war.

»Sollen wir den Corton Charlemagne probieren?« höhnte Levy. »Oder eine Magnumflasche Veuve Cliquot?«

»Nur Zauberer reiten Hyänen«, brüllte Craig zurück, aber aus seiner ausgedörrten Kehle kam kein Laut. »Habe immer gewußt, daß du –«

Levy lachte gellend, gab der Hyäne die Sporen und warf das Manuskript in die Luft. Die weißen Seiten flatterten wie lose Federn zu Boden, und als Craig niederkniete, um sie aufzusammeln, verwandelten sie sich in Staub, und er konnte sie nicht aufheben. Sally-Anne sank neben ihm nieder, und während sie einander umschlungen hielten, brach die Nacht herein.

Als Craig am nächsten Morgen aufwachte, konnte er Sally-Anne nicht wecken. Ihr Atem ging pfeifend und rasselnd durch die Nase und den offenen Mund.

Auf den Knien liegend, scharrte er ein Loch für eine primitive Destillieranlage. Mühsam sammelte er, weiterhin auf den Knien kriechend, einen Arm voll Äste von den vereinzelten Wüstensträuchern. Die holzartigen Gewächse schienen völlig ausgetrocknet zu sein, als er sie mit dem Bajonett fein säuberlich zerkleinerte und auf den Boden des Lochs legte.

Er schnitt den oberen Teil von der leeren Aluminiumwasserflasche ab und stellte die so entstandene Schüssel in die Mitte des Lochs. Er breitete die Nylondecke über das Loch und beschwerte sie an den Ecken mit Erde. Eine einzelne Pistolenkugel legte er so in die Mitte der Decke, daß sie sich direkt über der Aluminiumschüssel befand.

Dann kroch er zurück zu Sally-Anne und setzte sich so vor sie hin, daß ihr Gesicht im Schatten seines Körpers lag. »Es wird alles gut«, erklärte er ihr. »Wir werden die Straße bald finden. Wir müssen ganz nahe sein.«

Er merkte nicht, daß kein Laut über seine Lippen kam und daß sie, auch wenn er laut gesprochen hätte, nicht mehr fähig war, ihn zu hören. »Dieses kleine Miststück Ashe ist ein Lügner. Ich werde das Buch fertigschreiben, du wirst sehen. Ich werde alles verkaufen, was ich besitze. Wir werden ein Bilderbuch-Geschäft machen. Ich werde King's Lynn kaufen. Es wird alles gut. Mach dir keine Sorgen, mein Liebling.«

Er harrte den ganzen Vormittag in der brütenden Hitze aus und beherrschte seine Ungeduld bis Mittag, dann öffnete er das Loch. Da die Sonne direkt auf die Plastikdecke geschienen hatte, war die Temperatur in dem verdeckten Loch fast bis zum Siedepunkt angestiegen. Die Flüssigkeit in den zerkleinerten Ästen war verdampft, hatte sich an der Unterseite der Plastikdecke gesammelt und war dann in der Mitte, wo die Kugel lag, zusammengelaufen. Von dort war das Wasser in die Aluminiumschüssel getropft.

Auf diese Weise hatte er ungefähr einen Viertelliter Wasser gesammelt. Er nahm die Schüssel in beide Hände und zitterte so stark, daß er das Wasser fast verschüttet hätte. Er nahm einen kleinen Schluck und behielt ihn im Mund. Das Wasser war heiß, aber es schmeckte wie Honig, und er mußte seine ganze Selbstbeherrschung aufbieten, um nicht alles hinunterzuschlucken.

Er beugte sich vor und legte seinen Mund auf Sally-Annes schwarz verfärbte, blutende Lippen. Vorsichtig flößte er ihr die Flüssigkeit ein. »Trink, meine Süße, trink das.« Er kicherte blödsinnig, als er sie unter Schmerzen schlucken sah.

Tropfen um Tropfen ließ er die kostbare Flüssigkeit von seinem Mund in den ihren fließen, und sie schluckte jedesmal leichter. Den letzten Schluck behielt er für sich und ließ ihn langsam die Kehle hinunterrinnen.

Dann brachte er die Destillieranlage wieder in Ordnung und legte sich neben Sally-Anne. Er bedeckte ihr Gesicht mit einem Stück Stoff, das er aus seinem Hemd herausgerissen hatte, und flüsterte: »Schon gut, werden Hilfe finden – bald. Hab keine Angst – Geliebte –«

Aber er wußte, daß dies ihr letzter Tag war. Er würde sie nicht noch einen Tag länger am Leben erhalten können. Morgen würden sie sterben. Entweder durch die Sonne oder durch die Männer der Dritten Brigade – aber morgen würden sie sterben.

Bei Sonnenuntergang hatte er wieder eine halbe Tasse destilliertes Wasser gewonnen, und nachdem sie es getrunken hatten, fielen sie eng aneinandergeschmiegt in einen tiefen, totenähnlichen Schlaf.

Irgend etwas weckte Craig, und einen Augenblick dachte er, es sei der Nachtwind, der durch die Sträucher wehte. Mühsam setzte er sich auf und streckte den Kopf vor, um zu lauschen. Er war nicht sicher, ob es nur eine Halluzination war oder ob er dieses leise, rhythmische Geräusch wirklich hörte. Die Morgendämmerung mußte bald hereinbrechen, denn der Horizont zeichnete sich als scharfe, dunkle Linie unter dem weichen Vorhang des Himmels ab.

Dann wurde das Geräusch plötzlich stärker, und er erkannte es. Es war das charakteristische Brummen des Vierzylindermotors eines Landrovers. Die Dritte Brigade hatte die Verfolgung also nicht abgebrochen. Sie hatten sie schonungslos gejagt, wie Hyänen, die Blut gewittert hatten.

Weit draußen in der Wüste sah er ein Scheinwerferpaar. Craig griff nach der Kalaschnikow. Er konnte sie nicht finden. Ashe Levy muß sie gestohlen haben, dachte er bitter, und auf der Hyäne damit fortgeritten sein. Ich habe dem Hurensohn nie getraut, sagte er sich.

Craig starrte den näherkommenden Scheinwerfern hoffnungslos entgegen. In ihrem Lichtschein tanzte eine kleine, koboldhafte Gestalt, ein winziges, gelbes Männchen. »Kobold«, flüsterte er. »Märchen. Ich habe nie an Märchen geglaubt. Sag das nicht – wenn man das sagt, muß man sterben. Ich möchte die Märchen nicht töten. Ich glaube an sie.« Sein Bewußtsein schwand, einzelne klare Gedanken vermischten sich mit Trugbildern.

Plötzlich erkannte er, daß das kleine, halbnackte, gelbe Männchen ein Buschmann war, ein Angehöriger jenes Pygmäenstammes, der in der Wüste lebte. Ein Buschmann als Fährtensucher, die Dritte Brigade benützte einen Buschmann als Fährtensucher, um sie zu finden. Nur ein Buschmann konnte vor den Scheinwerfern des Landrovers die ganze Nacht hindurch auf ihrer Spur bleiben.

Die Scheinwerfer richteten sich auf sie, wie das Rampenlicht auf einer Bühne, und Craig hob die Hand, um seine Augen zu beschatten. Das Licht war so hell, daß es schmerzte. In der anderen Hand hinter dem Rücken hielt er das Bajonett.

Ich werde einen von ihnen erwischen, nahm er sich vor. Ich nehme einen von ihnen mit.

Der Landrover hielt nur wenige Schritte von ihm entfernt an. Der kleine Buschmann stand dicht vor ihnen und plapperte in seiner seltsamen Sprache drauflos, die wie Vogellaute klang. Craig hörte, wie jemand hinter den Scheinwerfern die Tür öffnete, und dann näherte sich ihnen ein Mann. Craig erkannte ihn sofort. General Peter Fungabera – er schien im Licht der Scheinwerfer zu einem Riesen anzuwachsen, als er auf die Stelle zuging, wo Craig kauerte.

»Danke, Gott«, betete Craig, »danke, daß du ihn mir geschickt hast, bevor ich gestorben bin«, und er umklammerte das Bajonett. In die Kehle, dachte er, wenn er sich über mich beugt. Er sammelte seine ganze Kraft, und Fungabera beugte sich über ihn. Jetzt! Craig gab sich alle Mühe. Direkt in die Kehle treffen! Aber nichts geschah. Seine Glieder gehorchten ihm nicht mehr. Er war am Ende.

»Ich muß Ihnen mitteilen, daß ich Sie wegen illegaler Einreise in die Republik Botswana verhaften muß, Sir«, sagte Fungabera – aber er hatte seine Stimme verstellt. Er sprach mit einer tiefen, weichen, sorgenvollen Stimme und mit starkem Akzent.

Er will mich zum Narren halten, dachte Craig, der schlaue Bastard will mich zum Narren halten. Und er sah, daß Fungabera die Uniform eines Sergeant der Polizei von Botswana trug.

»Sie haben Glück.« Fungabera kniete neben Craig nieder. »Wir haben die Spuren gefunden, wo Sie die Straße überquert haben.« Er hielt eine mit Filz bezogene Wasserflasche an Craigs Mund. »Wir folgen Ihnen schon seit gestern nachmittag drei Uhr.«

Kühles, süßes Wasser strömte in Craigs Mund und lief ihm über das Kinn. Er ließ das Bajonett fallen und griff mit beiden Händen nach der Flasche. Er wollte alles auf einmal schlucken, er wollte in dem Wasser ertrinken. Es schmeckte so herrlich, daß sich seine Augen mit Tränen füllten. Durch den Tränenschleier hindurch sah er das Abzeichen der botswanischen Polizei an der offenen Tür des Landrovers.

»Wer?« Craig starrte Fungabera an, aber er hatte dieses Gesicht nie vorher gesehen. Es war ein breites Gesicht mit einer flachen Nase, das sich nun in sorgenvolle Falten legte und aussah wie das Gesicht einer freundlichen Bulldogge.

»Wer?« krächzte Craig.

»Bitte nicht sprechen, wir bringen Sie und die Dame verdammt schnell ins Krankenhaus nach Francistown. Viele Leute sterben in der Wüste – Sie haben verdammt viel Glück.«

»Sie sind nicht General Fungabera?« flüsterte Craig. »Wer sind Sie?«

»Polizei von Botswana, Grenzpatrouille. Sergeant Simon Mafekeng zu Ihren Diensten, Sir.«

Vor dem Krieg, als er noch ein Junge gewesen war, hatte Oberst Nikolai Bucharin seinen Vater immer auf die Wolfsjagd begleitet und den Rudeln nachgestellt, die ihr abgeschiedenes Dorf im Ural während der langen, rauhen Wintermonate überfielen.

Diese Expeditionen in die düsteren, ausgedehnten Wälder der Taiga hatten die Jagdleidenschaft in ihm geweckt. Er liebte die Einsamkeit der Wildnis und das urtümliche Vergnügen, sich mit allen Sinnen auf ein gefährliches Tier zu konzentrieren. Sehvermögen, Gehör, Geruchssinn und die anderen außergewöhnlichen Sinne des geborenen Jägers, die ihn befähigen, den Ausweichmanövern und Fluchtwegen seiner Jagdbeute zuvorzukommen – all das besaß der Oberst trotz seiner zweiundsechzig Jahre noch in vollem Ausmaß. Zusammen mit seinem nahezu computerähnlichen Gedächtnis, das Daten und Gesichter speicherte, ermöglichten es ihm diese Eigenschaften, bis an die Spitze einer Abteilung des Volkskommissariats aufzusteigen und das gefährlichste Wild von allen zu jagen – den Menschen.

Wenn er in den ausgedehnten Ländereien, die der Erholung von hohen Offizieren des KGB vorbehalten waren, auf Wildschwein- oder Bärenjagd ging, hatte er seine Jagdgefährten und die Wildhüter meist dadurch beunruhigt, daß er es verschmähte, vom Hochstand aus zu schießen, und statt dessen zu Fuß und allein in das dichteste Unterholz vorstieß. Körperliche Gefahren hatten stets ein tiefes Bedürfnis in ihm befriedigt.

Als die Aufgabe, mit der er sich nun beschäftigte, bei ihm in seinem Büro im zweiten Stock des Moskauer Hauptquartiers gelandet war, hatte er sofort ihre Bedeutsamkeit erkannt und die Sache persönlich in die Hand genommen. Mit Sorgfalt und Umsicht waren die ersten Möglichkeiten schrittweise realisiert worden, und als für Oberst Bucharin schließlich die Zeit gekommen war, seine Kontaktperson in dem Land, in dem er operieren sollte, persönlich zu treffen, hatte er einen Deckmantel gewählt, der ganz nach seinem Geschmack war.

Russen, besonders Russen von hohem Rang, waren in der neuen Republik Simbabwe Gegenstand feindseligen Argwohns. Während des Unabhängigkeitskriegs hatte die Sowjetunion auf das falsche Pferd gesetzt und Joshua Nkomos ZIPRA, den revolutionären Matabeleflügel, unterstützt. Für die Regierung in Harare waren die Sowjets der neue kolonialistische Feind, während China und Nordkorea die wahren Freunde der Revolution darstellten.

Aus diesem Grund reiste Oberst Nikolai Bucharin unter einem falschen Namen und mit einem finnischen Paß nach Simbabwe. Neben fünf anderen Sprachen einschließlich Englisch sprach er fließend Finnisch. Er brauchte eine Tarnung, unter deren Schutz er die Stadt Harare, wo jeder seiner Schritte überwacht werden würde, jederzeit verlassen und in den Busch gehen konnte, um mit seiner Kontaktperson zusammenzutreffen.

Obwohl viele der anderen afrikanischen Republiken unter dem Druck der Weltbank und des internationalen Währungsfonds die Großwildjagd verboten hatten, erteilte Simbabwe professionellen Jägern noch immer die Genehmigung, in bestimmten »kontrollierten Jagdgebieten« sorgfältig geplante Safaris durchzuführen, eine ausgezeichnete Deviseneinnahmequelle für die geschwächte Wirtschaft.

Dem Obersten gefiel es, als wohlhabender Holzkaufmann aus Helsinki aufzutreten und in dieser dekadenten Weise, die fast ausschließlich dem Finanzadel des kapitalistischen Systems vorbehalten war, seiner Jagdleidenschaft zu frönen. Natürlich hätte das Budget, das für diese Operation vorgesehen war, solche Extravaganzen nicht zugelassen.

Doch General Peter Fungabera, die Kontaktperson bei dieser Operation, war ein ehrgeiziger und vermögender Mann. Er hatte keine Schwierigkeiten gemacht, als Oberst Bucharin vorschlug, ihr Treffen unter dem Deckmantel einer Großwildjagd abzuhalten; darüber hinaus hatte Fungabera nichts dagegen eingewandt, als Gastgeber aufzutreten und die tausend Dollar am Tag, die die Safari kostete, zu bezahlen.

Nun stand Oberst Bucharin in der Mitte der kleinen Lichtung und musterte sein Gegenüber. Der Russe hatte den Bullen absichtlich nur verwundet. Er lächelte Fungabera zu, als er Wodka in den silbernen Becher seiner Reiseflasche goß. »Na wasche sdorowje!« prostete er Fungabera zu und leerte den Becher, ohne mit der Wimper zu zucken, dann schenkte er ihn wieder voll und reichte ihn ihm.

Fungabera nahm den silbernen Becher an und musterte den Russen über den Rand hinweg. Der Russe war zwar genauso groß wie er, aber noch schlanker und straff wie ein Dreißigjähriger. Seine Augen waren hellblau und hart. Sein Gesicht war von Narben aus dem Krieg und anderen Kämpfen übersät, so daß es aussah wie eine Miniaturmondlandschaft. Die wenigen feinen Haare, die den Schädel bedeckten, schimmerten silbern wie Glasfibern in der Sonne.

Fungabera gefiel dieser Mann. Ihm gefiel die Aura von Macht, die ihn umgab. Ihm gefiel die angeborene Grausamkeit, die fast schon afrikanisch anmutete und ihm ganz besonders aufgefallen war. Ihm gefielen auch die Verschlagenheit und die Fähigkeit, Lügen, Wahrheiten und Halbwahrheiten so zu vermischen, daß sie nicht mehr voneinander zu unterscheiden waren. Die Gefahr, die dieser Mann ausstrahlte, erregte ihn. Wir sind aus demselben Holz geschnitzt, dachte Fungabera, als er den silbernen Becher hob und zurückprostete. Er schüttete das scharfe Getränk mit einem Schluck in sich hinein. Dann atmete er vorsichtig, um auch nicht das geringste Anzeichen von Schmerz zu zeigen, und gab den Becher zurück.

»Sie trinken wie ein Mann«, gab Nikolai Bucharin zu. »Wir wollen sehen, ob Sie auch wie ein Mann schießen.«

Fungabera hatte richtig geraten. Es handelte sich um einen Test: der Wodka und der Büffelbulle. Er zuckte die Schultern, um seine Unbekümmertheit zu zeigen, und der Russe winkte dem Jäger, der respektvoll außer Hörweite geblieben war.

Der Jäger war ein in Simbabwe geborener Weißer, Ende dreißig, der einen breitkrempigen Hut, eine Khakiweste mit großkalibrigen Patronen in den Munitionstaschen trug. Er hatte einen dichten, lockigen, dunklen Vollbart und sah ausgesprochen unglücklich drein, wie es sich für einen Mann schickte, der einem angeschossenen Büffelbullen in das dichte Buschwerk am Flußufer folgen sollte.

»General Fungabera nimmt die 458er«, sagte Oberst Bucharin, und der Jäger nickte kläglich. Wie hatte es dieser alte Schweinehund fertiggebracht, aus sitzender Stellung einen so schlechten Schuß abzufeuern? Bisher hatte er wie ein Weltmeister geschossen. Himmel, aber dieser Busch sah wirklich häßlich aus. Der Jäger unterdrückte ein Schaudern und schnalzte mit den Fingern, um den zweiten Träger mit dem anderen, schweren Gewehr herbeizurufen.

»Sie werden mit den Trägern hier warten«, sagte der Russe ruhig.

»Sir!« protestierte der Jäger schnell. »Ich darf Sie nicht allein gehen lassen. Ich würde meine Lizenz verlieren. Das ist nicht –«

»Schluß damit«, sagte Oberst Bucharin.

»Aber, Sir, verstehen Sie nicht –«

»Ich sagte Schluß!« Der Russe hatte nicht einmal seine Stimme erhoben, aber diese wasserhellen Augen brachten den jüngeren Mann zum Schweigen. Er merkte plötzlich, daß er diesen Fremden mehr fürchtete als den Verlust seiner Lizenz oder den verwundeten Bullen im Busch. Er gab sich geschlagen und trat dankbar den Rückzug an.

Der Russe nahm dem Träger die 458er ab, zog den Bolzen zurück, um nachzuprüfen, ob das Gewehr mit leicht gespitzten Patronen geladen war, und überreichte es Fungabera. Dieser nahm es entgegen, lächelte fast unmerklich, wog es in der Hand und gab es dem Träger zurück. Oberst Bucharin zog eine silberne Augenbraue hoch und lächelte ebenfalls. Das Lächeln wirkte spöttisch und eine Spur verächtlich.

Fungabera gab dem Träger einen scharfen Befehl in Shona. »Eh-he, Mambo!«

Der Mann lief fort und nahm einem weiteren schwarzen Träger eine andere Waffe aus der Hand. Diese reichte er Fungabera, während er ehrfürchtig die Hacken zusammenschlug.

Fungabera wog die Waffe in den Händen. Es war ein kurzstieliger Wurfspieß, ein sogenannter Assagai. Der Griff bestand aus Hartholz, das mit Kupferdraht umwickelt war. Die Klinge war fast sechzig Zentimeter lang und vier Zentimeter breit. Vorsichtig rasierte Fungabera mit der silbernen Schneide der Klinge die Haare am Rücken seines Daumens weg, dann zog er entschlossen seine Jacke aus und streifte Stiefel und Hose ab. Nur mit einer olivgrünen kurzen Hose bekleidet und den Assagai in der Hand, sagte er: »Das ist die afrikanische Art zu jagen, Oberst.«

Der Russe lächelte nicht mehr.

»Aber von einem Mann Ihres Alters erwarte ich nicht, daß Sie es mir nachmachen. Nehmen Sie ruhig wieder das Gewehr.«

Der Russe nickte und gab sich geschlagen. Er hatte diese Runde verloren, aber man würde erst sehen, ob dieser schwarze Muschik zu Recht prahlte. Bucharin betrachtete die Spur. Die Hufeindrücke waren so groß wie Suppenteller, und die dünnen, wäßrigen Blutklumpen waren mit grünlichgelbem Kot aus den geplatzten Gedärmen des Bullen vermischt. »Ich folge der Spur«, sagte er. »Und Sie achten auf das Dickicht.«

Schon nach zwanzig Schritten befanden sie sich im dichten Busch. Die Stille war bedrückend; selbst wenn bloß Dornzweige über die Lederhose des Russen strichen, klang das so laut wie ein

Lastwagenmotor. Der Russe schwitzte. Fungabera hörte, wie er schwer und rauh atmete, aber er spürte instinktiv, daß nicht die Furcht in ihm arbeitete, sondern die anschwellende Erregung des Jägers.

Fungabera teilte diese Erregung nicht. Dort, wo Furcht in ihm sein sollte, war nur Kälte. Während des Krieges hatte er sich darin bestens geübt. Diese Sache mit dem Assagai war notwendig. Er tat es nur, um auf den Russen Eindruck zu machen.

Seine Blicke streiften den Busch direkt vor der Spur nur flüchtig; er konzentrierte sich hauptsächlich auf die Flanken. Die Bestie, die sie jagten, war das hinterlistigste aller gefährlichen Wildtiere Afrikas – außer den Leoparden. Aber es besaß die hundertfache Stärke eines Leoparden. Der Löwe knurrt, bevor er angreift, der Elefant zieht sich, wenn er schwerkalibrige Kugeln in der Brust hat, zum Sterben zurück, aber der Kaffernbüffel greift lautlos an, und nur eines kann seinen Angriff stoppen – der Tod.

Der Russe blieb stehen und untersuchte sorgfältig eine leichte Veränderung der Spur, die Abdrücke der breiten Hufe und den kleinen Haufen blutigen Kots. Hier hatte der Bulle nach dem ersten wilden Lauf haltgemacht. Bucharin verständigte sich durch einen Blick mit Fungabera. Gemeinsam drangen sie weiter vor.

Der Bulle hielt sich an ein uraltes Verhaltensmuster: Alles, was er tat, hatten schon unzählige Male vorher seine Vorfahren getan. Dieser erste wilde Galopp, als ihn die Kugel erwischte, das Verharren, um zu lauschen und zurückzuschauen, das Anspannen der Muskeln und der etwas ruhigere Trott, schließlich das Hin- und Herschwingen des großen Schädels, als er begann, nach einem Hinterhalt zu suchen, all das war Teil eines uralten Verhaltensmusters.

Der Bulle überquerte eine schmale Lichtung, drang mit dem Kopf auf der gegenüberliegenden Seite in die Wand schimmernder, grüner Blätter vor, beschmierte sie auf diese Weise mit Blut und lief noch fünfzig Meter weiter. Dann wandte er sich scharf nach rechts und rannte in einem großen Bogen zurück. Nun bewegte er sich sehr leise und schlich fast lautlos durch das Unterholz, bis er wieder zu der Lichtung kam.

Hier blieb er, versteckt am Rand der Lichtung, völlig abgeschirmt durch das dichte Laub, ein paar Schritte von seiner Blutspur entfernt stehen und verhielt sich absolut bewegungslos. Er ließ die quälenden Fliegen auf seiner Wunde herumkriechen, ohne mit dem Schwanz auszuschlagen oder auch nur mit der Haut zu zucken. Die großen, muschelförmigen Ohren hatten sich aufgestellt. Nicht einmal seine Augenlider zuckten, als er auf die Blutspur stierte und darauf wartete, daß die Jäger auftauchten.

Der Russe trat auf die Lichtung, und sein Blick fiel sofort auf die Stelle, wo ein riesiger Körper in das Dickicht eingedrungen war und die Äste blutbeschmiert waren. Er ging lautlos weiter. Fungabera folgte ihm, den Blick seitwärts gerichtet, mit der Behendigkeit eines Tänzers.

Und dann sah er das Auge des Bullen. Es fing das Licht ein wie eine neue Münze, und Fungabera erstarrte. Er schnalzte mit den Fingern der linken Hand, und augenblicklich blieb auch der Russe stehen. Fungabera starrte das Auge des Büffels an und war sich nicht ganz sicher, was er sah, aber er wußte, es befand sich am richtigen Platz – dreißig Meter weiter links. Wenn der Bulle einen Bogen gemacht hatte, mußte er genau dort wieder herauskommen.

Fungabera zwinkerte, und plötzlich wurde das Bild klarer. Da er sich nun nicht mehr nur auf das Auge konzentrierte, konnte er die Krümmung eines Hornes sehen, das so bewegungslos und still war, daß man es auch für einen Ast halten konnte.

Und dann griff der Bulle an. Das Dickicht öffnete sich, Äste krachten und brachen, das Laub raschelte und flatterte wie in einem Wirbelsturm, und der Bulle brach auf die Lichtung heraus. Er war sehr schnell. Unglaublich, daß sich ein Tier von dieser enormen Größe so schnell bewegen konnte. Er war so breit und hoch wie ein Granitfelsen, sein Rücken und seine Schultern waren mit getrocknetem Schlamm aus dem Wasserloch bedeckt, und Schultern und Nacken wiesen klebrige, glänzende, kahle Stellen auf, durch die lange Narben von Dornen und Löwenkrallen liefen.

Aus dem offenen Maul troffen silbrige Speichelfäden, und Tränen hatten feuchte Spuren auf den behaarten Wangen hinterlassen. Diesen Hals konnte ein Mann kaum mit beiden Armen umfassen, und auch mit ausgestreckten Armen würde er nicht von einer Hornspitze bis zur anderen reichen.

In tödlicher Wut, aber majestätischer Haltung griff er an, und Fungabera rannte los, um ihm den Gnadenstoß zu versetzen. Er lief direkt an dem Russen vorbei, gerade als Oberst Bucharin das kurze, großkalibrige Gewehr hob, und zwang ihn so, den Lauf hochzureißen und den Schuß in die Luft zu feuern. Fungabera bewegte sich wie ein dunkler Waldgeist, lief in spitzem Winkel auf den angreifenden Bullen zu und brachte ihn so aus dem Gleichgewicht. Ohne richtig zu zielen und ohne den richtigen Augenblick abzuwarten, stieß der Bulle zu, und Fungabera wich dem Angriff nur mit dem Oberkörper aus, so daß die Spitzen der Hörner eine Handbreit von seinen Rippen entfernt vorbeizischten. Als der Bulle den Kopf zum abschließenden Stoß zurückwarf, beugte er sich vor.

In diesem Augenblick stand der Bulle frei, ungeschützt vom Kinn bis zu den weichen Hautfalten zwischen den Vorderbeinen, und Fungabera legte das volle Gewicht seines Körpers und den ganzen Schwung seines Anlaufs in die silberne Klinge.

Der Bulle rannte direkt hinein. Die Klinge des Speers drang bis zum Griff in die Brust des Tieres. Fungabera ließ den Assagai los und wirbelte herum, um aus dem Gefahrenbereich zu kommen, während sich der Bulle steifbeinig gegen den langen Stahl in seinem Brustkorb auflehnte. Er versuchte, Fungabera zu folgen, blieb dann aber ruckartig stehen, stemmte die dicken, stämmigen Vorderbeine in den Boden und stierte den nackten Mann mit brechenden Augen an.

Fungabera stellte sich vor ihn hin und hob beide Arme. »He, du Bodenschüttler!« rief er in Shona. »He, du Himmelsdonner!«

Der Bulle machte zwei unsichere Schritte vorwärts, dann brach etwas in ihm. Blut strömte aus seinen Nüstern. Er öffnete das Maul und brüllte, und das Blut schoß in weitem Bogen aus seiner Kehle und lief ihm über die Brust. Das mächtige Tier schwankte und versuchte das Gleichgewicht zu halten.

»Stirb, du Ausgeburt der schwarzen Götter!« höhnte Fungabera. »Fühl die Klinge eines zukünftigen Königs und stirb!«

Der Bulle brach zusammen. Der Boden unter ihren Füßen bebte, als er fiel.

Die Diener hatten außer Sicht- und Hörweite des Hauptcamps am Rande einer kleinen, mit saftigem Gras bewachsenen Lichtung unter den weit ausladenden Ästen eines Mhobahobabaumes einen Tisch aufgestellt. Auf dem Tisch standen eine Flasche Chivas Regal und eine Flasche Wodka, ein Eiskübel und zwei Kristallgläser.

Oberst Nikolai Bucharin saß Fungabera gegenüber. Er beugte sich vor, füllte die Gläser und reichte Fungabera eines davon.

Diesmal ging es nicht mehr darum, den Alkohol so schnell wie möglich hinunterzustürzen. Sie tranken gemächlich und schauten zu, wie sich der afrikanische Himmel allmählich orange und goldrot färbte. Ihr Schweigen entsprang der jovialen Eintracht zweier Männer, die ihr Leben gemeinsam riskiert hatten und den anderen für würdig befanden, als Gefährte mit ihm zusammen zu sterben – oder ihn als Gegner auf Leben und Tod zu bekämpfen.

Schließlich stellte Oberst Bucharin das Glas klirrend auf den Tisch zurück. »So, mein Freund, nun sagen Sie mir, was Sie wollen«, erklärte er einleitend.

»Ich will dieses Land«, erwiderte Fungabera schlicht.

»Das ganze Land?« fragte der Oberst.

»Das ganze Land.«

»Nicht nur Simbabwe?«

»Nicht nur Simbabwe.«

»Und wir sollen Ihnen dabei behilflich sein?«

»Ja.«

»Ihre Gegenleistung?«

»Meine Freundschaft.«

»Ihre Freundschaft bis in den Tod?« bemerkte der Oberst sarkastisch. »Oder nur, bis Sie haben, was Sie wollen, und bis Sie einen neuen Freund finden?«

Fungabera lächelte. Sie sprachen dieselbe Sprache. Sie verstanden einander.

»Welche sichtbaren Zeichen Ihrer ewigen Freundschaft bieten Sie uns an?« beharrte der Russe.

»Ein armes, kleines Land wie meines.« Fungabera zuckte die Schultern. »Ein paar wichtige Bodenschätze – Nickel, Chrom, Titan, Beryllium – und ein paar Unzen Gold.«

Der Russe nickte ernst. »Die können wir gut gebrauchen.«

»Außerdem, wenn ich einmal der Monomatapa von Simbabwe bin, dann werden meine Augen unzufrieden werden, natürlich.«

»Natürlich.« Der Russe beobachtete Fungaberas Augen. Er mochte keine Schwarzen; er mochte weder ihre Hautfarbe noch ihren Geruch – aber dieser Schwarze!

»Meine Augen könnten sich nach Süden richten«, sagte Fungabera leise.

Ha! Oberst Bucharin verbarg seine Freude hinter einem mißmutigen Gesichtsausdruck. Dieser Schwarze ist etwas anderes!

»In die Richtung, auf die sich Ihre Augen schon seit langem konzentrieren«, fuhr Fungabera fort, und der Russe hätte am liebsten gejubelt.

»Was sehen Sie im Süden, Genosse General?«

»Ich sehe ein versklavtes Volk, das reif ist, befreit zu werden.«

»Und was noch?«

»Ich sehe das Gold von Witwatersrand, ich sehe die Diamanten von Kimberley, Uran, Platin, Silber, Kupfer – kurz, ich sehe eine der größten Schatzkammern der Erde.«

»Ja?« forschte der Russe weiter. Dieser Schwarze ist schlagfertig, hat Verstand und Mut.

»Ich sehe einen Stützpunkt, der die Westmächte spaltet, einen Stützpunkt, der den Südatlantik und den Indischen Ozean kontrolliert, der die Ölleitungen zwischen dem Arabischen Golf und Europa und zwischen dem Arabischen Golf und Amerika in der Hand hat.«

Der Russe hob die Hand. »In welche Richtung bewegen sich Ihre Gedanken?«

»Es ist meine Pflicht, dieses Land im Süden in seine rechtmäßige Stellung in der Nationengemeinschaft zu erheben, unter den Schutz und in die Sicherheit der größten aller freiheitsliebenden Nationen zu führen, nämlich der Sowjetunion.«

Der Russe nickte, ohne den Blick abzuwenden. Ja, dieser Schwarze hatte den Plan durchschaut. Der Süden war das große

Los, aber um es zu gewinnen, mußten sie ihn erst in den Würgegriff nehmen. Im Osten hatten sie Mozambique, im Westen Angola, und Namibia würde ihnen auch bald gehören. Sie brauchten nur noch den Norden, um das Land zu isolieren. Der Norden war Simbabwe, es war der Daumen des Würgers auf dem Kehlkopf, und dieser Mann konnte es ihnen liefern.

Oberst Bucharin richtete sich in seinem Leinensessel auf und wurde sachlich und nüchtern. »Sehen Sie eine Möglichkeit?«

»Wirtschaftliches Chaos, Stammeskämpfe, den Zusammenbruch der Zentralregierung.« Fungabera zählte die Punkte an den Fingern auf.

»Die gegenwärtige Regierung kommt Ihnen auf halbem Wege entgegen, indem sie den wirtschaftlichen Zusammenbruch selbst vorantreibt«, bemerkte der Russe. »Und Sie haben gute Arbeit geleistet, indem Sie den Stammeshaß schürten.«

»Danke, Genosse.«

»Allerdings müßten die Bauern schon ein wenig hungern, bevor sie fügsam werden.«

»Ich bringe das Parlament dazu, die Ländereien, die im Besitz von Weißen sind, zu verstaatlichen. Ohne die weißen Farmer wird es zu einer recht ordentlichen Hungersnot kommen, das kann ich versprechen.« Fungabera lächelte.

»Ich habe gehört, daß Sie damit schon begonnen haben. Ich beglückwünsche Sie zum Ankauf Ihrer eigenen Ländereien. King's Lynn, nicht wahr? Das ist doch der Name?«

»Sie sind gut informiert, Oberst.«

»Ich bemühe mich jedenfalls. Aber wenn der Augenblick gekommen ist, die Zügel des Staates in die Hand zu nehmen, zu welchem Mann wird das Volk dann aufschauen?«

»Zu einem starken Mann«, antwortete Fungabera ohne Zögern. »Zu einem, dessen Rücksichtslosigkeit bekannt ist.«

»Wie die Ihre während der Stammeskämpfe und erst kürzlich in Matabeleland.«

»Ein Mann mit Charisma und Persönlichkeit, ein Mann, der dem Volk gut bekannt ist.«

»Die Frauen singen in den Straßen von Harare Loblieder auf Sie, kein einziger Tag vergeht, ohne daß Ihr Bild im Fernsehen erscheint oder Ihr Name in den Schlagzeilen der Zeitungen steht.«

»Ein Mann mit einer Militärmacht hinter sich.«

»Die Dritte Brigade«, nickte der Russe, »und der Segen des Volkes der UdSSR. Allerdings«, er machte eine bedeutungsvolle Pause, »müssen Sie mir noch zwei Fragen beantworten, Genosse General.«

»Ja?«

»Die erste Frage ist banal und widerlich und sollte zwischen Männern wie Ihnen und mir überhaupt nicht zur Diskussion stehen – Geld. Meine Auftraggeber werden unruhig. Unsere Ausgaben übersteigen bereits beträchtlich den Erlös aus dem Elfenbein und den Tierprodukten, die Sie uns geschickt haben.« Er hob die Hand, um einem Gegenargument zuvorzukommen. »Ich weiß, daß wir all das nur aus Liebe zur Freiheit tun sollten und daß Geld kapitalistischer Schmutz ist, aber nichts auf dieser Welt ist vollkommen. Kurz, Genosse General, Sie haben die Grenzen, die Moskau Ihrem Kredit gesetzt hat, bald erreicht.«

»Ich verstehe«, nickte Fungabera. »Wie lautet Ihre zweite Frage?«

»Der Matabelestamm. Die Matabele sind ein kriegerisches und schwieriges Volk. Ich weiß, daß Sie gezwungen waren, den Haß zu schüren, um eine Grundlage für Uneinigkeit und Kampf zu schaffen und um die gegenwärtige Regierung durch Ihre Kampagne in Matabeleland bei den Westmächten in Mißkredit zu bringen. Aber was geschieht nachher? Wie bringen Sie sie wieder unter Kontrolle, wenn Sie einmal die Macht ergriffen haben?«

»Ich beantworte beide Fragen mit einem einzigen Namen«, erwiderte Fungabera.

»Und wie lautet dieser Name?«

»Tungata Zebiwe.«

»Oh, Tungata Zebiwe. Der Matabeleführer. Sie haben ihn verschwinden lassen. Ich nahm an, er sei schon längst liquidiert worden.«

»Ich halte ihn unter strengsten Sicherheitsvorkehrungen und unter absoluter Geheimhaltung in einem meiner Umschulungszentren hier in der Nähe gefangen.«

»Erklären Sie mir das näher.«

»Erstens, das Geld.«

»So viel wir wissen, ist Tungata Zebiwe kein reicher Mann«, murmelte der Russe.

»Er hat den Schlüssel zu einem Vermögen, das an die hundert Millionen US-Dollar wert ist.«

Der Russe zog ungläubig eine Augenbraue hoch, eine Geste, die Fungabera nun schon wohlbekannt war und die ihn zu ärgern begann.

»Diamanten«, sagte er.

»Die Sowjetunion ist einer der größten Diamantenproduzenten der Welt.« Verächtlich winkte der Russe ab.

»Keine Industriediamanten, keine schwarzen Rohdiamanten, sondern Juwelen von allerbester Qualität, große Steine, riesige Steine, einige der schönsten, die jemals irgendwo gefunden wurden.«

Der Russe sah ihn nachdenklich an. »Wenn das stimmt –«

»Es stimmt! Aber mehr kann ich darüber nicht sagen. Noch nicht.«

»Auch gut. Jedenfalls kann ich den geldgierigen Blutegeln in unserem Finanzministerium Versprechungen machen. Und nun zu der zweiten Frage. Die Matabele. Sie beabsichtigen doch nicht etwa, den Stamm auszurotten?«

Fungabera schüttelte bedauernd den Kopf. »Nein. Obgleich das bestimmt der bessere Weg wäre, aber Amerika und Großbritannien würden das nicht zulassen. Nein, meine Antwort ist wieder Tungata Zebiwe. Wenn ich die Macht übernehme, wird er wieder auftauchen – wie durch ein Wunder. Er wird vom Tod wiederauferstehen. Und der Matabelestamm wird vor Freude und Erleichterung außer Rand und Band sein. Seine Leute werden ihm zujubeln und ihm ihre Stimmen geben, und ich werde ihn zum Vizepräsidenten machen.«

»Er haßt Sie. Sie haben ihn ruiniert. Wenn Sie ihn jemals freilassen, wird er versuchen, sich dafür zu rächen.«

»Nein.« Fungabera schüttelte den Kopf. »Ich werde ihn vorher zu Ihnen schicken. Sie haben doch Spezialkliniken für schwierige Fälle, nicht wahr? Anstalten, wo Geisteskranke mit

Drogen – und anderen Techniken – behandelt werden, um wieder vernünftige und verständige Menschen aus ihnen zu machen.«

Diesmal begann der Russe tatsächlich zu lachen, und er schenkte sich noch einen Wodka ein. Als er dann wieder aufsah, zeigte sich in diesen blassen Augen zum erstenmal so etwas wie Hochachtung. »Ich trinke auf Sie, Monomatapa von Simbabwe. Mögen Sie tausend Jahre regieren.« Dann stellte er sein Glas nieder und ließ seinen Blick über die Lichtung bis zu der entfernten Wasserstelle schweifen. »Die Behandlung, von der Sie sprachen, ist drastisch.« Er beobachtete eine Zebraherde, die von der Wasserstelle in den Busch flüchtete. »Manche Patienten überleben die Behandlung nicht. Und jene, die sie überleben, sind«, er suchte nach dem richtigen Wort, »verändert.«

»Ihr Geist ist zerstört«, sagte Fungabera an seiner Stelle.

»Einfach ausgedrückt – ja«, nickte der Oberst.

»Ich brauche seinen Körper, nicht seinen Verstand. Ich brauche eine Marionette, kein menschliches Wesen.«

»Das können wir arrangieren. Wann werden Sie ihn uns schikken?«

»Erst die Diamanten«, erwiderte Fungabera.

»Natürlich, erst die Diamanten. Wie lange wird das dauern?«

Fungabera zuckte die Achseln. »Nicht sehr lange.«

»Sobald Sie bereit sind, werde ich Ihnen einen Arzt mit den passenden Medikamenten senden. Wir können diesen Tungata Zebiwe auf dem gleichen Weg außer Landes bringen wie das Elfenbein: mit Air Simbabwe nach Dar-es-salaam und von dort auf einem unserer Frachter nach Odessa.«

»Einverstanden.«

»Sie sagen, er hält sich ganz in der Nähe auf? Ich würde ihn gerne sehen.«

»Wäre das klug?«

»Bringen Sie mich zu ihm, bitte!« Aus Oberst Bucharins Mund klang das eher wie ein Befehl, nicht wie eine Bitte.

Tungata Zebiwe stand im grellen Licht der Mittagssonne. Er stand mit dem Gesicht vor einer blendendweißen Mauer, die die

Sonnenstrahlen auffing und zurückwarf wie ein riesiger Spiegel. Er stand nun schon seit Sonnenaufgang hier, als auf dem spärlichen, braunen Gras am Rande des Paradeplatzes noch der Tau lag.

Tungata war völlig nackt, ebenso wie die beiden Männer neben ihm. Sie waren alle drei so mager, daß sich deutlich jede Rippe abzeichnete und ihre Wirbelsäulen wie die Perlen eines Rosenkranzes vorstanden. Tungata hielt seine Augen bis auf einen schmalen Schlitz geschlossen, um dem grellen Licht der sonnenbeschienenen Mauer zu entgehen, aber gleichzeitig konzentrierte er sich auf eine Stelle an der Wand, um Schwindelanfälle zu verhindern; die beiden Männer an seiner Seite waren schon mehr als einmal umgekippt. Nur die harten Peitschenhiebe der Wächter hatten sie wieder auf die Beine gebracht. Sie schwankten und torkelten noch immer.

»Mut, meine Brüder«, flüsterte Tungata in Sindebele. »Laßt die Shonahunde nicht sehen, daß ihr besiegt seid.«

Er war entschlossen, nicht zusammenzubrechen, und starrte unentwegt auf die kleine Vertiefung in der Mauer. Es war ein Einschußloch, das mit Kalk übermalt worden war. Die Mauer wurde nach jeder Hinrichtung frisch geweißt – darin war man peinlich genau.

»Amazi«, stöhnte der Mann zu seiner Rechten. »Wasser.«

»Denk nicht daran«, befahl ihm Tungata. »Und sprich nicht davon, sonst wirst du wahnsinnig.«

»Ich bin blind«, flüsterte der zweite Mann. »Ich kann nicht mehr sehen.« Das grelle Licht hatte seine Augäpfel ausgebrannt.

»Außer den widerlichen Gesichtern der Shonaaffen gibt es nichts zu sehen«, erklärte ihm Tungata. »Sei dankbar für deine Blindheit, mein Freund.«

Plötzlich wurden hinter ihnen laute Befehle in Shona erteilt, und dann hörten sie vom Paradeplatz her lautes Getrampel.

»Sie kommen«, flüsterte der blinde Matabele, und Tungata fühlte, wie sich Verzweiflung in ihm ausbreitete.

Ja, sie kamen endlich. Und diesmal war er an der Reihe.

An jedem Tag der langen Wochen seiner Gefangenschaft hatte er gehört, wie das Exekutionskommando unter Getrampel mittags den Paradeplatz überquerte. Und diesmal war er an der Reihe. Er fürchtete den Tod nicht, aber es machte ihn traurig. Er war traurig, daß er nicht imstande gewesen war, seinem Volk in der Not beizustehen, er war traurig, daß er seine Frau niemals wiedersehen und daß sie ihm niemals den Sohn gebären würde, nach dem er sich sehnte. Er war traurig, daß sein vielversprechendes Leben endete, bevor es bis zur vollen Reife gelangt war, und plötzlich erinnerte er sich an einen Tag vor langer Zeit, als er neben seinem Großvater gestanden und über die Maisfelder geblickt hatte, die von einem kurzen, schrecklichen Hagelunwetter verheert worden waren.

»All die Arbeit für nichts, was für eine Verschwendung!« hatte sein Großvater gemurmelt, und Tungata wiederholte diese Worte leise, als ihn grobe Hände packten und zu einem Holzpflock stießen, der vor der Mauer in den Boden gerammt worden war.

Sie fesselten ihn mit den Handgelenken an den Pflock, und er öffnete die Augen. Diese Wohltat nach der blendendweißen Mauer wurde ihm durch den Anblick einer Reihe bewaffneter Männer vergällt.

Sie führten auch die beiden anderen nackten Matabele von der Wand fort. Der Blinde fiel, geschwächt von der Sonne und in Todesangst, auf die Knie, und sein Darm entleerte sich. Die Wächter lachten und schrien angewidert.

»Steh auf!« befahl ihm Tungata heiser. »Stirb aufrecht, wie ein echter Sohn von Mashobane!«

Der Mann kam mühsam auf die Beine.

»Geh zu dem Pflock«, befahl Tungata. »Er steht ein paar Schritte links von dir.« Der Mann taumelte weiter, griff blind ins Leere und fand den Pflock. Sie fesselten auch ihn.

Das Exekutionskommando bestand aus acht Mann, und der Kommandant war ein Captain der Dritten Brigade. Er ging gemächlich von einem zum anderen, nahm jedes Gewehr zur Hand und kontrollierte die Ladung. Er machte Witze in Shona, die Tungata nicht verstehen konnte, und seine Männer lachten. Ihr Gelächter klang hemmungslos, so als wären die Männer alkoholisiert oder mit Drogen vollgepumpt. Sie hatten diese Arbeit schon oft getan und genossen sie. Tungata hatte während des Krieges viele Männer dieser Art kennengelernt; Gewalt und Blut waren ihnen zur Sucht geworden.

Der Captain stellte sich an das Ende der Linie und nahm aus der Brusttasche einen Zettel, der schon ziemlich schmierig und abgegriffen war. Davon las er, über die Worte stolpernd, mit falscher Betonung und kaum verständlich einen englischen Text ab. »Sie sind als Feinde des Staates und des Volkes verurteilt worden«, las er. »Sie sind für unverbesserlich erklärt worden. Das Todesurteil wurde vom Vizepräsidenten der Republik Simbabwe bestätigt.«

Tungata hob das Kinn und begann zu singen. Seine tiefe und volle Stimme schwang sich empor und übertönte das Gestammel des Shonasoldaten:

»Die Maulwürfe leben unter der Erde.
›Sind sie tot?‹ fragten die Töchter von Mashobane.«

Es war das alte Kampflied der Matabele, und nach der ersten Strophe forderte er die beiden Verurteilten an seiner Seite auf: »Singt mit! Die Shonaschakale sollen hören, wie ein Matabelelöwe brüllt.«

Und die beiden sangen mit ihm:

»Wie die schwarze Mamba aus ihrem Schlupfwinkel
unter einem Stein
brachten wir den Tod mit einem Giftzahn
aus silbernem Stahl –«

Der Captain wandte sich zu ihnen und gab einen Befehl, worauf die Soldaten wie ein Mann den rechten Fuß vorsetzten und die Gewehre hoben. Ein zweiter Befehl, und die Gewehre waren schußbereit. Die Augen der Soldaten visierten ihr Ziel an, und die drei nackten Matabele standen im Sonnenlicht und sangen.

Und dann stimmten wunderbarerweise andere, entferntere Stimmen in das Kampflied ein, der Gesang aus den Hütten der Gefangenen jenseits des Paradeplatzes. Hunderte gefangene Matabele sangen mit, fühlten im Augenblick des Todes mit ihnen und gaben ihnen Kraft und Trost. Der Shona hob die rechte Hand, und in den letzten Augenblicken seines Lebens fiel die Traurigkeit von Tungata ab, und erhabener Stolz erfüllte ihn. Das sind Männer, dachte er. Mit mir oder ohne mich, sie werden sich der Gewaltherrschaft auf jeden Fall widersetzen!

Der Captain ließ die Hand sinken und brüllte: »Feuer!«

Die Salve wurde abgefeuert. Durch den Rückstoß der Gewehre schwankte die Linie, und der Knall dröhnte in Tungatas Ohren, so daß er unwillkürlich zurückzuckte. Er hörte das schreckliche Geräusch, als die Kugeln in lebendiges Fleisch drangen, und sah aus den Augenwinkeln, wie die beiden Männer neben ihm wie unter den Schlägen unsichtbarer Vorschlaghämmer zusammenbrachen und nach vorne sanken und verstummten. Tungata aber sang weiter und stand noch immer aufrecht.

Die Schützen senkten ihre Waffen, stießen einander an und lachten wie über einen guten Scherz. Der Gesang der Gefangenen in den Hütten hatte sich in trostloses Klagegeschrei verwandelt, und nun erstarb auch Tungatas Stimme.

Er wandte den Kopf zur Seite und sah die beiden Männer an. Die Salve hatte nur ihnen gegolten, und ihre Körper waren mit Schußwunden übersät.

Der Captain trat vor ihn hin und sagte in Englisch: »Guter Witz, nicht? Stark, Mann, stark!« Und er grinste entzückt. Dann drehte er sich um und brüllte: »Bringt Wasser, schnell!«

Ein Soldat brachte einen Emaillebecher mit klarem Wasser, und der Captain nahm ihm den Becher ab. Tungata konnte das Wasser riechen. Es hieß, daß die Buschmänner Wasser aus einer Entfernung von vielen Kilometern riechen können, aber bis zu diesem Zeitpunkt hatte er es nicht wirklich geglaubt. Das Wasser duftete so süß wie eine frisch angeschnittene Honigmelone, und seine Kehle verkrampfte sich, als er automatisch zu schlucken begann. Er konnte den Blick nicht von dem Becher losreißen.

Der Shona hob den Becher mit beiden Händen an seine Lippen und machte einen Schluck, dann spülte er sich den Mund aus und gurgelte geräuschvoll. Er spuckte das Wasser aus, grinste Tungata an und hielt ihm den Becher direkt vor das Gesicht. Absichtlich langsam drehte er dann den Becher um, und das Wasser rann in den Staub zu Tungatas Füßen. Es bespritzte seine Beine bis zu den Knien. Der Captain drehte den Becher ganz um und verschüttete das Wasser bis zum letzten Tropfen. »Stark, Mann!« wiederholte er geistlos, dann drehte er sich um und gab seinen Männern einen Befehl. Sie marschierten über den Paradeplatz davon und ließen Tungata mit den Toten und den Fliegen allein.

Erst bei Sonnenuntergang holten sie ihn. Als sie ihm die Fesseln abnahmen, stöhnte er vor Schmerz unwillkürlich auf, als das Blut in seine geschwollenen Hände zurücklief, und er fiel auf die Knie. Seine Beine konnten ihn nicht mehr tragen. Sie mußten ihn halb zu seiner Hütte zurückschleppen.

Abgesehen von einem unbedeckten Toiletteneimer in der Ecke und zwei Schüsseln in der Mitte des Lehmbodens war der Raum leer. Die eine Schüssel enthielt einen halben Liter Wasser, die andere eine Handvoll steifen, weißen Maiskuchens. Der Kuchen war stark gesalzen. Am nächsten Morgen würde er mit dem Durst dafür bezahlen, daß er ihn gegessen hatte, aber er mußte bei Kräften bleiben.

Er trank die Hälfte des Wassers und stellte den Rest für den nächsten Morgen beiseite, dann streckte er sich auf dem Boden aus. Die Hitze, die das Wellblechdach tagsüber gespeichert hatte, war erdrückend, aber er wußte, daß er am Morgen vor Kälte zittern würde. Draußen in der Dunkelheit hinter dem Stacheldraht heulten die Hyänen: Sie bekamen ein Festmahl vorgesetzt.

Tungata schlief trotz allem und erwachte erst in der Morgendämmerung, als er das Trampeln vieler Füße und laut gebrüllte Befehle hörte. Schnell trank er den Rest des Wassers, um sich zu stärken, und kauerte sich auf den Eimer. Sein Körper hätte ihm tags zuvor fast einen Streich gespielt. Dem wollte er heute vorbeugen.

Die Tür wurde aufgestoßen.

»Raus, du Matabelehund! Raus aus deinem stinkenden Loch!«

Sie brachten ihn wieder zu der Mauer. Dort standen bereits drei andere nackte Matabele. Automatisch stellte Tungata fest, daß die Mauer frisch geweißt worden war. Er stand mit dem Gesicht einen halben Meter von der weißen Wand entfernt und richtete sich auf einen langen Tag ein.

Die anderen drei Gefangenen wurden zu Mittag erschossen. Am Nachmittag sah Tungata dunkle Flecke und grellweiße Blitze vor den Augen. Doch jedesmal, wenn seine Beine nachgaben und er nach vorne fiel, so daß sein ganzes Gewicht auf den gefesselten Handgelenken lastete, riß ihn der Schmerz aus der Ohnmacht.

Der Durst wurde unerträglich, das Schwindelgefühl immer stärker, und die Phasen der Bewußtlosigkeit wurden länger. Während einer dieser Phasen drang eine Stimme zu ihm.

»Mein lieber Freund«, sagte die Stimme. »Das alles ist mir schrecklich zuwider.«

Als Tungata Fungaberas Stimme hörte, wurde er sofort wach. Er bemühte sich, aufrecht zu stehen, hob den Kopf und zwang sich, ihn anzublicken. Er schaute in Fungaberas Gesicht, und der Haß machte ihn stark. Er klammerte sich an seinen Haß und an die lebensspendende Kraft dieses Hasses.

Fungabera trug einen Drillichanzug und sein Barett. Das Offiziersstöckchen hielt er in der rechten Hand. Neben ihm stand ein Weißer, den Tungata nie vorher gesehen hatte. Er war groß, schlank und alt. Sein Kopf war kahl, seine Haut mit Narben übersät und die Augen von einem sonderbaren, blassen Blau, das Tungata so abstoßend und kalt vorkam wie der Blick einer Kobra. Dieser Mann betrachtete Tungata mit klinischem Interesse, ohne Mitleid oder sonst eine menschliche Regung.

»Ich bedaure, daß Sie Genosse Minister Zebiwe nicht in bester Verfassung sehen«, erklärte Fungabera dem weißen Mann. »Er hat eine Menge Gewicht verloren, aber nicht hier.« Er hob mit der Spitze seines Offiziersstöckchens Tungatas Geschlechtsteile hoch. »Haben Sie je zuvor so etwas gesehen?« fragte er und benutzte das Stöckchen wie chinesische Eßstäbchen.

Da Tungata an den Pflock gebunden war, konnte er nichts dagegen tun. Dieses unverschämte Begutachten und Traktieren seiner intimsten Körperteile war der Gipfel der Demütigung.

»Genug für drei normale Männer«, schätzte Fungabera mit spöttischer Bewunderung, und Tungata starrte ihn wortlos an.

Der Russe machte eine ungeduldige Geste, und Fungabera nickte. »Sie haben recht. Wir verschwenden unsere Zeit.« Er schaute auf seine Armbanduhr und wandte sich dann an den Captain, der mit seiner Mannschaft in der Nähe wartete. »Bringen Sie den Gefangenen in die Festung.«

Tungata mußte getragen werden.

Fungaberas Unterkunft in dem Blockhaus auf dem mittleren Felsen war spartanisch möbliert, aber man hatte den schmutzigen Boden aufgewischt und mit Wasser bespritzt. Er und der Russe saßen an einer Seite des Zeichentisches, der als Schreibtisch diente. Ihnen gegenüber stand eine Holzbank.

Die Wächter halfen Tungata auf die Bank. Er stieß ihre Hände fort, setzte sich aufrecht auf die Bank und starrte die beiden Männer vor ihm schweigend an. Fungabera sagte zu dem Captain etwas in Shona, worauf sie eine schäbige, graue Decke brachten und Tungata um die Schultern legten. Wieder ein Befehl, und der Captain brachte ein Tablett, auf dem eine Flasche Wodka, eine Flasche Whisky und zwei Gläser, ein Eiskübel und ein Wasserkrug standen.

Nicht auf das Wasser zu schauen kostete Tungata ungeheure Selbstbeherrschung, aber er hielt den Blick auf Fungaberas Gesicht gerichtet.

»Nun, das ist schon sehr viel zivilisierter«, sagte Fungabera. »Der Genosse Minister Zebiwe spricht kein Shona, nur den primitiven Sindebeledialekt, wir werden uns also einer Sprache bedienen, die uns allen geläufig ist – Englisch.«

Er schenkte Wodka und Whisky ein, und Tungata zuckte zusammen, als das Eis in den Gläsern klirrte, aber er hielt seinen Blick starr auf Fungabera gerichtet.

»Dies ist eine kurze Besprechung«, erklärte Fungabera. »Unser Gast«, stellte er den alten, weißen Mann vor, »ist Student der afrikanischen Geschichte. Er hat alles gelesen, was jemals über dieses Land geschrieben wurde. Sie, mein lieber Tungata, sind ein Sprößling der alten Räuberhäuptlinge der Matabele, die die legitimen Eigentümer dieses Landes, das Mashonavolk, hundert Jahre lang terrorisiert und ausgebeutet haben. Einiges von dem, was ich jetzt erzählen werde, könnte Ihnen beiden daher schon bekannt sein. Sollte dies der Fall sein, bitte ich um Entschuldigung.« Er trank seinen Whisky, und die beiden anderen rührten sich nicht. »Wir müssen hundertfünfzig Jahre zurückgehen«, sagte er, »bis in die Zeit, als ein junger Krieger des Zulukönigs Tschaka, ein Liebling des Königs, es verabsäumte, Tschaka die Kriegsbeute abzuliefern. Der Name dieses Mannes war Mzilikazi, Sohn des Mashobane vom Stamm der Kumalo, einem Unterstamm der Zulu, und er wurde der erste Matabele. Nebenbei gesagt ist es interessant, was für ein Beispiel er dem Stamm gab, den er gründete. Erstens war er ein Meister im Plündern und Rauben und ein berüchtigter Mörder. Außerdem war er ein Dieb. Er bestahl seinen eigenen König. Er unterließ es, Tschaka seinen Anteil an der Beute abzuliefern. Und zu guter Letzt war Mzilikazi ein Feigling, denn als Tschaka ihn bestrafen wollte, floh er.« Er lächelte Tungata zu. »Mörder, Dieb und Feigling – das war Mzilikazi, der Vater der Matabele, und diese Beschreibung paßt bis zum heutigen Tag auf jeden Angehörigen dieses Stammes. Mörder! Dieb! Feigling!« Er wiederholte die Beleidigungen genüßlich, und Tungata starrte ihn mit glühenden Augen an.

»Dieses Muster an männlicher Tugend floh mit einem Regiment von abtrünnigen Zulukriegern nach Norden. Er fiel auf seinem Weg über die schwächeren Stämme her und stahl ihnen ihre Herden und ihre jungen Frauen. Das war das Umfecane, das große Töten. Es heißt, daß den Matabeleassagais eine Million wehrloser Seelen zum Opfer fielen. Mzilikazi hinterließ jedenfalls ein verwüstetes Land, ein Land voll bleichender Knochen und ausgebrannter Dörfer. Er bahnte sich seinen Weg der Zerstörung quer über den Kontinent, bis er auf Widersacher stieß, die noch blutrünstiger und habgieriger waren als er, nämlich die weißen Männer, die Buren. Sie schossen die großmäuligen Mörder Mzilikazis über den Haufen wie räudige Hunde. Und Mzilikazi, der Feigling, floh wieder. Und wieder Richtung Norden.«

Fungabera schüttelte die Eiswürfel in seinem Glas und ließ sie leise klirren, und Tungata blinzelte, wandte den Blick aber nicht von ihm ab.

»Frech überquerte Mzilikazi den Limpopo und fand ein herrliches Land mit süßem Gras und klarem Wasser. Dieses Land wurde von einem freundlichen Hirtenvolk bewohnt, den Nachkommen eines Stammes, der große Städte aus Stein gebaut hatte, ein anständiges Volk, das Mzilikazi verächtlich ›die Schmutzfresser‹ nannte und wie Vieh behandelte. Er behandelte sie wirklich wie Vieh, tötete sie zum Spaß und verheiratete sie miteinander, um Sklaven für seine trägen Krieger zu züchten. Die jungen Frauen der Mashona wurden, sobald sie heiratsfähig waren, zum Vergnügen bestiegen oder als Gebärmaschinen benutzt, um mehr Krieger für Mzilikazis mörderische Impis in die Welt zu setzen – aber das alles ist Ihnen bekannt.«

»Die wesentlichen Tatsachen, ja.« Der weiße Mann nickte. »Aber nicht Ihre Interpretation der Dinge. Was wieder einmal beweist, daß die von den Siegern geschriebene Geschichte bloße Propaganda ist.«

Fungabera lachte. »Aus dieser Perspektive habe ich es bisher noch nicht betrachtet. Doch es stimmt. Nun, wir, die Shona, sind letztlich die Sieger und haben daher auch das Recht, die Geschichte zu korrigieren.«

»Fahren Sie fort«, ersuchte ihn der Weiße. »Ich finde Ihren Bericht sehr lehrreich.«

»Also gut. Im Jahre 1868 nach der Zeitrechnung der Weißen starb dieser große, fette, verderbte, kranke Mörder Mzilikazi. Es ist bezeichnend, daß seine Nachfolger seine Leiche in der Hitze von Matabeleland sechsundfünfzig Tage lang aufbewahrten, bevor sie ihn begruben, und daher stank er im Tod genauso wie zu Lebzeiten. Noch ein reizender Charakterzug der Matabele.« Fungabera hatte erwartet, daß Tungata protestierte, und als dieser nichts dergleichen tat, fuhr er fort: »Sein Nachfolger war einer seiner Söhne, Lobengula, ›der so schnell ist wie der Wind‹, und der war genauso fett, verschlagen und blutdürstig wie sein berühmter Vater. Doch fast zur selben Zeit, als er der neue Matabelehäuptling wurde, sind zwei Samen ausgesät worden, die bald zu starken Ranken anwachsen sollten, Ranken, die den fetten Kumalobullen würgen und schließlich zu Fall bringen sollten.« Wie ein geübter Märchenerzähler machte er eine wirkungsvolle

Pause und hob dann einen Finger. »Erstens hatten die weißen Männer weit im Süden ihres ausgeplünderten Reiches auf einem einsamen Hügel im Grasland einen kleinen, glitzernden Kieselstein gefunden, und zweitens ging auf einer trostlosen Insel hoch im Norden ein kranker, junger, weißer Mann an Bord eines Schiffes, um sich auf die Suche nach reiner, trockener Luft für seine schwachen Lungen zu machen. – Den Hügel hatten die weißen Ameisen bald abgegraben, und es entstand eine Grube, die eineinhalb Kilometer lang und hundertzwanzig Meter tief war. Die weißen Männer benannten diese Grube nach dem englischen Außenminister, der diesen Diebstahl zuließ, Kimberley. Der kränkliche, weiße Mann hieß Cecil John Rhodes und bewies bald, daß er noch gewissenloser, verschlagener und hinterlistiger war als jeder Matabelekönig. Er rottete die anderen weißen Männer, die die glitzernden Steine entdeckt hatten, ganz einfach aus. Er tyrannisierte, bestach, betrog und schmeichelte so lange, bis alles ihm gehörte. Er wurde zum reichsten Mann der Welt. Doch um diese glitzernden Steine zu gewinnen, mußten Zehntausende Menschen schwere körperliche Arbeit leisten. Und wohin blickt der weiße Mann in Afrika, wenn irgendwo eine schwere Arbeit getan werden muß?« Er grinste und ließ die rein rhetorische Frage unbeantwortet. »Cecil Rhodes bot einem Schwarzen für drei Jahre Arbeit, Verpflegung, ein billiges Gewehr und ein paar Münzen. Und die ungebildeten, naiven, schwarzen Kerle nahmen diesen Lohn an und machten ihren Arbeitgeber zum Multimillionär. Unter den Schwarzen, die nach Kimberley kamen, waren auch die jungen Amadoda der Matabele. Sie wurden von Lobengula geschickt – habe ich erwähnt, daß Lobengula ein Dieb war? Er hatte seine jungen Männer beauftragt, die glitzernden Steine zu stehlen und ihm zu bringen. Zehntausende Matabele machten sich auf die lange Reise zu den Diamantenminen im Süden und brachten Diamanten zurück. Die Diamanten, die sie aussuchten, waren die größten und die hellsten. Und wie viele? Ein Matabele, den die weiße Polizei damals erwischte, hatte dreihundertachtundvierzig Diamanten im Wert von dreitausend Pfund in der damaligen Währung geschluckt – in der heutigen Währung sind das dreihunderttausend Pfund. Ein anderer hatte sich den Oberschenkel aufgeschlitzt und einen einzigen Diamanten mit zweihundert Karat ins eigene Fleisch genäht.« Er zuckte die Achseln. »Wer kann schon sagen, was dieser Diamant heute wert wäre? Vielleicht zwei Millionen Pfund.«

Der weiße Mann, der am Anfang seines Berichtes sehr zurückhaltend, ja sogar desinteressiert gewirkt hatte, beugte sich nun aufmerksam vor und hing gespannt an Fungaberas Lippen.

»So viel zu den wenigen, die die weiße Polizei erwischen konnte, aber es gab viele Tausende Matabelediamantenschmuggler, die niemals ertappt wurden. Vergessen wir nicht, daß die schwarzen Arbeiter in den frühen Tagen des Bergbaues praktisch nicht kontrolliert wurden und kamen und gingen, wie es ihnen beliebte. Manche blieben nur eine Woche, und andere arbeiteten die vertraglich vereinbarten vollen drei Jahre, bevor sie wieder abzogen, aber wenn sie gingen, gingen die glitzernden Steine mit ihnen, in ihren Haaren, in den Absätzen ihrer neuen Stiefel, im Mund, im Magen, im After oder in der Vagina ihrer Frauen – viele Tausende Karat verschwanden auf diese Weise. – Natürlich hielt das nicht lange an. Rhodes führte das Lagersystem ein. Die Arbeiter wurden während der drei Jahre, die der Vertrag lief, in stacheldrahtumzäunte Lager gesperrt. Nach Ablauf der drei Jahre wurden sie nackt ausgezogen und zehn Tage lang in speziellen Quarantänehütten untergebracht, wo man ihnen die Köpfe schor und die Schamhaare abrasierte, weiße Ärzte ihre Körper genau untersuchten, ihre After gründlich überprüften, jede frische Narbe genauestens erforschten und wenn nötig mit dem Skalpell noch einmal öffneten. Man gab ihnen starke Dosen Rhizinusöl, und unter den Latrinen waren feinmaschige Siebe angebracht, so daß man ihren Kot genau untersuchen konnte. Doch die Matabele waren geschickte Diebe und fanden immer wieder Mittel und Wege, die Steine aus dem Lager zu bringen. Der Diamantenfluß war zu einem Diamantenbächlein geworden, aber das Bächlein floß noch immer in nördlicher Richtung, zu Lobengula. – Sie fragen wieder, wieviel? Wir können nur schätzen. Es gab einmal einen Matabele namens Bazo, ›die Axt‹, der Kimberley mit einem Diamantengürtel um die Hüften verließ. Sie haben sicher schon von Bazo, dem Sohn Gandangs, gehört, lieber Tungata. Er war Ihr Urgroßvater. Er wurde ein berüchtigter Matabele-Induna und tötete auf seinen Raubzügen Hunderte wehrloser Mashona. Die Legende sagt, daß der Diamantengürtel, den er Lobengula zu Füßen legte, so viel wog wie zehn Straußeneier. Aus einer anderen Quelle wissen wir, daß Lobengula fünf Töpfe voll Diamanten reinsten Wassers besaß. Das sind also fünf Gallonen Diamanten, genug, um das Monopol von De Beers zentraler Diamantenhandelsgesellschaft ins Wanken zu bringen. Das müßte als Antwort auf Ihre Frage genügen. Lobengula besaß wahrscheinlich mehr Diamanten, als man jemals außerhalb der Gebäude der De-Beers-Handelsgesellschaft in London an einem Platz zusammen gesehen hat. – Indessen saß Rhodes, der reichste Mann der Welt, in Kimberley, wo er von einer Zwangsvorstellung befallen wurde; er schaute nach Norden und träumte. Seine fixe Idee setzte ihm allmählich so zu, daß er begann, von ›meinem Norden‹ zu sprechen. Und schließlich eroberte er den Norden – genauso wie die Diamantenminen von Kimberley – Schritt für Schritt. Er schickte seine Agenten, um mit Lobengula einen Vertrag auszuhandeln, der es ihm erlaubte, die Erze dieses Gebietes, das auch die Ländereien der Mashona umfaßte, abzubauen und zu verwerten. Von der weißen Königin in England erhielt Rhodes die Genehmigung, eine Gesellschaft zu gründen, und dann schickte er eine Privatarmee von harten und rücksichtslosen Männern, die diese Bergwerkskonzessionen in Anspruch nehmen sollten. Das hatte Lobengula allerdings nicht erwartet. Ein paar Männer, die kleine Löcher gruben, ja, aber nicht eine Armee brutaler Abenteurer. Anfangs protestierte Lobengula, allerdings ohne Erfolg. Die weißen Männer bedrängten ihn immer mehr, bis er einen verhängnisvollen Fehler beging. Lobengula fühlte, daß seine Existenz bedroht war, und versammelte in kriegerischem Prunk seine Impis um sich. Das war die Provokation, auf die Rhodes und seine Gefolgsleute hingearbeitet hatten. Sie fielen wild und unbarmherzig über Lobengula her. Mit ihren Maschinengewehren mähten sie seine berühmten Impis nieder und erschütterten den ganzen Matabelestamm. Dann ritten sie zu Lobengulas Kral bei Gubulawayo. Doch der listige Dieb und Feigling Lobengula war bereits nach Norden geflohen und hatte alles mitgenommen: seine Frauen, seine Herden, den Rest seiner Impis – und die Diamanten. Ein kleiner Trupp weißer Männer verfolgte sie so lange, bis er in einen Hinterhalt der Matabele geriet und niedergemetzelt wurde. Gewiß wäre Lobengula weiter von weißen Männern verfolgt worden, aber da kam die Regenzeit und verwandelte das Buschland in Morast und die Flüsse in reißende Ströme. Und Lobengula konnte mit seinem Schatz entwischen. Ziellos wanderte er nach Norden, bis ihn der Lebenswille verließ. An einem wilden, abgeschiedenen Ort rief er Gandang, seinen Halbbruder, zu sich. Er übertrug ihm die Sorge für den Stamm, befahl, auch im Tod noch ein Feigling, seinem Medizinmann, einen giftigen Trank zuzubereiten, und nahm diesen zu sich. Gandang setzte seinen Leichnam aufrecht in eine Höhle. Rund um Lobengulas Leiche legte er dessen Besitztümer: seine Assagais, seine Federn und Pelze, seine Schlafmatte und seinen Häuptlingsstuhl, seine Gewehre, Messer, Trinkgefäße – und seine Diamanten. Lobengulas Leiche wurde in das frische Fell des gefleckten Panthers gehüllt und die fünf Gallonen Diamanten in Töpfen zu seinen Füßen gestellt. Dann wurde der Höhleneingang sorgfältig verschlossen und getarnt, und Gandang führte den Matabelestamm zurück, um ihn zu Sklaven von Rhodes und dessen Königlicher Gesellschaft zu machen. – Nun fragen Sie sich gewiß, wann das alles geschah? Es geschah während der Regenzeit des Jahres 1894. Das ist noch nicht sehr lange her – kaum neunzig Jahre. Sie fragen nach dem Ort des Geschehens? Die Antwort ist: ganz in der Nähe. Wahrscheinlich nicht viel mehr als dreißig Kilometer von hier. Lobengula wanderte von Gubulawayo direkt nach Norden und hatte den Sambesifluß fast erreicht, als er die Hoffnung verlor und Selbstmord beging. Sie fragen nun, ob noch Männer am Leben sind, die genau wissen, wo die Schatzhöhle liegt? Die Antwort ist: ja!«

Fungabera hielt inne, dann rief er aus: »Mein lieber Tungata, Sie müssen mir verzeihen, ich habe doch tatsächlich versäumt, Ihnen eine Erfrischung anzubieten.« Er rief nach einem Glas, und nachdem es gebracht worden war, füllte er es mit Wasser und Eis und brachte es eigenhändig Tungata.

Tungata nahm das Glas in beide Hände und trank vorsichtig in kleinen Schlucken.

»Nun, wo war ich stehen geblieben?« Fungabera setzte sich wieder auf seinen Stuhl hinter dem Schreibtisch.

»Sie sprachen gerade von der Höhle«, meinte der weiße Mann mit den wasserhellen Augen ungeduldig.

»Ach ja, natürlich. Nun, es scheint, daß Lobengula, bevor er starb, seinen Halbbruder Gandang mit dem Wächteramt betraute. Angeblich soll er gesagt haben: ›Der Tag wird kommen, an dem mein Volk diese Diamanten brauchen wird. Du und dein Sohn und dessen Söhne werden den Schatz bis zu diesem Tag hüten.‹ Das Geheimnis wurde daher in der Familie Kumalo, der sogenannten königlichen Familie der Matabele, von einer Generation an die nächste weitergegeben. Wenn ein auserwählter Sohn das Mannesalter erreichte, wurde er von seinem Vater oder seinem Großvater auf die Pilgerfahrt mitgenommen.«

Die Qualen der letzten Tage hatten Tungata derart zugesetzt, daß er sich schwach und fiebrig fühlte. Seine Gedanken verschwammen, und das eiskalte Wasser in seinem leeren Magen wirkte wie eine Droge, so daß sich in seinem Hirn Phantasie und Wirklichkeit mischten, und die Erinnerung an seine eigene Pilgerfahrt zu Lobengulas Grab war so lebendig, als erlebte er sie noch einmal.

Es war während seines ersten Studienjahres an der Universität von Rhodesien gewesen. Er war nach Hause gefahren, um die Ferien bei seinem Großvater zu verbringen. Gideon Kumalo war der stellvertretende Direktor der Missionsschule von Kani, die nicht weit von der Stadt Bulawayo lag.

»Ich habe eine große Überraschung für dich«, begrüßte ihn der alte Mann und lächelte ihm durch die dicken Gläser seiner Brille zu. Damals hatte er noch ein wenig Sehkraft, doch in den darauf folgenden fünf Jahren erblindete er vollständig.

»Wir werden zusammen eine Reise machen, Wundla.« Das war der Kosename des alten Mannes für ihn. Wundla bedeutete Hase, das kluge, lebhafte Tier, das die Afrikaner seit jeher lieben.

Sie fuhren mit dem Bus nach Norden, mußten einige Male an abgelegenen Straßenkreuzungen oder einsamen Handelsstationen umsteigen und warteten manchmal bis zu achtundvierzig Stunden an einer Station, wenn der Anschlußbus Verspätung hatte. Doch diese Verspätungen machten ihnen nichts aus. Sie lagerten am Straßenrand und saßen nachts plaudernd am Lagerfeuer.

Großvater Gideon konnte wunderbar erzählen. Er erzählte Sagen und Stammesgeschichten, aber Tungata war vor allem von der Geschichte seines Stammes fasziniert. Diese Erzählungen konnte er fünfmal hören, ohne ihrer müde zu werden.

So reisten die beiden, der halberblindete Greis und der Grünschnabel, bis sie der staubige, verbeulte Bus am Beginn eines holprigen Pfades, der in den Busch führte, absetzte.

»Merke dir diese Stelle gut, Wundla«, meinte Gideon. »Diesen Wasserlauf mit dem Felssturz und diesen Hügel, der wie ein schlafender Löwe aussieht – das ist der Ausgangspunkt.«

Sie wanderten in nördlicher Richtung durch den Busch, indem sie einer Reihe von Zeichen folgten; diese Zeichen prägte der alte Mann Tungata mit Hilfe eines Gedichtes ein.

Tungata konnte dieses Gedicht ohne zu stocken noch immer aufsagen: »Der Anfang ist der schlafende Löwe, folge seinem Blick bis zum Kreuzungspunkt des Elefantenpfades –«

Bis zum Fuß eines steilen Berges brauchten sie drei Tage, da Gideon nicht schnell laufen konnte und Tungata ihm über die schlimmsten Stellen hinweghelfen mußte, doch schließlich standen sie vor Lobengulas Grab.

Tungata erinnerte sich, daß er vor dem Grab niederkniete, Blut aus einer selbst zugefügten Wunde am Handgelenk saugte, das Blut auf die Felsen spuckte und dazu den schrecklichen Eid schwor, den ihm sein Großvater vorsprach: den Eid, von dem Grab zu schweigen und es zu schützen. Natürlich erwähnte weder der alte Mann noch der Schwur die Diamanten oder einen Schatz. Tungata hatte lediglich geschworen, das Geheimnis des Grabes zu hüten und an seinen auserwählten Sohn weiterzugeben, bis zu dem Tag, an dem »die Kinder von Mashobane um Hilfe rufen und die Felsen aufbrechen, um Lobengulas Geist zu befreien, und er wird hervorkommen wie Feuer – Lobengulas Feuer!«

Nach der Zeremonie hatte sich der alte Mann unter dem Feigenbaum, der neben dem Eingang wuchs, in den Schatten gelegt und erschöpft von der langen Reise bis zum Abend geschlafen. Tungata war wach geblieben und hatte das Grab und die Umgebung erforscht. Dabei fand er gewisse Anzeichen für etwas, das er seinem Großvater weder dort noch auf der Heimreise mitteilte. Er hatte Gideon nicht beunruhigen und erschrecken wollen – er liebte ihn viel zu sehr.

Fungaberas Stimme störte seine Träumereien und holte ihn in die Gegenwart zurück. »In der Tat haben wir die Ehre, in diesem Augenblick ein berühmtes Mitglied der Kumalofamilie und den gegenwärtigen Wächter des Grabes des alten Räubers hier bei uns zu haben, nämlich den ehrenwerten Genossen Minister Tungata Zebiwe.«

Die hellen, unpersönlichen Augen des weißen Mannes hefteten sich auf ihn, und Tungata richtete sich auf der harten Holzbank steif auf. Er räusperte sich und stellte fest, daß ihm das Wasser seine Stimme wiedergegeben hatte; sie klang tief und beherrscht und kaum heiser. »Sie machen sich selbst zum Narren, Fungabera.« Den Namen sprach er aus wie eine Beleidigung, aber Fungaberas Lächeln blieb. »Ich weiß nichts von dem Unsinn, den Sie sich da zusammengeträumt haben, und wenn ich etwas wüßte –« Er brauchte den Satz nicht zu Ende zu sprechen.

»Sie werden feststellen, daß meine Geduld unerschöpflich ist«, versprach ihm Fungabera. »Die Diamanten liegen nun schon seit neunzig Jahren dort. Ein paar Wochen länger werden sie auch nicht verderben. Ich habe einen Arzt mitgebracht, der Ihre Behandlung überwachen wird. Wir werden herausfinden, wieviel Sie ertragen können, bevor Sie Ihre Matabeletapferkeit verläßt. Andererseits haben Sie die Möglichkeit, diesen Widerwärtigkeiten jederzeit ein Ende zu machen. Sie können sich entschließen, uns zu Lobengulas Grab zu führen, und sobald Sie das getan haben, werde ich veranlassen, daß Sie das Land mit einem Ziel nach Ihrer Wahl per Flugzeug verlassen können«, er machte eine Pause, bevor er seinen letzten Trumpf ausspielte, »und die junge Frau, die Sie im Gerichtssaal so mutig verteidigt hat, Sarah Nyoni, wird mit Ihnen fliegen.«

Diesmal zuckte es hinter Tungatas verächtlicher Maske.

»O ja«, nickte Fungabera, »wir haben sie in Gewahrsam genommen.«

»Das ist ganz eindeutig gelogen. Sie hätten sie doch längst für Ihre Zwecke ausgenutzt, wenn es stimmte.« Tungata zwang sich daran zu glauben, daß Sarah seinen Befehl befolgt hatte. Das Handzeichen, das er ihr im Gerichtssaal gemacht hatte, als er hinausgeführt worden war, hatte sie jedenfalls gesehen und verstanden. »Nimm dich in acht! Versteck dich. Du bist in Gefahr!« hatte er ihr befohlen, und sie hatte das Zeichen verstanden und bestätigt. Er mußte einfach glauben, daß sie in Sicherheit war. Er mußte.

»Wir werden sehen«, versprach Fungabera.

»Mir liegt auch daran nichts.« Tungata mußte versuchen, Sarah zu schützen, nun, da er wußte, daß die Shona Jagd auf sie machten. »Sie ist nur eine Frau – tun Sie mit ihr, was Sie wollen. Mich kümmert das nicht.«

Fungabera erhob die Stimme. »Captain!« Der Kommandant der Wache erschien augenblicklich. »Bringen Sie den Gefangenen in seine Unterkunft. Seine Behandlung wird vom Arzt angeordnet und überwacht. Haben Sie verstanden?«

Als sie allein waren, sagte Oberst Bucharin ruhig: »Es wird nicht einfach sein. Er ist kräftig und besitzt darüber hinaus noch andere Qualitäten. Manche Männer lassen sich nicht gefügig machen, nicht einmal mit den erwähnten Druckmitteln.«

»Es könnte eine Weile dauern, aber am Ende –«

»Da bin ich gar nicht so sicher«, seufzte Bucharin verdrießlich. »Haben Sie die Frau, von der Sie sprachen, diese Sarah Nyoni, tatsächlich?«

Fungabera zögerte. »Noch nicht. Sie ist verschwunden, aber auch das ist nur eine Frage der Zeit. Sie kann sich nicht für immer versteckt halten.«

»Zeit«, wiederholte Oberst Bucharin. »Ja, alles braucht seine Zeit, aber Ihre Zeit ist knapp. Diese Angelegenheit muß bald erledigt sein, sonst ist es zu spät.«

»Nur noch ein paar Tage, nicht Wochen«, versprach Fungabera, aber seine Stimme klang nicht sehr sicher, und Oberst Bucharin, der abgebrühte Menschenjäger, erkannte augenblicklich seinen Vorteil.

»Dieser Zebiwe ist ein harter Mann. Ich bin nicht sicher, ob er auf die Behandlung in unserer Klinik ansprechen wird. Und diese Sache mit dem Diamantenschatz gefällt mir nicht. Die Geschichte klingt zu sehr nach einem Ammenmärchen. Außerdem gefällt es mir gar nicht, daß Sie diese Matabelefrau haben entwischen lassen. Die Angelegenheit deprimiert mich allmählich.«

»Sie sind allzu pessimistisch – alles läuft wie geplant. Ich brauche nur noch ein wenig Zeit, um Ihnen das zu beweisen.«

»Sie wissen doch, daß ich nicht länger hier bleiben kann, ich muß nach Moskau zurück. Und was soll ich in Moskau erzählen – daß Sie nach einem Schatz graben?« Bucharin hob beide Hände. »Man wird glauben, ich hätte den Verstand verloren.«

»Einen Monat«, sagte Fungabera. »Ich brauche nur noch einen Monat.«

»Heute ist der zehnte. Sie haben bis zum letzten dieses Monats Zeit, um das Geld und den Mann an uns auszuliefern.«

»Dann gerate ich in Zeitnot«, protestierte Fungabera.

»Am ersten des nächsten Monats bin ich zurück. Wenn Sie dann nicht liefern können, werde ich meinen Auftraggebern nahelegen, das ganze Projekt fallen zu lassen.«

Tungata hatte jedes Zeitgefühl verloren. Er konnte sich nicht mehr erinnern, wie viele Tage er schon vor der Mauer gestanden hatte, wieviele Männer inzwischen hingerichtet worden waren und wie viele Nächte er so dagelegen und den Hyänen gelauscht hatte.

Es bereitete ihm Schwierigkeiten, weiter zu denken als bis zum nächsten Becher Wasser. Der Arzt hatte die Wassermenge, die er brauchte, um am Leben zu bleiben, genau berechnet. Durst war eine Art Folter, die niemals aufhörte, nicht einmal, wenn er schlief, denn nun träumte er nur noch von Wasser – von Seen und Flüssen, die er nicht erreichen konnte, von Regen, der um ihn herum fiel, ohne ihn zu berühren, und von rasendem, unerträglichem Durst.

Er wußte, daß er nicht mehr lange durchhalten konnte, und er fragte sich verwirrt, warum er überhaupt so lange durchgehalten hatte. Er mußte sich immer wieder ins Gedächtnis rufen, daß ihn nur Lobengulas Grab am Leben erhielt. Solange er das Geheimnis hütete, konnten sie ihn nicht töten. Keinen Augenblick gab er sich der Illusion hin, daß Peter Fungabera sein Versprechen, ihn freizulassen, nachdem er ihn zu dem Grab geführt hätte, halten würde.

Er mußte am Leben bleiben, es war seine Pflicht. Solange er lebte, gab es eine – wenn auch schwache – Hoffnung auf Rettung. Er wußte, daß sein Volk nach seinem Tod noch tiefer in die Tyrannei sinken würde. Er war seine einzige Hoffnung auf Rettung. Es war seine Pflicht weiterzuleben; obwohl der Tod mittlerweile eine Erlösung und Befreiung für ihn gewesen wäre, durfte er nicht sterben. Er mußte weiterleben.

Er lag in der eisigen Dunkelheit kurz vor der Morgendämmerung und wartete. Sein Körper war zu steif und zu schwach, als daß er hätte aufstehen können. An diesem Tag würden sie ihn zur Mauer tragen müssen. Dieser Gedanke war ihm zuwider. Er haßte es, eine solche Schwäche zu zeigen.

Er hörte, wie das Lager allmählich erwachte. Das Getrampel der Wächter, Befehle, die mit unnötiger Schärfe gebrüllt wurden, das Geräusch von Schlägen und die Schreie eines Gefangenen in der angrenzenden Hütte, als man ihn zur Hinrichtungsmauer schleppte.

Und bald würden sie auch ihn holen. Er griff nach dem Wasserkrug und spürte eisige Enttäuschung, als ihm einfiel, daß er am Abend zuvor nicht imstande war, sich zu beherrschen. Der Wasserkrug war leer.

Der Riegel wurde zurückgeschoben, und die Tür flog auf. Der Tag hatte begonnen. Tungata versuchte aufzustehen. Er richtete sich mühsam in eine kniende Stellung auf. Ein Wächter betrat den Raum, stellte einen großen, dunklen Gegenstand neben den Eingang und zog sich schweigend wieder zurück. Die Tür wurde verriegelt, und Tungata blieb allein.

So etwas war noch nie vorgekommen. Tungata war verwirrt und verblüfft. Er kauerte sich in der Dunkelheit in eine Ecke und wartete darauf, daß etwas geschah, aber nichts rührte sich. Er hörte, wie man die anderen Gefangenen fortführte, und dann wurde es außerhalb seiner Zelle still.

Allmählich wurde es heller, und Tungata untersuchte vorsichtig den Gegenstand, den der Wächter zurückgelassen hatte. Es war ein Plastikeimer, dessen Inhalt im fahlen Licht der Dämmerung schimmerte.

Wasser. Eine ganze Gallone Wasser. Er kroch darauf zu und untersuchte es, ohne sich große Hoffnungen zu machen. Sie hatten ihn schon einmal auf diese Weise überlistet. Der Wasserkrug war präpariert gewesen, und er hatte erst nach dem ersten Schluck gemerkt, daß das Wasser mit Salz und bitterem Alaun versetzt war. Der Durst, der darauffolgte, hatte ihn fast zum Wahnsinn getrieben und Fieberphantasien verursacht wie bei einem Malariaanfall.

Behutsam tauchte er seinen Zeigefinger in die Flüssigkeit und probierte einen Tropfen. Es war süßes, klares Wasser. Seine Kehle gab einen leisen, winselnden Laut von sich, und er schöpfte einen Krug voll der kostbaren Flüssigkeit aus dem Eimer. Dann bog er den Kopf zurück und schüttete das Wasser in seine Kehle. Er trank mit verzweifelter Hast, weil er jeden Augenblick damit rechnete, daß sich die Tür öffnete und ein Wächter den Eimer umstoßen würde. Er trank, bis sein leerer Magen anschwoll und er heftige Bauchschmerzen bekam. Dann rastete er ein paar Minuten lang und fühlte, wie die Flüssigkeit in sein ausgetrocknetes Gewebe strömte und seine Glieder stärkte; dann trank er wieder, machte wieder eine Pause und trank wieder.

Als sie mittags schließlich kamen, um ihn abzuholen, konnte er ohne Hilfe aufstehen und seine Wächter gewandt und wortreich beschimpfen.

Sie führten ihn zur Hinrichtungsmauer, und er wurde fast übermütig. Mit dem Bauch voll Wasser konnte er ewig standhalten, das wußte er. Der Hinrichtungsplatz hatte für ihn nichts Erschreckendes mehr. Er hatte zu oft und zu lange dort gestanden. Er begrüßte den Platz als einen Teil der Routine, die er bereits kannte. Er hatte einen Punkt erreicht, an dem er nur noch das Unbekannte fürchtete.

Als er den Paradeplatz halb überquert hatte, bemerkte er, daß irgend etwas anders war. Vor der Mauer war ein Gerüst aufgestellt: ein mit Stroh gedecktes Sonnendach. Unter dem Dach standen zwei Stühle und ein Tisch, der für das Mittagessen gedeckt war.

Hinter dem Tisch saß die schrecklich vertraute Gestalt Fungaberas. Tungata hatte ihn schon seit Tagen nicht mehr gesehen, und sein neu gewonnener Mut verließ ihn und machte einem Gefühl der Schwäche Platz. Er fühlte, wie seine Knie weich wurden und wie er taumelte. Was hatten sie sich wohl für diesen Tag ausgedacht? Wenn er es wüßte, könnte er sich darauf einstellen. Die Ungewißheit war die einzige, wirklich unerträgliche Folter.

Peter Fungabera saß beim Mittagessen und blickte nicht einmal auf, als Tungata an dem Sonnendach vorbeigeführt wurde. Der Essensgeruch machte Tungata den Mund wäßrig, aber er schleppte sich mühsam weiter, auf die Mauer und die Hinrichtungspflöcke zu.

Er verengte die Augen gegen die blendende Helligkeit und stellte fest, daß an diesem Tag außer ihm nur ein einziges Opfer vor der Mauer stand und bereits an einen der Pflöcke festgebunden war. Dann erkannte Tungata überrascht, daß es eine Frau war.

Sie war nackt – eine junge Frau. Ihre Haut schimmerte im Sonnenlicht wie polierter Bernstein, weich und samtig. Sie war wunderbar gebaut, die Brüste voll und fest, die Brustwarzen waren nach oben gerichtet und standen vor und hatten die Farbe von reifen Maulbeeren. Die Beine der Frau waren lang und schlank, die bloßen Füße klein und zierlich. Da sie gefesselt war, konnte sie sich nicht bedecken. Tungata spürte, wie sie sich schämte. Tungata hob den Blick und schaute ihr ins Gesicht, und dann schwand all seine Hoffnung.

Nun war alles verloren. Die Wächter ließen seine Arme los, und er wankte auf die junge Frau zu. Obwohl ihre Augen vor Angst und Scham weit aufgerissen und dunkel waren, galten ihre ersten Worte ihm. Sie flüsterte leise in Sindebele: »O mein Gebieter, was haben sie dir angetan?«

»Sarah.« Er hätte gern die Hand ausgestreckt und ihr liebes, süßes Gesicht gestreichelt, aber unter den lüsternen Blicken seiner Wächter konnte er das nicht. »Wie haben sie dich gefunden?« Er fühlte sich sehr alt und schwach. Nun war alles verloren.

»Ich habe getan, was du befohlen hast«, erzählte sie entschuldigend. »Ich bin in die Berge gegangen, aber dann erhielt ich eine Nachricht – eines meiner Kinder aus der Schule lag im Sterben, die Ruhr, und kein Arzt. Ich konnte den Ruf nicht ignorieren.«

»Natürlich war es eine Lüge«, erriet er sofort.

»Es war eine Lüge«, gab sie zu. »Die Shonasoldaten haben auf mich gewartet. Verzeih mir, mein Gebieter.«

»Darauf kommt es nicht mehr an«, antwortete er.

»Für mich schon, mein Gebieter«, flehte sie. »Tu nichts für mich. Ich bin eine Tochter von Mashobane. Ich kann alles ertragen, was diese Bestien mir antun können.«

Er schüttelte traurig den Kopf, und dann streckte er doch die Hand aus und berührte ihre Lippen mit den Fingerspitzen. Seine Hand zitterte wie die eines Trinkers. Sie küßte seine Finger. Er ließ den Arm sinken, drehte sich um und taumelte erschöpft auf das Sonnendach zu. Die Soldaten machten keinen Versuch, ihn zurückzuhalten.

Fungabera blickte auf, als er näher kam, und deutete auf den leeren kleinen Hocker.

Tungata setzte sich und sackte in sich zusammen. »Als erstes«, sagte er, »muß die Frau losgebunden und angekleidet werden.«

Fungabera gab die nötigen Befehle. Sie bedeckten ihre Blößen und führten sie zu einer der Hütten.

»Mein Gebieter –« Sie wehrte sich gegen den Griff ihrer Wächter, und ihr Gesicht wandte sich ihm mitleidig zu.

»Sie darf in keiner Weise mißhandelt werden.«

»Sie wurde nicht mißhandelt«, sagte Fungabera. »Und sie wird auch nicht mißhandelt, wenn Sie es nicht notwendig machen.« Er reichte Tungata eine Schüssel voll Maisbrei.

Tungata ignorierte das. »Sie muß außer Landes gebracht und einem Vertreter des internationalen Roten Kreuzes in Francistown übergeben werden.«

»Auf dem Flugplatz von Tuti wartet bereits ein Flugzeug. Essen Sie, Genosse, Sie müssen zu Kräften kommen.«

»Sobald sie in Sicherheit ist, wird sie mit mir sprechen – über Funk oder per Telefon – und mir ein Codewort geben, das ich vor ihrer Abreise mit ihr vereinbare.«

»Einverstanden.« Fungabera schenkte eine Tasse heißen, süßen Tee für Tungata ein.

»Man wird uns vorher allein lassen, damit wir das Codewort vereinbaren können.«

»Sie dürfen mit ihr sprechen, natürlich«, willigte Fungabera ein. »Aber in der Mitte dieses Paradeplatzes. Keiner meiner Leute wird sich ihnen auf hundert Meter nähern, aber ein Maschinengewehr wird die ganze Zeit über auf Sie zielen. Ich gebe Ihnen genau fünf Minuten.«

»Ich habe dich enttäuscht«, sagte Sarah, und Tungata hatte vergessen, wie schön sie war.

Er sehnte sich mit jeder Faser schmerzlich nach ihr. »Nein«, erklärte er, »es war unvermeidlich. Dich trifft keine Schuld. Du hast dein Versteck aus Pflichtgefühl und nicht aus Egoismus verlassen.«

»Was kann ich jetzt tun, mein Gebieter?«

»Hör zu«, sagte er und sprach hastig und leise. »Ein paar meiner Vertrauensleute sind dem Gemetzel von Fungaberas Dritter Brigade entgangen – du mußt sie finden. Ich glaube, sie sind in Botswana.« Er nannte ihr die Namen, und sie wiederholte sie gewissenhaft. »Sag ihnen –« Sie prägte sich alles, was er sagte, genau ein und konnte es fehlerlos wiederholen.

Aus den Augenwinkeln sah Tungata, daß die Wächter vom Rand des Paradeplatzes auf sie zugelaufen kamen. Die fünf Minuten waren um. »Sobald du in Sicherheit bist, werden wir über Funk miteinander sprechen dürfen. Damit ich weiß, daß alles in Ordnung ist, wirst du mir folgenden Satz sagen: ›Dein schöner Vogel ist eilig und hoch davongeflogen.‹ Wiederhole es.«

»O mein Gebieter«, schluchzte sie.

»Wiederhole es!«

Sie gehorchte und warf sich ihm dann in die Arme. Sie klammerte sich an ihn, und er klammerte sich an sie.

»Werde ich dich je wiedersehen?«

»Nein«, erklärte er. »Du mußt mich vergessen.«

»Niemals!« schluchzte sie. »Und wenn ich eine alte Frau werde – niemals, mein Gebieter.«

Die Wächter trieben sie auseinander. Ein Landrover fuhr auf den Paradeplatz. Sarah wurde in den Wagen verfrachtet.

Das letzte, was er von ihr sah, war ihr Gesicht hinter der Heckscheibe, das zu ihm zurückschaute – ihr geliebtes Gesicht.

Am dritten Tag wurde Tungata aus seiner Zelle geholt und in Fungaberas Büro auf dem Hügel gebracht.

»Die Frau ist bereit, mit Ihnen zu reden. Sie sprechen nur englisch. Ihre Unterhaltung wird aufgezeichnet.« Fungabera zeigte auf den Kassettenrecorder neben dem Funkgerät. »Sollten Sie versuchen, eine Nachricht in Sindebele einzuflechten, dann werde ich es später übersetzen lassen.«

»Das vereinbarte Codewort ist in Sindebele«, erklärte ihm Tungata. »Sie wird es wiederholen müssen.«

»In Ordnung. Das ist annehmbar, aber sonst nichts.« Fungabera musterte Tungata kritisch. »Ich freue mich, Sie so erholt wiederzusehen, Genosse, die gute Ernährung und die Ruhe haben Wunder gewirkt.«

Fungabera nickte dem Captain zu, dieser reichte Tungata das Mikrofon und drückte den Aufnahmeknopf des Kassettenrecorders.

»Hier spricht Tungata Zebiwe.«

»Hier ist Sarah, mein Gebieter.« Ihre Stimme klang heiser und verzerrt durch die atmosphärischen Störungen, aber er hätte sie unter allen Umständen wiedererkannt.

Schmerzliche Sehnsucht füllte seine Brust. »Bist du in Sicherheit?«

»Ich bin in Francistown. Das Rote Kreuz kümmert sich um mich.«

»Hast du eine Nachricht für mich?«

Sie wiederholte das Codewort in Sindebele: »Dein schöner Vogel ist eilig und hoch davongeflogen.« Dann fügte sie hinzu: »Ich habe hier noch andere getroffen. Gib die Hoffnung nicht auf.«

»Das ist gut – ich möchte, daß du –«

Fungabera beugte sich vor und nahm ihm das Mikrofon aus der Hand. »Verzeihen Sie, Genosse, aber ich bezahle für den Anruf.« Er hielt das Mikrofon an die Lippen und drückte den Sendeknopf nieder. »Gespräch beendet«, sagte er und unterbrach die Verbindung. Er warf das Mikrofon nachlässig dem Captain hin. »Lassen Sie die Aufzeichnung übersetzen – von einem der Matabelesträflinge – und bringen Sie mir sofort eine Kopie.« Dann wandte er sich wieder an Tungata. »Ihr kurzer Urlaub ist vorbei, Genosse, jetzt haben wir zu arbeiten. Machen wir uns auf den Weg?«

Tungata fragte sich, wie lange er die Suche nach Lobengulas Grab hinauszögern konnte. Jede Stunde, die er gewann, war kostbar – eine weitere Stunde Leben, eine weitere Stunde Hoffnung. »Es ist fast zwanzig Jahre her, daß mich mein Großvater dorthin brachte. Mein Gedächtnis ist nicht mehr das beste.«

»Ihr Gedächtnis ist so glänzend wie die Sonne dort oben«, erklärte Fungabera. »Ihre Fähigkeit, sich Orte, Gesichter und Namen zu merken, ist berühmt, Genosse. Sie vergessen, daß ich Sie ohne Konzept im Parlament sprechen hörte. Außerdem haben wir einen Helikopter, der Sie zu der Stelle hinbringen wird.«

»Das wird nicht möglich sein. Damals bin ich zu Fuß dorthin gegangen. Ich muß denselben Weg zurückgehen. Aus der Luft könnte ich die Markierungen nicht erkennen.«

Also fuhren sie die schmutzigen Straßen und Pfade ab, auf denen Tungata und der alte Gideon vor so vielen Jahren gewandert waren, und Tungata konnte den Ausgangspunkt tatsächlich nicht finden – den Felssturz in dem alten Flußlauf und den Hügel, der wie ein Elefantenkopf aussah. Sie suchten drei Tage lang, und Fungabera wurde immer verstimmter und mißtrauischer, bis sie endlich in das winzige Dorf und zu der Handelsstation kamen, an die sich Tungata als letzten Anhaltspunkt erinnern konnte.

»Hau! Die alte Straße. Da, die Brücke ist vor vielen Jahren fortgespült worden. Sie wurde nie wieder aufgebaut. Und die neue Straße läuft so und so –«

Schließlich fanden sie den überwachsenen Pfad, und vier Stunden später erreichten sie das trockene Flußbett. Die alte Brücke war zusammengebrochen, aber der Felssturz flußaufwärts war genauso, wie ihn Tungata in Erinnerung hatte, und plötzlich befiel ihn eine tiefe Wehmut. Mit einemmal war ihm der alte Gideon so nahe, daß er sich umsah, mit der rechten Hand ein Zeichen machte, um die Geister seiner Vorfahren zu beschwichtigen, und flüsterte: »Verzeih mir, Baba, daß ich den Schwur breche.«

Seltsamerweise war der Geist, den er fühlte, so wohltuend und liebevoll nachsichtig, wie der alte Gideon zu Lebzeiten gewesen war. »Der Pfad verläuft in dieser Richtung.« Sie ließen den Landrover an der zusammengebrochenen Brücke zurück und gingen zu Fuß weiter.

Tungata marschierte, zwei bewaffnete Soldaten hinter sich, voran. Es ging recht gemächlich, was Fungabera immer wütender machte.

Dreimal schlug Tungata absichtlich den falschen Weg ein und stellte Fungaberas Geduld auf eine harte Probe. Beim drittenmal ließ Fungabera ihn nackt ausziehen und an den Hand- und Fußgelenken fesseln, dann stellte er sich mit einer präparierten Nilpferdpeitsche, der schrecklichen Kiboko, die die arabischen Sklavenhändler nach Afrika gebracht hatten, vor Tungata hin und schlug ihn wie einen Hund, bis sein Blut die sandige, graue Erde tränkte.

Nicht der Schmerz, sondern die Erniedrigung und Schande, geschlagen zu werden, veranlaßten Tungata, zurückzugehen und den richtigen Markierungspunkten zu folgen. Schließlich erreichten sie den Hügel.

»Das ist er«, murmelte Tungata. »Thabas Nkosi, der Berg des Königs.«

Eine Spalte im Felsen, wo Kalkgestein das Urgestein überlagerte, bildete einen natürlichen Pfad zum Gipfel. Teilweise war die Spalte erschreckend steil, und die Soldaten, die mit Rucksäkken und Waffen bepackt waren, blickten nervös in die Tiefe, klammerten sich an die Innenwand des Felsens und schoben sich vorsichtig aufwärts, während Fungabera und Tungata mühelos und sicher selbst über die schlimmsten Stellen hinwegkletterten und die Begleitmannschaft weiter hinter sich ließen.

Ich könnte ihn den Abhang hinunterstoßen, dachte Tungata, wenn ich ihn überraschend angreife. Er schaute zurück, und Fungabera war zehn Schritte hinter ihm. Er hatte seine Pistole in der rechten Hand und lächelte.

»Nein«, warnte er ihn, und sie verstanden einander ohne ein weiteres Wort. Im Augenblick war nicht an Rache zu denken, und Tungata kletterte weiter. Er umging einen Felsvorsprung, und dann standen sie auf dem Gipfel, hundertfünfzig Meter über einer dunklen Schlucht.

Ein paar Schritte voneinander entfernt, blieben sie, in der Sonne leicht schwitzend, an der Kante stehen und blickten in das tiefe, breite Tal des Sambesi hinunter. Am Horizont schimmerte das Wasser des künstlichen Sees von Kariba durch die flimmernde Hitze, und von den ersten Buschfeuern der Trockenzeit stieg blauer Rauch auf. Die Soldaten kletterten offensichtlich erleichtert aus der Spalte, und Fungabera schaute Tungata erwartungsvoll an.

»Wir können weitergehen, Genosse.«

»Es ist nicht mehr weit«, antwortete Tungata. Er führte sie über schroffe Felsen und vereinzelt wachsende Sträucher in die Mündung einer Schlucht.

Am Ende der Schlucht stand der uralte Ficus Natalensis, dessen gelbgefleckte, fleischige Äste mit gewaltigen Mengen bitterer Früchte beladen waren. Als sie näher kamen, flog ein Schwarm brauner Papageien mit grün und hellgelb gestreiften Flügeln auf, die von den wilden Feigen genascht hatten. Am Fuß des Feigenbaumes hatte der felsige Boden kleine Spalten, und die Wurzeln hatten die Ritzen gefunden und sie auseinandergetrieben.

Tungata blieb vor dem Felsen stehen, und Fungabera wollte bereits eine ungeduldige Bemerkung machen, als er sah, daß sich seine Lippen lautlos wie im Gebet bewegten.

Fungabera begann die Oberfläche des Felsens genauer zu untersuchen und erkannte mit wachsender Erregung, daß die Risse im Felsen zu regelmäßig waren, um natürlichen Ursprungs zu sein. »Hierher!« rief er den Soldaten zu, und als sie heraneilten, deutete er auf einen der Blöcke an der Oberfläche, und sie machten sich mit dem Bajonett und bloßen Händen an die Arbeit.

Nach fünf Minuten harter Arbeit hatten sie den Block freigelegt, und nun stellte sich heraus, daß die Wand in Wirklichkeit eine sorgfältig aufgebaute Steinmauer war. Hinter der Öffnung kam eine zweite Steinmauer zum Vorschein.

»Den Gefangenen herbringen«, befahl Fungabera. »Er wird mitarbeiten.«

Als es dunkel wurde, war die Öffnung in der äußeren Mauer so groß, daß zwei Männer Schulter an Schulter an der inneren Wand arbeiten konnten. Tungata fand bestätigt, was er vor langer Zeit bei seinem ersten Besuch geahnt hatte – die Anzeichen, die er damals bemerkt und seinem alten Großvater Gideon verheimlicht hatte, waren an der inneren Mauer des Grabes noch deutlicher. Sie trugen dazu bei, sein Gewissen zu beruhigen und den Kummer über seinen Eidbruch zu besänftigen.

Nur ungern ließ Fungabera die Arbeit während der Nacht ruhen. Tungatas Hände waren rissig von der Arbeit mit den Steinblöcken, und er hatte einen Fingernagel eingebüßt, als ein rutschender Felsblock seine Hand einklemmte. Er wurde mit Handschellen an einen der Soldaten gefesselt, aber auch das konnte ihn nicht daran hindern, erschöpft in einen tiefen, traumlosen Schlaf zu sinken. Fungabera mußte beide, ihn und seinen Wächter, am nächsten Morgen wecken.

Es war noch dunkel, und sie aßen schweigend die magere Ration kalten Maiskuchens und süßen Tees. Fungabera ließ sie kaum fertig essen und schickte sie sofort an die Mauer zurück. Tungatas Hände waren steif und gefühllos. Fungabera stand hinter ihm in der Öffnung, und als er zögerte, schlug er ihm die Kiboko um die Rippen und traf die weichen, empfindlichen Stellen unterhalb der Achseln. Tungata knurrte wie ein verwundeter Löwe und hob einen zentnerschweren Block aus der Wand.

Allmählich ging die Sonne auf und tauchte die Gipfel und Felsen in goldenes Licht. Mit einem trockenen Ast lockerten Tungata und einer der Shonasoldaten den nächsten Steinbrocken, und als er sich bewegte, rumpelte und krachte es, und die innere

Mauer fiel in sich zusammen. Sie sprangen zur Seite, standen hustend in der Staubwolke und starrten in die Öffnung, die sie freigelegt hatten.

Die Luft aus der Höhle roch so schal und sauer wie der Mundgeruch eines Betrunkenen, und die Dunkelheit wirkte gefährlich und bedrohlich.

»Gehen Sie voran«, befahl Fungabera, und Tungata zögerte. Abergläubische Furcht befiel ihn. Er war ein erfahrener und gebildeter Mann, aber vor allem anderen war er Afrikaner. Die Geister seines Stammes und seiner Vorfahren bewachten diesen Ort. Er schaute Fungabera an und wußte, daß er die gleiche Ehrfurcht vor dem Übernatürlichen empfand, obwohl er mit einer Taschenlampe bewaffnet war, deren Batterie er für diesen Augenblick aufgespart hatte.

»Vorwärts!« befahl Fungabera. Der schroffe Tonfall konnte nicht über sein Unbehagen hinwegtäuschen, und Tungata stieg, um ihn zu beschämen, vorsichtig über den Steinhaufen in die Höhle.

Er blieb eine Weile stehen, um seine Augen an die Dunkelheit zu gewöhnen, und betrachtete dann die Struktur der Höhle. Der Boden war glatt und fest, führte aber steil abwärts. Offensichtlich war diese Höhle, bevor sie zu einem Königsgrab ausgestaltet worden war, Tausende von Jahren der Zufluchtsort wilder Tiere und die Unterkunft primitiver Menschen gewesen.

Fungabera stand hinter Tungata und ließ den Lichtstrahl seiner Taschenlampe über die Wände und die Decke gleiten. Die Decke war schwarz vom Rauch früherer Lagerfeuer, und die glatten Wände waren verziert mit den Malereien der kleinen, gelben Buschmänner, die hier gelebt hatten. Es gab Abbildungen der wilden Tiere, die sie gejagt und genau beobachtet hatten: schwarze Büffel, große gefleckte Giraffen, Nashörner und gehörnte Antilopen in kräftigen Farben. Daneben hatte der Pygmäenkünstler sein eigenes Volk dargestellt, stockähnliche Gestalten mit Hinterbacken wie Kamelbuckel und außerordentlich großen Gliedern, um die Männlichkeit zu betonen. Mit Pfeil und Bogen bewaffnet verfolgten sie die Herden über die Felswand.

Fungabera richtete den Lichtstrahl auf diese großartigen Bilder und leuchtete dann in das Innere der Höhle, wo der Gang schmäler wurde und sich leicht krümmte. »Weiter!« befahl er, und Tungata tastete sich vorsichtig den steilen Gang entlang.

Sie erreichten die Engstelle des Ganges und mußten gebückt weitergehen. Tungata folgte der Krümmung der Höhle und machte noch etwa fünfzig Schritte, bis er unvermittelt stehen blieb. Er stand in einer geräumigen Höhle, deren Decke sich zehn Meter über seinem Kopf wölbte. Fungabera ließ den Strahl der Lampe umherschweifen. An der gegenüberliegenden Wand zog sich in Schulterhöhe ein Sims hin, auf dem viele verschiedene Gegenstände lagen.

Einen Augenblick war Tungata verwirrt, dann erkannte er die Form eines Wagenrades, das größer war als die Ochsen, die den Wagen gezogen hatten; dann konnte er auch den Wagenkasten und den Rahmen ausmachen. Der Wagen war in seine Einzelteile zerlegt und in die Höhle geschafft worden.

»Lobengulas Wagen«, flüsterte Tungata. »Sein kostbarster Besitz, der Wagen, den seine Krieger zogen, als er keine Ochsen mehr hatte.«

Fungabera stieß ihn mit dem Lauf der Tokarev an, und sie bahnten sich ihren Weg über herabfallende Steinbrocken.

In einer Ecke lehnten Gewehre, zusammengebunden wie Weizengarben, alte Lee-Enfields, die ein Teil der Bezahlung waren, die Cecil Rhodes Lobengula für seine Bergbaugenehmigungen gegeben hatte. Gewehre und hundert Goldmünzen im Monat – das war der Preis für ein Land und einen ganzen Stamm gewesen, der auf diese Weise versklavt worden war, dachte Tungata verbittert. Auf dem Sims waren noch andere Gegenstände gestapelt: Salzsäcke aus Leder, Stühle und Messer, Perlenschnüre und Schmuck, Tabakhörner und Assagais mit breiten Klingen.

Fungabera drängte ihn ungeduldig: »Schneller. Wir müssen die Leiche finden, dort sind auch die Diamanten.«

Knochen! Sie schimmerten im Licht der Fackel. Ein Haufen Knochen unterhalb des Simses.

Ein Skelett! Es grinste traurig zu ihnen auf.

»Da ist er!« rief Fungabera triumphierend. »Da ist er, der alte Teufel!« Er ließ sich neben dem Skelett auf die Knie fallen.

Tungata blieb abseits stehen. Nach einer kurzen Schrecksekunde hatte er erkannt, daß dies das Skelett eines kleinen, älteren Mannes war, nicht sehr viel größer als ein Kind, und daß die obere Zahnreihe lückenhaft war. Lobengula war ein großer Mann mit weißen, blitzenden Zähnen gewesen. Jeder, der ihm zu Lebzeiten begegnet war, hatte von seinem Lächeln berichtet. Dieses Skelett war noch immer vom schauerlichen Zubehör eines Medizinmannes umgeben: von Perlenketten, Schneckenhäusern und Knochen, zugestöpselten Antilopenhörnern mit Medizin darin und Reptilienskeletten rund um die knöcherne Hüfte.

Auch Fungabera erkannte seinen Irrtum und sprang auf. »Das ist er nicht!« brüllte er ärgerlich. »Sie müssen seinen Medizinmann geopfert und hier als Wächter aufgestellt haben.« Wütend suchte er im Schein der Taschenlampe die Höhle ab. »Wo ist er?« fragte er. »Man muß es Ihnen gesagt haben.«

Tungata schwieg. Über dem Skelett des Medizinmannes ragte das Felsband hervor wie eine große steinerne Kanzel. Die Besitztümer des Königs lagen rund um diesen Vorsprung ausgebreitet und das Menschenopfer darunter. Der Mittelpunkt der Höhle war diese Stelle. Es war der logische und natürliche Platz für die Leiche des Königs. Fungabera kam zu derselben Erkenntnis und richtete langsam den Schein der Lampe auf die Stelle.

Die Felskanzel war leer.

»Er ist nicht hier«, flüsterte Fungabera, und seine Stimme klang heiser vor Enttäuschung. »Lobengulas Leiche ist verschwunden!«

Die Anzeichen, die Tungata an der äußeren Mauer wahrgenommen hatte, die Stelle, an der das Mauerwerk geöffnet und wenig fachmännisch wieder verschlossen worden war, hatten ihm zur richtigen Schlußfolgerung verholfen. Das Grab des alten Königs war offensichtlich schon vor vielen Jahren geplündert worden. Man hatte seine Leiche schon vor langer Zeit fortgeschafft und das Grab wieder zugemauert, um die Spuren dieser Entweihung zu verwischen.

Fungabera kletterte auf den Felsvorsprung und suchte ihn auf allen vieren kriechend ab. Tungata blieb regungslos im Hintergrund stehen und staunte, wie lächerlich die Habgier selbst einen so gefährlichen und eindrucksvollen Mann wie Fungabera machen konnte.

»Hier! Sehen Sie nur!« Fungabera hielt einen kleinen, dunklen Gegenstand hoch, und Tungata trat näher. Im Licht der Taschenlampe erkannte er, daß es ein Tonscherben war, ein Randstück, das im traditionellen Diamantenmuster der Matabelekrüge verziert war.

»Ein Tonkrug.« Fungabera untersuchte das Bruchstück genau. »Einer der Diamantenkrüge – zerbrochen!« Er ließ die Scherbe fallen und durchwühlte den Staub. »Hier!« Er hatte noch etwas gefunden, etwas Kleineres. Er hielt es zwischen Daumen und Zeigefinger hoch. Es war von der Größe einer kleinen Walnuß. Er richtete den Strahl der Taschenlampe darauf, und sofort wurde das Licht in den Regenbogenfarben gebrochen. »Ein Diamant«, hauchte er ehrfürchtig und drehte den Stein langsam zwischen den Fingern, so daß das Licht in Pfeilen und Blitzen reflektiert wurde.

Tungata erkannte, daß es sich um einen ungeschliffenen Stein handelte, der aber so symmetrisch geformt und dessen Facetten so makellos waren, daß er sogar das schwache Licht der Lampe auffing und zurückwarf.

»Wunderschön!« murmelte Fungabera und betrachtete den Stein eingehend.

Dieser Diamant war ein natürlich gewachsenes, vollkommenes Oktaeder, das sogar in künstlichem Licht so durchsichtig und klar war wie unberührtes Quellwasser.

»Wunderschön«, wiederholte Fungabera, und dann verlor sein Gesicht allmählich den träumerischen, entzückten Ausdruck. »Nur einer!« flüsterte er. »Ein einziger Stein, in der Hast verloren, und hier sollten eigentlich fünf Tonkrüge voll Diamanten sein!« Sein Blick fiel auf Tungata. »Sie haben es gewußt«, beschuldigte er ihn. »Ich habe die ganze Zeit über gefühlt, daß Sie etwas verschweigen. Sie wußten, daß die Diamanten fortgeschafft wurden, und Sie wissen, wohin.«

Tungata schüttelte verneinend den Kopf, aber Fungabera redete sich in Wut. Sein Gesicht verzerrte sich, der Mund bewegte sich tonlos, und feiner, weißer Schaum bedeckte seine Lippen.

»Sie haben es gewußt!« Mit der Heftigkeit eines verwundeten Leoparden stürzte er sich von dem Felsvorsprung. »Sie werden reden!« brüllte er. »Am Ende werden Sie reden!« Er schlug Tungata mit dem Lauf der Tokarev ins Gesicht. »Reden Sie!« schrie er. »Sagen Sie mir, wo sie sind!« Und dumpf schlug der Lauf immer wieder in Tungatas Gesicht. »Sagen Sie mir, wo die Diamanten sind!«

Der Pistolenlauf schnitt tief ins Fleisch und zermalmte Tungatas Backenknochen, und er fiel auf die Knie.

Fungabera warf sich herum und klammerte sich an den Felsvorsprung, um seine Wut zu zügeln. »Nein«, murmelte er. »Das wäre zu einfach. Er muß büßen.« Er verschränkte die Arme vor der Brust, um sich selbst daran zu hindern, Tungata noch einmal anzugreifen. »Am Ende werden Sie reden – Sie werden mich noch anflehen, mich zu den Diamanten führen zu dürfen. Sie werden mich anflehen, Sie zu töten.«

»Verdammt naive Riesenbabys«, sagte Morgan Oxford. »Das seid ihr beide! Himmel, euretwegen stecken wir bis über beide Ohren im Dreck.«

Als Oxford erfuhr, daß eine botswanische Grenzpatrouille Craig und Sally-Anne in der Wüste gefunden hatte, war er sofort von Harare hergeflogen.

»Beide Botschaften, die amerikanische und die britische, haben von Mugabe eine offizielle Note erhalten. Die Briten haben Schaum vor dem Mund und führen einen wahren Teufelstanz auf. Sie wissen nichts von Ihnen, Craig, und Sie sind britischer Staatsbürger. Ich schätze, die würden Sie am liebsten in den Tower sperren und Ihnen den Kopf abhacken.«

Oxford stand am Fußende von Sally-Annes Krankenbett. Den Stuhl, den ihm Craig angeboten hatte, lehnte er ab. »Und was Sie betrifft, meine Dame, der Botschafter hat mich beauftragt, Sie davon in Kenntnis zu setzen, daß er Sie mit dem nächsten Flugzeug zurück in die Staaten fliegen sehen will.«

»Das kann er mir nicht befehlen«, unterbrach Sally-Anne seinen Schwall bitterer Beschuldigungen. »Wir sind nicht in der Sowjetunion, und ich bin eine freie Staatsbürgerin.«

»Das werden Sie nicht mehr lange sein. Nein, bei Gott nicht, wenn Sie Mugabe in die Hände fallen. Mord, bewaffneter Aufstand und noch einige Anklagepunkte.«

»Das war ein abgekartetes Spiel!«

»Sie und Ihr Freund hier haben eine Menge warme Leichen zurückgelassen, wie leere Bierdosen nach einem Sonntagspicknick. Mugabe hat ein Auslieferungsbegehren an die Regierung von Botswana gestellt.«

»Wir sind politische Flüchtlinge«, brauste Sally-Anne auf.

»Bonny und Clyde, mein Schatz, so nennt man Sie in Simbabwe.«

»Sally-Anne!« mischte sich Craig sanft ein. »Du solltest dich nicht so aufregen.«

»Aufregen!« rief Sally-Anne aus. »Wir sind beraubt und geschlagen worden, mit Vergewaltigung und Hinrichtung bedroht – und nun platzt der offizielle Vertreter der Vereinigten Staaten von Amerika, jenes Landes, dessen Staatsangehörigkeit ich zufällig besitze, hier herein und bezeichnet uns als Verbrecher.«

»Das ist nicht wahr«, bestritt Oxford rundweg. »Ich habe Ihnen lediglich nahegelegt, Ihren niedlichen kleinen Hintern in ein Flugzeug zu verfrachten und auf direktem Weg nach Hause zu Mami zu fliegen.«

»Er bezeichnet uns als Verbrecher und beleidigt mich dann auch noch mit seinem Machogerede!«

»Beruhigen Sie sich, Sally-Anne.« Oxford hob erschöpft die Hände. »Fangen wir noch einmal von vorn an. Sie sind in großen Schwierigkeiten, und wir sind in großen Schwierigkeiten. Wir müssen uns etwas einfallen lassen.«

»Möchten Sie sich jetzt vielleicht setzen?« Craig schob ihm den Stuhl hin, und Oxford ließ sich nieder und zündete sich eine Chesterfield an.

»Wie geht es Ihnen überhaupt?« fragte er.

»Ich dachte schon, das interessiert Sie überhaupt nicht, mein Lieber«, fauchte Sally-Anne.

»Sie war fast ausgetrocknet. Man befürchtete ein Nierenversagen, aber nachdem sie drei Tage lang am Tropf gehangen war und viel Flüssigkeit zu sich genommen hatte, ist sie in dieser Beziehung wieder in Ordnung. Auch über die Kopfwunde hat man sich Sorgen gemacht, aber die Röntgenuntersuchung verlief, Gott sei Dank, negativ. Nur eine leichte Gehirnerschütterung. Man hat mir versprochen, daß sie morgen früh entlassen wird.«

»Also ist sie reisefertig?«

»Ihre Besorgnis ist wirklich rührend.«

»Hören Sie mal, Sally-Anne, wir sind in Afrika. Wenn Sie an Simbabwe ausgeliefert werden, können wir nichts mehr für Sie tun. Alles ist nur zu Ihrem Besten. Sie müssen fort von hier. Der Botschafter –«

»Der Botschafter kann mir den Buckel runterrutschen«, sagte Sally-Anne genüßlich, »und Sie auch, Morgan Oxford.«

»Für seine Exzellenz kann ich leider nicht sprechen«, Oxford grinste zum ersten Mal, »aber was mich betrifft, wann können wir anfangen?«

Darüber mußte sogar Sally-Anne lachen.

Craig nutzte diesen Stimmungsumschwung. »Morgan, Sie können sich darauf verlassen, daß ich mich um sie kümmern werde –«

Augenblicklich fuhr Sally-Anne auf und machte Anstalten, sich gegen diesen neuerlichen chauvinistischen Angriff zu wehren, aber Craig schüttelte fast unmerklich den Kopf, worauf sie sich widerwillig in die Kissen zurückfallen ließ.

Oxford wandte sich an Craig. »Nun zu Ihnen, Craig. Wie, zum Teufel, konnten die herausfinden, daß Sie für den Geheimdienst arbeiten?«

»Habe ich das denn?« fragte Craig verblüfft. »In diesem Fall wurde ich selbst nie darüber informiert.«

»Für wen, um alles in der Welt, halten Sie eigentlich Henry Pickering – für den Weihnachtsmann?«

»Henry ist doch ein Vizepräsident der Weltbank!«

»Kinder«, stöhnte Oxford, »seid ihr naiv.« Dann richtete er sich auf. »Nun, das ist sowieso erledigt. Ihr Vertrag ist abgelaufen. Wenn es etwas gab, das sofort erledigt wurde, dann ist es die Auflösung Ihres Vertrages.«

»Ich habe Henry vor drei Tagen einen vollständigen Bericht geschickt.«

»O ja!« Oxford nickte resignierend. »Darüber, daß Fungabera von Moskau unterstützt wird. Fungabera ist ein Shona, die Russen machen einen weiten Bogen um ihn. Schlagen Sie sich das aus dem Kopf! Fungabera ist ein Russenhasser reinsten Wassers, und wir unterhalten sehr gute Beziehungen zu ihm, wirklich sehr gute. Genug davon!«

»Um Gottes willen, Morgan. Dann spielt er ein doppeltes Spiel. Ich habe es von seinem eigenen Adjutanten erfahren, Captain Timon Nbebi!«

»Der nun leider tot ist«, erinnerte ihn Oxford. »Wenn es Sie beruhigt, wir haben Ihren Bericht in den Computer eingegeben – Bewertung der Glaubwürdigkeit D-Minus. Henry Pickering läßt Ihnen herzlich danken.«

Sally-Anne warf ein: »Morgan, Sie haben doch meine Fotos gesehen, die Bilder von den brennenden Dörfern, den toten Kindern, den Verwüstungen, die die Dritte Brigade –«

»Wo gehobelt wird, da fallen Späne«, unterbrach Oxford. »Natürlich wollen wir keine Gewalt, aber Fungabera ist antirussisch eingestellt. Die Matabele sind prorussisch. Wir müssen antikommunistische Regierungen unterstützen, auch wenn wir einige ihrer Methoden nicht befürworten – in El Salvador werden auch Frauen und Kinder geschlagen. Sollen wir deshalb diesem Land die Unterstützung versagen? Sollen wir uns von überall dort zurückziehen, wo sich unsere Leute nicht korrekt an die Genfer Konvention halten?«

In dem winzigen Krankenzimmer wurde es still; außer dem Klopfen des verzinkten Blechdaches, das sich in der Mittagshitze ausdehnte, war kein Geräusch zu hören.

»Ist das alles, was Sie uns zu sagen haben?« fragte Sally-Anne schließlich.

»Genügt das nicht?« Oxford drückte seine Zigarette aus und stand auf. »Ach ja, noch etwas, Craig. Henry Pickering bat mich, Ihnen zu sagen, daß die Staatsbank von Simbabwe die Bürgschaft für Ihren Kredit zurückgezogen hat. Als Grund wird angegeben, daß Sie offiziell zum Volksfeind erklärt wurden. Pickering läßt Ihnen ausrichten, man erwarte von Ihnen, daß Sie das Kapital und die Zinsen zurückzahlen. Sagt Ihnen das etwas?«

»Ja, leider«, nickte Craig finster.

»Er sagte, er werde versuchen, etwas mit Ihnen auszuhandeln, sobald Sie in New York sind, aber einstweilen sei man gezwungen, Ihre sämtlichen Konten zu sperren und Ihren Verlegern zur Auflage zu machen, alle künftigen Tantiemen bis auf weiteres einzubehalten.«

»Das kann ich mir vorstellen.«

»Tut mir leid, Craig. Es klingt wirklich unangenehm.« Oxford streckte die Hand aus. »Mir hat Ihr Buch gefallen, wirklich, und Sie auch. Es tut mir leid, daß das alles so ausgegangen ist.«

Craig begleitete ihn bis zu dem grünen Ford mit dem Diplomatenkennzeichen, den Oxford fuhr. »Würden Sie mir einen letzten Gefallen tun?«

»Wenn ich kann.« Oxford wirkte mißtrauisch.

»Könnten Sie meinem Verleger in New York ein Paket zukommen lassen?« Und als Oxfords Mißtrauen nicht schwand: »Es sind nur die letzten Seiten meines neuen Manuskripts, darauf gebe ich Ihnen mein Wort.«

»Na gut«, sagte Oxford unsicher. »Ich werde mich darum kümmern.«

Craig ging zu dem gemieteten Landrover am anderen Ende des Parkplatzes und holte seine Reisetasche. »Passen Sie gut darauf auf«, bat er. »Es ist mein Herzblut und meine einzige Hoffnung auf Rettung.« Er blickte dem grünen Ford nach und kehrte dann ins Krankenhaus zurück.

»Was hatte das Gerede über Banken und Kredite zu bedeuten?« fragte Sally-Anne, als er das Zimmer betrat.

»Es bedeutet, daß ich ein Millionär war, als ich dich bat, meine Frau zu werden.« Craig setzte sich auf die Bettkante. »Nun bin ich so pleite, wie jemand nur sein kann, der kein Vermögen und ein paar Millionen Dollar Schulden hat.«

»Du hast doch das neue Buch. Ashe Levy sagt, es wird ein Bestseller.«

»Ach Liebling, auch wenn ich für den Rest meines Lebens jedes Jahr einen Bestseller schreibe, könnte ich gerade die Zinsen bezahlen für die Summen, die ich Henry Pickering und seiner Bank schulde.«

Sie starrte ihn an.

»Was ich damit sagen will, ist: Mein ursprüngliches Angebot ist ungültig, du hast die Chance, deine Meinung zu ändern. Du mußt mich nicht heiraten.«

»Craig«, sagte sie. »Versperr die Tür und laß die Rolläden herunter.«

»Du machst Witze – doch nicht hier, doch nicht jetzt! Wahrscheinlich ist das in diesem Land ein schweres Vergehen, wilde Ehe oder so was.«

»Hören Sie, Mister, wenn Sie wegen Mordes und Aufruhrs gesucht werden, macht ein bißchen verbotene Liebe mit dem künftigen Ehemann, auch wenn er ein bettelarmer Mensch ist, herzlich wenig aus.«

Craig holte Sally-Anne am nächsten Morgen vom Krankenhaus ab. Sie trug dieselben Jeans samt Bluse und Sportschuhen, die sie bei ihrer Einlieferung angehabt hatte. »Die Schwester hat die Sachen gewaschen und ausgebessert.« Sie hielt inne, als sie den Landrover sah. »Was ist das? Ich dachte, wir seien pleite.«

»Der Computer hat die glückliche Neuigkeit noch nicht erhalten. Meine Kreditkarte von American Express wird noch immer akzeptiert.«

»Ist das erlaubt?«

»Wenn Sie fünf Millionen Schulden haben, Lady, machen ein paar Hunderter mehr herzlich wenig aus.« Er grinste ihr zu, als er den Zündschlüssel umdrehte, und als der Motor ansprang, sagte er übermütig: »Tut mir leid, Mr. Hertz.«

»Du nimmst es nicht sehr schwer, Craig.« Sie rutschte auf dem Beifahrersitz näher an ihn heran.

»Wir beide sind noch am Leben – das ist Grund genug für ein Feuerwerk und ein allgemeines Freudenfest. Und was das Geld betrifft, nun, ich glaube nicht, daß ich zum Millionär geschaffen bin. Wenn ich Geld habe, verschwende ich meine ganze Zeit darauf, mir Sorgen zu machen, daß ich es verlieren könnte. Geld untergräbt meine Energie. Jetzt, da ich es verloren habe, fühle ich mich seltsamerweise wieder frei.«

»Du bist glücklich darüber, alles verloren zu haben?« Sie

drehte sich um und musterte ihn eingehend. »Entschuldige, aber das ist ein ausgemachter Blödsinn!«

»Natürlich bin ich nicht glücklich, nein«, wehrte er den Angriff ab. »Was ich wirklich bedaure, ist der Verlust von King's Lynn und Sambesi Waters. Daraus hätten wir etwas machen können, du und ich. Darum tut es mir leid – und um Tungata Zebiwe.«

»Ja. Wir haben ihn vernichtet.« Sie waren beide traurig und bedrückt. »Wenn wir nur etwas für ihn tun könnten!«

»Nicht das Geringste können wir tun.« Craig schüttelte den Kopf. »Außer Timons Beteuerung haben wir keinerlei Hinweis, daß er überhaupt noch am Leben ist, und auch wenn er noch lebt, haben wir nicht die leiseste Ahnung, wo er ist oder wie wir ihn finden können.«

Sie ratterten über die Bahngleise und bogen in die Hauptstraße von Francistown ein.

»Die ›Perle des Nordens‹«, sagte Craig. »Zweitausend Einwohner, Hauptbeschäftigung: Konsum von alkoholischen Getränken; Existenzgrundlage: ungewiß.« Er parkte vor dem einzigen Hotel der Stadt. »Wie man sieht, hat die Einwohnerschaft ihren ständigen Wohnsitz in der Bar.«

Doch die junge Rezeptionistin war hübsch und tüchtig. »Mr. Mellow, eine Dame erwartet Sie«, rief sie, als Craig die Halle betrat.

Craig erkannte die Besucherin nicht, bis Sally-Anne losstürmte, um sie zu umarmen. »Sarah!« rief sie. »Wie kommen Sie hierher? Wie haben Sie uns gefunden?«

In Craigs Zimmer gab es zwei Betten mit einem Nachttischchen dazwischen, eine schäbige Perserteppichimitation auf dem glänzenden, rotgestrichenen Zementboden und einen einzelnen Holzstuhl.

»Beim Roten Kreuz hat man mir erzählt, daß Sie in der Wüste gefunden wurden und daß die Polizei Sie hierhergebracht hat, Miss Jay.«

»Ich heiße Sally-Anne, Sarah.«

Sarah lächelte dankbar. »Ich war mir nicht sicher, ob Sie mich nach dem Prozeß überhaupt wiedersehen wollten. Aber dann erzählten mir meine Freunde hier, wie Sie von Fungaberas Soldaten mißhandelt wurden. Ich dachte, Sie haben inzwischen vielleicht erkannt, daß ich die ganze Zeit über recht hatte und daß Tungata Zebiwe kein Verbrecher war und daß er jetzt Freunde braucht.« Sie wandte sich an Craig. »Er war Ihr Freund, Mr. Mellow. Er hat mir von ihnen erzählt. Er sprach mit Hochachtung und tiefer Zuneigung von Ihnen. Er machte sich Sorgen um Sie, als er erfuhr, daß Sie nach Simbabwe zurückgekehrt waren. Er ahnte, daß Sie die Ländereien Ihrer Familie in Matabeleland zurückkaufen wollten; er wußte, daß es zu schrecklichen Unruhen kommen und Sie dann hineinverwickelt würden. Er sagte, Sie wären zu sanftmütig für die harten Zeiten, die kommen würden. Er nannte Sie ›Pupho‹, den Träumer, den sanften Träumer, aber er sagte, daß Sie auch eigensinnig und dickköpfig wären. Er wollte Sie davor bewahren, noch einmal verletzt zu werden. Er sagte: ›Das letztemal hat er ein Bein verloren – diesmal könnte er sein Leben verlieren. Um sein Freund zu sein, muß ich mich zu seinem Feind machen. Ich muß ihn aus Simbabwe vertreiben.‹«

Craig setzte sich auf den unbequemen Holzstuhl und besann sich auf seine Begegnung mit Tungata, damals, als er ihn um seine Unterstützung beim Kauf von King's Lynn bat. All das war also nur Theater gewesen? Kaum zu glauben. Tungatas Gefühlsausbruch hatte so echt gewirkt, sein Zorn so überzeugend.

»Es tut mir leid, Mr. Mellow. Ich sage sehr unhöfliche Dinge über Sie. Aber ich erzähle nur, was Tungata gesagt hat. Er war Ihr Freund. Er ist noch immer Ihr Freund.«

»Jetzt kommt es wirklich nicht mehr darauf an, was er von mir dachte«, murmelte Craig. »Sam ist wahrscheinlich schon längst tot.«

»Nein!« Zum erstenmal erhob Sarah die Stimme, sie klang heftig, ja fast ärgerlich. »Nein, sagen Sie das nicht, sagen Sie das niemals! Er lebt. Ich habe ihn gesehen und mit ihm gesprochen. Einen Mann wie ihn kann man nicht einfach töten!«

Der Stuhl knarrte, als Craig sich gespannt vorbeugte. »Sie haben ihn gesehen? Wann?«

»Vor zwei Wochen.«

»Wo? Wo ist er?«

»In Tuti – in dem Lager dort.«

»Sam lebt!« Craig veränderte sich, als er das sagte. Er straffte die eingesunkenen Schultern und hob den Kopf; sein Blick wurde heller und lebhafter. Er schaute über Sarah hinweg auf die Wand hinter ihr und versuchte mit dem Sturm von Gefühlen und Ideen, der über ihn hereinbrach, fertig zu werden, und daher sah er auch nicht, daß Sarah weinte.

Sally-Anne legte tröstend einen Arm um sie, und Sarah schluchzte: »Mein Gebieter Tungata, was haben sie ihm alles angetan! Sie haben ihn ausgehungert und geschlagen. Er sieht aus wie ein Straßenköter, nur Haut und Knochen, und er geht wie ein Greis, nur seine Augen sind noch kühn.«

Sally-Anne streichelte sie wortlos. Craig sprang von seinem Stuhl auf und begann auf- und abzulaufen. Das Zimmer war so klein, daß er jedesmal nach vier Schritten kehrtmachen mußte. Sally-Anne wühlte in ihrer Tasche und fand ein zerknittertes Taschentuch.

»Wann ist die Cessna fertig?« fragte Craig.

»Sie ist schon seit letzter Woche fertig. Das habe ich dir doch erzählt, oder nicht?« erwiderte Sally-Anne nervös.

»Wie viele Personen faßt sie?«

»Die Cessna? Ich hatte schon einmal sechs Erwachsene an Bord, aber das war ein Gedränge. Zugelassen ist sie für –« Sally-Anne hielt inne. Langsam wandte sie den Kopf zu Craig und starrte ihn entgeistert an. »Um Gottes willen, Craig, bist du verrückt?«

»Die Reichweite bei voller Ladung?« Craig ignorierte ihre Bemerkung.

»Achtzehnhundert Kilometer – aber das ist doch nicht dein Ernst?«

»Gut.« Craig dachte laut. »Ich bringe einige Kanister im Landrover unter. Du kannst direkt an der Grenze landen und nachtanken – ich kenne eine Stelle in der Nähe von Pando Matenga, fünfhundert Kilometer nördlich von hier. Das ist der nächste Grenzort.«

»Craig, weißt du, was sie tun, wenn sie uns erwischen?« Sally-Annes Stimme war heiser vor Entsetzen.

Sarah hielt noch immer das Taschentuch an die Nase, aber ihr Blick wanderte zwischen den beiden hin und her.

»Waffen«, murmelte Craig. »Wir brauchen Waffen. Morgan Oxford? Nein, verdammt, der hat uns abgeschrieben.«

»Maschinenpistolen?« Sarahs Stimme klang erstickt durch die Tränen und das Taschentuch.

»Maschinenpistolen und Handgranaten«, bestätigte Craig. »Und Sprengstoff, alles, was wir bekommen können.«

»Maschinenpistolen kann ich besorgen. Ein paar von unseren Leuten sind geflüchtet. Sie sind hier in Botswana. Sie haben ihre Waffen nach dem Krieg im Busch versteckt.«

»Was für Waffen?« fragte Craig.

»Bananas und Handgranaten.«

»Kalaschnikows«, jubelte Craig. »Sarah, Sie sind ein Schatz.«

»Nur wir beide?« Sally-Anne wurde blaß, als sie erkannte, daß er es ernst meinte. »Wir beide gegen die gesamte Dritte Brigade – ist das wirklich dein Ernst?«

»Nein, ich komme mit.« Sarah schob das Taschentuch fort. »Dann sind wir schon zu dritt.«

»Wir drei, großartig!« sagte Sally-Anne. »Wir drei – wirklich fabelhaft!«

Craig blieb vor ihnen stehen. »Punkt eins: Wir müssen einen Plan des Lagers von Tuti anfertigen. Wir zeichnen jede Einzelheit ein, an die wir uns erinnern können.« Unfähig, still zu stehen, begann er wieder auf- und abzulaufen. »Punkt zwei: Wir setzen uns mit Sarahs Freunden in Verbindung und überlegen, wie sie uns behilflich sein können. Punkt drei: Sally-Anne fliegt mit einer Linienmaschine nach Johannesburg und bringt die Cessna zurück – wie lange wird das dauern?«

»Ich kann in drei Tagen zurück sein.« Sally-Annes Wangen röteten sich. »Das heißt, wenn ich überhaupt damit einverstanden bin!«

»Okay! Ausgezeichnet!« Craig rieb sich die Hände. »Dann können wir jetzt mit der Skizze des Lagers beginnen.«

Craig bestellte beim Zimmerdienst belegte Brote und eine Flasche Wein, und sie arbeiteten bis zwei Uhr morgens, dann verabschiedete sich Sarah mit dem Versprechen, zum Frühstück wiederzukommen. Craig faltete vorsichtig die Karte zusammen, die sie angefertigt hatten, und dann kletterten er und Sally-Anne in eines der schmalen Betten, aber sie waren so erregt, daß keines von ihnen schlafen konnte.

»Sam hat versucht, mich zu schützen«, murmelte Craig nachdenklich. »Er war die ganze Zeit über auf meiner Seite.«

»Erzähl mir von ihm«, flüsterte Sally-Anne, schmiegte sich an seine Schulter und hörte zu, wie er von seinem Freund erzählte. Als er schließlich schwieg, fragte sie leise: »Es ist dir also ernst damit?«

»Todernst. Aber wirst du mitmachen?«

»Es ist verrückt«, sagte sie. »Es ist glatter Wahnsinn – aber meinetwegen, versuchen wir es.«

Der rußige schwarze Rauch der Signalfeuer – Craig hatte ein paar Lappen angezündet – stieg in zwei Säulen kerzengerade in den klaren Himmel. Craig und Sarah standen auf der Motorhaube des Landrovers und schauten nach Süden. Sie befanden sich in der trockenen Wildnis im Nordosten von Botswana. Die Grenze zu Simbabwe lag dreißig Kilometer weiter östlich.

Das Motorengeräusch der Cessna wurde lauter, leiser und wieder lauter in der hitzeflirrenden Luft. »Da!« Sarah deutete auf einen winzigen Fleck am Horizont.

Craig überprüfte noch einmal besorgt die behelfsmäßige Landebahn, die er abgesteckt hatte. Sally-Anne besichtigte die Landebahn vorsichtshalber, dann zog sie eine Schleife, setzte die Maschine glatt auf und rollte auf den Landrover zu.

»Du warst eine Ewigkeit fort.« Craig fing sie auf, als sie aus dem Cockpit sprang.

»Drei Tage«, protestierte sie.

»Das ist eine Ewigkeit«, sagte er und küßte sie. Er stellte sie auf den Boden und legte einen Arm um ihre Schultern, als er sie zum Landrover führte.

Nachdem sie Sarah begrüßt hatte, machte Craig sie mit den beiden Matabele bekannt, die im Schatten des Landrovers kauerten.

Sie erhoben sich höflich und gingen ihr entgegen.

»Das ist Jonas, und das ist Aaron. Sie haben uns zu dem Waffenlager geführt und werden uns in jeder Hinsicht behilflich sein.«

Es waren zurückhaltende, ernste junge Männer mit alten Augen, die unglaubliche Dinge gesehen hatten, aber sie wirkten aufgeweckt und bereitwillig.

Sie pumpten den Sprit aus den Kanistern auf der Ladefläche direkt in die Seitentanks der Cessna, während Craig die hinteren Sitze im Cockpit abmontierte, um das Gewicht zu verringern und eine größere Ladefläche zu schaffen.

Dann begannen sie die Maschine zu beladen. Sally-Anne wog jeden einzelnen Gegenstand auf der Waage ab, die sie zu diesem Zweck gekauft hatte, und trug das Gewicht in eine Tabelle ein. Die Munition war der schwerste Teil der Ladung. Sie hatten achttausend Schuß, 7,62-mm-Patronen. Craig hatte die Kisten aufgebrochen und die Munition in schwarze Plastikmüllsäcke gesteckt, um Gewicht und Platz zu sparen. Da die Patronen jahrelang in der Erde gelegen hatten, waren viele davon so rostig geworden, daß man sie nicht mehr gebrauchen konnte. Doch Craig hatte sie aussortiert und zur Probe ein paar Patronen abgefeuert, und es hatte keine einzige Fehlzündung gegeben.

Auch die Maschinenpistolen waren größtenteils verrostet, und Craig hatte im Licht einer Gaslampe die Nächte durchgearbeitet, die Maschinenpistolen auseinandergenommen und wieder zusammengesetzt, bis er fünfundzwanzig gute Waffen hatte. Außerdem besaßen sie noch fünf Tokarev-Pistolen und zwei Kisten Handgranaten. Craig verpackte sie in fünf billige Hafersäcke aus Leinwand, die er bei einem Großhändler in Francistown gekauft hatte.

Den Rest der Ausrüstung hatte er ebenfalls in Francistown erstanden. Drahtschneider und Bolzenscheren, Nylonschnur und Buschmesser, die Jonas und Aaron rasierklingenscharf geschliffen hatten, Taschenlampen und Reservebatterien, Kochgeschirr und Wasserflaschen und noch einige andere Dinge, die nützlich sein konnten. Sarah war zum Sanitäter ernannt worden und hatte sich in der Apotheke von Francistown einen Verbandskasten zusammenstellen lassen. Die Lebensmittelrationen waren spartanisch. Grobes Maismehl in Fünfkilo-Plastiksäcken und ein paar Beutel Rohsalz.

»Gut, genug jetzt«, stoppte Sally-Anne das Verladen. »Noch ein Kilo mehr, und wir können nicht mehr abheben. Der Rest wird auf den zweiten Flug warten müssen.«

Als es dunkel wurde, saßen sie rund um das Lagerfeuer und verschlangen die Steaks und das frische Gemüse, das Sally-Anne aus Johannesburg mitgebracht hatte.

»Ihr müßt tüchtig essen, Kinder«, meinte sie. »Bis zur nächsten Mahlzeit könnte es lange dauern.«

Nach dem Essen nahmen Craig und Sally-Anne ihre Decken, breiteten sie außerhalb der Hörweite der anderen auf, legten sich nackt in die warme Wüstenluft und liebten sich unter der silbernen Sichel des Mondes, beide in dem quälenden Bewußtsein, daß es das letzte Mal sein könnte.

Sie frühstückten im Dunkeln, nachdem der Mond untergegangen war und kurz vor Anbruch der Morgendämmerung. Sie ließen Jonas und Aaron zurück, um den Landrover zu bewachen und Sally-Anne beim Nachtanken und Laden für den zweiten Flug zu helfen, und als es gerade hell genug war, um die Landebahn zu erkennen, rollte die Cessna an deren Ende.

Sogar in der kühlen Nachtluft brauchte die überladene Maschine sehr lange, um abzuheben, und dann flog sie langsam dem Glühen der aufgehenden Sonne entgegen.

»Die Landesgrenze von Simbabwe«, murmelte Sally-Anne.

Craig kauerte neben ihr auf den Munitionssäcken, während Sarah zusammengerollt wie ein Salzhering auf der Ladung hinter ihnen lag.

Die Cessna geriet in leichte Schräglage, als Sally-Anne die Markierungen auf der Karte in ihrem Schoß suchte. Sie hatte den Kurs so gewählt, daß sie die Eisenbahnlinie fünfundzwanzig Kilometer südlich des Kohlenbergwerks von Wankie überflogen und ein paar Meilen dahinter die Hauptstraße kreuzten; so vermieden sie alle Siedlungsgebiete. Die Landschaft unter ihnen veränderte sich rasch, die Wüste verschwand, und bald flogen sie über dichtes Buschland.

»Da ist die Eisenbahnlinie.«

Sally-Anne drosselte die Geschwindigkeit, und sie verloren rasch an Höhe. Fünfzehn Meter oberhalb der Baumwipfel überflogen sie die Eisenbahnschienen und ein paar Minuten später die Hauptstraße. Sie sahen flüchtig einen Lastwagen, der auf dem graublauen Asphaltband dahinkroch, aber sie befanden sich dahinter und waren außerdem nur Sekunden sichtbar.

Sally-Anne schnitt eine Grimasse. »Hoffen wir, daß wir ihnen nicht verdächtig vorkommen – in dieser Gegend gibt es wohl kaum sehr viel Flugverkehr.« Sie schaute auf die Armbanduhr. »Voraussichtliche Ankunftszeit in vierzig Minuten.«

»Gut«, sagte Craig. »Dann laß uns alles noch einmal durchgehen. Du setzest Sarah und mich ab und verschwindest so schnell wie möglich. Zurück zur Landebahn. Laden und auftanken. In zwei Tagen kommst du wieder zurück. Siehst du ein Rauchsignal, dann landest du. Siehst du keines, dann drehst du wieder ab. Du wartest noch zwei Tage und fliegst ein letztes Mal. Siehst du auch beim zweiten Flug kein Rauchsignal, dann machst du Schluß. Flieg über die Grenze und komm nicht zurück.«

Sie streckte die Hand nach ihm aus. »Craig, das darfst du nicht einmal sagen. Bitte, Liebster, komm zu mir zurück.« Für den Rest des Fluges hielt sie seine Hand fest, außer in den kurzen Augenblicken, in denen sie beide Hände zum Steuern brauchte.

»Da ist es!«

Der Chizarirafluß schlängelte sich wie ein dunkelgrüner Python durch die weite, braune Landschaft, und zwischen den Bäumen schimmerte das Wasser.

»Sambesi Waters – direkt vor uns.«

Die Gästehäuser, die sie in liebevoller Arbeit aufgebaut hatten, lagen unter ihnen, aber beide schauten sehnsüchtig stromaufwärts zu den blauen Hügeln, die den Horizont begrenzten.

Sally-Anne ging langsam tiefer, bis sie fast die Baumwipfel berührte, dann zog sie eine Schleife, so daß die Hügel zwischen ihnen und den Gebäuden von Sambesi Waters lagen.

»Da ist es«, rief Craig.

»Sie sind noch da!« Die Gebeine der gewilderten Nashörner waren von den Geiern abgenagt worden und bleichten in der Sonne.

Sally-Anne bereitete die Landung vor und steuerte auf den schmalen Streifen Grasland neben der Schlucht zu, wo sie schon einmal gelandet war.

»Jetzt können wir nur beten, daß der Boden nicht von Warzenschweinen und Ameisenbären umgegraben wurde«, murmelte sie, und die überladene Cessna schlingerte leicht.

Sally-Anne überflog in steilem Winkel die Baumwipfel und landete mit einem dumpf kratzenden Geräusch. Die Maschine holperte und schwankte auf dem unebenen Boden, aber die Bremsen griffen, und hohes Gras wickelte sich um das Fahrgestell, so daß sie bald stehen blieben.

Sally-Anne atmete tief durch. »Danke, lieber Gott.«

Sie luden in rasender Eile aus, stapelten alles auf einen Haufen und breiteten ein grünes Nylonnetz darüber, das eigentlich dazu bestimmt war, junge Pflanzen vor der Sonne zu schützen.

Dann schauten Sally-Anne und Craig einander unglücklich an.

»O Gott, ich hasse das«, sagte sie.

»Ich auch – also verschwinde! Und zwar schnell, verdammt noch mal.«

Sie küßten sich, dann riß sich Sally-Anne los und lief zum Flugzeug. Die Maschine rollte ans Ende der Lichtung und kam dann in voller Geschwindigkeit auf ihren eigenen Spuren zurück. Das unbeladene Flugzeug hob mühelos ab, und das letzte, was Craig von Sally-Anne sah, war ihr blasses Gesicht hinter dem Seitenfenster, dann verschwand sie hinter den Baumwipfeln.

Craig wartete, bis das Motorengeräusch verstummt war und die Stille des Waldes ihn umgab. Dann nahm er die Maschinenpistole und den Hafersack und warf sich beides über die Schulter. Er wandte sich zu Sarah um. Sie trug einen Drillichanzug und blaue Segeltuchschuhe. Sie nahm den Lebensmittelsack und die Wasserflaschen, und in ihrem Gürtel steckte eine Tokarev.

»Fertig?«

Sie nickte und folgte ihm in dem Tempo, das er vorlegte. Sie erreichten den Hügel am frühen Nachmittag, und von seinem Gipfel aus konnte Craig die Gebäude von Sambesi Waters am Fluß überblicken.

Nun kam der gefährliche Teil ihres Planes; aber Craig zündete das Signalfeuer an und zog sich dann mit Sarah zurück, um direkt neben dem Pfad in Deckung zu gehen, falls das Rauchsignal unerwünschte Besucher anlocken sollte.

Drei Stunden lang blieben er und Sarah in Deckung, und keiner von ihnen sprach oder bewegte sich. Nur ihre Augen waren ständig in Bewegung, und ihre Blicke streiften über die Abhänge oberhalb und unterhalb und über den Busch. Trotzdem wurden sie überrascht. Es war ein heiseres, rauhes Flüstern in Sindebele, nahe – sehr nahe.

»Ha! Kuphela. Du hast mein Geld gebracht.« Wächters narbiges Gesicht tauchte vor ihnen auf. Er hatte sich bis auf zehn Schritte an sie herangeschlichen, ohne daß sie ihn gehört hätten. »Ich dachte schon, du hättest uns vergessen.«

»Ich habe kein Geld für dich, sondern eine schwere und gefährliche Arbeit«, erklärte ihm Craig.

Wächter hatte drei Männer bei sich, hagere, wilde Kerle. Sie löschten das Signalfeuer und verschwanden dann im Busch, um den Pfad auszukundschaften.

»Wir müssen gehen«, erklärte Wächter. »Hier im Freien sind die Shona wie Jagdhunde hinter uns her. Seit unserer letzten Begegnung haben wir viele gute Männer verloren. Genosse Dollar ist auch von ihnen gefangengenommen worden.«

»Ja.« Craig sah ihn vor sich, wie er geschlagen und verdreckt in jener schrecklichen Nacht auf King's Lynn gegen ihn ausgesagt hatte.

Sie marschierten nordwärts auf das wilde, schroffe Gebiet entlang der Schlucht des großen Flusses zu, bis die Dunkelheit einbrach.

Schließlich trafen sie im Lager der Guerrilleros ein. An den kleinen, rauchlosen Feuerstellen saßen Frauen, und als eine von ihnen Sarah erkannte, lief sie auf sie zu und umarmte sie.

»Sie ist die jüngste Tochter meiner Tante«, erklärte Sarah. Sie und Craig sprachen nun Sindebele miteinander.

Das Lager war ein ungemütlicher, freudloser Ort, eine Reihe primitiver Höhlen, die aus der steilen Böschung eines trockenen

Flußbettes herausgehackt worden waren und von den überhängenden Zweigen der Bäume abgeschirmt wurden. Alles wirkte provisorisch. Es gab keinen Luxus und keine Ausrüstungsgegenstände, die nicht innerhalb weniger Minuten zusammengepackt und auf dem Rücken eines Mannes fortgetragen werden konnten. Die Frauen wirkten genauso ernst wie ihre Männer.

»Wir bleiben nie sehr lange an einem Ort«, erklärte Wächter. »Die Shona würden unsere Spuren aus der Luft sehen, wenn wir länger blieben. Obwohl wir nie dieselben Wege benützen, nicht einmal zu den Latrinen, treten unsere Füße in kurzer Zeit Pfade aus, und danach suchen sie. Wir müssen bald wieder weiter.«

Die Frauen brachten ihnen zu essen, und Craig merkte, wie hungrig und müde er war; aber bevor er aß, öffnete er seinen Rucksack und gab ihnen die Zigarettenpäckchen, die er mitgebracht hatte. Er sah diese verbitterten Männer zum erstenmal lächeln, als sie einen einzigen Stummel im Kreis herumgehen ließen.

»Wie viele Männer sind in deiner Gruppe?«

»Sechsundzwanzig.« Wächter zog an der Zigarette und gab sie weiter. »Aber ganz in der Nähe ist noch eine Gruppe.«

Sechsundzwanzig waren genug, überlegte Craig. Wenn sie den Überraschungseffekt ausnutzen konnten, würde es genügen.

Sie aßen mit den Fingern aus dem Gemeinschaftstopf, und dann erlaubte ihnen Wächter, noch eine Zigarette anzuzünden. »Also, Kuphela, du hast gesagt, du hättest Arbeit für uns.«

»Der Genosse Minister Tungata Zebiwe ist Gefangener der Shona.«

»Das ist eine schreckliche Sache. Es ist ein Stoß in das Herz des Matabelestammes – aber selbst hier im Busch haben wir das schon vor vielen Monaten erfahren. Bist du gekommen, um uns etwas zu erzählen, was alle Welt weiß?«

»Er lebt und wird in Tuti gefangengehalten.«

»Tuti. Hau!« rief Wächter wütend, und alle Männer redeten durcheinander.

»Woher weißt du das?«

»Wir haben gehört, er sei getötet worden.«

»Das ist Altweibergeschwätz.«

Craig rief zu den Frauen hinüber, die etwas abseits saßen: »Sarah!«

Sie trat heran.

»Kennt ihr diese Frau?« fragte Craig.

»Sie ist die Base meiner Frau.«

»Sie ist die Lehrerin in der Mission.«

»Sie ist eine von uns.«

»Erzähle ihnen«, befahl Craig.

Sie hörten aufmerksam zu, als Sarah über ihre letzte Begegnung mit Tungata berichtete, ihre Augen glitzerten im Feuerschein, und als sie fertig war, blieben sie schweigend sitzen. Sarah erhob sich ruhig und kehrte zu den Frauen zurück, und Wächter wandte sich an einen seiner Männer. »Sprich!« befahl er.

Der Mann, den er als ersten um seine Meinung fragte, war der jüngste, der unbedeutendste der Gruppe. Die anderen würden, ihrem Alter entsprechend, nacheinander das Wort ergreifen. Es war die traditionelle Ordnung einer Beratung und würde sehr viel Zeit in Anspruch nehmen. Craig faßte sich in Geduld, denn das war das afrikanische Tempo.

Nach Mitternacht faßte Wächter zusammen. »Wir kennen die Frau. Sie ist zuverlässig, und wir glauben, was sie uns erzählt hat. Genosse Tungata ist unser Vater. Durch seine Adern fließt das Blut der Könige, und die stinkenden Shona halten ihn gefangen. Darüber sind wir uns einig.« Er hielt inne. »Aber es gibt einige, die versuchen würden, ihn den Shonakindermördern zu entreißen, und andere, die sagen, daß wir zu wenige sind und daß wir für zwei Männer nur eine Maschinenpistole und für jede Maschinenpistole nur fünf Patronen haben. Wir sind also uneinig.« Er wandte sich an Craig. »Was sagst du dazu, Kuphela?«

»Ich sage, daß ich achttausend Patronen, fünfundzwanzig Maschinenpistolen und fünfzig Handgranaten mitgebracht habe«, sagte Craig. »Ich sage, daß Genosse Tungata mein Freund und Bruder ist. Wenn es hier nur Weiber und Feiglinge gibt und keine Männer, die mit mir kommen, dann werde ich allein mit dieser Frau, Sarah, die das Herz eines Kriegers hat, fortgehen und mir meine Männer anderswo suchen.«

Wächters Gesicht zuckte unter der Beleidigung, und sein Tonfall war vorwurfsvoll. »Laß uns nicht von Weibern und Feiglingen reden, Kuphela. Laß uns überhaupt nicht länger reden. Laß uns lieber nach Tuti gehen und das tun, was getan werden muß. Das sage ich.«

Sie zündeten das Rauchsignal an, sobald sie die Cessna hörten, und löschten es sofort, als die Landungsleuchten aufgeblendet wurden. Wächters Guerrilleros hatten das Gras auf der Lichtung mit Buschmessern gemäht und die Löcher und Mulden ausgefüllt, so daß Sally-Anne glatt und sauber landen konnte.

Die Guerrilleros luden schweigend den Rest der Munition und die Waffen aus, aber als sie die Munitionssäcke und die Hafersäcke voll Handgranaten hinunterreichten, konnten sie ein erfreutes Grinsen nicht unterdrücken. Die Ladung verschwand rasch im Busch. Innerhalb von fünfzehn Minuten standen Craig und Sally-Anne allein unter den Tragflächen der leeren Cessna.

»Weißt du, daß ich gebetet habe?« fragte Sally-Anne. »Ich habe gebetet, daß du die Bande nicht finden mögest, und wenn doch, daß sie sich weigern würden, mit dir zu gehen, und du mit mir zurückfliegen müßtest.«

»Beten ist wohl nicht deine große Stärke, wie?«

»Ich weiß nicht. Aber in den nächsten paar Tagen werde ich wohl sehr viel Übung darin bekommen.«

»Fünf Tage«, berichtigte Craig. »Du kommst am Dienstagmorgen wieder.«

»Ja«, nickte sie. »Ich werde bei Dunkelheit starten und bei Sonnenaufgang über dem Flugplatz von Tuti sein – das ist genau um fünf Uhr zweiundzwanzig.«

»Aber du landest nicht, bevor ich dir signalisiere, daß wir die Landebahn abgesichert haben. Und bleib um Gottes willen nicht so lange, daß du nicht mehr genug Sprit hast, um über die Grenze zurückzufliegen. Wenn wir nicht auftauchen, bleib nicht länger.«

»Ich werde mich drei Stunden über Tuti aufhalten können. Das heißt, du mußt bis acht Uhr dreißig dort sein.«

»Wenn wir es bis dahin nicht geschafft haben, schaffen wir es sowieso nicht mehr. Du mußt jetzt fort, Liebste.«

»Ich weiß«, sagte Sally-Anne, ohne sich zu rühren.

»Ich muß gehen«, sagte er.

»Ich weiß nicht, wie ich die nächsten paar Tage überleben werde, ohne zu wissen, wie es dir geht, allein mit meinen Ängsten und Einbildungen da draußen in der Wüste.«

Er nahm sie in die Arme und spürte, daß sie zitterte.

»Ich habe solche Angst um dich«, flüsterte sie an seiner Schulter.

»Wir sehen uns am Dienstagmorgen«, sagte er. »Ganz sicher.«

»Ganz sicher!« wiederholte sie, und ihre Stimme zitterte. »Komm zu mir zurück, Craig. Ich kann ohne dich nicht leben. Versprich mir, daß du zurückkommst.«

»Ich verspreche es.« Er küßte sie.

»So, jetzt fühle ich mich besser.« Sie kletterte ins Cockpit und startete die Maschine. »Ich liebe dich.« Sie formte die Worte mit den Lippen, denn der Motor war zu laut, dann schwang die Cessna mit Vollgas herum und hob kurz darauf ab.

Auf der Karte waren es nur hundert Kilometer, und vom Cockpit des Flugzeugs aus hatte das Gelände nicht so schwierig ausgesehen. Auf dem Boden war das anders. Sie waren gezwungen, dem Auf und Ab von Hügeln und Tälern zu folgen, und nirgendwo war das Land eben.

Die Guerrilleros hatten ihre Frauen an einen sicheren Ort gebracht und willigten nur ungern ein, daß Sarah die Sturmtruppe begleitete, aber sie trug die gleiche Last wie alle anderen und konnte mit der Geschwindigkeit, die Wächter vorlegte, Schritt halten.

Die ganze Zeit über bestand die Gefahr, daß sie angegriffen wurden. Alle paar Kilometer signalisierten entweder die Kundschafter vor ihnen oder die Nachhut hinter ihnen eine Gefahr, und sie waren gezwungen, in Deckung zu gehen und mit dem Finger am Abzug zu warten, bis das Zeichen durchgegeben wurde, daß die Luft wieder rein war.

Es war langwierig und strapaziös und nervenaufreibend – sie marschierten zwei volle Tage, von der kühlen Morgendämmerung durch die Mittagshitze bis in die Dunkelheit, um zum Dorf von Sarahs Vater zu gelangen. Er hieß Vusamanzi und war ein alter Zauberer, Medizinmann und Regenmacher des Matabelestammes. Wie alle Männer seiner Art lebte er in Isolation; nur seine Frauen und seine engsten Familienangehörigen waren bei ihm. Wie groß ihre Hochachtung vor ihnen auch war, gewöhnliche Sterbliche mieden die Praktiker der schwarzen Magie; sie besuchten sie nur, um sich behandeln oder sich wahrsagen zu lassen, bezahlten die Ziege oder die Kuh, die der Preis dafür war, und eilten dankbar wieder fort.

Vusamanzis Dorf lag ein paar Kilometer nördlich von Tuti. Es war eine wohlhabende, kleine Gemeinde auf einem Hügel, mit vielen Frauen, Ziegen und Hühnern und mit Maisfeldern im Tal.

Die Guerrilleros schlugen ihr Lager im Busch am Fuß des Hügels auf und schickten Sarah ins Dorf, um sich zu überzeugen, daß sie dort sicher waren, und um den Dorfbewohnern ihre Anwesenheit anzukündigen. Sarah kam innerhalb einer Stunde wieder, und Craig und Wächter gingen mit ihr ins Dorf.

Vusamanzi hatte schneeweißes Haar, das sich wie eine Kappe um seinen Kopf legte, und einen kurzen, weißen Kinnbart, der nach Zuluart fächerförmig gekämmt war. Sarah mußte er schon in reiferem Alter gezeugt haben, aber die edlen Züge hatte sie von ihm geerbt, und er war noch immer stattlich und würdevoll. Er hatte seine Kleidung abgelegt und trug nur ein einfaches Lendentuch; er war schlank und hielt sich kerzengerade, und er begrüßte Craig mit einer tiefen, festen Stimme.

Sarah verehrte ihren Vater ganz offensichtlich, denn sie nahm einer der jüngeren Frauen den Bierkrug aus der Hand, kniete vor ihm nieder und reichte ihm den Krug. Allerdings schien Sarah auch im Herzen des alten Mannes eine Sonderstellung einzunehmen, denn er lächelte ihr liebevoll zu, und als sie sich zu seinen Füßen niederließ, streichelte er ihr, während er Craig aufmerksam zuhörte, gelegentlich über den Kopf. Dann schickte er sie fort, damit sie seinen Frauen behilflich wäre, den Guerrilleros etwas zu essen und Bier ins Tal zu bringen, und wandte sich wieder an Craig. »Der Mann, den du Tungata Zebiwe, den ›Gerechtigkeitssuchenden‹ nennst, wurde als Samson Kumalo geboren. Er ist ein direkter Nachkomme des Mzilikazi, des ersten Königs und Vaters unseres Volkes. Er ist der Mann, in dem sich die Prophezeiungen unserer Vorfahren erfüllen. In der Nacht, als er von den Shonasoldaten gefangengenommen wurde, hatte ich ihn rufen lassen, um ihn an seine Verpflichtung zu erinnern und ihn in die Geheimnisse der Könige einzuweihen. Wenn er noch lebt, wie meine Tochter sagt, dann ist es die Pflicht jedes Matabele, alles zu tun, was in seiner Macht steht, um ihn zu befreien. Die Zukunft unseres Volkes ruht auf ihm. Wie kann ich dir helfen? Ich tue, was du verlangst.«

»Du hast uns schon mit Nahrung geholfen«, dankte ihm Craig. »Jetzt brauchen wir Informationen.«

»Frage, Kuphela. Ich sage dir alles, was ich weiß.«

»Die Straße zwischen der Missionsstation und dem Lager führt hier in der Nähe vorbei. Stimmt das?«

»Jenseits dieser Hügel«, bestätigte der alte Mann.

»Sarah sagte mir, daß die Lastwagen mit den Lebensmitteln für die Soldaten und die Gefangenen im Lager jede Woche am selben Tag auf dieser Straße hier vorbeifahren.«

»Das ist richtig. Jeden Montag am späten Nachmittag fahren die Lastwagen, beladen mit Maismehl und anderen Waren, hier vorbei. Und am folgenden Morgen fahren sie wieder zurück.«

»Wie viele Laster?«

»Zwei, manchmal auch drei.«

»Wie viele Soldaten zur Bewachung?«

»Zwei vorne neben dem Fahrer und drei oder vier hinten. Einer steht mit einem großen Gewehr, das sehr schnell feuert, auf dem Dach.« Ein schweres Maschinengewehr, dachte Craig. »Die Soldaten sind sehr wachsam und vorsichtig, und die Laster fahren schnell.«

»Sind sie letzten Montag, wie gewöhnlich, vorbeigekommen?« fragte Craig.

»Wie gewöhnlich.« Vusamanzi nickte.

Es läßt darauf schließen, daß alles seinen gewohnten Gang geht, dachte Craig, und das war wichtig. »Wie weit ist die Missionsstation von hier entfernt?« fragte er.

»Von hier bis dort.« Der Medizinmann schwenkte seinen Arm in einem Bogen über den Himmel, für den die Sonne ungefähr vier Stunden brauchte. Umgerechnet auf die Geschwindigkeit eines Mannes zu Fuß waren das ungefähr fünfundzwanzig Kilometer.

»Und das Lager?« fragte Craig weiter.

Vusamanzi zuckte die Achseln. »Die gleiche Entfernung.«

»Gut.« Craig entfaltete seine Karte; sie waren von beiden Punkten gleich weit entfernt. Das ermöglichte ihm eine ziemlich genaue Standortbestimmung. Er begann Zeiten und Entfernungen zu berechnen, die er dann an den Rand der Karte kritzelte. »Wir haben noch einen Tag Zeit«, meinte er schließlich. »Die Männer können ausruhen und sich vorbereiten.«

»Meine Frauen werden ihnen zu essen geben«, versprach Vusamanzi.

»Am Montag brauche ich dann ein paar von deinen Leuten.«

»Hier gibt es nur Frauen«, wandte der alte Mann ein.

»Ich brauche Frauen – junge Frauen, hübsche Frauen«, erklärte Craig.

Am nächsten Morgen machten sich Craig und Wächter zusammen mit einem Fährtensucher noch vor der Morgendämmerung auf, um die Straßenstrecke zu erkunden, die direkt hinter den niedrigen Hügeln lag. Sie war genauso, wie Craig sie in Erinnerung hatte.

Kurz vor Mittag erreichten sie die Stelle, an der Fungabera während ihrer ersten Fahrt nach Tuti angehalten hatte, den Damm, wo die Straße über eine Holzbrücke den grünen Fluß überquerte und wo sie damals zum Mittagessen gegrillte Maiskolben verzehrt hatten.

Craig stellte fest, daß sein Gedächtnis gut funktionierte. Die Zufahrt zu der Brücke, erst die steile Straße talabwärts und dann den schmalen Damm aufwärts, mußte den Versorgungskonvoi zwingen, die Geschwindigkeit zu drosseln und einen niedrigen Gang einzulegen. Es war die perfekte Stelle für einen Hinterhalt, und Craig schickte den Fährtensucher in Vusamanzis Dorf zurück, um den Rest der Truppe zu holen. Während sie warteten, sprachen Craig und Genosse Wächter ihren Plan durch und paßten ihn dem Gelände an.

Der erste Angriff würde an der Brücke stattfinden, aber falls dieser mißlang, mußten sie einen Weg finden, um den Konvoi am Durchbrechen zu hindern. Als der Haupttrupp der Guerrilleros eintraf, schickte Craig Wächter mit fünf Männern über die Brücke auf die andere Seite des Flusses. Außer Sichtweite der Brücke fällten sie einen riesigen Mhobahobabaum, der so über die Straße fiel, daß er eine ausgezeichnete Sperre bildete. Hier würde Wächter das Kommando haben, während Craig den Angriff an der Brücke leitete.

»Welche deiner Männer sprechen Shona?« fragte Craig.

»Dieser hier spricht die Sprache wie ein Shona, der dort nicht so gut.«

»Sie dürfen sich nicht am Kampf beteiligen. Wir können es nicht riskieren, sie zu verlieren«, befahl Craig. »Wir brauchen sie für das Lager.«

»Ich werde sie in meiner Nähe behalten«, stimmte Wächter zu.

»Jetzt die Frauen.«

Sarah hatte drei ihrer Halbschwestern aus dem Dorf gewählt, die zwischen sechzehn und achtzehn Jahre alt waren.

Sie waren die hübschesten unter den zahlreichen Töchtern des alten Medizinmannes, und als Craig ihnen erklärte, was sie zu tun hatten, kicherten sie und senkten die Köpfe, hielten die Hände vor den Mund und zeigten alle Anzeichen von Sittsamkeit und mädchenhafter Schüchternheit. Aber offensichtlich gefiel ihnen dieses Abenteuer ungemein, denn so etwas Prickelndes und Aufregendes hatten sie in ihrem ganzen Leben noch nicht mitgemacht.

»Haben sie alles verstanden?« fragte Craig Sarah. »Es ist gefährlich – sie müssen genau das tun, was man ihnen sagt.«

»Ich bleibe bei ihnen«, beruhigte ihn Sarah. »Die ganze Zeit über. Auch heute nacht. Besonders heute nacht.« Die letzte Bemerkung galt den Mädchen. Sarah hatte die koketten Blicke zwischen ihren Schwestern und den jungen Guerrilleros wohl bemerkt. Sie scheuchte die kichernde Schar in die Hütte aus Dornenzweigen, die sie die Mädchen hatte bauen lassen, und setzte sich vor den Eingang.

»Die Dornen sind spitz genug, um einen menschenfressenden

Löwen abzuwehren, Kuphela«, hatte sie Craig erklärt, »aber ob das auch auf einen Bock mit einem juckenden Horn und auf ein Mädchen, das entschlossen ist, es ihm zu kratzen, zutrifft, weiß ich nicht. Ich werde heute nacht kaum schlafen können.«

Schließlich verbrachte auch Craig eine schlaflose Nacht. Er hatte wieder Träume, diese schrecklichen Alpträume, die ihn während der langen Genesung von der Kriegsverletzung und dem Verlust des Beines fast zum Wahnsinn getrieben hatten. Er war ihnen hilflos ausgeliefert und konnte sich nicht von ihnen befreien, bis Sarah ihn wachrüttelte, und als er aufwachte, zitterte er so heftig, daß seine Zähne aufeinanderschlugen.

Sarah begriff. Mitleidig setzte sie sich neben ihn und hielt seine Hand, bis das Zittern nachließ, und dann unterhielt sie sich die ganze Nacht über mit ihm im Flüsterton, um das Lager nicht aufzuwecken. Sie sprachen von Tungata und Sally-Anne und darüber, was sie vom Leben erwarteten und wie sie es erreichen wollten.

»Wenn ich erst einmal mit dem Genossen Minister verheiratet bin, werde ich für alle Matabelefrauen eintreten können. Sie sind von ihren Männern schon viel zu lange wie Sklavinnen behandelt worden. Heute noch muß ich, eine ausgebildete Krankenschwester und Lehrerin, am Frauenfeuer essen. Nach diesem Kampf hier muß ein anderer Krieg geführt werden. Ein Kampf um die rechtmäßige Stellung der Frauen meines Stammes und um die Anerkennung wahrer Werte.«

Craig empfand allmählich ebenso viel Hochachtung wie Zuneigung für Sarah. Er stellte fest, daß sie für einen Mann wie Tungata Zebiwe genau die richtige Frau war. Während sie plauderten, gelang es ihm, seine Angst vor dem Morgen zu überwinden, und die Nacht verging so schnell, daß er überrascht war, als er auf die Uhr sah. »Vier Uhr. Zeit zum Aufbruch«, flüsterte er. »Danke, Sarah. Ich bin kein mutiger Mensch. Ich hatte Ihre Hilfe nötig.«

Sie erhob sich geschmeidig, blieb einen Augenblick stehen und schaute auf ihn hinunter. »Sie tun sich selbst Unrecht. Ich glaube, Sie sind ein sehr mutiger Mann«, sagte sie sanft und ging, um ihre Schwestern aufzuwecken.

Die Sonne stand schon hoch. Craig lag in einer Spalte zwischen zwei schwarzen, vom Wasser abgeschliffenen Steinen am Ufer des Flusses. Die Kalaschnikow lag vor ihm und war auf den Damm und das Ufer zu beiden Seiten der Holzbrücke eingestellt. Er hatte die Schußweite genau abgemessen. Von seiner Position bis zum Ende des Brückengeländers waren es hundertzwanzig Meter. Aus dieser Entfernung konnte er mühelos treffen.

Bitte, laß es nicht so weit kommen, dachte er und spähte noch einmal nervös über die Stellungen. Unter der Brücke standen vier Guerrilleros bis zu den Hüften im Wasser. Obwohl ihre Maschinenpistolen schußbereit an den Brückenpfeilern lehnten, waren sie mit Pfeil und Bogen bewaffnet. Craig hatte an der Zuverlässigkeit dieser Waffe gezweifelt, bis man sie ihm vorführte. Die Bogen bestanden aus hartem, elastischem Holz, mit Streifen aus frischer Kuduhaut umwickelt, die, getrocknet und geschrumpft, so hart war wie Eisen. Die Bogensehne aus geflochtenen Sehnen war fast so zäh wie einfasriges Nylon. Selbst mit aller Kraft hatte Craig den Bogen nicht spannen können. Das Spannen dieser Bogen erforderte verhärtete Fingerspitzen und besonders ausgebildete Muskeln an Brust und Armen.

Die Pfeile waren aus Stahl und hatten scharfe Spitzen, und einer der Guerrilleros hatte einen Pfeil aus einer Entfernung von dreißig Schritten zwanzig Zentimeter tief in den Stamm eines Affenbrotbaums getrieben.

Unter der Brücke standen also vier Bogenschützen, und zehn weitere Männer lagen im knietiefen Wasser unterhalb der Uferböschung. Nur ihre Köpfe waren zu sehen, und gegen die andere Seite des Flusses zu waren sie durch die steile Uferböschung und das dichte Schilf abgeschirmt.

Das Motorengeräusch der näher kommenden Lastwagen veränderte sich, als sie auf der Steigung vor dem Damm in einen anderen Gang schalteten.

»Nun ist es soweit«, sagte Sarah. Sie und ihre Schwestern kauerten neben Craig hinter dem Felsen. Sie hatte recht – es war zu spät, noch irgend etwas zu ändern oder andere Vorkehrungen zu treffen. Alles war festgelegt.

»Geht«, sagte er, und sie stand auf und ließ das Baumwollhemd von ihren Schultern in den Sand gleiten. Ihre jüngeren Schwestern folgten ihrem Beispiel und ließen ihre Lendentücher dort fallen, wo sie standen.

Alle vier waren nackt bis auf die winzigen Lendenschürzen aus Perlen, die an Perlenschnüren um ihre Taille befestigt waren. Die Lendenschurze bedeckten die Schamhaare, hüpften aber bei jedem Schritt, als die Mädchen ans Flußufer hinunterliefen.

»Ihr müßt lachen!« rief Craig hinter ihnen her. »Spielt miteinander.«

Sie schämten sich ihrer Nacktheit nicht. In den ländlichen Gebieten war der Lendenschurz aus Perlen noch immer die traditionelle Kleidung des einfachen, unverheirateten Matabelemädchens. Auch Sarah hatte sie getragen, bis sie in die Stadt auf die Schule kam.

Sie spritzten einander an. Das Wasser glitzerte auf ihrer dunklen, glatten Haut, und ihr Lachen war so fröhlich und übermütig, daß es jeden Mann reizen mußte. Doch Craig sah, daß seine Guerrilleros unbeeindruckt blieben. Sie hatten nicht einmal ihre Köpfe umgewandt, um zu schauen. Sie waren mit Leib und Seele bei der Sache, ihre ganze Aufmerksamkeit gehörte der gefährlichen Aufgabe, die ihnen bevorstand.

Der erste Lastwagen tauchte auf dem Hügelkamm auf. Es war ein Fünftonner, wie jener, der sie über die Grenze nach Botswana verfolgt hatte. Er hatte die gleiche rötlichgelbe Farbe. Hinter dem schweren Maschinengewehr auf dem Dach stand ein Soldat. Dann tauchte, schwer beladen und bewaffnet, ein zweiter Lastwagen auf.

»Keinen dritten. Bitte nur zwei«, hauchte Craig und drückte den Schaft seiner Maschinenpistole an die Schulter. Der Lauf war mit trockenem Gras umwickelt, und Craig hatte Gesicht und Hände mit der schwarzen Tonerde vom Flußufer beschmiert.

Es waren nur zwei Lastwagen. Sie rollten den Damm entlang, und Sarah und ihre Schwestern standen knietief im grünen Wasser unterhalb der Brücke und winkten hinauf. Der erste Laster bremste, und die Mädchen schwangen ihre Hüften, lachten aufreizend und schaukelten mit ihren nassen, glänzenden Brüsten.

In der Kabine des ersten Lasters saßen zwei Männer. Einer von ihnen war ein Unteroffizier, Craig konnte das Abzeichen und das Glitzern seiner Sterne auf den Schultern ausmachen. Er grinste, und seine Zähne gleißten fast so hell wie seine Abzeichen. Er sprach mit dem Fahrer, dann hielt der erste Laster mit quietschenden Bremsen am Anfang der Brücke. Der zweite Laster war gezwungen, ebenfalls anzuhalten.

Der junge Unteroffizier öffnete den Wagenschlag und blieb auf dem Trittbrett stehen. Die Soldaten auf der Ladefläche und hinter den Maschinengewehren beugten sich vor, grinsten und rissen zotige Witze. Sarahs Beispiel folgend, sanken die Mädchen kokett bis zu den Hüften ins Wasser und beantworteten die Vorschläge und Bemerkungen mit geheuchelter Zurückhaltung. Ein paar Soldaten aus dem zweiten Laster sprangen herunter und kamen näher, um sich den Spaß nicht entgehen zu lassen.

Eines der älteren Mädchen machte schüchtern eine obszöne Geste mit Daumen und Zeigefinger, und anerkennendes, heiseres Männerlachen antwortete ihr. Der Unteroffizier machte eine noch deutlichere Geste, und nun sprangen auch die anderen Soldaten von den Lastwagen und drängten sich um ihn. Nur die beiden Maschinengewehrschützen waren noch auf ihrem Posten.

Craig warf einen Blick auf seine Männer unter der Brücke. Die Bogenschützen robbten auf dem Bauch die Uferböschung hoch und achteten darauf, daß das Gebälk der Brücke zwischen ihnen und den Soldaten war.

Im Fluß war Sarah aufgestanden. Sie hatte die Perlenschnur ihres Schurzes gelöst, trug das winzige Kleidungsstück in der Hand und schwenkte es aufreizend. Sie watete auf die Männer am Ufer zu, das Wasser umspülte ihre Hüften, und das Lachen erstarb, als die Männer ihr entgegenstarrten. Sie war so geschmeidig und schön wie ein nasser Fischotter, das Sonnenlicht gab ihrem Körper einen überirdischen Schimmer, und selbst aus dieser Entfernung konnte Craig die Erregung der Männer spüren, die sie mit lüsternen Blicken beobachteten und zu schwitzen begannen.

Sarah blieb direkt unter ihnen stehen, legte die Hände unter ihre Brüste und hob sie hoch, so daß ihre Brustwarzen auf sie gerichtet waren. Alle konzentrierten sich nun vollkommen auf sie, sogar die Maschinengewehrschützen oben auf den Dächern der beiden Laster waren hingerissen und wie entrückt.

Hinter ihnen hatten die vier Bogenschützen den Damm erreicht. Sie waren keine zehn Schritte von dem ersten Lastwagen entfernt, als sie sich hinknieten und die Bogen spannten. Die Bogen rundeten sich, die Sehnen wurden gespannt, bis sie die Lippen der Schützen berührten, deren Rückenmuskeln hervortraten, als sie zielten. Dann ließ einer nach dem anderen seinen Pfeil schwirren.

Nichts war zu hören, nicht einmal das leiseste Pfeifen, aber einer der Maschinengewehrschützen sackte langsam in sich zusammen und hing kopfüber an der Seite der Fahrerkabine. Der andere bog den Rücken durch, den Mund weit geöffnet, ohne daß ein Laut zu hören gewesen wäre, und versuchte mit einer Hand über seine Schulter zu greifen, um den Pfeil herauszuziehen, der direkt zwischen seinen Schulterblättern steckte. Ein anderer Pfeil traf ihn eine Handbreit tiefer, und er krümmte sich vor Schmerz und brach zusammen.

Die Bogenschützen änderten ihre Zielrichtung, und die Pfeile flogen lautlos in den Soldatenhaufen am Flußufer – ein Mann schrie. Im selben Augenblick sprangen die Guerilleros, die unterhalb der Uferböschung versteckt waren, aus dem Wasser und liefen durch das Schilf, als die Soldaten herumwirbelten, um sich den Bogenschützen zu stellen. Die nackten Guerilleros überfielen sie von hinten, und diesmal hörte Craig die dumpfen Schläge, als sie die langen Klingen ihrer Buschmesser schwangen. Eine Klinge zerschnitt das burgunderrote Barett des Unteroffiziers und spaltete ihm den Schädel bis zum Kinn.

Sarah wirbelte herum und rannte zurück, um die Mädchen in Sicherheit zu bringen.

Ein einziger Schuß fiel, dann waren alle Soldaten überwältigt und lagen verstreut am Rand des Flusses.

»Sarah«, rief Craig ihr zu, als sie das Ufer erreichte, »bringen Sie die Mädchen in den Busch zurück!«

Sarah griff nach ihrem Hemd und scheuchte ihre Schwestern vor sich her in den Busch.

Craig nahm seine Maschinenpistole und rannte über die Brücke. Die Guerrilleros waren bereits dabei, die Toten zu plündern. Sie arbeiteten mit der Geschicklichkeit langer Übung: erst die Armbanduhren, dann der Inhalt der Taschen und schließlich die Patronengürtel.

»Ist jemand verletzt?« fragte Craig. Der einzelne Schuß hatte ihm Sorgen gemacht, aber es gab keine Verwundeten. Craig ließ den Guerrilleros zwei Minuten für die Leichen, dann schickte er eine Patrouille über den Damm; er wollte vor Überraschungen sicher sein. Er wandte sich wieder den toten Shona zu. »Begrabt sie!«

Sie hatten das Massengrab schon am vorhergehenden Nachmittag ausgehoben, und nun schleppten sie die nackten Leichen hin.

An der Seite des Lastwagens, wo der Maschinengewehrschütze gehangen hatte, war Blut. »Das muß abgewaschen werden!« Einer der Guerrilleros brachte einen Eimer Wasser aus dem Fluß. »Und wascht auch die Uniformen.« Sie würden in weniger als einer Stunde trocken sein.

Sarah kam zurück, bevor der Begräbnistrupp mit der Arbeit fertig war. Sie war wieder ganz angekleidet. »Ich habe die Mädchen ins Dorf zurückgeschickt, sie kennen den Busch. Ihnen wird nichts geschehen.«

»Gut gemacht«, sagte Craig und kletterte in die Fahrerkabine des ersten Lasters. Der Zündschlüssel steckte.

Der Begräbnistrupp kam aus dem Dickicht zurück, und Craig ließ seine Wachtposten holen. Der Guerrillero, der als Fahrer des zweiten Lastwagens eingeteilt war, startete den Wagen, und die anderen kletterten auf die Ladefläche. Die beiden Lastwagen überquerten die Brücke und krochen den Gegenhang hinauf. Die ganze Operation hatte kaum fünfunddreißig Minuten gedauert. Sie kamen zu dem gefällten Mhobahobabaum, und Wächter trat aus dem Dickicht und wies ihnen den Weg von der Straße. Craig fuhr den Wagen ins Gebüsch, und sofort tarnte eine Gruppe Guerrilleros die beiden Fahrzeuge mit abgeschnittenen Ästen, und eine andere Gruppe begann die Fracht abzuladen und die Straßensperre zu beseitigen.

Die Ladung bestand aus Zweihundert-Pfund-Säcken Maismehl, ganzen Kisten voll mit Fischkonserven, Decken, Medikamenten, Zigaretten, Munition, Seife, Zucker, Salz – alles unbezahlbare Dinge für die Guerrilleros. Sie schleppten die Sachen fort, und Craig wußte, daß sie sie verstecken und später holen würden. Außerdem fanden sie ein Dutzend Seesäcke, die die Habseligkeiten der toten Soldaten enthielten, darunter Uniformen der Dritten Brigade und sogar zwei der berühmten burgunderroten Barette. Während die Guerrilleros die Uniformen anzogen, schaute Craig auf die Uhr. Es war kurz nach fünf.

Craig erinnerte sich, daß der Funker im Lager von Tuti jeden Abend um sieben Uhr das Aggregat anließ und seine Routinemeldung machte. Er untersuchte das Funkgerät im ersten Lastwagen. Es war ein Fünfzehn-Ampère-Gerät, stark genug, Tuti zu erreichen, aber nicht genug, um dem Hauptquartier in Harare zu funken. Das war gut.

Er rief Wächter und Sarah zur Fahrerkabine, und dann gingen sie noch einmal den Plan durch. Sally-Anne würde um fünf Uhr zwanzig am nächsten Morgen über der Landebahn von Tuti kreisen und konnte bis acht Uhr dreißig in dieser Position bleiben. Craig rechnete für die Fahrt vom Lager bis zur Landebahn an der Missionsstation drei Stunden – kleine Verzögerungen oder Pannen eingerechnet. Sie mußten das Lager also um zwei Uhr dreißig, aber keinesfalls später als um fünf Uhr verlassen. Das bedeutete, daß sie etwa um Mitternacht an den Toren des Lagers ankommen mußten. Dann hatten sie zweieinhalb Stunden Zeit, um die Stellung zu stürmen, die Laster aufzutanken, die Gefangenen freizulassen, Tungata zu finden und den Rückzug vorzubereiten.

»Also«, sagte Craig, »ich möchte, daß jede Gruppe ihren Einsatzplan noch einmal durchgeht. Zuerst Sie, Sarah.«

»Ich nehme die zwei Männer mit den Bolzenschneidern, und wir gehen direkt zu Hütte Nr. 1.«

Er hatte ihr zwei Mann zugeteilt. Möglicherweise war Tungata so schwach, daß er sich nicht ohne Hilfe fortbewegen konnte. Die Hütte Nr. 1 stand etwas abseits, hinter einem eigenen Stacheldrahtzaun, und wurde offensichtlich als Sicherheitszelle benützt. Sarah hatte gesehen, wie Tungata bei ihrem letzten Treffen auf dem Paradeplatz aus dieser Hütte geholt worden war.

»Wenn wir ihn finden, bringen wir ihn zum Treffpunkt am Haupttor. Wenn er ohne Hilfe gehen kann, werden meine Leute die anderen Zellen öffnen und die Gefangenen befreien.«

»Gut.« Sie hatte alles behalten.

»Nun die zweite Gruppe.«

»Fünf Mann für die äußeren Wachttürme.« Wächter ging seine Instruktionen durch.

»Gut, das war's.« Craig stand auf. »Aber alles hängt von einem Punkt ab. Ich habe es schon fünfzigmal gesagt, aber ich sage es noch einmal. Wir müssen an das Funkgerät herankommen, bevor die Funker es in Betrieb nehmen können. Nach dem ersten Schuß bleiben uns dazu ungefähr fünf Minuten, zwei Minuten, die der Funker braucht, um zu erkennen, was vorgeht, zwei Minuten, um den Generator anzulassen und auf volle Kraft zu schalten, und noch eine Minute, um mit dem Hauptquartier in Harare Kontakt aufzunehmen und Alarm zu schlagen. Wenn das passiert, sind wir so gut wie tot.« Er sah auf die Uhr. »Fünf Minuten nach sieben – jetzt können wir funken. Wo ist der Genosse, der Shona spricht?«

Craig schärfte dem Mann genau ein, was er zu sagen hatte, und war erleichtert, daß er sich als recht schlagfertig erwies.

»Ich erzähle ihnen, daß der Konvoi verspätet eintrifft. Einer der Laster hat eine Panne, kann aber repariert werden. Wir werden später als gewöhnlich, also bei Nacht, ankommen«, wiederholte er.

»Gut.«

»Wenn sie anfangen, Fragen zu stellen, antworte ich: ›Habe Meldung nicht verstanden. Mitteilung unverständlich.‹ Dann wiederhole ich: ›Ankunft verspätet‹ und schalte ab.«

Craig stand besorgt daneben, als der Guerrillero den Funkspruch durchgab, und lauschte dem unverständlichen Wortschwall in Shona aus dem Straflager, aber er konnte keine Spur von Mißtrauen oder Argwohn in der von atmosphärischen Störungen verzerrten Stimme erkennen.

Der Guerrillero schloß das Gespräch und gab Craig das Mikrofon zurück. »Er sagt, er hat verstanden. Sie erwarten uns in der Nacht.«

»Gut. Jetzt können wir essen und schlafen.«

Der Mond ist zu hell, dachte Craig, als er unter der Plane des ersten Lasters hervorlugte. In vier Tagen war Vollmond, und er stand so hoch und schien so hell, daß er scharfkantige Schatten warf. Der Lastwagen rumpelte und holperte über die Schlaglöcher auf der Straße.

Craig hatte es nicht gewagt, im Führerhaus mitzufahren, nicht einmal mit geschwärztem Gesicht. Ein scharfes Auge konnte ihn ohne weiteres erkennen. Wächter saß in der Uniform des Unteroffiziers mit Barett und Schulterabzeichen neben dem Fahrer. Ihm zur Seite saß der Guerrillero, der Shona sprach, das zweite Barett auf dem Kopf. Die Maschinengewehre waren geladen und entsichert und wurden von zwei ausgesuchten Männern bedient. Weitere acht Guerrilleros in gestohlenen Uniformen standen gut sichtbar auf der Ladefläche, während der Rest mit Craig unter der Zeltplane kauerte.

»Bisher ist alles gut gegangen«, murmelte Sarah.

»Bisher«, stimmte Craig zu. »Aber mir persönlich wäre ein schlechter Anfang und ein glücklicher Ausgang lieber.«

Neben Craigs Kopf wurde dreimal an die Fahrerkabine geklopft, Wächters Zeichen, daß das Lager in Sicht war.

»Nun, so oder so, wir können jedenfalls nichts mehr ändern.« Craig drehte sich um und spähte durch das Guckloch, das er in die Plane geschnitten hatte. Er sah die Wachttürme des Lagers und ein Stück Stacheldrahtzaun. Und plötzlich wurde der Himmel hell. Die Scheinwerfer rund um das Lager flammten auf und tauchten alles in grelles, weißes Licht.

»Das Aggregat«, stöhnte Craig. »Mein Gott, sie haben das Aggregat angelassen, um uns zu empfangen.«

Das war Craigs erster Fehler. Sein ganzer Plan beruhte auf der Überlegung, daß es dunkel sein würde. Doch nun erkannte er, wie naheliegend und logisch es war, das Lager zu beleuchten, um die Ankunft des Konvois zu kontrollieren und das Abladen zu erleichtern.

Jetzt hatte man sie bereits gesehen. Sie konnten nur weiter auf das Flutlicht zufahren, und Craig lag hilflos unter der Plane und konnte nicht einmal Wächter verständigen. Er hielt sein Auge an das Guckloch gepreßt und machte sich bittere Vorwürfe, daß er diese Möglichkeit nicht eingeplant hatte.

Die Wachtposten hatten die Tore nicht geöffnet, neben dem Wächterhaus befand sich eine Maschinengewehrstellung, und Craig sah, wie der Lauf der Waffe herumgeschwenkt wurde, als sie sich näherten. Die Wache, bestehend aus vier Soldaten und einem Unteroffizier, trat aus dem Wachhaus.

Als sich der erste Lastwagen dem Tor näherte, stellte sich der Sergeant vor ihn hin und hob die Hand. Als der Laster anhielt, ging er zum Beifahrerfenster, fragte etwas in Shona, und der Guerrillero mit dem Barett antwortete ihm gleichgültig. Augenblicklich änderte sich der Tonfall des Sergeant, offensichtlich war die Antwort nicht richtig gewesen. Seine Stimme hob sich und wurde schneidend und herrisch. Er stand außerhalb von Craigs begrenztem Blickfeld, aber Craig sah, daß die Wachtposten reagierten. Sie nahmen die Maschinenpistolen von den Schultern und verteilten sich, um den Lastwagen zu umzingeln; der Bluff war vorbei, bevor er begonnen hatte.

Craig tippte dem uniformierten Guerrillero, der neben ihm stand, an das Bein. Das war ein vereinbartes Signal, und der Guerrillero warf die Handgranate, die er in der rechten Hand hielt. Sie landete direkt in der Maschinengewehrstellung.

Im selben Augenblick befahl Craig seinen Leuten ruhig: »Tötet sie.«

Sie steckten die Maschinenpistolen durch die Schlitze in der Plane, die Schußweite betrug weniger als zehn Schritt. Die Salve traf die unvorbereiteten Wachtposten, bevor sie die Waffen anlegen konnten. Der Sergeant lief auf das Wachhaus zu, aber Wächter beugte sich, die Tokarev mit beiden Händen umklammernd, aus dem Führerhaus und schoß ihn zweimal in den Rücken.

Als der Sergeant zusammenbrach, explodierte die Handgranate hinter den Sandsäcken, und der Lauf des Maschinengewehrs schwenkte ziellos gegen den Himmel, als der Schütze, von Granatsplittern getroffen, zusammensackte.

»Fahr los!« Craig hatte Kopf und Schultern durch den Schlitz in der Plane gesteckt und brüllte dem Fahrer durch das offene Seitenfenster zu: »Das Tor eindrücken!«

Der mächtige Dieselmotor des Lasters heulte auf, und der Wagen machte einen Satz nach vorne. Dann folgte ein ohrenbetäubendes Krachen, der Laster bockte und bebte, kam einen Augenblick zum Stillstand und donnerte dann in das hellerleuchtete Gefangenenlager.

Craig kletterte neben den Maschinengewehrschützen auf die Fahrerkabine. »Nach links.« Er ließ ihn auf die Lehmbaracke neben dem Tor zielen.

Der Schütze feuerte eine volle Ladung in die Traube halbnackter Soldaten, die dort aus der Tür stürzten.

»Wachtturm rechts.«

Sie wurden von den beiden Wachtposten im Turm beschossen. Der Maschinengewehrschütze schwenkte herum. Es hagelte Glas- und Holzsplitter von den Wänden und Fenstern des Turmes, und die beiden Posten wurden getroffen und zurückgeworfen.

»Hütte Nr. 1 in Sicht«, rief Craig Sarah zu.

Sie und ihre Kameraden kauerten an der Ladeklappe, und als der Laster langsamer wurde, sprangen sie ab und rannten über den Platz. Sarah trug die Bolzenschneider, und die beiden Guerilleros liefen im Zickzack vor ihr her und feuerten aus der Hüfte.

Craig glitt vom Dach herunter auf das Trittbrett und klammerte sich ans Führerhaus. »Auf den Hügel zufahren«, brüllte er dem Fahrer zu. »Wir müssen das Funkgerät zerstören!«

Der Festungshügel lag direkt vor ihnen, aber sie mußten erst den riesigen, hellerleuchteten Paradeplatz mit der weißgekalkten Wand am anderen Ende überqueren, um zum Fuß des Hügels zu gelangen.

Craig blickte zurück. Sarah und die beiden anderen hatten die Hütte erreicht und bearbeiteten gerade den Drahtzaun mit dem Bolzenschneider. Noch während er sie beobachtete, hatten sie es geschafft, eine Öffnung herauszuschneiden, und verschwanden im Inneren.

Craig schaute sich nach dem zweiten Laster um. Er fuhr innen am Zaun entlang, zielte nacheinander auf die Wachttürme und nahm sie unter direkten Beschuß. Vier Türme waren bereits ausgeschaltet, blieben also nur noch zwei.

Das Feuer explodierender Handgranaten zog Craigs Aufmerksamkeit auf die Baracken, die an das Hauptgefangenenlager grenzten. Der zweite Lastwagen hatte einen Guerrillerotrupp abgesetzt, der diese Baracken angreifen sollte. Craig sah sie unter den Fenstern der Baracken kauern; sie warfen Handgranaten durch die Fenster, und als die Granaten explodierten, stürmten alle im Flutlicht auf das Hauptlager zu.

Sie hatten schon in den ersten Minuten das gesamte Lager unter ihre Kontrolle gebracht. Sie hatten die Türme außer Gefecht gesetzt, den Wachtposten vor dem Tor und beide Barackenblocks ausgeschaltet – alles war in ihrer Hand. Craig fühlte, wie ihn ein Gefühl des Triumphes durchzuckte, und dann blickte er über den Paradeplatz zum Hügel. Alles, außer der Anhöhe, und während er das noch dachte, sauste eine Reihe hell leuchtender Geschosse von dem mit Sandsäcken befestigten felsigen Hügel auf sie zu. Es sah aus wie eine Kette aus weißen Feuerkugeln, und plötzlich wirbelte Staub auf, Querschläger heulten, und die Kugeln bohrten sich kreischend in die Karosserie des Lastwagens.

Der Laster geriet ins Schleudern, Craig klammerte sich verzweifelt an den Rückspiegel und brüllte dem Fahrer zu: »Weiterfahren – wir müssen zum Funkgerät!«

Der Fahrer kämpfte mit dem Lenkrad, und der Lastwagen fuhr wieder auf die Anhöhe zu, als die zweite Salve aus dem Maschinengewehr einschlug. Die Windschutzscheibe zerbarst in tausend winzige Scherben, und der Fahrer sank getroffen gegen die Tür. Als sein Fuß vom Gaspedal rutschte, wurde der Lastwagen langsamer.

Craig griff nach der Klinke und riß die Tür auf. Die Leiche des Fahrers fiel ihm entgegen und überschlug sich. Craig schwang sich auf den Fahrersitz und drückte den Fuß auf das Gaspedal. Der Laster machte einen Satz vorwärts.

Neben Craig feuerte Wächter mit seiner Kalaschnikow durch das Loch, wo die Windschutzscheibe gewesen war, und vom Hügel beantwortete das Maschinengewehr das Feuer mit ohrenbetäubendem Rattern. Die Geschosse der beiden Waffen schienen in der Luft über dem Paradeplatz aufeinanderzutreffen und sich zu vermischen, und dann sah Craig noch etwas.

Aus einer der Schießscharten in der mit Sandsäcken befestigten Mauer am Fuß des Hügels kam ein schwarzer Tropfen von der Größe einer Ananas mit einem winzigen Flammenschweif auf den Laster zugeflogen. Craig wußte sofort, was es war, aber er hatte nicht einmal mehr Zeit, eine Warnung auszustoßen, bevor das RPG-7-Projektil auftraf.

Es schlug tief in die Vorderfront des Lasters ein, und das war ihre Rettung – der massive Motorblock dämpfte die Wucht der Detonation, aber die Vorderfront des Lasters wurde weggerissen, und der Wagen stoppte, als wäre er gegen eine Betonmauer geprallt. Er überschlug sich, und Craig wurde hinausgeschleudert.

Er kroch auf den Knien weiter, und das Maschinengewehr auf dem Hügel schwenkte auf ihn zu.

Rund um das Wrack des Lastwagens lagen verstreut betäubte und verwundete Guerrilleros.

»Vorwärts!«, brüllte Craig in Sindebele. »Zur Mauer, rennt zur Mauer!« Er sprang auf und lief los.

Die weißgekalkte Hinrichtungsmauer lag ungefähr siebzig Meter von ihnen entfernt, und eine Handvoll Männer verstand ihn und schloß sich ihm an.

Das Maschinengewehr jagte sie vorwärts, die Kugeln pfiffen Craig um die Ohren, und er taumelte wie ein Betrunkener, aber er konnte sich aufrecht halten. Der Mann, der direkt vor ihm lief, brach zusammen, in beide Beine getroffen. Als Craig an ihm vorbeilief, wälzte er sich auf den Rücken und warf ihm seine Maschinenpistole zu. »Hier, Kuphela, nimm sie. Ich bin tot.«

Craig fing die Maschinenpistole im Laufen auf. »Du bist ein Mann«, rief er dem sterbenden Guerrillero zu und sprintete los. Wächter ging vor ihm hinter der Mauer in Deckung, aber der Maschinengewehrschütze auf dem Hügel schwenkte seine Waffe in Craigs Richtung.

Craig rannte auf die Mauer zu, und die Kugeln flogen nahe an ihm vorbei. Als er an die Mauer stieß, warf er sich keuchend zu

Boden. Nur Wächter und noch zwei andere hatten es bis zur Mauer geschafft – die übrigen lagen tot im Lastwagen oder auf dem offenen Platz dazwischen.

»Wir müssen dieses Maschinengewehr ausschalten«, sagte Craig, und Wächter grinste ihn von der Seite an.

»Versuche es, Kuphela – wir werden dir mit großem Interesse dabei zuschauen.«

Ein zweites RPG-7-Projektil krachte in die Mauer, daß ihnen Hören und Sehen verging, und bedeckte sie mit einem Schleier feinen, weißen Staubes.

Craig wälzte sich auf die Seite und kontrollierte die Kalaschnikow. Das Magazin war voll. Wächter reichte ihm noch ein Magazin aus dem Hafersack an seiner Schulter, und Craig hatte außerdem noch die Tokarev-Pistole im Gürtel und zwei Handgranaten in den Brusttaschen.

Er wagte einen raschen Blick um die Ecke der Mauer, und augenblicklich knatterte das Maschinengewehr. Er ließ sich zurückfallen. Bis zum Fuß des Hügels waren es nur hundert Meter, aber es hätten ebenso gut tausend Meter sein können. Sie waren hilflos festgenagelt, und der Schütze dort auf dem Hügel kontrollierte das ganze Lager. Im Flutlicht konnte sich niemand bewegen, ohne in das Maschinengewehrfeuer zu laufen oder von dem Raketenwerfer erwischt zu werden.

Craig sah sich besorgt nach dem zweiten Lastwagen um, aber der Fahrer schien so vernünftig gewesen zu sein, das Fahrzeug hinter einem der Gebäude abzustellen, als der Beschuß aus dem Raketenwerfer begann. Von den anderen Guerrilleros war nichts zu sehen, sie waren alle in Deckung gegangen, aber sie hatten jetzt schon mehr Verluste, als sie sich leisten konnten.

»So kann es doch nicht enden.« Ein Gefühl der Enttäuschung und der Hilflosigkeit nagte an Craig. »Wir müssen dieses Maschinengewehr ausschalten!«

Das Maschinengewehr auf dem Hügel schwieg – und in der Stille hörte Craig plötzlich Singen, am Anfang nur schwach, nur ein paar Stimmen, aber dann schwoll es an und tönte über den Platz:

»Warum weint ihr, ihr Witwen der Shangani,
wenn das dreibeinige Gewehr so laut lacht?«

Dann hallte das alte Kampflied durch die Stille, von Hunderten Kehlen gesungen:

»Warum weint ihr, ihr kleinen Söhne der Maulwürfe,
wenn eure Väter dem Ruf des Königs folgen?«

Und dann tauchten sie hinter den Baracken auf, eine bunte Armee nackter Gestalten, manche so schwach, daß sie taumelten, andere mit sicheren Schritten vorwärtsstürmend, bewaffnet mit Steinen, Ziegeln und Pfählen, die sie aus den Dächern ihrer Gefängnisse gerissen hatten. Nur ein paar hatten die Waffen der toten Wächter an sich genommen, aber alle sangen trotzig, als sie auf den Hügel und das Maschinengewehr losstürmten.

»Mein Gott!« flüsterte Craig. »Das wird ein Massaker.«

An der Spitze dieser sonderbaren Armee lief, eine Kalaschnikow schwingend, eine hohe Gestalt, die aussah wie die Karikatur des Todes selbst, so mager war der Mann, und die ganze Schar halbverhungerter Gefangener sammelte sich um ihn. So verändert er auch war, Craig hätte Tungata Zebiwe überall auf dieser Erde wiedererkannt.

»Zurück, Sam!« brüllte er, unwillkürlich den Namen gebrauchend, unter dem er seinen Freund kennengelernt hatte, aber Tungata stürmte unbekümmert weiter, und Wächter sagte kaltblütig: »Sie werden das Feuer ablenken, das ist unsere Chance.«

»Ja, mach dich bereit«, antwortete Craig. Wächter hatte recht. Sie sollten nicht sinnlos sterben, und noch während er sprach, eröffnete das Maschinengewehr das Feuer.

»Warte!« Craig hielt Wächter am Arm fest. »Er muß bald nachladen.« Und während er wartete, bis das Maschinengewehr leergeschossen war, sah er das schreckliche Blutbad, das es in den Reihen der befreiten Gefangenen anrichtete.

Die Garben schien die Männer niederzumähen wie eine Sense, aber sobald einer in der ersten Reihe fiel, füllten die Männer von hinten die Lücken auf, und Tungata lief immer noch an der

Spitze, seine Gefährten weit hinter sich lassend und im Laufen feuernd, und der Schütze auf dem Hügel zielte auf ihn, so daß der Staub um ihn herum aufwirbelte. Aber wie durch ein Wunder war er unversehrt, als das Maschinengewehr jäh verstummte.

»Leer!« brüllte Craig. »Los! Los! Los!«

Sie stürmten vorwärts wie Wettläufer beim Startschuß.

Ein Raketengeschoß heulte über ihre Köpfe hinweg, und Craig duckte sich im Laufen, aber es flog zu hoch, war in Panik abgeschossen worden. Es flog über den Paradeplatz und traf den silbern glänzenden Benzintank neben der Wachbaracke. Das Benzin explodierte mit ohrenbetäubendem Getöse.

Craigs Abstand zu Wächter und den anderen Guerrilleros vergrößerte sich, die Beinprothese behinderte ihn beim Laufen, aber während er lief, rechnete er. Ein guter Mann würde zehn Sekunden brauchen, um das Maschinengewehr nachzuladen. Seit sie ihre Deckung hinter der Mauer verlassen hatten, waren sieben Sekunden vergangen – acht, neun, zehn – nun mußte es kommen! Und die Deckung war noch zwanzig Schritte entfernt.

Wächter erreichte die Barriere aus Sandsäcken und hechtete darüber. Dann wurde Craig getroffen und wie von einem Hammerschlag zu Boden geschleudert, und die Kugeln pfiffen ihm um die Ohren. Er kam wieder auf die Beine, aber der Schütze hatte ihn fallen sehen und schwenkte das Maschinengewehr zurück auf die vorwärtsstürmende Schar der Gefangenen.

Unversehrt lief Craig weiter und erkannte, daß die Kugel seine Beinprothese getroffen hatte. Er lachte auf, es erschien ihm so lächerlich, daß er zu Tode erschrocken war. Das macht ihr mir nur einmal! dachte er, und dann hatte er den Fuß des Hügels erreicht. Er sprang hoch, fand mit einer Hand Halt an der Mauerkante, zog sich hinauf und ließ sich auf der anderen Seite hinunterfallen. Er landete auf der schmalen, verlassenen Schießplattform.

Das Funkgerät. Sein ganzes Denken war darauf fixiert. Er mußte das Funkgerät ausschalten. Er sprang in den Schützengraben hinunter und lief auf eine Krümmung zu. Hinter der Krümmung hörte er die Geräusche eines Handgemenges und einen Schrei, und als er um die Ecke bog, richtete sich Wächter gerade von der Leiche des Soldaten auf, der das RPG-7 bedient hatte.

»Übernimm du das Maschinengewehr«, befahl ihm Craig. »Ich sehe zu, daß ich in den Funkraum komme.« Er kletterte den Steg hinauf und rannte an dem Unterstand vorbei, in dem er bei seinem letzten Besuch einquartiert gewesen war.

Nun die erste Tür links. Er tauchte in die Öffnung, fegte den Jutevorhang beiseite, und dann hörte er den Funker in seinem Raum am Ende des Ganges brüllen. Craig stürmte den schmalen Korridor entlang und blieb in der Tür stehen.

Zu spät. Sein Magen verkrampfte sich. Der Funker, nur mit Unterhemd und Unterhose bekleidet, hatte sich über das Funkgerät gebeugt, das auf der Bank am anderen Ende des Raumes stand. Er hielt mit beiden Händen das Mikrofon vor die Lippen und wiederholte gerade zum drittenmal in Englisch seinen Alarmruf, und als Craig zögerte, hallte, ebenfalls in klarem Englisch, die Bestätigung aus dem Lautsprecher.

»Meldung empfangen und verstanden«, sagte die Stimme des Funkers im Brigadehauptquartier in Harare. »Haltet aus! Wir schicken sofort Verstärkung.«

Craig feuerte, und seine Kugel zerschmetterte das Funkgerät. Der unbewaffnete Funker ließ das Mikrofon fallen, kauerte sich an der Wand zusammen und starrte Craig schluchzend vor Angst an. Craig richtete die Waffe auf ihn, konnte sich aber nicht dazu durchringen zu schießen.

Da krachte hinter ihm in der Türöffnung eine Maschinenpistole, und Craig erschrak; der Funker wurde an die Wand zurückgeschleudert und sank als blutiges Bündel zu Boden.

»Du warst schon immer zu weich, Pupho«, sagte eine tiefe Stimme neben Craig, und er drehte sich um und blickte der mageren, nackten Gestalt, die ihn um vieles überragte, in das entstellte, ausgemergelte Gesicht, in die dunklen Falkenaugen.

»Sam!« sagte Craig kraftlos. »Bei Gott, es tut gut, dich wiederzusehen.«

Der gesamte vordere Teil des ersten Lastwagens war zertrümmert, während beim zweiten Lastwagen die Hinterräder vom Maschinengewehrfeuer zerstört worden waren. Die Dieseltanks beider Fahrzeuge waren ziemlich leer.

Craig erklärte Tungata so kurz wie möglich, wie sie außer Landes kommen konnten. »Acht Uhr ist das Zeitlimit. Wenn wir bis dahin nicht an der Landebahn sind, müssen wir zu Fuß über die Grenze.«

»Bis zum Flugplatz sind es fünfzig Kilometer«, sagte Tungata. »Und außer den Lastern gibt es hier kein Fahrzeug. Fungabera ist vor zwei Tagen mit dem Landrover weggefahren.«

»Ich kann die Hinterräder des zerschossenen Lasters abmontieren – aber Treibstoff! Sam, wir brauchen Treibstoff.«

Sie starrten beide auf den brennenden Benzintank. Die Flammen schossen noch immer senkrecht in den Nachthimmel, und Schwaden dichten, schwarzen Rauchs zogen über den Paradeplatz.

»Ich werde den Rest Diesel vom einen Laster in den anderen umfüllen«, sagte Craig. »Und die Männer sollen mit dem Ummontieren der Hinterräder beginnen. Aber du mußt noch mehr Diesel finden, Sam. Du mußt!« Er wandte sich um und hinkte auf den in der Nähe stehenden Lastwagen zu.

Wächter wartete auf ihn. »Wir haben vierzehn Männer verloren, Kuphela«, sagte er.

»Das tut mir leid.« Gott, wie platt das klingt, dachte er.

»Eines Tages hätten sie sowieso sterben müssen«, meinte der Guerrillero achselzuckend. »Was machen wir jetzt?«

Die passenden schweren Radschlüssel fanden sie in den Werkzeugkästen der Lastwagen, und sie hatten genug Männer, um den Laster anzuheben, mit Holzpfählen abzustützen und die Räder zu montieren. Craig überwachte die Arbeiten an der Achse und den Hinterrädern, während er die Hose hochkrempelte und die Beinprothese abschnallte. Die Kugel hatte das Aluminium durchschlagen und ein zackiges Austrittsloch hinterlassen, aber das komplizierte Fußgelenk war unbeschädigt. Er klopfte die scharfen Metallkanten mit einem Hammer aus dem Werkzeugkasten zurecht und schnallte das Bein wieder an. »So, du mußt noch eine Zeitlang halten«, sagte er, gab dem Bein einen liebevollen Klaps und nahm Wächter, der bereits zwei der Schrauben am Hinterrad des Lastwagens gelöst hatte, den Radschlüssel aus der Hand.

Eine Stunde später, als Craig und seine Leute den Lastwagen gerade wieder auf die Räder stellten, kam Tungata zurück. Craig war bis zu den Ellbogen voll Wagenschmiere. Sarah mußte laufen, um mit Tungata Schritt zu halten. Neben ihm wirkte sie trotz der Maschinenpistole, die sie trug, zierlich.

»Kein Treibstoff«, sagte Tungata. »Wir haben das ganze Lager abgesucht.«

»Ich schätze, wir haben noch fünfzehn Liter.« Craig richtete sich auf und wischte sich mit dem Ärmel den Schweiß vom Gesicht. »Damit kommen wir ungefähr dreißig Kilometer weit. Wenn wir Glück haben.« Er sah auf die Uhr. »Drei Uhr – die Zeit läuft uns davon. Sally-Anne ist in knapp zwei Stunden über dem Flugplatz. Wir werden es nicht schaffen.«

»Craig, Sarah hat mir erzählt, was du getan hast, die Gefahren, die Planung, alles«, sagte Tungata weich.

»Dafür haben wir jetzt keine Zeit, Sam.«

»Nein«, stimmte Sam zu. »Ich muß noch zu meinen Leuten reden, dann können wir losfahren.«

Die Gefangenen, die das Gemetzel auf dem Paradeplatz überlebt hatten, kamen näher, als sich Tungata auf die Motorhaube des Lasters stellte.

»Ich muß euch verlassen«, erklärte Tungata, und sie murrten, »aber meine Seele bleibt bei euch bis zu dem Tag, an dem ich wiederkehre. Und ich schwöre euch beim Bart meines Vaters und bei der Milch, die ich aus der Brust meiner Mutter getrunken habe, daß ich zu euch zurückkehren werde.«

»Bada!« riefen sie ihm zu. »Du bist unser Vater.«

»Die Shona werden sehr bald hier sein. Ihr müßt euch im Busch verstecken. Nehmt alle Waffen und Lebensmittel, die ihr finden könnt, und geht mit diesen Männern.« Tungata deutete auf die kleine Gruppe Guerrilleros um Wächter. »Sie werden euch an einen sicheren Ort führen, und dort wartet ihr, bis ich wiederkomme, um euch das zurückzugeben, was euer rechtmäßiges Eigentum ist.« Er breitete segnend die Arme aus. »Geht in Frieden, meine Freunde!«

Sie streckten die Hände aus, um ihn zu berühren, und einige von ihnen weinten wie Kinder. Dann marschierten sie in kleinen

Gruppen auf das Lagertor zu und verschwanden in der Dunkelheit.

Wächter ging als letzter. Er trat zu Craig und lächelte auf die ihm eigene, kalte, wölfische Art. »Obwohl du immer in der vordersten Reihe warst, hast du keinen einzigen Shona getötet, weder hier noch an der Brücke«, sagte er. »Warum, Kuphela?«

»Das Töten überlasse ich dir«, erklärte Craig. »Das kannst du besser als ich.«

»Du bist ein seltsamer Mann, o Schreiber von Büchern – aber wir sind dir dankbar. Wenn ich so lange lebe, werde ich meinen Enkeln erzählen, was wir heute zusammen getan haben.«

»Leb wohl, mein Freund«, sagte Craig und reichte ihm die Hand, und als sie einander die Hand drückten, legten sie Handballen an Handballen, ein Gruß mit tiefer Bedeutung.

Dann drehte sich Wächter um und eilte davon. Craig, Tungata und Sarah blieben neben dem Führerhaus des Lastwagens stehen. Die plötzliche Einsamkeit machte sie stumm.

Craig brach das Schweigen zuerst. »Sam, du hast gehört, daß der Funker mit seinem Hauptquartier gesprochen hat. Du weißt, daß Fungabera vermutlich schon Verstärkung geschickt hat. Gibt es zwischen hier und Harare noch Soldaten?«

»Ich glaube nicht.« Tungata schüttelte den Kopf. »Ein paar Männer in Karoi, aber keine Truppe, die stark genug wäre, auf einen solchen Angriff zu reagieren.«

»Gut – nehmen wir an, sie brauchen eine Stunde, um eine Truppe zusammenzustellen und in Marsch zu setzen. Weitere fünf Stunden brauchen sie, um nach Tuti zu kommen.« Er schaute Tungata fragend an, und dieser nickte. »Sie werden die Mission also ungefähr um sechs Uhr erreichen, und Sally-Anne sollte um fünf über dem Flugplatz sein. Das wird knapp, vor allem, wenn wir die letzten Kilometer zu Fuß zurücklegen müssen. Machen wir uns also auf den Weg.«

Während die anderen in die Fahrerkabine kletterten, ließ Craig den Blick ein letztes Mal über das verwüstete Lager schweifen. Die Flammen waren erloschen, aber der Qualm trieb noch immer über die verlassenen Hütten und den Paradeplatz, wo die Toten lagen. Das Flutlicht beleuchtete die Szene taghell.

»Die Lichter«, sagte Craig laut. Irgend etwas an den Lichtern störte ihn. Der Generator? »Das ist es!« flüsterte er und schwang sich hinter das Lenkrad. »Sam, der Generator.« Er ließ den Motor an und wendete den Lastwagen in einem großen Bogen.

Der Maschinenraum befand sich an der Hinterseite des Hügels, er war ein Teil der Zentralgebäude, die von Sandsäcken und Festungsmauern umgeben waren. Craig parkte den Laster direkt vor den Stufen zum Maschinenhaus, rannte hinunter und brach die Tür auf.

Es war ein 25-KW-Lister, eine große, eckige, grüne Maschine, und der Treibstofftank hing an Stahlträgern an der Wand. Craig klopfte an die Außenwand des Tanks, und es dröhnte beruhigend dumpf.

»Voll!« flüsterte Craig erleichtert. »Das sind mindestens hundertfünfzig Liter!«

Die Straße wand sich wie eine Schlange, und der Lastwagen mit seinem übervollen Treibstofftank lag recht schwerfällig und steif in den Kurven. Craig mußte das Lenkrad mit beiden Händen halten. Die Steigungen waren sehr steil, und die Geschwindigkeit verringerte sich bis auf Schrittempo, wenn Craig zurückschaltete. Sobald es wieder abwärts ging, wurden sie fast zu schnell, und der leere Lastwagen holperte unbarmherzig über die tiefen Schlaglöcher.

»Wie spät?« fragte Craig, und Sarah schaute im Licht der Armaturen auf die Uhr.

»Vier Uhr dreiundfünfzig.«

Craig blickte von den hellen Kegeln der Scheinwerfer auf. Schon konnte er die Umrisse der Baumwipfel gegen den heller werdenden Himmel erkennen. Auf dem höchsten Punkt der nächsten Anhöhe hielt er am Straßenrand an und schaltete das Funkgerät ein. Er suchte das Frequenzband nach militärischem Funkverkehr ab, aber aus dem Lautsprecher kam nur das Rauschen atmosphärischer Störungen. »Wenn sie in Sendereichweite sind, halten sie Funkstille.« Er schaltete das Gerät ab und setzte den Laster wieder in Bewegung.

»Noch fünfzehn Kilometer«, sagte Tungata.

»Also noch eine halbe Stunde«, erwiderte Craig und ließ den Motor aufheulen, während der Laster die letzten Hügel hinunterrollte. Als sie die Ebene erreichten, war es hell genug, daß er die Scheinwerfer ausschalten konnte. »Unnötig, die Aufmerksamkeit auf uns zu lenken.« Plötzlich richtete er sich auf, beunruhigt über das veränderte Motorengeräusch des Lastwagens; es klang rauher und lauter. »O Gott, nicht das auch noch«, flüsterte er, doch dann erkannte er, daß das Motorengeräusch nicht von dem Lastwagen stammte, sondern von außerhalb kam. Das Geräusch näherte sich und wurde lauter und bedrohlicher. Craig kurbelte das Seitenfenster hinunter und hielt seinen Kopf in den kühlen Fahrtwind.

Sally-Annes Cessna flog nur fünfzehn Meter über der Straße hinter ihnen und glitzerte silbern und bläulich in den ersten Sonnenstrahlen.

Craig stieß einen Freudenschrei aus und winkte übermütig.

Die Cessna holte sie rasch ein und flog mit ihnen auf gleicher Höhe. Sally-Anne schaute aus dem Cockpit zu ihm herunter. Sie trug einen rosaroten Schal um den Kopf, und ihre dichten, dunklen Brauen über den Augen waren deutlich zu erkennen. Sie lachte, als sie Craig erkannte, und winkte zurück. Dann war sie vorbei, zog die Maschine hoch, ließ sie mit den Flügeln wackeln und steuerte den Flugplatz an.

Der Busch hörte auf, und sie fuhren durch die Maisfelder, die das winzige Missionsdorf umgaben. Die Blechdächer der Kirche und des Schulhauses glitzerten in der aufgehenden Sonne. Ein paar Dorfbewohner traten schlaftrunken gähnend vor die Hütten an die Straße, um zu sehen, wer schon so früh durch das Dorf fuhr.

Craig verlangsamte die Geschwindigkeit, und Sarah rief durch das offene Fenster: »Soldaten kommen! Große Gefahr! Warnt alle! Geht in den Busch! Versteckt euch!«

Daran hatte Craig überhaupt nicht gedacht. Die Vergeltungsmaßnahmen der Dritten Brigade an der Dorfbevölkerung würden entsetzlich sein. Als sie das Dorf hinter sich hatten, gab Craig wieder Gas und sah den zerrissenen Windsack des Flugplatzes in einer Entfernung von einem Kilometer flattern. Die Cessna kreiste in geringer Höhe über der Landebahn. Craig sah, wie Sally-Anne das Fahrgestell ausfuhr und zur Landung ansetzte.

»Dort!« sagte Tungata heiser, und von rechts näherte sich, tief und schnell, ein anderes, viel größeres, zweimotoriges Flugzeug. Craig erkannte die Maschine sofort.

Es war eine alte Dakota-Transportmaschine, ein Veteran aus dem Wüstenkrieg in Nordafrika und dem Buschkrieg in Rhodesien. Das Flugzeug war in matter, grauer Tarnfarbe gestrichen und trug die Abzeichen der Luftwaffe von Simbabwe. Die Hauptluke hinter der Tragfläche stand offen, und in der Öffnung drängten sich einige Männer. Sie trugen die Kampfanzüge und Helme der Fallschirmspringer. Die Fallschirme hatten sie auf den Rücken geschnallt. Zwei standen direkt in der Luke, aber hinter ihnen befanden sich noch andere.

»Fallschirmjäger!« brüllte Craig, und die Dakota flog so tief über sie hinweg, daß die Druckwelle die Maishalme im Feld neben ihnen peitschte. Als die Maschine an ihnen vorbeiflitzte, erkannten Craig und Tungata gleichzeitig einen der Männer in der Luke.

»Fungabera!« fauchte Tungata. »Er ist es!« Kaum hatte er das gesagt, stieß er die Tür an seiner Seite auf und kletterte von außen auf das Dach des Führerhauses, um sich hinter das Maschinengewehr zu setzen. Trotz seiner Größe und Schwäche war er so schnell, daß er das Maschinengewehr erreichte, bevor die Dakota außer Schußweite kam; er schwenkte es herum und bedachte das Flugzeug mit einem langen Feuerstoß. Die Geschosse schwirrten so nahe unter der linken Tragfläche der Dakota vorbei, daß der Pilot unruhig wurde und die Maschine steil nach oben zog.

»Sie steigen auf Absprunghöhe!« brüllte Craig.

Sicher hatte Fungabera die silberblaue Cessna gesehen und wiedererkannt. Er hatte begriffen, daß sie die Fluchtmaschine war und daß der Lastwagen zum Treffpunkt auf dem Flugplatz fuhr. Seine Fallschirmjäger konnten durch Abspringen rascher zum Einsatz gelangen als durch eine Landung. Er würde abspringen und den Flugplatz mit seinen Fallschirmjägern erreichen, bevor die Cessna wieder starten konnte. Die sichere Absprunghöhe betrug dreihundert Meter, aber das hier waren Elitesoldaten. Die Dakota stieg nicht weiter als bis auf hundertfünfzig Meter, schätzte Craig; sie würden direkt über der Landebahn abspringen.

In diesem Augenblick tauchte die Cessna am anderen Ende der Landebahn auf. Als Craig sich umdrehte, setzte Sally-Anne gerade auf und rollte mit verminderter Geschwindigkeit auf den näherkommenden Lastwagen zu.

Die winzige Gestalt eines Mannes fiel aus der Dakota, und der grüne Seidenfallschirm öffnete sich fast sofort. Rasch hintereinander folgten weitere Fallschirmspringer, und bald bevölkerte ein ganzer Wald von bedrohlich wirkenden, giftgrünen Pilzen den Himmel.

Die Cessna erreichte das Ende der Landebahn und drehte in einer scharfen Wendung um. Erst jetzt erkannte Craig, daß Sally-Anne so umsichtig war, Gefahr und Dringlichkeit abzuschätzen, und trotz des Risikos der höheren Anfluggeschwindigkeit und der längeren Ausrollstrecke mit Rückenwind gelandet war, um sofort umdrehen und mit voller Ladung und unter dem Angriff der Fallschirmspringer mit Gegenwind starten zu können.

Tungata schoß vom Dach aus in den Himmel, eher in der Hoffnung, die Fallschirmspringer abzuschrecken als ihnen Verluste beizubringen. Ein Mann an einem schaukelnden Fallschirm konnte unmöglich eine gute Zielscheibe abgeben.

Sally-Anne beugte sich aus der offenen Cockpittür, schrie und winkte, brachte die Maschine bereits auf volle Touren und hielt die Cessna nur noch mit den Radbremsen. Der Laster holperte über den Grasstreifen, und Craig bremste so stark, daß der Wagen schleuderte und sich quietschend querstellte. Auf diese Weise hatten sie eine Deckung, während sie in das Flugzeug umstiegen.

»Steig aus«, rief er Sarah zu, und sie sprang hinaus und lief zum Flugzeug. Sally-Anne griff nach ihrem Arm und half ihr auf den Rücksitz.

Tungata feuerte eine letzte Salve aus dem Maschinengewehr. Die ersten drei Fallschirmspringer waren gelandet, die grünen Fallschirme bauschten sich weich im leichten Wind, und Tungatas Kugeln wirbelten Staub vor ihnen auf. Craig sah einen der

Fallschirmspringer stürzen. Er griff nach dem AK-47 und dem Sack voll Reservemunition und brüllte: »Los, Sam, wir müssen verschwinden!«

Sie rannten zur Cessna. Tungata stolperte, geschwächt und unsicher, auf den Stufen, so daß Craig ihn hochziehen und in die Maschine stoßen mußte.

Sally-Anne ließ die Bremsen los, bevor Tungata an Bord war, und Craig lief neben der Cessna her, als sie zu rollen begann. Tungata fiel neben Sarah auf den Hintersitz. Craig sprang auf und klammerte sich an einen Haltegriff. Obwohl ihn die Maschinenpistole und die Munitionstasche behinderten, konnte er sich auf den Vordersitz neben Sally-Anne zwängen.

»Tür zu!« schrie Sally-Anne, ohne ihn anzusehen, und konzentrierte ihre ganze Aufmerksamkeit auf die Startbahn. Der Sicherheitsgurt hatte sich in der Tür verklemmt, und Craig hatte alle Hände voll zu tun, als sie auf Höchstgeschwindigkeit beschleunigten. Endlich konnte Craig den Gurt freimachen und die Tür zuziehen. Als er aufschaute, sah er die Fallschirmjäger vom Rand des Flugplatzes loslaufen, um der Cessna den Weg abzuschneiden.

Der glänzende Generalsstern vorn an seinem Helm war gar nicht nötig, um Fungabera kenntlich zu machen. Die Form seiner Schultern, seine Kopfhaltung und die weiche, katzenhafte Anmut seiner Bewegungen unterschieden ihn sehr deutlich von den anderen. Seine Soldaten folgten dicht hinter ihm – sie waren schon fast vor der Cessna, nur vier- oder fünfhundert Schritt entfernt.

Sally-Anne zog den Steuerknüppel vor, und die Cessna stellte die Nase auf, schwankte leicht und hob ab. Peter Fungabera und seine Fallschirmjäger kamen außer Sicht, als die Cessna stieg, aber das Flugzeug mußte in einer Höhe von knapp vierzig Metern direkt über ihre Köpfe hinwegfliegen.

Da explodierte die Instrumententafel und bedeckte Craig über und über mit feinen Glassplittern. Hydraulikflüssigkeit spritzte ihm aufs Hemd.

Auf dem Rücksitz schrie Sarah auf, und der Ansturm von AK-47-Kugeln zerrte und schüttelte den Flugzeugrumpf. Craig fühlte den Sitz unter sich zittern, als die Projektile in den Metallrahmen schlugen.

Sally-Anne stieß den Steuerknüppel nach unten, und die Cessna flog mit schwindelerregendem Tempo direkt auf die Landebahn zu, so daß sie unter dem Wirbel von Maschinenpistolenfeuer durchtauchten und eine winzige Gnadenfrist hatten. Die braune Erde raste auf sie zu, und Sally-Anne fing den selbstmörderischen Sturzflug der Cessna kurz vor der Erdoberfläche ab, aber die Räder berührten den Boden, und das Flugzeug wurde zehn Meter hoch in die Luft geworfen. Craig sah zwei Fallschirmjäger zur Seite springen, als die Maschine auf sie zuraste.

Dieser wilde Sturzflug hatte ihnen so viel Geschwindigkeit eingebracht, daß Sally-Anne die Cessna sofort in eine Kurve ziehen konnte. Ihr Gesicht war verzerrt, und die Muskeln an ihren Unterarmen spannten sich vor Anstrengung, die Nase der Cessna in der Drehung hochzuhalten, damit sie sich nicht in den Boden bohrte. Vor ihnen, links neben der Landebahn, nur etwa hundert Meter vom Grasstreifen entfernt, stand ein einzelner Baum mit dicht belaubten, weit ausladenden Ästen. Es war eine dreißig Meter hohe Marula. Sally-Anne flog auf die Marula zu, die Flügelspitzen berührten fast die äußersten Zweige, und dahinter vollführte sie eine Wendung in die entgegengesetzte Richtung, so daß sich der Baum zwischen der Cessna und den Fallschirmjägern auf dem Flugplatz befand.

»Wo ist die Dakota?« fragte Craig.

»Sie setzt zur Landung an«, erwiderte Tungata, und Craig drehte sich um und sah, daß die große, graue Maschine im Tiefflug über die Baumwipfel hinter ihnen flog.

»Ich kann das Fahrgestell nicht einfahren.« Sally-Anne drückte auf den Kipphebel, aber die drei grünen Augen der Kontrollampen leuchteten noch immer von der Konsole. »Das Fahrgestell klemmt.«

Sie rasten auf die Bäume jenseits der Maisfelder zu, und als Sally-Anne den Steuerknüppel nach vorne schob, um die Cessna über die Baumwipfel zu heben, brach ein Hydraulikschlauch unter dem zerschossenen Maschinengehäuse, und die Hydraulikflüssigkeit überzog die Windschutzscheibe.

»Ich kann nichts mehr sehen!« schrie Sally-Anne und kurbelte das Seitenfenster hinunter.

»Die Instrumente sind ausgefallen.« Craig überprüfte das zerstörte Armaturenbrett. »Fahrtmesser ausgefallen. Höhenmesser, künstlicher Horizont, Kreiselkompaß.«

»Das Fahrgestell«, unterbrach ihn Sally-Anne. »Zu großer Luftwiderstand, wir verbrauchen zu viel Sprit – über die Grenze schaffen wir es nie!« Die Cessna stieg noch immer, ging aber allmählich auf Kurs. Plötzlich jedoch begann sie zu stottern, starb ab und heulte wieder in voller Kraft auf.

»Das klingt, als sei eine Treibstoffleitung unterbrochen«, flüsterte Sally-Anne. »Sie müssen eine getroffen haben.« Sie drehte den Tankschalter von »Steuerbord« auf »Beidseitig«, dann schaute sie zu Craig auf und lächelte ihn an. »He, du! Ich hab' dich schrecklich vermißt.«

»Ich dich auch.« Er streckte die Hand aus und drückte ihren Oberschenkel.

»Zeitvergleich.« Sie klang schon wieder sachlich.

»Fünf Uhr siebzehn«, erwiderte Craig und blickte aus dem Fenster.

Unter ihnen wand sich das braune Band der Straße von Tuti nach Norden, und sie überflogen die erste Hügelkette. Dort unten, ein paar Kilometer von der Straße entfernt, lag Vusamanzis Dorf. Wieder setzte der Motor aus, und Sally-Annes Gesicht spannte sich besorgt.

»Wie spät?« fragte sie wieder.

»Fünf Uhr siebenundzwanzig«, erklärte Craig.

»Jetzt sind wir außer Sichtweite des Flugplatzes. Und außer Hörweite.«

»Fungabera kann nicht wissen, wo wir sind und in welche Richtung wir fliegen.«

»In Victoria Falls ist eine Hubschrauberstaffel stationiert.« Tungata beugte sich über die Rückenlehne nach vorne. »Wenn sie erraten, daß wir nach Botswana fliegen, werden sie einen Hubschrauber losschicken, um uns den Weg abzuschneiden.«

»Einem Hubschrauber können wir entkommen«, meinte Craig.

»Nicht mit ausgefahrenem Fahrgestell«, widersprach ihm Sally-Anne, und dann fiel der Motor ohne Vorwarnung total aus.

Plötzlich war es unheimlich still, nur der Wind pfiff durch die Kugellöcher im Flugzeugrumpf.

»Na«, sagte Sally-Anne leise, »das erübrigt sich jetzt. Triebwerk ausgefallen. Wir stürzen ab.« Und dann begann sie rasch alle Vorkehrungen für eine Bruchlandung zu treffen, und die Cessna segelte sanft auf die schroffe Hügellandschaft und das Buschland unter ihnen zu. Sally-Anne öffnete die Landeklappen, um die Geschwindigkeit zu drosseln. »Gurte anlegen«, sagte sie. »Auch die Schultergurte.« Sie drehte den Hauptschalter des Treibstofftanks auf Null, um zu verhindern, daß das Flugzeug bei einem Aufprall explodierte. »Siehst du irgendwo eine Lichtung?« fragte sie Craig und starrte verzweifelt durch die verschmierte Windschutzscheibe.

»Nichts.«

Der Busch lag wie eine dunkle, grüne Matte unter ihnen.

»Ich werde versuchen, zwischen zwei hohen Bäumen hindurchzufliegen, damit die Tragflächen abreißen – das bremst die Geschwindigkeit. Aber trotzdem wird es einen ganz hübschen Aufprall geben«, sagte sie, als sie mit der Kurbel ihres Seitenfensters kämpfte.

»Ich könnte die Scheibe einschlagen«, bot Tungata an.

»Gut«, erwiderte Sally-Anne.

Tungata beugte sich vor und schlug die Scheibe mit drei Schlägen der geballten Faust aus dem Rahmen. Sally-Anne steckte den Kopf hinaus und verengte die Augen gegen den Fahrtwind.

Die Erde raste auf sie zu, die Hügel schienen größer zu werden und ihnen über den Kopf zu wachsen, als Sally-Anne das Flugzeug in einer sanften Schleife in ein schmales Tal gleiten ließ.

»Die Türen öffnen!« befahl Sally-Anne. »Sicherheitsgurte erst lösen, wenn wir stehen, dann so schnell wie möglich raus und wie ein Rudel Windhunde wegrennen!«

Sie zog die Nase des Flugzeugs noch einmal hoch, die Cessna schmierte ab, und die Nase fiel wie ein Stein nach vorne, aber Sally-Anne hatte dies bis auf die Hundertstelsekunde genau berechnet, denn bevor die Maschine aus der Horizontale fallen konnte, erreichte sie die Bäume. Die Tragflächen brachen ab, und sie wurden alle mit solcher Wucht gegen die Schultergurte geschleudert, daß ihnen die Gurte die Haut abschürften. Obgleich der Aufprall den Großteil der Geschwindigkeit genommen hatte, schlitterte der verstümmelte Flugzeugrumpf krachend in den Busch. Sie wurden von einer Seite auf die andere geworfen und durcheinandergeschüttelt, der Rumpf schlingerte heftig, lehnte sich auf die Seite, krachte schließlich gegen einen Baumstamm und stand.

»Raus!« schrie Sally-Anne gellend. »Es riecht nach Treibstoff! Raus mit euch und lauft!«

Die offenen Türen waren aus ihren Angeln gerissen worden, und die vier öffneten ihre Sitzgurte, taumelten auf den staubigen Boden hinaus und rannten los.

Craig holte Sally-Anne ein. Sie hatte das Kopftuch verloren, und ihre langen, dunklen Haare flatterten. Er streckte einen Arm aus und legte ihn ihr um die Schultern, rannte mit ihr auf eine trockene Mulde zu, in die sie hineinsprangen und eng aneinandergeschmiegt keuchend auf dem sandigen Boden liegen blieben.

»Ob sie explodiert?« japste Sally-Anne.

»Warte es ab.« Er hielt sie umschlungen, und sie waren auf die Detonation des auslaufenden Treibstoffs und die Explosion des Haupttanks gefaßt. Nichts geschah, und die Stille des Waldes wirkte so bedrückend, daß sie sich nur im Flüsterton unterhielten.

»Du fliegst wie ein Engel«, sagte er.

»Ein Engel mit gebrochenen Flügeln.«

Sie warteten noch eine Minute.

»Laß uns nachsehen.« Sie lachte nervös.

Sie standen vorsichtig auf und lugten über den Rand der Mulde. Der Flugzeugrumpf war eingedrückt und die Metallhaut der Cessna zerknittert wie Alufolie, aber das Wrack brannte nicht. Sie kletterten aus der Mulde.

»Sam!« rief Craig. »Sarah!«

Die beiden kamen hinter dem Felsblock hervor, hinter dem sie in Deckung gegangen waren.

»Alles in Ordnung?«

Sie hatten alle vier ein paar Beulen und blaue Flecke abbekommen, Sarah blutete aus der Nase und hatte eine Schramme auf der Wange, aber keiner von ihnen war ernsthaft verletzt.

»Was, zum Teufel, machen wir jetzt?« fragte Craig, und sie drängten sich zusammen und schauten einander ratlos an.

Sie plünderten das Wrack der Cessna – den Werkzeugkasten, den Verbandskasten, die Notausrüstung samt Taschenlampe, eine Fünf-Liter-Wasserflasche aus Aluminium, Wärmedecken und Malztabletten, die Pistole, die AK-47-Maschinenpistole und Munition, die Kartentasche und den Kompaß aus dem Cockpit. Dann arbeiteten sie eine Stunde lang daran, alle Spuren der Bruchlandung zu beseitigen. Craig und Tungata schleppten gemeinsam die abgetrennten Tragflächen zu der Mulde und verbargen sie unter trockenem Geäst. Den Flugzeugrumpf und den schweren Maschinenteil konnten sie nicht fortschaffen, aber sie bedeckten ihn mit Laub und Zweigen.

Zweimal hörten sie während dieser Zeit das schwache Brummen eines Flugzeugs. Es war unverkennbar der tiefe Ton einer zweimotorigen Maschine.

»Die Dakota«, sagte Sally-Anne.

»Sie suchen nach uns.«

»Sie können gar nicht wissen, daß wir abgestürzt sind«, protestierte Sally-Anne.

»Nein, nicht mit Sicherheit, aber sie wissen, daß wir schwer getroffen worden sind«, erklärte Craig. »Sie müssen annehmen, daß wir mit größter Wahrscheinlichkeit abgestürzt sind. Wahrscheinlich schicken sie Patrouillen, um dieses Gebiet abzusuchen und die Dorfbewohner auszufragen.«

»Je eher wir uns also auf den Weg machen –«

»In welche Richtung!«

»Darf ich einen Vorschlag machen?« mischte Sarah sich höflich ein. »Wir brauchen Lebensmittel und einen Führer. Ich glaube, ich kann uns von hier zum Dorf meines Vaters führen. Er wird uns so lange verstecken, bis wir uns entschieden haben, was wir tun werden, und bis wir kräftig genug sind, zu Fuß lange Strecken zurückzulegen.«

Craig schaute Tungata an. »Klingt vernünftig. Irgendwelche Einwände, Sam? Okay, dann laßt uns aufbrechen.«

Bevor sie die Stelle verließen, nahm Craig Sally-Anne beiseite. »Bist du traurig? Immerhin war es ein schönes Flugzeug.«

»Ich habe keine sentimentalen Gefühle für Maschinen.« Sie schüttelte den Kopf. »Die Cessna war einmal ein großartiger kleiner Falke, und jetzt ist sie verbeult und flugunfähig. Ich spare mir meine Gefühle für kuscheligere Dinge«, sagte sie und drückte seine Hand. »Es wird Zeit, Liebster.«

Craig trug die Maschinenpistole und ging ihnen einen halben Kilometer voraus, um den Weg auszukundschaften. Tungata, der noch nicht wieder bei Kräften war, machte die Nachhut, und die beiden Mädchen marschierten in der Mitte.

Am Abend gruben sie in einem trockenen Flußbett nach Wasser und lutschten Malztabletten, bevor sie sich in die Wärmedekken aus Alufolie wickelten. Die beiden Mädchen übernahmen die erste und zweite Wache, während Tungata und Craig die mühsamere, späte Wache untereinander auslosten.

Schon sehr früh am nächsten Morgen fand Craig einen ausgetretenen Pfad, und als Sarah hinzukam, erkannte sie ihn sofort. Zwei Stunden später waren sie bereits in dem bebauten Tal unterhalb von Vusamanzis Dorf, und während sich die anderen in einem Maisfeld versteckten, kletterte Sarah den Hügel hinauf, um ihren Vater zu holen. Nach einer Stunde kehrte sie in Begleitung des alten Medizinmannes zurück.

Er ging geradewegs auf Tungata zu, ließ sich vor ihm auf seine arthritisch geschwollenen Knie nieder, nahm einen von Tungatas Füßen und stellte ihn auf seinen silbernen Scheitel. »Ich grüße dich, Sohn der Könige«, begrüßte er ihn. »Sproß des großen Mzilikazi, Nachkomme der mächtigen Kumalo, ich bin dein Sklave.«

»Steh auf, alter Mann.« Tungata hob ihn hoch und nannte ihn respektvoll »Kehla«, was so viel bedeutet wie »ehrwürdiger alter Mann«.

»Verzeiht mir, daß ich euch keine Erfrischung anbiete«, entschuldigte sich Vusamanzi, »aber hier seid ihr nicht sicher. Die

Shonasoldaten sind überall. Ich muß euch an einen sicheren Ort bringen, dann könnt ihr ausruhen und euch erholen. Folgt mir.«

Mit seinen spindeldürren Beinen legte er ein bemerkenswertes Tempo vor, und sie mußten sich anstrengen, um ihn nicht aus den Augen zu verlieren. Nach Craigs Armbanduhr waren sie bereits zwei Stunden unterwegs; die ganze letzte Stunde waren sie durch dichtes Dornengebüsch und über schroffes, felsiges Gelände gewandert. Die Stille des Buschs und die engen Einschnitte zwischen den Hügeln wirkten entnervend und bedrückend.

»Dieser Ort gefällt mir nicht«, erklärte Tungata Craig leise. »Hier gibt es keine Vögel und keine Tiere, die ganze Atmosphäre hier ist böse – nein, nicht böse, sondern geheimnisvoll und bedrohlich.«

Craig schaute sich um. Die Felsen sahen aus wie erstarrte Schlacke, und die Bäume waren verkrüppelt und entstellt, sie hoben sich schwarz gegen die Sonne ab, als wären sie aus Holzkohle, und schimmerten in einem kränklichen Silberton, wenn die Sonnenstrahlen sie direkt trafen. Die Äste waren mit Flechten bewachsen, die die häßliche, grüne Farbe von Chlorgas hatten. Und Tungata hatte recht, kein Vogel zwitscherte, und kein Tier huschte durch das Unterholz. Craig fröstelte plötzlich und schauderte im Sonnenlicht.

»Du fühlst es auch«, sagte Tungata, und als er sprach, verschwand der alte Mann plötzlich, so als hätte ihn der schwarze, verbrannte Boden verschluckt. Craig unterdrückte eine Anwandlung von abergläubischer Furcht und eilte vorwärts. Er erreichte die Stelle, wo Vusamanzi verschwunden war, und schaute sich um, aber von dem alten Mann war nichts zu sehen.

»Hier entlang.« Vusamanzis Stimme klang wie ein düsteres Echo. »Hinter der Krümmung des Felsens.« Der Felsen war an dieser Stelle gespalten, wodurch eine schmale, unsichtbare Öffnung entstanden war, die gerade so breit war, daß sich ein Mann hindurchzwängen konnte. Craig bog um die Ecke und blieb stehen, um seine Augen an die Dunkelheit zu gewöhnen.

Vusamanzi hatte eine billige Sturmlaterne aus einer Nische im Felsen genommen und füllte den Lampenboden mit Paraffinöl aus einer Flasche, die er in seinem Beutel mitgebracht hatte. Er entzündete ein Streichholz und hielt es an den Docht. »Kommt«, forderte er sie auf und führte sie einen Gang entlang.

»Diese Hügel sind von Höhlen und Geheimgängen durchzogen«, erklärte Sarah. »Sie sind alle aus Dolomitgestein.«

Hundertfünfzig Meter weiter mündete der Gang in eine große Kammer. Gedämpftes Tageslicht drang durch eine Öffnung in der kuppelförmigen Decke hoch über ihren Köpfen. Vusamanzi löschte die Laterne und stellte sie auf ein Felsband neben eine Feuerstelle aus Lehmziegeln. Der Fels über der Feuerstelle war rußgeschwärzt, und auf dem Boden lag eine Menge alte Asche. Daneben befand sich ein sauberer Holzstoß.

»Das hier ist ein geweihter Ort«, erklärte Vusamanzi. »Hier leben die angehenden Medizinmänner während ihrer Lehrzeit. Hier habe ich als junger Mann meinem Vater gedient und die uralten Prophezeiungen und Zauberkünste erlernt.« Er forderte sie mit einer Geste auf, sich zu setzen, und alle ließen sich dankbar auf dem harten Boden nieder. »Hier seid ihr sicher. Die Soldaten werden euch nicht finden. In einer Woche oder einem Monat, wenn sie die Suche nach euch einstellen, könnt ihr gefahrlos aufbrechen. Dann werden wir einen Mann aussuchen, der euch führt.«

»Es ist gespenstisch«, flüsterte Sally-Anne, als Craig für sie übersetzte.

»Ein paar von meinen Frauen folgen uns mit Lebensmitteln. Sie werden jeden zweiten Tag mit Essen und Neuigkeiten kommen, solange ihr hier seid.«

Noch vor Einbruch der Dunkelheit kamen zwei von Sarahs Halbschwestern. Sie trugen schwere Bündel auf dem Kopf und machten sich daran, eine Mahlzeit zuzubereiten. Ihr fröhliches Geplapper und Gelächter, das Flackern der Flammen auf der Feuerstelle, der Duft des Holzfeuers und der Essensgeruch vertrieben die bedrückende Atmosphäre der Höhle teilweise.

»Du mußt mit den Frauen essen«, erklärte Craig Sally-Anne. »Das ist so Brauch. Der alte Mann wäre sehr unglücklich –«

»Er sieht aus wie ein lieber, alter Großvater, aber darunter scheint er auch nur eines dieser chauvinistischen Mannsbilder zu sein«, protestierte sie.

Die drei Männer ließen den Bierkrug im Kreis herumgehen und aßen aus der gemeinsamen Schüssel in der Mitte, und der alte Mann sprach mit Tungata, während er kaute.

»Die Geister haben unser erstes Treffen verhindert, Nkosi. Wir haben in jener Nacht auf dich gewartet, als die Shona dich gefangennahmen. Es war für uns alle eine Zeit der Not, aber nun sind die Geister besänftigt, sie haben dich aus den Händen der Shona befreit und uns schließlich doch vereint.« Vusamanzi blickte auf Craig. »Wir müssen wichtige Dinge miteinander besprechen – Stammesangelegenheiten.«

»Du sagst, daß die Geister meine Flucht vor den Shona ermöglicht haben«, erwiderte Tungata. »Das mag sein – aber wenn es so ist, dann ist dieser weiße Mann ihr Vertreter. Er und seine Frau haben ihr Leben riskiert, um mich zu befreien.«

»Aber er ist ein weißer Mann«, sagte der alte Mann taktvoll.

»Seine Familie lebt schon seit hundert Jahren in diesem Land, und er ist mein Bruder«, sagte Tungata schlicht.

»Bürgst du für ihn, Nkosi?« fragte der alte Mann hartnäckig.

»Sprich, alter Mann«, beruhigte ihn Tungata. »Wir sind Freunde.«

Der Zauberer seufzte, wiegte den Kopf und nahm noch eine Handvoll Maisbrei. »Wie mein Gebieter wünscht«, stimmte er zu und fragte plötzlich: »Du bist der Wächter des alten Königsgrabes, stimmt das?«

Tungatas dunkle Augen verengten sich. »Was weißt du von diesen Dingen, alter Mann?« konterte er.

»Ich weiß, daß die Söhne des Hauses Kumalo, wenn sie das Mannesalter erreicht haben, zum Grab des Königs gebracht werden, um dort den Eid des Wächteramtes zu schwören.«

Tungata nickte widerwillig. »Das mag sein.«

»Kennst du die Prophezeiung?« fragte der alte Mann.

Tungata nickte und sagte: »Daß der Geist des alten Königs erscheinen und dem Stamm beistehen wird, wenn er in großer Not ist.«

»Der Geist von Lobengula wird als Feuer erscheinen«, verbesserte ihn der alte Mann.

»Ja«, bestätigte Tungata. »Lobengulas Feuer.«

»Aber die Prophezeiung sagt mehr, viel mehr – kennst du auch den Rest, Sohn der Kumalo?«

»Sag es mir, alter Mann.«

»Die Prophezeiung sagt folgendes: ›Das Junge des gefleckten Panthers wird erst einen Eid brechen und dann seine Ketten sprengen. Das Junge des gefleckten Panthers wird erst fliegen wie ein Adler und dann schwimmen wie ein Fisch. Wenn diese Dinge geschehen sind, wird das Feuer von Lobengula aus der Dunkelheit befreit werden und erscheinen, um seinem Volk beizustehen und es zu retten.‹«

Sie schwiegen alle drei und dachten über dieses Rätsel nach.

»Das Leopardenfell ist das Vorrecht des Hauses Kumalo«, erinnerte Vusamanzi. »Das Junge des gefleckten Panthers in der Prophezeiung muß also ein Abkömmling des königlichen Hauses sein.«

Tungata brummte zurückhaltend.

»Ich weiß nicht, ob du einen Eid gebrochen hast«, fuhr der alte Mann fort, »aber du hast die Ketten gesprengt, mit denen dich die Shona gebunden haben.«

»Eh – heh!« Tungata nickte, aber sein Gesicht blieb teilnahmslos und verschlossen.

»Du bist in einem Indeki von Tuti geflohen, also bist du wirklich wie ein Adler geflogen«, erklärte der alte Mann weiter, und Tungata nickte wieder, murmelte Craig aber auf englisch zu: »Das Schöne an diesen alten Prophezeiungen ist: Man kann sie so auslegen, daß sie fast mit jeder Situation übereinstimmen. Bei jeder mündlichen Weitergabe gewinnen sie ein wenig dazu oder verlieren etwas, ganz nach der Laune und den Motiven des jeweiligen Propheten.« Dann wechselte er übergangslos ins Sindebele. »Du bist weise, alter Mann, und in der Magie bewandert, aber sag uns, was ist mit dem Schwimmen wie ein Fisch? Ich muß dich darauf aufmerksam machen, daß ich nicht schwimmen kann; und das einzige, was ich wirklich fürchte, ist der Tod durch Ertrinken. Du mußt nach einem anderen Fisch suchen.«

Vusamanzi wischte sich das Fett vom Kinn und schaute ihn selbstgefällig an.

»Noch etwas muß ich dir sagen«, fuhr Tungata fort. »Ich habe

Lobengulas Grab betreten. Es ist leer. Lobengulas Leichnam ist verschwunden. Die Prophezeiung ist schon seit langer, langer Zeit nichtig.«

Den alten Zauberer schienen Tungatas Worte nicht zu bekümmern. Er lehnte sich zurück und schraubte den Deckel des Tabakhornes ab, das um seinen Hals hing. »Wenn du das Königsgrab betreten hast, dann hast du deinen Eid, es unberührt zu lassen, gebrochen«, erklärte er mit einem verschmitzten Zwinkern. »Der Eidbruch in der Prophezeiung – könnte es das sein?« Er wartete nicht auf Antwort, sondern streute roten Tabak auf seinen Handrücken und schnupfte. Er nieste ausgiebig, und Tränen liefen ihm über die welken alten Wangen. »Wenn du deinen Eid gebrochen hast, Nkosi, stand es nicht in deiner Macht, das zu verhindern. Die Geister deiner Vorfahren haben dich dazu gezwungen, und du bist ohne Schuld. Aber nun laß mich dir das leere Grab erklären.« Er schwieg einen Augenblick und schien dann plötzlich vom Thema abzuweichen. »Hat einer von euch beiden jemals von einem Mann gehört, der vor langer Zeit gelebt hat, ein Mann, den man Taka-Taka nannte?«

»Taka-Taka war der Urgroßvater mütterlicherseits von Pupho hier«, sagte Tungata und wies auf Craig. »Taka-Taka war ein berühmter weißer Soldat zur Zeit Lobengulas. Er kämpfte gegen die Impis des Königs, Taka-Taka ist das Geräusch, das sein Maschinengewehr machte, als ihn die Krieger der Matabele angriffen.«

»Der alte Sir Ralph Ballantyne«, ergänzte Craig. »Einer von Rhodes' Vertrauensleuten und der erste Premierminister von Rhodesien.« Und in Sindebele fuhr er fort: »Taka-Taka liegt in den Matoposbergen begraben, in der Nähe des Grabes von Lodzi, wie Cecil Rhodes genannt wurde.«

»Das ist er.« Vusamanzi wischte mit dem Daumen den Tabak von seiner Oberlippe und die Tränen von den Wangen. »Taka-Taka, der Soldat, der geweihte Orte des Stammes geplündert hat. Er war es, der die steinernen Vögel aus der Ruinenstadt Groß-Simbabwe gestohlen hat. Und er war es, der hier in diese Berge kam, um Lobengulas Grab zu entweihen und die Feuersteine zu stehlen, in denen der Geist des Königs wohnt.«

Nun beugte sich Craig aufmerksam vor. »Ich habe das Buch gelesen, in dem Taka-Taka sein Leben beschrieben hat.« Sir Ralphs handgeschriebene Tagebücher waren ein Teil von Craigs persönlichen Dingen, die er in King's Lynn zurücklassen mußte, als ihn Fungabera vertrieben hatte. »Ich habe Taka-Takas Worte gelesen, und er schreibt nichts darüber, daß er Lobengulas Grab betreten hätte. Und was sind diese Feuersteine, von denen du sprichst?«

Der alte Mann hielt abwehrend die Hand hoch. »Du bist zu ungeduldig, Pupho«, ermahnte er Craig, »laß dir den Sohn der Kumalo dieses Geheimnis erklären. Hast du von diesen Feuersteinen gehört, Tungata Zebiwe, der vormals Samson Kumalo war?«

»Ich habe schon von ihnen gehört«, gab Tungata vorsichtig zu. »Ich habe gehört, daß es einen ungeheuren Diamantenschatz gab, Diamanten, die von Lobengulas Amadoda in den Minen des weißen Mannes Lodzi im Süden gesammelt worden sind.«

Craig wollte ihn unterbrechen, aber Tungata bat ihn zu schweigen. »Ich erkläre es später«, versprach er und wandte sich wieder an den alten Magier.

»Was du gehört hast, ist die Wahrheit«, versicherte ihm Vusamanzi. »Es gibt fünf Tonkrüge voll dieser Feuersteine.«

»Und sie wurden von Sir Ralph, von Taka-Taka, gestohlen?« mischte sich Craig ein.

Vusamanzi sah ihn streng an. »Du gehörst an das Feuer der Frauen, Pupho, denn du schwatzest wie eine Frau.«

Craig unterdrückte ein Lächeln und lehnte sich bescheiden zurück, während Vusamanzi seinen Fellumhang ordnete, bevor er fortfuhr: »Als Lobengula bestattet wurde, hat sein Halbbruder, ein treuer Induna namens Gandang –«

»Der mein Ururgroßvater war«, murmelte Tungata.

»Der dein Ururgroßvater war«, bestätigte der alte Mann. »Gandang hat den ganzen Schatz des Königs mit ihm in die Gruft gelegt und dann den besiegten Stamm der Matabele zurückgeführt. Er kehrte zurück, um mit Lodzi und diesem Taka-Taka zu verhandeln, und der Stamm geriet in die Knechtschaft des weißen Mannes. Aber ein Mann blieb in diesen Bergen, er war ein berühmter Zauberer namens Insutsha, ›der Pfeil‹. Er blieb, um das Königsgrab zu bewachen, und er erbaute in der Nähe des Grabes ein Dorf, nahm sich Frauen und zeugte Söhne. Insutsha, der Pfeil, war mein Großvater.« Craig und Tungata machten überraschte Gesichter, und Vusamanzi schaute sehr zufrieden drein. »Ja, seht ihr nun, wie die Geister arbeiten? Alles ist geplant und vorausbestimmt – wir drei sind durch unsere Geschichte und unsere Vorfahren miteinander verbunden, Gandang und Taka-Taka und Insutsha. Die Geister haben uns, ihre Nachkommen, in wunderbarer Weise zusammengeführt.«

»Sally-Anne hat recht – es ist verdammt gespenstisch hier«, sagte Craig, und Vusamanzi runzelte die Stirn, weil er in einer fremden Sprache sprach.

»Wie ich schon angedeutet habe, war dieser Taka-Taka ein berüchtigter Schurke mit einer Nase wie eine Hyäne und einem Appetit wie ein Geier«, setzte Vusamanzi genüßlich hinzu und warf Craig einen vielsagenden Blick zu.

»Habe verstanden!« Craig mußte lächeln, behielt jedoch seine feierliche Miene bei.

»Er hörte von der Legende über die fünf Krüge voll Feuersteine und mischte sich unter die überlebenden von Gandangs Impis – die Männer, die dabei waren, als der König starb, und er sprach süße und freundliche Worte, bot Geschenke, Rinder und Goldmünzen an, und er fand einen Verräter, einen Hund von einem Hund, der es nicht verdiente, ein Matabele genannt zu werden. Ich will den Namen dieses Abschaums nicht aussprechen, aber ich spucke auf die unbekannte und unwürdige Stelle, wo er begraben liegt.« Vusamanzis Speichel landete zischend im Feuer. »Dieser Hund willigte ein, Taka-Taka zur Grabstätte des Königs zu führen. Aber bevor es dazu kam, brach zwischen den Weißen ein großer Krieg aus, und Taka-Taka ging nach Norden und kämpfte gegen den deutschen Induna namens Hamba-Hamba, ›den Mann, der überall ist und niemals gesehen wird‹.«

»Lettow-Vorbeck«, erklärte Craig, »der deutsche Befehlshaber in Ostafrika während des Ersten Weltkriegs.«

Tungata nickte zustimmend.

»Als der Krieg vorbei war, kam Taka-Taka zurück und rief

den Matabelestamm zu sich, und dann führte sie der Hund von einem Hund in diese Berge – vier weiße Männer mit Taka-Taka als Anführer –, und sie suchten nach der Grabstätte. Sie suchten achtundzwanzig Tage lang, denn der Verräter konnte sich nicht mehr genau an die Stelle erinnern, und die Grabstätte war geschickt getarnt worden, doch Taka-Taka fand sie mit seiner Hyänennase schließlich doch, und er öffnete das königliche Grab und fand Wagen und Gewehre, aber der Leichnam des Königs und die fünf Krüge, nach denen es ihn so sehr gelüstet hatte, waren verschwunden!«

»Das habe ich selbst gesehen und dir erzählt«, sagte Tungata.

Es war ein enttäuschender Schluß. Tungata hob resignierend die Hand, und Craig zuckte die Achseln, aber Vusamanzi fuhr unbeirrbar fort.

»Die Legende berichtet, daß Taka-Takas Wut so heftig war wie die ersten großen Stürme in der Regenzeit. Man sagt, er habe gebrüllt wie ein menschenfressender Löwe und sein Gesicht sei erst rot, dann dunkelrot und schließlich schwarz geworden.« Vusamanzi kicherte frohlockend. »Man sagt, daß er den Hund an einen Baum gebunden und so lange mit einer Kiboko geschlagen habe, bis er kein Fleisch mehr auf den Rippen hatte, dann nahm er ihm die Goldmünzen und Rinder fort, mit denen er ihn bestochen hatte, schlug ihn abermals, und schließlich ging Taka-Taka fort und kam nie wieder hierher.«

»Das ist ein schönes Märchen«, gab Tungata zu. »Und ich werde es meinen Kindern weitererzählen.« Er streckte sich und gähnte. »Aber es ist spät geworden.«

»Das Märchen ist noch nicht zu Ende«, sagte Vusamanzi beleidigt und legte Tungata eine Hand auf die Schulter, um ihn am Aufstehen zu hindern.

»Es geht noch weiter?«

»Natürlich. Wir müssen noch ein wenig ausholen, denn als Taka-Taka mit seinen Gefährten und dem Verräter das erstemal in diese Berge kam, um mit der Suche zu beginnen, wurde mein Großvater Insutsha sofort mißtrauisch. Jeder kannte Taka-Taka. Alle wußten, daß er nichts ohne Grund tat. Also schickte Insutsha drei seiner hübschesten jungen Frauen mit Eiern und saurer

Milch in Taka-Takas Lager, um ihn auszufragen, und er erklärte den Mädchen, daß er zur Nashornjagd in diese Berge gekommen sei.« Vusamanzi machte eine Pause, warf Craig einen Blick zu und vollendete: »Denn Taka-Taka war auch ein berühmter Lügner. Doch die hübscheste der Frauen erwartete den verräterischen Hund von Matabele am Badeplatz des Flusses. Unter Wasser berührte sie dann jenes Ding, von dem man sagt: Je härter es wird, desto weicher wird das Gehirn des Mannes, dem es gehört, und je schneller es bewegt wird, desto schneller bewegt sich auch seine Zunge. Während die Hand des Mädchens an seinem männlichen Speer lag, sprudelte der Matabeleverräter alles hervor und versprach ihr Rinder und Goldmünzen, und die hübsche Frau lief zurück in das Dorf meines Großvaters.«

Craig und Tungata schenkten Vusamanzi nun wieder ihre volle Aufmerksamkeit, und er genoß es sichtlich.

»Mein Großvater war bestürzt. Taka-Taka war gekommen, um das Grab des Königs zu entweihen und auszurauben. Insutsha fastete und hielt lange Nachtwachen, er warf Knochen und starrte in das göttliche Wassergefäß, und schließlich rief er seine vier Gehilfen zu sich. Einer der Gehilfen war mein Vater. Sie gingen bei Vollmond zum Königsgrab, öffneten es, opferten, um den Geist des Königs zu versöhnen, dann trugen sie den König fort und versiegelten das leere Grab wieder. Sie brachten den Leichnam des Königs an einen sicheren Ort mitsamt den Tonkrügen mit den Steinen – obwohl ihnen, wie mein Vater mir erzählte, in der Eile ein Krug aus der Hand fiel und zerbrach. Sie sammelten die Steine auf und verstauten sie in einem Sack aus Zebrahaut und ließen die Scherben des Kruges in der Gruft zurück.«

»Die Gehilfen und Taka-Taka haben einen Diamanten übersehen«, sagte Tungata leise. »Wir fanden die Tonscherben und einen einzigen Diamanten dort, wo sie ihn fallen ließen.«

»Nun kannst du schlafen gehen – wenn du noch müde bist, Nkosi«, sagte Vusamanzi mit einem verschmitzten Funkeln in seinen feuchten, alten Augen. »Wie? Du willst noch mehr hören? Mehr gibt es nicht zu erzählen. Das Märchen ist zu Ende.«

»Wo haben sie den Leichnam des Königs hingebracht?« fragte

Tungata. »Kennst du den Ort, mein weiser und verehrter alter Vater?«

Vusamanzi grinste. »Es ist wirklich eine unerwartete Freude, bei dem jungen Volk dieses neuen Zeitalters noch Ehrfurcht vor dem Alter zu finden, aber um deine Frage zu beantworten, Sohn der Kumalo: Ja, ich weiß, wo der Leichnam des Königs ist. Das Geheimnis wurde von meinem Vater an mich weitergegeben.«

»Kannst du mich zu diesem Ort führen?«

»Habe ich nicht gesagt, daß der Ort, wo wir gerade sind, ein geweihter Ort ist? Er ist aus gutem Grund geweiht.«

»Hier also!« riefen Craig und Tungata gleichzeitig, und Vusamanzi kicherte glücklich und umfaßte seine knöchernen Knie, höchst zufrieden mit ihrer Reaktion. »Morgen früh werde ich euch die Stelle zeigen, wo das Königsgrab liegt«, versprach er, »aber nun ist meine Kehle trocken vom vielen Reden. Reicht einem alten Mann den Bierkrug.«

Als Craig erwachte, drang das erste Morgenlicht durch die Öffnung in der Höhlendecke, milchig und bläulich vom Rauch des Feuers, wo die Mädchen mit der Vorbereitung des Frühstücks beschäftigt waren.

Mit Vusamanzis widerwilligem Einverständnis erzählte Craig Sarah und Sally-Anne in groben Umrissen die Geschichte von Lobengulas Umbettung. Sie waren beide fasziniert und brannten darauf, die Expedition mitzumachen.

»Der Weg ist schwierig«, polterte der alte Mann, »und der Ort ist nichts für die Augen von Weibervolk.« Aber Sarah lächelte ihr süßestes Lächeln, streichelte den Kopf des alten Mannes und flüsterte ihm etwas ins Ohr, und nach einer weiteren mürrischen Zurechtweisung gab er schließlich nach.

Unter Vusamanzis Anleitung trafen die Männer ein paar einfache Vorbereitungen für die Expedition. In einer der Nebenhöhlen unter einem flachen Stein befand sich ein Versteck, in dem eine zweite Kerosinlampe lag, zwei Äxte und drei große Rollen Nylonschnur von bester Qualität – wie der alte Mann stolz hervorhob. »Wir haben diese feine Schnur während des Buschkrieges von Smitties Armee organisiert«, prahlte er.

Sie betraten eine der Nebenhöhlen, Vusamanzi mit einer der Lampen an der Spitze, gefolgt von Tungata mit einer der Seilrollen, die Mädchen in der Mitte und Craig mit der zweiten Seilrolle und der anderen Lampe am Schluß.

Vusamanzi schritt einen gewundenen Gang entlang, der immer schmäler wurde. Als sich die Höhle gabelte, wählte er ohne Zögern. Craig klappte sein Taschenmesser auf und ritzte ein Zeichen in die Wand des Ganges, dann eilte er weiter, um die anderen wieder einzuholen.

Dieses Höhlen- und Tunnelsystem war ein dreidimensionales Labyrinth. Sickerwasser hatte den Kalkstein der Berge ausgewaschen, bis sie durchlöchert waren wie Schweizer Käse. An manchen Stellen mußten sie über Geröllhalden klettern, und einmal stiegen sie über grobe, natürliche Stufen im Kalkstein aufwärts. Craig markierte jede Richtungsänderung und jede Krümmung. Die Luft war kalt und feucht.

Nach zwanzig Minuten kamen sie an einen fast senkrechten Abhang aus glattem, glänzendem Kalkstein, der so lang war, daß der Lampenschein nicht bis zum Boden der Höhle drang. Nach Vusamanzis Anweisung befestigten sie das Ende einer Nylonschnur an einer Säule aus Kalkstein und ließen sich einer nach dem anderen fünfzehn Meter bis zur nächsten Stufe hinunter. Es war eine senkrechte Spalte im Fels, so schmal, daß Craig die gegenüberliegende Wand berühren konnte.

Vusamanzi spulte das zweite Seil ab und kletterte vorsichtig den unsicheren Boden der Spalte abwärts. Weiter unten wurde die Spalte breiter, und das Gewölbe verschwand in der Dunkelheit über ihren Köpfen. Die Stelle erinnerte Craig an die große Galerie im Inneren der Cheopspyramide; es war eine furchterregend steile, gefährliche Spalte in porösem Gestein. Sie mußten sich bei jedem Schritt am Seil festhalten. Sie hatten fast das Ende des Seils erreicht, als Vusamanzi im Schein seiner Lampe auf einer schrägen Steinplatte stehen blieb, so daß er aussah wie ein schwarzer Mose, der von seinem Berg hinunterschaut.

»Was ist los?« rief Craig.

»Komm herunter!« befahl Tungata, und Craig kletterte den letzten Abhang hinunter und fand Vusamanzi und die anderen zusammengedrängt auf einer Steinplatte auf die unbewegte Wasseroberfläche eines unterirdischen Sees starrend.

»Was nun?« fragte Sally-Anne mit ehrfürchtig gedämpfter Stimme.

Der See hatte den Kalksteinschacht gefüllt. Fünfzig Meter weiter tauchte die Schachtdecke im selben Winkel wie der Boden, auf dem sie standen, in die Wasserfläche ein.

Craig benützte zum erstenmal die Taschenlampe, die sie aus dem Wrack der Cessna geborgen hatten. Er leuchtete in das Wasser, das jahrzehntelang unberührt geblieben war, so daß sich alle Sedimente abgelagert hatten. Es war so klar wie ein Forellenbach. Sie sahen deutlich, daß der abschüssige Boden der Galerie in gleichbleibender Neigung in die Tiefe führte. Craig knipste die Taschenlampe wieder aus, um die Batterie zu schonen.

»Nun, Sam«, sagte Craig und legte ihm die Hand auf die Schulter. »Hier ist deine große Chance, wie ein Fisch zu schwimmen.«

Tungatas Lachen klang gezwungen, und beide schauten Vusamanzi fragend an.

»Was nun, verehrter Vater?«

»Als Taka-Taka in diese Berge kam und mein Großvater und mein Vater den Leichnam des Königs vor der Schändung bewahrten, hatte die Trockenheit dieses Land sieben lange schreckliche Jahre ausgedörrt. Der Wasserspiegel in diesem Schacht war viel tiefer als jetzt. Dort unten«, Vusamanzi zeigte in das klare Wasser, »führt eine Höhle in den Fels. Und dorthin brachten sie Lobengulas Leichnam. In den vielen Jahren seit damals ist viel fruchtbarer Regen auf das Land gefallen, und der Wasserspiegel stieg von Jahr zu Jahr. Als mich mein Vater zum erstenmal hierherführte, lag der Wasserspiegel noch unterhalb dieses Felsvorsprungs.«

Craig knipste kurz die Taschenlampe an und stellte fest, daß der Felsvorsprung zehn Meter unterhalb der Wasseroberfläche lag.

»Aber schon damals lag das Grab des Königs unter Wasser.«

»Du hast das Grab niemals mit eigenen Augen gesehen?« fragte Craig.

»Niemals«, gab Vusamanzi zu. »Aber mein Vater hat es mir beschrieben.«

Craig ließ sich auf die Knie nieder und streckte die Hand ins Wasser. Es war so kalt, daß er die Hand sofort wieder zurückzog. Er trocknete sie an seinem Hemd ab, und als er aufschaute, sah er, daß ihn Tungata mit einer seltsamen Miene musterte.

»Schlag dir das aus dem Kopf, mein geliebter Matabelebruder«, sagte Craig hastig. »Ich weiß genau, was dieser Blick bedeutet, und du kannst es gleich wieder vergessen.«

»Ich kann nicht schwimmen, Pupho, mein Freund.«

»Vergiß es«, riet ihm Craig.

»Wir werden dich am Seil festbinden. Dann kann dir nichts geschehen.«

»Du weißt, wo du dir dein Seil hinstecken kannst.«

»Die Taschenlampe ist wasserdicht, sie leuchtet auch unter Wasser«, fuhr Tungata unbeirrt fort.

»Gott!« sagte Craig bitter. »Afrikanische Regel Nummer eins: Wenn alle Stricke reißen, schau dich nach dem nächsten weißen Gesicht um.«

»Erinnerst du dich, wie du wegen einer lächerlichen Wette um eine Kiste Bier den Limpopofluß durchschwommen hast?« fragte Tungata honigsüß.

»Damals war ich betrunken.« Craig wandte sich an Sally-Anne um Unterstützung und wurde enttäuscht.

»Im Limpopo gibt es Krokodile, hier nicht«, meinte sie.

Langsam begann Craig sein Hemd aufzuknöpfen, und Tungata lächelte und legte das Seil bereit. Sie schauten alle interessiert zu, als Craig die Beinprothese abschnallte. Er stand in der Unterhose auf einem Bein am Rand des Sees, als Tungata das Ende des Seils um seine Taille schlang.

»Pupho«, sagte Tungata ruhig, »nachher wirst du trockene Kleider brauchen. Warum willst du deine Unterhose unbedingt naß machen?«

»Sarah«, erklärte Craig und sah sie an.

»Sarah ist eine Matabele. Nacktheit ist für uns nicht anstößig.«

»Laß ihm seine Geheimnisse«, meinte Sarah lächelnd, »auch wenn ich vor ihm keine habe.«

Craig fiel ein, wie sie nackt im Wasser unter der Brücke gestanden hatte. Er setzte sich auf den Rand der Steinplatte, zog die Unterhose aus und warf sie zu den übrigen Kleidern. Keines der Mädchen wandte den Blick ab, und er ließ sich, vor Kälte nach Luft ringend, ins Wasser gleiten. Vorsichtig paddelte er in die Mitte des Sees und hielt sich dort mit Wassertreten an der Oberfläche. »Ihr müßt die Zeit messen«, rief er ihnen zu. »Gebt mir alle sechzig Sekunden ein Zeichen mit dem Seil, zweimal kurz ziehen! Und nach drei Minuten zieht ihr mich einfach hoch, okay?«

»Okay.« Tungata hielt die Seilrolle zwischen den Füßen und war bereit, sie abzurollen.

Craig hing im Wasser und begann tief durchzuatmen, um seine Lungen wie einen Blasebalg voll Luft zu pumpen und sie auf diese Weise von Kohlendioxyd zu reinigen. Das war ein gefährlicher Trick; ein unerfahrener Taucher kann durch den Sauerstoffmangel bewußtlos werden, bevor der Aufbau von Kohlendioxyd wieder das Bedürfnis zu atmen auslöst. Er holte tief Luft, schnellte mit dem Bein und dem Unterleib über die Wasseroberfläche und tauchte wie eine Ente unter. Ohne Taucherbrille sah er unter Wasser alles stark verzerrt, aber er hielt den Strahl der Taschenlampe auf den scharfen Vorsprung im Kalkstein zehn Meter tiefer gerichtet und tauchte darauf zu. Der Wasserdruck summte und rauschte ihm in den Ohren. Er erreichte den Felsvorsprung und stieß sich ab. Der Wasserdruck preßte die Luft in seinen Lungen zusammen, verringerte so seinen Auftrieb, und er tauchte leichter.

Das Seil um seine Hüften ruckte zweimal: Die erste Minute war um. Er entdeckte den Eingang zu der Gruft unter sich. Es war eine fast kreisrunde Öffnung in der linken Wand der Hauptgalerie, und sie erinnerte Craig an die leere Augenhöhle eines Totenschädels.

Er schwamm darauf zu und streckte eine Hand aus, um sich an dem Gesims über der Öffnung festzuhalten. Der Eingang zu der Gruft war so groß, daß ein Mann gebückt durchgehen konnte.

Plötzlich hatte er Angst. Die dunkle Öffnung wirkte bedrohlich und abweisend. Er blickte zur Wasseroberfläche hinauf; er sah den schwachen Widerschein von Vusamanzis Laterne zwölf Meter über sich, und das eisige Wasser schwächte sein Denkvermögen und seinen Mut. Am liebsten wäre er sofort an die Oberfläche getaucht, und er fühlte das erste unfreiwillige Pumpen seiner Lunge.

Irgend etwas zerrte an seiner Taille, und einen Augenblick war er nahe daran, in Panik zu geraten, als er erkannte, daß es das vereinbarte Signal war. Zwei Minuten – fast seine Grenze.

Er zwang sich, in den Grufteingang zu tauchen. Der Tunnel dahinter war so rund wie ein Kanalrohr und stieg leicht an. Craig schwamm noch fünf Meter weiter und leuchtete mit der Taschenlampe, aber das Wasser wurde trüb und dunkel, als er die Ablagerungen vom Boden aufwirbelte.

Plötzlich war der Tunnel zu Ende, und er tastete mit der Hand über rauhen Fels. Seine Lungen begannen ernstlich zu pumpen, in seinen Ohren sauste es, und sein Blick verschwamm, als ihm zu schwindeln begann, aber er zwang sich dazu, wenigstens so lange zu bleiben, bis er das Ende des Tunnels mit den Händen abgetastet hatte.

Er erkannte rasch, daß er eine Wand aus Kalkstein vor sich hatte, absichtlich errichtet, um den Tunnel abzusperren. Sein Mut sank. Die alten Medizinmänner hatten Lobengulas Grab wieder zugemauert, und selbst in den wenigen Sekunden, die ihm dazu blieben, konnte er feststellen, daß sie gute Arbeit geleistet hatten.

Seine tastenden Finger berührten etwas, das am Fuß der Wand lag und sich wie Metall anfühlte. Er hob es auf, drehte sich um und schob sich den Tunnel hinunter, als Panik und Atemnot ihn überwältigten. Den Metallgegenstand in der Hand, erreichte er die Hauptgalerie.

Hoch über ihm sickerte das Licht der Laterne durch das Wasser, und er schwamm aufwärts, seine Sinne schwanden allmählich und flackerten wie eine Kerzenflamme im Wind; er sah dunkle Flecken und grelle Blitze vor den Augen, als sich der Sauerstoffmangel im Gehirn bemerkbar machte, und er fühlte, wie die Anfänge einer tödlichen Lethargie seine Hände und seinen Fuß bewegungsunfähig machten.

Mit einem Ruck zog sich das Seil enger um seine Taille, und er fühlte, wie er rasch nach oben gezerrt wurde. Die drei Minuten waren vorbei, und Tungata zog ihn hoch. Er konnte sich nicht mehr beherrschen und versuchte zu atmen, eiskaltes Wasser schoß ihm durch die Kehle in die Lungen und brannte wie tausend Nadeln.

Er durchbrach die Wasseroberfläche, Tungata stand hüfttief im Wasser und zog mit beiden Händen am Seil. Kaum war Craig über Wasser, packte ihn Tungata, legte einen muskulösen Arm um seine Brust und schleppte ihn ans Ufer.

Dort standen die beiden Mädchen bereit, faßten ihn an den Handgelenken und halfen ihm auf die Felsplatte. Craig ließ sich auf die Seite fallen, krümmte sich, hustete und versuchte, das Wasser aus den Lungen zu bekommen; er zitterte vor Kälte.

Sally-Anne rollte ihn auf den Bauch und drückte mit beiden Händen auf seinen Rücken. Wasser und Erbrochenes schoß ihm aus dem Mund, aber sein Atem beruhigte sich allmählich, und schließlich setzte er sich auf und wischte sich über den Mund. Sally-Anne hatte ihre Bluse ausgezogen und rieb ihn kräftig damit ab. Sein Körper war vor Kälte blau gefleckt, und er zitterte noch immer unbeherrscht.

»Wie fühlst du dich?« fragte Sarah.

»Ganz ausgezeichnet«, keuchte er. »Es geht doch nichts über ein erfrischendes Bad.«

»Es geht ihm gut«, versicherte Tungata, »wenn er zu knurren beginnt, geht's ihm gut.«

Craigs Hände waren rötlichbraun vom Rost, und er erinnerte sich wieder an den Metallgegenstand, den er an der Wand der Gruft gefunden hatte. »Ein Kettenglied«, sagte er, als er es aufhob. »Von einem Ochsenwagen.«

Vusamanzi war während der ganzen Zeit schweigend im Hintergrund gekauert. Nun sagte er: »Diese Kette stammt vom Wagen des Königs. Mein Großvater benutzte sie, um den Leichnam des Königs in den Schacht hinunterzulassen.«

»Also hast du das Grab des Königs gefunden?« fragte Tungata.

Dieses harmlose kleine Metallteilchen war für sie alle der Beweis, der ein Hirngespinst in Realität verwandelte.

»Ich glaube schon«, sagte Craig und begann sein Bein festzuschnallen. »Aber wir werden niemals Gewißheit haben.« Erwartungsvoll sahen ihn alle an. Craig krümmte sich unter einem zweiten Hustenanfall, dann beruhigte er sich und fuhr fort: »Es gibt einen Tunnel, genau wie Vusamanzi beschrieben hat. Er liegt ungefähr fünf Meter unter diesem Felsvorsprung in der linken Wand, eine runde Öffnung, und dahinter der Tunnel, der steil nach oben ansteigt. Ungefähr sechs Meter hinter dem Eingang wurde der Tunnel zugemauert, mit großen Blöcken und Ziegeln aus Kalkstein, die eine massive Wand bilden. Es gibt keine Möglichkeit herauszufinden, wie dick die Wand ist, aber eines ist sicher: Da unten durchzukommen wäre eine Menge Arbeit. Ich hatte zwanzig Sekunden Zeit und konnte nicht einmal einen einzigen Stein lockern. Ohne Taucherausrüstung ist diese Mauer nicht zu schaffen.«

Sally-Anne war gerade dabei, die feuchte Bluse über ihre weißen Brüste zu ziehen, als sie innehielt und ihn zweifelnd anstarrte. »Wir können nicht einfach aufgeben, Craig, Liebster, wir können nicht einfach von hier fortgehen und alles vergessen. Es würde mich wahnsinnig machen, wenn ich es nicht kenne – ein solches Geheimnis! Ich könnte nie wieder glücklich werden, nie wieder, solange ich lebe.«

»Vorschläge sind bei mir abzugeben«, meinte Craig sarkastisch. »Hat irgend jemand zufällig eine Taucherausrüstung in der Hosentasche? Wie wäre es, wenn wir Vusamanzi eine Ziege dafür bezahlen, daß er das Wasser dazu bringt, sich zu teilen, wie Mose das Rote Meer.«

»Sei nicht so respektlos«, sagte Sally-Anne.

»Na los, keiner hier, der erfinderisch und intelligent ist, wie? Keine Interessenten? Okay, dann laßt uns dorthin zurückkehren, wo ein Feuer und ein wenig Sonnenlicht ist.« Craig warf das verrostete Kettenglied in den See zurück. »Schlaf gut, Lobengula, ›der, der so schnell ist wie der Wind‹, paß gut auf deine Steine auf, und Shala gashle, Friede mit dir!«

Nachdem sie wieder in der Haupthöhle angekommen waren, dauerte es nur ein paar Minuten, bis sie ein Feuer entfacht hatten und Wasser kochte. Der starke, süße Tee wärmte Craigs fröstelnde Glieder und stärkte alle.

»Ich muß ins Dorf zurück«, erklärte Vusamanzi. »Wenn die Shonasoldaten kommen und mich nicht finden, werden sie mißtrauisch – sicher werden sie dann meine Frauen belästigen und quälen. Ich muß dort sein, um sie zu schützen, denn sogar die Shona fürchten meine magischen Kräfte.« Er nahm seinen Beutel, den Umhang und den kunstvoll geschnitzten Stock. »Ihr müßt die ganze Zeit über hier in der Höhle bleiben. Wenn ihr sie verlaßt, riskiert ihr, von den Soldaten entdeckt zu werden. Ihr habt Lebensmittel, Wasser, Brennholz, Decken und Paraffin für die Laternen, ihr habt also keinen Grund hinauszugehen. Meine Frauen werden euch übermorgen Lebensmittel und Neuigkeiten von den Shona bringen.« Er sank vor Tungata auf die Knie. »Friede mit dir, großer Prinz der Kumalo. Mein Herz sagt mir, daß du das Junge des gefleckten Panthers aus der Prophezeiung bist und daß du einen Weg finden wirst, Lobengulas Geist zu befreien.«

»Vielleicht werde ich eines Tages mit den Spezialgeräten, die notwendig sind, um in die Grabstätte des Königs zu gelangen, wiederkommen.«

»Vielleicht«, stimmte Vusamanzi zu. »Ich werde Opfer bringen und die Geister befragen. Vielleicht lassen sie sich herab, mir den Weg zu zeigen.« Am Höhleneingang blieb er noch einmal stehen und verabschiedete sich. »Wenn die Gefahr vorüber ist, werde ich zurückkehren. Friede mit euch, meine Kinder.« Und dann war er fort.

»Irgendwie habe ich das Gefühl, daß es eine lange, harte Wartezeit wird«, sagte Craig, »und das hier ist nicht gerade ein hübscher Ort, sie zu überstehen.«

Sie waren alle vier vitale, geistig aktive und ruhelose Menschen, und diese Gefangenschaft verdroß sie von Anfang an. Sie teilten die Höhle stillschweigend in eine gemeinsame Zone rund um die Feuerstelle und eine Privatzone für jedes Paar an den entgegengesetzten Enden der Höhle. Das Sickerwasser, das an den Wänden herunterlief, wurde in einem Tontopf aufgefangen und genügte für ihre Bedürfnisse. In einer der Nebenhöhlen gab es einen senkrechten Schacht, der als Latrine diente. Aber es gab nichts zum Lesen und – ein Mangel, den Craig besonders beklagte – kein Schreibmaterial. Um etwas gegen die Langeweile zu tun, begann Sarah Sally-Anne in Sindebele zu unterrichten, und sie machte so gute Fortschritte, daß sie bald einer Unterhaltung folgen und ziemlich fließend antworten konnte.

Tungata erholte sich in diesen Tagen erzwungener Untätigkeit rasch. Seine hagere Gestalt wurde wieder voller, die Narben im Gesicht und am Körper verheilten, und er gewann seine Kräfte wieder. Oft war es Tungata, der die langen, weitschweifigen Gespräche am Feuer einleitete, und sein unbändiger Humor, den Craig von früher her gut kannte, durchbrach die düstere Stimmung.

Als Sally-Anne einmal eine verächtliche Bemerkung über den Nachbarstaat Südafrika und seine Apartheidpolitik machte, widersprach ihr Tungata mit vorgetäuschter Heftigkeit.

»Nein, nein, Pendula«, Tungata hatte ihr den Matabelenamen »Die, die immer widerspricht« gegeben, »nein, Pendula, anstatt sie zu verurteilen, sollten wir Schwarzafrikaner Gott jeden Tag dafür danken, daß es sie gibt. Denn sie können mit einer einzigen Parole hundert Stämme einigen. Einer von uns braucht nur aufzustehen und zu brüllen: ›Rassistische Apartheidpolitik der Buren!‹, und schon hören die anderen auf, einander die Köpfe einzuschlagen, und wir werden einen Augenblick eine Schar von Brüdern.«

Sally-Anne klatschte in die Hände. »Ich würde zu gerne dabei sein, wenn du diese Rede bei der nächsten Tagung vor der Organisation der Afrikanischen Einheit hältst!«

Tungata lächelte ihr zu, mittlerweile waren sie gute Freunde geworden. »Es gibt noch etwas, wofür wir dankbar sein müssen«, fuhr er fort.

»Sag es mir«, bat sie ihn.

»Die Stämme da unten sind die kriegerischsten von ganz Afrika«, fuhr Tungata fort, »Zulus, Xhosas und Tswanas. Wir haben mit den Shona schon alle Hände voll zu tun. Stell dir vor, diese Gesellschaft würde auch noch auf uns losgelassen! Nein, mein Motto ist: ›Küsse jeden Tag einen Afrikander!‹ «

»Ermutige ihn nicht auch noch«, flehte Sarah Sally-Anne an. »Sonst sagt er eines Tages solche Sachen vor Leuten, die ihn ernst nehmen.«

An zwei aufeinanderfolgenden Tagen wurde ihr Gespräch am Feuer durch ein Geräusch von außerhalb unterbrochen, das unverkennbar ratternde, pfeifende Geräusch eines Hubschraubers. Und sie schwiegen und schauten zu dem Steingewölbe hinauf, bis das Geräusch verstummte. Dann drehte sich das Gespräch um ihre Chancen, den Streitkräften, die sie so schonungslos verfolgten, zu entkommen.

Jeden zweiten Tag kamen die Frauen aus Vusamanzis Dorf vor der Morgendämmerung, um von den Spähern am Himmel nicht gesehen zu werden. Sie brachten Lebensmittel und Neuigkeiten. Die Soldaten der Dritten Brigade hatten das Dorf umzingelt und waren hineingestürmt, um die Hütten zu durchsuchen. Sie hatten eines der jungen Mädchen geschlagen, Drohungen ausgestoßen und den alten Mann verhört, aber Vusamanzi war ihnen würdevoll entgegengetreten, und sein mächtiger Ruf als Zauberer hatte sie schließlich beschützt. Die Soldaten waren abgezogen, ohne sehr viel Wertvolles zu stehlen, ohne eine einzige Hütte niederzubrennen oder mehr als ein paar Hühner zu töten – aber sie hatten gesagt, daß sie wiederkommen würden.

Jedenfalls war die Menschenjagd in diesem Gebiet noch in vollem Gang. Zu Fuß und per Hubschrauber durchkämmten die Shona den Wald und die Hügel, und Hunderte von Flüchtlingen aus dem Lager waren bereits wieder eingefangen worden.

Soviel Vusamanzi wußte, hatten die Shona das Wrack der Cessna bisher nicht entdeckt, aber die Situation war noch immer äußerst gefährlich, und Vusamanzi hatte seinen Mädchen aufgetragen, die vier in der Höhle davon zu überzeugen, daß sie vorläufig da bleiben mußten.

Diese Neuigkeiten deprimierten sie alle, und Craig mußte seine ganze Erzählkunst und seinen ganzen Witz aufbieten, um die Stimmung zu verbessern. Er lenkte ihre Aufmerksamkeit auf ihr Lieblingsthema, Lobengulas Grab und den unermeßlichen Reichtum, den sie darin vermuteten. Sie hatten bereits eingehend über die Ausrüstung gesprochen, die nebst einem Taucherteam nötig war, um die Gruft zu öffnen und in den Bestattungsraum zu gelangen, und nun fragte Sally-Anne Tungata: »Sag uns, Sam, wenn es diesen Schatz gäbe und wenn du ihn bergen könntest und wenn er wirklich so kostbar wäre, wie wir hoffen, was würdest du damit anfangen?«

»Ich bin der Meinung, daß man ihn als Eigentum des Matabelevolkes betrachten muß. Man müßte ihn gut verwalten und zum Nutzen des ganzen Stammes verwenden, vor allem, um ihm eine bessere politische Stellung zu verschaffen. Anders ausgedrückt, ein Unterhändler mit einem solchen finanziellen Polster würde es leichter haben, die Aufmerksamkeit des britischen Außenamtes und des amerikanischen State Department zu erregen. Er könnte sie dazu bewegen zu intervenieren. Die Regierung in Harare würde sie ernst nehmen müssen, und gewisse Recht, die uns gegenwärtig verweigert werden, würden uns zugestanden.«

»Außerdem würde ein solches Polster alle möglichen sozialen Programme finanzieren – Ausbildung, Gesundheit, den Kampf um die Rechte der Frauen«, sagte Sarah, indem sie ihre Schüchternheit einen Augenblick ablegte.

»Ihr könntet Land ankaufen, um es den bestehenden Ländereien des Stammes hinzuzufügen«, setzte Craig hinzu, »ihr könntet die Farmer finanziell unterstützen, Maschinengenossenschaften gründen, Viehzuchtprogramme erstellen.«

»Craig«, Sally-Anne legte ihm die Hand aufs Bein, »gibt es wirklich keine Möglichkeit, in die Grabkammer zu gelangen? Könntest du nicht noch einen Tauchversuch machen?«

»Mein teures Kind, ich erkläre dir nun zum hundertstenmal, daß ich je Tauchversuch wahrscheinlich nur einen Stein herausbrechen kann, und zwanzig Tauchversuche hintereinander sind tödlich.«

»O Gott, es ist so entmutigend!« Sally-Anne sprang auf und begann nervös auf- und abzugehen. »Ich fühle mich so überflüssig. Wenn nicht bald etwas geschieht, werde ich noch verrückt. Ich habe das Gefühl, ich ersticke – ich brauche einen tiefen Atemzug Sauerstoff. Können wir nicht wenigstens ein paar Minuten nach draußen gehen?« Doch das beantwortete sie sofort selbst. »Das geht nicht, ich weiß. Verzeiht mir. Ich rede Unsinn.«

Sie schaute auf ihre Armbanduhr. »Himmel, ich habe jedes Zeitgefühl verloren! Wißt ihr, daß es schon nach Mitternacht ist?«

Craig und Sally-Anne lagen aneinandergeschmiegt auf ihrer Matte und unterhielten sich im Flüsterton, um das Paar am anderen Ende der Höhle nicht zu stören.

»Ich schäme mich, daß ich an seiner Verhaftung mitgewirkt habe. Er ist ein außergewöhnlicher Mann, Liebster, manchmal fühle ich mich direkt klein, wenn ich ihm zuhöre.«

»Er hat auch eine gewisse Größe«, stimmte Craig zu.

»Hierher zurückzukommen, um ihn zu befreien, war vielleicht das Wichtigste, was du und ich je getan haben.«

»Wenn wir lebend davonkommen«, schränkte Craig ein.

»Es muß doch ein wenig Gerechtigkeit geben auf dieser bösen Welt.«

»Ein schöner Gedanke.«

»Gib mir einen Gute-Nacht-Kuß, Craig.«

Craig liebte es, ihrem gleichmäßigen Atem zu lauschen, wenn sie schlief, und ihren entspannten Körper neben dem seinen zu spüren, aber in dieser Nacht konnte er nicht einschlafen.

Irgend etwas nagte in seinem Unterbewußtsein, und je länger er wach lag, desto wütender wurde er. Jemand hatte an diesem Abend etwas gesagt, soweit war er gekommen, aber jedesmal, wenn es begann, an die Oberfläche seines Bewußtseins zu steigen, versuchte er krampfhaft, es zu fassen, und es versank wieder. Schließlich griff er auf den alten Trick zurück, seinen Verstand zu entleeren, indem er sich einen Papierkorb vorstellte und jeden ungebetenen Gedanken zerriß, zusammenknüllte und in den imaginären Papierkorb warf. »Das ist es!« sagte er laut und fuhr hoch.

Sally-Anne wachte auf, strich sich die Haare aus den Augen und murmelte schlaftrunken.

»Was ist los?« rief Tungata von der anderen Seite der Höhle.

»Sauerstoff!« schrie Craig. »Sally-Anne hat gesagt: ›Ich ersticke – ich brauche einen tiefen Atemzug Sauerstoff.‹«

»Das verstehe ich nicht«, murmelte Sally-Anne, noch immer nicht ganz wach.

»Liebling, wach auf! Na los!« Er schüttelte sie sanft. »Sauerstoff! Die Cessna ist doch für eine große Flughöhe ausgerüstet, nicht wahr?«

»Gütiger Himmel«, sagte sie und starrte ihn an. »Warum haben wir nicht schon früher daran gedacht?«

»Schwimmwesten – hast du so was an Bord?«

»Ja. Als ich die Flamingos am Tanganjikasee filmte, mußte ich Schwimmwesten an Bord nehmen. Sie sind unter den Sitzen.«

»Und das Sauerstoffsystem, ist es ein Umluftkreislauf?«

»Ja.«

»Pupho!« Tungata zündete die Laterne an und trug sie zu ihnen herüber, Sarah nackt und taumelnd wie ein schläfriges Hündchen hinter sich herziehend. »Nun sag schon, Pupho, was ist geschehen?«

»Sam, du Prachtexemplar«, sagte Craig und grinste, als er nach seiner Hose griff. »Du und ich, wir machen jetzt einen kleinen Spaziergang.«

»Jetzt?«

»Jetzt, solange es dunkel ist.«

Der Mond schien hell genug, um ihnen den Weg bis in Vusamanzis Dorf zu beleuchten. Sie schlichen daran vorbei, um den alten Mann nicht zu beunruhigen. Einer der Dorfhunde verbellte sie, aber sie fanden den Fußweg und eilten weiter.

Am Morgen waren sie noch immer unterwegs.

Zweimal mußten sie in Deckung gehen. Einmal wären sie beinahe einer Patrouille von Shonasoldaten in Kampfanzügen in die Arme gelaufen. Tungata, der vorausging, warnte Craig mit dem Handzeichen höchster Gefahr. Sie lagen im dichten, gelben Elefantengras neben dem Pfad und beobachteten, wie die Patrouille lautlos vorbeischlich.

Nachher stellte Craig fest, daß sein Herz raste und seine Hände zitterten. »Ich werde langsam zu alt dafür«, flüsterte er.

»Ich auch«, gab Tungata zu.

Das zweite Mal warnte sie das Dröhnen eines Hubschrauberrotors, und sie hechteten in eine Senke neben dem Weg. Der Hubschrauber verschwand und kehrte nicht zurück.

Sie übersahen die Stelle, wo sie damals auf den Pfad gestoßen waren, und mußten einen Kilometer zurücklaufen, so daß sie die Absturzstelle erst am späten Nachmittag erreichten.

Mit äußerster Vorsicht suchten sie, bevor sie sich der Stelle näherten, das Gelände von allen Seiten nach Spuren ab, um sich zu überzeugen, daß das Wrack nicht entdeckt worden war. Als sie sich schließlich heranwagten, sahen sie, daß alles genauso war, wie sie es verlassen hatten.

Tungata kletterte ein Stück den Abhang hinauf und stand mit der Ak-47 Wache, während Craig die Ausrüstung zusammensuchte, die sie brauchten. Die vier aufblasbaren Schwimmwesten lagen, wie Sally-Anne gesagt hatte, unter den Sitzen. Außerdem fand Craig unter dem Pilotensitz die Ausrüstung zum Reparieren der Westen: Schere, Schabeisen und zwei Tuben Gummikleber. Die Sauerstofflaschen hingen an der Rückwand der Passagierkabine in einer Halterung. Es waren drei Flaschen mit einem Fassungsvermögen von zwei Litern. Von jeder Flasche lief ein weicher Plastikschlauch zu den Sitzen und endete in einer Gesichtsmaske mit zwei eingebauten Ventilen. Der Benützer inhalierte reinen Sauerstoff und atmete eine Mischung aus unverbrauchtem Sauerstoff, Wasserdampf und Kohlendioxyd aus. Diese Mischung wurde durch das Austrittsventil gepreßt und durchlief zwei Metallkanister unter den Bodenplatten. Der erste Kanister enthielt Kieselsäuregel, das den Wasserdampf entzog, der zweite Kanister war voll Natronkalk, der das Kohlendioxyd herausfilterte, und der gereinigte Sauerstoff wurde in die Gesichtsmasken zurückgeleitet. Sobald der Druck des reinen Sauerstoffs auf den Druck der umgebenden Atmosphäre abfiel, wurde er automatisch aus den drei Sauerstofflaschen ergänzt.

Craig arbeitete so sorgfältig, wie es die Zeit erlaubte. Er montierte das ganze System in Tragtaschen um. Er verpackte die Ausrüstung so, daß zwei gleich schwere Bündel entstanden.

Als er Tungata mit einem Pfiff rief, war es dunkel. Sie schulterten beide ein Bündel und machten sich auf den Rückweg. Als sie wieder auf den Pfad stießen, verwendeten sie fast eine halbe Stunde darauf, ihre Spuren zu verwischen.

»Glaubst du, daß es auch bei Tageslicht standhalten wird?«

fragte Craig unsicher. »Wir wollen den Weg zum Wrack ja nicht gerade beschildern.«

»Wir haben unser Möglichstes getan.«

Sie eilten auf dem Pfad weiter und kamen so gut vorwärts, daß sie trotz der schweren, unhandlichen Bündel für den Rückweg eine Stunde weniger brauchten und die Höhle in der Morgendämmerung erreichten.

Sally-Anne sagte keinen Ton, als Craig in die Höhle trat. Sie stand nur vom Feuer auf, kam ihm entgegen und drückte ihr Gesicht an seine Brust. Sarah machte vor Tungata den traditionellen Knicks, brachte ihm den Bierkrug und wartete, bis er sich erfrischt hatte, bevor sie ihn begrüßte. Erst dann kniete sie neben ihm nieder, klatschte leise in die Hände und flüsterte in Sindebele: »Ich begrüße dich, mein Gebieter, aber ich sehe dich nur verschwommen, denn meine Augen füllen sich mit Freudentränen!«

Der Shonasergeant war dreiunddreißig Stunden lang ohne Unterbrechung auf Patrouille gewesen. Nun führte er seine Mannschaft ins Hauptlager zurück, um den Proviant zu ergänzen und neue Befehle entgegenzunehmen.

Der Sergeant war trotz des langen Einsatzes wachsam und vorsichtig. Sein Schritt war elastisch, er bewegte den Kopf ständig hin und her, als er den Fußweg entlanglief, und seine Augen unter der Krempe des Hutes blickten klar und scharf.

Plötzlich gab er seinen Soldaten ein Handzeichen, in Deckung zu gehen, und als er selbst in Deckung ging, hörte er, daß sich seine Leute verteilten, um ihm Feuerschutz zu geben. Sie lagen neben dem Weg im Elefantengras und warteten, die Gewehre im Anschlag, während der Sergeant die Spur untersuchte, die ihn alarmiert hatte. Es war ein Büschel langes Gras auf der anderen Seite des Pfades: Die Grashalme waren geknickt und dann sorgfältig wieder angehoben worden, um die Knickstellen zu verbergen, aber sie hatten sich wieder leicht gesenkt. Das war die Art Spur, die ein Mensch hinterließ, wenn er vom Pfad abwich, um sich in einen Hinterhalt zu legen.

Der Sergeant blieb zwei Minuten liegen, und als kein feindlicher Angriff erfolgte, stand er vorsichtig auf und ging zu der Stelle, wo die Gräser geknickt waren. Die Spur war deutlich: Eine kleine Gruppe Männer hatte den Pfad hier entweder verlassen oder betreten und versucht, die Spur zu verwischen. Diese Mühe machte sich nur jemand, der eine Verfolgung befürchtete. Der Sergeant rief seinen Fährtensucher und setzte ihn auf die Spur an.

Der Fährtensucher folgte der Spur vom Pfad aus und konnte schon nach wenigen Minuten berichten: »Zwei Männer mit Stiefeln. Einer von ihnen belastet das linke Bein weniger. Sie gingen auf das Tal zu. Sie betraten den Pfad, aber wir können ihrer Spur nicht folgen, weil sie von anderen überdeckt wurden.«

»Wenn wir schon nicht herausfinden, wohin sie gehen, dann wollen wir wenigstens nachforschen, woher sie kamen«, sagte der Sergeant. »Die Spur zurückverfolgen!« Drei Stunden später hatte er das Wrack der Cessna aufgestöbert.

Craig schlief ein paar Stunden und begann dann beim Schein der Öllampe die Sauerstoffausrüstung für den Einsatz unter Wasser umzubauen. Das Mittelstück seines primitiven Atmungsgerätes war ein Beutel. Dafür benutzte er eine der aufblasbaren Schwimmwesten. Durch das Einwegventil des Mundstücks wurde mit Hilfe eines langen Schlauches Sauerstoff aus der Stahlflasche in den Beutel geleitet.

Während er arbeitete, erklärte Craig: »In einer Tiefe von zwölf Metern ist der Druck größer als zwei Atmosphären. Erinnert euch an die Physikstunde: Zehn Meter ist gleich eine Atmosphäre Druck plus der Luftdruck auf dem Wasser – macht zwei Atmosphären, richtig?«

Seine interessierten Zuhörer nickten zustimmend.

»Richtig! Damit ich nun frei atmen kann, muß der Sauerstoff, der in meine Lungen gelangt, denselben Druck haben wie das umgebende Wasser – der Sauerstoff im Beutel steht unter demselben Druck wie ich.«

»Mein alter Vater pflegte immer zu sagen: Was zählt, ist der Verstand!« meinte Sally-Anne beifällig.

»Die Chemikalien in diesen beiden Kanistern entziehen der

Luft, die ich ausatme, den Wasserdampf und das Kohlendioxyd, und der gereinigte Sauerstoff kommt durch diesen Schlauch in den Beutel zurück, und ich atme ihn wieder ein.« Craig befestigte die neuen Anschlüsse mit Gummikleber am Beutel. »Sobald der Sauerstoff im Beutel verbraucht ist, ergänze ich ihn mit frischem Sauerstoff aus der Stahlflasche auf meinem Rücken. So wie jetzt.« Er drückte den Zapfen der Sauerstofflasche hinunter, und das austretende Gas zischte. »Natürlich gibt es auch ein paar Probleme.« Er begann daran zu arbeiten, die Gesichtsmaske wasserdicht zu machen.

»Und die wären?« fragte Sally-Anne.

»Der Auftrieb«, antwortete Craig. »Wenn ich den Sauerstoff im Beutel verbrauche, verliere ich an Auftrieb, und die Stahlflasche wird mich hinunterziehen. Und wenn ich den Sauerstoff im Beutel ergänze, schieße ich in die Höhe.«

»Wie willst du das verhindern?«

»Ich werde mich mit Steinen beschweren, um zum Eingang der Gruft hinunterzukommen, und wenn ich dort bin, binde ich mich fest, um unten zu bleiben.«

Craig fabrizierte einen Rückengurt, an dem er die beiden Kanister und die Sauerstofflasche befestigte. Er achtete darauf, die Stahlflasche so anzubringen, daß er den Spund über die Schulter erreichen konnte. »Allerdings ist der Auftrieb nicht das größte Problem«, sagte er.

»Es gibt noch mehr Probleme?« fragte Sally-Anne.

»So viele, wie du haben willst«, grinste Craig. »Wußtest du zum Beispiel, daß reiner Sauerstoff, wenn er über eine längere Periode mit mehr als zwei Atmosphären Druck eingeatmet wird, also in mehr als zehn Meter Wassertiefe, zu einem giftigen Gas wird, das genauso tödlich ist wie das Kohlenmonoxyd in den Auspuffgasen eines Autos?«

»Was kannst du dagegen tun?«

»Nicht viel«, gab Craig zu. »Ich kann bloß die Dauer jedes Tauchversuchs begrenzen; während der Arbeit an der Wand zur Gruft muß ich meine Reaktionen sehr sorgfältig überwachen.«

»Könntest du nicht berechnen, wie lange du sicher bist, bevor der Sauerstoff giftig wird?«

»Nein, die Formel wäre zu kompliziert, und für eine Berechnung gibt es zu viele Variablen, angefangen bei meinem Körpervolumen bis zur exakten Wassertiefe. Außerdem nimmt die Vergiftung allmählich zu. Je öfter ich tauche, desto riskanter wird es.«

»Mein Gott, Liebster.« Sally-Anne starrte ihn an.

»Wir werden die Tauchdauer kurz halten und eine Reihe von Signalen ausarbeiten«, beruhigte sie Craig. »Ihr werdet genau nach jeder Minute am Seil ziehen, und wenn ich nicht antworte oder meine Antwort nicht sofort und nur schwach erfolgt, dann holt ihr mich herauf. Die Vergiftung ist heimtückisch, schleichend. Bevor ich ganz ausfalle, wird sie meine Reaktionen auf das Signal beeinträchtigen. Das gibt uns ein wenig Spielraum.« Vorsichtig legte er die umfangreiche Ausrüstung in die Nähe des Feuers, damit der Gummikleber durch die Wärme schneller trocknete. »Sobald die Verbindungen halten, können wir das Gerät testen und dann zum See zurückkehren.«

»Wie lange wird das dauern?«

»Vierundzwanzig Stunden.«

»So lange?«

»Schlaf erhöht meine Widerstandsfähigkeit gegen eine Sauerstoffvergiftung.«

Der Wald war so dicht, daß der Hubschrauber nicht landen konnte. Er schwebte über den Baumwipfeln, und der Bordmechaniker an der Winde ließ General Fungabera langsam auf die kleine Lichtung im dunkelgrünen Busch hinunter.

Fungabera drehte sich in dem dünnen Stahlseil, und der Druck der Rotoren bauschte seinen Kampfanzug über der Brust. Zwei Meter über dem Erdboden schlüpfte er aus der Fußschlinge und sprang. Er erwiderte den Gruß des Sergeant, der ihn erwartet hatte, trat zur Seite und schaute hinauf, als der nächste Mann aus dem Hubschrauber heruntergelassen wurde.

Oberst Bucharin trug ebenfalls einen Kampfanzug und einen Helm. Er schüttelte die helfende Hand des Shonasergeant ab und eilte auf das Tal zu. Fungabera marschierte an seiner Seite, und beide schwiegen, bis sie das Wrack der Cessna erreichten.

»Es besteht kein Zweifel?« fragte Bucharin.

»Das Kennzeichen ist ZS-KYA. Sie müssen wissen, ich selbst bin bereits in diesem Flugzeug geflogen«, erwiderte Fungabera, als er sich bückte, um den unteren Teil des Rumpfes zu inspizieren. »Wenn noch ein weiterer Beweis nötig ist«, sagte er und strich über die Löcher in der Metallhaut, »das war Maschinenpistolenfeuer von unten.«

»Keine Leichen?«

»Nein.« Fungabera richtete sich auf und beugte sich ins Cockpit. »Kein Blut und kein Hinweis, daß einer von den Insassen verletzt war. Außerdem wurde das Wrack geplündert.«

»Das könnte ebenso gut der Angehörige eines lokalen Stammes getan haben.«

»Vielleicht«, gab Fungabera zu. »Aber das glaube ich nicht. Die Fährtensucher haben die Spuren untersucht und Schlußfolgerungen gezogen. Nach dem Absturz vor zwölf Tagen sind vier Leute von hier aufgebrochen, zwei von ihnen sind Frauen, und einer der Männer hinkt. Dann sind zwei Männer innerhalb der letzten sechsunddreißig Stunden zu dem Wrack zurückgekehrt. Die Fährtensucher sind sicher, daß es dieselben Männer waren – die Stiefelabdrücke passen, und eine der Spuren weist daraufhin, daß ein Mann mit dem linken Bein hinkt.«

Bucharin nickte.

»Beim Besuch wurden Ausrüstungsgegenstände aus dem Wrack mitgenommen. Die zwei Männer verließen das Gebiet schwer beladen und betraten den Fußpfad, der an diesem Tal vorbeiführt, ungefähr zehn Kilometer von hier entfernt. Dort sind die Spuren verwischt und von anderen verdeckt worden.«

»Aha.« Bucharin musterte ihn scharf. »Und Ihre persönlichen Schlußfolgerungen?«

»Es sind zwei Schwarze und zwei Weiße. Ich habe sie mit eigenen Augen am Flugplatz von Tuti gesehen. Der eine Schwarze ist ohne jeden Zweifel Minister Tungata Zebiwe – ich habe ihn erkannt.«

»Möglicherweise Wunschdenken. Er ist Ihre einzige Hoffnung, mit uns ins Geschäft zu kommen.«

»Diesen Mann würde ich überall wiedererkennen.«

»Auch aus einem Flugzeug?«

»Auch von dort.«

»Fahren Sie fort«, forderte ihn Bucharin auf.

»Die andere schwarze Person konnte ich nicht erkennen. Außerdem war es mir unmöglich, die beiden Weißen zu identifizieren, aber der Pilot ist nahezu mit Sicherheit eine Amerikanerin namens Jay. Das Flugzeug gehört zwar dem World Wildlife Trust, aber sie hatte das Benützungsrecht. Der andere Weiße ist wahrscheinlich ihr Liebhaber, ein britischer Romanschriftsteller mit einer Beinprothese, was die ungleichmäßigen Spuren erklären würde. Diese drei Personen sind unbedeutend und entbehrlich. Der einzig Wichtige ist Zebiwe. Und jetzt wissen wir, daß er noch lebt.«

»Wir wissen auch, daß er Ihnen entwischt ist, mein lieber General«, betonte Bucharin.

»Ich glaube nicht, daß er das noch lange genießen wird.« Fungabera wandte sich an den Sergeant, der höflich hinter ihm stand. »Das haben Sie gut gemacht. Sehr gut, bisher.«

»Ich glaube, daß dieser Matabelehund und seine weißen Freunde von den Leuten hier versteckt und versorgt werden.«

»Wir werden sie verhören. Wir beginnen mit dem nächstgelegenen Dorf, welches ist das?«

»Vusamanzis Dorf liegt hinter diesem Tal und ist das nächste.«

»Sie marschieren hin und umzingeln es. Niemand darf es verlassen oder entkommen, nicht einmal eine Ziege oder ein Kind.«

»Zu Befehl, General!«

»Sobald Sie das Dorf abgeriegelt haben, komme ich und leite das Verhör.«

Craig und Tungata kletterten dreimal zu dem unterirdischen See am Fuß der großen Galerie hinunter, um die Taucherausrüstung hinunterzuschaffen, die Sauerstofflaschen, die Unterwasserlampen, das Brennholz, die Felldecken, die Craig nach jedem Tauchversuch wärmen sollten, und den Proviant, damit sie zu den Mahlzeiten nicht in die obere Höhle zurückklettern mußten.

Sie hatten vereinbart, daß die beiden Mädchen abwechselnd in der oberen Höhle bleiben sollten, um die Boten aus Vusamanzis

Dorf zu empfangen und die anderen warnen zu können, falls eine Shonapatrouille über den Höhleneingang stolperte.

Vor dem Testen der Taucherausrüstung erforschten Craig und Tungata sorgfältig den Weg zum See und legten die Stellen fest, wo sie in Deckung gehen konnten, falls sie das Innere der Höhle jemals gegen einen Angriff verteidigen mußten. Und obwohl keiner von beiden ein Wort darüber verlor, erkannten sie schnell, daß es keinen Endpunkt gab, keinen Ausgang aus den Tiefen des Berges und daß jeder Kampf im eisigen Wasser des unterirdischen Sees enden würde.

Tungata machte dies allen eindeutig klar, als er vor den Augen der anderen vier Kugeln für die Tokarev-Pistole in ein Stück Ziegenfell wickelte und das Bündel neben dem See in eine Felsspalte steckte. Alle begriffen. Das war die einzige Garantie gegen Folter und langsame Verstümmelung, eine Kugel für jeden von ihnen.

»Okay!« In der Stille der Galerie klang Craigs Stimme überlaut. »Mal sehen, wie erfolgreich mich dieser Apparat ertränken wird.«

Tungata hob das Gerät hoch, und Craig kniete nieder und steckte den Kopf durch den Bügel der Schwimmweste. Sally-Anne und Sarah befestigten Sauerstofflasche und Kanister auf seinem Rücken und banden sie mit Leinenstreifen aus dem Sitzbezug fest. Craig überprüfte die Knoten. Wenn das Gerät ausfiel, mußte er es so schnell wie möglich abwerfen können.

Schließlich humpelte er in den See, erschauerte im kalten Wasser, als er die Maske über Mund und Nase stülpte, machte den dreien am Ufer ein Zeichen mit dem Daumen und tauchte unter.

Wie erwartet, war der Auftrieb das unmittelbare Problem. Er begann mit Steingewichten zu experimentieren. Am Ende wußte er, daß er es nur schaffen konnte, wenn er einen schweren Stein in Händen hielt und sich kopfüber in die Tiefe ziehen ließ. Allerdings würde er unweigerlich nach oben schießen, sobald er den Stein losließ. »Wenigstens sind die Anschlüsse wasserdicht«, erklärte er, als er wieder auftauchte. »Und die Sauerstoffzufuhr funktioniert. An den Rändern der Maske dringt ein wenig Wasser ein, aber das ist kein Problem.«

»Wann tauchst du zur Mauer hinunter?«

»Ich glaube, es gibt keinen Grund mehr, nicht sofort damit anzufangen«, gab Craig widerwillig zu.

»Ihr müßt wissen, daß ich wie ein Vater zu euch sein will«, sagte Fungabera und lächelte. »Ich betrachte euch als meine Kinder.«

»Ich verstehe das Shonageschnatter ebenso wenig wie das Geschnatter der Paviane in den Bergen«, erwiderte Vusamanzi höflich, und Fungabera wandte sich mit einer ärgerlichen Geste an seinen Sergeant.

»Wo ist dieser Dolmetscher?«

»Er wird bald hier sein, Mambo.«

Mit dem Offiziersstöckchen gegen den Oberschenkel klopfend, schlenderte Fungabera gemächlich an der Reihe zerlumpter Dorfbewohner entlang, die seine Soldaten von den Maisfeldern geholt und aus den Hütten gescheucht hatten. Er lächelte ihnen freundlich zu, aber sie starrten ihn ausdruckslos an. »Meine Matabelehündchen, bevor dieser Tag zu Ende ist, werden wir euch ein wenig heulen hören«, versprach er leise und drehte am Ende der Reihe um. Langsam ging er zu dem Russen, der im Schatten einer Hütte stand.

»Aus dem Alten werden Sie nichts herauskriegen.« Bucharin nahm seine elfenbeinerne Zigarettenspitze aus dem Mund und hustete mit vorgehaltener Hand. »Er ist ausgetrocknet, über Schmerz und Leiden erhaben. Sehen Sie sich seine Augen an. Ein Fanatiker.«

»Sie haben recht, diese Sangoma sind imstande, sich selbst zu hypnotisieren, Schmerz wird ihm nichts ausmachen.« Fungabera streifte die Manschette seines Kampfanzuges zurück und schaute ungeduldig auf die Uhr. »Wo bleibt dieser Dolmetscher?«

Es dauerte noch eine Stunde, bis der Matabelehäftling aus dem Umschulungszentrum den Weg vom Tal heraufgetrieben wurde. Er fiel vor Fungabera auf die Knie, schluchzte und hielt seine gefesselten Hände hoch.

»Steh auf!« Dann wandte sich Fungabera an den Sergeant: »Nehmen Sie ihm die Handschellen ab. Bringen Sie den alten Mann her.«

Vusamanzi wurde in die Mitte des Dorfplatzes geführt.

»Sag ihm, ich bin sein Vater«, befahl Fungabera.

»Mambo, er sagt, sein Vater war ein Mann, keine Hyäne.«

»Sag ihm, daß ich ungehalten bin, obwohl ich ihn und seine Leute liebe.«

»Mambo, er sagt, daß er ganz zufrieden ist, wenn er Euer Gnaden unglücklich gemacht hat.«

»Sag ihm, daß er meine Männer belogen hat.«

»Mambo, er hofft auf eine Gelegenheit, es wieder zu tun.«

»Sag ihm, daß ich weiß, daß er vier Feinde des Staates beschützt und versorgt.«

»Mambo, er meint, daß Euer Gnaden verrückt sind. Es gibt keine verborgenen Feinde des Staates.«

»Also gut. Sprich jetzt zu allen Leuten. Wiederhole, daß ich wissen möchte, wo die Verräter versteckt sind. Sag ihnen, daß keinem von ihnen etwas geschieht, wenn sie mich zu dem Versteck führen.«

Der Dolmetscher stellte sich vor die schweigende Reihe von Frauen und Kindern und hielt eine lange, leidenschaftliche Rede, aber als er fertig war, starrten sie ihn teilnahmslos an.

»Sergeant!« Fungabera gab scharfe Befehle, und Vusamanzi wurden die Hände auf den Rücken gedreht und die Handgelenke gefesselt. Einer der Soldaten machte eine Schlinge in ein Nylonseil und warf das freie Ende über den Dachbalken eines Maisschuppens am Rand des Platzes. Sie stellten Vusamanzi unter den Balken und steckten seinen Kopf durch die Schlinge.

»Nun sag seinen Leuten, daß diese Bestrafung sofort beendet wird, wenn sich einer von ihnen bereit erklärt, uns zu den Verrätern zu führen.«

Der Dolmetscher hob die Stimme, aber er hatte noch nicht ausgesprochen, als ihn Vusamanzi mit lauter Stimme übertönte: »Mein Fluch wird jeden treffen, der mit diesem Shonaschwein spricht. Ich befehle euch zu schweigen, ganz egal, was geschieht – wer das Schweigen bricht, den werde ich noch im Tod bestrafen. Ich, Vusamanzi, der Gebieter des Wassers, befehle es!«

»Los!« befahl Fungabera, und der Sergeant zog am losen Ende des Seiles. Die Schlinge zog sich um den Hals des alten Mannes zusammen, und er wurde langsam auf die Zehenspitzen gehoben.

»Genug!« befahl Fungabera, und sie befestigten das Ende des Seils.

»Nun laß sie vortreten und reden.«

Der Dolmetscher ging an der Reihe von Frauen entlang, redete ihnen zu und flehte sie schließlich sogar an, aber Vusamanzi warf seinen Frauen grimmige Blicke zu und beherrschte sie mit seinem ganzen Willen, obwohl er nicht mehr sprechen konnte.

»Brecht ihm einen Fuß«, befahl Fungabera, und der Sergeant stellte sich vor den alten Mann hin und zerschmetterte Vusamanzis linken Fuß, indem er viele Male mit dem Maschinenpistolenkolben zuschlug. Als die Frauen die Knochen wie Brennholz splittern hörten, begannen sie zu klagen und zu wimmern.

»Redet!« befahl Fungabera.

Vusamanzi stand auf einem Bein, den Hals gegen den Zug des Seils auf eine Seite geneigt. Sein zertrümmerter Fuß begann anzuschwellen, wie ein Ballon, der aufgeblasen wird.

»Redet!« befahl Fungabera ein zweites Mal, und nur die Klageschreie der Frauen antworteten ihn.

»Brecht ihm den anderen Fuß!« sagte er und nickte dem Sergeant zu.

Als der Kolben die Knochen in Vusamanzis rechtem Fuß zertrümmerte, fiel er seitlich ins Seil, und der Sergeant trat zurück und beobachtete grinsend das verzerrte Gesicht des alten Mannes, der verzweifelt versuchte, die Schlinge zu entlasten, indem er sein Gewicht auf die verstümmelten Füße verlagerte.

Nun schrien alle Frauen, und das Gebrüll der Kinder steigerte den angstvollen Chor.

Vusamanzis Sterben dauerte lange, aber als er schließlich still und regungslos mit nach oben gekehrtem Gesicht in der Schlinge hing, sank seine älteste Frau vor seinen Füßen zu Boden, wiegte den Oberkörper rhythmisch hin und her und stimmte die Totenklage an.

Fungabera schlenderte zu dem Russen zurück, und Bucharin zündete sich eine Zigarette an und murmelte: »Widerlich – und wirkungslos.«

»Von dem alten Narren war nie etwas zu erwarten. Wir mußten ihn aus dem Weg räumen und die Stimmung anheizen.« Fungabera betupfte Kinn und Stirn mit dem Ende seines Schals. »Es hat gewirkt, sehen Sie sich nur die Gesichter der Frauen an.« Er steckte den Schal wieder in den Kragen seines Anzugs und schlenderte zu den Frauen zurück. »Frag sie, wo die Feinde des Staates versteckt sind.«

Aber als der Dolmetscher zu sprechen begann, sprang die alte Frau auf die Füße und stellte sich vor ihn hin. »Du hast deinen Gebieter schweigend sterben sehen«, kreischte sie. »Du hast seinen Befehl gehört. Du weißt, daß er zurückkehren wird!«

Fungabera nahm sein Offiziersstöckchen fester in die Hand und stieß der alten Frau die Spitze unter die Rippen. Sie schrie auf und brach zusammen. Ihre von der Malaria vergrößerte Milz war durch den Schlag geplatzt.

»Schafft sie fort«, befahl Fungabera, und einer der Soldaten faßte sie an den Knöcheln und zerrte sie hinter die Hütten.

»Frag sie, wo die Feinde des Staates versteckt sind.«

Fungabera schlenderte an der Reihe der Frauen entlang, schaute ihnen ins Gesicht und schätzte das Ausmaß der Angst ab, die er in den schwarzen Augen sah. Er nahm sich viel Zeit für seine Wahl und trat schließlich vor die jüngste Mutter hin, die, fast selbst noch ein Kind, ihren Säugling mit einem gemusterten, blauen Tuch auf den Rücken gebunden trug.

Er blieb vor ihr stehen und starrte auf sie hinunter, dann streckte er unvermittelt die Hand aus und faßte sie am Handgelenk. Sanft führte er sie in die Mitte des freien Platzes, wo noch immer die Überreste eines Wachfeuers glühten.

Er scharrte mit dem Fuß das Holz zusammen und wartete, ohne das Mädchen loszulassen, bis die Flammen emporzüngelten. Dann verdrehte er dem Mädchen den Arm, so daß sie auf die Knie fiel. Die anderen Frauen verstummten und schauten wie hypnotisiert zu.

Fungabera löste das blaue Tuch und hob den Säugling hoch. Es war ein Junge, ein molliger Säugling mit einer Haut von der Farbe wilden Honigs. Fungabera warf ihn hoch und fing ihn am Knöchel wieder auf. Das Kind brüllte wie am Spieß und baumelte an Fungaberas Hand. »Wo sind die Feinde des Staates versteckt?«

Das Gesicht des Säuglings schwoll an und wurde dunkel von dem Blut, das in seinen Kopf strömte.

»Sie sagt, sie weiß es nicht.«

Fungabera hielt das Kind hoch über die Flammen. »Wo sind die Feinde des Staates?«

Jedesmal wenn er die Frage wiederholte, ließ er den Säugling ein paar Zentimeter weiter nach unten.

»Sie sagt, sie weiß es nicht.«

Plötzlich hielt Fungabera den kleinen, strampelnden Körper mitten in die Flammen, und das Schreien des Kindes veränderte sich. Fungabera hob es nach einer Sekunde aus dem Feuer und ließ es vor dem Gesicht der Mutter hin- und herbaumeln. Die Flammen hatten die Wimpern und die dichten Kräusellocken auf seinem Kopf versengt. »Sag ihr, daß ich dieses kleine Ferkel langsam rösten werde und sie dann zwinge, es zu essen.«

Das Mädchen versuchte, nach ihrem Kind zu greifen, aber er hielt es gerade so weit von ihr fort, daß sie es nicht erreichen konnte.

Das Mädchen stieß einen einzigen Satz hervor und wiederholte ihn immer und immer wieder, und die anderen Frauen seufzten und schlugen die Hände vors Gesicht.

»Sie sagt, sie will Sie zu ihnen führen.«

Peter Fungabera ließ den Säugling in ihre Arme fallen und schlenderte zu dem Russen zurück. Oberst Bucharin neigte in widerwilliger Anerkennung leicht den Kopf.

Craig hing in zwölf Meter Wassertiefe vor der Mauer zur Gruft. An dem Riemen um seine Taille hatte er einen Kalksteinklumpen befestigt und untersuchte das Mauerwerk im Schein der Taschenlampe nach einer Schwachstelle, an der er beginnen konnte. Er betastete die Wand und fand weder einen Riß noch eine Lücke, aber er stellte fest, daß der untere Teil der Mauer aus größeren Felsbrocken bestand als der obere Teil. Wahrscheinlich waren dem alten Medizinmann und seinen Gehilfen im Lauf der Arbeit die großen Felsblöcke ausgegangen, und sie hatten kleinere Steine verwenden müssen, doch der kleinste dieser Steine war immer noch größer als der Kopf eines Mannes.

Craig griff nach einem dieser kleineren Brocken und versuchte ihn zu lockern. Das Wasser hatte seine Hände aufgeweicht, und eine winzige Wolke Blut schoß hervor, als er sich an der scharfen Kante des Steines verletzte, aber er spürte keinen Schmerz, weil die Kälte seine Finger unempfindlich gemacht hatte.

Im gleichen Augenblick verschluckte eine dunkle Wolke aus Schmutz und Ablagerungen, die lange unberührt auf den Steinen gelegen hatte, den winzigen Blutstrom. Innerhalb von Sekunden konnte er in dem trüben Wasser nichts mehr erkennen und knipste die Lampe aus, um die Batterie zu sparen. Winzige Schmutzpartikel, die in seine Maske gedrungen waren, brannten ihm in den Augen, so daß er sie schließen und sich vollkommen auf seinen Tastsinn verlassen mußte. Der Sauerstoff, den er einatmete, hatte einen schalen, chemischen Geschmack.

Die Kälte wirkte wie eine Krankheit, sie laugte ihn aus und nagte an ihm, beeinträchtigte sein Urteilsvermögen und seine Reaktionsfähigkeit und machte es ihm immer schwieriger, den Beginn der Sauerstoffvergiftung zu erkennen; die Signale des Seiles, das bis zur Wasseroberfläche lief, schienen eine Ewigkeit auseinanderzuliegen. Aber er arbeitete mit grimmiger Entschlossenheit an der Mauer und begann die längst verstorbenen Vorfahren Vusamanzis wegen der Gründlichkeit, mit der sie diese Mauer gebaut hatten, zu verfluchen.

Als seine halbstündige Arbeitsschicht schließlich endete, hatte er eine Menge Felsbrocken aus dem oberen Teil der Wand herausgebrochen und ein Loch von einem Meter Tiefe in das Mauerwerk gegraben. Das Loch war gerade breit genug, um seinen Oberkörper samt dem sperrigen Atemgerät aufzunehmen, aber er fand noch immer keinen Hinweis darauf, wie dick die Mauer wirklich war.

Er stieß die Felsstücke, die er herausgebrochen hatte, mit dem Fuß den Tunnel hinunter, so daß sie in die Tiefen der großen Galerie fielen. Dann löste er erleichtert den Ankerriemen an der Taille, schwamm aus dem Tunnel und begann den langen Aufstieg zur Wasseroberfläche.

Tungata half ihm aus dem Wasser auf die Steinplatte. Craig fühlte sich so schwach wie ein Kind, und die Ausrüstung auf seinem Rücken erdrückte ihn fast. Tungata nahm ihm den Apparat ab, während Sarah einen Becher Tee einschenkte und klebrigen, braunen Zucker hineinrührte.

»Sally-Anne?« fragte er.

»Pendula hält in der oberen Höhle Wache«, antwortete Tungata.

Craig legte die Hände um den Becher und kroch, zitternd vor Kälte, näher an das kleine, rauchende Feuer heran. »Ich habe ein kleines Loch in den oberen Teil der Wand gebrochen und bin ungefähr einen Meter tief vorgedrungen, aber es gibt keine Möglichkeit herauszufinden, wie dick sie wirklich ist oder wie oft ich noch tauchen muß, bis ich durch bin.« Er schlürfte den Tee. »Eines haben wir übersehen: Ich werde etwas brauchen, um die Bonbons heraufzuschaffen, wenn ich sie finde.« Er kreuzte die Finger, und Sarah machte ihr eigenes Zeichen, um Unglück abzuwenden. »Die Tonkrüge sind wahrscheinlich spröde – der alte Insutsha hat schon einen zerbrochen –, und sie sind schwer zu transportieren. Wir werden die Säcke nehmen müssen, die ich aus den Kissenbezügen gemacht habe. Wenn Sarah hinaufgeht, um Pendula abzulösen, soll sie sie herunterschicken.«

Als der heiße Tee und das Feuer allmählich die Kälte aus seinen Gliedern vertrieb, begann der Kopfschmerz. Craig wußte, daß dieser Schmerz das erste Symptom einer Vergiftung war. Es war wie ein schwerer Migräneanfall, der sein Gehirn zusammenpreßte, so daß er am liebsten laut gejammert hätte. Er nahm drei Schmerztabletten aus dem Erste-Hilfe-Kasten und spülte sie mit heißem Tee hinunter.

Dann saß er zusammengekauert neben dem Feuer und wartete, bis die Tabletten zu wirken begannen. Er fürchtete sich so sehr vor der Rückkehr ins eisige Wasser, daß ihm die Angst Übelkeit verursachte und seinen Willen schwächte. Er ertappte sich dabei, daß er nach einer Ausrede suchte, um den nächsten Tauchversuch zu verschieben, nur um dieser schrecklichen Kälte und dem erstickenden Druck des Wassers zu entgehen.

Schweigend beobachtete ihn Tungata über das Feuer hinweg, und Craig ließ den Fellumhang von seinen Schultern gleiten und gab Sarah den leeren Becher zurück. Dann stand er auf. Der

Kopfschmerz hatte sich bis auf einen dumpfen Druck hinter den Augen gebessert.

»Na dann los«, sagte er, und Tungata legte ihm die Hand auf den Oberarm und drückte ihn, bevor er sich bückte, um Craig in das Atmungsgerät zu helfen.

Craig zitterte, als er neuerlich in das eisige Wasser stieg, aber er zwang sich zu tauchen, und der Stein zog ihn rasch in die Tiefe. In seiner Phantasie ähnelte der Tunneleingang nun nicht mehr einer leeren Augenhöhle, sondern dem zahnlosen Rachen eines gräßlichen Ungeheuers der afrikanischen Mythologie, der sich aufgetan hatte, um ihn zu verschlingen.

Er schwamm den Tunnel aufwärts und band sich vor dem Loch fest, das er in die Mauer gegraben hatte. Er streckte die Hand aus, und der Stein fühlte sich rauh und grob an. Er lockerte einen Felsbrocken, die umliegenden Steine verrutschten, und Ablagerungen trübten das Wasser. Er knipste die Lampe aus und machte sich fröstelnd und blind erneut an die Arbeit.

Die Signale am Seil um seine Taille waren seine einzige Verbindung zur Wirklichkeit – irgendwie halfen sie ihm, diesen Alptraum der Kälte und Dunkelheit zu überstehen. Nach zwanzig Minuten durchbrach der Kopfschmerz die Wirkung der Drogen. Ihm war, als würde ein stumpfer Nagel mit schweren Hammerschlägen in seine Schläfe getrieben.

Ich kann das nicht noch zehn Minuten aushalten, dachte er. Ich tauche jetzt auf. Er wandte sich von der Mauer ab und konnte sich gerade noch beherrschen. Fünf Minuten, gelobte er sich. Nur noch fünf Minuten.

Er zwängte den Oberkörper in die Öffnung, und die Sauerstoffflasche stieß an den Felsen und dröhnte wie eine Glocke. Er tastete die Kanten eines dreieckigen Brockens ab, den er nun schon seit einigen Minuten bearbeitete. Wieder einmal wünschte er nichts sehnlicher als ein Brecheisen, das er in den Riß stecken, mit dem er den Stein losbrechen konnte. Statt dessen legte er die Finger unter den Stein, stemmte sich gegen die Seitenwände und begann dagegenzudrücken.

Etwas bewegte sich, und er hörte Steine auf Steine fallen. Er stemmte sich noch einmal gegen den Block, und plötzlich klemmte der Felsbrocken seine Finger ein, und er schrie vor Schmerz auf. Aber der Schmerz in den gequetschten Fingerspitzen mobilisierte Kraftreserven. Er warf sich mit seinem ganzen Gewicht gegen den Felsbrocken, der Stein bewegte sich, seine Finger kamen frei, und er hörte das Rumpeln und Poltern fallender und rutschender Felsen.

Er lag in dem Loch, drückte die schmerzenden Finger an die Brust und wimmerte in die Maske, halb erstickt von dem Wasser, das hereingeströmt war, als er geschrien hatte.

Ich tauche jetzt auf, beschloß er. Ich habe genug. Er wollte aus dem Loch kriechen und streckte die Hand aus, um sich abzustoßen. Er fand keinen Halt. Seine Hand griff ins Leere. Er blieb still liegen und versuchte eine Entscheidung zu treffen. Irgendwie wußte er, daß er nicht mehr fähig sein würde, noch einmal ins Wasser zu steigen, wenn er jetzt auftauchte.

Er streckte noch einmal die Hand aus, und als er wieder nichts spürte, schob er sich ein paar Zentimeter vor und tastete erneut nach einem Widerstand. Die Ankerleine behinderte ihn, also löste er den Knoten, kroch ein Stück weiter, und das Gerät auf seinem Rücken stieß an den Fels über ihm. Er drehte sich halb zur Seite und konnte den Apparat freimachen. Er griff noch immer ins Leere. Er war durch, und plötzlich überkam ihn abergläubische Furcht.

Er kroch zurück, und das Atemgerät stieß wieder gegen die Decke, diesmal verklemmte es sich ernsthaft. Er steckte fest und begann sofort zu strampeln, um sich zu befreien. Er atmete hastig, brachte damit die Mechanik der Ventile in der Maske durcheinander, und die Sauerstoffzufuhr fiel aus; als er keine Luft mehr bekam, begann sein Herz zu rasen, und der Puls dröhnte in seinen Ohren.

Nach rückwärts konnte er nicht freikommen, also stemmte er sich mit dem gesunden Bein und mit dem Stumpf gegen den glatten Felsen. Er stieß sich mit beiden Beinen ab und rutschte, wie im Augenblick der Geburt, durch das Loch in der Wand zur Gruft in dem Raum dahinter.

Er schlug wild um sich, und eine Hand traf die glatte Wand des Schachtes, aber nun war er frei von seinem Anker, und der Auftrieb des Beutels an seiner Brust zog ihn unweigerlich nach oben. Er hob beide Hände, um zu verhindern, daß er mit dem Kopf gegen die Schachtdecke stieß, und um Halt zu finden. Der Fels unter seinen gefühllosen Fingern war glatt wie eingeseiftes Glas, und durch den Druckabfall dehnte sich der Sauerstoff im Beutel aus, je höher er stieg. Das Tempo wurde immer schneller, nur noch gebremst von dem Signalseil um seine Taille. Als Craig strampelte, um von der Tunneldecke fortzukommen, trat der überschüssige Sauerstoff an den Seiten der Maske aus, und er geriet vollends in Panik. Er wurde in vollkommener Dunkelheit nach oben gewirbelt.

Plötzlich tauchte er aus dem Wasser auf und lag wie ein Korken hilflos auf dem Rücken. Er riß die Maske vom Gesicht und holte tief Luft.

Das Seil um seine Taille ruckte rasch hintereinander. Zweimal sechs Signale. Das war das Zeichen für Tungatas Frage: »Ist alles in Ordnung?« Das stürmische Auftauchen mußte viel Seil von der Rolle zwischen Tungatas Füßen abgewickelt und ihn erschreckt haben. Craig gab ihm ein Zeichen, um ihn zu beruhigen, und suchte nach dem Schalter der Taschenlampe.

Der schwache Lichtschein blendete seine Augen, nachdem er sie so lange geschlossen gehalten hatte. Blinzelnd schaute er sich um. Hinter dem Mauerwerk war der Neigungswinkel des Tunnels immer steiler geworden und endete hier in einem senkrechten Schacht. Die alten Medizinmänner waren gezwungen gewesen, Nischen aus dem Fels zu schlagen und eine Leiter aus grob behauenen Holzpflöcken aufzubauen, um den Schacht emporsteigen zu können. Die Holztritte waren durch Lederriemen mit einem Holzrahmen verbunden, und diese primitive Leiter führte über Craigs Kopf den Schacht hinauf, aber das Licht der Taschenlampe war zu schwach, als daß es das Ende des steilen Schachtes hätte ausleuchten können. Die Leiter verschwand in der Dunkelheit.

Craig paddelte zur Wand und hielt sich an der untersten Sprosse der Leiter fest, während er seine Gedanken sammelte und versuchte, sich die Lage und die Form des Schachtes vorzustellen. Er erkannte, daß er nach dem Durchbruch durch die

Wand zwölf Meter bis zur Wasseroberfläche aufgestiegen sein mußte. Das bedeutete, daß er eine U-förmige Reise gemacht hatte – die erste Seite des U war die große Galerie unter Wasser, die Unterseite des U der Tunnel bis zur Wand, und die letzte Seite war der steile Schacht zur Wasseroberfläche.

Er tastete die Leiter, und obwohl sie leicht nachgab und knirschte, trug sie sein Gewicht. Um die unsicheren Sprossen hinaufklettern zu können, mußte er das Atemgerät abstreifen und auf der Wasseroberfläche treiben lassen, aber vorher mußte er sich ausruhen und seine Selbstbeherrschung wiederfinden. Er legte beide Hände an den Kopf und drückte sie gegen die Schläfen, der Schmerz war kaum noch zu ertragen.

In diesem Augenblick zuckte das Seil an seiner Taille – drei Züge, zweimal. Der dringende Rückruf – das Signal für eine tödliche Gefahr. Irgend etwas Schreckliches war geschehen, und Tungata schickte ihm eine Warnung und einen Hilferuf.

Craig stülpte die Maske wieder über das Gesicht und signalisierte: »Zieh mich hoch!«

Das Seil straffte sich, und er wurde rasch nach oben gezerrt.

Man hatte der jungen Matabelemutter erlaubt, ihr Kind auf dem Rücken mitzunehmen, aber sie war mit Handschellen an den Sergeant der Dritten Brigade gefesselt.

Fungabera war versucht, mit dem Hubschrauber zu fliegen, um die Verfolgung und die Gefangennahme der Flüchtlinge zu beschleunigen, aber schließlich entschied er sich doch für die lautlose Annäherung zu Fuß. Das Geräusch eines Hubschraubers würde sie aufmerksam machen und ihnen Gelegenheit geben, noch einmal im Busch zu verschwinden. Aus diesem Grund war auch der Begleittrupp klein und überschaubar – zwanzig ausgesuchte Männer, die er einzeln unterwies. »Wir müssen diesen Matabele lebend fangen, auch wenn euer eigenes Leben gefährdet ist. Ich will ihn lebend!«

Die kleine Truppe kam rasch voran. Der hochgewachsene Shonasergeant schleppte das Mädchen mit sich, und sie zeigte ihm, vor Scham über ihren Verrat weinend, die Krümmungen und Gabelungen des kaum sichtbaren Pfades.

»Die Dorfbewohner haben sie versorgt und verpflegt«, murmelte Fungabera dem Russen zu. »Dieser Pfad ist regelmäßig benützt worden.«

»Eine gute Stelle für einen Hinterhalt«, meinte Bucharin und ließ seinen Blick über die Abhänge schweifen, die sich über dem Pfad erhoben. »Sie könnten ein paar von den entsprungenen Häftlingen bei sich haben.«

»Ein Hinterhalt würde Feindberührung bedeuten – ich bete darum«, erklärte Fungabera leise.

Wieder einmal war der Russe sehr zufrieden, diesen Mann ausgewählt zu haben. Er hatte zweifellos die richtige Einstellung. Nun brauchte er nur noch ein wenig Glück, und seine Auftraggeber in Moskau hatten ihre Stütze in Zentralafrika. Wenn es einmal soweit war, würde dieser Fungabera natürlich sorgfältig überwacht werden müssen. Er war mehr als ein einfacher Gorilla, den man mit starker Hand an den Marionettenfäden zappeln lassen konnte. Dieser Mann hatte Tiefen, die noch nicht erforscht waren, und Bucharins Aufgabe würde es sein, diese Erforschung durchzuführen. Nach dieser Jagd würde es anderes Wild geben, ebenso schwer zu fassen und ebenso hochgeschätzt. Bucharin lächelte.

Diese Gedankengänge hatten Bucharins Verstand keineswegs abgelenkt. Er hatte sehr wohl bemerkt, daß sich das Tal verengte und die Abhänge steiler geworden waren, daß der Wald seltsam verkümmert und verkrüppelt aussah. Er streckte die Hand aus, um Fungaberas Schulter zu berühren und dessen Aufmerksamkeit auf die Veränderung in der geologischen Beschaffenheit der Felsen zu lenken, als die Matabelefrau plötzlich zu schreien begann. Ihre Stimme hallte gellend von den Felsen wider und vervielfältigte sich im umliegenden Wald. Was sie schrie, war nicht zu verstehen, aber es war unmißverständlich eine Warnung.

Fungabera war mit zwei Schritten hinter ihr, faßte über ihre Schulter hinweg und legte eine Hand unter ihr Kinn; den anderen Arm legte er ihr in den Nacken und stieß ihren Kopf mit einem kurzen Ruck zurück. Das Genick des Mädchens brach mit hörbarem Knacken, und ihr Geschrei verstummte so jäh, wie es begonnen hatte.

Als ihr Körper leblos zusammensackte, wirbelte Fungabera herum und gab seinen Soldaten ein Zeichen. Sie reagierten sofort, verschwanden vom Pfad und verteilten sich, um sich in gebückter Haltung anzupirschen.

Nachdem sie Stellung bezogen hatten, warf Fungabera dem Russen einen Blick zu und nickte. Bucharin kam lautlos an seine Seite, und gemeinsam tasteten sie sich vor, wachsam und vorsichtig, die Waffe schußbereit in der Hand.

Die kaum sichtbare Spur führte sie bis an den Fuß des Felsens und verschwand dann in einer schmalen, senkrechten Spalte im Gestein. Fungabera und Bucharin hechteten vorwärts und preßten sich flach gegen den Felsen zu beiden Seiten der Öffnung.

»Der Bau des Matabelefuchses«, freute sich Fungabera. »Jetzt habe ich ihn!«

»Die Shona sind hier!« Der Schrei kam vom Höhleneingang. »Die Shona kommen! Lauft! Die Shona –« Die Frauenstimme brach plötzlich ab.

Sarah sprang vom Feuer auf, rannte durch die Höhle, griff im Laufen nach der Laterne und floh in das Labyrinth von Gängen. Als sie oben an der steilen, natürlichen Treppe ankam, die in die große Galerie hinabführte, schrie sie ihre Warnung zum See hinunter: »Die Shona sind hier, mein Gebieter! Sie haben uns entdeckt!« Und das Echo verstärkte die Angst und das Entsetzen in ihrer Stimme.

»Ich komme zu dir!« rief Tungata ihr zu und eilte beim Schein von Sarahs Laterne den Schacht herauf. Er kletterte hastig die Steinstufen hoch und legte einen Arm um ihre Schultern. »Wo sind sie?«

»Am Eingang! Da war eine Stimme, eine von unseren Frauen rief eine Warnung – ich konnte die Angst in ihrer Stimme hören, und dann brach sie plötzlich ab. Ich glaube, sie ist getötet worden.«

»Geh zum See hinunter. Hilf Pendula Pupho heraufziehen.«

»Es gibt kein Entkommen für uns, nicht wahr?«

»Wir werden kämpfen«, sagte er. »Und im Kampf finden wir vielleicht einen Weg. Geh jetzt, Pupho wird euch sagen, was zu tun ist.« Die Kalaschnikow schußbereit in der Hand, verschwand er in dem Gang, der zur Haupthöhle führte.

Sarah stolperte den Felsenschacht hinunter, glitt in der Eile aus und schlürfte sich die Knie auf. »Pendula!« rief sie.

»Hier, Sarah. Hilf mir.«

Als sie die Steinplatte am Fuß der Galerie erreichte, stand Sally-Anne hüfttief im Wasser und zog an dem Seil. »Hilf mir, es klemmt!«

Sarah sprang neben ihr ins Wasser und packte das Seilende. »Die Shona haben uns gefunden.« Sie zog am Seil.

»Ja. Ich habe es gehört.«

»Was sollen wir tun, Pendula?«

»Erst müssen wir Craig heraufholen. Ihm fällt sicher etwas ein.«

Plötzlich gab das Seil nach, als Craig in zwölf Meter Tiefe durch die schmale Öffnung in der Wand schlüpfte, und die beiden Mädchen zogen ihn gemeinsam nach oben.

Craig tauchte auf und riß sich schnaubend und hustend die Maske vom Kopf. »Was ist passiert?« krächzte er, als er auf den Rand der Steinplatte zuschwamm.

»Die Shona sind hier«, riefen beide Mädchen gleichzeitig in Englisch und Sindebele.

»O Gott!« Craig sank erschöpft auf die Platte. »O Gott!«

»Was sollen wir tun, Craig?« Sie schauten ihn kläglich an, und die Kälte und der Schmerz in seinem Kopf schienen ihn zu lähmen.

Plötzlich begann es in der Höhle zu dröhnen, als säßen sie im Resonanzkörper einer Kesselpauke, die in einem wilden Rhythmus bearbeitet wurde. »Maschinenpistolen!« flüsterte Craig und hielt sich schützend die Ohren zu. »Sam hat Feindberührung.«

»Wie lange kann er sie aufhalten?«

»Das hängt davon ab, ob sie Handgranaten oder Gas –« Den Rest verschluckte er und richtete sich zitternd auf. Er starrte die beiden Mädchen an.

Sie schienen seine Verzweiflung zu spüren und schauten weg.

»Wo ist die Pistole?« fragte Sarah angstvoll und warf einen Blick auf das Ziegenfell in der Felsspalte.

»Nein«, fauchte Craig. »Das nicht.« Er streckte die Hand aus und packte sie am Arm. Er schüttelte die Verzweiflung ab wie das Wasser von seinen Haaren. »Hast du jemals mit einem Atmungsgerät getaucht?« fragte er Sally-Anne.

Sie schüttelte den Kopf.

»Nun, dann ist das heute –«

»Ich kann da nicht hinein!« Sally-Anne starrte entsetzt in den See.

»Wenn du mußt, kannst du alles«, fauchte er sie an. »Hör zu, ich habe einen Schacht gefunden, der wieder aus dem Wasser führt. Wir brauchen drei oder vier Minuten –«

»Nein.« Sally-Anne wich vor ihm zurück.

»Zuerst bringe ich dich hinüber«, sagte er. »Dann komme ich zurück und hole Sarah.«

»Eher sterbe ich hier, Pupho«, flüsterte das schwarze Mädchen. »Das kannst du haben.« Craig hatte bereits die Sauerstoffflasche ausgetauscht, schraubte einen der frischen Zylinder auf und wandte sich wieder Sally-Anne zu. »Du legst deinen Arm um mich und atmest langsam und gleichmäßig durch. Behalte jeden Atemzug so lange wie möglich in der Lunge und atme dann vorsichtig aus. Das Loch in der Mauer ist eng, aber du bist kleiner als ich, du kommst spielend durch.« Er hob das Atmungsgerät über ihren Kopf und legte es ihr um die Schultern. »Ich tauche voran und ziehe dich nach. Sobald wir durch sind, geht es aufwärts. Wenn wir auftauchen, dann achte darauf, daß du ausatmest, da sich der Sauerstoff in deinen Lungen ausdehnt; du platzest sonst wie ein Papiersack. Also los!«

»Craig, ich habe Angst.«

»Das sieht dir gar nicht ähnlich.« Hüfttief im Wasser stehend setzte er ihr die Maske auf. »Kämpfe nicht dagegen an«, erklärte er. »Schließ die Augen und bleib locker. Ich werde dich ziehen. Zapple nicht! Um alles in der Welt, nur nicht zappeln!«

Sie nickte, und wieder dröhnte der Lärm der Maschinenpistolen von oben durch die Galerie.

»Schon näher«, murmelte Craig. »Sie drängen Sam zurück.« Dann rief er Sarah auf der Steinplatte über ihnen zu: »Gib mir mein Bein!«

Sarah reichte ihm die Prothese hinunter.

Er band sie an seinem Gürtel fest. »Pack inzwischen alle Lebensmittel, die du finden kannst, in die Leinensäcke. Die Reservelampen und Batterien auch – ich bin in zehn Minuten zurück.«

Mit dem Felsbrocken im Arm, der sie hinunterziehen würde, begann er tief durchzuatmen. Er winkte Sally-Anne heran, und sie stellte sich hinter ihn und legte die Arme um ihn.

»Atme gleichmäßig und spiele toter Mann«, befahl er und füllte seine Lungen zum letztenmal mit Luft. Er ließ sich nach vorne fallen, Sally-Anne klammerte sich an seinen Rücken, und zusammen tauchten sie auf den Grufteingang zu.

Auf halber Strecke hörte Craig das Klicken der Ventile in Sally-Annes Maske und fühlte, wie sich ihre Brust weitete, als sie atmete, und er machte sich auf einen Hustenanfall gefaßt. Aber der blieb aus.

Sie erreichten den Eingang. Er ließ den Stein fallen und zog Sally-Anne auf die Wand zu. Vorsichtig löste er ihre Hände und versuchte, keine hastige und beunruhigende Bewegung zu machen. Er tastete sich rückwärts in das Loch, hielt Sally-Anne an beiden Händen fest und zog sie hinterher. Ohne das Atmungsgerät schlüpfte er ungehindert durch.

Er hörte sie wieder atmen. Gutes Mädchen! lobte er sie im stillen. Gutes, tapferes Mädchen!

Die Sauerstoffflasche blieb einen Augenblick in der Öffnung stecken, aber er streckte die Hand aus und machte sie los, dann zog er Sally-Anne zu sich heran. Sie war durch. Gott sei Dank, sie war durch. Nun nach oben! Sie wurden immer schneller, und der Druck dröhnte in seinen Ohren. Er stieß ihr mit dem Ellbogen in die Rippen und hörte die Blasen blubbern, als sie den überschüssigen Sauerstoff ausatmete. »Kluges Mädchen.« Er drückte ihre Hand, und sie erwiderte seinen Druck.

Der Aufstieg dauerte so lange, daß er schon fürchtete, sich verirrt zu haben und in einen falschen Tunnel geraten zu sein, doch dann brachen sie durch die Wasseroberfläche, und er schnappte nach Luft. Keuchend streckte er die Hand aus und knipste die Taschenlampe an. »Du bist nicht gut«, prustete er, »du bist einfach fabelhaft!«

Er bugsierte sie an den Fuß der Leiter und löste das Atmungsgerät von ihrem Rücken. »Steig an der Leiter aus dem Wasser«, befahl er. »Hier, mein Bein, mach es an der untersten Sprosse fest. Ich bin bald zurück.«

Er verschwendete keine Zeit damit, das Atmungsgerät auf den Rücken zu nehmen, sondern klemmte die Kanister einfach unter den Arm. Hier hatte er keinen Stein, um tauchen zu können, also drückte er auf das Ventil und leerte den Sauerstoffbeutel. Dadurch gab es keinen Auftrieb, und das Gewicht der Sauerstoffflasche würde ihn hinunterziehen. Da er das Atmungsgerät nicht benutzen konnte, mußte er wieder frei tauchen. Er hielt sich an der untersten Sprosse der Leiter fest und pumpte die Lungen voll Luft, dann tauchte er wieder.

An der Mauer schlüpfte er rückwärts durch die Öffnung und zog das leere Atemgerät nach. Am Eingang zur großen Galerie drückte er auf den Bolzen am Sauerstoffzylinder. Das Gas zischte in den Beutel, der anschwoll und sofort aufwärtstrieb. Der Auftrieb stieß Craig rasch an die Wasseroberfläche.

Sarah kauerte am Rand der Steinplatte, aber sie hatte die Leinensäcke gepackt und bereitgelegt.

»Na los!« keuchte Craig.

»Pupho, ich kann nicht.«

»Beweg deinen kleinen schwarzen Hintern gefälligst hierher!« schnaubte er heiser.

»Hier, nimm die Säcke, ich bleibe.«

Craig streckte die Hand aus und packte sie am Knöchel. Er zog sie mit einem Ruck von der Steinplatte, sie plumpste ins Wasser und klammerte sich an ihn.

»Weißt du denn nicht, was die Shona mit dir machen werden?« Hastig zog er den Riemen des Atmungsgerätes über ihren Kopf, und im gleichen Augenblick hallte das Maschinenpistolenfeuer von oben durch die große Galerie.

Craig drückte ihr die Maske aufs Gesicht. »Einatmen!« befahl er.

Sie atmete die Luft in der Maske.

»Ist doch ganz leicht, oder nicht?«

Sie nickte.

»Hier, halte die Maske mit beiden Händen vor dein Gesicht. Atme langsam und gleichmäßig. Ich werde dich tragen – bleib ganz still liegen. Beweg dich nicht!« Sie nickte wieder. Er befestigte die Leinensäcke an seiner Hüfte und hob einen schweren Felsbrocken auf. Dann pumpte er wieder die Lungen mit Luft voll. Von oben kam der Knall eines Granatwerfers, etwas polterte die Galerie herunter, und der grellblaue Schein von Leuchtphosphor erhellte die Höhle.

Craig klemmte den Stein unter den einen Arm und Sarah unter den anderen und tauchte unter die Wasseroberfläche. Auf halbem Weg nach unten fühlte er, wie Sarah zu atmen versuchte, und wußte augenblicklich, daß sie in Schwierigkeiten war. Sie begann in der Maske zu husten und nach Luft zu schnappen. Ihr Körper verkrampfte sich, und sie begann zu strampeln und zu zappeln. Er konnte sie kaum festhalten; sie war erstaunlich stark, und ihr schlanker Körper wand sich in seinen Armen.

Sie erreichten den Eingang zum Tunnel, und als Craig das Gewicht fallen ließ, veränderte sich ihre Lage drastisch. Sarah zog ihn nach oben und stieß ihm den Ellbogen ins Gesicht. Der Schlag kam so unerwartet, daß sich sein Griff einen Augenblick löste. Sie stieß sich von ihm fort und begann strampelnd und wild mit den Armen um sich schlagend aufzusteigen.

Er griff nach ihr und erwischte sie im letzten Augenblick am Knöchel. Er hielt sich am Sims über dem Eingang fest, zog sie zu sich herunter und sah im Schein der Lampe, daß sie die Maske abgestreift hatte. Die Maske hing an dem Riemen über ihrem Kopf.

Er zerrte sie mit Gewalt zur Mauer, und sie kratzte ihn und stieß ihn in den Unterleib, aber er hob die Knie, um seine Leistengegend zu schützen, und drehte das Mädchen mit großer Mühe herum. Er schob sie von hinten auf das Loch zu, und sie wehrte sich mit der übermenschlichen Kraft, die man in Paniksituationen entwickelt. Er hatte sie schon zur Hälfte durch den schmalen Gang geschoben, als der Schlauch der Maske an einem Felsspalt hängen blieb und Sarah festhielt.

Während er alles versuchte, um sie loszumachen, gab Sarahs Körper allmählich nach, und ihre Bewegungen wurden krampfartig und unkontrolliert. Sie war am Ertrinken.

Craig umklammerte den Schlauch mit beiden Händen und stemmte sich mit den Füßen gegen den Felsen. Er zog mit der ganzen Kraft seiner Arme und seines Körpers – und der Schlauch riß aus dem Sauerstoffbeutel. Der Sauerstoff sprudelte in silbernen Blasen aus dem Riß, aber Sarah war frei. Er zerrte sie aus dem Loch und begann nach oben zu paddeln, aber mit einem Bein konnte er nicht gegen das Gewicht der Sauerstoffflasche und der Leinensäcke anschwimmen.

Craigs Anstrengungen, Sarah zu bändigen, hatten auch seine eigenen Sauerstoffreserven verbraucht. Seine Lungen brannten wie Feuer und verkrampften sich. Sarah lag regungslos in seinem Arm, und er spürte, daß sie trotz seiner Anstrengungen keinen Zentimeter weiterkamen, daß sie hier in der schwarzen Tiefe hingen und beide langsam ertrinken würden. Allmählich verschwand das Bedürfnis zu atmen, und Craig überkam eine tödliche Lethargie. Es war viel leichter, einfach aufzugeben. Ein leichter Schmerz drang dumpf in sein Bewußtsein. In seiner Apathie wunderte er sich kaum darüber, und erst als sein Kopf aus dem Wasser auftauchte, merkte er, daß ihn jemand an den Haaren nach oben gezogen hatte.

Selbst in seinem halb bewußtlosen Zustand begriff er, daß Sally-Anne das Licht der Taschenlampe unter Wasser gesehen und ihre mißliche Lage erkannt hatte. Sie war zu ihnen hinuntergetaucht, hatte Craig an den Haaren gepackt und an die Wasseroberfläche gezogen.

Als er nach Atem rang, spürte er auch, daß er Sarahs Arm noch immer umklammert hielt. Das schwarze Mädchen trieb mit dem Gesicht nach unten auf dem Wasser. »Hilf mir!« japste er. »Zieh sie aus dem Wasser!«

Gemeinsam befreiten sie das bewußtlose Mädchen von dem beschädigten Atemgerät, und Sally-Anne setzte sich auf die unterste Sprosse der Leiter und legte Sarah mit dem Gesicht nach unten über ihren Schoß.

Craig steckte ihr einen Finger in den Mund, überzeugte sich, daß die Zunge frei lag, und drückte mit dem Finger gegen die Kehle. Sarah erbrach eine Mischung aus Wasser und Mageninhalt. Ihr Körper zuckte.

Noch immer im Wasser hängend, wischte ihr Craig das Erbrochene von den Lippen und begann mit der Mund-zu-Mund-Beatmung, während Sally-Anne den leblosen Körper abrieb, so gut es ging.

»Sie atmet wieder.« Craig nahm seinen Mund von Sarahs Lippen. Er fühlte sich schwach, krank und ausgelaugt von der strapaziösen Tauchexpedition, bei der er beinahe selbst ertrunken wäre. »Das Tauchgerät ist beschädigt«, flüsterte er, »der Schlauch ist abgerissen.« Er tastete nach dem Gerät, aber es war bereits in den Schacht gesunken. »Sam«, flüsterte er. »Ich muß zurück, um Sam zu holen.«

»Liebster, das kannst du nicht – du hast genug getan. Du wirst dich umbringen.«

»Sam«, wiederholte er. »Sam holen.« Schwerfällig löste er die Riemen der Leinensäcke und befestigte sie neben der Beinprothese an der Leiter. Er klammerte sich an eine Sprosse und atmete so tief durch, wie es seine schmerzenden Lungen zuließen.

Sarah hustete und schnaubte und versuchte, sich aufzurichten. Sally-Anne drehte sie herum und wiegte sie wie ein Kind auf ihrem Schoß. »Craig, Liebster, komm gesund zurück«, bat sie.

»Mach' ich«, versicherte er und holte noch ein paarmal tief Luft, bevor er sich von der Leiter abstieß und abermals in das kalte Wasser hinuntertauchte.

Das grelle Licht des Leuchtphosphors drang bis in die Tiefe des Tunneleingangs unter Wasser, und als Craig aufwärtsschwamm, wurde das blaue Licht so grell wie der brutale Strahl einer elektrischen Bogenlampe. Als er aus dem Wasser tauchte, sah er, daß die ganze obere Galerie mit dem beißenden Rauch des brennenden Leuchtphosphors erfüllt war. Er holte tief Luft, und der Schmerz schoß durch die Kehle in seine Brust, seine Augen brannten und tränten, so daß er kaum etwas erkennen konnte. Tränengas. Die Shona füllten die ganze Höhle mit Gas.

Craig sah Tungata hüfttief im Wasser hinter der Steinplatte kauern. Er hatte einen Stoffstreifen von seinem Hemd abgetrennt, angefeuchtet und über Nase und Mund gebunden, aber seine Augen waren rot und tränten. »Die ganze Höhle wimmelt von Soldaten«, erklärte er Craig mit leiser Stimme und hielt inne, als eine überlaute Stimme durch die Galerie hallte. Das Englisch dröhnte verzerrt durch ein elektrisches Megaphon.

»Wenn Sie sich sofort ergeben, passiert Ihnen nichts.«

Wie um diese Drohung zu unterstreichen, krachte ein Granatwerfer, und eine Tränengasgranate kollerte die Galerie herunter.

»Sie sind schon an der Treppe, ich konnte sie nicht aufhalten.« Tungata schnellte über den Rand der Steinplatte und feuerte auf die Galerie. Die Kugeln prallten pfeifend vom Felsen ab, und dann verstummte die Kalaschnikow, und er duckte sich. »Das war das letzte Magazin«, brummte er und warf die Maschinenpistole ins Wasser. Er griff nach der Pistole in seinem Gürtel.

»Komm, Sam«, keuchte Craig. »Da unten führt ein Tunnel durch den Felsen.«

»Ich kann nicht schwimmen.« Tungata prüfte die Pistole, lud sie und spannte den Abzug.

»Ich habe Sarah durchgebracht«, erwiderte Craig und versuchte, trotz des ätzenden Gases zu atmen. »Und dich bringe ich auch durch.«

Tungata blickte ihn an.

»Vertrau mir, Sam.«

»Sarah ist in Sicherheit?«

»Ja, das verspreche ich dir.«

Tungata zögerte und bekämpfte sichtlich seine Furcht vor dem Wasser.

»Du kannst dich nicht einfach ergeben«, redete Craig ihm zu. »Das schuldest du Sarah und deinem Volk.«

Mit diesem Satz hatte Craig wahrscheinlich das einzige Mittel gefunden, Tungata zu überreden.

Tungata steckte die Pistole wieder in den Gürtel. »Sag mir, was ich tun muß«, sagte er.

»Atme tief ein und halte die Luft an. Halte sie an und zwinge dich, nicht zu atmen«, keuchte Craig. Das Tränengas brannte in seinen Lungen, und er fühlte, daß sich die Lethargie in ihm ausbreitete. Es würde eine lange, harte Reise werden.

»Hier!« Tungata zog ihn zu sich herab. »Frische Luft!« Unter der überhängenden Steinplatte hatte sich die frische Luft halten können.

Craig atmete gierig. Er nahm Tungatas Hände und legte sie an seinen Gürtel. »Halte dich daran fest!« befahl er, und als Tungata nickte, nahm er noch einen letzten tiefen Atemzug, und dann tauchten sie gemeinsam unter. Sie kamen rasch vorwärts.

Als sie die Wand erreichten, gab es kein sperriges Atemgerät, das sich verklemmen konnte, und Craig zog Tungata mit letzter Kraft durch die schmale Öffnung. Aber seine Kräfte verließen ihn rasch, wieder schwand das Bedürfnis zu atmen, ein Symptom des akuten Sauerstoffmangels.

Sie hatten die Mauer hinter sich, aber Craig konnte sich nicht mehr darauf konzentrieren, was nun zu tun war. Er war verwirrt, sein Verstand spielte ihm einen Streich. Er ertappte sich dabei, daß er zu kichern begann, und kostbare Luft blubberte zwischen seinen Lippen hinaus. Der Strahl der Taschenlampe wurde smaragdgrün und brach sich in Regenbogenfarben. Es war wunderschön, und er betrachtete das Schauspiel und legte sich auf den Rücken. Alles war so friedlich und schön wie der Rauschzustand nach einer Pentatholinjektion. Die Luft blubberte aus seinem Mund, und die Blasen glitzerten wie kostbare Edelsteine. Er schaute zu, wie sie aufwärtsstiegen. Aufwärts! dachte er halb betäubt. Wir müssen nach oben! Er paddelte träge und machte einen Versuch, nach oben zu schwimmen.

Plötzlich spürte er einen kraftvollen Zug an seinem Gürtel und sah Tungatas Beine wie die Kolben einer Dampfmaschine auf- und abstampfen. Er beobachtete sie mit der ernsten Konzentration eines Betrunkenen, aber dann wurde ihm allmählich schwarz vor den Augen. Sein letzter Gedanke war: Wenn das der Tod ist, dann ist er besser als sein Ruf, und er überließ sich willenlos der Strömung.

Schmerz weckte ihn, und er versuchte in diese angenehm dunklen Tiefen des Todes zurückzusinken, aber da waren Hände, die ihn schüttelten und schlugen, und die scharfkantigen Holzsprossen der Leiter schnitten ihm ins Fleisch. Dann spürte er, daß seine Lungen schmerzten und seine Augen brannten, als schwämmen sie in konzentrierter Säure. Seine Nervenenden erwachten, so daß er jeden schmerzenden Muskel, jeden Kratzer und jede Abschürfung spürte. Dann hörte er eine Stimme.

»Craig! Craig, Liebster, wach auf!«

Er spürte den schmerzenden Schlag einer nassen Hand auf seiner Wange. Er wandte den Kopf zur Seite.

»Er kommt zu sich!«

Die beiden Mädchen kauerten auf den unteren Sprossen. Craig hing aufrecht in einer Schlinge, die unter seinen Achseln hindurch an der Leiter befestigt war, und Tungata stand neben ihm im Wasser und hielt seinen Kopf, damit er nicht nach vorne fiel.

Mühsam schaute Craig in ihre besorgten Gesichter und grinste Tungata an. »Sam, du hast gesagt, du könntest nicht schwimmen – du hast mich ganz schön auf den Arm genommen!«

»Wir können nicht hier bleiben.« Sally-Anne klapperte mit den Zähnen. »Es gibt nur einen Ausweg.«

Alle blickten den düsteren Schacht hinauf.

Craig war noch immer recht wackelig, aber er stieß Tungatas Hand fort und zwang sich, die Leiter zu untersuchen.

Sie war vor mehr als sechzig Jahren errichtet worden. Das ganze Gerüst schien sich auf einer Seite gesenkt zu haben, oder die Erbauer hatten nicht über das nötige Augenmaß für eine senkrechte Linie verfügt.

»Glaubst du, daß sie uns alle tragen kann?« Sarah sprach die Frage aus, die sie alle beschäftigte.

»Einer nach dem anderen«, murmelte Craig, »die leichten zuerst. Du, Sally-Anne, dann Sarah.« Er griff nach der Prothese und machte sie von der Leiter los. »Nimm das Seil mit. Sobald du oben bist, ziehst du die Säcke und die Taschenlampen hinauf.«

Gehorsam wickelte Sally-Anne das Seil um ihre Schultern und begann die Leiter hinaufzuklettern. Sie kletterte leichtfüßig und rasch, aber die Leiter knirschte und schwankte unter ihr. Als sie höher kam, erhellte nur noch der Strahl ihrer Lampe den dunklen Schacht über ihr. Sie kletterte so weit hinauf, bis nur noch das Licht ihrer Lampe ihre Position markierte, und dann war auch der Lichtschein plötzlich verschwunden.

»Sally-Anne!«

»Alles in Ordnung!« hallte ihre Stimme durch den Schacht. »Hier ist eine Plattform.«

»Wie groß?«

»Groß genug – ich lasse das Seil hinunter.«

Das Seilende fiel herunter, und Tungata befestigte die Säcke daran. »Hochziehen!«

Am Seil hin- und herbaumelnd, bewegte sich das Bündel ruckweise den Schacht hinauf.

»Okay, jetzt Sarah.«

Sarah kletterte in das Dunkel, und sie hörten das Flüstern der Mädchen hoch über ihnen. Dann: »Okay – der nächste!«

»Los, Sam!«

»Du bist leichter als ich.«

»Nun geh schon!«

Tungata kletterte kraftvoll aufwärts, aber die Leiter zitterte unter seinem Gewicht. Eine der Sprossen brach und fiel hinunter.

»Vorsicht da unten!« Craig tauchte unter, und der Holzpfosten plumpste über ihm ins Wasser.

Tungata verschwand aus seinem Blickfeld, und er rief Craig zu: »Vorsicht, Pupho! Die Leiter hält nicht mehr lange!«

Craig zog sich aus dem Wasser, setzte sich auf die unterste Sprosse der Leiter und schnallte das Bein um. »Himmel, ist das ein schönes Gefühl.« Er tätschelte das Bein liebevoll. »Ich komme«, rief er.

Er war noch nicht in der Mitte der Leiter angelangt, als er spürte, wie das Gerüst unter ihm zu schwanken begann, und er kletterte allzu ungestüm weiter.

Eine der Holzlatten brach mit einem Knall wie ein Flintenschuß, und das ganze Gerüst neigte sich zur Seite. Craig klammerte sich genau in dem Augenblick an den Seitenrahmen, als drei oder vier Sprossen unter ihm durchbrachen. Seine Beine baumelten in der Luft, und jedesmal, wenn er mit den Füßen nach einem Halt suchte, fühlte er, wie sich die Leiter gefährlich bog.

»Pupho!«

»Ich sitze fest. Ich kann mich nicht bewegen, sonst fällt das ganze verdammte Ding auseinander.«

»Warte!«

Er blieb ein paar Sekunden still, dann ertönte wieder Tungatas Stimme: »Hier, das Seil. Am Ende ist eine Schlinge.«

Es landete zwei Meter von ihm entfernt. »Etwas mehr nach links, Sam.«

Die Schlinge kam näher. »Noch ein bißchen! Tiefer, etwas tiefer!« Nun konnte er die Schlinge erreichen. »Halt!« Er faßte die Schlinge und steckte einen Arm durch. »Ich komme!« Er ließ die Leiter los und baumelte am Seil. Er war zu schwach zum Klettern. »Zieh mich hoch!«

Er wurde langsam hochgezogen, und selbst in dieser gefährlichen Lage konnte er nicht umhin, die Kraft zu bewundern, die nötig war, um einen erwachsenen Mann auf diese Weise in die Höhe zu ziehen. Ohne Tungata hätte er es nie geschafft.

Er sah, wie der Widerschein einer Lampe sich an den Wänden des Schachtes näherte, und dann lugte Sally-Annes Kopf über die Kante der Plattform. »Gleich hast du's geschafft. Halt dich fest!«

Craig erreichte die Höhe der Plattform und sah, daß Tungata mit gespreizten Beinen an der hinteren Wand stand und, das Seil um Rücken und Schultern geschlungen, mit beiden Händen daran zerrte; die Sehnen an seinem Hals traten hervor, sein Mund stand offen, und er stöhnte vor Anstrengung. Craig stützte sich mit den Ellbogen auf die Plattformkante, und als Tungata wieder anzog, warf er sich nach vorn und robbte auf dem Bauch auf die Plattform. Er dauerte einige Minuten, bis er sich aufrichten konnte und seine Umgebung in Augenschein nahm. Durchnäßt und zitternd kauerten die Vier auf der eckigen Plattform aus glattem Kalkstein, die gerade groß genug war, um sie alle aufzunehmen.

Über ihnen setzte sich der senkrechte Schacht fort und verschwand in der Dunkelheit, die Wände waren glatt und nicht erklimmbar. Die Leiter der alten Medizinmänner endete an dieser Plattform. Sally-Anne hielt die Lampe hoch, aber das Ende des Schachtes war nicht zu erkennen.

Craig sah sich auf der Felsplattform um. Sie war ungefähr zweieinhalb Meter breit. An der hinteren Wand entdeckte er den Eingang zu einem Tunnel, der niedriger und schmaler als der Hauptschacht war und horizontal in den Berg hineinführte.

»Das scheint der einzige Weg zu sein«, flüsterte Sally-Anne. »Dort sind sicher auch die alten Medizinmänner hineingegangen.«

Niemand antwortete. Sie waren alle erschöpft und starr vor Kälte.

»Wir sollten weitergehen!« beharrte Sally-Anne, und Craig richtete sich auf.

»Laßt die Säcke und das Seil hier.« Seine Stimme war immer noch heiser und rauh von dem Tränengas, und er hustete unter Schmerzen. »Wir können die Sachen holen, wenn wir sie brauchen.« Er wagte nicht aufzustehen. Er fühlte sich schwach und unsicher, und der dunkle Abgrund des Schachtes war viel zu nahe. Er kroch auf allen vieren auf die Öffnung in der hinteren Wand zu. »Gib mir die Taschenlampe.«

Sally-Anne reichte sie ihm, und er kroch in die niedrige Öffnung.

Dahinter war ein Gang. Nach fünfzehn Metern wurde der Tunnel höher, so daß Craig aufstehen konnte. In gebückter Stellung kam er schnell voran. Die anderen folgten ihm. Nach weiteren dreißig Metern trat er durch ein niedriges Steintor, richtete sich ganz auf und blieb jäh stehen. Mit wachsendem Staunen schaute er sich in dieser neuen Umgebung um. Die anderen traten hinter ihm aus dem Tunnel und drängten ihn zur Seite, aber er merkte es kaum.

Sie standen eng beisammen und machten große Augen.

»Mein Gott, ist das schön«, flüsterte Sally-Anne. Sie nahm Craig die Lampe aus der Hand und hielt sie hoch.

Sie hatten eine Kristallhöhle betreten, eine Höhle voll Licht. Unzählige Jahrhunderte hindurch hatte das Sickerwasser kristallines Kalzium an der hohen, gewölbten Decke und an den Wänden abgelagert. Es war zu Boden getropft und erstarrt.

Herrlich glitzernde und schillernde Skulpturen waren entstanden. Die Wände überzog ein Netzwerk, das aussah wie alte venezianische Spitze, so zart, daß das Licht durch sie hindurchschien wie durch kostbares Porzellan. Es gab prächtige Säulen, die vom Boden bis zur Decke reichten; Gebilde, die aussahen wie Engelsflügel im Flug, hingen von der Decke. Daneben starrten riesige, spitze Stalaktiten, die so bedrohlich wie glänzende Damoklesschwerter oder wie die weißen Zähne im Oberkiefer eines Menschenhais über ihren Köpfen hingen. Andere erinnerten an riesige Kronleuchter oder an himmlische Orgelpfeifen, während die Stalagmiten in regelmäßigen Reihen, Gruppen und Anhäufungen phantastischer Formen aus dem Boden wuchsen: Mönche mit Kapuzen, die Umhänge aus Perlmutt trugen, Wölfe und Bucklige, Helden in funkelnder Rüstung, Ballerinen und Kobolde, anmutige und groteske Gestalten. Alles aber glitzerte und schimmerte im Licht der Taschenlampe.

Eng zusammengedrängt tasteten sie sich zögernd Schritt für Schritt durch die Tropfsteinhöhle. Und wieder blieb Craig plötzlich stehen, und die anderen drängten sich so nahe heran, daß sie einander berührten.

Vor ihnen lag das Zentrum der Höhle. Hier war der Boden geebnet worden, und auf der freien Fläche erhob sich, von Menschenhand aus schimmerndem Kalkstein errichtet, eine quadratische Plattform, eine Empore – ein heidnischer Altar. Und auf dem Altar saß mit angewinkelten Beinen, das golden gefleckte Fell eines Leoparden über den Schultern, ein Mann.

»Lobengula.« Tungata sank in die Knie. »Der, der schneller ist als der Wind.«

Lobengulas Hände lagen gefaltet auf seinen Knien, sie waren mumifiziert, schwarz und geschrumpft. Lobengula mußte einen hohen Kopfschmuck aus Federn und Fell getragen haben, aber der war ihm vom Kopf gefallen und lag nun auf dem Altar neben ihm. Die Reiherfedern waren blau und frisch, so als wären sie erst kürzlich hingelegt worden.

Durch Zufall oder mit Absicht saß der Leichnam direkt unter einer Sickerstelle an der Decke. Gerade, als sie vor dem Altar standen, fiel wieder ein Tropfen von oben herunter, landete mit einem leisen Geräusch auf der Stirn des toten Königs und lief wie eine Träne über sein Gesicht. Abermillionen Tropfen mußten auf ihn herabgefallen sein, und jeder Tropfen hatte eine winzige Spur von kristallinem Kalzium auf dem mumifizierten Kopf zurückgelassen.

Lobengula war zu Stein erstarrt. Auf seinem Schädel hatte sich ein durchsichtiger Helm gebildet. Der Stein war nach unten gewachsen, hatte die Augenhöhlen ausgefüllt, die verwitterten Lippen überzogen und endete in einer Linie mit dem Kiefer. Lobengulas makelloses Gebiß grinste sie aus der steinernen Maske an.

Es war ein schauerlicher und unheimlicher Anblick. Sarah wimmerte in abergläubischer Furcht und klammerte sich an Sally-Anne, die ihre Umarmung inbrünstig erwiderte. Craig richtete den Lichtstrahl auf den grotesken Schädel und senkte dann langsam die Lampe.

Auf dem Steinaltar vor Lobengula lagen fünf dunkle Gegenstände: vier handgefertigte Tonkrüge mit einem stilisierten Diamantenmuster um den Hals; sie waren mit einem Stück Ziegenblase verschlossen – der fünfte Gegenstand war ein Beutel aus der Haut eines ungeborenen Zebras, der mit Tiersehnen zusammengenäht worden war.

»Sam, du –«, begann Craig mit krächzender Stimme. Er räusperte sich und begann von neuem. »Du bist sein Nachkomme. Du bist der einzige, der hier etwas berühren darf.«

Tungata kniete noch immer und antwortete nicht. Er starrte den Kopf des alten Königs an, und seine Lippen bewegten sich in einem stummen Gebet. Betete er zu Gott, fragte sich Craig, oder rief er die Geister seiner Vorfahren an?

Craig legte die Arme um Sally-Anne und Sarah. Zitternd vor Kälte und Furcht drückten sie sich dankbar an ihn.

Langsam erhob sich Tungata und trat vor den Steinaltar. »Ich grüße dich, großer Lobengula«, sagte er laut. »Ich, Samson Kumalo, von deinem Stamm und von deinem Blut, grüße dich nach all den Jahren!« Er nannte sich wieder bei seinem Stammesnamen und fuhr mit leiser, aber fester Stimme fort: »Wenn ich das Junge des gefleckten Panthers aus deiner Prophezeiung bin, dann bitte ich dich um deinen Segen, o König. Bin ich es aber nicht, dann stoße meine schändende Hand fort und lasse sie verdorren, sobald sie die Schätze des Hauses Mashobane berührt.« Er streckte langsam die rechte Hand aus und legte sie auf einen der schwarzen Tonkrüge.

Craig ertappte sich dabei, daß er den Atem anhielt, ohne zu

wissen, was er erwartete, vielleicht, daß eine Stimme aus der toten Kehle des Königs sprach oder daß einer der Stalaktiten von der Decke fiel oder daß sie alle von einem Blitz getroffen wurden. Alles blieb still, und Tungata legte auch die andere Hand um den Tonkrug und hob diesen wie grüßend dem Leichnam des Königs entgegen.

Plötzlich gab es ein scharfes Knacken, und der spröde Tonkrug zerbrach. Diamanten rieselten aus dem Krug und fielen auf den Steinaltar, rollten und kollerten übereinander und bildeten eine Pyramide. Es war, als träfe der Lichtstrahl der Taschenlampe auf glimmende Kohle.

»Ich kann gar nicht glauben, daß es Diamanten sind«, flüsterte Sally-Anne. »Sie sehen aus wie Kieselsteine, hübsche, durchsichtige Kieselsteine, aber eben Kieselsteine.«

Sie hatten die Diamanten aus den vier Krügen und dem Beutel aus Zebrahaut in einen Leinensack umgefüllt und ließen, als sie sich aus Lobengulas Bannkreis ans Ende der Tropfsteinhöhle in der Nähe des Eingangs zurückzogen, die leeren Tonkrüge zu Füßen des alten Königs zurück.

Sie hatten ein Dutzend Holzsprossen aus dem oberen Teil der Leiter im Schacht gerissen und auf dem Höhlenboden ein kleines Feuer entfacht. Als sie sich im Kreis um die Diamanten kauerten, begann ihre feuchte Kleidung in der Wärme der Flammen bald zu dampfen.

»Es sind Diamanten«, erklärte Craig entschieden, »jeder einzelne dieser Steine ist ein Diamant. Seht her!«

Craig wählte einen Stein aus, einen Kristall mit scharfen Kanten. Damit ritzte er über das Glas der Taschenlampe. Es hinterließ einen tiefen, weißen Kratzer. »Das ist der Beweis! Es ist ein Diamant!«

»So groß!« Sarah suchte den kleinsten Stein, den sie finden konnte. »Auch der kleinste ist noch größer als meine Fingerkuppe.«

»Die Matabele, die in der Mine arbeiteten, nahmen damals nur Steine mit, die so groß waren, daß sie schon bei der ersten Waschung des Gerölls zum Vorschein kamen«, erklärte Craig.

»Und außerdem dürft ihr nicht vergessen, daß sechzig Prozent oder sogar mehr beim Schleifen und Polieren verloren gehen. Dieser Stein hier wird am Ende wahrscheinlich nicht größer sein als eine Erbse.«

»Und die Farben«, murmelte Tungata, »die vielen verschiedenen Farben.«

»Der Diamant kann jede der Grundfarben annehmen. Es ist, als mache er sich ein Vergnügen daraus, die Farben nachzuahmen, die anderen Juwelen eigen sind. Außerdem kann der Diamant jede Form haben, vom vollendeten Quadrat bis zum Oktaeder oder Dodekaeder.«

»Zum Kuckuck, Freund«, machte Sally-Anne ihn nach, »was ist ein Oktaeder?«

»Zwei Pyramiden mit dreieckigen Seiten und einer gemeinsamen Grundfläche.«

»Und ein Dodekaeder?« fragte sie weiter.

»Zwei Rhomben mit gleichmäßigen Facetten.«

»Woher weißt du das alles?«

»Ich habe ein Buch geschrieben, erinnerst du dich?« Craig lächelte ihr zu. »Die Hälfte des Buches behandelt Rhodes, Kimberley und die Diamanten.«

»Das genügt«, kapitulierte sie.

»Das ist noch lange nicht alles«, meinte Craig und schüttelte den Kopf. »Ich weiß noch mehr. Der Diamant ist der idealste Lichtreflektor, nur Bleichromat bricht mehr Licht, und nur Chrysolith streut es mehr. Aber in der Kombination von Reflexion, Lichtbrechung und Lichtstreuung ist der Diamant unschlagbar.«

»Stop!« befahl Sally-Anne, aber sie sah sehr interessiert drein, also fuhr er fort: »Das Feuer eines Diamanten ist unvergänglich, wenn man auch im Altertum noch nicht wußte, wie man ihn schleifen muß, damit er seine ganze Pracht entfaltet. Aus diesem Grund schätzten die Römer die Perlen höher, und selbst die ersten Hindukünstler polierten nur die natürlichen Facetten des Kohinoor. Sie wären entsetzt gewesen, hätten sie gewußt, daß man den Riesenstein von über siebenhundert Karat auf hundertsechs Karat verkleinern würde.«

»Wieviel sind siebenhundert Karat?« wollte Sarah wissen.

Craig suchte einen Stein heraus, der die Größe eines Golfballes hatte.

»Der hat ungefähr dreihundert Karat – er könnte zu einem Solitär geschliffen werden. Ein Solitär ist ein hundertkarätiger Diamant von reinstem Wasser. Dann wird er einen Namen bekommen, so wie der ›Großmogul‹ oder der ›Orloff‹ oder der ›Schah‹, und er wird zur Legende.«

»Lobengulas Feuer«, schlug Sarah vor.

»Gut!« Craig nickte. »Ein guter Name. Lobengulas Feuer!«

»Wieviel?« wollte Tungata wissen. »Was ist dieser Haufen hübscher Steine wert?«

»Wer weiß«, meinte Craig achselzuckend. »Manche von den Steinen sind wertlos.« Er nahm einen riesigen, dunkelgrauen, formlosen Stein, dessen Fehlerhaftigkeit auch mit bloßem Auge erkennbar war. »Dieser hier hat Industriequalität, er wird für Werkzeugmaschinen und Bohrerspitzen verwendet, aber einige der anderen... Die einzige richtige Antwort ist, daß sie den Wert haben, den ein reicher Mann dafür bezahlen wird. Es wäre unmöglich, sie alle auf einmal zu verkaufen, der Markt könnte sie nicht aufnehmen. Jeder Stein braucht einen Käufer.«

»Wieviel, Pupho?« beharrte Tungata. »Was ist der Mindest- oder Höchstwert?«

»Ich weiß es wirklich nicht, ich könne ihn nicht einmal grob schätzen.« Craig nahm einen anderen großen Stein aus dem Sack, dessen unvollkommene Facetten beschlagen waren und das wahre Feuer in seinen Tiefen verbargen. »Die geschicktesten Fachkräfte werden diesen Stein wochenlang, ja vielleicht monatelang bearbeiten. Sie werden eine Stelle polieren, damit sie sein Inneres mikroskopisch untersuchen können. Wenn sie dann entschieden haben, wie der Stein zu ›machen‹ ist, wird ihn ein Diamantenschleifer mit Nerven aus Stahl entlang der Rißlinien mit einem Gerät, das aussieht wie ein Fleischerbeil, zerschneiden. Ein falscher Hammerschlag, und der Stein zerbricht in wertlose Bruchstücke. Man erzählt, daß der Meister, der den Cullinan geschnitten hat, jedesmal vor Erleichterung in Ohnmacht fiel, wenn er einen sauberen Schnitt gemacht hatte.« Er betrachtete den großen Diamanten nachdenklich. »Wenn dieser Stein perfekt ›gemacht‹ wird und wenn er in die Farbklasse D fällt, dann könnte er, sagen wir, eine Million Dollar wert sein.«

»Eine Million Dollar! Für einen einzigen Stein!« rief Sarah aus.

»Vielleicht sogar mehr«, nickte Craig. »Vielleicht sogar viel mehr.«

»Wenn ein einziger Stein schon so wertvoll ist«, Sally-Anne hob zwei Hände voll Diamanten aus dem Sack und ließ sie langsam durch die Finger rieseln, »wieviel ist dann wohl der ganze Schatz wert?«

»Zwischen hundert Millionen und fünfhundert Millionen«, schätzte Craig gleichmütig.

Sally-Anne ließ die letzten Steine fallen, als hätte sie sich die Finger verbrannt, und sie preßte die Arme gegen die Brust und schauderte. Das feuchte Haar hing ihr in langen, dünnen Strähnen ins Gesicht, und der Feuerschein umrahmte ihre Augen mit dunklen Schatten. Sie wirkte erschöpft und ausgelaugt.

»Dann gehören wir«, sagte Tungata, »wie wir hier sitzen, wahrscheinlich zu den Reichsten dieser Welt – und ich würde alles für unsere Freiheit hingeben.«

Sie aßen schweigend die unappetitlichen, leicht verbrannten Maiskuchen und legten sich zum Schlafen so nahe wie möglich ans Feuer. Craig lag trotz der Erschöpfung wach und lauschte den regelmäßigen Atemzügen der anderen, während seine Gedanken im Kreis liefen und ihn nicht einschlafen ließen.

Der einzige Weg aus der Höhle führte durch den unterirdischen See und die große Galerie, aber wie lange würden die Shona diesen Ausgang bewachen? Wie lange konnten sie hier drinnen durchhalten? Sie hatten noch Lebensmittel für ein oder zwei Tage. Das Sickerwasser von der Höhlendecke würde ihnen genug zu trinken geben, aber die Batterien der beiden Taschenlampen wurden bereits schwächer, die Leiter würde ihnen noch ein paar Tage Brennholz liefern, und dann – dann blieben Kälte und Dunkelheit. Wie lange würde es dauern, bis diese Kälte und diese Dunkelheit sie in den Wahnsinn trieben? Wie lange würde es dauern, bis sie gezwungen waren, zurück durch den Schacht in die Arme der wartenden Soldaten an der –

Craigs Gedankengänge wurden gewaltsam unterbrochen. Der Felsen, auf dem er lag, zitterte und bebte unter ihm, und er kauerte auf allen vieren auf dem Boden.

Einer der großen Stalaktiten, zwanzig Tonnen schimmernder Kalkstein, fiel wie eine reife Frucht bei starkem Wind von der Höhlendecke und zerschellte kaum zehn Schritte von ihnen entfernt auf dem Boden. Sarah erwachte mit einem Angstschrei, und Tungata schlug um sich und brüllte, als er aus tiefem Schlaf auffuhr. Das Erdbeben dauerte nur wenige Sekunden, und dann kehrte wieder Stille ein; die völlige Stille des Erdinneren breitete sich über ihnen aus, und sie schauten einander über das glühende Feuer hinweg entsetzt an.

»Was, zum Teufel, war das?« fragte Sally-Anne, und Craig scheute sich davor, ihr zu antworten. Er sah Tungata an.

»Die Shona«, sagte Tungata leise, »ich glaube, sie haben die große Galerie gesprengt. Sie haben uns eingemauert.«

»Mein Gott.« Sally-Anne hielt sich beide Hände vor den Mund.

»Lebendig begraben.« Sarah sprach die bittere Wahrheit aus.

Von der Plattform bis zur Wasseroberfläche waren es ungefähr fünfzig Meter. Tungata hatte es mit dem Nylonseil abgemessen, bevor Craig hinunterstieg.

Sie befestigten das Ende des Seiles an einem Holzpflock aus der Leiter, den sie wie einen Anker in die Öffnung des Tunnels geklemmt hatten, der zur Tropfsteinhöhle führte, und Craig seilte sich noch einmal bis zum Wasser am Grund des Schachtes ab. Behutsam verlegte er das Gewicht auf die brüchigen Überreste der Leiter, als er sich der Wasseroberfläche näherte, und ließ sich ins Wasser hinab.

Craig brauchte nur einmal zu tauchen. Seine schlimmsten Befürchtungen bestätigten sich. Der Tunnel, der zur großen Galerie führte, war durch schwere Felsbrocken und Geröll versperrt. Er konnte nicht einmal bis zu den Überresten der Mauer vordringen. Lose Steine von der Tunneldecke hatten die Wand verschüttet, und der ganze Tunnel war gefährlich brüchig. Craig zog sich schleunigst aus dem Gang zurück und tauchte auf.

»Pupho, ist alles in Ordnung?«

»Alles okay!« rief Craig den Schacht hinauf. »Aber du hattest recht, der Tunnel wurde gesprengt. Hier kommen wir nicht mehr durch.« Als er auf die Plattform zurückkletterte, sahen ihm die anderen mit gespannten, blassen Gesichtern entgegen.

»Was machen wir jetzt?« fragte Sally-Anne.

»Zuerst müssen wir die Höhle genau untersuchen.« Craig keuchte noch von der Anstrengung des Tauchens und Kletterns. »Jede Ecke und jeden Winkel, jede Öffnung und jeden Nebengang. Wir arbeiten paarweise. Sam und Sarah, ihr übernehmt den linken Teil – geht sparsam mit der Lampe um.«

Drei Stunden später trafen sie sich wieder am Feuer. Die Taschenlampen leuchteten nur noch mit einem schwachen, gelben Schein, die Batterien waren fast leer.

»Wir haben hinter dem Altar einen Tunnel gefunden«, berichtete Craig. »Eine Zeitlang sah es so aus, als wäre dort ein Ausgang, aber dann hörte er plötzlich auf. Und ihr? Etwas gefunden?« Er säuberte eine Wunde an Sally-Annes Knie, die sie sich geschlagen hatte, als sie auf dem glatten Boden ausgerutscht war.

»Nichts«, gab Tungata zu.

Craig verband das Knie mit einem Streifen Stoff aus Sally-Annes Bluse. »Wir haben ein paar ähnliche Gänge gefunden, aber sie hörten ebenfalls alle auf.«

»Und was tun wir jetzt?«

»Wir essen eine Kleinigkeit und ruhen uns aus. Wir müssen versuchen zu schlafen. Wir müssen unbedingt bei Kräften bleiben.« Noch während er das sagte, erkannte Craig, daß es bloß eine Ausrede war, aber erstaunlicherweise konnte er tatsächlich schlafen.

Als er erwachte, lag Sally-Anne mit dem Kopf an seiner Brust und hustete im Schlaf. Die Kälte und die Feuchtigkeit machte ihnen allen zu schaffen, aber der Schlaf hatte Craig erfrischt und gestärkt. Er lehnte sich behutsam an die Felswand, um Sally-Anne nicht zu stören.

Das einzige Geräusch in der Höhle war das Tropfen des Sikkerwassers von der Decke. Aber dann hörte Craig, sehr schwach, noch ein Geräusch, etwas wie ein Flüstern, so leise, daß es ebenso gut ein Rauschen in seinen Ohren hätte sein können. Er lag da und lauschte mit angehaltenem Atem. Das Geräusch ließ ihm keine Ruhe, er konnte es nicht einordnen. Natürlich, jetzt erkannte er es, Fledermäuse!

Er erinnerte sich, daß es noch deutlicher gewesen war, als er die Plattform zum erstenmal betreten hatte. Er blieb liegen und dachte eine Weile darüber nach, denn nahm er vorsichtig Sally-Annes Kopf von seiner Schulter. Sie gab einen leisen, gurgelnden Laut von sich, drehte sich auf die Seite und schlief weiter.

Craig nahm eine der Taschenlampen und ging durch den Tunnel, der auf die Plattform im Schacht hinausführte. Er knipste die Lampe nur ein- oder zweimal kurz an, um die schwache Batterie zu schonen, lehnte sich mit dem Rücken gegen die Felswand und lauschte angestrengt.

Lange blieb es still, dann hallte plötzlich ein vielstimmiges, leises Piepsen von oben durch den Schacht, und es wurde wieder still.

Craig knipste die Lampe an und blickte auf die Uhr, es war fünf Uhr. Er war nicht sicher, ob fünf Uhr morgens oder abends, aber wenn die Fledermäuse dort oben schliefen, dann mußte es draußen noch hell sein. Er kauerte sich nieder, wartete eine Stunde und schaute in größeren Abständen immer wieder auf die Uhr, und plötzlich hörte er wieder das Piepsen der Fledermäuse hoch oben im Schacht. Diesmal war es kein schläfriges Piepsen, sondern ein vielstimmiger Chor; Tausende der kleinen Tiere erwachten, um auf ihre nächtliche Jagd zu gehen. Der Chor entfernte sich rasch, und Craig blickte wieder auf die Uhr. Halb sieben. Er sah vor sich, wie der Fledermausschwarm irgendwo dort oben aus einer Höhlenöffnung in den dämmrigen Abendhimmel ausschwirrte.

Craig tastete sich vorsichtig zum Rand der Plattform vor, hielt sich an der Seitenwand fest und beugte sich über den Abgrund. Er hob den Kopf, um den Schacht hinaufzublicken, und leuchtete mit ausgestreckter Hand in das Dunkel. Das schwache, gelbe Licht schien die Dunkelheit über ihm noch dunkler zu machen.

Der Schacht war im Grundriß ein Halbkreis, und die gegenüberliegende Wand lag ungefähr drei Meter entfernt. Craig sah ein, daß er die Dunkelheit nicht durchdringen konnte, und konzentrierte sich statt dessen darauf, im schwachen Lichtstrahl der Taschenlampe die Oberfläche der gegenüberliegenden Schachtwand zu untersuchen.

Die Wand war glatt wie Glas, kein Halt, keine Nische, nichts außer – er beugte sich noch einen Zentimeter weiter vor. Etwa in Augenhöhe, direkt gegenüber, kaum noch erkennbar, gab es eine dunklere Stelle im Felsen. War es nur eine Verfärbung, oder war es ein Griff? Das konnte er nicht genau unterscheiden, und der Lichtstrahl wurde schwächer.

»Pupho«, sagte Tungatas Stimme hinter ihm, und er wandte sich um. »Was ist los?«

»Ich glaube, das ist der einzige Weg nach draußen.« Craig knipste die Lampe aus.

»Den Kamin hinauf?« Tungatas Stimme klang skeptisch. »Das schafft niemand.«

»Die Fledermäuse – sie schlafen dort oben irgendwo.«

»Fledermäuse haben Flügel«, erinnerte ihn Tungata, und nach einer Weile: »Wie hoch ungefähr?«

»Ich weiß es nicht, aber ich glaube, dort drüben ist ein Riß oder ein Felsband. Leuchte mit deiner Lampe hinüber, ihre Batterie ist stärker.«

Sie beugten sich gemeinsam über den Abgrund und starrten auf die andere Seite.

»Was meinst du?«

»Ich glaube, da ist wirklich etwas.«

»Wenn ich nur hinüberkommen könnte!« Craig knipste die Lampe wieder aus.

»Wie?«

»Ich weiß es nicht, laß mich nachdenken.«

Sie saßen Schulter an Schulter mit dem Rücken gegen die hintere Wand gelehnt.

Nach einer Weile murmelte Tungata: »Craig, wenn wir jemals hier herauskommen – die Diamanten. Dir steht ein Anteil zu.«

»Halte den Mund, Sam. Ich denke nach.« Dann, nach einigen Minuten: »Sam, die Holzpfähle, die längste Sprosse der Leiter – glaubst du, daß sie bis zur anderen Seite reicht?«

Sie entfachten ein zweites Feuer auf der Plattform, und es beleuchtete den Schacht mit unsicher flackerndem Schein. Craig kletterte noch einmal am Seil bis zu den Überresten der Holzleiter hinunter, und diesmal untersuchte er jede Latte. Die meisten Sprossen waren mit der Axt verkürzt worden, wahrscheinlich damit sie leichter durch die Gänge und Höhlen transportiert werden konnten, aber der Seitenrahmen bestand aus längeren Teilen. Der längste Pfahl war nicht viel dicker als Craigs Handgelenk, aber die Rinde hatte die eigenartig blasse Farbe, die dem Holz den afrikanischen Namen »Elefantenzahnbaum« gegeben hatte. Die gängige Bezeichnung aber war »Bleibaum«, und es war eine der härtesten Holzarten des Buschlandes.

Craig schätzte die Länge des Pfahls auf fast fünf Meter. Er befestigte das Ende des Seils am oberen Ende des Holzpfahls, rief zur Plattform hinauf, um zu erklären, was er tat, und dann nahm er sein Klappmesser und zerschnitt die Rindenstreifen, mit denen der Pfahl an der Leiter befestigt war. Dann kam der entscheidende Augenblick, als der Holzpfahl, wie ein Pendel hin- und herschwingend, frei am Seil hing und die Leiter, ihrer Hauptachse beraubt, zusammenbrach und in den Schacht polterte.

Craig zog sich am Seil hoch und warf sich dankbar auf die Plattform, und als er wieder zu Atem gekommen war, baumelte der Pfahl noch immer am Ende des Seiles im Schacht.

»Das war der leichtere Teil der Arbeit«, warnte Craig die anderen. Er und Tungata setzten all ihre Kraft ein, um den Holzpfahl Zentimeter für Zentimeter heraufzuziehen, bis das Ende am Rand der Plattform auftauchte. Sie befestigten das Seil, und Craig legte sich auf den Bauch und warf das freie Ende des Seils in einer Schlinge um das untere Ende des Holzpfahles. Nun hatten sie beide Enden gesichert und konnten beginnen, den Pfahl auf die Plattform zu hieven und über den Abgrund zu legen.

Nach einer Stunde Schwerarbeit lehnte ein Ende des Holzpfahls an der gegenüberliegenden Schachtwand, und das andere Ende lag im Tunnel hinter ihnen.

»Wir müssen ihn hochheben«, erklärte Craig, während sie ausruhten, »und versuchen, ihn in den Riß dort oben zu stoßen – falls es überhaupt ein Riß ist.«

Zweimal wäre ihnen der Holzpfahl fast aus den Händen geglitten und in den Abgrund gestürzt, aber beide Male konnten sie ihn mit dem Seil festhalten, und dann begann die harte Arbeit von neuem.

Nach Craigs Armbanduhr war es schon nach Mitternacht, als sie das Ende des Pfahls bis in die Höhe der dunklen Stelle gebracht hatten, die im Lichtstrahl der Taschenlampe kaum noch sichtbar war.

»Noch einen Zentimeter nach links«, keuchte Craig, und sie drehten den Pfahl vorsichtig. Dann rastete sein Ende mit einem kleinen Ruck in dem Riß an der gegenüberliegenden Wand ein, und Craig und Tungata sanken beide auf die Knie und umarmten einander jubelnd.

Sarah legte Holz nach, und im flackernden Lichtschein des Feuers betrachteten sie ihr Werk. Nun hatten sie eine Brücke über den Schacht, eine Brücke, die ziemlich steil von der Plattform, auf der sie standen, zur gegenüberliegenden Wand führte. Das hintere Ende hatten sie gegen die hintere Mauer der Plattform gestemmt, und das vordere Ende war in den schmalen Riß an der gegenüberliegenden Wand gezwängt.

»Einer von uns muß da hinüber.« Sally-Annes Stimme klang kleinlaut und unsicher.

»Und was geschieht weiter?« fragte Sarah.

»Das wird sich finden, wenn wir erst dort drüben sind«, versprach Craig.

»Laß mich gehen«, sagte Tungata ruhig.

»Bist du ein geübter Felskletterer?«

Tungata schüttelte den Kopf.

»Nun, dann ist die Antwort klar«, erwiderte Craig entschieden. »Machen wir erst zwei Stunden Pause – versucht zu schlafen.«

Doch keiner von ihnen konnte schlafen, und Craig erhob sich, bevor die zwei Stunden um waren. Craig erklärte Tungata, wie er ihn mit dem Seil sichern sollte. »Du darfst nicht zu viel Seil nachlassen, aber das Seil darf auch nicht gespannt sein«, erklärte er. »Wenn ich falle, schreie ich: ›Halten!‹, dann mußt du das Seil blockieren und mit aller Kraft halten, okay?«

Mit einer Schlinge aus Leinwand hängte er sich eine der Taschenlampen über die Schulter, die beiden Mädchen setzten sich auf das Ende des Pfahls, um ihn ruhig zu halten, und Craig preßte sich flach auf den Stamm, nahm ihn zwischen die Fersen und schob sich mit den Füßen nach oben. Bald war er außerhalb des Feuerscheins, und die schwarze Leere unter ihm wirkte unheimlich. Er blickte nicht hinunter. Der Stamm bog sich bei jeder Bewegung, und er hörte, wie das obere Ende auf dem Felsen knirschte, aber schließlich berührte er mit den Fingerspitzen den kühlen Kalkstein der Schachtwand.

Er suchte angstvoll nach dem Riß und fühlte sich bedeutend wohler, als er die Form der Spalte mit den Fingern abtasten konnte. Der Riß lief senkrecht den Schacht hinauf, die äußeren Kanten lagen ungefähr drei Zentimeter auseinander, gerade breit genug für das Ende des Holzpfahles, und unterhalb liefen sie spitz zusammen. »Es ist wirklich ein Riß!« rief er. »Ich werde versuchen weiterzuklettern.«

»Sei vorsichtig, Craig.«

Allmächtiger! dachte er. Was für eine dumme Bemerkung. Er streckte den linken Arm aus, legte die Hand in den Riß und ballte sie zur Faust, so daß sie in der Spalte fest verklemmt war und er sein Gewicht hochziehen konnte.

Er setzte sich auf den Pfahl, zog ein Knie bis an die Brust und griff mit der freien Hand hinunter, um den Bügel um sein künstliches Fußgelenk zu schließen. Das Gelenk war nun steif.

Er streckte auch die rechte Hand aus, legte sie in den Riß und verklemmte sie wie die linke Hand. Er nutzte die Kraft beider Arme, um sich so weit hochzuziehen, daß er schließlich auf der Holzbohle kniete. Schließlich stand er mit dem Gesicht zur Wand auf dem Holzpfahl.

Er schob den künstlichen Fuß so tief wie möglich in den Riß, und als er das Bein streckte, krümmten sich die Zehen und hakten sich an beiden Seiten der Felsspalte fest. Dann zog er das andere Bein nach.

»Die guten, alten Stahlzehen«, brummte er. Mit seinem gesunden Bein hätte er sein Gewicht nicht halten können, nicht ohne spezielle Kletterschuhe, die den Fuß schützten und verstärkten.

Er verklemmte beide Hände weiter oben im Riß und zog sich nur mit der Kraft der Arme hoch. Sobald das Gewicht nicht mehr auf seinem Bein lastete, drehte er den Fuß, schlüpfte aus dem Riß, zog das Knie hoch und hakte die Zehen zwanzig Zentimeter höher wieder ein. Abwechselnd die Arme und das Bein belastend, arbeitete er sich aufwärts.

Er kletterte in völliger Dunkelheit und verließ sich ausschließlich auf seinen Tastsinn. Er zählte die Schritte, die jedesmal ungefähr zwanzig Zentimeter bedeuteten, und seiner Berechnung nach war er bereits zwölf Meter geklettert, als der Riß allmählich breiter wurde. Nun mußte er tiefer hineingreifen; die Folge davon war, daß jeder Schritt kürzer wurde und seinen Armen und seinem Bein mehr Kraft abverlangte.

Der rauhe Fels schürfte die Haut an seinen Handknöcheln ab, und jeder Griff wurde schmerzhafter; infolge der ungewohnten Anstrengung verkrampften sich die Muskeln an der Innenseite des Oberschenkels und in der Leistengegend zu qualvollen Knoten. Lange würde er das nicht mehr durchhalten. Er mußte rasten. Er drückte sich an die Wand und berührte mit der Stirn den kühlen Kalkstein. Sich gegen den Fels lehnen heißt sterben, das ist eine Grundregel des Kletterns; Craig wußte das, und doch konnte er nichts dagegen tun.

Er merkte, daß er schluchzte. Er nahm eine Hand aus dem Riß und schüttelte sie, damit das Blut zurückfließen konnte, dann hielt er sie an den Mund und leckte die wunden Stellen.

»Pupho, warum kletterst du nicht weiter?« Das Seil bewegte sich nicht mehr. Sie machten sich Sorgen.

»Craig, gib nicht auf. Du darfst nicht aufgeben, Liebster.« Sally-Anne hatte seine Verzweiflung gespürt, und in ihrer Stimme lag etwas, das ihm neue Kraft gab.

Langsam arbeitete er sich weiter, rechte Hand, linke Hand, festhalten, Knie hochziehen, auftreten – und das Ganze von vorne, immer und immer wieder. Wieder drei Meter, sechs Meter – er zählte in der Dunkelheit.

Rechte Hand ausstrecken – und nichts. Leere.

Er tastete verzweifelt nach dem Riß – nichts. Dann berührte seine Hand wieder den Felsen, der Riß hatte sich zu einer tiefen,

V-förmigen Nische geweitet, breit genug, daß er bequem darin Platz fand.

»Danke, lieber Gott, o danke, danke.« Er zog sich hoch, zwängte Hüften und Schultern in die Nische und preßte die wunden Hände an die Brust.

»Craig!« Tungatas Schrei hallte durch den Schacht.

»Mit geht es gut«, rief Craig zurück. »Ich habe eine Felsnische gefunden. Ich mache eine Pause. Gib mir fünf Minuten.«

Er wußte, daß er nicht allzu lange bleiben konnte, sonst würden seine Hände steif und unbrauchbar werden. Er machte Fingerübungen, während er ausruhte.

»Okay!« rief er den Schacht hinunter. »Ich mache weiter.« Mit dem Gesicht zum Schacht stemmte er die Handflächen gegen die Seiten des Spaltes und zog sich hoch.

Der Spalt weitete sich rasch und wurde zu einem breiten, tiefen Kamin, so daß er die Seitenwände nicht mehr mit den Armen erreichen konnte. Er mußte sich umdrehen, die Schultern gegen die eine Seite und die Füße gegen die andere Seite stemmen, die Handflächen an den Fels unter sich legen und sich so Zentimeter für Zentimeter aufwärts schieben. Nicht lange, und der Kamin war plötzlich zu Ende. Er verengte sich zu einem Riß, der so schmal war, daß er nicht einmal einen Finger hineinzwängen konnte.

Er tastete über der Kante des Kamins die Schachtwand ab. Er streckte sich so weit wie möglich und fand weder einen Halt noch eine Unregelmäßigkeit in der glatten Kalksteinwand.

»Sackgasse!« flüsterte er, und plötzlich fühlte er den Schmerz in jedem Muskel, und Schwäche überwältigte ihn. Er hatte nicht mehr die Energie für den langen, gefährlichen Abstieg durch den Kamin und auch nicht die Kraft, sich noch lange in dieser unbequemen Stellung in dem Felsspalt zu halten.

Plötzlich piepste über ihm schrill eine Fledermaus. Der Ton war so deutlich und nahe, daß er vor Schreck fast den Halt verloren hätte. Er nahm sich zusammen und arbeitete sich, obwohl seine Knie vor Anstrengung zitterten, bis zur äußersten Kante des Kamins vor. Wieder piepste eine Fledermaus, und hundert andere antworteten. Draußen dämmerte es offenbar schon, denn die Fledermäuse kehrten zu ihren Schlafplätzen zurück. Craig stemmte sich so fest mit den Schultern und Füßen gegen den Fels, daß er mit der äußeren Hand loslassen konnte. Er griff nach der Taschenlampe und hielt sie in den Schacht. Dann schob er sich so weit über den Rand des Kamins, bis er sich nur noch mit einer Schulter gegen den Fels stemmte und über die Kante des Kamins in den offenen Schacht hinaufschauen konnte.

Er knipste die Lampe an. Die Fledermäuse gerieten augenblicklich in Aufruhr – er hörte ihr Kreischen und das Flattern ihrer Flügel –, und einen Meter über seinem Kopf, außerhalb seiner Reichweite, entdeckte er eine Öffnung in der Felswand, aus der die Laute der Fledermäuse wie aus einer Blechtrompete widerhallten. Er versuchte hinaufzulangen, aber seine Finger waren fünfzehn Zentimeter von der Öffnung entfernt.

Während er sehnsüchtig hinaufstarrte, verlosch das letzte schwache Licht der Taschenlampe, und die Dunkelheit hüllte ihn wieder ein. Enttäuscht warf er die unbrauchbare Taschenlampe fort, und sie klirrte gegen den Felsen, bis sie Sekunden später mit leisem Platschen tief unten ins Wasser fiel.

»Craig!«

»Alles in Ordnung, ich hab' nur die Lampe fallen lassen.« Er begann sich Zentimeter für Zentimeter den Kamin hinunterzuschieben. Er zwängte sich wieder in die V-förmige Nische, wo der Riß und der Kamin zusammenliefen.

»Was ist los, Craig?«

»Es geht nicht«, rief er hinunter. »Wir kommen hier nicht weiter. Wir sind fertig, außer –« Er brach ab.

»Außer was? Was wolltest du sagen?«

»Außer eines der Mädchen kommt herauf und hilft mir.«

In der Dunkelheit unter ihm blieb alles still.

»Ich komme hinauf«, brach Tungata das Schweigen.

»Das geht nicht. Du bist zu schwer. Ich könnte dich nicht halten.«

Wieder blieb es still, und dann sagte Sally-Anne: »Sag mir, was ich tun soll.«

»Mach dich am Seil fest. Mit einem einfachen Palstek-Knoten.«

»Okay.«

»Gut. Kriech jetzt über die Holzbohle. Ich werde dich halten.«

Als er hinunterstarrte, konnte er sie umrißhaft im Feuerschein über den Pfahl kriechen sehen. Er spannte vorsichtig das Seil, um sie sofort halten zu können, falls sie fiel.

»Ich bin soweit.«

»Kannst du den Riß finden?«

»Ja.«

»Ich werde dich heraufziehen. Du mußt mir helfen, indem du dich mit den Füßen in der Spalte nach oben schiebst.«

»Okay.«

»Los!«

Das Seil spannte sich mit einem Ruck, als ihr volles Gewicht daran hing, und schnitt ihm tief in die Schulter.

»Los!« befahl er, und sobald sich die Last verringerte, zog er an.

»Weiter!« Sie kam wieder ein paar Zentimeter höher.

»Weiter!« Es schien zu funktionieren, doch plötzlich schrie sie auf, und das Seil lief brennend heiß über seine Schulter. Fast hätte er in seiner Nische den Halt verloren. Er umklammerte das Seil mit aller Kraft und versuchte, ihren Sturz abzufangen; er fühlte, wie das rauhe Nylonseil die Haut von seinen Handballen riß, bis er es endlich festhalten konnte. Sally-Anne schrie noch immer, und das Seil schwang hin und her, als sie an der Wand entlangpendelte.

»Hör auf!« brüllte er ihr zu. »Nimm dich zusammen.«

Sie hörte auf zu schreien, und das Pendeln wurde allmählich kürzer. »Ich habe den Halt verloren.« Ihre Stimme war nur ein Schluchzen.

»Kannst du den Riß wiederfinden?«

»Ja.«

»Gut, sag mir, wann du bereit bist.« Er dachte schon, es würde niemals enden, doch dann fühlte er ihre Hand an einem Bein. »Du hast es geschafft«, flüsterte er, »du fabelhaftes Prachtmädchen.« Er schob sich weiter in den Kamin hinauf, um ihr Platz zu machen, und half ihr in die Nische. Er zeigte ihr, wie sie sich abstützen mußte, um einen sicheren Halt zu haben, und drückte ihre Schulter.

»Weiter kann ich nicht.« Das waren ihre ersten Worte, nachdem sie sich erholt hatte.

»Das Schlimmste liegt hinter dir, der Rest ist einfach.« Er sagte ihr nichts von der Öffnung, noch nicht. »Hörst du die Fledermäuse?« versuchte er sie aufzumuntern. »Der Ausgang muß nahe sein, sehr nahe. Denk an den ersten Sonnenstrahl, denk an den ersten Atemzug in frischer Luft.«

»Ich bin soweit, wir können weitermachen«, erklärte sie schließlich, und er führte sie den Kamin hinauf. Dort, wo der Kamin breit genug war, daß sie sich mit Schultern und Füßen weiterarbeiten konnten, ließ er sie vorausklettern, um ihre Füße mit seinen Händen abzusichern.

»Craig, Craig! Hier ist Schluß. Hier ist es aus. Es ist eine Sackgasse.«

Sie schien in Panik zu geraten, und er fühlte, wie sie zitterte, als sie das Schluchzen unterdrückte.

»Hör auf«, fauchte er. »Nur noch ein einziges Hindernis. Nur noch eines, das verspreche ich dir.« Er wartete, bis sie sich beruhigt hatte, und fuhr dann fort: »In der Wand direkt über deinem Kopf, knapp oberhalb der äußeren Kante des Kamins, ist eine Öffnung. Nur fünfzig oder sechzig Zentimeter entfernt.«

»So weit werde ich nicht hinaufreichen können.«

»Doch, du kannst. Ich mache dir mit meinem Körper eine Brücke. Du stellst dich auf meinen Bauch, und dann erreichst du sie spielend. Verstehst du mich? Sally-Anne, antworte mir.«

»Nein.« Sehr schwach und leise. »Das kann ich nicht.«

»Dann werden wir alle umkommen«, sagte er schneidend. »Das ist der einzige Weg nach draußen. Entweder du tust es, oder wir verfaulen hier. Hast du mich verstanden?« Er schob sich so nahe an sie heran, bis sich ihr Hinterteil in seinen Bauch drückte. Dann versteifte er sich mit aller Kraft, indem er beide Beine gegen die eine Seite des Kamins stemmte und die Schultern gegen die andere und auf diese Weise eine lebende Brücke unter ihr bildete. »Laß langsam los«, flüsterte er. »Setz dich auf meinen Bauch.«

»Craig, ich bin zu schwer.«

»Tu es, verdammt noch mal! Tu es!«

Unter ihrem Gewicht knickte er fast ein, der Schmerz war kaum zu ertragen. Seine Sehnen und Muskeln waren zum Zerreißen gespannt, und er sah grelle Blitze vor den Augen. »Richte dich auf«, stieß er hervor.

Sie kam auf die Knie – ihre Kniescheiben bohrten sich wie stumpfe Nägel in sein Fleisch.

»Steh auf!« stöhnte er. »Schnell!«

Sie schwankte auf der unsicheren Fläche seines Körpers, als sie stand.

»Faß hinauf! So hoch du kannst!«

»Craig, hier oben ist ein Loch.«

»Kannst du dich hinaufziehen?«

Keine Antwort. Sie änderte ihre Stellung, und bei der Anstrengung, sie zu halten, schrie er laut auf. Sie stieß sich plötzlich ab, und dann war ihr Gewicht fort. Er hörte ihre Füße gegen die Schachtwand scharren, als sie sich nach oben zog, und das Seil folgte ihr wie ein Affenschwanz.

»Craig, es ist ein Felsvorsprung – eine Höhle!«

»Suche etwas, um das Seil daran zu befestigen.«

Eine Minute verging, noch eine. Er konnte nicht mehr, seine Beine wurden taub, seine Schultern waren –

»Das Seil ist fest! Es hält.«

Er zog daran, und es hielt tatsächlich. Er legte sich eine Schlinge um das Handgelenk und ließ die Füße los. Er schwang aus dem Kamin und pendelte im offenen Schacht.

Er zog sich Zentimeter für Zentimeter am Seil hinauf, bis er sich endlich über den Rand in die Höhle hieven konnte, und Sally-Anne drückte ihn an die Brust. Viel zu schwach, um zu reden, klammerte er sich an das Mädchen, wie ein Kind an seine Mutter.

»Was geht da oben vor?« Tungata konnte seine Ungeduld nicht mehr bezähmen.

»Wir haben eine Höhle gefunden«, rief Craig zurück. »Sie muß irgendwo ins Freie führen, hier sind Fledermäuse.«

»Was sollen wir tun?«

»Ich lasse das Seil hinunter. Am Ende ist eine Schlinge. Zuerst

Sarah. Sie soll die Holzbohle überqueren und in die Schlinge steigen. Zu zweit können wir sie heraufziehen.« Er brüllte all diese Anweisungen hinunter. »Hast du verstanden?«

»Ja. Ich werde sie dazu überreden.«

Craig machte eine Schlinge in das Ende des Seils, dann kroch er in völliger Dunkelheit zu dem Ankerpunkt, den Sally-Anne gewählt hatte. Er tastete ihn ab. Es war eine Felsnase, dreieinhalb Meter vom Abgrund entfernt, und Sally-Annes Knoten hielt. Er kroch zurück und warf das Seil in den Schacht. Er lag auf dem Bauch und starrte in die Dunkelheit hinunter. Er hörte Sarah und Tungata flüstern. »Was ist mit euch?« fragte er.

Dann sah er im schwachen Schein des Feuers weit unten einen Schatten auf dem Holzstamm. Für eine Person war er zu groß, und dann erkannte er, daß Tungata und Sarah auf dem Stamm waren. Tungata lotste Sarah über den Abgrund, indem er sich rückwärts den Stamm hinaufschob und das Mädchen hinter sich herzog.

Direkt unter dem Felsvorsprung waren sie nicht mehr zu sehen.

»Pupho, wirf das Seil mehr nach links.«

Craig tat es und spürte den Ruck, als Tungata die Schlinge ergriff.

»Alles in Ordnung, Sarah ist in der Schlinge.«

»Erklär ihr, daß sie die Felswand hinaufsteigen soll, wenn wir ziehen.«

Sally-Anne saß hinter Craig,und das Seil lief über seine Schulter zu ihr. Er hatte die Füße gegen die Seitenwand gestemmt.

»Ziehen!« befahl er, und Sally-Anne paßte sich seinem Rhythmus an.

Sarah war schlank und klein, aber der Schacht war tief, und Craigs Hände waren wundgescheuert. Es folgten fünf Minuten harter Arbeit, bevor sie das Mädchen über die Felskante hievten und ausruhen konnten.

»Okay, Sam. Jetzt bist du dran.« Craig warf das Seil wieder in den Schacht.

Diesmal zogen sie zu dritt daran, einer hinter dem anderen sitzend, aber Tungata war groß und schwer.

Craig hörte die Mädchen hinter sich vor Anstrengung stöhnen. »Sam, kannst du dich in den Kamin klemmen?« keuchte er. »Damit wir rasten können?«

Er fühlte, wie das Seil entlastet wurde, und alle drei ließen sich schweratmend zurücksinken.

»Los, machen wir weiter.«

Tungata schien noch schwerer geworden zu sein, aber schließlich rollte er doch in die Höhle, und eine Zeitlang konnte keiner von ihnen reden.

Craig fand seine Stimme als erster wieder. »Verdammt, wir haben die Diamanten vergessen! Wir haben die verdammten Diamanten zurückgelassen.«

Es klickte, und ein gelber Lichtstrahl blitzte auf, als Tungata die zweite Taschenlampe anknipste, die er mitgebracht hatte. Sie blinzelten einander an wie Eulen, und Tungata lachte heiser. »Was glaubst du wohl, warum ich so schwer war?« Er hielt den Leinenbeutel in seinem Schoß, und als er ihn tätschelte, knirschten die Diamanten; es klang, als knackte ein Eichhörnchen Nüsse.

»Du Held!« krächzte Craig erleichtert. »Aber mach die Lampe aus, die Batterie ist bald am Ende.«

Sie schalteten die Taschenlampe nur für Augenblicke in regelmäßigen Abständen ein. Zuerst entdeckten sie, daß die Felsnische in eine niedrige Höhle mündete, die so breit war, daß sie die Seitenwände nicht ausmachen konnten. Von der Decke hingen, mit dem Kopf nach unten, unzählige Fledermäuse. Den Höhlenboden bedeckte eine dicke Schicht getrockneten Kotes. Der stinkende Mist hatte jede Unregelmäßigkeit des Bodens ausgeglichen und dämpfte ihre Schritte, als sie sich, aneinandergedrängt, Hand in Hand weitertasteten, um sich in der Dunkelheit nicht zu verlieren.

Tungata ging voraus und ließ alle paar Minuten die Taschenlampe aufblitzen, um sich zu orientieren. Craig bildete den Schluß. Der Boden unter ihren Füßen stieg allmählich an, und die Decke wurde niedriger.

»Warte«, sagte Sally-Anne. »Mach jetzt kein Licht.«

»Was ist denn?«

»Da vorne – oben. Ist das nur Einbildung oder –?«

Craig starrte hinauf und entdeckte den schwachen Schein ebenfalls; es war nicht viel mehr als ein Grauton in der Dunkelheit. »Licht«, flüsterte er. »Da oben ist Licht.«

Sie stürzten los, rempelten einander in der Eile an und lachten, als das Licht so hell wurde, daß sie die Schatten der anderen erkennen konnten; das Lachen klang hysterisch.

Die Decke wurde immer niedriger, so daß sie auf den Knien und am Ende sogar auf dem Bauch weiterkriechen mußten, und das Licht wurde zu einer schmalen, horizontalen Klinge, die sie mit ihrer Helligkeit blendete. Sie krochen stürmisch auf das Licht zu, wirbelten den trockenen Kot auf, so daß sich der Staub auf ihre Gesichter legte und ihnen das Atmen schwer machte, aber sie brüllten und schrien hysterisch vor Freude.

Craig sah, daß Sarah hemmungslos weinte. Tränen rollten ihr über die Wangen. Tungata brüllte vor Lachen, und Craig warf sich vorwärts und packte sein Fußgelenk, gerade als er den schmalen Felsspalt nach draußen erreichte.

»Warte, Sam. Sei vorsichtig.«

Tungata versuchte, seine Hand fortzustoßen, um hinauszukriechen, aber Craig hielt ihn fest.

»Shona! Da draußen sind Shona.«

Dieses Wort hielt Tungata zurück, und er verstummte. Sie blieben vor dem Höhlenausgang liegen, ihre Euphorie schwand.

»Craig und ich gehen voraus, um die Lage auszukundschaften.« Tungata griff in den Mist und reichte Craig einen Stein von der Größe eines Baseballs. »Die einzige Waffe, die wir haben. Ihr Mädchen bleibt hier, bis wir euch rufen, in Ordnung?«

Craig nahm zwei Handvoll Mist und beschmierte sich damit Gesicht und Hände. Er war bereit, Tungata die Führung zu überlassen. In der Höhle war Craig der Führer gewesen, aber hier außen war Tungatas Reich. Im Busch bewegte sich Tungata wie ein Leopard.

Sie krochen die letzten Zentimeter zum Höhleneingang hinauf. Es war ein schmaler, waagerechter Spalt im Fels, kaum fünfzig Zentimeter breit und mit gelbem Elefantengras abgeschirmt, das vor dem Eingang wuchs. Der Spalt öffnete sich nach Osten, denn die frühe Morgensonne strahlte ihnen ins Gesicht. Sie blieben eine Zeitlang liegen, um ihre Augen nach der tagelangen Dunkelheit an das blendende Sonnenlicht zu gewöhnen.

Dann schlängelte sich Tungata wie eine Schwarze Mamba hinaus und bewegte kaum das hohe Gras, als er verschwand.

Craig zählte bis fünfzig und folgte ihm. Sie befanden sich unterhalb des Gipfels, und der Abhang fiel steil in das dichtbewaldete Tal ab.

Tungata wartete auf Craig und machte das Handzeichen für: »Decke meine linke Seite.«

Craig kroch vorsichtig in die richtige Position, indem er sich auf die Ellbogen stützte und die Beine nachzog.

»Lage sondieren!« besagte Tungatas nächstes Handzeichen, und sie blieben volle zehn Minuten liegen und durchforschten das Gelände nach allen Richtungen, jeden Zentimeter, jeden Busch, jeden Felsen und jede Lichtung.

»Alles klar«, signalisierte Craig, und Tungata kroch den Abhang hinunter auf die Hügelschulter zu. Craig hielt sich über und hinter ihm, um ihn zu decken.

Ein Vogel kam auf sie zu, ein schwarzweißer Vogel mit einem unverhältnismäßig großen, gelben Schnabel, einem riesigen, gekrümmten, gelben Schnabel, der ihm den Namen »Hornschnabel« eingebracht hatte. Er hatte eine eigenartige, unregelmäßige Flugweise, und er setzte sich vor und unterhalb von Tungata auf einen niedrigen Strauch – fast im gleichen Augenblick gab er einen heiseren Warnschrei von sich und erhob sich wieder in die Luft.

»Gefahr!« bedeutete Tungatas Handzeichen, und sie blieben regungslos liegen. Craig starrte auf das Durcheinander von Felsen, Gras und Strauchwerk an der Stelle, von wo der Hornschnabel aufgeflogen war, und versuchte herauszufinden, was den Vogel erschreckt hatte.

Etwas bewegte sich, Craig vernahm ein fast unhörbares Scharren und das charakteristische Geräusch, das entsteht, wenn ein Streichholz angezündet wird und aufflammt. Eine dünne Rauchfahne kam über dem Strauch zum Vorschein, und der Geruch einer brennenden Zigarette stieg ihm in die Nase. Dann erkannte er die Form eines Stahlhelms, der mit einem Netz getarnt war. Der Helm bewegte sich, als der Mann, der ihn trug, wieder an seiner Zigarette zog.

Nun überblickte Craig die ganze Szenerie. Der Mann lag in seinem Kampfanzug hinter einem leichten Maschinengewehr, das auf einem Dreifuß ruhte und dessen Lauf zur Tarnung mit Hanfstreifen umwickelt war.

»Wie viele?« signalisierte Tungatas Frage, und Craig entdeckte den zweiten Mann. Er saß mit dem Rücken am Stamm eines niedrigen Dornbuschs. Die Schatten der Zweige über seinem Kopf verschmolzen vollkommen mit den Tigerstreifen seines Kampfanzugs. Er war groß, trug keine Kopfbedeckung, hatte das Abzeichen eines Sergeant am Arm, und neben ihm lag eine Uzi-Maschinenpistole.

Craig wollte gerade »zwei« signalisieren, als der Mann eine zerdrückte Packung Zigaretten aus der Brusttasche zog und den Arm ausstreckte. Ein dritter Mann, der flach auf dem Rücken im Schatten gelegen hatte, setzte sich auf und griff nach der Pakkung. Er entnahm ihr eine Zigarette und reichte das Päckchen an einen vierten Soldaten weiter, der sich auf den Ellbogen stützte, um die Zigaretten erreichen zu können, und sich auf diese Weise zum erstenmal zeigte.

»Vier!« signalisierte Craig.

Das war eine Maschinengewehrstellung, die von dieser Position auf dem Hügelrücken den ganzen Abhang überschauen konnte. Fungabera hatte offensichtlich vermutet, daß es noch andere Ausgänge aus der Haupthöhle gab. Der ganze Hügel war offenbar mit solchen Maschinengewehrstellungen gespickt. Sie hatten Glück gehabt, daß sie auf diesen Posten gestoßen waren.

»In Angriffsstellung gehen«, signalisierte Tungata. »Geh nach rechts!« Er unterstrich den Befehl mit der geballten Faust. »Dringend!«

Craig fühlte das Adrenalin durch seine Glieder strömen, und sein Mund wurde trocken. Er umklammerte den runden Stein in seiner rechten Hand. Sie waren der Maschinengewehrstellung so nahe, daß er den feuchten Filter der Zigarette sehen konnte, als ihn der Schütze ausspuckte. Die Soldaten hatten die Waffen sorglos beiseite gelegt. Der Mann, der auf dem Rücken lag, beschattete mit dem Ellbogen die Augen, und die brennende Zigarette steckte wie eine Kerze zwischen seinen Lippen. Der Sergeant, der am Baumstamm lehnte, schnitzte mit seinem Messer an einem Stück Holz. Der dritte hatte das Hemd aufgeknöpft und suchte sein Brusthaar umständlich nach Läusen ab. Nur der Mann hinter dem Maschinengewehr war wachsam.

Tungata ging neben Craig in Stellung. »Fertig?« Er hob die Hand und warf Craig einen Blick zu.

»Ja.«

Tungatas Hand sauste herab, das war der Einsatzbefehl.

Craig hechtete über den Rand der Mulde und stürzte sich auf den Mann mit dem Messer. Sein Stein traf den Mann an der Schläfe, und Craig wußte augenblicklich, daß er zu hart zugeschlagen hatte. Er hörte die Schädelknochen brechen.

Der Sergeant sank lautlos nach vorn, und Craig hörte im selben Augenblick ein schwaches Scharren und Stöhnen hinter sich, als Tungata einen anderen überwältigte. Craig sah sich nicht einmal um. Er griff nach der Maschinenpistole und entsicherte sie. Der Läusesucher blickte auf, und sein Unterkiefer sackte herunter, als ihm Craig den Lauf der Maschinenpistole ins Gesicht drückte und ihn gebieterisch anstarrte, um ihn am Schreien zu hindern. Tungata hatte das Messer des Sergeant gepackt und wandte sich dem liegenden Soldaten zu; er drückte mit einem Knie auf sein Zwerchfell, so daß pfeifend die Luft aus seinen Lungen wich, und setzte ihm die Messerspitze unter dem Ohr an.

»Wenn einer von euch schreit«, flüsterte Tungata, »schneide ich ihm die Eier ab und stopfe ihm den Mund damit.«

Die ganze Aktion hatte keine fünf Sekunden gedauert.

Tungata kniete neben dem Sergeant nieder, den Craig mit dem Stein getroffen hatte, und fühlte am Hals nach dem Puls. Nach einigen Sekunden schüttelte er den Kopf und begann die Leiche auszukleiden. Er zwängte sich in den Kampfanzug. Er war ihm viel zu eng und spannte über der Brust. »Nimm die Uniform des Schützen«, befahl er, als er Craig die Uzi aus der Hand nahm und die beiden Gefangenen damit in Schach hielt.

Craig hatte dem Schützen das Genick gebrochen. Der Kampfanzug des Toten stank widerlich nach getrocknetem Schweiß und kaltem Rauch, aber er paßte Craig einigermaßen. Der Stahlhelm war zu groß, er rutschte ihm über die Augen, aber er verbarg sein langes, glattes Haar.

Tungata näherte sein Gesicht den Gesichtern der beiden Gefangenen. »Nehmt die Leichen dieser Shonahunde mit.«

Craig und Tungata hielten sie in Schach, als sie die nackten Toten an den Füßen durch das Gras zum Höhleneingang schleppten und in die dunkle Höhle stießen.

Die beiden Mädchen waren entsetzt, sagten aber nichts.

»Ausziehen!« befahl Tungata den Gefangenen. Als sie nur noch ihre Armeeunterhosen trugen, wies Tungata Craig an: »Fessel sie!«

Craig befahl ihnen, sich auf den Bauch zu legen, band ihnen mit dem Nylonseil die Hände auf dem Rücken zusammen, zog ihre Beine hoch und fesselte die Knöchel an die Handgelenke. In dieser Stellung waren sie völlig hilflos. Dann zog er ihnen die Socken aus, stopfte sie ihnen in den Mund und band den Knebel fest.

Während er das erledigte, half Tungata den Mädchen, die Kampfanzüge der Gefangenen anzuziehen. Sie waren ihnen um einige Nummern zu groß, aber sie krempelten die Ärmel hoch und zogen die Hosen an der Taille mit Gürteln zusammen.

»Schwärze dein Gesicht, Pendula«, befahl Tungata, und sie schmierte sich trockenen Fledermauskot ins Gesicht. »Die Hände auch. Verdeck damit dein Haar.« Er zog ein Barett aus der Tasche seines Kampfanzuges und warf es ihr zu.

»Vorwärts.« Tungata nahm den Leinenbeutel mit den Diamanten und stieg den Abhang hinunter. In der Mulde angekommen, leerte Tungata den Inhalt eines Tornisters auf den Boden, steckte den Diamantenbeutel hinein und band ihn wieder zu. Dann nahm er den Rucksack auf den Rücken. Craig hatte inzwischen die Ausrüstung geplündert. Er reichte Tungata zwei Handgranaten und steckte zwei weitere in seine eigene Taschen. Für Sarah fand er eine Tokarev-Pistole, und Sally-Anne gab er die Uzi. Er selbst bewaffnete sich mit einer Kalaschnikow und fünf Reservemagazinen. Tungata behielt die zweite Uzi. Craig nahm außerdem noch eine Wasserflasche mit. Dann riß er ein Paket Schokolade auf, und während sie sich zum Aufbruch bereit machten, stopften sie sich Schokolade in den Mund. Die Schokolade schmeckte so gut, daß Craigs Augen naß wurden.

»Ich übernehme die Führung«, sagte Tungata kauend. »Wir versuchen, im Schutz der Bäume ins Tal zu gelangen.«

Als sie knapp oberhalb der Baumgrenze waren, hörten sie einen Hubschrauber. Er kam aus dem Tal. Er befand sich noch hinter dem Hügelrücken, näherte sich aber rasch.

»Deckung!« befahl Craig und schlug Sally-Anne mit der flachen Hand zwischen die Schulterblätter. Sie warfen sich mit dem Gesicht nach unten zu Boden, aber das Rotorgeräusch änderte sich, der Hubschrauber schien außer Sichtweite hinter dem Hügelrücken zu bleiben.

»Er landet«, sagte Sally-Anne, und das Rotorgeräusch verstummte. »Er ist unten«, fuhr sie fort und hob den Kopf. »Er ist gelandet. Da! Er hat den Motor abgestellt.«

In der folgenden Stille hörten sie, wie in großer Entfernung Befehle gebrüllt wurden.

»Pupho, komm mit«, befahl Tungata. »Ihr beide wartet hier.«

Craig und Tungata krochen den Hügelrücken hinauf und hoben vorsichtig die Köpfe, um über den Felsenkamm zu blicken.

Ungefähr vierhundert Meter unter ihnen lag eine kleine, ebene Lichtung. Das Gras war niedergetreten, und auf der anderen Seite der Lichtung stand unter den Bäumen ein Sonnendach aus Zeltleinwand. Der Hubschrauber war in der Mitte der Lichtung gelandet, und der Pilot kletterte eben aus dem Cockpit. Unter den Bäumen in der Nähe des Zeltes hielten uniformierte Soldaten der Dritten Brigade Wache, und im Inneren des Sonnenzeltes saßen drei oder vier Männer an einem Tisch.

»Ein vorgeschobenes Hauptquartier«, murmelte Craig.

»Das ist das Tal, durch das wir gekommen sind, die Haupthöhle liegt direkt unter uns.«

»Du hast recht.« Craig hatte das Gelände aus dieser Perspektive und Entfernung nicht erkannt.

»Sieht so aus, als würden sie sich zurückziehen«, sagte Tungata und deutete in den Wald. Ein Zug Soldaten in Kampfausrüstung bewegte sich im Gänsemarsch das Tal hinunter.

»Wahrscheinlich haben sie nach der Sprengung der großen Galerie noch achtundvierzig Stunden gewartet und müssen nun annehmen, daß wir begraben und tot sind.«

»Wie viele sind es?« fragte Tungata.

»Ich sehe«, sagte Craig und blinzelte mit den Augen, »mindestens zwanzig, die Männer im Zelt nicht mitgerechnet. Und über die Hügel sind sicher noch mehr verteilt.«

Tungata kroch ein Stück zurück und winkte Sally-Anne zu sich. Sie kletterte die Böschung herauf.

»Was hältst du von dem da?« fragte er und deutete auf den Hubschrauber.

»Es ist eine Super Frelon«, erwiderte sie, ohne zu zögern.

»Kannst du das Ding fliegen?«

»Ich kann alles fliegen.«

»Verdammt, Sally-Anne, das ist kein Spaß«, flüsterte Craig gereizt. »Hast du jemals eine solche Maschine geflogen?«

»Nicht eine Super Frelon, aber ich habe fünfhundert Flugstunden auf dem Hubschrauber.«

»Wie lange würdest du brauchen, um das Ding zu starten und abzuheben, wenn du einmal im Cockpit sitzt?«

Diesmal zögerte sie einen Augenblick. »Zwei oder drei Minuten.«

»Das ist zu lange.« Craig schüttelte den Kopf.

»Wie wäre es, wenn wir die Wachtposten von der Lichtung ablenken, während Pendula den Hubschrauber startet?« fragte Tungata.

»Das könnte funktionieren«, gab Craig zu.

»Also abgemacht«, erwiderte Tungata rasch. »Ich laufe bis zum Talschluß. Und du bringst die Mädchen zur Lichtung hinunter. Einverstanden?«

Craig nickte.

»In fünfundzwanzig Minuten«, Tungata schaute auf die Uhr, »also genau um halb zehn werfe ich die Handgranaten und beginne mit der Maschinenpistole zu feuern. Das müßte die meisten Shona von der Lichtung fortlocken. Sobald die Schießerei beginnt, rennt ihr zum Hubschrauber. Wenn er abgehoben hat, komme ich dort oben heraus!« Er deutete auf eine Stelle weiter oben im Tal. »Direkt unter dieser Felswand. Bis dahin haben mich die Shona bestimmt noch nicht erreicht, und ihr könnt mich dort auflesen.«

»Also los.« Craig gab Tungata die Kalaschnikow und die Reservemunition. »Ich behalte die Uzi und eine Handgranate.«

»Nimm auch die Diamanten.« Tungata nahm den Rucksack ab und reichte ihn Craig.

»Bis später.« Craig klopfte ihm auf die Schulter, und Tungata verschwand.

Craig führte die beiden Mädchen parallel zu dem Hügelrücken den Abhang hinunter und nützte die Sträucher und Felsbrocken als Deckung. Als sie die Waldgrenze erreichten, fand er zu seiner Erleichterung einen Graben, der sich am Rand der Lichtung hinzog. Sie krochen in dem Graben weiter, und Craig hob alle paar Meter vorsichtig den Kopf, um ihre Position festzustellen.

»Hier sind wir so nahe an dem Hubschrauber wie nur möglich«, flüsterte er schließlich, und die Mädchen ließen sich zu Boden fallen und ruhten sich aus. Craig streifte den schweren Rucksack ab und riskierte noch einen Blick über den Grabenrand.

Der Hubschrauber stand etwa hundertfünfzig Schritte entfernt auf der Lichtung. Der Pilot kauerte neben dem Fahrwerk im Schatten des Rumpfes. Die Super Frelon war ein großer, stumpfnasiger Hubschrauber, in mattem Dunkelgrün gestrichen.

Craig ließ sich wieder neben Sally-Anne nieder. »Wie ist seine Reichweite?« fragte er flüsternd.

»Bin nicht sicher«, flüsterte Sally-Anne zurück. »Mit vollen Tanks ungefähr tausend Kilometer, schätze ich.«

»Also können wir nur beten, daß die Tanks voll sind.« Craig schaute auf die Uhr. »Noch zehn Minuten.« Er gab beiden noch ein Stück Schokolade. »Noch zwei Minuten«, sagte er nach einem Blick auf die Uhr und spähte wieder über den Grabenrand.

Der Hubschrauberpilot stand auf und streckte sich, dann kletterte er ins Cockpit.

Der Hubschrauber verstellte Craig teilweise die Sicht auf das

Zelt am Ende der Lichtung, aber er konnte erkennen, daß dort etwas im Gang war. Eine Gruppe Männer trat aus dem Zelt. Die Wachtposten salutierten, und plötzlich drehten sich die Rotoren des Hubschraubers, und der Motor sprang geräuschvoll an.

Zwei Offiziere verließen die Gruppe vor dem Zelt und schritten über die Lichtung auf den Hubschrauber zu.

»Das fehlt noch«, murmelte Craig grimmig, »sie fliegen ab.« Und dann zuckte Craig zusammen. »Das ist Fungabera!«

Fungabera trug das burgunderrote Barett mit dem silbernen Leopardenkopfabzeichen, breite Ordensbänder an der Brust und wie immer einen Schal um den Hals. Das Offiziersstöckchen hatte er unter den Arm geklemmt. Im Gehen sprach er heftig auf einen großen, älteren, weißen Mann ein, den Craig nie zuvor gesehen hatte.

Der Weiße trug eine einfache Safarijacke. Sein Haar war kurzgeschoren, und seine Haut hatte eine eigentümlich abstoßende, teigig-weiße Färbung. Er trug einen schwarzledernen Diplomatenkoffer, der mit einer Stahlkette an sein Handgelenk gefesselt war. Er hielt den Kopf geneigt, um Fungaberas aufgeregten Vortrag verstehen zu können, als sie sich dem wartenden Hubschrauber näherten.

Auf halber Strecke zwischen dem Zelt und dem Hubschrauber blieben die beiden Männer stehen und diskutierten angeregt. Der Weiße gestikulierte heftig mit seiner freien Hand. Er war nun nahe genug, daß Craig die wasserhellen Augen sehen konnte, den kalten Blick einer Marmorstatue. Der Mann benahm sich schroff, ja fast verächtlich, so als wäre ihm Fungabera lästig, seiner Aufmerksamkeit unwürdig. Fungabera wirkte hingegen so niedergeschmettert wie der Überlebende eines Flugzeugabsturzes. Er war fassungslos. Er sprach mit erhobener Stimme, so daß Craig den flehentlichen Tonfall hörte, wenn er die Worte auch nicht verstand. Dieser Mann war kaum mit demjenigen zu vergleichen, den Craig gekannt hatte.

Der Weiße machte eine abweisende Geste, wandte sich von Fungabera ab und ging weiter auf den Hubschrauber zu.

In diesem Augenblick ertönte die ohrenbetäubende Detonation einer Handgranate, und die beiden Männer auf der Lichtung wirbelten herum, um in die Richtung zu schauen, in der die Explosion erfolgt war. Aus derselben Richtung ertönte nun ein Feuerstoß aus einer Kalaschnikow, und in der Nähe des Zeltes wurden Befehle gebrüllt. Soldaten stürmten auf den Rand der Lichtung zu und verschwanden im Wald. Noch ein Feuerstoß aus der Maschinenpistole, und alle Mann konzentrierten ihre Aufmerksamkeit auf diese Richtung.

Hastig schulterte Craig den Rucksack. »Vorwärts!« zischte er.

Sie kletterten aus dem Graben und traten auf die Lichtung hinaus.

»Nicht rennen«, mahnte Craig leise.

In einer kompakten Gruppe marschierten sie rasch, aber zielbewußt über die Lichtung auf Fungabera und seinen Begleiter zu. Craig holte die Handgranate aus der Tasche und zog mit den Zähnen den Bolzen heraus. In der rechten Hand hielt er schußbereit die Uzi. Sie waren noch fünf Schritte von Fungabera entfernt, als er sich umdrehte, und sein Erstaunen wirkte fast komisch, als er Craig trotz der Schutzmaske erkannte.

»Aus dieser Entfernung kann ich Sie halbieren«, sagte Craig und zielte mit der Uzi auf Fungaberas Bauch. »Die Handgranate ist entschärft. Wenn ich sie fallen lasse, fahren wir alle zur Hölle.« Er mußte den Lärm des Hubschraubers überschreien.

Der Weiße wirbelte herum, und seine eiskalten Augen starrten ihn wütend an.

»Nehmt euch den Piloten vor«, befahl Craig den Mädchen, und sie liefen auf den Hubschrauber zu.

»Jetzt Sie beide«, befahl Craig den beiden Männern. »Gehen Sie zum Hubschrauber. Nicht laufen, nicht schreien.«

Craig folgte ihnen in einem Abstand von drei Schritten. Bevor sie den Hubschrauber erreichten, tauchte der Pilot mit erhobenen Händen in der offenen Luke auf; Sarah drückte ihm den Lauf der Tokarev in den Rücken.

»Aussteigen!« befahl Craig, und der Pilot sprang mit sichtlicher Erleichterung auf den Boden.

»Sagen Sie den anderen, daß wir General Fungabera als Geisel haben«, sagte Craig. »Jeder Angriff bringt ihn in Gefahr. Haben Sie verstanden?«

»Ja.« Der Pilot nickte.

»Gehen Sie jetzt zu diesem Zelt. Langsam. Nicht rennen. Nicht schreien.«

Der Pilot entfernte sich dankbar, aber sobald er außer Schußweite war, begann er zu rennen.

»Einsteigen!« Craig deutete mit dem Lauf der Maschinenpistole auf die Luke, aber Fungabera stierte ihn an und zog drohend die breiten Schultern hoch.

»Tun Sie es besser nicht«, sagte Craig und wich einen Schritt zurück, denn Fungabera wirkte, als wäre er zu allem entschlossen, verwegen wie jemand, der nichts mehr zu verlieren hat.

»Vorwärts!« befahl Craig. »Steigen Sie die Leiter hinauf!«

Aber Fungabera stürzte auf ihn zu. Fast so, als wollte er sterben, lief er direkt vor den Lauf der Uzi.

Craig war auf den Angriff vorbereitet. Er schwenkte die Waffe und schlug ihm den Kolben mit solcher Kraft auf den Kopf, daß er in die Knie ging.

Als Fungabera zusammenbrach, richtete Craig die Waffe sofort auf den Weißen, um seinem Angriff zuvorzukommen. »Helfen Sie ihm hinauf«, befahl er, und obwohl der weiße Mann durch den schwarzen Diplomatenkoffer behindert war, wirkte die Drohung der Maschinenpistole überzeugend, und er beugte sich über Fungabera und zog ihn hoch.

Noch betäubt von dem Schlag kam Fungabera schwankend auf die Beine. Er murmelte wirres Zeug. »Macht nichts, jetzt ist sowieso alles vorbei.«

»Halten Sie den Mund, Sie Narr«, zischte der Weiße.

»Hinein mit ihm in den Hubschrauber!« Craig drückte ihm den Lauf in den Rücken, und das ungleiche Paar ging auf die Leiter zu.

»Richte die Pistole auf sie, Sarah«, rief Craig und warf einen Blick über die Schulter. Der Hubschrauberpilot hatte den Rand der Lichtung fast erreicht. »Schneller«, fauchte Craig, und der Weiße schob Fungabera durch die Luke und kletterte hinterher.

Craig sprang in den Hubschrauberrumpf. »Dort hinüber!« Er drängte seine Gefangenen auf den Rücksitz. »Schnallen Sie sich an!« Dann zu Sarah: »Sag Pendula, wir sind soweit!«

Der Hubschrauber hob ab und entfernte sich rasch von der Lichtung, und Craig warf die Handgranate aus der offenen Luke. Sie fiel hinunter und explodierte im Wald tief unter ihnen. Craig hoffte, daß die Explosion die Verwirrung da unten noch steigern würde.

Als Sarah aus dem Cockpit zurückkam, befahl er ihr: »Halte sie in Schach!« und beugte sich aus der Tür, um hinunterzublikken.

Er sah Tungata sofort. Er stand auf einer Lichtung unterhalb der Felswand, winkte mit beiden Händen und schwenkte die Kalaschnikow.

»Festhalten! Ich gehe runter«, ertönte Sally-Annes Stimme aus der Sprechanlage über Craigs Kopf.

Der Hubschrauber senkte sich rasch auf die Stelle zu, wo Tungata stand, und Sally-Anne fing die Maschine ab und schwebte über seinem Kopf.

Tungata warf die Kalaschnikow fort und schaute zu Craig auf. Der Hubschrauber sank noch ein paar Meter tiefer, und Craig beugte sich aus der Luke und streckte einen Arm aus. Tungata sprang hoch, hakte sich mit dem Ellbogen an Craigs Ellbogen fest, und Craig zog ihn an Bord.

»Okay!« brüllte er in die Sprechanlage. »Nichts wie weg!« Der Hubschrauber gewann so rasch an Höhe, daß Craigs Knie weich wurden.

In einer Höhe von dreihundert Metern drehte Sally-Anne ab und flog in westlicher Richtung weiter.

Tungata wandte sich um und stutzte. Er starrte Fungabera grimmig an, aber dieser kauerte noch immer halb betäubt auf dem Rücksitz. »Wo hast du die gefunden, Pupho?« fragte Tungata heiser.

»Die sind ein kleines Geschenk für dich, Sam.« Craig reichte ihm die Uzi. »Sie ist geladen und entsichert. Kann ich dir die Aufsicht über die beiden Prachtexemplare überlassen?«

»Mit dem allergrößten Vergnügen.« Tungata richtete die Uzi auf die Männer, die Seite an Seite auf dem Rücksitz saßen.

»Ich sehe nach, wie Pendula zurechtkommt.« Craig wollte sich schon umdrehen, aber irgend etwas in der Art, wie der

Weiße dasaß, beunruhigte ihn, und er wandte sich rasch wieder um. Der Weiße hatte die Verwirrung ausgenützt, um die Stahlmanschette an seinem Handgelenk aufzuschließen, und nun schleuderte er den schwarzen Aktenkoffer über die Sitzlehne auf die offene Luke zu.

In einer Reflexbewegung hechtete Craig wie ein Basketballspieler zur Seite, traf den Koffer mit einer Hand und lenkte dessen Flugrichtung ab, so daß er die offene Luke verfehlte und gegen die Wand polterte. Er bückte sich nach dem Koffer und drückte ihn an die Brust. »Das muß ja ein sehr interessantes Gepäckstück sein«, meinte er freundlich. »Ich würde ihn gut im Auge behalten, Sam, er ist ebenso raffiniert wie hübsch«, riet er. Den Koffer im Arm ging er nach vorne und kletterte ins Cockpit. Er ließ sich neben Sally-Anne in den Kopilotensitz fallen und nahm den Rucksack mit den Diamanten ab. Er befestigte ihn sicher neben dem Sitz. »Du kannst dieses Ding also tatsächlich fliegen, Vogelmädchen!«

Sie lächelte ihn an, und ihre Zähne blitzten weiß in ihrem geschwärzten Gesicht. »Ich fliege zurück in die Wüste, wo wir den Landrover stehengelassen haben.«

»Eine gute Idee – wie steht's mit dem Treibstoff?«

»Ein Tank voll, der andere zu Dreivierteln – das genügt.«

Craig legte den Aktenkoffer auf seine Knie und untersuchte das Schloß. Es war ein Kombinationsschloß. »Wie lange ist es noch bis zur Grenze?« fragte er.

»Wir fliegen mit hundertsiebzig Knoten, knapp zwei Stunden – besser als nach Hause laufen, nicht wahr?«

»Das kann man wohl sagen!« Craig grinste zurück. Er brach das Kombinationsschloß mit dem Taschenmesser auf und öffnete den Deckel des Aktenkoffers. Obenauf lagen zwei Reservehemden und ein Paar Socken, eine halbvolle Flasche russischer Wodka und eine billige Brieftasche mit vier Pässen, einem finnischen, einem schwedischen, einem ostdeutschen und einem russischen, und Flugscheine von Aeroflot. »Ein bestens ausgerüsteter Gentleman!« Craig schraubte den Verschluß von der Wodkaflasche und nahm einen Schluck. »Brrr!« sagte er. »Das ist der richtige Stoff!« Er reichte Sally-Anne die Flasche und hob die

Hemden hoch. Darunter kamen drei grüne Mappen zum Vorschein, die mit kyrillischen Buchstaben und schwarzen Hammer-und-Sichel-Emblemen bedruckt waren. »Russisch! Mein Gott, der Mann ist ein Bolschewist!«

Er öffnete die oberste Mappe, und sein Interesse steigerte sich. »Es ist in englisch geschrieben!« Er überflog die erste Seite und war bald tief in den Inhalt versunken. Er blickte nicht einmal auf, als Sally-Anne fragte: »Was ist es?«

Er überflog die erste Mappe und dann die anderen beiden. Fünfundzwanzig Minuten später schaute er verblüfft auf und starrte gedankenverloren durch die Windschutzscheibe. »Kaum zu glauben«, murmelte er und schüttelte den Kopf. »Sie waren sich ihrer Sache so verdammt sicher. Für Fungabera haben sie es sogar in klarem Englisch niedergeschrieben. Sie verwenden nicht einmal Decknamen.«

»Was heißt das?« Sally-Anne warf ihm einen kurzen Seitenblick zu.

»Das ist einfach unvorstellbar.« Er nahm noch einen Schluck Wodka. »Das muß Sam sofort lesen!«

Tungata und Sarah saßen den beiden Geiseln gegenüber. Tungata hatte die Sitzgurte dazu verwendet, ihre Hand- und Fußgelenke zu fesseln. Fungabera schien sich ein wenig erholt zu haben, und er und Tungata starrten einander an.

Craig ließ sich neben Tungata auf den Sitz fallen. »Gib mir die Kanone.« Er erhielt sie. »Und jetzt lies, was da drinnen ist!« Er legte den Aktenkoffer auf Tungatas Knie. »Hocherfreut, Sie kennenzulernen, Oberst Bucharin«, fuhr er liebenswürdig fort. »Sicher sind Sie froh, dem Moskauer Winter entkommen zu sein?« Er zielte mit der Uzi auf seinen Bauch.

»Ich bin ein Mitglied des Diplomatischen Korps der Sowjetunion –«

»Gewiß, Oberst, ich habe Ihre Visitenkarte gelesen.« Craig wies auf die Akten. »Ich wiederum bin ein verzweifelter Flüchtling und durchaus fähig, Sie ernsthaft zu verletzen, wenn Sie nicht sofort den Mund halten.« Dann wandte er sich an Fungabera. »Ich hoffe, Sie kümmern sich um King's Lynn, wie es sich gehört, und vergessen nicht, sich die Schuhe abzustreifen.«

»Einmal sind Sie mir entkommen, Mr. Mellow«, sagte Fungabera leise. »Aber ich mache nicht zweimal denselben Fehler.«

Trotz der Waffe in seinen Händen und der Tatsache, daß Fungabera wie ein Opfertier verschnürt war, fühlte Craig einen Angstschauer über seinen Rücken laufen und konnte dem glühenden, haßerfüllten Blick von Fungabera nicht lange standhalten. Er sah Tungata von der Seite an.

Tungata überflog die Seiten, und während er las, wechselte sein Gesichtsausdruck von ungläubigem Staunen zu Wut. »Weißt du, was das ist, Pupho?«

»Es ist der Entwurf für eine blutige Revolution«, nickte Craig, »in verständlichem Englisch geschrieben, offensichtlich für Fungabera.«

»In allen Einzelheiten ausgearbeitet. Sieh dir das hier an. Die Listen jener Leute, die hingerichtet werden sollen – mit vollen Namen –, und anderer, mit deren Zusammenarbeit man rechnen kann. Sogar die Radio- und Fernsehansagen für den Tag des Staatsstreichs sind vorbereitet!«

»Seite fünfundzwanzig«, schlug Craig vor. »Lies das.«

Tungata schlug die Seite auf. »Nach Europa in eine Klinik schicken, Gehirnwäsche, den willenlosen Verräter, um die Matabele in immerwährende Sklaverei zu führen –«

»Ja, Sam, du warst der Drehpunkt, um den die ganze Operation aufgebaut war. Als dich Fungabera in der Höhle verlor, als er die große Galerie sprengte, mußte er seine Niederlage eingestehen. Sieh ihn dir nur an.«

Doch Tungata hörte ihm nicht mehr zu. Er stieß den Aktenkoffer und dessen Inhalt heftig auf Craigs Schoß zurück und beugte sich vor, bis sein Gesicht nur noch dreißig Zentimeter von Fungaberas Gesicht entfernt war. Er schob den Unterkiefer vor, und seine vor Zorn blutunterlaufenen Augen quollen aus den Höhlen. »Du wolltest dieses Land und dein Volk in eine neue Sklaverei treiben, in einen Imperialismus, gegen den die Gesetze des Smith-Regime wohltuend und selbstlos erschienen? Du wolltest deinen eigenen Stamm verurteilen und meinen und all die anderen – Wahnsinn!« Plötzlich warf er sich auf Fungabera und packte die Nylongurte, die ihn fesselten. Mit der anderen

Hand löste er die Sitzgurte und riß den riesigen Shona vom Sitz. Mit der Kraft eines verwundeten Büffelbullen warf er ihn eigenhändig über die Sitzlehne auf die offene Luke im Rumpf zu. »Du tollwütiger Hund!« brüllte er, und bevor Craig eingreifen konnte, hatte er Fungabera rückwärts durch die Luke geschleudert.

Craig drückte Sarah die Uzi in die Hand und sprang an Tungatas Seite. Tungata war durch Fungaberas Gewicht in die Knie gezwungen worden, und er klammerte sich mit einem Arm an den Türrahmen. Mit der anderen Hand hielt er noch immer den Riemen, an dem Fungabera hing. Dieser baumelte über dem Abgrund. Seine Hände waren hilflos gefesselt, und sein Hals bog sich zurück, so daß er in Tungatas Gesicht starrte.

»Sam, warte!« Craig überschrie den ohrenbetäubenden Krach der Maschine.

»Stirb, du verräterischer, mörderischer –«, brüllte Tungata Fungabera ins Gesicht.

Das nackte Entsetzen lag in Fungaberas dunklen Augen. Sein Mund stand weit offen, und der Wind wehte seinen Speichel in silbernen Fäden über seine Lippen, aber kein Laut kam aus seiner Kehle.

»Warte, Sam«, schrie Craig, »töte ihn nicht. Er ist der einzige, der dich entlasten kann, der uns alle entlasten kann. Wenn du ihn tötest, können wir nie wieder nach Simbabwe zurück.«

Tungata wandte den Kopf zur Seite und starrte Craig an.

»Unsere einzige Chance, unsere Unschuld zu beweisen!«

»Hilf mir!« keuchte Tungata, und Craig schnappte den Sicherheitsgurt, zog ihn aus der Spule und schnallte ihn sich um die Mitte. Er warf sich zu Boden, klemmte einen Knöchel unter die Sitzbank und streckte die Arme aus, um den Nylongurt mit beiden Händen zu packen. Gemeinsam zogen sie Fungabera an Bord zurück. Seine Beine gaben unter ihm nach, als sie versuchten, ihn auf Füße zu stellen.

Tungata schleuderte ihn rückwärts durch die Kabine, und Fungabera prallte gegen die hintere Spant. Er glitt an der Wand herunter, rollte sich auf die Seite, zog die Knie hoch, bedeckte den Kopf mit beiden Armen und wimmerte leise.

Craig kletterte schwankend ins Cockpit und sank in den Kopilotensitz.

»Was, zum Teufel, ist passiert?« fragte Sally-Anne.

»Nichts Ernstes. Ich habe es nur gerade noch geschafft, Sam daran zu hindern, Fungabera umzubringen.«

»Warum plagst du dich so?« Sally-Anne mußte den Lärm des Rotors überschreien. »Ich würde dieses Schwein auch liebend gern erschießen.«

»Liebste, kannst du eine Funkverbindung zur amerikanischen Botschaft in Harare herstellen?«

Sie dachte nach. »Nicht aus diesem Hubschrauber.«

»Gib die Kennzeichen der Cessna durch. Ich wette, sie wurde bisher nicht als vermißt gemeldet.«

»Ich werde mich mit Johannesburg in Verbindung setzen müssen, sie haben die einzige Funkstation mit der nötigen Reichweite.«

»Wie du es machst, ist deine Sache – nur schaff mir Morgan Oxford ans Telefon.«

Johannesburg meldete sich auf Sally-Annes Anruf sofort und nahm ihre Kennung gleichmütig hin. »Geben Sie Ihre Position durch, Kilo Yankee Alpha.«

»Nord-Botswana.« Sally-Anne hoffte, das nach einer Stunde Flugzeit sagen zu können, »Flugroute von Francistown nach Maun.«

»Welche Nummer in Harare möchten Sie?«

»Ich möchte persönlich mit Morgan Oxford, dem Kulturattaché der amerikanischen Botschaft, sprechen. Tut mir leid, die Nummer weiß ich nicht.«

»Bleiben Sie dran.«

Kaum eine Minute später war sie mit Morgan Oxford verbunden.

»Hier Oxford. Wer spricht?«

Sally-Anne reichte Craig das Mikrofon, hielt es ihm an die Lippen und drückte den Sendeknopf.

»Morgan, hier spricht Craig, Craig Mellow.«

»Donnerwetter!« Oxfords Stimme wurde schrill. »Wo, zum Teufel, sind Sie? Hier ist die Hölle los. Wo ist Sally-Anne?«

»Hören Sie zu, Morgan. Was ich jetzt sage, ist kein Spaß. Was halten Sie davon, einen echten Oberst des russischen Geheimdienstes samt Akten über einen geplanten russischen Angriff auf die südliche Hälfte des afrikanischen Kontinents zu verhören?«

Einige Sekunden lang war außer dem Rauschen der atmosphärischen Störungen nichts zu hören, dann sagte Oxford: »Warten Sie zehn Sekunden!« Die Wartezeit schien sehr viel länger zu dauern als zehn Sekunden, doch schließlich meldete sich Oxford wieder. »Sagen Sie jetzt nichts mehr. Geben Sie mir nur einen Treffpunkt durch.«

»Notieren Sie.« Craig las die Koordinaten ab, die Sally-Anne für ihn aufgeschrieben hatte. »Dort gibt es eine Behelfslandebahn. Ich werde ein Signalfeuer anzünden lassen. Wann können Sie dort sein?«

»Warten Sie zehn Sekunden!« Diesmal dauerte es nicht so lange. »Morgen früh.«

»Verstanden«, bestätigte Craig. »Wir erwarten Sie.« Er gab Sally-Anne das Mikrofon zurück.

»Wir überfliegen die Grenze in dreiundvierzig Minuten«, erklärte sie. »Diese Lehmpackung steht dir ausgezeichnet. Ich glaube allmählich, sie macht dich noch hübscher.«

»Und du, meine Schöne, bist mit Sicherheit eine Anwärterin auf die Titelseite von ›Vogue‹!«

Sie blies sich eine Haarsträhne aus der Stirn und streckte ihm die Zunge heraus.

Sie überflogen die Grenze zwischen Simbabwe und Botswana und sahen siebzehn Minuten später den gemieteten Landrover genau dort am Rand des Salzsees stehen, wo sie ihn zurückgelassen hatten.

»Mein Gott, Sarahs Freunde sind immer noch da – das nenne ich Ausdauer.« Craig hatte die beiden winzigen Gestalten erkannt, die neben dem Wagen standen. »Wir sollten uns besser zu erkennen geben, sonst schießen sie noch auf uns, wenn sie das Armee-Emblem sehen.«

Sarah rief den wartenden Matabele durch den Lautsprecher etwas zu und beruhigte sie, und Craig sah, daß sie die Maschinenpistolen sinken ließen, als die Super Frelon zur Landung ansetzte.

Jonas hatte am Morgen einen Springbock geschossen, daher gab es am Abend einen Festschmaus mit Wildbret und gesalzenem Maiskuchen, und danach losten sie aus, wer wann die Bewachung der beiden Gefangenen übernehmen sollte.

Noch bevor die Sonne aufgegangen war, hörten sie das Dröhnen der Motoren eines näherkommenden Flugzeugs, und Craig fuhr im Landrover auf den Salzsee hinaus, um das Leuchtfeuer anzuzünden. Das Flugzeug näherte sich von Süden. Es war eine riesige Lockheed-Frachtmaschine mit dem Emblem der amerikanischen Luftwaffe.

Sally-Anne erkannte sie sofort. »Das ist die Maschine der NASA, die in Johannesburg stationiert ist, um das Shuttle-Programm zu überwachen.«

»Sie nehmen uns tatsächlich ernst«, murmelte Craig, als die Lockheed zur Landung ansetzte.

Das riesenhafte Flugzeug setzte auf und rollte aus. Dann öffnete sich der Vorderteil wie der Schnabel eines Pelikans, und fünf Männer, angeführt von Morgan Oxford, eilten die Rampe herunter.

»Wie fünf Sardinen aus einer Dose«, bemerkte Craig, als sie auf sie zugingen, um sie zu begrüßen. Sie trugen allesamt Tropenanzüge, weiße Hemden mit geschlossenem Kragen und Krawatten.

»Sally-Anne. Craig.« Oxford schüttelte ihnen kurz die Hand, dann erkannte er Tungata. »Natürlich, jetzt erkenne ich Sie, Herr Minister, das sind meine Kollegen.« Er stellte seine Kollegen nicht vor, sondern steuerte direkt auf das Wesentliche zu: »Sind das die Objekte?«

Die beiden jungen Matabele hatten die Gefangenen gebracht.

»Menschenskind!« rief Oxford aus. »Das ist General Fungabera – Craig, haben Sie den Verstand verloren?«

»Lesen Sie, was hier drinnen ist«, erwiderte Craig und überreichte ihm den Aktenkoffer. »Und dann reden wir weiter.«

»Warten Sie bitte hier.« Oxford nahm den Aktenkoffer entgegen.

Jonas und Aaron führten die Gefangenen zum Flugzeug, und die Amerikaner kamen ihnen entgegen, um sie in Empfang zu nehmen.

Fungabera war an den Handgelenken noch immer mit den Nylongurten aus dem Hubschrauber gefesselt. Er schien körperlich geschrumpft zu sein. Die Niederlage drückte ihn zu Boden.

Er und der Russe wurden in das Innere der Lockheed gebracht, und Craig ließ sich mit seinen Begleitern nieder, um zu warten. Es wurde ein langes Warten. Sie saßen im Schatten des Landrovers und unterhielten sich zerstreut und unruhig, und dann hörten sie das Klappern und Kreischen des Funkgeräts der Lockheed.

»Sie sprechen mit Washington«, vermutete Craig, »via Satellit.«

Es war schon nach zehn, als Oxford in Begleitung eines seiner Kollegen wieder die Rampe herunterkam. »Das ist Oberst Smith«, erklärte er. »Wir haben die Objekte, die Sie uns geliefert haben, ausgewertet und sind zu der Meinung gelangt, daß sie, zumindest nach dem jetzigen Stand der Dinge, authentisch sind.«

»Das ist wirklich großherzig von Ihnen«, bemerkte Craig trocken.

»Minister Tungata Zebiwe, wir wären Ihnen sehr dankbar, wenn Sie uns einen Teil Ihrer kostbaren Zeit schenken könnten. Einigen Leuten in Washington liegt sehr viel daran, mit Ihnen zu reden. Es ist zum beiderseitigen Vorteil, das versichere ich Ihnen.«

»Ich möchte, daß mich diese junge Dame begleitet«, erwiderte Tungata und wies auf Sarah.

»Ja, selbstverständlich.« Oxford wandte sich an Craig und Sally-Anne. »In Ihrem Fall ist es keine Einladung, sondern ein Befehl – Sie kommen mit.«

»Was geschieht mit dem Hubschrauber und dem Landrover?« fragte Craig.

»Machen Sie sich darüber keine Gedanken. Wir werden dafür sorgen, daß sie in die Hände ihrer rechtmäßigen Eigentümer gelangen.«

Drei Wochen später wurde dem Vorsitzenden der Delegation von Simbabwe im Gebäude der Vereinten Nationen eine Akte ausgehändigt. Sie enthielt Auszüge aus den drei grünen Mappen und Kopien eines Berichts über die Entführung von General Peter Fungabera durch ungenannte Personen. Die Akte wurde sofort nach Harare weitergeleitet, und als unmittelbare Antwort darauf stellte die Regierung von Simbabwe einen dringenden Antrag auf Rückführung von General Fungabera.

Zwei hochrangige Inspektoren einer Spezialeinheit der Polizei von Simbabwe flogen nach New York, um den General in seine Heimat zu eskortieren. Als die Maschine der Pan Am in Harare landete und General Fungabera das Erste-Klasse-Abteil der Boeing verließ, war er mit Handschellen an einen der Polizeiinspektoren gefesselt. Auf der Rollbahn wartete ein geschlossener Kleinbus.

In den Medien verlautete nichts über seine Rückkehr.

Er wurde direkt in das Zentralgefängnis von Harare gebracht, wo er sechzehn Tage später in einer der Verhörzellen starb. Als seine Leiche durch den Hinterausgang des Hauptgefängnisblocks gebracht wurde, war sein Gesicht bis zur Unkenntlichkeit entstellt.

Noch in derselben Nacht, nach Mitternacht, kam ein schwarzer Mercedes, offensichtlich der Dienstwagen eines Ministers, an einer einsamen Stelle der Landstraße außerhalb der Stadt mit hoher Geschwindigkeit von der Straße ab und brannte völlig aus. Man fand einen Insassen. Die verkohlte Leiche wurde anhand der Zahnabdrücke als General Peter Fungabera identifiziert, und fünf Tage später wurde er mit allen militärischen Ehren im »Heroe's Acre«, dem Heldenfriedhof der im Bürgerkrieg Gefallenen, auf dem Hügel über Harare beigesetzt.

Am Weihnachtstag um zehn Uhr morgens wurde Oberst Bucharin von einer Eskorte der amerikanischen Militärpolizei zum Checkpoint Charlie gebracht. Zu Fuß legte er die hundert Meter über die Grenze nach Ostberlin zurück. Er trug über seinem Safarianzug einen amerikanischen Militärmantel und auf dem Kopf eine zerknitterte Fischermütze.

Auf halbem Weg passierte er einen Mann mittleren Alters in einem billigen Anzug, der in die entgegengesetzte Richtung ging. Der Mann war früher offensichtlich dicker gewesen, seine Haut paßte nicht zu seinem Knochengerüst und hatte die fahle Farbe langer Gefangenschaft.

Als sie aneinander vorbeigingen, warfen sie sich einen gleichgültigen Blick zu.

Ein Leben für ein Leben, dachte Bucharin und fühlte sich plötzlich sehr müde. Er schleppte sich weiter über den eisigen Asphalt, mit den trippelnden Schritten eines alten Mannes.

Hinter dem Zollgebäude erwartete ihn ein schwarzer Sedan. Auf dem Rücksitz saßen zwei Männer, und einer von ihnen stieg aus, als Bucharin näher kam. Er trug einen langen Regenmantel und einen breitkrempigen Hut in dem Stil, den der KGB bevorzugte. »Bucharin?« fragte der Mann. Seine Stimme klang neutral, aber seine Augen waren eiskalt und unbarmherzig.

Als Bucharin nickte, gab er ihm ein Zeichen. Bucharin ließ sich auf den Rücksitz fallen, und der Mann folgte ihm und schloß die Tür. Das Innere des Wagens war überheizt und roch nach Knoblauch, nach Wodka und ungewaschenen Socken.

Der Sedan fuhr an, und Bucharin lehnte sich zurück und schloß die Augen. Es wird schlimm, dachte er, vielleicht noch schlimmer, als ich gefürchtet habe.

Henry Pickering ließ den Imbiß im Sonderspeisesaal der Weltbank mit Ausblick auf den Central Park servieren.

Sarah und Sally-Anne hatten sich fast fünf Monate lang nicht gesehen, sie umarmten einander wie Schwestern und zogen sich in einen Winkel der Privatsuite zurück; sie versuchten, einander alle Neuigkeiten in den ersten dreißig Sekunden zu erzählen, und vergaßen alles andere um sich herum.

Tungata und Craig benahmen sich zurückhaltender.

»Ich habe ein schlechtes Gewissen, Pupho – fünf Monate. Das war viel zu lange.«

»Ich weiß, wie beschäftigt du warst«, sagte Craig. »Und ich selbst hatte auch alle Hände voll zu tun. In Washington haben wir uns das letztemal gesehen.«

»Fast einen Monat lang Gespräche mit dem amerikanischen State Department«, nickte Tungata, »und dann hier in New York mit dem Botschafter von Simbabwe und mit der Weltbank. Es gibt so viel zu erzählen, daß ich gar nicht weiß, wo ich anfangen soll.«

»Nun, wie wäre es«, schlug Pickering vor, »wenn Sie ihm zuerst von der Dispens erzählen, die Ihnen die Regierung von Simbabwe gewährt hat.«

»Das ist ein guter Anfang«, stimmte Tungata zu. »Also, zuallererst, die Anklage und meine Verurteilung nach dem Naturschutzgesetz wurden für null und nichtig erklärt.«

»Sam, das ist das mindeste, was sie tun konnten.«

»Das ist erst der Anfang.« Tungata lächelte und drückte seinen Arm. »Auch das Geständnis, zu dem Fungabera dich gezwungen hat, wurde für ungültig erklärt. Der Erlaß, der dich zu einem Feind des Staates und des Volkes erklärt, wurde zurückgezogen und der Verkauf von Rholands an Fungabera annulliert. King's Lynn und Sambesi Waters sind wieder dein Eigentum.«

Craig hörte ihm fassungslos zu, als er fortfuhr: »Der Premierminister hat akzeptiert, daß alle Gewalttaten, die von einem von uns begangen worden sind, als Notwehrhandlungen zu werten sind, alles, von der Tötung der Soldaten der Dritten Brigade, die dich bis an die Grenze von Botswana verfolgt haben, bis zum Diebstahl der Super Frelon, und er hat eine Generalamnestie ausgesprochen.«

Craig konnte nur noch den Kopf schütteln.

»Ferner wurde die Dritte Brigade aus Matabeleland zurückgezogen. Man hat die Spezialeinheit aufgelöst und in die reguläre Armee eingegliedert. Die Kampagne gegen mein Volk wurde eingestellt, und unabhängige Beobachter erhielten die Zutrittsgenehmigung zum Stammesgebiet der Matabele, um den Frieden zu überwachen.«

»Das ist die beste Neuigkeit bisher, Sam.«

»Das ist noch nicht alles – noch lange nicht«, versicherte ihm Tungata. »Ich habe meinen Paß und die Staatsangehörigkeit von Simbabwe wieder. Ich kann mit der Gewißheit nach Hause zurückkehren, daß meine politische Aktivitäten nicht eingeschränkt werden. Die Regierung erwägt ein Referendum, um den Matabele eine Art Autonomie einzuräumen, und ich werde die bewaffneten Dissidenten zu überreden suchen, unter dem Schutz der Generalamnestie aus dem Busch zu kommen und ihre Waffen niederzulegen.«

»All das hast du angestrebt – gratuliere, Sam, ich freue mich für dich.«

»Nur mit deiner Hilfe war das alles möglich.« Tungata wandte sich an Pickering. »Soll ich ihm auch von Lobengulas Feuer erzählen?«

»Warten Sie damit noch.« Pickering führte alle in den Speisesaal. »Wir wollen erst essen.«

Als sie an der Tafel saßen, lächelte Pickering Craig zu. »Ich dachte, wir könnten ohne weiteres alle Register ziehen«, sagte er und zeigte Craig das Etikett auf der Weinflasche. »Immerhin bewirte ich nicht jeden Tag den augenblicklich berühmtesten Bestsellerautor.«

»Ja, ist das nicht wunderbar?« mischte sich Sally-Anne ein. »Craig war schon in der ersten Woche nach der Veröffentlichung die Nummer eins auf der New-York-Times-Bestsellerliste!«

»Und der Fernsehvertrag?« fragte Tungata.

»Der ist noch nicht unterzeichnet«, wandte Craig ein.

»Aber meinen Informationen nach ist es bald soweit«, sagte Pickering, während er die Weingläser füllte. »Meine Damen und Herren, wir trinken auf Craig Mellows jüngstes Werk und auf seinen langen Weg an die Spitze. Wir trinken auf Lobengulas Feuer.«

»Henry hat dafür gesorgt, daß Lobengulas Diamanten in sichere Verwahrung kamen und geschätzt wurden«, erklärte Tungata. »Die Fachleute haben sie auf Herz und Nieren geprüft, und eine erste Bewertung ergab –«

»Sag schon!« rief Sally-Anne. »Wieviel?«

»Wie Ihr wißt, befindet sich der Diamantenmarkt im Augenblick in einer ernsten Depression – Steine, die vor zwei Jahren noch um siebzigtausend Dollar verkauft wurden, erzielen heute nur noch zwanzigtausend.«

»Heraus damit, Sam, spann uns nicht auf die Folter!«

»Also gut, die Fachleute haben den Wert der Diamanten auf sechshundert Millionen Dollar geschätzt.«

Alle redeten gleichzeitig, und Tungata brauchte eine Weile, um die Ruhe wiederherzustellen. »Wie wir einstimmig beschlossen haben, werden die Diamanten von einer Treuhandgesellschaft verwaltet, und hiermit bitte ich Craig, einer der Treuhänder zu sein.«

»Angenommen.«

»Allerdings wurden bereits vierzehn Steine verkauft. Ich habe dieses Geschäft persönlich in Auftrag gegeben, und der Erlös belief sich auf fünf Millionen Dollar. Die gesamte Summe wurde der Weltbank ausgehändigt, so daß der Kredit, den Craig aufgenommen hat, mit Zins und Zinseszinsen beglichen ist.« Tungata zog einen Umschlag aus der Brusttasche. »Hier ist die Quittung, Pupho, dein Anteil an Lobengulas Feuer. Du bist nun gänzlich schuldenfrei. King's Lynn und Sambesi Waters gehören dir.«

Craig hielt den Umschlag in den Händen und starrte Tungata fassungslos an.

Dessen Lächeln verschwand, er beugte sich zu Craig hinunter und wurde ernst. »Dafür möchte ich dich um eines bitten, Pupho.«

»Alles«, sagte Craig. »Alles, was du willst.«

»Ich bitte dich um dein Versprechen, nach Afrika zurückzukehren. Wir brauchen Männer wie dich, um dieses neue, dunkle Zeitalter abzuwehren, das das Land, das wir beide lieben, zu überwältigen droht.«

Craig griff über den Tisch und nahm Sally-Annes Hand. »Sag du es ihm«, bat er.

»Ja, Sam, wir gehen mit dir nach Hause zurück«, sagte sie weich. »Das ist ein Versprechen.«

Sally-Anne und Craig fuhren im Landrover den Hügel nach King's Lynn hinauf. Der späte Nachmittag hatte das Grasland in einen goldenen Teppich verwandelt, und die zarten Umrisse der Bäume auf dem Hügelkamm hoben sich von dem klaren, tiefen Blau des afrikanischen Sommerhimmels ab. Auf dem Rasen unter den Jakarandabäumen warteten alle Dienstboten und Viehhirten von King's Lynn. Als Craig Shadrach umarmte, legte sich der leere Ärmel des alten Mannes an seine magere Brust.

»Mach dir keine Sorgen, Nkosi, ich kann mit einem Arm besser arbeiten als einer von diesen jungen Hunden mit zwei Armen.«

»Ich mache dir ein Angebot«, schlug Craig so laut vor, daß alle es hören konnten. »Ich leihe dir einen Arm, wenn du mir ein Bein leihst.«

Shadrach lachte, bis ihm die Tränen über die Wangen liefen und seine jüngste Frau ihn fortführen mußte.

Joseph erwartete sie abseits der Menge auf der breiten Veranda, wie immer in einen schneeweißen Kanza gehüllt und mit der hohen Mütze des Küchenchefs auf dem Kopf. »Ich grüße dich, Nkosikazi«, begrüßte er Sally-Anne würdevoll, als sie die Stufen hinaufstieg, aber den vergnügten Schimmer in seinen Augen konnte er nicht verbergen.

»Ich grüße dich auch, Joseph. Und ich habe beschlossen, daß wir zur Hochzeit zweihundert Gäste einladen«, antwortete sie ihm fließend in Sindebele, und Joseph schlug überrascht die Hände vor den Mund – es war das erstemal, daß sie ihn fassungslos sah.

»Hau!« sagte er und wandte sich an seine Gehilfen. »Jetzt haben wir eine richtige große Dame auf Kingi Lingi, die all euer Affengeschnatter versteht«, erklärte er streng. »Und wehe denen unter euch, die lügen oder stehlen!«

Craig und Sally-Anne standen Hand in Hand auf der Veranda und lauschten dem Lied, mit dem die Leute von King's Lynn sie willkommen hießen, und als es zu Ende war, schaute Craig Sally-Anne an.

»Willkommen daheim, mein Liebes«, sagte er.